THE CHOSEN MAIDEN
EVA STACHNIAK

被选中的少女

〔加拿大〕伊娃·斯塔赫涅克 著

赖小婵 译

上海文艺出版社

献给

休和布雷迪

艺术与舞蹈预示未来。

它们有如直觉……

——勃洛尼斯拉娃·尼金斯卡

一九三九年十月九日

"美国商人"号轮船，二号舱房，三号铺位。

我新近的地址？

这艘船完全可能成为我的灵柩，就此沉没，在眼前这欧洲与美洲之间的某个地方，正如上月开往蒙特利尔的"雅典尼亚"号轮①。眼下我们也一样，只不过是大西洋灰暗海水上的一粒微尘。倘若我们能够安然抵达，纽约将以它的摩天大楼欢迎我们，那些高耸的巨型蜥蜴，通体鳞甲，极为美丽。崭新的生活想来终究未必一直那么簇新。我们在危险关头许下誓言，而过后又溜回到旧习性里。

我的伦敦聘约在英国对德国宣战当天解除了。所有剧院都关了门，我们的英国签证又时刻嘀嗒作响着快要到期，于是我和瓦西里·德·巴西尔的剧团签约去澳大利亚巡演。如果我们去得成澳大利亚的话。母亲要是健在肯定会提醒我，我们一制订计划，上主就发笑。

假如那天在伦敦的美国大使馆，冗长的签证面试有任何缠夹，我就得让自己在疑问面前坚不可摧，解释履历上的种种自相矛盾。我的俄罗斯帝国护照表明勃洛尼斯拉娃·福米尼奇娜·尼金斯卡一八九一年出生于明斯克。我的波兰护照强调勃洛尼斯瓦娃·尼金斯卡是波兰公民，一八九〇年出生于华沙。我的南森护照②则说明我没有国籍。谢天谢地，几本护照在我脸形呈长椭圆状、皮肤白皙、头发为亚麻色这些方面总算一致，尽管在对我眼睛的表述上有绿色和蓝色等不同说法。

我将为自己辩护，我的故事可不简单。

---

① 第二次世界大战中被德国潜艇击沉的第一艘英国船只。
② 第一次世界大战后，经挪威北极探险家、海洋学家、政治活动家南森要求，国际联盟发给无国籍难民的旅行护照。

睡意仍在疾驰飞奔,那模模糊糊的慰藉过于短暂,不足以减轻痛苦。我颤抖着醒来,悲痛得肝肠寸断,等待黑暗散去。旭日甫一迎着大洋边缘奋力上跃,我就起身下床,给双肩裹上晨褛,悄无声息地离开我们闷热的舱房。我在佳吉列夫麾下当芭蕾女伶足够久了,落地的时候一点声音都没有,哪怕是最轻柔的响动。

到了上层的甲板,我在栏杆边做一系列下蹲动作,伸展双臂和两腿,留心新出现的身体局限、紧绷区域和僵硬的点。四十九岁了,我的身体,我的表达工具,曾历经多年的精心打造和完美修炼,如今却已黯淡无光。不过,我的肌肉依然承载着对于多年前熟练掌握的舞蹈的记忆,记得蝴蝶①、泰霍尔②、第六个仙女③、被选中的少女④等角色的那些动作,不失一毫一厘。

伸展运动都做完后,我靠在栏杆上,点燃一支香烟,等着海豚出现。我丈夫让我放宽心,它们能听见德国潜艇靠近的声音,如果有鱼雷过来的话,它们定会消失得无影无踪。由于它们从不独行游弋,我把它们想成是微笑致意的群舞演员,对精细复杂的动作执行到位,在反复排练的和声中顺畅地俯冲。但凡它们一出现——近来它们总是如此——我就找个能让我写作的地方。天气晴朗时,哪怕是甲板上盘起来放置的一卷船绳上面都行;要是天太冷、风太大或者浪太猛,我就到里面的吸烟室去。

这股毕生都难以抵抗的冲动从何而来?竟写满了一本接一本的记事本:童年伤心事,年轻舞者日志,无谓苦恼手记,关于瓦斯拉夫,关于费多尔,关于列夫什卡。不论记事本用的是横线纸还是方格纸,

---

① 彼季帕改编自玛丽·塔里奥尼的芭蕾舞剧《蝴蝶》中的角色。
② 福金编导、阿连斯基作曲的芭蕾舞剧《埃及艳后》中的埃及人角色。
③ 尼金斯基创编的舞剧《牧神午后》中的角色。
④ 斯特拉文斯基作曲和编剧、尼金斯基导演的舞剧《春之祭》中的角色。剧中为了让大地回春,重新赐福于人,先民们选出一位少女作为祭物献给大地;大地接受祭品后,让牧场生机盎然,整个部落一片欢腾。

价格低廉还是昂贵，封面是简装还是精装，尺寸都总是足够小，可以悄然塞进我的钱包。是因为我长久生活在巨人的阴影下吗？总是需要准备陈词，为我所珍视的一切作辩护？

我哥哥瓦斯拉夫住在瑞士山村阿德尔博登的一家小旅馆，俨然是听任他妻子摆布的傀儡，她安排着他每天的衣着、三餐，并陪着出去散步。他其实生性羞怯，具有孩子气，或者说易怒、狂躁不安。依靠着你所相信的人过活，要么沉默无声，要么自言自语。要么一动不动，要么怒气冲冲地在屋里胡乱挣扎。舞蹈之神，对于自相矛盾也是见怪不怪了。

只取不可或缺的，丢掉其余的——瓦斯拉夫的声音依然敦促着我。

我打开记事本，开始动笔。

第一部：一八九四年～一九〇〇年

1. 他们是黑人。他们来自美国。

在父亲从剧院带回家的一众客人当中,我一眼就看见了他们。我不认识的人唯独就属他们。其他人都是我父母所在剧团的表演者,那些人总会问我乖不乖,有没有听爸爸妈妈的话,有没有和哥哥们好好玩耍不闹别扭。当我报以肯定的回答时,他们就给我糖果,还提醒我要同瓦斯拉夫和斯塔西克一起分享。

这两个黑人,身穿带黑色外翻领的白色燕尾服,在拥挤的房间里走来走去,步履轻盈如猫,一派悠然自得,随意享用着妈妈做的三明治或者穿梭于房间之中的父亲端在盘子上的小杯伏特加。我目不转睛地看了他们好一会儿,这时他们注意到我的存在,便向我招手示意。我稍一靠近,就闻到一阵浓烈的麝香味古龙香水和雪茄的味道。

他们的名字是杰克逊和约翰逊。

"杰和约。"他们告诉我,先是相互一指,继而侧身一转,动作协调得天衣无缝,仿佛他们面对着无形的观众。然后他们回过来面对我,弯下腰,双手放在膝盖上飞速摇动,膝盖仿佛竟穿过了彼此。他们戴在小指上的戒指衬着黑色的皮肤,如星星般闪烁。

我使劲鼓掌,拍得两手都疼了。

他们没有问我乖不乖,反倒是给我看了一张光面照片,那是他们俩在舞台上,一前一后站立,拿着手杖。除了黑色外翻领款式的白色燕尾服,他们还戴着高顶黑礼帽,擦得锃亮,优雅至极。他们背后的舞台布景描绘的是绚烂的烟花和触及云天的高楼。他们在纽约跳过舞,在巴黎和伦敦跳过舞,他们在去莫斯科的路上了。

我的俄语完全不输我的波兰语,但听杰和约讲俄语,熟悉的单词都变得支离破碎,在意想不到的地方出现颤音。"你管这叫什么呀?"他们问我,指着桦树皮盒子,那是妈妈拿来装茶炊用的烤炭的。

"Nabirushka。"我说,他们重复了一遍,结果这单词听起来显得又古怪又好笑。

这下我突然想到一个主意。"你们能说 Mama myla Milu mylom, Mila mylo ne ljubila[①] 吗?"

杰立刻就试起来。"Mama……myla……Mama mylo……"

我摇摇头,重复了一遍绕口令,这次念得稍微慢一点。他们闭上眼睛仔细听,然后又试了一次,逐词记下。

过了一会儿,我听见他们对着围成一圈欢呼鼓掌的人念起这个绕口令。父亲拍拍杰的肩膀,妈妈从厨房里又端出好多食物,而我已经习惯了大人们对我转瞬即逝的关注,在房间里找了个角落坐下来,可以观察大家而不挡着道。

但是杰和约回来找我了。"你想学我们跳的舞吗,勃洛尼娅?"他们问我。我一跃而起,他们比画了个手势让我跟着他们到毗邻的房间,他们已经在地上放了一块木板,还在上面撒了沙子。

"看呐!"

一开始他们向我演示一些简单的舞步——在板上轻拍一记,脚跟一落,脚轻轻一扫——随着我轻松自在地重复他们的动作,他们点头赞许。很快单个节拍就被双节拍和三节拍取代了,我跟随着我这两位了不起的老师进入一场咔哒作响的震荡,听起来像是一匹马在飞速疾奔,我的双脚腾空飞起,满心快乐和骄傲。我们仨一起随着鞋子敲击的节奏疾行和摇摆,跳着杰和约所谓的"希米舞"。

我们跳完之后,轮到他们鼓掌了。"勃洛尼娅,你这小姑娘真是个神童!"他们说。奇才!天才!要是我父母同意,他们就当场聘用我和他们共同上台跳舞。我们会成为万人空巷的轰动组合:"杰克逊、约翰逊和尼金斯卡!"世界将是我们的。莫斯科、圣彼得堡、巴黎、伦敦、美国。"你觉得怎么样,勃洛尼娅?你愿意跟我们去纽约吗?"

"愿意!"我高兴地大喊。我已经能看见自己站在遥远的舞台上,

[①] 俄语绕口令:妈妈用肥皂给米拉洗澡,米拉不喜欢肥皂。

在闪耀的烟火下,穿着白领口的黑裙子,戴着高顶黑礼帽,手里拿一根银柄手杖。

瓦斯拉夫打断了我这一激动人心的幻想。"你还是个小孩子,勃洛尼娅。"哥哥倚靠在门框上。他的声音听起来严肃老成,一点儿都不像他。"他们只不过是在开玩笑而已,"他用波兰语补充了一句,"他们哪儿也不会带你去。"

我不知道他在那儿站了多久,也不知道他是不是看到我跳舞了。

"你觉得怎么样,勃洛尼娅?"杰问道,"我们要么再跳一次?"

杰和约打着拍子,摇摆臀部,哼哼的曲调让我按捺不住想要手舞足蹈。他们眼里笑意盈盈。"别管你哥哥。他只是嫉妒。他会改变想法的。我们给他瞧瞧你的本事!"

"我?嫉妒?"瓦斯拉夫嗤之以鼻,"嫉妒她?"

他五岁,我不到三岁。我能做的事情他都能做,他还能做更多别的呢。

手指劈啪打起了榧子,脚跟咔哒踏个不停。节拍就在那儿,等着我一溜烟滑步加入。跳舞就像呼吸,它存在于我身体当中,交织在我体内。我唯一需要做的,就是将它释放出来。

我没有疑虑。完全没有。毫不犹豫。

我跳起舞来,动作轻快灵活。我双腿飞扫,两手摆动。杰和约在我旁边,我往一边转,转上一圈,动作准确而又透着野性,让我不由欣喜若狂。我无所需也无所求。

我们跳完之后,杰把手搭在我右肩,约把手搁在我左肩。他们都两眼放光。"棒极了,勃洛尼娅,"他们说,"你是一位真正的艺术家。"

然后,他们以一副熟极而流的姿态对我鞠了个躬。

我看着瓦斯拉夫,他倚靠在门框上,弓起右腿,脚尖着地。他眯着眼睛,琢磨刚刚所见的一切,没有鼓掌。

"这嘛,"他说道,嘴巴一撇,"这是杂技。这是杂耍表演。练得不错——但可不是艺术。"

我两个哥哥都上正儿八经的舞蹈课。父亲每天教他们,除了礼拜天。我年纪还太小不能上课,但获准旁听。我就在旁边观察,全神贯注地学父亲教瓦斯拉夫和斯塔西克的每一种步法、每一个纠正动作。然后我走到衣柜镜前练习他们的动作。今年复活节,我的哥哥们要在敖德萨一场儿童表演中跳舞。父亲称之为"经典哥萨克舞",说起"经典"这个词简直充满自豪。斯塔西克将要扮演哥萨克勇士,瓦斯拉夫扮演他的女朋友。他会绕着斯塔西克舞蹈三圈而后腾空跳起。

"那你干嘛一直看我们跳舞,瓦斯拉夫?"我问道。"你为什么不索性走开好了?"我听见杰和约在我身后轻轻拍手扫腿,应和着我的话语。

"就不告诉你!"瓦斯拉夫说,每逢他不知道说什么好,他都用这话作答。那通常意味着我逮着他撒谎了,但他怎么也不肯承认。我知道这下我必然得胜了。至少就目前来说。

2.

斯坦尼斯瓦夫、瓦斯瓦夫、勃洛尼斯瓦娃。我们是尼金斯基家的孩子。我们的父母是卢科维奇剧团中一对来自波兰的舞蹈演员,剧团在俄国各个小镇和城市表演,从敖德萨到基辅,从基辅到莫斯科,从莫斯科到圣彼得堡。剧团的保留节目包括芭蕾舞、幕间歌舞、令人赞叹的文娱演出以及每逢复活节和圣诞节才有的儿童表演。

我们名字之中都有波兰文单词"斯瓦",意为"声名与荣耀",这是父母对我们的希冀,尽管他们平常叫我们斯塔西克、瓦斯拉夫和勃洛尼娅。

我们是舞台之子。我们知道如何在片刻之内打包,怎样用一根绳子把书本扎起来又易于轻巧解开,怎样坐在行李箱上把它压平然后拿带子绑紧免得里面东西太多而挤爆。我们喜欢到未曾到过的地方,探索我们的新公寓。认领各自的床和搁架,帮妈妈把地毯铺到地板上,用相框照片、旅途中包在报纸里以免摔碎的花瓶以及父亲跳舞获得赞赏所收到的各色礼物来逐一装点房间,把它变成"我们家"。我们有一座芭蕾女伶的铜质小雕塑,我觉得很美,但瓦斯拉夫不喜欢,因为塑的是独舞。我们有一幅小丑的肖像,小丑脸颊上涂着黑色的眼泪。还有一幅油画,画的是俄国街头市场的景象,摊贩的桦树皮篮子里装满了蘑菇、苹果和梨,右边角落有一只小狗在舔着油腻腻的马车车轮。

卢科维奇剧团以十辆马车的车队,根据聘约安排四处演出。路上尘土飞扬得太厉害时,妈妈会让我们拿湿手帕覆住口鼻。我们要是觉得无聊了,她就指着西瓜田让我们看那些绿色的巨球,或者看漂浮在河上的驳船,船上的船夫向我们挥手致意。"等我长大了也要加入他们的。"瓦斯拉夫宣布。"我也是。"斯塔西克说。我感到一阵妒忌,因为我没有船妇行列可以加入。我们所经过的村庄里,村妇们都在忙忙碌碌,房屋粉刷成白色,花园里种满向日葵,柳条篱笆上晾着陶罐,但等我长大以后成为她们中的一员,并没有任何荣耀可言。光着脚丫的孩子们喂鹅喂鸭喂鸡。小镇都有城门,留着胡子的哥萨克骑兵叫我们停下来,盘问一番并收取通行费。

在我们家的马车里,妈妈给我们念波兰文的书。"很久很久以前……在很远很远的地方。"瓦斯拉夫最喜欢的故事是讲巨人骑士们睡在大山里,等着一个神秘的声音来告诉他们"时候到了"的那一刻。斯塔西克和我最喜欢的是潘·特瓦尔多夫斯基的故事,他骗过了魔鬼,身手敏捷地跑到月亮上去,如果我们在夜里睁大眼睛,就几乎能看见他在月亮上,还骑着一只公鸡。

父亲更喜欢给我们唱歌而不是讲故事。唱骑兵向一位漂亮姑娘索吻，唱不愿意西沉的太阳，唱一座绿色的桥，那是我最喜欢的一首歌。父亲唱歌的时候，还一边挤眉弄眼，模仿一个姑娘走在绿桥那晃动的铺桥板上心惊胆战的样子，或者是模仿对姑娘死缠烂打的追求者脸上那自以为是的微笑，追求者想出妙计让姑娘喜欢上他了。

我们都出生在路上。斯塔西克生于梯弗里斯，两年后，瓦斯拉夫出生在基辅。我是在明斯克出生的，就在我父母一起跳完格林卡的《为沙皇献身》后仅仅一个小时。当时妈妈还能跳演出开场的波罗乃兹舞，但接着分娩的阵痛就开始了，妈妈坐着敞篷四轮马车式的轻便雪橇赶往医院。在波兰贵族舞会那一幕里，一位替补演员接替了妈妈的位置，在父亲身边跳玛祖卡舞和克拉科夫舞。

我并没有耗时太久。等到帷幕落下，就已经有一位信使被从医院派了过来，告诉父亲，继两个儿子之后，他有了一个女儿。

瓦斯拉夫和斯塔西克都有奇迹可以宣告于众。"瓦斯拉夫出生在一件衣衫里。"妈妈说。这是特殊礼遇的标识，预示着日后有不凡的建树。我想象他被包裹在天使的纱罗袍中，从另一个世界来到这里。或许袍上还绣着日月星辰，绣着繁花飞鸟。我不知道这件美丽的衣衫眼下在哪儿，为什么瓦斯拉夫不穿上？妈妈笑了起来，告诉我那件衣衫并不是织物缝制成的。"它已经消融了。"她带着神秘的微笑。这么一来就更吸引人了，瓦斯拉夫更有理由夸耀说"我是被选中的那一个"。

我们相信他，不仅仅是因为那衣衫。瓦斯拉夫出生那一天，父亲在基辅一场慈善舞会上跳舞。舞会接近尾声的时候，还有奖品没抽完，组织者就把剩下的奖品丢向空中，让大家跳起来抢。父亲跳得最高，抓到了一只精美的银酒杯，带回家作为送给新生儿子的幸运礼。现在妈妈用牙粉把酒杯擦得锃亮，每次我们搬进新的公寓，她都把酒杯摆在最高的架子上。瓦斯拉夫警告我们不许摸。"要是你们摸了，我会知道的。"他跟斯塔西克和我说。他说酒杯要是被我们这种根本不配摸触它的手指头沾染了,就会发出受到冒犯的讯号,不管他人在多远都能听见。只不过,这是个谎言,因为瓦斯拉夫不在的时候我摸过了,而他从来都不知道。

斯塔西克的奇迹比瓦斯拉夫的还要惊人。斯塔西克是从鬼门关回来的。

在这个故事中,我尚未出生,瓦斯拉夫也还只是个小宝宝。我们的父母在莫斯科参加应季演出,住在一套位于三楼的公寓。这一天天气晴朗,宽大的窗户干净得闪闪发亮,因为女佣刚用氨水清洗过,还拿报纸擦了窗玻璃。斯塔西克有保姆成天照看着。然而在那一时刻,保姆进了厨房,斯塔西克渴了,想喝杯牛奶。她走开时,一支军乐队正好经过,而斯塔西克酷爱音乐,想去看热闹。他推了把椅子到墙边,爬上窗台,两手按在窗格上。保姆一回来就看到窗开了,斯塔西克跌了出去。她一声尖叫。父亲在另一个房间,闻声立即冲下楼去,到了鹅卵石铺就的街道上,只见斯塔西克一动不动地躺在地上,血从他鼻子和耳朵渗了出来,嘴上满是粉红色的泡沫。

斯塔西克在医院昏迷了三天,他的灵魂已经到了另一个世界。妈妈待在他身边寸步不离,不吃不喝也不睡觉。她向圣母祷告,祈求圣母伸出援手。然后,到了第四天,斯塔西克在医院病床上坐起身来,看见父亲把他最喜欢的鼓放在床边,便伸手去拿,甚至还笑了。"一个神迹。"妈妈说。每次我们在教堂里,她都提醒我们要感谢上主和圣母让斯塔西克从天堂回来。

我们按照妈妈的要求向神表达了谢意,但瓦斯拉夫和我从来没有告诉过她我们多么失望。因为我们问起斯塔西克他在天堂那三天的事情——他是不是漂浮在云间,能不能飞翔,天使们给他吃什么来着——斯塔西克告诉我们,他什么都不记得。

在家的时候，我们的父母总在谈论舞蹈。不管评论多么赞誉有加，不管掌声多么持久和热烈，总有不对的地方。舞步太快或太慢，动作失去节奏，或者变得过于陈旧需要有新的变化。呼吸应该多屏住一会儿，吐气过于唐突。

有很长一段时间，我从这些对话中所获得的理解是：艺术家永不满足。艺术总是艰深难成。艺术要求时刻警惕。不管你成就了什么，你总是可以做得更好。

后来我又会懂得，肌肉和肌腱自有其情绪状态。有时候会拉扯骨骼，需要多热身一阵子；有时候会啪的绷断，要施以热压、按摩和休整。镜子是严厉的批评家，指出最细小的瑕疵，对某个不到位的舞步投以模糊一瞥来嘲弄舞者。而观众，舞台灯光之外那看不见的黑暗存在，是苛刻的鉴赏家，不仅是福祉的源泉，也是恐惧的根源。

回忆中，那是初冬，我们刚到莫斯科。在我和哥哥们共用的房间里，墙纸上是一道道长条的小小红玫瑰花蕾。"丑死了。"瓦斯拉夫说。斯塔西克开始在角落里拉扯，直到长条都扯了下来。他们将长条卷成紧紧的管子，假装是香烟。"你见过女孩子吸烟吗？"当我也想要一支的时候，他们就如此问我。

父亲走进房间，身穿皮毛滚边的厚重大衣，头戴哥萨克帽，他伸出一只手来，手上是冬天的第一个雪球。"拿着，勃洛尼娅，"他说，"这是给你的。"

"那我呢！"瓦斯拉夫嚷嚷着奔向我们。斯塔西克紧跟在他身后，冲得用力过猛而满脸通红，不过瓦斯拉夫总是跑在最前面。不光是因为他动作快，他还总能抄最近的路线，跳过任何挡住他前进的障碍物。

"不，"父亲说，"这是给你们妹妹的。你们两个勇敢的骑士可以自己去拿。"

我小心翼翼地双手接过开始融化的雪球,注意到水渐渐滴在了地上。新来的女佣——我们已经很喜欢她了,因为她让我们摸了她的假牙——嘴里发出不赞成的啧啧之声。妈妈正要跟她一起表示反对,叫人拿来抹布把那摊水擦干,这时候父亲用他冷冰冰的双手摸了她的脸颊。

"哦,快住手,托马斯!"妈妈尖叫起来。"我早该知道,你就是长不大。"

不过她也笑出声来了。我们都穿着厚重的大衣,妈妈往我们的脸上涂了鹅油,免得皮肤冻坏了。我们迅速穿上高筒橡皮套鞋,虽说我们其实怪讨厌高筒套鞋的,因为穿上就弯不了膝盖,不得不绷直了腿走路。但什么都阻挡不了我们在外面玩第一场雪的欢乐心情。"滚雪。"父亲是这么说的。他先捏出一个小雪球,把它放在地上滚来滚去,向我们展示它如何裹上一层又一层黏糊糊的雪。我们齐心协力,堆了一个雪人,拿焯过水的胡萝卜当鼻子,两个煤球当眼睛,还有一个旧水桶当帽子。我们堆起雪天使。然后跑来跑去相互追逐,这种捉人游戏我渐渐会玩了,尽管我年龄最小而且是女孩子。瓦斯拉夫对我来说太快了捉不到,但如果我拼命跑,我能捉到斯塔西克,有时候还能捉到父亲,尽管我怀疑他是有意放水让我没那么费劲就捉住他的,因为瓦斯拉夫从来逮不着他。

那天晚些时候,在去剧场之前,父亲跟我们讲了一个雪姑娘的故事,冬天与冰霜的女儿,心是冰做的。她爱上一个牧羊人,但爱温暖了她的心,她融化了。

"这不公平,"瓦斯拉夫抱怨了起来。"你得把结局改了。"

"我可不能。"父亲说。

"但我想让你改嘛。"瓦斯拉夫要求道。

"但我想让你改嘛。"斯塔西克附和说。

"假如我改变结局,那就是谎言了,"父亲强调,"最后雪总是要化的。你们不想让我撒谎，对吧？"

这下斯塔西克哭了。瓦斯拉夫看上去也像是随时要哭出来，我知道父亲有多不喜欢儿子们哭，因此我宣布故事用不着改，因为还没结束呢。没错，雪姑娘融化了，变成了一摊水，但等太阳出来，水蒸发变成云，在全世界到处漫游。当这朵云又飘回到俄国，此时是冬天，云变成了雪落到地上，孩子们把雪又变成了雪姑娘。

瓦斯拉夫和斯塔西克对着我皱眉头，不清楚这故事接下去怎么样，我意识到自己的尴尬处境。尽管我又给了我的雪姑娘一次机会，但她的命运也并未改变。她会坠入爱河然后融化。我坚持我的乐观看法，然而，无非是在重复坠入爱河、融化成水、恢复成雪这样的一连串过程。

瓦斯拉夫和斯塔西克对我关于雪姑娘无休无止的一连串故事感到厌倦，开始打哈欠。父亲朝我眨眨眼。"晚安，"他说，然后用他滑稽又含糊的声音加了一句波兰语，"夜里跳蚤咬，枕下有蟑螂。"[1] 这话我听得懂，但与此同时，又听不明白。"夜里跳蚤咬，"父亲离开之后我对自己又重复念着，"枕下有蟑螂。"

"这话什么意思呢，瓦斯拉夫？"我问他，我哥哥会明白诸如此类的话。不过他已经睡着了，听不见我说话。

几个月后，我们三人在卢科维奇剧团的儿童表演中跳了水手舞。我们的演出服装完全相同：喇叭裤、宽领衬衫、圆圆的水手帽。瓦斯拉夫和斯塔西克先跳他们的变奏[2]。等他们跳完了，他们脚跟一咔哒，举起手往舞台侧幕一指。这时候我上台，我们三人一起重复变奏。

我们练习了好几个星期。起先和父亲一起练，后来我们自己练，

---

[1] 波兰人喜欢在说晚安时加上这样的俗语。
[2] 舞蹈节目中单人自由发挥的段落。

完善每一个动作。在舞台上,我们保持一条直线,每一个动作、每一个舞步都映射出三重人影,最微小的细节都相互一致。我们的舞蹈是模仿划船,将船帆降下又升起,拉动停泊的线绳。

音乐结束时,三双脚跟一起咔哒,三只手掌举了起来,而又不完全触碰到我们右侧的太阳穴,向观众致敬。我们大出风头,轰动一时。

3.

"彼此依靠,赴汤蹈火。"妈妈告诉我们。既是告诫,又是对我们提出的最严肃认真的要求。

我们必须成为彼此最好的朋友。

"就像我和我两个姐姐那样。"妈妈说道,我们安静下来,又一次听她讲述当初她怎么来到俄罗斯,成为基辅歌剧院的舞蹈演员。

实际上,三姐妹中只有当时十四岁的二姐斯泰法有工作。一个来自基辅的剧团经理到华沙去物色人才,在华沙大剧院的舞蹈团里相中了她,向她发出邀约。斯泰法带上我妈妈埃莉诺拉以及瑟泰雅姨妈一起来了,寄希望于那份站不住脚但却极有吸引力的允诺,说当时还是芭蕾舞在校生的妈妈到了十二月一满十二岁就可以被雇用。与此同时,一份薪水足够她们三人生活了。肯定够的。"彼此依靠,赴汤蹈火。"妈妈重复一遍。再说,她们在华沙一无所有。他们是孤儿,两个哥哥都只够自己勉强过活。

我想象三姐妹到达基辅车站时的场景。在她们身边,竖立着整齐排成一条线的她们的二手行李箱——瑟泰雅在华沙的集市上买的,那女人赌誓说手提箱都是从巴黎一路运来的。那些手提箱放在华沙的公寓里看起来相当高雅,可到了这基辅的人行道上,磨损的褐色皮料显得破旧不堪,把手也都磨坏了,几乎要断裂似的。

瑟泰雅十六岁，觉得自己是大人了，因此要对两个妹妹担负起照料的责任来。她手上拿着一片硬纸板，上头写着她们在基辅的寄宿地址，对方信誓旦旦地向她们保证，说那儿离歌剧院只有一小段路，路上景色不错，走走就到了。硬纸板给攥得太紧，上面的字迹都模糊不清了，她们走向一个敞篷四轮马车车夫，用她们磕磕巴巴、含含糊糊的俄语问他能不能带她们去这个地址，这时候才发现字迹模糊的问题。车夫看不懂波兰字母，但听她们念出来就知道是什么路——普希金大街。

敞篷四轮马车缓慢驶过基辅大学的楼房，驶过圣弗拉基米尔主教座堂，不过只有瑟泰雅注意到了这些风景。妈妈和斯泰法别的什么都没想，光想着她们第二天早上到歌剧院要怎么穿着打扮了。她们用不着开口也知道彼此的心思。她们的表现够不够好？俄国舞蹈演员们会不会接受两个波兰姑娘，其中一个只不过是普通的舞蹈演员，而另一个还是学生？她们会不会被弄得像是冒名的骗子，或是走错门的路人？她们捏了捏彼此的手，感觉才稍微好一点。

瑟泰雅重重地叹了一口气。这时候她不光看过了著名的景点，也看到了基辅的美女们。瑟泰雅不是舞蹈演员，她到这儿来是为了照顾妹妹。确保她们好好照顾自己，不挥霍前程。

妈妈回忆起瑟泰雅的话语时，唇边就会泛起微笑："我的妹妹们明天绝不能穿着这些华沙的破衣服出现在歌剧院。我们在这里都需要像样得体的有艺术气息的打扮。"说完这些话就跑到歌剧院办公室，预支了斯泰法的薪水，然后到卖布料的商店去。瑟泰雅一整宿没睡觉，一直在从房东太太那里借来的缝纫机上忙活。"你们俩去好好睡美容觉，"她对妈妈和斯泰法说，半夜时把她们俩赶上床，"明天我再休息，但你们可得跳好舞让他们佩服得五体投地。"

听妈妈讲到这一段故事，我总是高兴又激动地打颤。妈妈和斯泰法早上起来，看见裙子开心得倒抽了一口气。瑟泰雅做的衣衫不仅堪比基辅美女们的时髦装束，而且更优雅、更有品位。三件裙子裁剪得体，突出她们纤细的腰肢，下摆还加了褶边以显得更加厚实。裙子都是浅灰色的，因为这款布料的卖布商人给她们打了很大折扣。也正好，蓝灰色衬托出她们的金发，也和她们唯一像样的鞋子相匹配。"你们真应该看看我们一路走进歌剧院的样子。头抬得高高的。径直向前看。鞋跟咔哒咔哒响在人行道上。所有眼睛都看着我们。"

那段在基辅的岁月还有很多故事。那一天，妈妈骄傲万分地拿回家三十五卢布，她的第一份工资，证明她自己——最小的妹妹，不再是负担了。当时，她被叫做"瞪羚"，因为她脖子纤长，双脚小巧，优雅美丽且又严肃温柔。那段时期，她在谢托夫的歌剧里和意大利芭蕾女伶维尔吉尼娅·祖基和卡洛塔·布里安扎共舞，不光在敖德萨和基辅，还在莫斯科和圣彼得堡的夏季剧院里，她因为极佳地诠释了角色而获得热烈掌声和高度赞扬。"微妙而精湛"——有位评论家这么写道。还有托马斯·尼金斯基，一位活力十足、比她小七岁的波兰舞蹈演员宣称被她深深打动。那一天，那个时候，他承诺会在她身边，不论快乐还是悲伤，他永远不离开她。

她见过他在舞台上跳跃，像一只骄傲的雄鹰，升腾而起。或者是在跳列兹金卡舞①时跪下，再迅速跳起来，像个车臣山区人似的，或者是在跳普里萨达卡舞②时像个哥萨克战士一样劈腿跳跃。她曾听过他获得的雷鸣般的掌声，那个跳起俄罗斯舞和乌克兰舞来无人能及的波兰小子。他并不高大，但浑身上下充满激情，因而赋予了他肌肉和肌腱范围之外的力量。离开舞台，激情也并未离他而去。你在哪儿都不会错过他的身影，也不会把他的声音错认成别人。他这个人要是还没到，聚会就算不上真正开始。

---

① 一种起源于高加索地区的民间舞蹈，其中男子用趾尖行走、奔跑、旋转、跳跃的技巧是一种独特的技艺。
② 一种乌克兰民俗舞蹈，以蹲低姿势并快速劈腿跳跃为特色。

她拒绝了他四次。"头脑发热"——她和姐姐们用波兰语这么说托马斯·尼金斯基。太过热情，太不稳定。难道他不想要给他未来的新娘除了外省剧院舞台和流浪生活之外更多的选择吗？或者不想想可能一场意外，踏错一个舞步，就会让他断了生计？当他来到她的化妆室，第五次向她求婚时，他从口袋里拔出一把货真价实的枪，枪口顶住自己的太阳穴，威胁说要当场死在她面前，假如她拒绝成为他的妻子的话。

4. 我们在敖德萨。我五岁了。那是一个温暖的春日，我坐在家门口的木头台阶上，等着父亲从剧院回家，目不转睛地盯着他即将出现的街角。瓦斯拉夫和斯塔西克在后院里玩。我不喜欢上那儿去，因为那里有猪圈。不光臭烘烘的，而且我们刚搬来那天，恰逢一头公猪给拉出去屠宰，它发出的可怕惨叫依然回响在我耳边。现在猪圈里有只小猪，瘦瘦小小的，我希望等它养肥了待宰时我们已经搬走了。

等父亲最终出现，我向他奔去，扑进他怀里，开心得尖声大笑。"对我一片忠诚的小姑娘。"他说着，用他胡茬密密匝匝的下巴朝我脸颊上蹭，挠我痒痒。他身上有股香烟混杂柑橘调古龙香水的气味，还有我熟知的剧院的味道。那是汗水和胶水交织中还能感到尘粉飞扬的气息。

"你今天功课都做完了吗？"他问。

剧团一年中多数时候都在路上，所以在我们舞蹈课之后，妈妈教我们波兰语读写。此外，斯塔西克和瓦斯拉夫还有个俄语家庭教师。

"做完了。"我说，告诉他妈妈说我的动作伸展开合度有进步，告诉他我能完全靠着自己读懂一个故事了。故事讲的是一位波兰公主选择死去也不愿意嫁给一个德国王子。

父亲一脸喜悦，把我抱起来搂得紧紧的，他外套上的扣子都挤压到我脸颊了。然后他放下我，拍拍我的脑袋。我们手牵手走回公寓。经过那黑暗的走廊时，能闻到散发出的臭味，不只是酸黄瓜和炖蘑菇，还有煤尘和尿液，那臭味总让父亲用俄语低声咒骂"垃圾！"

我和父亲一起走进家门，仿佛他是我珍视的宝贝，寸步不离开他。我目不转睛地看他脱掉外套，小心翼翼地挂在门厅的一个挂衣钉上，脱下鞋子，把鞋撑放进去以保持鞋子的形状。晚饭前，父亲总是坐在他最喜欢的扶手椅上，喝一杯妈妈替他冰镇好的啤酒——天凉的时候就放在窗台，像现在这种天就放在一桶井水里冰着。他身边腾出空间，好让我舒舒服服地偎依着他，把脑袋搁在他胸口。他拉起我一只手滑进他口袋，我从里头摸出一只银烟盒，上面刻着他的崇拜者铭刻的问候。吧嗒一声烟盒就开了。

我拿出一支香烟递给他。他点烟之前先在扶手上轻轻叩一下。"让烟里面紧实一点，"他有一次告诉我，"这样燃烧时比较均匀。"

妈妈在检查桌上摆放的餐具，拿起这把叉子或那把调羹，细细擦亮，或者抻直桌布，好让绣花的中心位置不被盘子遮住，这时候父亲跟她谈起排演结束之后的会议——她因为急着赶回家陪我们而没能参加。

开那场会简直就是浪费时间。还好妈妈用不着留在那里听完整场。舞蹈演员是一群差劲的家伙。"毒如蛇蝎。"父亲这么说他们。什么都嫉妒。你一不留神就随时准备咬你一口。

"没那么糟啦，托马斯。"妈妈提出抗议。

"你不像我在那儿待了那么长时间。"父亲说道，嘴巴同时又吐出烟圈，他知道我一直等着呢。烟圈升到空中，如同圣像上的光环。

我在等着父亲谈论舞蹈。问妈妈对于他所想象的改变和他打算在他最新的变奏中要进行的变化有什么看法。"擦地①，起范，迅速双脚起跳空中打击不换脚……阿拉贝斯克②……追赶步……转身，然后两个皮鲁埃特旋转③……你觉得怎么样？"妈妈不论在忙什么，都会停下手头的事情，思索片刻而后点头说，"嗯，可以，托马斯。那效果会很不错。"

无论我多希望时间慢下来，父亲的香烟还是很快就烧到只剩下了烟头，啤酒杯也空了，我们都被召集到餐桌前。瓦斯拉夫和斯塔西克一身臭汗，满脸通红，要用妈妈给他们擦脸的手帕好生擦洗一番才给打发去洗手。

妈妈厨艺高超，我们的晚饭美味可口，是波兰菜和俄国菜的混搭——热气腾腾的牛肉汤，涂着厚厚酸奶油的蘑菇馅儿卷烙饼——全都精心摆在装饰着十字绣图案的亚麻桌布上。我最喜欢的一道菜是浇着齁甜齁甜融化黄油的水果布丁，里面还有少许肉桂粉。瓦斯拉夫和斯塔西克更喜欢妈妈称之为"比特奇"的一种炸肉饼，用木锤舂薄而后油炸。

"不要摆弄刀叉，斯塔西克……瓦斯拉夫，嘴里塞得满满的时候不许说话……好好嚼你的食物，勃洛尼娅……"

各种告诫，规矩多得很。尼金斯基家的孩子应该是公认的彬彬有礼。站立时不可以松垮耷拉着，不许吧唧嘴，手肘不能放桌上，大人说话时小孩不许插嘴。我觉得那些规矩显然多此一举。我情愿听他们讨论《叶卡捷琳娜》，或者也叫《强盗千金》，父亲在里面跳狄亚夫力诺这个角色，一个爱上他老板的女儿的强盗，从瀑布上的断桥一跃而过。父亲对那一跳多么引以为傲！

狄亚夫力诺和叶卡捷琳娜的故事让我如痴如醉。我问过瓦斯拉夫

---

① 芭蕾基础动作，指一只脚沿地板向外伸直至脚尖点地。
② 即迎风展翅舞姿，芭蕾基本舞姿之一。
③ 单脚或单脚尖着地旋转。

他们最后怎么样了,可他告诉我那是秘密。不过我说我才不相信呢,这时候他总算承认他也不晓得。

"狄亚夫力诺娶了强盗的女儿吗?"我哥哥这下问道。

"为什么你要问呢,瓦斯拉夫?"父亲的声音透着一丝辛辣。

"我就是想知道。"

"什么更重要呢?"父亲继续说,"是谁娶了谁,还是舞蹈本身更重要?"

瓦斯拉夫从盘子上抬起眼睛。他准备说点什么——或许,告诉父亲其实是我想知道——然而他什么都没有说。

父亲并非当真期待什么回答,也算不上真的生气。从他那么上心描述他为狄亚夫力诺这一角色设计的新舞步,我就知道了。他是怎么加上原本没有的阿拉贝斯克和两次皮鲁埃特旋转,好让最后的舞蹈更有活力。"彩排时动作都已经练熟,"他最后说道,"现在就等着看公众的评判了。"

妈妈点头微笑,每一笑容、每一颔首都在点上,对父亲的话语表示肯定。他是最棒的——她以微笑表达——是整个卢科维奇剧团中最具天赋、最勤奋的演员。托马斯·尼金斯基是一位真正的艺术家,即便他不得不屈才在外省的舞台上表演。他之所以心甘情愿地选择这个地方是因为我们,他的孩子们。因此有朝一日,一旦我们从帝国芭蕾学校毕业,他就可以说,"我是一个骄傲的父亲,儿子斯坦尼斯拉夫和瓦斯拉夫·尼金斯基,两个都是一流的舞蹈演员,女儿勃洛尼斯拉娃·尼金斯卡,首屈一指的顶尖芭蕾女伶。他们都是帝国剧院的艺术家,前途无量,从来无需为了面包而牺牲艺术。"

让父亲为我们而骄傲,这件事很重要。就像另一位波兰舞蹈演员费利克斯·柯切辛斯基为他的女儿玛蒂尔达而骄傲一样,玛蒂尔达被沙皇本人称为"俄罗斯芭蕾的瑰宝"。

我吃饭细嚼慢咽,把饭菜切碎成合适的小块,咀嚼之前用舌头细细品味。斯塔西克埋头猛吃，总是第一个吃完还要再添。妈妈说那是因为他年龄最大，正在长身体，确实如此。瓦斯拉夫吃得也慢，总是把最好的留到最后才吃。他喜欢逗斯塔西克玩。这就是为什么他举着叉了一块肉的叉子，咂巴着嘴，直到妈妈叫他打住。

"打住什么啊？"瓦斯拉夫问，仿佛没人能猜得出他的心思。"打住不吃？你想饿死我吗？"

"你懂的，我在想啊，"妈妈故意顽皮地笑着说，"我是对着圣西满还是圣犹达祷告呢？是坚忍意志的主保圣人，还是衰败事业和绝境中人的主保圣人？"

瓦斯拉夫把那块肉放进嘴里嚼了起来。

"衰败事业，"父亲大笑着说，"绝对是衰败事业。"

饭后甜点是蛋糕，还有切片苹果和李子做成的蜜饯。他们谈到下一场合约演出，在尼古拉耶夫①，妈妈不喜欢那里，因为住处总是太狭小，不过在那儿我们倒是可以到西布格河里游泳。

晚饭过后，我帮妈妈和女佣清理饭桌，打扫厨房，父亲叫斯塔西克和瓦斯拉夫留在餐厅讲讲这一天都怎么过的。"俄语老师又抱怨了。"妈妈对我耳语道。我还没上俄语课，但瓦斯拉夫和斯塔西克上课时我跟他们一个房间，我已经学会读写俄语字母了，没法理解为什么哥哥们觉得难。

"你说说，瓦斯拉夫。"我听到父亲说。"回答我的问题。我没问斯塔西克都做什么了。我想知道为什么你在浪费老师的时间和我的钱。你可别忘了，帝国芭蕾学校的考试可不光只有舞蹈！"

这下父亲的声音有点刺耳了，不耐烦中透着怒火。"别龇牙咧嘴的，斯塔西克。两手放到桌上。你，瓦斯拉夫，你说话时看着我的眼睛。"

---

① 乌克兰南部的一座河港。

厨房里暖洋洋的，闻得到打湿的灰烬和熄灭的灶火的味道。还有一股火燎羽毛的刺鼻气味，女佣刚用一把鸡翅羽做的刷子扫过炉灶。

我听见瓦斯拉夫保证一定注意，乖乖听老师的话，声音坚定严肃，是对路的语气，让父亲说出等待已久的话："我希望这是最后一次。"

椅子哐啷作响，脚步走动起来，父亲不再生气了，叫哥哥们走开。

还有时间玩。瓦斯拉夫和斯塔西克叫我去跟他们一起玩。妈妈点点头，拿走我手上的擦碗布。

"跟他们去吧，勃洛尼娅，"她说，"我能搞定。"

5.

我是什么时候意识到斯塔西克有些不一样呢？

我们过家家演戏时，瓦斯拉夫开始对他不耐烦，因为斯塔西克记不住他的台词。说他想破坏我们的乐趣，直到斯塔西克缩到角落去，拒绝跟我们一起玩。两手紧握抱着头反复念叨："闻起来真臭啊……真臭啊。"

这种奇怪的时刻越发频繁地出现。舞蹈课上，斯塔西克扑到地上拿拳头捶地。走路的时候弯着腰拖着腿。当有人挪动了椅子偏离原有的位置，或者妈妈用不符合他心意的杯子给他倒牛奶喝，这时候他就尖叫。有时他一动不动地呆坐，盯着墙壁看。我问他看墙上什么，他像只浑身打湿的狗狗似的甩甩身子说，"没什么。"

那时我们都上俄语课了，尽管我只有六岁，可以再等一年才学。我热爱俄语课，尤其是因为我在所有单词拼写比赛和讲故事比赛中都赢了哥哥们。瓦斯拉夫提醒我说，他在舞蹈方面比我强多了，那才是最重要的。说父亲——在他以为我们听不见他说话时，对妈妈说——

称他是"异乎寻常的有天分"。然而,斯塔西克声称所有课程都蠢。家庭教师来了以后,他总抱怨说突然头疼得厉害。"仿佛有人捅了一刀进去。"他对妈妈说,指着右边太阳穴。妈妈在他前额上放一块冷敷布,让他躺下休息一会儿再跟我们一起学。

然而他从没跟我们一起学。相反,他从笔记簿上撕下纸来折成鸟儿玩。或者在本子上洒墨水,还说他也在写字,只是他的字迹跟我们不一样。"看呐,"他说,"我写了'城堡'这个词。"可他展示给我们的,不过是他在纸上涂抹的墨水形状。有一次,我发现斯塔西克盯着一本书,手指头沿着字母游移,吃力读下去时舌头还往外伸。"我可以替你读这本书。"我主动提出,但他啪的把书合上并摇了摇头。

不久父亲不再纠正斯塔西克的舞步了,在他每天教我们的舞蹈课上,叫我和瓦斯拉夫搭档。等到了九岁,瓦斯拉夫将参加帝国芭蕾学校的入学考试。他已经快八岁了,所以没有时间可以浪费。"你呢,勃洛尼娅,"父亲提醒我,仿佛我会忘记似的,"将是下一个。"

我表现得过于欣喜吗?必然是的,然而斯塔西克从没说过他介意。他只是坐在角落里看我们练习。有时候他说他感到无聊,父亲告诉他可以出去玩。

"我不想去。"

"为什么不去?"

"因为小孩子们嘲笑我。"他回答。或者,"因为他们说我'笨'。"

瓦斯拉夫拒绝谈论斯塔西克。当我好奇究竟怎么回事时,他假装没听见,或者——如果我揪着不放——他就跑开。总有什么别的东西需要他全神贯注。一个球,他右手拍完左手接着拍,每一次跳动都那么完美和谐;或者是变戏法玩牌,他还需要多练练。似乎他相信,如果我们绝口不提斯塔西克究竟怎么回事,那就不会是真实情况。

6.

几百个孩子报考帝国芭蕾学校,但只有少数人入选。

"仅仅会跳舞是不够的。"妈妈天天提醒我们三个人,尽管她主要是对着瓦斯拉夫讲,瓦斯拉夫永远和家庭教师闹矛盾。"你们所学的一切必须样样出挑。阅读,写作,历史,地理和算术。"

父亲也一样,他担心他所谓的瓦斯拉夫的常识。走马灯般变换的家庭教师,我听他跟妈妈说,是浪费钱。如果我们——他的孩子们——要学成点什么,我们得去上合适的学校。

这些话里包含着前所未见的紧迫感。这一年三月,瓦斯拉夫八岁了,现在距离他的入学考试只有一年时间。除了合适的学校,他还需要来自马林斯基剧院①的老师给他上高级舞蹈课程。他需要我们父母所说的"保护人",意即来自帝国芭蕾学校的能够力挺他的重要人物。

有相当一阵子,这番说法没什么让我担忧的。即便是我听父亲说我们不能再继续像吉普赛人一样从一个城镇游移到另一个城镇这样过下去,说唯一的解决办法就是在圣彼得堡定居的时候。

尽管我比瓦斯拉夫多了两年时间来准备入学考试,但一想到考试我也是口干舌燥。要是我考不上呢?要是我永远成不了首屈一指的顶尖芭蕾女伶呢?我抚摸着自己日渐强健的肌肉来安慰自己,想着妈妈保证我一天天越练越好的话语来安慰自己,但恐惧总是悄然袭来。

"看着我,勃洛尼娅。"我承认自己感到恐惧时,瓦斯拉夫说,"我怕吗?"

即便他完全不学习——哪怕是学上那么一个小时,他也会被帝国芭蕾学校录取。"你看着吧,勃洛尼娅。"他说。然后他作出一个庄严的承诺:等轮到我要考试了,他会教我怎么做才能通过考试。

我们一生都游走在路上,但搬到圣彼得堡却有点不一样。在我记

---

① 位于俄罗斯圣彼得堡的歌剧和芭蕾舞剧院。

忆中，我们出发前的夏天那几个月颇有些沉重压抑的氛围，时不时见到父亲不耐烦发作而后妈妈含泪不语。父母卧室的门砰的一声关上，我把耳朵凑上去，只听见妈妈的啜泣和父亲在房间里焦躁地打转走个不停的脚步声。我想，父亲怎么这么大火气。父亲试图增加家庭账目时，女仆砰的狠狠放下瓶瓶罐罐。斯塔西克口笨舌拙。妈妈问他上哪去了这么长时间，和谁去的。

即便在早上的舞蹈课中，我觉得瓦斯拉夫已经表现得出奇的好了，父亲也只不过说，"再来一遍……从头来……下巴抬高一点……再高一点……你是尼金斯基家的孩子，所以注意点，看在上主的分上！"

我躲过了多数时候父亲发的脾气，但这只会让瓦斯拉夫对我感到恼火。我们的课程一结束，他就跑了。"没啥地方。"当我问他上哪去时，他总是这么说。或者就像童话故事里说的，"跟着眼睛走啊走。"

我求他带我一起去，不过纯属徒劳——我太小了。我是女孩子。我不够强壮。我只会阻止他做他想做的事情。

有一天下午，我现在还经常回想起来，那天天气晴朗，空气中尘埃飞舞。我坐在餐厅饭桌前一张放有坐垫的椅子上。在我身旁，斯塔西克正吃着一片厚厚的洒满糖粉的黄油面包，一只绿苍蝇嗡嗡叫得很响，在面包上方盘旋着。吃了一半的向日葵花盘离我很近，可以轻松取出葵花籽来。我把葵花籽一个接一个地捻出来，咬掉一头往里一吸，那黑白条纹相间的外壳就瘪掉了。

我在试着完成一幅画，我已经画了好一阵子了。一匹马拉着一辆马车，马车及其宽大的车窗和车轮都很容易画，但我画的马看上去很笨拙。腿太短，背太长，弯腰驼背的。我试图擦掉刚画上去的线条，然而不管我怎么擦，那原本的形状都还在纸上。

妈妈和我们坐在一起，她在织补我们的袜子。我看得出她提心吊胆的,因为她不时停下来朝时钟瞥上一眼,最后她站起身走到敞开的窗户前。"他这回跑哪儿去了,勃洛尼娅?"她问我,一边探出窗外,希望能在街上嬉戏玩闹的那些男孩中找到瓦斯拉夫。"你为什么不拦着他?"

我不知道说什么好。瓦斯拉夫从来不告诉我他要去哪里,只会跟我说他都去过哪儿了,每次都是不一样的故事,一次比一次惊险刺激。马厩里一个男孩给他骑了没套马鞍的马到河边去,还带他看了喜鹊的窝。他为几个船夫跳了戈帕克舞①,他们给了他整整一卢布,并且邀请他到他们驳船上去。他也有东西为证:一枚亮闪闪的硬币,一条围巾,一只泛着蓝色的有斑点的蛋,他已经在两头钻了洞眼把蛋液都吹出来,掏空了整个蛋。有时他带回来礼物。给我的是几片看起来像是美人鱼尾巴或者蛇的漂流木,给斯塔西克的是一块马蹄铁,给妈妈一颗杏仁状的蓝色珠子,表面的裂痕像龟壳一样。

妈妈在窗口更进一步往外探出去,好像她在街上找到了他似的,但她看见的想必是另一个男孩,不是"我们的瓦斯拉夫",因为她又说了,"这么晚了他能上哪儿去呢?要是出了事情怎么办?"

"别闹了,看在上主的分上。"父亲打断她。他在卧室里,正穿衣服准备去剧院,但他房间门开着。"你这样发愁,是在把他变成胆小鬼。"

不知什么东西掉到地上,还滚动着。脚重重一踩,把它停在了滚动的轨迹上。

斯塔西克在我身边一颤,紧紧抓住我的手,他用劲之猛竟使我肚子里的肌肉一阵剧痛。那感觉和我荡秋千荡得高高的时候或者是旋转木马突然开动时的感觉一模一样。

妈妈还没来得及说什么,前门开了,瓦斯拉夫猛然冲了进来,气

---

① 一种乌克兰民间舞蹈,速度极快,靠碰击靴后跟打出拍子。

喘吁吁的，一身臭汗，脸上还沾着泥巴。"我回来了。"他兴高采烈地宣布。

妈妈如释重负地松了一口气，肩膀放松了下来。"你到哪儿去了？我担心死了！"

"到河边了。看看我给你带回来什么了！"

瓦斯拉夫从口袋里掏出什么东西，这时候父亲从卧室里出来了，两颊和喉咙满是红斑，衬衫扣子没扣，手里的领结松松垮垮像条死鱼一样。"问够了没有？我穿个衣服去剧院为什么就不能太平点儿！"

瓦斯拉夫直起身子，把右脚伸向前方，仿佛要跳起他的戈帕克舞。我身边斯塔西克已经松开了我的手，开始前后摇晃。"打住。打住。打住。"他嗫嚅道。

父亲可不打住。"难道你不知道在河边玩很危险吗？你是白痴吗？你的木头脑袋里面就没一点意识吗？"

话语横飞，爆炸开来，每个字无不尖刻、令人目眩，每个字都是猛地一拳。

"我知道怎么游泳。再说你干嘛在乎我去哪里了？"

"你竟敢那样跟我说话？"

"我想说什么就说什么。"

"在我家里不行！对我也不行！"

一句比一句响。妈妈用手掌根捂住斯塔西克的耳朵。我的眼睛从父亲看到瓦斯拉夫。话都很刺耳：臭小子……流浪乞丐……二流子……笨蛋……叛徒。

"进你房间去，瓦斯拉夫，马上。你就在里头给我待着，不道歉不许出来！"

"跟你道歉？绝不！"

父亲抬起一只手好像要甩瓦斯拉夫巴掌，但又垂下了手。妈妈还搂着斯塔西克。她咬着嘴唇，我这才注意到，她眼睛有多红有多肿。

"进你房间去,瓦斯拉夫!马上进去!"

瓦斯拉夫动了动,动作缓慢,前所未见的慢。一步,两步,三步。像只猫一样悄无声息,直到门在他身后砰的关上。

"打住……打住……打住。"斯塔西克呜咽着。

"你这会儿干嘛瞪着我?"父亲咆哮道。他看着斯塔西克,不是看我,但我的心扑扑狂跳。一阵温暖的尿渐渐渗进我坐着的带有坐垫的椅子。

父亲一个转身跑出了公寓,手里还拿着领结。门被猛地关上,我眼里蒙着一层泪水几乎看不清。外头,父亲对着我们好管闲事的邻居一阵吼,叫她管好她自己的破事儿就好。

"没关系,勃洛尼娅,"我承认自己尿湿了椅子的坐垫时,妈妈喃喃说道,"这是个意外。"

楼下房间有人狠狠地撞天花板,也就是我们的地板。走廊上那个好管闲事的邻居痛斥所有波兰人。我们都是一个样。觉得自己比俄国人好。装作一副忠诚的样子,而骨子里都是粗野的叛徒,等着机会要背后插俄国人一刀。

后来,我擦洗干净,整个人闻起来都是妈妈最好的肥皂的香气,我打开我们三个小孩共用房间的门。

瓦斯拉夫脸朝下整个人趴在床上。我坐到他身边,把手放在他头上。他的头发柔软,但闻着像干酪似的臭臭的,有几缕头发上还沾了黏糊糊的焦油。

"为什么你对父亲这么生气,瓦斯拉夫?"我问。

我哥哥没有像我担心的那样甩掉我的手。他埋在枕头里咕哝着什么。

"我听不见你说什么。"我快要泣不成声了,但极力不哭出来。

瓦斯拉夫一只手肘撑着,抬起身来转向我。他的额头给煤烟弄脏了。右边太阳穴上还有块淤青。"你真的想知道吗?"

"是的。"

"她的名字叫鲁缅采娃。"

他念着这个名字,仿佛是个咒语。我们和妈妈去圣彼得堡,就跟妈妈一个人去。所有那些关于学校和舞蹈课的谈话都是弥天大谎。"鲁缅采娃,"我哥哥告诉我,"把父亲从我们身边偷走了。"

怎么能有人偷走父亲?好像他是市场摊头的苹果一样。或者是晒在太阳底下的衣服。

瓦斯拉夫抠着他下巴上的痂,结的痂皮松动了一点。一只公猫抓伤了他,他告诉我。痂下面的皮肤呈粉红色,皱巴巴的。我没听说过是怎么抓熊的吗?把它引到一个涂满蜂蜜的桶里去。

"那我们把他偷回来。我们两个一起。"

瓦斯拉夫唇边泛起笑来。一个成人的微笑,意思是我正要想出来的英勇无畏的计划——涉及秘密、翻越篱笆还有模仿卢科维奇剧团服装进行伪装等等——只是我那些童话故事中的一个。认识到父亲不再是我们的这一不幸事实之后,我们感到无能为力。

7.

鲁缅采娃·玛利亚·尼古拉耶芙娜。接下去的几天里,我经常重复念这个名字,用我的舌头探究着这个名字,就像拿舌头触探蛀牙一样。

她并不是陌生人。我隐隐约约知道她,就像我大概知道卢科维奇剧团的大多数人——舞蹈演员、乐师、小丑、杂耍演员——他们总是能说得出我睡得好不好,我读什么书,我喜欢吃什么,我某天对妈妈或父亲说什么了。我回想起那擦得锃亮的鞋磨损了的后跟,那黑色长筒袜上一道抽丝,那裙子的花边下摆,最后是一只戴着手表的纤细手腕。拍拍我脑袋的那只手纤细白皙，涂着红色蔻丹的指甲修长。她的中指内侧有一块墨色印迹，就在闪闪发亮的红宝石戒指上方。我抬起眼睛看她的脸，只见她眉毛弯弯的线条很柔和，嘴唇红艳，大衣上搭的狐狸毛领一丝不苟。

"让我好好看看你，漂亮的小姑娘！"

我很矫健，但我知道自己并不漂亮。我的头发稀松绵软，牙齿不齐。

她把手伸进提包里，在里面摸索了一会儿，给我带着漂亮图片包装的巧克力糖。"拿上三个，勃洛尼娅，"她说，"给你和哥哥们。"

我照办了。

她问我问题的时候，我握着那些糖果，拳头攥得紧紧的：我玩布娃娃吗？母亲哭过吗？她有没有生父亲的气？我真的单单一节课下来就学会跳踢踏舞了吗？

我记不清我怎么回答了，但我记得她的微笑，似乎我说的每个字都确定了她早已知道的某些事情。我也记得她香水的味道，甜而厚重，滑石粉混合香草的气息。我还记得她走之前发现长筒袜抽丝时又是怎么舔了舔手指头按到抽丝的一头上，好像要给它封起来。"没关系。"她喃喃道，走开之前还久久地看我一眼。

父亲怒气冲冲地跑出门之后的第二天早上，我醒来时浑身发抖，身子怎么也暖不起来。脖子和手臂上遍覆红色的发痒斑点。舌头表面都是黏液，感觉嘴巴里黏稠而且发苦。妈妈给我喝甜树莓茶，把我全身都包上鸭绒毯子和羊毛毯子让我发汗，但这百试不爽的疗法并不奏效。

医生上门来看病，说我得了猩红热。

我不愿去想为什么父亲不进我房间来或者为什么我听不见他的声音或者脚步声。等出汗出完了，我穿着上过浆的挺括的睡衣，躺在干净床单里,我的脑袋还发着烧软绵绵的,难以分清梦和现实。世界一会儿膨胀,一会儿模糊。在一个巨大的马戏营里,一头猪被绑在气球吊篮里。没过多久就砰的撞向地面。一个小丑哭泣了。一辆救火车来了,庞大的云梯升到天上。瓦斯拉夫在云梯上爬,他快速有力地抓牢梯子,但当我想跟在他后面时,他说我太小了。"你看着我就好,勃洛尼娅。"他说。我看着,但他消失在厚厚的白云中,然后我又看见一个叫做吉赛尔的疯女人悲痛起舞。

接下去几天我都蜷缩着躺在床上,一会儿发冷一会儿发热。妈妈一个人照顾我。瓦斯拉夫和斯塔西克被禁止进入我房间。猩红热会传染。瓦斯拉夫有时候会抓抓门,"你还能听见我吗,勃洛尼娅?"他问。"还是你已经聋了,像医生说的那样?"

我说我能听得见他,这时候他告诉我他学了新的本事。"我能像苍蝇那样在墙上行走。摸到天花板。"

"怎么个走法?"我问。

"等你好些了我走给你看。"他拍胸脯保证,还想知道我是不是相信他。是的,我说,尽管我根本不确定。

多数时候我一个人待着,昏沉沉地睡觉,或者在发烧的梦境中飘荡,因为瓦斯拉夫在他和父亲大吵一架之后告诉我的那番话而心有余悸。太伤感情,太难以理解了:父亲对妈妈撒了很久的谎。偷走他的女人,这个鲁缅采娃,已经生了个孩子,是女儿,叫玛丽娜。现在她想让父亲离开我们去和她一起生活。

我们即将去圣彼得堡,因为父亲背叛了我们。选择了她们而不是我们。

其他所有一切都是谎言。

一线阳光从妈妈紧紧拉上的窗帘之间的缝隙趁虚而入。我的眼睛刺痛了。我不愿去想一丁半点儿那些事,可一旦知道了就回不去了。

父亲有另一个女儿。我有个妹妹,同父异母的妹妹。一想到这个我很恼火,夹杂着痛苦,还有嫉妒,背叛中又含混着诱人的一面。

我爱我的哥哥们,但我常想还有个妹妹会是什么感觉。作为斯泰法姨妈或者瑟泰雅姨妈那样的姐姐,有个像妈妈这样的妹妹。我会把自己关在房间窃窃私语上几个小时,分享秘密。

玛丽娜,我重复念道。一个戴着镶有蕾丝花边白帽的婴儿,她的脸蛋模模糊糊看不清楚。一个小女孩,像她妈妈一样漂亮吗?比我漂亮?这是父亲之所以选择她们而不是我们的原因吗?

那天晚上,我发的烧大致退了,但还虚弱得很起不来,这时候父亲进来了,坐在我旁边。"太亮了吗?我要不要关掉?"他问我,指着床头柜上那盏小台灯。

我眼睛盯着天花板,那上面影子摇曳。我摇摇头。

"跟我说话,勃洛尼娅,"他说,"求你了。"

"说什么?"天花板有一道裂缝,水漏进来形成了褐色的斑迹。我嘴唇发燥,于是舔了舔嘴唇,担心干皮起屑。

"父母可能不再住一起,勃洛尼娅,"父亲说,"但他们对子女的爱不会停止。我永远都是你父亲。"

"你会离我们很远。"我颤抖着声音。

"不管怎么说,我都不得不那样。"父亲说,"你们小孩子需要上合适的学校。我不能拉着你们跟我从一个剧院跑到另一个剧院。我又不能不跳舞,我们生活都需要用钱。"

我从来没有听过父亲如此严肃认真的语气,像教堂的牧师一般。也没见过他眼睛里那般布满血丝。他摸我额头时双手颤抖。

"如果你不再爱妈妈了,你也会不再爱我和瓦斯拉夫还有斯塔西克了。"

"我没有不再爱妈妈。只是我对她的爱和以前的爱法不一样。"

还有什么别的爱法？这是大人说的话了。就是要让我摸不着头脑。结尾总是一样：等你长大了就明白了。

"是真的吗，你又有了一个女儿？"我问。

"对。"他说。

"她比我漂亮吗？"

"没有。"

"她会跳舞吗？"

"我还不知道呢。她只是个宝宝。"

他把手放在我额头上，放了一会儿。他说他会写信。等他在舞蹈演出聘期之间有空档时会回到圣彼得堡来和我们住。我每天都应该继续练舞，尽我所能跟妈妈学跳舞，他回来时要检查我有没有进步。他希望为我自豪。他说得像是最稀松平常的事情。他将不在家。他会回来。

"你可以保证给我写信吗，勃洛尼娅？"他问。

我余烧未退，凝视父亲，看着他饱满的天庭，宽大的颧骨，精心修剪的胡子。他的眼神在哀求，很坚持。杏仁状的眼睛，我想着，就像瓦斯拉夫和我的眼睛。

父亲扭过身子，他自己不由垂下肩膀。没有了他平常柑橘调的古龙水味，我闻到另一种香气，俗气的麝香味，然而又有点发甜。

"你可以保证吗，勃洛尼娅？"

我点点头。

夏天结束之前，父亲帮我们搬往圣彼得堡，搬进莫霍瓦亚大街上的一处公寓。公寓不大，但是亮堂堂的，而且如同父亲反复念叨的——离我们的预备学校很近，离瓦斯拉夫乘车去跟切凯蒂大师上课的电车站也很近。

切凯蒂是意大利人，他是帝国芭蕾学校的老师，接受私人学生。

到俄国之前,他在斯卡拉大剧院①跳舞。父亲和妈妈都上过几次大师的课。玛蒂尔达·柯切辛斯卡也上过,还有奥尔加·普列奥布拉延斯卡。瓦斯拉夫将会由大师一手栽培。

"我已经尽我所能满足你们的需求了,"父亲走之前说,"现在剩下的一切都将取决于你们。"然后他以低沉而又坚定的语气让我们保证要当好孩子,让他为我们自豪。斯塔西克和我当即就保证了,但瓦斯拉夫盯着他的鞋尖什么都不肯说。出乎我意料的是,父亲并没有坚持一定要瓦斯拉夫说出来。

然后他就走了。

8.

到圣彼得堡的头几周我经常哭鼻子。在不熟悉的房间里,我找不到一个让自己舒服自在的地方。有时候我以为听见父亲在公寓外的脚步声,就跑向前门,满心认定他已经回来,结果那脚步声没有停下而是继续走了过去。哥哥们催我出去玩,但我大病初愈还很虚弱,因此常待在妈妈身边。我帮她在衣橱里铺上纸,好给我们的亚麻衣物防潮,然后打开最后几个装书的箱子整理收拾。为了让我开心点,她给我做了我最喜欢的"口吉抹吉",一种用生蛋黄和糖做成的蛋奶酥,我们小孩都喜欢。不过那时候学年开始了,我也就没有时间悲伤落泪了。

帝国芭蕾学校的入学考试在八月举行,瓦斯拉夫有整整一年时间来准备。我们都开始了按部就班的生活。早上一开始先进行舞蹈练习,然后我们三个到常规的俄语学校上学,下午我继续跟着妈妈上舞蹈课,而瓦斯拉夫搭电车去上大师的高级舞蹈课,斯塔西克也跟着一

---

① 位于意大利米兰,是世界最著名的歌剧院之一。

位音乐家庭教师上他的音乐课——妈妈希望能教他有朝一日为台上舞蹈演员伴奏。

父亲确实每个月都写信来，写给妈妈和他"心爱的孩子们"。卢科维奇剧团真诚问候我们，每个人都带给我们温暖热切的祝福。他描述了他设计的舞蹈，他编入旧舞蹈的新舞步，他从诚挚致谢的芭蕾舞迷那儿收到的礼物，不仅是基辅、明斯克和敖德萨的芭蕾舞迷，还有莫斯科的芭蕾舞迷。有时候他还附上评论的简报，赞扬他的弹跳能力、他的高跳和他充满活力的玛祖卡舞步。

"惊人的力量，"我读道，"托马斯·尼金斯基光芒四射。"

每封信最后，父亲都会问我们的进展。他写道，对舞蹈演员来说，身体是表达手段，需要打磨和历练。我们每天的训练确保我们锻炼合适的肌肉，依照恰当的顺序进行。这就是为什么训练内容绝不能改变，不能压缩训练时间，不能跳掉训练步骤。我们——特别是瓦斯拉夫——必须永远听妈妈的话，当妈妈的好孩子，不能给她惹麻烦。

他总是寄钱来。

我嗅着信，闻闻有没有些许鲁缅采娃那个女人和我的同父异母妹妹玛丽娜的气息，但我闻到的无非就是香烟的味道。

每次邮递员送来父亲的来信，瓦斯拉夫就到妈妈身边。蹭蹭她的手，在她脸颊飞速亲吻一下。或者让她摸摸他，展示有脏污需要她来擦干净的额头，或者坚持要她检查他的眼睛说有灰尘在里面，虽然根本看不见什么灰尘。自从他跟着切凯蒂大师上课以来，他看起来长高了，更像大人了。我们早晨练功时，他的动作总是从容不迫又无懈可击。他对于他想要强健或拉伸的每一块肌肉总是有着无限的耐心。妈妈很高兴瓦斯拉夫如此全身心投入。她认为这是好兆头——只要他不挥霍他的天分——他成为艺术家大有希望。

我很知趣，没让瓦斯拉夫在我写给父亲的信中加上哪怕一行字。"你答应了他，勃洛尼娅。我可没有。"他说，所以我自顾自写信：

圣彼得堡很美。我喜欢新学校。我能做出阿拉贝斯克了。瓦斯拉夫能做大跳，他还说他对入学考试一点儿都不紧张。斯塔西克的家教现在在教他拉手风琴。礼拜天，我们都做完作业以后，一起到夏园①去散步。我们最爱克雷洛夫的雕像。我最喜欢的塑像是个戴眼镜的猴子，尽管有人把眼镜给打碎了。瓦斯拉夫喜欢一头抱着大提琴的大熊，斯塔西克也喜欢熊。

不知道还有什么可写的，我坐在座位上，咬起笔杆的一头。我觉得有必要写满整张纸，因为要是不这样的话，看起来就好像是我想说别的话，一些伤人的话，却没有勇气写出来。于是我把钢笔在墨水瓶里蘸了蘸继续往下写，写出来的字母变得稍微大了一些，行与行之间的间隔也变大了：

我们回来的路上，我瞅见摆着漂亮的巧克力马口铁盒子的商店橱窗，多停留了一会儿，然后我就看不见妈妈或者瓦斯拉夫或者斯塔西克在哪儿了。一开始我挺害怕的，但也就那么一会会儿。想在人群中找到他们是没辙了，所以我决定自己回家。我记得路上有许多楼房，我沿着那些楼房终于走到了家。既然没人在，我就坐门口台阶上等着。而在此期间，妈妈、瓦斯拉夫和斯塔西克都在找我，他们吓坏了。妈妈甚至还找了个警察帮忙，但他也同样哪儿都找不到我。

妈妈和瓦斯拉夫和斯塔西克最后只好回来了，看见我在等着他们，他们高兴极了。我说我找到回来的路，自己回到莫霍瓦亚大街时，瓦斯拉夫还不相信。他敢肯定我是找了什么人带我回家的。但是当我跟他描述回来路上我所记得的每

---

① 1704 年由彼得大帝下令建造，位于圣彼得堡一个由丰坦卡河、莫伊卡河和天鹅运河环绕的岛上，是该城最早的园林。

一栋楼时，他不得不承认我没撒谎。

我看着写好的内容，很满意已经填满了一整张纸，只留下够签上我名字的地方了。接着我拿出一张干净的吸墨纸，小心翼翼地覆盖在信纸上，免得它被墨水弄脏。

9.

不要嫁给身体不好的穷人。

不要嫁给舞蹈演员。

不要变成有权有势的人的情妇。

这是我从斯泰法姨妈家宽敞的卧室中获悉的，她家位于维尔纽斯郊区，我们和妈妈一起来到这里过圣诞，第一次没有父亲和我们一起过的圣诞节。瑟泰雅姨妈那时候已经成了寡妇，和身体欠佳的斯泰法姨妈住在一起，帮她管家。斯泰法是三姐妹中最美丽、最有天赋的，为了一个男人抛弃了舞台和体面的生活，而这个男人却丢下她去迎娶"他自己阶层的人"，从此以后她便荒废了才华。

圣诞节庆活动一结束，让我们啧啧称奇的礼物全都拆开——为了让我们欢天喜地，我们的礼物特别昂贵——这时我的哥哥们就跑到白雪覆盖的原野里去撒欢了。他们回来以后，瓦斯拉夫告诉我，他们去设陷阱抓野兔，还堆雪建起了一座城堡，城墙和城楼都厚厚实实，但斯塔西克承认的活动可远没有那么惊险刺激：坐在废弃的木板上滑下山，或者是往围栏上扣上一只旧水桶，然后试图扔雪球把桶打下来。

在我记忆中，维尔纽斯那间幽暗的卧室中闻到的是白桦汁和薄荷的味道。厚实的酒红色天鹅绒窗帘总是半遮着，哪怕冬日惨淡的光线也进不来。斯泰法深爱的将军的一幅油画肖像就挂在她精致的卧床上方。他相貌堂堂，椭圆脸型，八字须，络腮胡子修剪得一丝不苟，极像沙皇本人。他站在一根大理石柱边上,身着华丽的军装,胸口一排奖章,自信十足地看着前方。在他下方,隐没在白色亚麻之下,躺着斯泰法,纤瘦弱小,伤心得几近憔悴可怕。

我拿起一本书或者是一沓画图纸,悄无声息地坐在边上,直至我的存在被大家遗忘。我一个字也不想错过。

她们讲个不停,妈妈和她的姐姐们。讲过去的梦想,讲当下的背叛,谁说了什么、怎么回事、在什么时候,每个微小的细节都仔细分析,都再三掂量。痴心的男人许下的真切承诺,爱与被爱的短暂的喜悦,对于一切并不尽然像看起来那样的无可避免的发现。她们联想起自己的预感和种种兆头,她们要么置之不理,要么视而不见,或者回想起来为时已晚。

瑟泰雅的丈夫嘲笑她害怕一直叫个不停的猫头鹰,结果一个月后就紧紧抓住他自己的喉咙跌到地上断了气儿。斯泰法——她的镜子在手里碎了——对于情人越来越长时间的沉默和越来越少的上门次数没放在心上,直到有一天她早餐喝咖啡时打开维尔纽斯的报纸看到他结婚的通告。至于妈妈呢?她不厌其烦地教鲁缅采娃那个女人跳波罗乃兹舞,完全没注意卢科维奇剧团里其他舞蹈演员的眼神。

就是这么一回事。你做出一个糟糕的决定,就什么都挽回不了。时间夺走了你的美丽容颜和魅力。白桦汁美容液的功效不足以保持皮肤的鲜嫩。即便涂了煤油,头发也照样越发稀疏。孩子们降临了,害得身材走形,他们的需求总是比你的需求更要紧。你的丈夫对你熟视无睹。你的情郎拿定主意,一个有钱的妻子比为他而牺牲艺术的艺术家更好。

没有第二次机会。你能做的就是警告你的女儿或者外甥女不要重蹈你的覆辙。

她们叹着气,用斯泰法的绣花手帕轻轻擦着眼睛,直到瑟泰雅责备她们怎么就这样听任忧郁情绪泛滥了。"吃吧。"她说着,端上她的冬季慰藉之物。用晒干的野蘑菇调味的"比哥斯"①，淋了厚厚的樱桃酱的奶酪蛋糕。她们记忆中华沙家里做的一道道菜唤起了对我外祖父的回忆，他制作的橱柜和书架都那么精美，还镶嵌了彩色玻璃和带有嵌饰图案的柱子。或者是想起外祖母，她用孔雀羽毛装饰帽子。她丈夫倒在作坊地上一命呼呜之后，她缩回到自己的卧室，面朝墙壁，对孩子们的请求和哭喊不理不睬，而且不吃不喝，直到死神把她也带走。

她们的故事里包含着大千世界。

妈妈五岁时躲在她们母亲的衣柜里玩布娃娃，后来就睡着了。醒来时听到外面哭哭啼啼的，大家怕她是给吉普赛人拐走了。

斯泰法十岁时偷偷溜进华沙大剧院，那里舞蹈演员们正在排练《天鹅湖》。奥杰塔旋转着上台时，她就躲在一根柱子后面看着。那么美丽，那么娇弱，那么优雅，从此斯泰法一心想要像她那样。

"你就是那样的。"妈妈和瑟泰雅跟斯泰法保证。

"要是我没有全都放弃了的话就好了。"斯泰法悲叹。因为那个靠不住的男人，他背信弃义，离开了她。为了情人或者丈夫而放弃一个人的才华根本不值得。男人只欣赏他们得不到的。"我本该像柯切辛斯卡那样，"斯泰法说，"既大胆，又无情。"

妈妈和瑟泰雅表示反对，斯泰法愤恨地问，"为什么不行？从古至今，光有才华又发奋工作够吗？"

我只见过一次玛蒂尔达·柯切辛斯卡，在芭蕾舞《四季》里，那回妈妈有两张日场的顶层楼座票。一开始光是进马林斯基剧院就让我兴奋不已，装饰着金色帝国雄鹰的猩红色帷幕，带流苏的铜质花枝吊灯，舞台前面拱门上的蓝色垂帘。有个人坐在帝王包厢里，我很好奇

---

① 一种流行于波兰、立陶宛、白俄罗斯和乌克兰的菜肴，做法是将切好的卷心菜、酸菜和肉类及炒过的洋葱、蘑菇一起炖煮，被誉为波兰的国菜，按照波兰习惯一般要在节礼日这天吃比哥斯。

他是不是就是沙皇本尊。然而当柯切辛斯卡跃上舞台时，我这一切念头就消失得无影无踪了——她激情似火，佩戴的珠宝闪闪发光——她三十二个挥鞭转①让观众沉浸在狂热之中不能自已。我的脖子都起了鸡皮疙瘩，紧紧抓住妈妈的手。

后来几天我脑海里一直反复想着斯泰法的话。权衡她那些话和妈妈的疑虑、瑟泰雅的告诫。把这些想法藏到头脑里，等我长大了——就像大人们一向保证的那样——一切就都会明白。

10.

一八九八年八月二十日，是瓦斯拉夫入学考试的日子。我起床听见妈妈无声的祷告。"圣母在上，玛利亚啊，帮助瓦斯拉夫吧。求您保佑他。"

平时喜欢晚起的瓦斯拉夫这会儿已经起床了。我能听见他在卫生间洗漱刷牙。第一轮的选拔，妈妈已经说过了，将是基于外表的选拔。你被看见是什么样子的时候，就已经在受到评判了。

因为这个原因，瓦斯拉夫穿上和他圣诞节礼物儿童手套相匹配的一套新的深蓝色服装，戴起水手帽，帽子上深蓝色的缎带帽圈中央用金色字母绣着"俄罗斯"。他以各种方式试戴帽子，每种戴法都总要确保金色字母完美地处于中间位置。妈妈教过他怎么得体地鞠躬：收起双脚，低下头而不弓着背，手臂与裤缝线保持在同一条直线上。

等我起床时，我看见哥哥站在衣橱的镜子前面，对着自己镜中的人影微笑。他多么英俊，深棕色的头发，长长的睫毛密密实实，颧骨高耸。他身上的一切都闪闪发光：斜睨的深棕色眼睛，洁白整齐的牙齿。

---

① 芭蕾舞动作，一条腿像鞭子似的持续挥动，身子则规律地在另一条腿的支撑下旋转。

就像父亲一样,我想着,尽管没有说出来。

"别的都不要,我只要茶就可以了。"妈妈端上我们的早餐时,瓦斯拉夫说。我也不饿,只吃了半块涂黄油的圆面包。我请求妈妈让我跟着他们去剧院街,她同意了。去观察学习对我大有裨益。

"这下看我的了,勃洛尼娅!"瓦斯拉夫说着,举起他的茶杯,仿佛那是一只珍贵的酒杯。"跟老师学着点!"

我在桌子底下踢了他一脚,他装作受到了致命的创伤,倒在椅子上,直到妈妈叫我们俩消停。

斯塔西克不肯跟我们坐在一起。他蹲在房间一隅,拉扯着他虎口的皮肤。"为什么我不能去?"他问。

妈妈没有告诉他,她担心他会无故尖叫起来或者跑开。"你看我找到什么了。"她反倒这么说,递给他一盒他最喜欢的草莓酥饼。"都是给你的。"她说,斯塔西克就笑了。

我们出发前,妈妈在胸口划十字,为瓦斯拉夫祈求神的保佑,我看得出她有多紧张——她咬紧牙关,双手颤抖。

瓦斯拉夫也看到了。"别担心,妈妈。我会被录取的。"他握住她的双手。"我会成为伟大的艺术家。"他说着,一边把她的手放在他胸口上。"沙皇会来看我跳舞!我会很有钱,给你买一座带花园的大房子,你可以在那里种下你喜欢的所有花儿。然后我给你买银狐皮大衣过冬穿。买漂亮裙子,还有配套的帽子。也给你买,勃洛尼娅,也给斯塔西克买。"

"我才不在乎什么皮毛大衣什么裙子。"妈妈笑着说,从紧抓着她不放的瓦斯拉夫手里挣脱了出来。"我只想要我儿子成为伟大的艺术家。"

"要多伟大?"瓦斯拉夫问,还做了个完美的皮鲁埃特旋转。然后又一个旋转,双臂弯着举过头顶,像巨鸟振翅而飞。

"我也不关心裙子。"我说,虽说这不完全是实话。我们已经去常规的学校上学了，我发现我的"好衣服"其实很寒碜。我多数裙子都是妈妈自己做的，从她的旧裙子改小缝制，颜色总都褪得差不多了，陈年的线缝有时候都能看得见。

瓦斯拉夫旋转完毕，鞠了一躬。"我们出发吧。"他说。他已经准备好了。他不想迟到。

我们到达帝国芭蕾学校时，我看见考试会堂前聚集着好多男孩。有些人上上下下地踱步，有些在试着快速做拉伸。瓦斯拉夫和我们站在一起，手里拿着水手帽，耐心听妈妈最后一分钟的告诫："说任何话之前要先想好……听从指挥……结束之后要鞠躬。"接待员一叫到他的名字，他就一跃向前，只是被告知要把水手帽留给母亲时，眼神才黯淡了一下。

我拉着妈妈的手，捏得紧紧的。父亲在上一封信里许诺会为我上高级舞蹈课程付学费。"但你要问自己，勃洛尼娅，是不是真的想以跳舞为生。"我反反复复地读这句话，探究每一个字，迷惑不解。父亲从来没有问过瓦斯拉夫是不是想跳舞。为什么他就问我呢？他不信任我吗？还是他的新女儿已经跳得比我好了？

我们等待着，紧张兮兮的，默不作声。从紧闭的考试会堂大门后传来了钢琴的乐声，脚步跑动的笃笃声，断断续续的跳跃声。我不停地瞄一眼墙上那巨大时钟的指针，但它们几乎一动不动。有那么一会儿，我总算沉下心来欣赏起一面墙上悬挂的王室肖像。沙皇一身灰色的军装，胡子修剪得造型极美；皇后椭圆形的脸庞，头上的冠冕熠熠生辉。假如瓦斯拉夫被录取了，几个月后，他就可能在学校的舞台上跳舞，沙皇就可能来看他演出。不光是他，我纠正自己，还有别的学生。但那也很厉害啊！

墙上还有其他肖像，画的是知名的舞蹈演员，我认出他们来了，因为读过他们的故事。才华横溢的奥古斯特·维斯特里，他的脸庞和女孩子的脸一样秀气，正飞跃在舞台之上，脚不沾地。玛丽·塔利奥尼，无以伦比的吉赛尔，第一个将足尖舞变成艺术的芭蕾女伶。

考试会堂的门开了，第一批男孩出来了，瓦斯拉夫不在其中。我正要问妈妈这是不是个好兆头，但她正双手合十喃喃地念着祷词。今天这里有两百八十个男孩，她说了，大家都希望被录取。许多人的保护人比切凯蒂大师更厉害。所有人也都有愿意提供给他们最好条件的家庭。

出来的男孩马上被一小群人团团围住，他们急切想知道考试会堂里面都发生什么了，但当我朝他们走出一步时，妈妈停下了祷告，抓住我的手。"就待在这儿，勃洛尼娅。"她悄声说，我照办了。

门又开了，更多男孩子出来了。他们这下都三五成群地站着，窃窃私语，看着那座大钟。一些人还双手捂住脸。一个接待员叫大家安静，那声音响得很，哪怕走廊最远的角落也能听得到，他宣布还在里面的男孩是留下来做体格检查的，至于其他所有人都可以认为自己没有被录取。

人群中掀起一阵波澜，话音四起。有些母亲哭了，有些抓着她们儿子的手急匆匆离去。他们当中许多人向妈妈和我投来凌厉、怨恨的目光。

妈妈把我拉得离她更近了，我想象我们的瓦斯拉夫在考试会堂里面，完成他完美的一鞠躬。

最后二十个男孩终于从考试会堂里出来了。瓦斯拉夫不像其他人那样开心得直跳起来，扑进他们父母的怀里，他只是让妈妈拥抱了他，吻了他的两颊。他不是叫她不用担心吗？他不是一直都好好的吗？我和他眼神相遇时，他眨眨眼做了个鬼脸。

片刻过后，皇家芭蕾学校第一年见习学生的正式录取名单贴在了考试会堂门上。男孩子们都冲了过去。有些人转身走开，一脸铁青，痛苦不堪。瓦斯拉夫看了名单一眼，回到妈妈和我站的地方。

"我们现在能回家了吗？"他咧开嘴笑着问，"我真的好饿。"

11.

"瓦斯拉夫的学校"，我们用这么个叫法，因为还只是他一人的。第一年他是见习学生，课都上完了便回家；第二年成为寄宿学生以后，他就变成让我们翘首期盼的只能在周末才见得到的客人了。

一切都是崭新的。瓦斯拉夫的校服——黑裤子加浅蓝色外套，领口绣着七弦琴，我喜欢去触摸那紧实的刺绣。他的正式黑外套，锃亮的皮鞋，两套睡衣，一件晨袍，五条内裤，冬天夏天各一套。瓦斯拉夫一成了寄宿学生，他生活所需的各色用品就统统无需妈妈给他买了。不用买舞蹈鞋，不用买书，不用买笔记本，连钢笔和铅笔都不用买了。一切都有供应。一切都置办好了，因为帝国芭蕾学校的舞蹈演员都受沙皇的监护。

还有两年，我想，就轮到我了，在我脑海里，时间延伸不断，成倍增加。两年等于二十四个月。不是七百三十天，而是七百三十一天，因为一九〇〇年是闰年，这一点让我觉得特别不公平。

我没完没了的问题让瓦斯拉夫烦不胜烦。谁给他上课，他学了些什么。他的朋友们都有谁，他们聊什么。马林斯基剧院的艺术家果真到学校来排练吗？他有没有近距离见过柯切辛斯卡？普列奥布拉延斯卡呢？他们练功时都做些什么？他们怎么拉伸的？

瓦斯拉夫的回答来得干脆利落，没有我渴望了解的细节。教授技巧方法的米哈伊尔·福金是他最喜欢的老师。为什么？因为他比其他老师年轻多了。是的，还有别的课程：模仿表演、仪态训练、音乐课和交谊舞课。是的，他有朋友，他提到的男孩们都只讲他们的姓：布尔曼，罗萨伊，巴比奇。布尔曼的父亲不想让他成为舞蹈演员。罗萨

第一部：一八九四年～一九〇〇年　47

伊能蒙上眼睛弹钢琴。巴比奇吐口水吐得比罗萨伊和瓦斯拉夫都远，不过他们谁都不会真正的弹跳。

他更乐于把各种消息告诉妈妈。依她的要求，他展示每个星期都学了什么，说受到表扬和优待。福金又挑他来领舞、带大家练功了。切凯蒂叫他向全班同学展示怎么做一个新的舞蹈动作。他还总是跟她保证学校的伙食怎么也比不上家里的好吃。没有人像妈妈这么会做比特奇。

瓦斯拉夫进了芭蕾学校，得到老师们的交口称赞，现在轮到斯塔西克最让妈妈担心了。在俄语学校，斯塔西克升不进更高年级。老师们开始叫母亲去谈话，抱怨他的表现，于是她让他和她待在家里。不过在我记忆中，从这一时期开始我的大哥相当镇静，拉他的手风琴，或者帮妈妈在厨房忙里忙外，打扫地板，为准备晚餐削土豆皮。只有当瓦斯拉夫出现时，斯塔西克才狂躁不安，冲着瓦斯拉夫伸舌头或者挥拳头。妈妈叫他住手，这时他就捂住耳朵。如果瓦斯拉夫朝他迈出哪怕一小步，他就尖叫，"别碰我！"有时候他含含糊糊地哼着奇怪的小曲，让我联想到敞篷四轮马车的车轮在木头道路上格格作响的声音。

"不碰就不碰。"瓦斯拉夫每次都用波兰语说，因为斯塔西克从来都没真正学会多少俄语，最多只能听懂那么几个字。

就如你所愿。

瓦斯拉夫一变成学校的寄宿学生，妈妈就把我的床搬进她的房间，所以斯塔西克现在自己睡。一天结束躺下时，一小盏台灯映照在黑夜之中，我想，这就好像有了一个姐姐，听着她的发梳啪嗒一声放在梳妆台上，她的发夹落进玻璃罐，她从放在床头柜的檀香木盒子中叮叮当当取出念珠。跳舞之后疲惫不堪，我总是早早先于她就入睡了，不过有时候她的啜泣声让我醒来。"等我死了，斯塔西克会怎么样，勃洛尼娅？"她曾问过我。我起床拥抱她，告诉她瓦斯拉夫和我会一直照顾斯塔西克，但她只是摇头。"你们俩必须过你们自己的日子。"她说，命令我回去睡觉。

有些信出现在我们家门底下。妈妈把它们都丢进了火里。"没什么。"她说了假话。但我曾瞥到过一眼那些写得歪歪扭扭的巨大字母，"你儿子是个怪物……令人恶心……他应该被干掉。"

当我问她谁会那么恨斯塔西克，她畏缩了。"男人对待起彼此来都是狼，勃洛尼娅。"她说。这是她背负的十字架。然后她让我保证，绝不告诉瓦斯拉夫我所读到的内容。瓦斯拉夫是个急性子，就像父亲。不可预料，特别是火气上来的时候。先行动，后思考。保不准他会干什么，会遇到谁。我们是波兰人，总是比俄国人更受人质疑。遭到一次告发，瓦斯拉夫就可能被勒令停学。那样又能帮上谁什么忙呢？

"你能跟我保证吗，勃洛尼娅？"妈妈问，我向她保证了。

12.

对我而言，这两年从早到晚排得满满的。天不亮我就起床，练习妈妈为我专门设计的动作，一周之中每天都各有特定的练习，以塑造锻炼不同肌肉。速战速决吃完早饭之后，我到俄语学校上学，课程对我来说很简单，因为我很擅长阅读和写作。然后做作业，跟着妈妈学习下午的舞蹈课。

我的母亲是个耐心教导而又要求严格的老师，能解释我哪里做得不对，需要加强什么内容。我的外开①不断增强，肌肉越来越强健，关节变得越发柔韧，但我们都知道这还不够。就像在我之前的瓦斯拉夫，我也需要高级课程的训练和保护人，能坚定站在我这一边的学校里的人来拉上我一把。

这就是为什么那两年每天晚上我都搭电车去上切凯蒂大师的课。

---

① 芭蕾舞用语，指两腿从髋关节起，每处关节都向远离身体中线的外侧旋转。

父亲确信我依然想成为真正的芭蕾女伶之后——"正如我一直所想的",每个月为我付学费。他称之为他的"投资",并且要求我详细汇报取得的进步。这并不是什么繁重的要求。列举出我在把杆上的练习,描述大师课上的固定流程,用这些内容来填满信纸,比起记述我们周末都干什么了要快多了。

我同另外五个女孩一起上课,但我真正喜欢的那个女孩是弗洛西娅。她一看就像是芭蕾女伶,脸型呈完美的椭圆形,头发浓密闪亮。她也比我高,更娴娜多姿,我很容易想象她站在舞台上,身着芭蕾舞短裙姿态优雅,两腿如同箭一般笔直。当我对自己粗壮的身体或者稀疏的头发深感绝望时,弗洛西娅佯作生气地使劲摇晃我的肩膀,"够了,勃洛尼娅。"她说,提醒我切凯蒂可不轻易收学生。一年之内,我们都将成为帝国芭蕾学校的学生。

"看着我,勃洛尼娅。重复一遍我刚才说的话。"

"我们俩都会被录取。"

"而且我们永远都是最好的朋友。"

"永远。"

我们已经是最好的朋友了。我们交换以十个铜板购买的小人书。弗洛西娅最喜欢基辅骑士的冒险故事。我喜欢的是一个西伯利亚女孩一路走到圣彼得堡去为她误被囚禁的父亲请愿的故事。但我们最喜欢谈论的还是舞蹈。上了舞台是姿态优雅更重要呢,还是活力四射更重要?谁更伟大——是玛蒂尔达·柯切辛斯卡还是刚成为顶尖芭蕾女伶的奥尔加·普列奥布拉延斯卡?"她跳起舞来宛若一阵轻风。"弗洛西娅说。她已经看过她两次了,还模仿普列奥布拉延斯卡飘浮在空中消失不见、留下她尘世的爱人无限怀念的样子,给尚未有幸亲眼目睹的我看。

我承认纤弱固然有一种美,但我还是为澎湃激情而据理力争,或许是因为我感受到了体内柯切辛斯卡那股势不可挡的力量。不过我同意弗洛西娅说的,在作出这样重要的选择之前,我须得亲眼看看普列奥布拉延斯卡。届时我们又有问题要探讨了,例如谁是真正的艺术家,谁还只是个舞蹈演员。

弗洛西娅直起身子,朝空中举起一个手指头。"听我说,姑娘们,"她宣布,她模仿切凯蒂大师的意大利口音,声音变得含糊,"一个真正的芭蕾女伶,你们明白的。她是个明星,熠熠生辉。"

切凯蒂是严格的老师,注意到每个失误,每个停顿。他纠正我远多过纠正别人,让我重复的舞步若是在其他人身上他会觉得已经很不错了。他调整我腿的位置或者指导我的脊柱更进一步弯曲时,他的手指头压得我的皮肤留下淤青。"瞧,勃洛儿尼娅,"他用他磕磕绊绊的俄语说,"这儿,只要记住是什么感觉。"

我在不断进步。这是我无意中听到切凯蒂对妈妈说的,他以为我听不见他说话,因为大师不相信用表扬来宠溺学生那一套。但距离入学考试还有三个月的时候,除了我的常规课程之外,他让我参加他的芭蕾女伶大师班。这是极高的荣誉。我才九岁,无非就是希望能获得录取,进入帝国芭蕾学校,而我却将在柯切辛斯卡和普列奥布拉延斯卡身边练功。还有安娜·巴甫洛娃,她刚从帝国芭蕾学校毕业,我听说可能会超过她们俩。

"记住一切。"弗洛西娅恳求我。她想知道顶尖芭蕾女伶练功时都穿什么,下课之后是谁来接柯切辛斯卡,是坐着皇家马车的谢尔盖·米哈伊洛维奇大公吗?

弗洛西娅说这些时微笑着,即便她并没有被选上。"我就知道会这样。"她让我放心,捏了捏我的手。班上其他女孩子——她称她们为"麻雀脑袋"——随便她们说什么,但她知道这是我应得的。勃洛尼娅·尼金斯卡是她最好的朋友。

大师班就在我每天晚上"幼苗"班所在的舞蹈房上课,但在春天的日光下,房间显得更大更气派。我早早就来了,在角落里进行拉伸——我确信那是唯一一个没人喜欢的位置。

镜子刚刚被擦亮,氨水的刺鼻味道还在空气中没有散尽。地板有些地方还没干。我坐下拉伸髋关节时能感到连裤袜给弄湿了。

钢琴伴奏员第一个到,随后是一些芭蕾女伶,她们当中有些人还朝我这边投来惊奇的一瞥。舞蹈包放在另一个角落,有些人漫不经心地哐一声丢下,还有些人轻轻放下。我不认识所有的芭蕾女伶,但我马上认出了奥尔加·普列奥布拉延斯卡,因为我曾在马林斯基剧院一张海报上看过她的照片。她向钢琴师走去,请求他什么事情我听不见。他让她弹了些音符而后使劲点头。

我也认出了安娜·巴甫洛娃。她走进来,指尖放在唇上,宣称她刚看见了今年春天第一拨开放的雪花莲。她走过时身后留下一阵香水气息。另外三个舞蹈演员跟在她后面也进来了,叽叽喳喳聊着天。"这天还冷着呢,但白天变长了,白夜也不远了。"

她们的羊毛练功连裤袜都是黑色的,正和我的一样。

我一直在拉伸,也一直在张望,心里热切,不错过任何动静。到把杆她们自己的常用位置就位前,芭蕾女伶们调整她们的足尖鞋,系紧缎带,在松香盒里蘸一下鞋尖。巴甫洛娃纤细的脚踝或许看起来很脆弱,但她使劲将脚尖踩进松香粉里,力道十足。

柯切辛斯卡是最后一个到的,就在切凯蒂大师进来之前,勉强算是准时。她的女仆——至少我以为她是个女仆——拿着她的舞蹈包和她在街上穿的衣服,脚步匆匆地跑出了舞蹈房。我注意不让自己盯着她看,但我注意到了粉红色的丝质连裤袜。她比在舞台上看起来矮一些,我想起她的外号叫"玛拉",波兰语所说的"小不点"。

绝对首席芭蕾女伶[①]在她把杆上的位置就位前,她的眼睛扫了一

---

① Prima ballerina assoluta,比首席更高的荣誉头衔。

遍舞蹈房。快速一扫，就像鞭子那么一抽，但足够剥去一切伪装，暴露一切缺点。在那一刻，我也被评判了。

你构不成威胁，她的眼睛告诉我。就你看起来的样子构不成威胁。可以无视你。

这样的不屑一顾简直是火辣辣的痛！真丢人！所幸我没有时间多想，因为门一开，切凯蒂走了进来，手杖当当敲着地板。他优雅地一欠身，向女伶们致以问候，就做了个手势示意钢琴伴奏员做好准备。他的课一向准时开始。

"站到你的位置上，勃洛儿尼娅。"大师召唤我走出角落。"快点。"他不耐烦，打响手指头，指着把杆尽头唯一一个空出来的位置。没有时间可以浪费。手臂练习是他今天要强调的内容。

"所有人都准备好。开始吧！"

我站到我的位置，抓紧把杆。抓得太紧了，我能感觉到它的形状都印到我手上了。芭蕾舞女主角演员们处在前面的位置，听着切凯蒂大师的指导。他追求的是绝对的精准，质量而非数量。她们或许都是台上伟大的艺术家，但在他的班上她们都是，并且永远是区区学生。

音乐开始。全班从简单的蹲和擦地开始，人人都一样，和我已经做过几千次的练习并无二致。我回想起妈妈的鼓励："你要为自己骄傲，勃洛尼娅。"可那擦得一尘不染的镜面四墙却相当残酷无情。我脑子里这下又有另外一个声音，比妈妈的话或者弗洛西娅的话更响亮。柯切辛斯卡的不屑一顾没错。我身边的女伶们不仅动作自信，异常流畅，而且美丽动人，而我的脸太圆，头发太稀疏。她们身子短两腿长，而我的身体太壮实，不适合丝网薄纱的轻盈感。

疑虑如蛛丝罗网一般让我深陷其中，使得我竟然在装满镜子的练功房里停住了。我的手脚都变得沉重不堪，无法动弹。血液在耳朵里嗡嗡鸣响。

音乐跑在我的前面。

这时我胫部遭到一击,一阵剧痛猛地把我从绝望中拉了出来。切凯蒂大师用他的手杖打了我。

音乐停了下来。每个人都看着我,一匹笨马,找不着北的小姑娘,她动弹不得。柯切辛斯卡一个嗤笑扬起了嘴唇,我看见她整齐得不可思议的皓齿的外缘。

"振作起来,勃洛儿尼娅。"大师的声音就在我耳朵后面炸响,"直起腰杆!抬下巴!再来一次,从头开始。"

这声音所含的严厉比鞭打的疼痛还糟。但他的语气起了作用。我的恐惧迅速散去。音乐回到开头时,我的双腿和双臂跟上了,顺从而柔韧。

鹤立交叉向前……鹤立外开向后……掌心向前……掌心向下……

思虑都消散了;换成肌肉来掌管一切。就这样,这一刻身体只跟着音乐,别的一切都无关紧要。

"好些了……好些了……再来一次……"

切凯蒂大师上前走向我,拍了拍我的脑袋。"做得好,勃洛儿尼娅。"他说。然后他朝我弯下腰悄声说:"不要看别人,勃洛儿尼娅。只要随音乐跳舞就好。"

下课以后,一大圈人围着切凯蒂,我没有跟着上前,但也没走。等到整个舞蹈房又空荡荡了,我走到柯切辛斯卡之前站立的位置。前面的把杆太高了,但我还是抓住了,然后再放开。看着镜子中我的倒影,我依照大师刚才教我们的方式摇动双臂,注意平衡和配合,注意线条和力量。

三个月后,一九〇〇年八月,妈妈和我再次一起走到剧院街,在同一个门房面前走过,到瓦斯拉夫两年前站着等待的过道。我知道今年有两百一十四个女孩报考。我知道只有十二个人会被选中。

之前一天,在厨房里,妈妈确保我的足尖鞋都辦得够软,缎带都牢牢缝上。然后她还缝补了鞋尖，这样我就不会打滑。另一个房间里，斯塔西克拿拳头用力捶打墙壁。他上一个音乐家教不干了，还威胁要向警察告发我们。"他总有一天会杀了你们。"他冲妈妈大喊，"那会是谁的错？"

"勃洛尼斯拉娃·福米尼奇娜·尼金斯卡！"接待员叫了我的俄语全名，我离开妈妈身边，加入一群约三十个女孩的行列，即将跟着他进去。让我开心不已的是，弗洛西娅也在这群女孩当中，我悄悄溜到她那边，这样我们可以一块儿走。

考试教室宽敞明亮，没有打蜡的地板非常平整。把杆摆放在两个高度，好让所有女孩不论高矮都能抓得舒适。

考官们坐在一张覆盖着白色桌布的大桌子后面，面前都摊开放着记录本，玛蒂尔达·柯切辛斯卡和奥尔加·普列奥布拉延斯卡位居考官之列。切凯蒂大师并不在其中。

我们四目相对时，普列奥布拉延斯卡朝我微笑，但柯切辛斯卡转开了她的视线，看着她右边的留胡子的考官。瓦斯拉夫在家常嘲笑柯切辛斯卡的假笑和傲慢姿态，让我们笑开了怀。因为沙皇"特殊的小舞蹈演员"经常到学校来，以物色未来的搭档或者对手。瓦斯拉夫模仿得惟妙惟肖。他两手在脖子上逗留，假装抚摸王室珠宝项链。他的下巴往上抬，嘴唇一嘟，使出音量微弱声调尖细的嗓音，嗲声嗲气地讲出一番甜言蜜语："哦，一定要给我看看你是怎么准备跳跃动作的，瓦斯拉夫·福米尼奇·尼金斯基！你确定你鞋子里没有装弹簧吗？你能不能行行好答应给我检查一下？"

考试开始了。指令很简单：站着不动，跑，停，脚跟并拢。考官们在他们的记录纸上做笔记，当场就让多数女孩离开了。弗洛西娅迅速朝我胜利般一笑，因为我们俩都被告知继续到另一个房间，我们在那里站上大台秤称体重、量身高。校医听我们的心肺，叫我们咳嗽，叫我们弯下腰给他检查我们的脊柱轮廓。然后一个护士检查我们的视力和听觉，我们根据要求唱一段音阶，然后——终于——我们跟着女教师到另一个考场去进行阅读、写作和算术的常规考试。

最后我们只有二十人被请到考官所在的考场去进行最终的把杆技巧展示。

要求我们随着音乐做出的动作也不算太难的挑战：腿向前，腿向后，手臂上举，手臂放下，蹲。我的鞋，前一天妈妈细心织补的足尖鞋，没有打滑。我的双腿没有颤抖也没有弯曲。我的双臂一点儿也没有失去我所希望的那完美拱形。

等我获准离开的时候，我知道我是被选中的十二人之一，再过八年时间就可以变成帝国剧院的艺术家，就像瓦斯拉夫那样。弗洛西娅也是，她满心欢喜，把拳头挥舞着举过头顶。

不过，当我带着值得欢庆的好消息跑进妈妈张开的臂膀时，我看见一个在最后一轮被刷掉的女孩。她的母亲把她搂在怀里。她父亲围着她和她母亲蹀着步，不停地摇头。他说了什么话我听不见。然后我看见他举起他的女儿，扛着她走出学校往街上去了。

我泪如雨下。

一九三九年十月十一日

我们离开南安普顿之后不久,一张巨大的防水灰帆布就给铺到上层甲板上,好让"美国商人"号不那么容易被德国飞机侦察到。额外多出的乘客在最后一分钟都给放上了船,所以船上拥挤不堪。我们让一位爱尔兰祖母和她九岁的孙女和我们共用房舱。夜里她们俩一块儿蜷在一张折叠床上。听觉欠佳替我屏蔽了她们夜间的抽泣声,但太吵的呻吟可挡不住。

我最后一次和嫂子罗莫拉通电话时,她坚持说看到头条新闻宣布希特勒和斯大林签署条约时瓦斯拉夫浑身颤抖了。"第二幕开始了。"他说。

我希望自己相信他可以理解得那么深。

"我恨透了待在那儿——学校里,勃洛尼娅。"瓦斯拉夫曾有一次跟我说。当时我们都已经在俄罗斯芭蕾舞团跳舞了:他是佳吉列夫的金字招牌明星,也依然是我最严苛的老师,我是群舞队里的舞蹈演员,也是求学若渴的学生。"当时就像住在玻璃碗里。每个人都看着你。对你做的和说的一切评头论足。如果你拿起一本书,那是因为你不想和别人交谈。如果你没听见老师的问题,那是因为你是个白痴没能理解他们告诉你的话。"

"一只被驯化过的猴子。"别的学生这么叫他,"一个小日本。一个鞑靼杂种。一个波兰佬。"

在学校,瓦斯拉夫说,他总是感觉无聊和孤单,感觉受到束缚和禁锢。"只有当我跳舞时,勃洛尼娅,我才感到自由。"

第二部：一九〇〇年～一九〇八年

1. 我爱这几年来梦寐以求入校后的一切。我爱我的制服，蓝色哔叽长裙，上身收紧而腰线放低，外罩一件上浆的连胸围裙，平日黑色，周日白色。我的舞蹈裙由灰色的荷兰布料制作而成。费用一概由学校包办。妈妈给我买的唯一一样东西就是铅笔盒，把我所有的钢笔和笔尖装进去。"挑你最喜欢的。"她说。我选了盒盖上有一串小鸟装饰的那一个。

每天早上妈妈陪我走到学校，我独自迈上那通往一楼女生分区的宽阔大理石台阶。男生分区在楼上，男生和女生之间严禁任何接触。

作为走读生意味着我不能进宿舍，也不参加寄宿生课前要进行的晨间散步。午饭时——在铺着白色桌布的餐桌上，由年长的女孩为年幼的上餐——寄宿生分到的是全套午餐，而我们走读生只分到热茶，需要自带三明治。弗洛西娅讨厌蓝色哔叽裙，因为穿着会发痒，她悄声说她总是能从那自命不凡的架势上分辨出寄宿生来："手指头被墨水弄脏了，鼻子朝天。"

我们每天都给耳提面命，学校是发奋努力追求卓越的地方。沙皇已经成为我们的监护人，期待我们全力以赴在各方面好好学习，时时刻刻展现出完美的举止。走廊上那些身着制服的王室用人、男教师、女教师和看管人都监视着任何不当行为。违反校规的人一开始会受到训斥，假如他们继续犯错，就会被暂令停学或者开除。

我还无法想象会有人这样蠢。犯下错误可以理解，但故意违规？好像有什么念头，什么诱惑，能比学跳舞更重要？

学校每天的日程从舞蹈课开始，在宽敞的排练室里上课，时而也在舞蹈厅里上课——在马林斯基剧院的艺术家们无需练习使用的情况下，有时还有参观游客来看学生在下面练习。技巧方法课是我最喜欢的课程，特别是在我弄懂我这些新老师们所使用的全部法语舞蹈术语之后。我也喜欢交谊舞课，那是男生女生唯一一起上的课程。一开始我还希望能有机会和瓦斯拉夫讲几句话，但女教师提醒我们，哪怕是一起跳舞的时候，男生女生也严禁交谈。"所有男生和所有女生。"她说道，一脸严肃地看着我这个方向。

我可不介意。反倒感觉有一种成年人的刺激，仿佛完全不认识似的，和我哥哥一起跳舞，仿佛我们已经在舞台上。

我在皇家芭蕾学校上学两个月后，父亲宣称他要来看望我们。我兴奋得难以入眠，希望他已经回心转意，我们又可以是一家人。妈妈想必也有着同样的愿望。她换了发型，到裁缝那里定制了新的裙子，我们的厨房美味飘香。

周六下午，就在瓦斯拉夫从学校回来之后，父亲带着礼物来了：巧克力和法国葡萄酒给妈妈，一条雅致的蕾丝裙给我，一本儒勒·凡尔纳的书给瓦斯拉夫，一把尤克里里给斯塔西克。"就待两天，"当我问起他会和我们待多久时，他说"由不得他多待"。

"这是她说的？"瓦斯拉夫问。妈妈迅速起身到厨房去，父亲表现得好像没听见似的，开始教斯塔西克怎么给尤克里里调音。

这样的时刻还有很多。父亲谈起他如何离开卢科维奇剧团，目前在下诺夫哥罗德的歌剧院工作的情况如何，他怎样在巴黎的女神游乐厅跳舞，谈起这一切时完全不看妈妈，甚至都没有赞美她做的佳肴；瓦斯拉夫和我穿上我们的校服，希望父亲会主动提出到学校来看我们跳舞，却只听见他说："记住，许多人都受到了召唤，却少有人能到达。"

我记得最多的是父亲和母亲争辩，想说服她让斯塔西克和他待在一起。下诺夫哥罗德有个父亲认识的钟表修理人在寻找学徒，斯塔西克需要学点有用的行当。"老天爷，我会在那儿看好他的。"我无意间听到父亲反驳母亲的异议。然后妈妈说，"你凭什么觉得她会让你这么做，她会突然关心起我的孩子来？"

在我的记忆中，父母话语间的痛苦怨念慢慢退去，斯塔西克全神贯注于他新的尤克里里,瓦斯拉夫宣告说总有一天他会在巴黎歌剧院里跳舞而不是什么没人听说过的杂耍剧场。

而我呢?

我宣称自己累坏了想去睡了。不,没生病,我告诉妈妈,她摸摸我的额头看是不是发烧;就是累了。她叹了口气,但不再多问,让我躺床上去了。

"你还爱我们吗?"我问父亲,在他过来说晚安的时候,如我所希望的那样。

"你还不知道吗,勃洛尼娅?我是不是没有照顾好我的孩子们?"

他简短生硬的语气很伤感情。为了不让自己哭出来,我伸开臂膀搂住他的脖子,把自己的脑袋紧贴在他胸口。

过了一会儿,我感觉到父亲温暖的手抚摸着我的头发。"等你长大以后,"他低声说着我现在最讨厌的话,"你就明白了。"

一周之内我或许可以不和瓦斯拉夫说话,但我常听人讲起他——他震惊四座的弹跳,他完美无瑕的姿势,他堪称模范的对舞蹈的专注投入,他难得一见的天赋。

毕业班最出色的那些学生虽然大他五岁,却都来请求他去和他们搭档。福金大师——不仅是学校里备受尊敬的老师,同时也是马林斯基剧院的舞蹈编导——选派我哥哥参加学校又一场特别演出,先于许多高年级学生。每天都有女寄宿生在走廊里拦住我或者在练功房外面等我。有些人直截了当问我关于瓦斯拉夫的事情,但许多人都佯装对我感兴趣。她们说她们喜欢我简简单单扎起头发的样子。她们问起我当时已经心生厌倦的老问题:我更喜欢柯切辛斯卡还是普列奥布拉延斯卡?有些人还邀请我去她们家里做客,去喝茶,去吃晚餐,去玩一天或者跳舞。

妈妈每天课后都到底楼来等我,她管她们叫"虚情假意的朋友"。

我必须保持警醒。有礼貌但又坚定地拒绝那些邀约——之所以提出来只是寄希望于获得回请以陷瓦斯拉夫于罗网之中。任何情况下，我都绝不能答应传达信息给瓦斯拉夫。她提醒我，芭蕾是滋生蛇蝎的毒穴。有些学生会使出一切手段来看瓦斯拉夫被开除的好戏。

心一软妥协之下送斯塔西克去下诺夫哥罗德和父亲一起住之后，妈妈又担心起瓦斯拉夫来。

"他不像你有判断力，勃洛尼娅。"她告诉我，"他先行动，后思考……他太过轻信……要是他的朋友一怂恿，他就什么都会去做。"

她提醒我瓦斯拉夫已经因"不良行为"被校方训斥几次了，被逮到从栏杆滑下来，爬在门拉手上用两脚开关弹簧门。

我在妈妈面前极力替瓦斯拉夫辩护。男生们天天都受到这类训斥。老师对待男生总是比对女生更为严厉。有一次为了强化我的立场，我甚至还承认曾被逮到徒用两腿的力气爬上一个狭窄的走道。我只不过给摇了摇手指口头警告一下，但任何一个男生同样这么做的话都会被正式训斥。

不过我确实也担心起瓦斯拉夫来了，因为我哥哥的文化课各科目都落在后面了。"每个人都想要瓦斯拉夫跳舞，所以他没时间做作业，勃洛尼娅。然后他们批评他不够努力学习。"

我们走回家时，妈妈袒露了其他方面的忧虑。父亲兴许寄钱来，但只是勉强够用。现在我们的房东反对她收偶尔来学跳舞的学生，哪怕一个也不行，而且还涨了房租，迫使她得再另外找公寓。学年结束时我们又要打包收拾了。

"别跟瓦斯拉夫提起这事，勃洛尼娅。"妈妈讲述完之后总要说这么一句，"他只会鲁莽行事。"

因为瓦斯拉夫和父亲一样不顾后果。他不是在复活节时怒气冲冲地跑出了波兰人教堂的告解室吗？"我们的祖国受到了奴役，"神父告诉他。"而你穿着紧身裤在台上跳跃？还和我们的压迫者共舞？"他拒绝回去，即便妈妈向他指出学校要求有复活节忏悔的证明，要是没有的话瓦斯拉夫就无法继续学业。他从来没想过，妈妈不得不另外又找了一个波兰裔神父，替瓦斯拉夫苦苦求情，责怪她自己，她没能把她儿子养育好，听任她的孩子把他的艺术放在优先于爱国义务的位置。

瓦斯拉夫周末回家时，我们从不谈论任何麻烦之事。妈妈烧我们最喜欢的菜，我们展示这一周都学了什么，或者讲讲剧院夜场演出的趣事逗妈妈开心，学生经常被雇去当夜场演出的临时演员。瓦斯拉夫和我都尽量多接这些活计，不光每晚能挣到半卢布，而且还能待在后台。我们为妈妈唱我们最喜欢的咏叹调，回忆那些八卦闲谈最有趣的点点滴滴：撕破了的戏服需要一只手抓着固定住，汗水流得妆都花了，女主演误给抬走了——令她的搭档目瞪口呆。

周一总有作业要交——阅读段落和概括大意，要熟记的历史年份，写作文——所以每周日我们望完弥撒回来，妈妈都让我们拿出课本。瓦斯拉夫总要发牢骚，还试图和她吵着多休息一会儿，但她收拾干净餐桌，卷起桌布，让我们赶紧做起功课来。

想到妈妈说的瓦斯拉夫平时没时间学习的那番话，我坚持要一起复习上周的学习材料。为了让瓦斯拉夫注意一点，我大声朗读合适的段落，好像我不明白似的，求他解释给我听。有时候我提议我们来比赛：谁能画出奥卡河、伏尔加河和第聂伯河最准确的形状。谁能记住更多这周布置的历史年份：

  一七〇九年：彼得大帝在波尔塔瓦打败瑞典人
  一七六二年：叶卡捷琳娜二世成为女皇
  一八一二年：亚历山大一世打败拿破仑
  一八六一年：废除农奴制

瓦斯拉夫记忆力超群，我也是，但假如有什么拦路虎，我都能找到解决的窍门。我编出好笑的句子，句子里每个单词的首字母都代表我们要记住的内容：行星的名字，或者彩虹的颜色，或者普希金的诗句。

我的策略奏效了，很快瓦斯拉夫的分数就提高了，除了一门课是例外：他的俄语写作。一张白纸能让我哥哥坐立不安，啃啃笔头，滑稽地摇晃脑袋，看得我都笑了。我怎么帮他呢，我问他问题，让他写下他的回答，直到这些内容形成差不多像样的段落，冗赘而且夹杂了好些错误，但足够长，能给他混个及格分数。

然而，有一天瓦斯拉夫到了最后一刻才想起他的俄语作文，那时候我们都快结束学习了。或许他是装作才想起来。他用肢体动作表现出吃惊的样子，平摊手掌拍着前额，叫道："我怎么这么傻呀，勃洛尼娅。我把它给忘了。"

"你要写什么呢？"我问。

瓦斯拉夫打开笔记本，念他从黑板上抄来的内容："描写你上个暑假最难忘的一刻。"

"那容易。"我说。

"不，不容易。"他揉揉鼻子，呻吟道。

"试一试。"我说。他在一张草稿纸上潦潦草草写了些字，咬咬铅笔头，擦掉一个字，又写了一个字上去。他翻着白眼，站起来做了个皮鲁埃特旋转，然后又坐了下来。

过了好几分钟，我心软了，看看他都写出什么来："我去钓鱼。为了去钓鱼，早上我起得很早。我非常喜欢钓鱼。"

瓦斯拉夫向我投来求助的目光。老师要求写满一页纸。他不知道还能写些什么。

我应该按照我一贯的做法来——问他一些问题，让他做记录。但时间不早了。我们已经学习了四个钟头。瓦斯拉夫打着哈欠，有一两回他都已经把脑袋搭到交叠的手臂上了。从妈妈忙碌着准备晚餐的厨房里飘来烤苹果的香气。

66　被选中的少女

我拿出一张崭新的纸写了起来：

上一个假期里，我印象最深的那个时刻发生在我去钓鱼的那天早上。我黎明时就起床，吃了涂黄油的面包卷和一杯牛奶这样的简单早餐后，我出发去河边。我走在渐渐熟了的黑麦田间的路上，沉浸在对未来的遐想中。雾气笼罩着大地，所以感觉就像是走在云朵中。等我到了河边，太阳出来了，我看见河边聚集了一些奇怪的影子。在他们当中，我认出了童话里和我们俄语课上读到的诗歌中的角色：一匹驼背的马，一个能通鸟语、心肠很好的村里的傻子，谢肉节童话中的彼得鲁什卡，每年春天融化的雪姑娘。

我写的时候，瓦斯拉夫就站在我身后，一边念着一边咕咕哝哝表示赞许。我一写到纸张的底端，他吹了一记响亮的口哨，将那张纸一把抓了起来。

"这太棒了，勃洛尼娅，"他说。"老师会喜欢的。"

我微笑了，对自己很满意。瓦斯拉夫或许在舞蹈方面领先于我，但有些事情，我，他的妹妹，已经做得更好了。瓦斯拉夫或许不承认，但他心里清楚。这一点和我知道自己刚刚减轻了妈妈的烦恼一样重要。

2.

第一次在后台看见他时，我正准备走到剧团的服装女管理员那里去取我的戏服。那是一九〇一年一月，我十岁生日过后两周，我是马林斯基剧院上演的古诺的歌剧《浮士德》中的一名临时演员。费多尔·夏里亚宾，俄国最伟大的歌剧演员，要在剧中扮演梅菲斯特。他身材高大，穿着优雅的黑色长礼服，颈上系一条白色围巾，牵着一位女士的手，把手按压在他心口。另一位用发夹别起卷发的女士踮起脚尖，在他耳边低语。还有一位呢，皮毛大衣从白皙圆润的肩头滑下，正捧着一大篮白玫瑰。夏里亚宾的宽脸庞在他哈哈大笑时光芒四射。

花花公子，我心想，不由一阵失望。那是妈妈的用词，用来对任何"绣花枕头稻草心"的男人表示不屑一顾。

夏里亚宾走了一步，每一个人都跟着他。我闪到边上让他们过去。

一个小时后，幕布升起，我站在舞台边上，身穿乡村姑娘的戏服，整套棕褐色的服装不甚合身，还闻得到淹渍和别人流过的汗水的臭味，这时我看见夏里亚宾从舞台侧面登台。

他不是花花公子。他是梅菲斯特，黑暗王子，总是魔高一丈。在我的眼前，他正谋划着一个天真姑娘的堕落，而她还在唱着贞洁的祷告。

"地狱，"梅菲斯特对玛格丽特唱道，"正在召唤你。永恒的痛苦，无尽的黑夜。"我感觉到夏里亚宾的声音响彻在我的头骨、我的胸腔，让我整个身体都颤抖不已。我听他歌唱的时候，整个人简直无法动弹，我不再是那个学生，不再是那个临时演员。我是别的人，具体是什么人我还不得而知，但可以感觉得到。

那晚离开马林斯基剧院时，我没有顾及妈妈要求我径直回家的警告。夏里亚宾深沉浑厚的声音犹在我的身体当中，我使出全部力气牢牢抓住不放。一想到还将听他再唱两晚，我就满心欢喜。

我沿着大海街一路走到涅瓦大街，经过那些宫殿和闪耀着光芒的酒店，穿着晚礼服的客人就是从那里涌上了街道。在糖果店橱窗，我看见堆成金字塔状的一盒盒"夏里亚宾焦糖"，盒盖上是梅菲斯特的图片。我拉了拉沉重的雕花大门，但拉不开。商店已经关门了。我发誓第二天还要来。

夜里挺暖和，我能闻到莫伊卡河河水的咸味。"与沙皇一起，为不可分割的俄罗斯投票。"墙上一张海报发出强烈倡议,"切勿把我们强大祖国变成一堆弱小的自治区域。"

海军部高塔发出的光柱让整个涅瓦大街看起来好似一处精心布置的剧场。

"想听听你的命运会怎么样吗,漂亮的小姑娘?"一个吉普赛人喊着,一边拎起她裙子的蕾丝边,她手腕上的银镯子哐啷作响。

我从口袋里摸出五分钱。"我就这点钱了。"我说。

她咧嘴一笑,抓住我的右手。

"很长寿。"她喃喃道。摊平我的手掌,她的手指头循着我掌上的纹路游走。她的指甲涂成大红色,但有些已经脱落,有参差的缺口。她咕哝说着什么漫长的旅途、巨大的痛苦之类的话。"我看不太清楚他,"她说,"这个伤害你的男人。"

五分钱没听出太多内容,我心想,把手抽开了。受到这样的诱惑可真够傻的啊。没人能预告未来。我长这么大,已经明白的。

我转身要走,吉普赛人拦住我。"等一下。"她说。她把硬币还给我。"祝你好运,"她含糊说着,"你会需要的。"

我肩头突然一阵冷飕飕的。我想说点什么,问她还看见什么了,但吉普赛人已经不再看着我。几步路开外,一个年轻军官正俯身向前,探查着空气,就像一只蚂蚁在探查还没走过的道路一般。

晚上到家时,我发现妈妈泪流满面。她的手提箱打开来放在床上。她在打包我们的黑裙子、衬裙和披巾。一顶带面纱的黑帽子放在梳妆台上。

"父亲吗?"我问,心扑通狂跳,害怕极了。

她摇摇头,递给我一份电报。

> 斯泰法夜里安然走了。周六葬礼。穿暖点。瑟泰雅。

那是周四晚上。我们要在周五一大早走,周日回来。就我们俩,不带瓦斯拉夫,他的俄语课和数学课又落在后面了。不像我,缺席两天课，我的哥哥可承受不起。

在去维尔纽斯的火车上，当妈妈责怪斯泰法愚蠢的爱情导致她一病不起时，在圣安妮教堂的葬礼上，将军并没有出现、不过送来花圈上书"感激不尽的芭蕾舞迷敬上"时，在负责接待的瑟泰雅把我拉到一边，跟我说我多么守规矩，多么懂事，多让妈妈欣慰时，夏里亚宾的声音都交织在我身体里，回应我所有的思绪。

不过最多的时候，还是在我那满是蓝色、猩红色、黄色和孔雀绿各色飘带晃动打转的奇异而狂热的梦境中。

3.

福金大师来看我上把杆。多数时候他默不作声地观察着，但有时候他会让我向前一步伸开手臂做一个转身或者下蹲。他没有表扬我，然而我经常被挑选出来向其他学生展示某个动作。切凯蒂大师也是纠正我远多过纠正其他人。"高一点，勃洛儿尼娅，从臀部向上！"他发号施令，朝我走来，我感觉到他的手杖打在我的胫部，敦促我再努力加把劲儿，或者他的手指头直戳到我肋骨里，让我更进一步转移身体重心。

"妈妈说这些都说明我表现出色。"我在给父亲的每周报告中写道，满心希望要是瓦斯拉夫能在那些时刻看见就好了。我想让他确认对我而言最重要的事：我有着更宝贵、更不可估量的本事！是真正的天才！

对瓦斯拉夫来说则没有必要找什么迹象。在给父亲的信中，我写了福金如何在课上为他鼓掌，仿佛瓦斯拉夫在舞台上一样。即将到来的年度学生演出中，我哥哥是怎么被选中和一位大有前途的高年级学生柳德米拉·舍勒搭档跳双人舞，而且他还要跳《胡桃夹子》中的独舞。为了吸引父亲前来，我还特意补充说学生演出安排在三月十三日，瓦斯拉夫十二岁生日的次日。

在信的最后几行，我写了妈妈还在为斯泰法的去世而悲痛，但也高兴她得到了圣诞节童话剧表演的舞蹈聘约。我总是过问斯塔西克近况如何：他开心吗？他已经会修理时钟了吗？

每个月父亲都给我们寄来房租和生活费，以及一封署名"你们忠诚守信的通信人"写给妈妈、瓦斯拉夫和勃洛尼娅的信。他很高兴得知他的孩子们都是出类拔萃的学生。斯塔西克跟修表匠学徒得颇为顺利，他会拆解时钟了，尽管还在学习怎么再把它拼回去。信的最后总是以父亲新近获得的评论收尾，托马斯·尼金斯基的名字用红笔划了下划线，还提醒我们要事事听妈妈的话，"因为她别无牵挂，只想着要你们幸福"。

我把父亲的所有来信都装进一个锡铁皮的巧克力空盒子，盒盖上是另一幅夏里亚宾的照片。那些信以绿色的缎带扎在一起，缎带已经按照妈妈教我的方法，事先用烧开水的壶给熨平了。

父亲的另一个女儿——我就是这样想的玛丽娜——如今已经差不多五岁了。家里从不提起她的名字，但我确实很好奇斯塔西克回来以后会告诉我们什么——他肯定已经见过她了。

圣诞节假期结束后，我们回到学校，切凯蒂让弗洛西娅和我课后去见他。"我已经选了你们俩在学生演出上跳舞。"他说，一边在地上砰砰的敲着他的手杖，"你们有三个月时间准备。你们会准备好吗？"

学生演出展现的是最出色、最具前途的学生，机不可失。总有王室成员前来观看，并参加演出结束后的接待会。所有老师和家长也都到场观看。我们俩都拼命点头，满腔的幸福简直抑制不住。还在见习期的走读生，竟然先于寄宿生得到选定？

不过好消息这还不算完。切凯蒂给我们形象地描述了我们要跳的叫做《冰雪王国》的节目。

舞蹈本身颇为简单明快。我们要从舞台两侧上台，踮起脚尖走布雷舞步，在舞台中央会合，转向观众然后依然踮起脚尖，分开后消失到侧幕。弗洛西娅到左边侧幕，我到右边侧幕。

非常简短的舞蹈，我提醒自己，不要过于欣喜若狂，但不免还是一阵晕乎乎。瓦斯拉夫终于要看我在台上跳舞了。不光是欣赏我已经成长了多少——尽管这也是个激动人心的想法——而且要指引我走得更远。

接下来三个月我抓紧一切机会练习我的独舞，不光和弗洛西娅一起练，自个儿也练，在镜子前练习——我那时就明白了——镜子是最无情的老师。

我的头发依旧稀松绵软，牙齿不齐而且对于我的嘴巴来说显得太大。我看起来比以前更像男孩子了，也更粗壮。不过我一直在变得更加强健，更为敏捷。在家时妈妈常检查我腿脚的形状、柔韧性和髋部的角度。她摇动我的踝关节和腕关节使之放松，按摩我的双脚。我的大腿肌肉在变厚，她向我保证，双脚富有活力。当我为新舞蹈发愁时，她让我睡觉前在脑海里想象每一个舞步最完美的状态。"直到你无需去想就能做出动作来。"她说。

我想象的不止舞蹈——我想象舞蹈之前的时时刻刻。放学后妈妈会来接我，我们匆匆赶回家，我洗个澡换好衣服，吃一点点饭，分量只够让我别晕倒就行：一片烤鸡胸肉，一个橙子，一块黑巧克力。我喝一杯甜茶，然后马上回到学校，时间绰绰有余，足够我换戏服化好妆，我开始做准备动作。我已经在走廊尽头选好了一个地方，没人会来打扰我。我就在那里做伸展运动和热身运动。就在我必须到后台去之前，我会闭上双眼，清空脑袋里舞蹈之外的一切。

"在这里等你母亲。"学校的一位女仆在演出当天对我说，那时我正要去大堂，妈妈应该在那里等着带我回家。

女仆指着督察员办公室门口那一排椅子时，一脸严肃，我明白有坏事发生了。瓦斯拉夫又做了什么傻事吗？或许是跟某个女生说话了？还是被逮到偷带被严令禁止的零食了？依我看这种情况最有可能。昨天是他生日，瓦斯拉夫——这个"急性子"，就像妈妈还一直这么叫他的——想必是决定不等到周末才庆祝。

一开始我很生哥哥的气。他为什么这么轻率？他可否想过要是他被开除了会怎么样？会给我们带来多少痛苦、多少羞耻？然而这时我想起了我替他俄语课写的作文。那是几个月前的事情了，但要是俄语老师这才发现呢？要是我们俩都被开除了又会怎么样？

我两手冰凉，前额冒汗。

我深吸一口气，闭上双眼，打消每一个可怕的念头，就像我们在院子里玩耍时拍走盘旋在头顶的鹿虻，动作要快，在它们叮咬之前就下手。

这时门吱呀一声开了，我睁开眼睛，看见妈妈从督察员办公室走出来。

"出什么事了？"我问着，一边跑向她，"瓦斯拉夫做了什么坏事吗？"

妈妈看着我，摇了摇头。她的眼里盈满了泪水。

瓦斯拉夫什么都没做。瓦斯拉夫快要死了。

不知哪个好心人替我们叫了四轮马车——黑色的车，如同灵柩车一般——在我们坐着马车从学校赶往医院的路上，妈妈告诉我她所知道的零星消息。课间休息时，学生们组织了一场比赛。瓦斯拉夫一跃跳过了乐谱架，不知怎的摔倒了，重重地撞到了地上，失去了知觉。直到重新上课了，老师问起他在哪儿时，才开始寻找他。他被发现躺在地上，血从他嘴里汩汩涌出来。

像斯塔西克那样？

妈妈想必也是想到了这一点，她的手紧紧地抓住我的手，抓得我都能感觉到她掌骨的硬度。

我们沿着医院明亮的走廊往前走，这时我想起来，课间休息期间我就在排练室，练习我的独舞，然后弗洛西娅和我一起练习，直到女教师路过，让我们停下来休息一下。为什么那时候没有人告诉我，我哥哥受伤了？

瓦斯拉夫在医院病房的门是白色的，刷过太多次漆，一道道油漆层层加厚变得凹凸不平。门紧闭着。不许我们见他。他的伤情非常严重，如果算不上无可救药的话，医生说。他重复了三遍"内出血"。看不见的伤口，他还说，血在内部深处某个地方不断渗出。

"我必须见我儿子。"妈妈坚持道。

医生摇摇头。人命关天的时刻。瓦斯拉夫的机体在聚集全部力量。他不能受到打扰。

"我必须见我的孩子。"妈妈重复道。

她的话语里没有半点迟疑，没有半点哀求。就是纯粹且坚定有力的要求："我的存在不会减弱他半分力气！我的儿子必须知道我在这里，在他身边。"

"那就一会儿吧。"医生心软了，打开瓦斯拉夫病房的门。不过当我也起身，想跟着进去时，他的手按住我的肩头让我等着。

我坐下来，站起身，又坐了下来。我呆呆地看着白色瓷砖贴面的走廊墙壁，巨大的时钟，钟面上覆盖着凸面玻璃，分针往前走一格时会抖一下。时钟下面是沙皇的肖像，他身穿缀满勋章的灰色军装，胡须和鬓髯修剪梳理得一丝不苟。王室家庭成员和他在一起。皇后亚力山德拉坐着，她腿上抱着襁褓中的阿纳斯塔西娅。他们三个大一些的女儿奥尔加、塔蒂阿娜和玛利亚坐在她们母亲的脚边。

一位穿着上过浆的白围裙、戴着修女头巾的护士走过。跟在她身后的是一个农妇，头上包着黑色的方头巾，两腿弯得像弓一样。

我闭上眼睛。我试着为哥哥祷告，但嘴里冒出的无声的词语支离破碎。我眼皮底下浮现起黑色的斑点。一想到要失去瓦斯拉夫，我整个儿内心就冻住了。没等这个念头在我脑海里多加逗留，我就赶紧把它驱走。

在载我们回去的四轮马车上，妈妈告诉我瓦斯拉夫看起来很安详。苍白但是平静，她说。仿佛他在安睡。

这是好兆头，她坚称。

"布尔曼，罗萨伊。"妈妈转过身来问我，"你在学校见过他们吗，勃洛尼娅？"

我点点头。我见过瓦斯拉夫和他这些朋友们在一起。相互推搡，大声打嗝或者尖声吹口哨博得彼此大笑。"一味模仿"，弗洛西娅这么说他们，因为他们学瓦斯拉夫的步态。

"瓦斯拉夫从来不落单，"我说，"人人都想成为他的朋友。"

"出身这么好的家庭。"妈妈喃喃说道，迷惑不解。"为什么他们会跑开？丢下他一个人那么长时间？孤零零的，没人帮忙？这么多天，偏偏就在学生演出这特别的日子？"

我们都沉默不语了。答案自身太过残忍，无法细想。

到了学校，妈妈在这里把我放下，我感觉一切都不再真实了。走向化妆室的一路上，无数双眼睛尾随着我，严肃而又认真。也有窃窃私语，压低了声音咕咕哝哝，当我转头朝他们看去时就没了声音。在我的化妆室，一位服务员帮我换上芭蕾短裙，给我脸颊涂上腮红，把我的眉毛描深。"你什么话都不用说，勃洛尼娅。"她对我耳语。

我捏了捏她的手以示感激。

在舞台侧幕，弗洛西娅跑过来拥抱我。看得出她之前哭过了，但她同样也很体贴，什么都不问，反倒是谈起了演出情况。福金在观众当中，就在观众席第一排，切凯蒂也是，带着他的妻子和儿子们。假如我从侧幕稍微探出去，就能看见他。"伟大的玛蒂尔达"，弗洛西娅这么叫柯切辛斯卡，也在那儿，戴着她的蓝宝石项链。要是项链再重一点，她可就要向前摔跟头正脸着地了。那是谢尔盖·米哈伊洛维奇大公送给她的。沙皇没来。坐在王室椅子上的那个身穿军装的人是安德烈大公，沙皇的堂弟。他会在接待会上向我们分发王室的礼物。弗洛西娅已经见过那些礼物了，以金色布料包裹得美美的盒子。

我没有问谁来跳瓦斯拉夫跳的角色。

等到了《冰雪王国》的演出时间，我站到侧幕的位置，毫无知觉，超脱于我自己的身体之外，注意到观众所坐的地方泛光灯朦胧背后有个黑洞。我无法相信我能跳起一个舞步。我什么都看不见，只看见医院紧闭的门和妈妈眼中无声的恐惧。

不过骨骼和肌肉自有其记忆，自有它们治愈痛苦的灵丹妙药。音乐响起，一到我练习了这么长时间的提示音，我就跳着立脚尖布雷舞步，往舞台中央去，我将在那里转向观众。音乐逐渐展开，我的手臂和双腿自如移动。

我跳着舞，忘记了一切，直到掌声把我带回这个痛苦和忧虑扎下根来不肯离去的地方。

4. 接下来五天时间，妈妈和我没有别的话题，我们只谈瓦斯拉夫，他不省人事，徘徊在死亡的边缘。"他才十二岁。他强壮得很。"我们对着无声的恐惧说道，"他会挺过来的。"

妈妈每天早上赶到医院等待消息。我熬过难捱的课堂和舞蹈练习后，就过去和她会合。我们一块儿坐在走廊的同一个位置，在瓦斯拉夫病房外，等待做最后一轮夜间巡诊的医生。每一天瓦斯拉夫都还活着，他告诉我们，那就是希望，每个宁静的夜晚就是逐渐治愈的迹象。听到这些话，我们备感欣慰，直到有位护士告诉妈妈说瓦斯拉夫病房内的另一个病人，一个被马严重踢伤的近卫军骑兵，刚刚因为内出血而死去。

在学校，人人都更安静了，默不作声。瓦斯拉夫的名字被怀着敬意反反复复提起。"俄罗斯的骄傲。"我们的老师们都说。"我教过的最有天赋的学生。"听到这些赞誉我畏缩了，因为听上去太像葬礼上的悼词。为了消除这些话的阴影，我回想那些欢乐的时刻。妈妈买给他第一条长裤时，瓦斯拉夫单脚着地旋转的样子；旧琴坏了以后，瑟泰雅递给他一把新的巴拉莱卡琴时，瓦斯拉夫在房间里倒立行走的样子。

第六天瓦斯拉夫睁开了眼睛。他手指头脚趾头都能动。他知道他是谁。这些都是我到医院后妈妈告诉我的。她又笑又哭。"我吻了他以后，他给我做了这么个鬼脸，"她低声耳语，"像只兔子似的动了动鼻子。"

我总算获准进去见上哥哥几分钟。

瓦斯拉夫仰面躺在一张铁床上，身上盖着一条白被。我注意到亚麻被套新上过浆颇为挺括，边缘都还光滑闪亮。床头桌上的花瓶里插着的花一派优雅动人，兰花、玫瑰和百合用银边丝带扎着。边上放着妈妈最珍爱的深蓝色珠子串成的玫瑰念珠。

"早日康复。"我低声说。

瓦斯拉夫看着我，视线聚焦，眼神清澈。然后他点点头，冲我眨眼睛，试图要抬起身。

"别动。"我警示他。他乖乖听话。

护士拍拍我的肩膀，敦促我离开。瓦斯拉夫闭上了眼睛。他艰难地叹息，费力地吞咽。我想弯下腰亲吻他的脸颊，可又怕自己伤着他,所以我只不过拍拍他的肩膀,就跟着护士出了病房,到走廊妈妈等着的地方。

"瓦斯拉夫会活下去的。"我们告诉彼此。其余一切老天都自有安排。终究会好的。耐心等待。努力争取。我们不承认心里害怕这一摔可能已经伤了瓦斯拉夫的脊椎。我们不去想他恐怕再也无法跳舞了。

"我来信晚了,"我写信给父亲,"因为我们在等消息。现在我们知道最糟糕的时候已经过去了。"

每天都有慰问卡片、祝福和一篮篮的美味送过来。来自学校,来自其他舞蹈演员,来自瓦斯拉夫的老师们。给他什么好东西都不为过。鱼子酱、烟熏鲟鱼、鹌鹑蛋,一盒盒干果和巧克力,书,演奏《吉赛尔》开场曲目的八音盒。父亲也写信来,但瓦斯拉夫拒绝给我看。"他不过来,如果你想知道的话。"他说道。这么一来我就懊悔自己多问。

我一有空就去看瓦斯拉夫。给他念他最喜欢的书:克雷洛夫的寓言、《一千零一夜》、普希金的《奥涅金》和托尔斯泰的《童年》。我们玩游戏,任他下赢我象棋——并不容易,因为瓦斯拉夫走了许多我预料之外的烂招。我向他复述我听到的所有关于他跳舞的赞美之词,夸他轻盈、有力量,他对每个动作精益求精尽善尽美。"谁说的?"他问。福金?切凯蒂?不久他得到医生的许可。能坐起来了,然后可以散散步,医生确认一两个月后,他可以跳舞。

"告诉我到底怎么回事?"我问了他几次,但瓦斯拉夫只是耸耸肩,说他不记得了。或者说那并不重要。或者说反正我不明白的。有一次我跟他讲起有谣言说布尔曼和罗萨伊趁他不注意的时候在地板上涂了肥皂还把乐谱架抬得特别高时,他气得两颊发白。

"那是恶毒的谎言,勃洛尼娅。"他尖声说,"只有蠢人才说这样的话。"

"你怎么能这么确定?"

然而瓦斯拉夫根本不想听。他两眼盯着我:"不准你再提起这事。"

他们来看他,穿着校服,两脚挪来挪去。他们假装没看见我。布尔曼给瓦斯拉夫带来了一份锡铁盒装的巧克力,罗萨伊带来了一本书:儒勒·凡尔纳的《神秘岛》,封面上岩石嶙峋,孤零零一只小木筏。和父亲上次看望我们时给他的那本完全一样。什么都别说,瓦斯拉夫把书放到床头桌时,使了个眼神警告我。有鲜花摆在床头桌上——一如既往——但妈妈的玫瑰念珠看不到了。

"巴比奇在哪儿呢?"瓦斯拉夫问。

他们没回答。"早——早点好起来,瓦斯拉夫。"布尔曼结结巴巴地说。他眼睛下方有雀斑,鼻子边上一个红疙瘩。

"是啊。"罗萨伊应声道,盯着他的鞋尖。

他们站在瓦斯拉夫床边,谢绝了他让他们拉把椅子坐下来聊的邀请。他们比我记得的个头要小一些,肩头肌肉绷得紧紧的。他们抬高了声音,说话说得很快。

瓦斯拉夫打开巧克力盒子,请他们吃。我拿了一颗,金色铝箔纸包着的方块。他们摇了摇头。巧克力是给你的,瓦斯拉夫,他们说。

瓦斯拉夫坚持要他们吃,这时他们挑了最小的拿。布尔曼的指甲都咬到肉根了,指尖发红,有些脱皮。他的食指沾染了墨水。罗萨伊眯着眼睛,仿佛透过窗户,那暗淡的光线竟也照得他眼花了。

他们告诉瓦斯拉夫他们眼下在练习皮鲁埃特旋转。昨天福金说他们是"没天赋的笨蛋,腿是黏土做的",还说"要是尼金斯基在这里就好了"。

"等你好了以后来我家做客吗,瓦斯拉夫?"布尔曼问。他想让我哥哥整个星期天下午都和他玩。他妈妈答应要烤她独家配方的杏仁蛋白糊大理石蛋糕。他爸爸提出要带他们在涅瓦河上坐船到岛上去看吉普赛人跳舞。

罗萨伊起劲地点头，仿佛他也受到了邀请。

局促不安，我觉得他们是害怕了。苦心算计，估摸着他们能在多大程度上相信我哥哥会保持沉默。调查还在进行之中。督察员告诉妈妈他们将再次受到问询，"以弄清前后不一的说法。"如果他们给逮到是在说谎，那他们将被学校开除。

看见瓦斯拉夫那么急于讨好他们，真让我感到痛心，他还打开床头桌抽屉给他们看那些存放起来的美味。夹心糖、他爱吃的糖衣樱桃、玻璃纸包起来的小蛋糕。向他们展示他新的口琴，医生还不允许他吹。

"猜猜什么东西上上下下却又一动不动？"他问。

"不知道哎。"他们都摇了摇头说。

"真不知道？"瓦斯拉夫问，眼睛里闪烁着胜利的神色。"是楼梯！"

他们的笑声响得很，拍着手再三强调。"楼梯——当然了！"布尔曼重复念了一遍，又摇了摇头。"是楼梯！"罗萨伊应和道。

跟瓦斯拉夫保证他们明天放学后会再来讲几个笑话以后，他们终于走了，我松了一口气。

等只有我们两个人了，我哥哥对我说："他们是我的朋友，勃洛尼娅。"

我哽咽着想哭，只能硬挤出一抹微笑。我才十岁半，但我知道瓦斯拉夫，我聪颖的天才哥哥，他看错了。天才滋生怨恨，聪明招致妒忌。庸常之人把那些受到神灵眷顾的人拉下马来，以获取安慰。妒忌支配人心。唯有强者才有望存活。

在我记忆中，后来那段时间里充满了欢乐的慰藉，瓦斯拉夫开始试探着颤巍巍踏起舞步，几个星期后获准重新跳舞。然后是一个漫长而又慵懒的暑假，和瑟泰雅一起在乡下度过，妈妈送我们去她那里好好度个假。等我们回到圣彼得堡，意外之喜是我们又看到了斯塔西克，尽管我们的大哥会无缘无故哭起来或者一受到什么惊吓就把头埋到手臂弯里。

妈妈最后向我们袒露了实情，瓦斯拉夫还在医院里的时候，父亲摔断了一条腿，伤得很重，根本没法挣钱。他付不了斯塔西克当学徒的费用，便把他托付给几个朋友，他们说好了要教他跳民俗舞。等妈妈得知这个安排，过去看望斯塔西克时，她发现他被关在一座柴棚里，肮脏不堪，浑身淤青，而且饿着肚子。

我在学校寄宿的第一年里，和瓦斯拉夫一样，成了妈妈周末的客人，当时满心兴奋，以为一切都会越来越好。直到十月的某一个周六，瓦斯拉夫和我到家时，我们的大哥不在那儿了。

"医生把他带走了。"妈妈说，眨着眼睛强忍住眼泪。她颤抖着声音告诉我们，斯塔西克现在住的疗养院有座美丽的花园，我们想什么时候去看望我们的大哥都可以去看。

5.

接下去那几年，除了跳舞之外乏善可陈。学校激励着我，鞭策我不断向前。什么都比不上和群舞演员一起在马林斯基剧院或者仅仅稍逊一等的诸如亚历山定斯基剧院和隐士庐剧院的舞台上演出《天鹅湖》《睡美人》和《魔镜》更激动人心，比不上身穿列夫·萨穆伊洛维奇·巴克斯特[①]设计的演出服装在《仙女娃娃》里翩翩起舞更令人满心欢愉。那套演出服我还记得丝丝入微的细节：白色连裤袜上

[①] Lev Samuilovitch Bakst（1866~1924），俄国画家和舞台设计家，其大胆设计和华丽色彩展现出东方异国情调。

再叠加粉色短袜,白色平纹细布裙下露出褶皱饰边,一道宽缎带滚过一边肩膀,在腰下系了个蝴蝶结。

学校颁发的奖项与日俱增,那些获得认可的时刻,继白裙之后以示荣誉的粉色裙子。伟大的芭蕾编导马里于斯·彼季帕看我表演完他所编排的一段舞步之后,把手放在我头上,说:"很好。"

年复一年,我变得越来越出色,更强健,更自信,准备跃上前所未有的高度。

一九○六年一月,我在学校就读的第六年,马林斯基剧院上演《唐璜》,我那距离毕业还有一年时间的哥哥在剧中和首席芭蕾女伶普列奥布拉延斯卡、瓦加诺娃、叶戈罗娃和特雷菲洛娃共同演出。一月六日星期五,开幕演出的当晚,妈妈在现场,坐在第一排,跻身受邀来宾之列。我和学校里所有寄宿生一样,只能用各种传闻轶事来满足自己。

周六我回到家时,剪得七零八落的报纸摊在桌上。妈妈已经剪下了所有相关评论,在边上堆起成摞的一大叠,准备都贴到剪贴簿里去,剪贴簿的封面用金色字母拼出了"瓦斯拉夫·尼金斯基"。

"宛如施了魔法,天赋异禀,"我念出来,"一派轻盈,完全腾空,动作如此行云流水,如此美不胜收。年仅十六岁,尼金斯基这个学生就已经是无可争议的舞蹈天才。"

我骄傲吗?

是的。

当我读着这些字句的时候,瓦斯拉夫悄无声息地走进了房间。他的一举一动都那么优雅而又敏捷,即便是最最平凡的动作——他弯腰捡起地上什么东西,我喊他的时候他那么一转身。

我嫉妒吗?

是的。

倒不是因为我还在群舞队跑龙套而这时他已经是个明星。我嫉妒是因为他拥有男孩子的躯体，成长对他而言并不包含什么危险。没错，他的嗓音变得浑厚了，但他也比以前更苗条、更加轮廓分明、更强壮。没有胸脯会破坏他上身的体型。

这并非什么新鲜感受，但我到了十五岁，再也无法把胸脯推到边上去。我已经见过一些女生离开了学校，因为她们日益宽大的髋部导致外开变小，改变了她们的平衡重心，毁了她们的才能。

我哥哥坐在我身边，伸直了右腿。他把那些评论推到一边去。

"你都读过了吗？"我问。

"我不在乎他们说什么。"

"当心点——别弄乱了。"妈妈匆匆走进厨房之前说道。传来的嘶嘶声意味着周日特别烧的肉汤已经有些洒到炉子上了。

没能亲眼目睹瓦斯拉夫在《唐璜》中的表演让我心里很难过。在学校里，我们很少被带去看外面的演出，特别是现在，俄国和日本交战。每天都传来刺杀、暴动和示威的种种消息。一年前，在洗礼节期间，一记货真价实的炮击险些伤及堤岸边的沙皇。几天后，在冬宫前面，皇家卫队向试图请愿要求终结战争、改善他们生存状况的工人开火。数百人丧生，或许甚至多达数千人。自那时起，动荡骚乱就没有消停过。城市周围的工厂频频爆发罢工；遭到镇压，然后再度爆发。电力经常遭到切断，以致蜡烛供不应求。在学校里，宿舍窗户总是紧闭，严禁我们哪怕去看一眼街道。尽管我们依然能听见枪响，开火距离近得窗玻璃都震动了。

在赫尔辛基、莫斯科和圣彼得堡，恐怖分子的炸弹炸死了一些大公、将军和政府高官。沙皇依然是我们不受任何约束限制的专制统治者，但也有所动摇，允许创造出国家杜马这一议会来作为顾问。是选举出来的，而不是任命的，我们耳闻。

政治，当我们问起那都意味着什么，我们的老师都说，对我们学生而言过于复杂难懂，也过于危险，就像那些示威活动中有那么多年轻人失踪而他们的父母亲友还在医院和太平间里苦苦寻找他们的尸首。

在家里，妈妈还补充了警告我们的内容。我们是波兰人，比起俄国人更受密切监视。我们经不起丝毫的怀疑。特别是瓦斯拉夫，已经是个小伙子而不是男孩子。"只消用哥萨克军刀往你头上一击，"她说，"就算你不死……"

这话用不着说完；让人想起斯塔西克的疯癫，他毁了的人生。

我整理排列剪贴簿里一页页关于《唐璜》的评论，瓦斯拉夫心无旁骛地伸展他的双腿。然后他从口袋里掏出一个小小的橡胶球，一只手捏完以后，换另一只手再接着捏。他唇上泛起的似笑非笑，是无聊，还是嘲弄？我不再了解他在想什么了。他向来不多说学校的事情，而今更是绝口不提。

"我并不想……我不在乎……"

真是艰难啊，所谓成长，我现在想。那么寂寞，恐惧重重。

6.

那年三月，瓦斯拉夫和我都在年度学生演出中跳了舞。瓦斯拉夫参演的是《仲夏夜之梦》，福金为这部剧编排了一段特别的双人舞，我参演的则是《王子园丁》。

经过漫长的五年时间之后，父亲终于答应要来看我们。

演出之前那两个月，担心局势动乱可能会导致父亲来不了，我经常查看我们地理课教室墙上挂的大幅地图，比较俄罗斯帝国广袤的疆土和日本的那些小岛。这幅景象让人安心不少。

演出当天，在接送学生前往马林斯基剧院的马车到来以前，学校的大舞蹈厅里有一场格调高雅的家长招待会。我和妈妈坐在沙皇肖像下方,等待着父亲。

"你吃过了吗?"她问。

我说吃了,尽管我其实只吃了一半往常早餐吃的黄油圆面包,喝了一杯甜茶。父亲为什么迟到?我心想,这下我们能待在一起的时间又减少了。出了什么事吗?

"他来了。"妈妈说,话音虽轻却颇为紧张。

我也看见父亲了,他站在门边环顾四周,身穿礼服风度翩翩,衬衫前的钻石饰钮亮晶晶。他一看见我们就挥了挥手,脚踏他别致的黑皮鞋施施然穿过大厅,所有目光都落在他身上。

我早已向自己保证,什么都破坏不了再度见到父亲的满心喜悦。每次我提及父亲时瓦斯拉夫那般耸耸肩破坏不了,甚至妈妈说的父亲来圣彼得堡不光是看他的孩子们跳舞,他来试演莫斯科制作的舞剧《风流寡妇》中的一个角色也破坏不了。

"达尼洛·达尼洛维奇伯爵,蓬特韦德拉领馆一等秘书,为您效劳。"我听见他那熟悉的低沉嗓音,"试演刚结束,我没时间换装了。我着装太正式了,是吧?"他问,看看周围其他父亲。

他是唯一一个穿礼服的人,但我何必介意呢?我张开双臂抱住他的脖子,呼吸他那熟悉的柑橘香调的古龙水,我乐呵得心怦怦直跳。他抱起我打转,感觉仿佛一切都未曾改变,仿佛我还是小女孩而他刚从剧院回家。没过一会儿他开始欣赏我的裙子,夸奖我的仪态、我背部肌肉的力量,他还拿手指头仔仔细细地抚摸感受了一番。那天早些时候在盥洗室里,我无意中听到两个高年级的女生在说我的闲话。"你见过你懂的那谁谁的妹妹吧,"她们其中一个人说道,"她看起来不就像蚱蜢似的?两条大腿那么粗壮。"她们的恶意现在看来只不过是犯傻。

"瓦斯拉夫在哪儿呢,勃洛尼娅?"父亲问,仿佛我掌握着哥哥的行踪。

我希望瓦斯拉夫有个像样的理由不在这里。或许是福金抓紧最后一分钟纠正他的舞步。或者应另一个学生的请求。我哥哥一向被别人的求助弄得应接不暇。

"你得到那个角色了吗?"妈妈问父亲。要是她对他近在眼前产生了任何紧张情绪,那她掩藏得够好的。

"我真心希望如此。"父亲答道。他一脸满意地坐下来,哼着"我上马克西姆餐厅去"的小曲。我也坐了下来,坐在他身边,突然一阵害羞。马车在剧院街上等着了,女教师们已经在召唤学生集合,我知道我应该加入他们的行列,但不愿意去。

"你紧张吗,勃洛尼娅?"妈妈问。

"不紧张。"我说。

"那是时候该走了。"她说。我站起身抻直裙子,还不愿意离开。

妈妈拍拍我的肩。"你该走了。"她低声说。我乖乖听话了。

进剧院时,我头晕目眩,跟跄绊了几脚。要不是弗洛西娅,她察觉了我的不安,我早就昏倒了。她——我真心实意的朋友——让我吃了一个橙子,还给我提神的嗅盐吸一吸气。然后她帮我理好头发上别的丁香枝。

从舞台侧幕,我看瓦斯拉夫和柳德米拉·舍勒搭档跳双人舞,舍勒的双腿纤细而且像箭一样笔直。然后是瓦斯拉夫的独舞。两段表演都引来掌声雷动,但独舞结束时全场起立鼓掌欢呼,我想我听到了父亲为瓦斯拉夫大声叫好。轮到我上台时,我的表现并没有像原本希望的那么出色。虽然我也获得了掌声,但我知道我的弹跳过于克制,过于拘谨。

中场休息时,瓦斯拉夫和我一起站在侧厅,这时父亲笑容满面到后台来了。他拍了拍瓦斯拉夫的后背,拥抱了我。"你的表现非常出彩,勃洛尼娅。"他说,"不过你够强壮了,可以跳得更高。别停住。

别害怕——"

"勃洛尼娅并不害怕,"瓦斯拉夫插嘴道,"她整天没吃饱。他们告诉我她差点儿昏倒了。"

我心跳怦然加速。瓦斯拉夫的话音那么刺耳,那么挑衅,浇灭了所有他含蓄表达的赞许所带来的欢乐。

父亲转向他。"而你呢,瓦斯拉夫,"他说道,语调轻快,几乎是开玩笑一般,只是要揶揄一番,"你作为一个灵巧的托举者没必要显摆自己。"

我哥哥的脸色发白,咬紧下颌。"我才没有显摆自己,"他说,"我只是全力以赴跳舞。"

没有说出来的话语盘旋在空中:丢下孩子不管的父亲可没有权利提什么建议!他所能做的就是欣赏他们在没有他的情况下还成长得多好。

我从未那样感激宣布中场休息结束的铃声。

父亲这次没有和我们住在一起,但他第二天一早就到我们的公寓来,请我们带他参观学校。我担心瓦斯拉夫会回绝,但他听到这个想法两眼放光,当即就同意了。

由于是复活节假期,学校里空无一人。我们穿过艺员入口进入学校,瓦斯拉夫带着我们径直上了二楼,到男生分区,我也是第一次看到这里假期当中空荡荡的样子。他带我们看了图书馆、练功房和寝室,他睡的宿舍床甚至比我睡的床还要窄。

父亲两手游走于木质扶手之上,摸了摸图书馆藏书的书脊。问起关于福金的话题,他上的课和别的那些老师有何不同,比如和切凯蒂不同在哪里——切凯蒂已经离开学校,只上私人课程了。"福金也让你们做同样一套不可变更的练习吗?"

"不,"瓦斯拉夫说,"他不会一味死守固定动作。"

接下来一会儿,父亲全神贯注地听瓦斯拉夫解释,只在提出问题或者补充他所听到的赞誉时才稍有打断。"老师们是在这里为你鼓掌吗,瓦斯拉夫,在考试结束之后?福金都怎么评价你的三次空中转体和十次击腿跳①呢?像鸟儿在空中飞?他真的说学校应该为你一个人再开设一个更高的年级吗?"

瓦斯拉夫点点头。

我开心得只想跳起来。

在巨大的排演厅,父亲脱掉外套递给我。"现在我给你们俩瞧瞧我的舞蹈吧。"他说。

他走到厅堂中间,停下脚步,脚跟互击。没有音乐伴奏,就那么穿着他的便服和走路鞋,父亲跳起了舞。

普里萨达卡舞……列兹金卡舞……戈帕克舞……玛祖卡舞……然后是他自己的舞蹈,有些舞步我认得出,他以各种方式改变了舞步,化为他自己的舞蹈。无法判断舞步从何处开始,至何处结束,因为全都流畅地融合到一起,每一步都毫不含糊,准确到位。他靠着鞋子内侧边缘滑步,仿佛那是冰鞋一般。做皮鲁埃特旋转时,他身体的线条如同风扇转动的扇叶一样模糊了轮廓。他的跳跃在空中停留,达到不可思议的高度。他落地时,每一次落下都不尽相同,或轻柔徐缓,或岩石般坚硬牢固。

我的视线根本无法从他身上移开。

完成舞蹈后,他鞠了个躬随后直起身子,等着我们作出反应。我屏住呼吸,把我刚刚所见的一切都烙印在记忆之中。

然后我鼓掌了,就我一个人。至于瓦斯拉夫,我回头看他时,他盯着地板看,手都没抬起来。

父亲还在喘着粗气,他两颊泛光,满脸通红。大量汗水流到腋

---

① 芭蕾舞动作,往上直跳,两足在空中多次交织互击。一次滞空时,互击次数越多难度越大。

下，打湿了他的衣服。他朝我们走了几步，手向我伸了过来，要拿回他的外套。我们是多么像啊，我们三个人，我心想。腿型和脚的样子一模一样。甚至是我们的双手也都一样，小小的手指头向内弯，指甲呈杏仁状。

"怎么说，瓦斯拉夫？"父亲问。

"舞蹈的把戏。"瓦斯拉夫喷着鼻息，像是一匹蓄势待发的马，"我没用过这些。这是杂技，不是艺术。"

我感觉那外套从我手上给猛然拉走了。父亲的眼神变得凌厉。"你这么想的，儿子？"

"我就是这么想的。"

"那你可没有我想的聪明。"

这下他们都转过来看我，他们的权威，他们的裁判。你选哪一边，两双眼睛都紧盯着我不放。都是杏仁状的眼睛。都闪烁着不耐烦的神色。快点选择，勃洛尼娅。宣布你的决定。只有一个真理。一种对的方式。

我转身跑出了舞蹈大厅，拭去泪水。我不想让他们俩当中任何一个人看见他们的怒气使我变得多么软弱，多么空虚。

第二天父亲独自前往疗养院看望斯塔西克。过后他回来和我们道别。瓦斯拉夫拒绝离开他的房间。直到妈妈叫他要有礼貌——她一直教导他要礼貌待人——这时候他才出现，小声说了一句"再见，父亲"，语气急促。

"我没法多待。"我请父亲和我们坐一会儿时，父亲说道。

"那我能送你到车站吗？"我问。

"得你母亲同意才行。"他说，"而且你必须坐四轮马车回来才行。我可不想让我女儿一个人在街上走。"

母亲点头同意，我穿上学校的黑外套，扣好扣子，脖子上裹上一条围巾。我跟着父亲走出公寓,迈下楼梯,到了街上。他走得很快,我们彼此都沉默了一阵子。春雪开始化了,很容易打滑跌倒。

"你得到《风流寡妇》中的那个角色了吗?"我终于忍受不了沉默发问了。

"是的,"他说,"我将到莫斯科去待上一阵子了。"

我想问他好多问题:玛丽娜,我同父异母的妹妹,也想成为舞蹈演员吗?她在准备入学考试吗?斯塔西克还认得他吗?他还为妈妈给他织的新手套和羊毛衫而自豪吗?我想告诉父亲每次瓦斯拉夫拒绝和我们去看望斯塔西克,说去不去看望对斯塔西克而言没什么两样时,我是多么伤心。然而我不知道这些话该怎么说起而又不让父亲生气或伤心,于是我谈起了舞蹈。

"是真的吗,"我问他,"莫斯科的舞蹈演员为了区区舞台效果而牺牲了传统?"

"你从哪儿听来的?"他问。

"学校里。"

不,他不同意这个观点。他认为马林斯基剧院的风格过于学究,过于陈腐。他更喜欢莫斯科的路数:没那么精准,有时显得凌乱,但更有活力。不怕承认舞姿背后付出的努力,而圣彼得堡的舞蹈演员总是力图让每一舞步显得轻松自如。"你明白吗,勃洛尼娅?"父亲问。

"我现在懂得还不够多。"我说。

"这回答很明智。"父亲说。我很爱他那样微笑。咧开嘴笑,露出牙齿来。"你是天生的外交官。"

火车站外,父亲找了一辆四轮马车送我回家。他先问了车夫,他打算走哪些街道。付车费以前,他提出要多加一条毯子放到我膝盖上。等我最终在马车座位上坐定,用两条马鬃毯子包紧了腿,父亲问,"还记得你们三个一起跳的水手舞吗,你和瓦斯拉夫还有斯塔西克?"

我点点头。

"一切都变糟了，不是吗？"他说着转过身快步离去。太快了，我来不及最后再看一眼他的脸。

7. "皇家芭蕾学校就到此为止了。"瓦斯拉夫毕业当天说，"到此为止。荣耀归于上主。"

妈妈非常开心。她的所有努力、所有操心，最终都获得了回报。瓦斯拉夫虽说并未获取嘉奖——因为文化课的缘故——但他得到了舞蹈科目的最高分：十二分。他收获了波兰语的《新约》，还有一套列夫·尼古拉耶维奇·托尔斯泰的作品全集。

毕业当天，瓦斯拉夫递交了成为帝国剧院演员的申请。四天后，官方来信确认录用瓦斯拉夫·福米尼奇·尼金斯基成为领舞演员——这已经是破格录用了，其他所有人可都得从群舞演员开始——年薪七百八十卢布。

父亲给他寄来了一百卢布作为路费开销，邀请瓦斯拉夫去看望他："我要求不多，只要你一周假期，瓦斯拉夫。我在下诺夫哥罗德的朋友们都想看我儿子跳舞。"

瓦斯拉夫并不想去，直到妈妈对他说："你父亲应该看看你已经变得多么出色了。"

瓦斯拉夫出发前，我给父亲写了一封信。我告诉他我们已经开始找新的公寓，比现在住的要来得宽敞，因为瓦斯拉夫不再是学生，而是帝国剧院的艺员了，这时候有必要换个宽敞的住地。我还写了我也多么期待自己的毕业之日以及在马林斯基剧院的演出。

这些内容只占据了半页信纸，于是我决定写写去年夏天瓦斯拉夫同意收一个私人学生，条件是他妹妹也一起来上课的事情：

第一节课之前，瓦斯拉夫带我上利夫施泰德商号，我们都在那里买了舞鞋。"你怎么能穿这样的鞋跳舞？"当我把手伸向一双女孩子用的硬鞋尖芭蕾舞鞋时，瓦斯拉夫问。他拿过一只鞋放手上，试图掰弯但无济于事，便宣称硬鞋尖芭蕾舞鞋全无用处。

"我们在学校都穿这个，"我抗议道，"没别的了。"

"试试这种。"他递给我一双男用舞鞋。

我喜欢男鞋的样子——黑色，由软皮制成——但从没想过穿上男鞋跳舞。"大脚趾没有任何支撑，这让我怎么跳舞啊？"我问。

"像我一样跳。你要是穿着硬得跟箱子一样的鞋子，我可没法教你。"

瓦斯拉夫也不喜欢我在学校被教导的那种跳跃方式：半蹲起跳，从膝盖发力。他让我和另外那个学生观察他的技法。他说一切的关键在于准备过程，教我们感受地板，不光是用脚底板，更要用脚趾头。他教我们快速拉伸身体，让足弓和脚背的力量把我们向上抛。

这些课业当时听起来那么难，那么费劲。软鞋并不支撑我的脚趾。我经常哭鼻子，怀疑自己是否能达到瓦斯拉夫的期待，但到夏天结束，我回到学校，老师们都惊奇地发现我的足弓、脚背和脚趾都变得强劲有力，变得柔韧有度。现在我可以穿着男舞鞋脚尖着地连来十六个挥鞭转！

我看着自己写下的内容，字迹整洁流畅。我检查是否出现拼写错误和不通顺的字句，没发现什么问题，于是我舔舔信封口盖，封好这封信。既然瓦斯拉夫会带着信去亲手交给他，那我就不写父亲的地址了，我用波兰语写上"尊敬的托马斯·尼金斯基亲启"。

用词如此正式，但听起来典雅又得体。

父亲是否读了我的信，我无从知晓。

"我再也不会去见他，什么都逼迫不了我。"瓦斯拉夫从下诺夫哥罗德回来以后说，他在那里只待了一天。他板着脸，毫不通融，语调坚定。"我也不想谈起他。"

后来，妈妈悄声对我低语，暗示说究竟发生了什么。父亲想让瓦斯拉夫见见鲁缅采娃。"那个女人"，她这么叫她。我不喜欢她转动着她手指头上结婚戒指的样子，仿佛那是一颗念珠。也不喜欢她试图掩藏的痛苦眼神。

"是真的吗，瓦斯拉夫？"我后来问他。当时他站在凳子上，正对付着一扇变形以后打不开的餐厅窗户，一边还咒骂这个破旧肮脏的公寓，我们不得不在里头住了这么久。窗户有两片窗玻璃格，以油灰封嵌，内侧满是死苍蝇死蜘蛛之类。

"跟你说过了，我不想再谈起他。"他说。

眼泪顺着我的脸颊滑下。窗框嘎吱嘎吱作响，斑驳的旧漆脱落了。

"帮我个忙，勃洛尼娅。"瓦斯拉夫说，声音柔和下来。算不上道歉，但确实在请求。"给我拿把螺丝刀来。"

我到厨房去，妈妈把父亲的旧工具都收在木箱里，放在水槽下面。我拿了最大的那把螺丝刀，交给瓦斯拉夫，他用螺丝刀撬开窗框边缘，使之和最后一层漆分离。然后他又一次拉了拉把手，这下窗框劈啪一响，窗户终于开了。

8.

瓦斯拉夫在马林斯基剧院上演的舞剧《金鸟》中跳了蓝鸟这一角色。他年方十八，但已经成功做到了看似不可能的事情。剧院管理层——一向不可能如此放任自流——竟同意让他摒弃传统的演出服装而自行设计。

因此，他并未穿繁复的长大衣，反倒是穿着短款束腰外衣和紧身裤。他身后的翅膀也没有嵌入起支撑之用的金属丝架。与此前所有跳过蓝鸟这一角色的舞蹈演员不同的是，瓦斯拉夫随心所欲，恣意摇摆他的躯体和肩膀。成为一只鸟，在空中翱翔。

他确实飞翔了。飞上飞下，忽焉在左，忽焉在右。他一飞冲天，自由滑翔，连蹦带跳。他轻快地摆荡起手腕，翅膀就随之拍动。

我两眼紧紧盯着他，根本无法移开视线。他一次又一次在空中完全张开双臂，他流连于这些飞翔，弹指一挥间落下后仅仅半个脚趾头着地，便又再次高飞。我哥哥已经变成了一只鸟儿，低飞在湍急的河上，掠过河水表面，沐浴在浪花里，戏耍得心满意足了才振翅高飞。

他沉浸在他自己的世界之中。他紧随自己目力所及之处，顺着自己的习性，自由自在。

我看着他做皮鲁埃特旋转，十个，十一个，十二个。疾速旋转。直到他停下，向见证他天赋的我们投来顽皮而迷惑的眼神，仿佛他只为他自己起舞。仿佛只因他与生俱来的风度，只因他对没那么幸运的凡夫俗子的体贴，才让他对我们看得如痴如醉的双眼、我们的不息掌声、我们看见神明舞蹈的狂喜表达了谢意。

照耀在我哥哥身上的光线如此强烈，想来也是理所当然。有好一阵子，这些思绪之中别无他物，唯有自豪和喜悦。

蓝鸟一角大获成功之后，瓦斯拉夫的不耐烦越发显而易见了。礼服衬衫放错了地方，一道褶皱没有妥妥地熨平，领带没能抻直拉出来，都会让他不耐烦。

"站好别动，瓦斯拉夫，"我笑了，跟他说，"让我来吧。"

我们都笑了，妈妈和我。"我们的瓦斯拉夫。"我们夸张地叹着气说道，如此吹毛求疵，他做什么都追求完美。等他晚上终于出了门，他的房间地上到处是丢下不穿的衣服。我们捡起衣服，注意到衣服质地上乘，剪裁式样时尚，上面还带着他新的古龙香水那优雅的麝香香味。我们把他的鞋撑放回他时髦的皮鞋里。他的全部服装是投资，不是虚荣作祟。艺术家需要锦衣鲜履，必须保持"富于美感的外表"。我们好奇这一次又是谁邀请了瓦斯拉夫，到哪里去，夜里谁的司机开车载他回的家。

瓦斯拉夫必须建立起体面的社会关系。瓦斯拉夫需要造就他的职业生涯。

妈妈时不时暗示我哥哥的女朋友们，提到她们时她用的是波兰语"女朋友"。提到某某妮娜，她也上切凯蒂大师的课，她让瓦斯拉夫脸红害羞。还有这个玛利亚·G，他和她约会过几次，直到——不出妈妈所料——她请他给她在马林斯基剧院弄个舞剧角色。如今他编出各种理由不再跟她见面了。

金蝉脱壳得不赖，不是吗？

妈妈最大的担忧是什么？某个残酷无情的姑娘夺走我们的瓦斯拉夫，让他背上"嗷嗷待哺的几张嘴"的重负，让他变得渺小。"为什么他不能和像玛露霞这样的人多待待？"她问我。她指的是玛利亚·皮尔茨，出身艺术世家，她的母亲是妈妈的朋友。要是瓦斯拉夫和玛露霞这样的姑娘结婚该多好。不是现在，不是他年轻的心还滚烫还傻里傻气，一个莽撞的错误就足以让他付出终生代价的时候。但是有朝一日，过上若干年，等他事业有成的时候。

妈妈无穷无尽的警告，我想，没有考虑到听到告诫的人其实是我而非我哥哥。

因为瓦斯拉夫不再仅仅是她儿子了，他是家里新的一家之主。前途远大、立下规矩、提出要求的人，是他赚钱为我们现在住的这套环境优越的公寓支付房租。

"瓦斯拉夫在休息,勃洛尼娅……他需要早晨再多睡睡,所以就我们俩去望弥撒吧……"

"瑟泰雅想让我们去她那里作客,但瓦斯拉夫不去。他说和她毫无共同之处。我们想去的话可以去维尔纽斯,但他可不去。"

"他没法和我们去看斯塔西克。这次不行。"

"瓦斯拉夫在工作。给一个班上课。准备他的舞蹈角色。你明白他是什么样的人,勃洛尼娅。一位真正的艺术家,全情投入。完全沉浸在工作之中。"

我偷偷溜进去时,瓦斯拉夫房间的门嘎吱一声。带银盖的罐子在他梳妆台顶上排成整齐的一排,边上是一双白色皮质手套,手指头的部分弄脏了。

我将一个个罐子次第打开,嗅着寻找瓦斯拉夫最喜欢的那款檀香和柠檬香膏,然后涂了一点点厚重的乳膏到脸上。我注意到他的发刷有着玳瑁手柄,他新的手套撑具是象牙做的,而非便宜的木质。

我打开瓦斯拉夫的衣柜,抚摸他那些男士衬衫的材质。

我的裙子簌簌滑落在地。解开扣子,我的上衣也随之滑落。

瓦斯拉夫质地精良的晚礼服很合我的身子;我们的身材是同一个模子。都是矮个子,大腿有力,小脚丫。我的胸部破坏了他衬衫的线条,于是我敞开衬衫。穿戴完毕,踩进瓦斯拉夫的皮鞋,头发藏在他的礼帽下面,我简直就像他的双胞胎。

我转了个身,视线掠过肩头。我想象人们看着我,不止一个人,是好多个人,朦胧之间影影绰绰地出现。一道浓眉,胡茬发暗的双下巴,吸吮着生蚝的嘴巴,一只手臂把我举起坐到肩上去。

我锁骨边上的皮肤泛起了红晕。我的手臂强健有力,双脚步步生风。我向前踏出一步,从脚趾到脚跟完全伸出去。猛然一个转身,比飞扑直下的鹰隼速度更快——

"你在哪儿呀,勃洛尼娅?"妈妈的声音从另一个房间召唤着我,

"你能帮帮我吗？"

"来了！"

我迅速脱下瓦斯拉夫的衣服。小心翼翼地叠好他的裤子，注意折痕。折叠之前先抚平他的衬衫，取下衣领上的别针，摘掉领结。一切各归其位，放回搁板上，挂钩上，或者放进妈妈精心用羊皮纸做衬里的抽屉里。

分毫不差。瓦斯拉夫永远不会知道。

9.

"瓦斯拉夫的新朋友"，提起列沃夫亲王巴维尔·德米特里耶维奇，妈妈是这样说的。他比瓦斯拉夫年长，成熟稳重。他为人是那么体贴入微，那么慷慨大方。他送给我们好多礼物，杏仁蛋白软糖、花色小蛋糕、鱼子酱、三文鱼、奶酪、果篮，还有上好的法国红酒。

这是一位慷慨赞助体育和艺术的保护人，称我们的瓦斯拉夫是"神一般的艺术家"。

一位希望我们免于遭遇任何困难的朋友。他曾接手我们一大堆因拖欠未付的陈年账单而导致的法院传票——从父亲出了意外受伤那时开始的——还告诉妈妈不用再为此发愁。"可我们欠了房东……"她正要解释，巴维尔把一根手指头压在唇上，充满骑士风度地说，这没什么。说他的律师不多时就会统统搞定。说她已经为她的孩子们做得够多了。说现在瓦斯拉夫是帝国剧院的艺术家了，她，辛苦养育了他的母亲该歇歇了。如果她还有什么疑虑，她应该考虑瓦斯拉夫的感受。在这个日渐分崩离析的世界中，她那为众人带来如此愉悦享受的儿子，怎么能全力倾注于他的艺术，倘若还要为他母亲不得不偿还旧债而操心？

或者生活中没有一台属于他自己的像样的钢琴。

或者还得坐电车到城里各个地方去。

或者在舞厅授课,对着百无聊赖的首次登台的人跳舞?在应该像其他伟大的舞蹈演员那样跟着切凯蒂上高级课程的时候,却在琐事上浪费了时间。列沃夫亲王乐于为大师班课程支付学费。

"尼金斯基夫人,等瓦斯拉夫出名了,我会让他再还给我的。"

列沃夫亲王身材修长,坐在妈妈最喜欢的扶手椅中,手掌按在他银手杖的象牙手柄上。我欣赏他挺拔的身材,他袖口的钻石钮饰,他掏出怀表手潇洒地一撅打开怀表来看他们离开之前还有多少时间的风度。

"他是我们的朋友,"瓦斯拉夫强调说,"不光是我的。"

确实如此,他派车载我们全家去参观圣彼得夏宫和沙皇村的诸多宫殿。邀请我们去看音乐会、赛马或上餐厅晚宴。在列沃夫亲王位于大海街那逶迤延展的府邸内的大理石门厅里,身穿灰色燕尾服的男仆跪下来帮我们脱掉外面的靴子。在餐厅,另一个身穿黑色燕尾服、戴白手套的男仆为我们端上鳕鱼和鱼子酱。不光是瓦斯拉夫,他的母亲和妹妹也都是列沃夫亲王的座上宾。

有一次驱车外出时,那是个春寒料峭的白天,见我冻僵了,列沃夫亲王脱下他的裘皮大衣,把我裹了起来。裘皮大衣轻盈柔软,我蜷缩在里面时,闻到一股雪茄的烟味。"感觉好些了吗,勃洛尼娅?"他问道。我说好些了,但他看到我还在瑟瑟发抖,便嘱咐司机带我们到最近的餐馆。到了那里他让我喝下一碗烫嘴的罗宋汤,然后又抿几口白兰地,我喉咙都被灼热了。直到我额头冒出了汗珠子,直到他摸摸我的手说:"很好,勃洛尼娅,你连指尖都热起来了。"

厨房里,妈妈正和她当舞蹈演员那段岁月里认识的一位老朋友喝茶,萨里奇夫人,她曾是卢科维奇剧团的戏服保管员。她们在街上偶遇，也够机缘巧合的，难以相信眼下彼此都在圣彼得堡生活。"尼金斯基家的孩子们！"萨里奇夫人一看到我们就大呼小叫。"想想哦，我还记得你们跳的水手舞嘞！再看看你们现在。我听说你好多事呢，瓦斯拉夫。"

"但愿都是好话。"瓦斯拉夫说道。他迅速脱身，拉着我出了厨房，萨里奇夫人坚持要待在那儿，想帮妈妈备茶。瓦斯拉夫准备好了要和列沃夫亲王去听交响音乐会。那是周六，我从学校回到家了。

"你想和我们一起去吗，勃洛尼娅？"他问我，"拉赫玛尼诺夫今晚演奏呢。"

"好呀。"我说。或许过于急不可耐了，但我期待周一早上弗洛西娅发出羡慕的叹息，她抱怨周末只不过是去看望某个老姑妈，听听关于治不好的痛风的趣事。我真是太幸运了，不是吗？

哥哥有太多方面都让我羡慕。他来去那么自如，似笑非笑间草草打发了妈妈的问题。甚至是他躲避萨里奇夫人夸赞的样子，他这会儿每听到她从厨房里爆发欢笑紧接着又窃窃私语时就翻起白眼的样子。

"女人和飞短流长啊。"他说，我听出他什么意思：真正的艺术家无暇在琐事上浪费时间。

我熨好海军蓝的裙子和细亚麻布白衬衫。编好辫子系上蓝色丝带后，我的头发看起来精神多了。我在手腕上和耳朵后喷了一点妈妈的香水。"给你。"瓦斯拉夫洋洋得意地递给她，那是他用从马林斯基剧院领到的第一个月薪水买给她的礼物，而她一脸笑容地抗议他太挥霍了。科西嘉茉莉，香水瓶上写着，闻起来确实是茉莉花香。

列沃夫亲王坐车来接我们。"来吧，孩子们。"他边进客厅边指挥我们，"快点儿。"

瓦斯拉夫在唇上竖起一根手指头，指了指厨房。

都那么顽皮轻松。"好玩。"列沃夫亲王说。他们俩相视一笑，悄声告诫。瓦斯拉夫踮着脚尖溜出了公寓，示意让我跟上。

我们一到剧院，就径直走进列沃夫亲王的私人包厢，我在角落的位置坐下。瓦斯拉夫大剌剌往中间一坐，身边留出空间给列沃夫亲王。萨里奇夫人被忘在脑后，他们笑着某桩我并不了解的事情。"你的错。"我哥哥逗列沃夫亲王，然后是列沃夫亲王的抗议，"不，瓦斯拉夫，只是你一个人的错！"

像小男孩似的，我心想。

在我们下方，音乐厅流光溢彩，一片兴奋的嘈杂之声。女士们穿着时髦的晚礼服，高耸的头发别起来定了型，一身珠光宝气，相继落座。她们的男伴紧随其后，多数都穿着阅兵制服，制服上挂着金色勋章、绶带和皇家授予的奖章。

又来了，我哥哥和他近来最要好的朋友之间那种轻松随意的插科打诨。玩闹着拍那只伸向观剧镜的手。说笑个不停。脸颊放光。谈到当晚送我回家后他们要赴的某个聚会。拉赫玛尼诺夫会在那儿，还有卡尔萨文娜。这就是为什么福金求着要获邀前去？他还爱着她，不是吗？

"开心点，勃洛尼娅。我们可没把你忘了。我们有好多巧克力呢！"

"马克西姆餐厅买来的巧克力哦，你最爱的，樱桃酒夹心。"

我们的到来引起了注意。正厅后排座位上有个女人朝我们的方向投来好奇的目光，又迅速回过去转向她的同伴。第三排有个人把他的观剧镜对准我们所在的包厢，到音乐响起时都没有挪开。

他们都在看瓦斯拉夫。

也难怪。玛蒂尔达·柯切辛斯卡公开宣称尼金斯基是她最青睐的搭档。在《圣彼得堡报》上，最赫赫有名的评论家斯韦特洛夫形容瓦斯拉夫的空中动作轻盈、耀眼得"简直难以置信"。这就是名气吧，我想。吸引所有人的目光，不光是在舞台上，所到之处都是如此。

列沃夫亲王在瓦斯拉夫耳边低语了几句，朝正厅后排区域一指。瓦斯拉夫笑了。只不过他的笑声中有点什么东西不太对劲，让我感到很不自在。他笑得太响，太刺耳。是一种挑衅，而不是开心。

我还想细究，但那时候拉赫玛尼诺夫步上舞台。他步态拘谨，略显笨拙，不过他在钢琴前一坐定，一切笨拙都消失得无影无踪。肖邦的奏鸣曲开头的和弦一响，我就知道自己所听到的是我身处的这个时代第一流的钢琴家的演奏。精准，清晰，哪怕是最复杂的曲目。

所以何必走神呢？

幕间休息时，朝我们的方向投来的目光丝毫不减，尽管除了我以外没人多加注意。列沃夫亲王的一些朋友路过，或许他们也是我哥哥的朋友？其中有个人——年纪较大、身材矮胖，被呼为伯爵——朝我走来，招摇夸张地嗅了嗅空气。"年轻姑娘应该只闻得到香皂和水的气息才是，"他说，"你母亲没教过你吗？"

怒火如同鹰隼一般猛扑而来。"我的母亲教我要有礼貌。"我回击道，但哪怕是伯爵眨着的眼睛当中掠过的那一丝惊讶神色也无法平息我的怒气。

瓦斯拉夫没注意到伯爵，也没注意到我的怒气，他忙着和人交谈，话题从他急需一件燕尾服因为他的无尾礼服完全不够用，到拉赫玛尼诺夫精湛的演奏和我们即将听到的音乐。那可是拉赫玛尼诺夫自己创作的曲目，谢尔盖·帕夫洛维奇·佳吉列夫已经在巴黎演奏过，并受到了热烈欢迎！

"巴黎人还没欣赏够俄罗斯呢。"列沃夫亲王语调一抬，盖过了喧哗的众人，"你也应该去巴黎，瓦斯拉夫。"

"这就是你想要的？"我哥哥笑了，举起双臂高过头顶，头轻轻一点仿佛刚完成一个皮鲁埃特旋转，"让我远离你的网球拍？远离你的香槟？"

瓦斯拉夫是多么让我想起父亲。这般潇洒自如的派头，举手投足显得温文尔雅，眼神坚定。透出的那一丝傲慢很适合他。

"你觉得呢，勃洛尼娅？"列沃夫亲王转过身问我，"我说得不对吗，瓦斯拉夫·尼金斯基会让巴黎人大为倾倒？"

"你没错，巴维尔·德米特里耶维奇。"我说，然后顿住了，因为他并没有看着我。他看着我的哥哥。

老伯爵一脸不赞成地盯着我，嘟囔着我听不见的什么话。我脸红了吗？我心想。想必是。我的双颊火辣辣的。因为突然间一切都感觉不对劲，令人难堪，都错位了。

确实可能知道而不明就里。听见而无从理解。形成的一层层认识，就像沙丘，会随着每一阵风变换形状。

瓦斯拉夫·尼金斯基是个同性恋。他连话都说不好。他无法爱女人。这样的话在越发甚嚣尘上的话音里言之凿凿。恶心？不道德？只不过让人难堪？或者只是滑稽？

还有别的闲话，别的飞短流长。

瓦斯拉夫·尼金斯基不配担任那么多重要的芭蕾角色。他平步青云完全是列沃夫亲王的钱堆起来的。福金太需要钱以至于准备鼓吹"尼金斯基的杂技"，全然不顾有口皆碑的舞蹈演员的种种优点。

瓦斯拉夫已经将自己卖给了出价最高的人。推动他向前的是对名声的贪欲，而非艺术。他拿走他所能攫取的一切，两手都抓得满满。

不光是他，我们所有人，都在捡他收割后的落穗。尼金斯基一家在暗中捡拾。

男人对待彼此都像狼。我牢记妈妈的话，以此作为防御的盾牌。艺术家往往相互嫉妒。总是有划破的芭蕾短裙，戏服褶层间出现"误放"的打包别针，你一不留神就伸出来绊你一跤的脚。赞誉之词多半意在挖苦而非讨好。

那些永远赶不上瓦斯拉夫的人想要泼他脏水，用他们的嫉恨污蔑他。他们不是曾经有一次差点以可畏人言害死他吗?他飞得越高,他们就越想把他拉下来。还有那些爱他的人。

"车队路过时的犬吠罢了。"瓦斯拉夫如是评价流言蜚语,"艺术是唯一要紧的事。真正的艺术家只取不可或缺的,丢掉无谓的。"

他没错。

不过,不管我的想法多么目空一切,这一晚的回忆太不愉快了。什么都平复不了我的万千思绪,平复不了我的怦怦心跳。哪怕是音乐也平复不了。音乐渐渐远去,这时我蜷缩在座位上,感到恶心反胃,痛苦不堪。

在这一团困惑中,只有一件确定无疑的事,而且这件事并非慰藉:瓦斯拉夫去的地方,并不欢迎我。瓦斯拉夫做的事情,我不许做。

10.

从那以后,瓦斯拉夫问起为什么我拒绝他和列沃夫亲王的邀请,我总是找借口。考试在即,我要做作业。妈妈平常都是一个人,所以周末我回到家了想陪陪她。

瓦斯拉夫也不强求。我想他甚至都未必注意到我的缺席吧,他那么忙。圣彼得堡还没欣赏够他呢。他和巴甫洛娃的蓝鸟变奏双人舞已经被称作"非凡天赋的奇迹……两股音乐之声以无以伦比的轻盈之态相互呼应……达到艺术完美的高度"。他将在《夜曲》中和柯切辛斯卡搭档演出。

直到伊莎多拉·邓肯打破了我下定的决心。

那是一九〇八年二月,邓肯第二次来俄国来,在索夫林斯基剧院演出,列沃夫亲王订了包厢。

在学校,她是引发热烈争论的话题。为什么她自称为舞者,而非芭蕾女伶？她究竟是什么意思，宣称舞蹈不应止步于充当"养眼的糖果"？说她已经将自己从"令人窒息的姿势、规定的动作"中解脱出来了？不穿芭蕾短裙？不穿连裤袜？光着脚不穿硬鞋尖的芭蕾舞鞋？是艺术还是矫情？是一时心血来潮，还是未来的道路？我们的老师们甚至也加入了这些讨论。"追求轰动效应的人，"有些老师说，"一个半吊子。"然而，福金叫我们记住他的话："邓肯向我们指出了道路。"

瓦斯拉夫和我并非列沃夫亲王这天晚上唯一的客人。塔玛拉·卡尔萨文娜也在。她在《天鹅湖》第三幕演出中用她自创的变奏取代了已成俗套的三十二个挥鞭转①，获得满堂掌声。

"塔蒂"，瓦斯拉夫这么叫她。她则叫他"瓦萨"，让他坐在她边上。"把手给我。"她说。她触摸他手上的生命线。"我看到一次次旅途。"她喃喃低语，声音略有刺痛的感觉，"我听见经久不息的欢呼。"

"通晓将来的塔蒂。"瓦斯拉夫笑了。"只是为什么你非要告诉我这个，我实在搞不懂。"

"我不是非得告诉你，我就是想告诉你。"

列沃夫亲王待客相当周到。他确保我坐在第一排，以便对舞台上的景象一览无遗。我就他邀请我前来表示感谢，他若无其事地摆摆手，让我不要客气。我是个艺术家，就像我哥哥一样，是一位冉冉升起的芭蕾女伶。我需要获取灵感。他要是能帮上忙就很开心。

他的眼神从未离开瓦斯拉夫。眼神中那样炽热，那么渴望。我心想他们是不是吵过架了，如果真吵过了，为什么吵架呢。

不过那时幕布升起，伊莎多拉·邓肯开始跳舞，我眼里只有她了。

她的衣衫宽松，宛若古希腊短袍。她的动作简单而自然——轻盈一跑，舒展腿部或手臂——自由，自如，自得。她光着脚。脸部表情

---

① 《天鹅湖》第三幕黑天鹅的三十二个挥鞭转是个经典变奏，由意大利芭蕾女伶皮耶里娜·莱尼亚尼首创。

从狂喜欢悦到大惊失色变化多样。脱离了紧身衣和芭蕾短裙的束缚,她随音乐屈身俯探,跪在地上,向后倒下,举起手臂。

她的舞蹈没有讲述任何故事。

从她出现之时到她仿佛逃离我们热烈掌声而消失于侧幕的那一刻,她就是我们能用眼睛看见的音乐。

她独一无二,我想。

中场休息时,我过了好一会儿才回过神来,听见周围人说的话。"历史性的时刻……发展进步的又一面貌。"

"别跟着说这种废话,巴维尔。"瓦斯拉夫翻着白眼,"你不可能真是这么想的。"

我哥哥背对观众席而立。他新做的黑色绒面呢晚礼服剪裁得非常合身,露出他单排扣背心和白衬衫的顶端。每当他挥舞起手来,列沃夫亲王在他生日时送给他的钻戒就闪闪发光。

"摒弃旧的并不能带来进步。"他宣讲道,"你想要新的芭蕾?那就创造出来。想出新点子。不要告诉我这些光脚跳的幼稚把戏就是答案。没错,邓肯非常有表现力。我最多只承认这个。她有感受,并且用舞蹈将她的感受表达出来了,但这并不是艺术。这是滑稽戏。这是在展现她自己。"

他眉毛倒竖,整个身体绷得紧紧的。

我听得不知所措。我从来没听过瓦斯拉夫这样说话。没这么斩钉截铁。这么一针见血。我想,这是名气使然吧。

"你能教这舞吗?"瓦斯拉夫继续说,"不能?所以你怎么能称之为艺术呢?"

列沃夫亲王靠在椅背上,摆弄着他的手套。两只苍白无力的手相互碰撞。

"可是瓦萨,"卡尔萨文娜打断道,"你太严苛了。难道就容不下二者并存吗?古典舞蹈和这样的舞蹈?自由表达?"

"自由?"我哥哥问,"重要的是自由吗,塔蒂?"

"否则还能是什么?"

"没有规矩不成方圆,如果什么都不禁止,那就没什么是重要的了。"

我们包厢的门开着。观众和崇拜者停下来问候,加入这场争论。有人送来一张纸条,提醒瓦斯拉夫,他和列沃夫亲王受邀参加柯切辛斯卡为向邓肯表示敬意而举办的聚会。

我还是学生。没有人问我是怎么想的。不过这并不妨碍我把听到的话在脑海里思考再三。

在坚信芭蕾应该寻求新想法的这一方面,我哥哥是对的。

说自由表达不是艺术的这一方面,我哥哥是错的。

后来那天晚上列沃夫亲王的车缓缓驶向剧院街时,我告诉了瓦斯拉夫这番话。周边房屋笼罩在暗夜雾霭之中,商店橱窗里满是一罐罐堆成山的巧克力和垒成金字塔状的蛋糕。河水泛着腐鱼的臭味。

"你根本不懂你在说什么,勃洛尼娅。"

"这么说可不公道。"我说,"就因为我不赞同你的观点,并不意味着我错了。"

"别那么天真,勃洛尼娅。别听什么就信什么。"

"你想说什么都行,瓦斯拉夫,但这是未来的舞蹈!"

"如果你相信这个,那你可还有好多要学的。"

我一股火冒了起来。"跟我好好说一说,瓦斯拉夫。拿出理由来证明你的论点,但别草草打发我。"

"瓦斯拉夫,勃洛尼娅。"列沃夫亲王打断了我们,他开了一篮点心。厚厚的大块熏鲟鱼,一瓶阿伯劳起泡酒,封蜡上印着双头鹰。瓶塞噗的一声开了,汩汩冒出泡沫丰富的酒水,溅了几滴到我脸颊上。"够了,别再争吵啦,求求你们……就像我们伟大的诗人告诉我们的,

'以本土出产的葡萄酒尤甚,无需关税而又口感甘冽'。"

瓦斯拉夫态度严厉。"勃洛尼娅还是个学生。她一点都不许喝。"

"哪怕小小抿一口也不行?"列沃夫亲王问,伸出一只举着玻璃酒杯的手。

"你少来,列沃夫。"瓦斯拉夫说着把酒杯推开,酒水洒了出来。"他们已经通融让她和我们出来了。我向看管老师保证过了会看着她的。要是他们闻到她的酒气,你让我怎么说?"

"好吧……好吧。"列沃夫亲王认输了。

到底是一场短暂的争吵,爆发之后就和好了。把我在学校放下后,他们要去的聚会在斯特列利纳,柯切辛斯卡的乡间别墅,她称之为她的"邸宅"。就走哪一条路上那儿去的问题,他们意见相左,但只是玩闹而已。

"你就老实承认吧,瓦斯拉夫。你没有方向感。"

"看看谁在说话!"

"大名鼎鼎的骑车人。"

"说到点子上了。"

我期待回到学校时的兴奋。弗洛西娅肯定已经紧贴着玻璃窗张望了,她等着我跟她讲述邓肯的舞蹈表演。我决定一个字都不说,我要亲身示范我所看见的景象。穿上我的睡裙,光脚在宿舍地上起舞。

这时车停在了学校门口,瓦斯拉夫朝我靠过来。"在这所谓的未来之舞里,"他在我耳边低语,"邓肯没有给男子留下任何空间。"

我还来不及回答,他就把我推出了车子。

11.

父亲没有写信。我十七岁生日时没写,我毕业时也没写。他也没有寄钱给我置办行头,尽管他知道帝国剧院所有艺员都必须自己购置戏服。

我没有说这令我多么伤心。妈妈发愁的事情已经够多的了,而瓦斯拉夫连听都不想听到父亲的名字。

"我们不需要他,勃洛尼娅,"他说,"再也不需要了。"

列沃夫亲王提出由他来给我购置毕业行头,但我谢绝了。我也谢绝了他送我的曾属于他祖母的古老蕾丝,尽管蕾丝披在我的戏服上会显得很美。我告诉他,这样的珍宝需要悉心呵护,应该留在他的家族中。

"傻瓜勃洛尼娅。"瓦斯拉夫这么叫我。

"傻就傻呗。"我说。

毕业前几天,妈妈带我到亚历山德罗夫市场,帮我挑选身为艺员的全套服装。我们买了一套二手的米色套装,两条羊毛裙,三件丝质衬衫和一件用商家的话来说是"出身不凡"的夜礼服斗篷,总共花费一百卢布。不过,我的毕业礼服是全新的。平纹细布的材质,玫瑰红,这是瓦斯拉夫送的礼物。我觉得礼服精美至极,简直美得不敢穿上身了。"胡说八道。"我哥哥说。他让我穿上礼服转个身,夸赞衣服面料服帖。然后他递给我一个丝绒包裹的小盒子。"列沃夫的礼物。"他说。"你先读一下便条再拒绝也不迟。"

> 这份小礼物和我的家族没有关系,无需特别呵护。答应我,有朝一日你也会在你的婚礼上戴着它,当仰慕你的芭蕾舞迷在你的化妆间外排起长龙时你也不会忘了我。

盒子里是一枚小小的饰针,由细碎的红宝石和钻石镶制而成,状似花朵。

毕业那天,穿上礼服之前,我站在衣橱镜前。它就在这儿,我的身体,我的表达工具,自我记事以来通过日复一日训练和锻造,不断增强柔韧性、力道和活动范围。我的双臂柔软而又强健。我依然敦实,但腿脚强劲有力,背部也是结结实实。我学会了掩饰自己外突的牙齿,微笑时抿嘴不露出来。

我缓缓摆好第一个姿势,闭上双眼,将手放在胸口,上下移动,轻轻抚摸。我试着想象男人的手在触碰我。脑中浮现的是阿尔伯特与吉赛尔、奥杰塔和齐格弗里德①的形象。双人舞中的抚摸,双手沿着紧身衣向下游走,脚尖点地脚步飞快。

对于别的情欲,我还一无所知。

我悄悄穿上毕业礼服裙,将列沃夫亲王送的闪闪发光的饰针别在左胸口上,注意把搭扣扣好。我捧起一束黄玫瑰。门外,妈妈已经在等着了,她眼眶湿润,举着手祈神赐福。

典礼在学校大礼堂举行。我荣获等级最高的一等奖,奖金一百卢布——这一百卢布我已经花在置办行头上了——而且,和瓦斯拉夫一样,我得到一本波兰语的《新约》和托尔斯泰作品全集。

礼堂里有我们七个人,那一年从女子分部毕业,我们身穿花枝招展的裙子,手捧鲜花,家人朋友为我们喝彩。典礼结束后,我们都按照习俗去圣彼得堡美丽的小岛游玩。我们走在路上,路人拦住我们,欣赏我们婀娜多姿的步态,祝贺我们学有所成。他们问起我们的名字,拿出剧院剧目表让我们签名。他们说,有朝一日,等我们成为声名远扬的芭蕾女伶时,他们会排队买票来看我们演出,会炫耀这一时刻。

"记得吗,勃洛尼娅,我们应要求为在日本前线作战的士兵织袜子?"弗洛西娅悄声低语,一边还咯咯笑。"结果一看你织的袜子歪歪扭扭的,而我织的却完美无瑕?"

"记得啊……"

---

① 分别是芭蕾舞剧《吉赛尔》和《天鹅湖》里的两对男女角色。

"我塞钱给我们女佣,让她帮我织的。"

我们亲密无间而尚未经受考验的友谊还在。我们想出了一对押韵的诗句:

我在梦中看见了福金

这就是为什么我醒来总是惊心

那时我们徒劳地搜寻"疯狂的安"的笔记,这个莽撞的姑娘——据高年级女生告诉我们——在学校衣柜的衬纸上写下他们的恋情故事后就和近卫军骑兵旅的一个军官私奔了。

天气很好,晴朗暖和。海上闻得到海草的气息。我们欢声笑语,手拉手摆出姿势拍照。在石岛拍的一张照片里,只见我坐在一块巨石上,弗洛西娅就在我身边。我们看起来如同姐妹一般,伸着腿挽着手臂。

在整个过程中,我一直张望着等着父亲出现,请求我原谅他来晚了。父母对子女的爱不会停止,勃洛尼娅。

他最终并未出现,我于是追究起记忆中我写给他的那最后一封信的确切用词,就是瓦斯拉夫随身带去下诺夫哥罗德的那封信。真希望自己留有副本。我希望可以再好好读一遍,看看信里究竟有什么话竟然让父亲生气至此。

毕业的第二天,按照习俗该去看望家人和最亲近的朋友。我穿上米色套装,独自去看望斯塔西克。

我走进去时,他正坐在床上,呆呆看着他的双手。他虎口处的皮肤褶子撕破了,正在流血。

"我不用再上学了。"我说,等着他抬头看看我。"很快我就要自己挣钱了。我会给你带礼物来。"

他一动不动。

"妈妈明天来。她会给你带个蛋糕。"

我继续独白，直到一个护士过来礼貌地指了指门。她年纪很轻，难以梳理平整的褐色头发从她包得紧紧的头巾里逃脱了出来。我很好奇她最开始是什么时候知道自己想成为修女和护士的。我好奇她是否有过疑虑——假如有的话——她又是如何消除疑虑的。

我离开时，听见护士欢快的声音，她让斯塔西克放心，晚饭已经在送过来的路上了，他想要多少黄油面包都可以。

我没有径直回家。我穿过涅瓦大街散步，经过橱窗里那些格调高雅的摆设。穿着校服的高中生在叶卡捷琳娜大帝的纪念碑前集合。其中一个学生拿着一支烟，窝起手掌点燃。由一匹骨瘦如柴的马拉的一辆四轮马车停了停又走了起来。

从今开始，我的生活将由剧团课程、排练和演出组成了。我的日子都将在剧院度过。我将学习新的剧中角色，不管有没有分配到那些角色，我要做好准备，万一需要替补。

再小的机会我也不会错失。不管是失望还是幸福，什么都阻止不了我。

我将把生命献给艺术。

12.

那一年我们七个人全都成为了帝国剧院的艺员，我们是剧团中的新人，除了冉冉升起的明星瓦斯拉夫，剧团成员还包括安娜·巴甫洛娃和塔玛拉·卡尔萨文娜。有了米哈伊尔·福金——以前是我们的老师，现在是我们的舞蹈编导，剧团在制作他编导的新的芭蕾舞剧。

我们都是群舞演员，年薪六百卢布。被安排"在水边"，就像老话说的，在舞台远远的后部。要想得到关注，我们必须出类拔萃。

排练结束后，我们都会去涅瓦大街的咖啡馆。我们点茶和一块黄油甜圆面包,弗洛西娅像药剂师一样精准地把圆面包切分成七份。

我们仍然会做噩梦,梦见错过考试,梦见丢了芭蕾舞鞋,梦见连裤袜老往下掉。我的噩梦里充斥着脑子一片模模糊糊的空白,就在我试图回忆起老师指着的法国、德国、美国、阿根廷那些国家的首都时;直到我回想起来我不再是学生了,才转身离开。

"走运的勃洛尼娅。"弗洛西娅说,"我想走开时,两腿却钉在地上动弹不得。"

"可不光是在梦中。"

"小傻瓜。"

一起欢笑,相互取笑过去最大胆的冒险行为,这样很有帮助。弗洛西娅在宿舍里从一张床跳到另外一张床。我则是在一处狭窄的走道上,两腿跨在空中,一路爬墙爬到天花板。"你看到尼金斯卡了吗?"有一回我爬在上面时管理员问起来。弗洛西娅还把她没有向上看也没有咯咯笑这事算作她的一大成就。

不过大多数时候我们都在分析看过的每一出芭蕾舞剧,讨论优缺点和重要性。这时候就要做出——我们明白——会影响我们未来的决定了。会是什么样的?传统的芭蕾还是实验性的芭蕾?彼季帕的编舞还是福金的编舞?或者二者皆有?对这些问题的回答决定了去参加哪些排演,请求谁给予指导和纠正动作,我们自己学习哪一版本的变奏。

女巫的安息日——弗洛西娅如此称呼那些热烈讨论的时间。

"为什么是'女巫'?"我问道。她做了个惊讶的鬼脸,问:"你还没做好准备把你的灵魂抵押给魔鬼吗,勃洛尼娅?以此换得一个好机会?"

瓦斯拉夫从来用不着这样。他一上来就是领舞演员,说明他盛名在外。他无需等待年长的舞蹈演员在把杆上站好了再上,无需在他们排练时彬彬有礼地保持沉默。他不必担心自己可能被忽视,被拒绝给予更好的角色,谢幕时被推到后面。我当时以为如此获得认可,是对于他的天赋最好、最了不起的回报,还不曾想到,所有的奖赏都要付出代价。

不过我有点急不可待了。在马林斯基剧院的岁月,我年轻,无所畏惧,对任何可能会放慢我脚步的事物感到不耐烦。早上起床时一跃而起,狼吞虎咽吃下早餐圆面包,匆匆喝上几口茶便赶往剧院。

那时候,我们又搬家了,搬到大科纽申纳亚街一套考究的公寓,有电梯有电话。公寓足够宽敞,瓦斯拉夫自己有两个房间,一间卧室和一间书房,列沃夫亲王执意要为他装点以古董和稀有的雕塑。瓦斯拉夫的钢琴——一台博兰斯勒钢琴,直接从德国运送到了这里。"赏心悦目,稀有,独一无二",列沃夫亲王说。就像瓦斯拉夫,像他的艺术。他挑选的每一件物品都是对我哥哥的天赋、对他的舞蹈所带来的无上愉悦所表达的敬意。

听到这些话,我感到忿恨吗?嫉妒吗?对这样的想法我给出的回答是反问。我为什么要嫉妒?我自己不也是艺员吗?不正在孜孜努力发掘自己的潜能?

用我在马林斯基剧院工作的第一份工资,我买了一张新床,一个带镜衣柜和配套的桌子,都是产自卡累利阿的桦木材质。妈妈觉得样式太简单了,但我喜欢它们充满现代感的线条,全无装饰雕花。不同于瓦斯拉夫绿色天鹅绒的褶状垂坠窗帘,我自己用轻质棉布缝制了窗帘。地板是浅色木地板,我让地板露出原本的样子,只用了一小块圆地毯,由红、绿、白、黄四色明快的彩色长条织就。

我们七人差不多都住在剧院,从早晨的课堂到晚上的演出。我们练习舞步,直到能够配合得完全协调一致。然而,群舞演员并不只是保持一条直线,齐刷刷地举起手来。要学所有的舞蹈,以备我们随时可能受到召唤在排演时替补顶上,甚至在正式演出时顶上。按照马林斯基剧院的惯例,我们请资深的演员教我们他们的角色。没有人拒绝或者拖延。因为演出一开始，我们都需要准备好一旦接到通知就能胜任其他人的角色。

除此之外我并无机会。

"现代"变成我最喜欢的一个词。

马里于斯·彼季帕的编舞已经老套过时，福金在排练时告诉我们。现代芭蕾远不只是一套变奏，远不只是炫耀互不相干的精湛技巧。现代芭蕾并非自我的展示，而是艺术。

福金告诉我们，在他编排的芭蕾舞剧中，芭蕾女伶用不着像她们现在所做的那样——不管扮演的是埃及艳后还是乡村姑娘，都戴上最好的珠宝，穿上最美的演出服。演出过程中不会停下来让独舞演员鞠躬或返场演出。不会单单为了击败对手或者满足芭蕾舞迷的要求而增添杂技似的变奏。在福金的芭蕾中，每段舞蹈都是有机整体的一部分，每位舞蹈演员都是艺术视觉效果的一分子，在戏服和布景衬托下得到强化，不受传统的苛刻限制。

现代芭蕾应该打破边界，谋求新颖的方法，达成音乐和动作的统一。现代芭蕾应该是视觉盛宴。

我聆听着，欣喜若狂，所有疑虑一扫而空。哦，我听得多么入迷！

一九三九年十月十三日

跨越大西洋需要十天时间。今天是第五天，大家的士气照理应该为之一振，却反倒越发谣言四起。最新消息——在受聘去澳大利亚巡演的舞蹈演员间广为流传——是美国拒绝所有持有南森护照的人入境。

一派胡言，我告诉自己。他们没法把我们挡回去。

今天我醒来时，想起那回妈妈坐在我们巴黎公寓的窗边，随着天色渐渐暗下来，她转动着手指上的婚戒，拒绝我提出的开灯的建议。"还记得瓦斯拉夫的曼陀林吗，勃洛尼娅？"她问，"外面镶嵌着那么美丽的花朵。还有你那个盒盖上印有芭蕾女伶的马口铁盒子！"

这在最后也让她备受困扰，那些物品的命运，曾经那么宝贵的东西，如今剥去它们承载的故事，流落到了陌生人手中。她为斯塔西克的洗礼仪式而买的一小块黑色圣母的金质纪念章。她姐姐瑟泰雅送给她的玳瑁梳子，她那次一时兴起从头发上解下来说，"拿着，我亲爱的。我想看你戴着它。"

妈妈叹了口气，这口气因为悲伤而憋屈，她顿住不作声了，思绪太过痛苦而无法诉诸语言。无人管顾的墓地。日渐淡忘的记忆。愈发渺茫的希望。我内心抗拒知晓的一切。

"过去的就过去了。"我不耐烦道，满脑子都是我的舞蹈、学生和即将到来的演出……

骄傲这宗罪，已经犯下过多少次了？

在上层甲板，波涛掀起泛着泡沫的海水，不断溅到防水灰帆布上。每个凹陷处都积了水。从走道上残留的呕吐物臭味来看，我们没多少人会出来吃早餐或者到公共休息室去要张桌子坐下。

风凛冽地狠狠刮着,海水一片铁灰。

挥之不去,我们那些无法摆脱的往事。在我们身后挤作一团,黑暗而难缠,贪婪地吞咽我们还能喂养它们的生活碎屑。

我掐灭香烟,回到舱内。

第三部：一九〇八年～一九一三年

1. 那是一九〇八年十一月，福金正在排演《阿尔米德的凉亭》。剧中一个恋爱中人被困在一座想象的花园里，魔法之网唯有一死方能破除。这导致剧情不甚了了，但我并不介意。我已经不是非要知道故事后来怎么发展不可的小女孩了。

排练进行得非常顺利，尽管自首演以来福金已经做了一些替换调整。舞台上十二个男演员身穿金色和银色服装表演"时间之舞"。和所有无需即刻上台的人一样，我坐在观众席看着排演。

排练厅里泛起一阵涟漪，大家都回过头去看，听见窃窃私语讲到他的名字时众人不由得挺直了腰背。"谢尔盖·帕夫洛维奇·佳吉列夫！"

我也回过头去。

气宇不凡？哦，没错！他身着量身定制的羔羊皮衣领大衣，手里轻轻晃动银柄手杖，风度翩翩。或许有点胖，作为舞蹈演员我察觉到这一点，不过大块头只会让他更有气势，使得他显得要比他三十六岁的年纪更为老成。

福金停下排演，连忙赶过去问候这位贵客，陪他走到最佳观剧位置，还差点给不知谁粗枝大叶丢在走道上的一个舞蹈包绊了一跤。他的话音回旋在兴奋低语的嘈杂声之上："谢尔盖·帕夫洛维奇……亲爱的谢尔盖·帕夫洛维奇……真是太荣幸了……期待已久啊。"

"好啦，我来了。"佳吉列夫的声音低沉浑厚。"让我开开眼界！"

我和他相距不过几个座位。我注意到他宽阔的胸膛，大脑袋上面几缕银丝交织在乌亮的黑发间。"毛丝鼠"——他们因此这么叫他。我倒觉得像斗牛犬。既颇具魅力，又气势汹汹。

福金回到第一排他的位置上，示意音乐重新开始，朝舞蹈演员们拍手。排练继续。

舞台上，"时间之舞"已经结束，十二个年轻男演员离开了。瓦斯拉夫——阿尔米德最宠爱的奴隶——旋即就位，他收敛光芒，完全不动声色，唇上泛起似笑非笑的表情。我俯身向前以免错过任何一个细节。这时我注意到，他在开始之前的静寂中就已经完全准备好了，他身上有某种东西在诉说着痛苦。

他是怎么做到的？我试图破解我哥哥的秘密。是他的斜肩侧身动作吗？他肩膀的姿势，微妙而又让他看起来斜着，仿佛在蹒跚跛行。一个拥有如此美感的人身上存在的些许不完美之处，既迷倒众生又惹人怜爱？

问瓦斯拉夫他有何技巧毫无意义。他不相信言辞能捕捉到动作的精髓。当福金分发给我们——舞蹈演员们——写有我们角色的人物背景故事的纸条时，他嘲笑起福金来。

"你不需要故事，勃洛尼娅。你需要去感受，而不是了解。"

"像邓肯一样？"我逗他。

"不，"他皱起眉头说，"像尼金斯基。"

阿尔米德最宠爱的奴隶有什么感受？对于拥有他的主人又爱又怕？他是不是既有力量，又脆弱，既谦逊又无耻？光彩照人？冷静？狂野？

他是不是知道倘若他想活命，就得一直维持他主人对他的喜爱，不光要让阿尔米德知道他的价值，还要一次次让她喜出望外？

"我是颗珍珠，但为了你，我会变成一颗钻石。"

这就是瓦斯拉夫跳的舞吗？他身上的锁链擦伤带来的痛苦，想把自己从女主人手中解放出来的欲望？要想从我哥哥身上学习，我须得读懂吃透他的一切动作，哪怕是最微小的。

幕间休息时，瓦斯拉夫走向佳吉列夫坐的位置，他看见了我，便示意我过去。"我妹妹，勃洛尼斯拉娃。帝国剧院的艺员。"他甚至还推了我一把，好像我想躲起来似的。

"尼金斯基家的又一个舞蹈演员？"佳吉列夫表示惊奇。这句话是抱怨，而非疑问，但我反正也回答了。

"是的！"

我响亮的声音让他始料未及，他又看了我一眼，是那种主考官久久地质疑的眼神。他的下唇稍微一颤，眨了眨眼。我明显感觉到我没过关。

"你知道我是谁吗？"手杖砰砰敲打在地上，敲出他一字一顿的节奏。

"你是谢尔盖·帕夫洛维奇·佳吉列夫。"

"你哥哥告诉你的就这些？"佳吉列夫问，这下他注视着瓦斯拉夫了，声音柔和了不少，几乎是乐在其中。"伟大的尼金斯基为我感到丢脸吗？"

瓦斯拉夫迟疑了一下，仿佛这真是在提问，然后才抗议说这是"极其不公道的指责"。

"不，不，你不会觉得丢脸，瓦斯拉夫。"佳吉列夫咧开嘴笑着继续说道，"毕竟我可是彼得大帝的亲戚。私生的，当然了，错过了王室襁褓。不过相像之处都在的。"

我哥哥冲我眨眼。完全就是谢尔盖·帕夫洛维奇的做派，他的眼神仿佛这样说道，带着一些好笑。

"你觉得我像彼得大帝吗，勃洛尼娅？"佳吉列夫又看着我了。

"或许吧。"我让步了。

"才'或许吧'？"他重复了一遍，嗤之以鼻。"绝对的！像彼得大帝的倒不是导致我可怜的母亲难产死去的大脑袋，而是方向。"

他着重语气吐字念出"方向"这个词，右手三个手指头一捏，举了起来，就是东正教教徒准备在胸口划十字的方式。

他的手很小，我注意到，皮肤白皙，胖嘟嘟的。戴在小指上的戒指显得太大了，过于松动。

"就像彼得大帝，我志在西方，打开欧洲一扇新的窗户，确保俄罗斯受到注意。我在丢掉所有偏狭守旧的东西。"

瓦斯拉夫点点头。

我后退了半步，还试着寻找我能加入谈话的口子，但并没有机会。我只能乖乖听着巴黎演出季多么大获成功，俄罗斯歌剧造成了多大轰动。法国人都拜倒在费多尔·夏里亚宾无以伦比的才华面前。这就是纯粹的艺术的力量。是的，歌剧是伟大的戏剧和伟大的音乐合二为一的产物。是的，强大的西方可以从我们俄国人这里学到一些东西。

"我习惯于叫人们见鬼去，"佳吉列夫浑厚低沉的声音继续说下去，"那可不容易，但几乎总是大有裨益的。"

诸如此类的话还有很多，都是给我哥哥面子。瓦斯拉夫也知道。像这样被单独对待让他心满意足。

我们的幕间休息就要结束。瓦斯拉夫向来需要在进入角色之前花时间独处，因此他甚至没等导演用手杖敲击地板，就从我们当中抽身离去。我看着哥哥走开时，我能分辨出他何时开始把自己变成了最受宠的奴隶，因为他的脚步变得越发轻盈敏捷。我觉得他兼具了男子的力量和女子的优雅。

谢尔盖·帕夫洛维奇靠近我悄声说："你哥哥是个天才，勃洛尼娅。无以伦比，无人可及。不过你早就知道了，是吧？"

"是的。"我说。

"你怎么看，勃洛尼娅？"那天晚上终于回到家时，瓦斯拉夫问我。我们在他美轮美奂的新书房里，我在窗边，他在大理石柱边上，柱子上他摆放了枝形大烛台。

"哎，勃洛尼娅，你怎么看谢尔盖·帕夫洛维奇？"瓦斯拉夫又问了一遍。

他的话音当中透着不耐烦的劲儿。快一点，他的眼神说。把我想听的都告诉我。

我凝视着哥哥屋里古董地毯的花纹，四周为黑色和黄色，中间是橙色和绿色的花朵。每次我问瓦斯拉夫为什么列沃夫亲王有好一阵子没来看望我们了，他总说巴维尔出差去了。

"确实不同凡响。"我说。

他眼睛里亮起的光彩告诉我，我用对词了。

2.

普塔什克。瓦斯拉夫在某次深夜聚会后带回家的一只灰色的小鹩鸟。他对此讳莫如深。不，不是买的。不，不是礼物。

"姑且说是我救了它吧。"他有一次说，在我再三揶揄他之后。这话当中有种警告的意味。我不该打听，所以我就不问了。

普塔什克是如此温顺，我们从来不把它关在笼子里。它在屋里飞来飞去，停在我们肩头，从桌上啄面包屑吃。有时候它径直飞到我们手里，让我们梳理捋顺它的羽毛。妈妈叫它"小坏蛋"，但她并不是当真介意，连鸟粪都不以为意。

瓦斯拉夫邀请佳吉列夫来喝茶时，妈妈简直手足无措。"真是莫大的荣幸。"她说着，急忙进进出出厨房，拿出她的各色用品。碟子、叉子、钩针编织褶边的餐巾。"不要又是戚风蛋糕哦，妈妈。"瓦斯拉夫的语气有如他孩提时发牢骚一般。

"妈妈"，我注意到，他用的不是波兰语。

"我还以为你喜欢呢。"她回答得非常当真，显得怪可怜的。瓦斯拉夫笑了，他发誓他只不过是开个玩笑罢了。他当然喜欢她做的蛋糕。非常爱吃。他欠身吻着她的手，双手合十真切地恳求，直到她也笑了起来。

我能听见身后的普塔什克在挠着鸟笼中什么东西。它在客人面前非常羞怯。

佳吉列夫的眼神在瓦斯拉夫和妈妈身上停留了好一会儿,才在我们的橡木桌旁坐下,厚实的桌腿精雕细刻,座椅靠背高立舒适,带有蓝色的软垫。他的眼睛扫向我,依我看那眼神算是不失礼貌而漠不关心。只不过因为我是瓦斯拉夫的妹妹,所以不能完全忽视。

我立誓不对此耿耿于怀。要想脱颖而出,我须得坚强,不屈不挠,多见见世面,理解不为他人所察的事物。

因此我认真观察,留心注意,都记在脑子里。谢尔盖·帕夫洛维奇急切地提出要参观瓦斯拉夫的书房,我哥哥连忙展示给他看,指点着古董书桌,桃花心木的桌面泛着光泽。两个小男孩抱着一条大鱼的雕塑。琥珀材质的墨水瓶。上面的信笺簿上有他画的一些图画。

"舞蹈动作吗?"佳吉列夫问。他把信笺簿拿在手上,透过单片眼镜仔仔细细地看。

瓦斯拉夫点点头。尽管我看纸上只不过是一些几何图形,三角形和正方形。

"真有趣!"

佳吉列夫询问我哥哥房间里的每一样东西。钢琴是博兰斯勒的?地毯来自土耳其?部落的?卡拉拉①大理石的柱子?他必须看看这个房间多么与众不同。每次妈妈提到列沃夫亲王为人慷慨大方或者把他称作"出了名的守护天使"或"艺术的慷慨赞助人",瓦斯拉夫都眉头一皱。

那天下午充满欢声笑语。谢尔盖·帕夫洛维奇按照波兰语的叫法,管妈妈叫"尼金斯卡夫人";问起她的舞蹈艺术,这个话题一向最能让她容光焕发。她回忆起那天她的三个孩子都是第一次看她在台

---

① 意大利中西部城镇,以生产优质白色大理石闻名。

上扮演《巴赫奇萨赖的泪泉》[①]中的玛利亚公主,剧中人被一个凶神恶煞般的鞑靼人劫持了。"他们就在那儿,谢尔盖·帕夫洛维奇,我的两个儿子和我的女儿,坐在观众当中,大声祷告,祈求圣母拯救他们的母亲不要受到伤害。"

"瓦斯拉夫也是吗?"谢尔盖·帕夫洛维奇轻声笑了。

"瓦斯拉夫也是吗?"变成那个下午反反复复说起的话。不顾我哥哥的抗议,佳吉列夫坚持要听关于瓦斯拉夫童年时的恶作剧和得逞的一切。爬到屋顶上,从学校窗口朝下面的行人扔飞镖,差点让他给开除了。最初的那场哥萨克舞,瓦斯拉夫舞姿优美地跳了女孩的角色,一开始都没人认出他来。他在儿童哑剧中表演了消防队员。他从家里逃出去,骑着没有装马鞍的马到河边,跳舞给船夫看,还跟他们坐驳船在河上航行。

"尼金斯卡夫人,您养育了一个将要改变舞蹈世界的天才。"

"尼金斯卡夫人,母亲是我们最宝贵的天使。您在她们当中绝对是至高无上的。"

"教养有方的人。"妈妈在厨房里对我悄声说,我帮她把滚烫的水从茶炊里倒出来冲泡稀释茶叶。

"是个大人物。"我说。

我把切片蛋糕摆在浅盘上,挤出螺旋状的掼奶油装点一番。用调羹把果酱和蜜饯舀到碗里。尽管我们客人的嗓音雄浑响亮,我仍然能听见普塔什克喊喊喳喳叫着想要吃小零食。

在这段记忆中,佳吉列夫多么清晰可见。椅子从桌旁推到一边,他的右脚勾在椅子的横档上,左脚轻轻点着地板,仿佛准备做脚尖着地动作。把碗里的果酱全都倒在碟子上,因为他要再来一份妈妈做的

---

① 原著为普希金在被流放期间参观克里米亚汗国巴赫奇萨赖汗宫后有感而写的一部长诗。

戚风蛋糕,这时他朝瓦斯拉夫靠了过去。

"琼浆玉液,美味珍馐。"他说,"尼金斯卡夫人,您做的美食无疑极为适合给不朽的众神。"

他滔滔不绝,我们都听着。

"又来了,佳吉列夫的故事。"我后来会笑着说,但即便是听过一遍又一遍,我也认识到其宝贵价值。流畅,准确,精心挑选,每一遍的讲述都有所变化,以达到他想要的效果。谢尔盖·帕夫洛维奇·佳吉列夫想要施展魅力的时候,他总能完美无瑕地演绎呈现出来,让我这样的舞台之子都不由得赞赏不已。

当然了,那天下午,这些故事都是第一次听说。佳吉列夫还是学生时出现在托尔斯泰的居所,没有事先通知,没有受到邀请,却获准来到这位伟人的面前。还有我最喜欢的故事:佳吉列夫在巴黎让费多尔·夏里亚宾平静下来,当时夏里亚宾"喝多了",陷入忧郁伤悲的情绪当中难以自拔。"直到我向他保证,整个欧洲没有一个人能和他相提并论!"

这是他提供给我们的东西,一股来自更广阔、更充满冒险的世界的气息,意想不到的变革的希望。

瓦斯拉夫使劲鼓掌,妈妈也是。

接下来发生的事情完全出乎意料。翅膀拍动着,羽毛竖了起来,普塔什克这样一来显得比实际上的要大了一圈,也更有气势了。它张开喙,不顾一切,英勇无畏地扑向蛋糕碎屑。这故事想来挺滑稽的——谢尔盖·佳吉列夫跳到椅子上,尖叫着试图挥手赶走一只小鸟。瓦斯拉夫跑过去救他,捉住普塔什克,把它放回鸟笼,锁上鸟笼的门。

"肯定是你的单片眼镜,谢尔盖·帕夫洛维奇,"妈妈解释说,"反射了阳光……肯定是这样才吓到了可怜的小鸟。"

"不过没事了,尼金斯卡夫人。"佳吉列夫让她放宽心,尽管我看得出他接过又一片蛋糕时两手还颤抖着。

这始终没有成为逸闻。不管对谢尔盖·帕夫洛维奇来说，还是对妈妈来说都没有。他们俩都非常迷信，永远都联想到无穷无尽的不祥之兆。

帽子放在床上，在屋里吹响口哨，黑猫跑过你走的路，新年第一个访客是女人。

3.

"谢尔盖·帕夫洛维奇会安排《阿尔米德的凉亭》去法国演出。"瓦斯拉夫告诉我。

那是某个周日几近正午的时分，瓦斯拉夫只有周日能在家睡觉。他身穿镶有红色滚边的丝质睡袍走进起居室，胸口的皮肤上有块长椭圆形的紫色淤青。他光着脚，因为他讨厌拖鞋，尤其是平底拖鞋。

"他已经在去巴黎的火车上了。"瓦斯拉夫看了一眼钟继续说。

"整部芭蕾舞剧？"我问，"为什么？"

《阿尔米德的凉亭》，瓦斯拉夫指出——仿佛我不知道似的，已经在圣彼得堡大获成功。演出票售罄，掌声雷动，赞美之词铺天盖地。巴黎人也会同样喜爱有加。

在厨房里，妈妈在问新来的女仆她怎么着细筛子了，因为面粉需要筛一筛。她名叫帕莎，已经向我吐露秘密说她和一个消防员订婚了。她不得不对我老实交代，因为未婚夫给帕莎寄来了一封信，她不识字，只能请我帮忙。

瓦斯拉夫把手放在脑后拉伸起了手臂。他近来开始举重，效果已经看得见了。他的胸肌得到扩展。我还注意到他充分利用每个空余时刻锻炼身体：踮起脚尖增强膝盖力量，手里挤捏印度橡胶球来提高握力。

"《阿尔米德的凉亭》,"我说,"彼季帕的旧编舞是一演再演了,设计编排的舞蹈动作用来展现每位独舞演员的技巧。即便福金进行了修改,也像是时光倒退。福金求之不得的统一表演在哪儿呢?艺术又在哪儿呢?"

"那是谁的高见?"瓦斯拉夫问,还轻蔑地一哼,表示非难。"爱说闲话的群舞队?女巫们的集体智慧吗?"

挺直腰背,踮起脚尖,我让自己显得高大一些,扳着手指头细数每一点:"带上一些最棒的舞蹈去巴黎,没错!带上你,瓦斯拉夫,阿尔米德最宠爱的奴隶去巴黎,没错!带上那薄纱升起后焕发生机、美轮美奂的戈布兰挂毯背景幕布,没错!带上演出服装,没错!但全部都带过去?不行!"

看得出我哥哥都听进耳朵里了,但我也知道,他永远不会承认我是对的。他生性固执,不为所动。"多像父亲啊。"妈妈常说,但从不在他面前这么说。

这就是为什么我抬高了声音?我握紧了双手?

厨房里砰的一响,紧接着帕莎咕哝一声。门开了,妈妈满头沾着面粉出现了,手捂在耳朵上。"别那么大声说话,勃洛尼娅,看在老天的分上,"她说,"你不准听上去总像是随时准备要吵架。"

又是一条从来不要求我哥哥遵守的规矩。

不过这段记忆还不算完。几个星期之后,佳吉列夫从巴黎回来那天,我等着瓦斯拉夫回家。在马林斯基剧院一整天排练下来,我筋疲力尽,在桌旁睡着了,头枕在手上。都到半夜了,他才打开前门。他像猫一样脚步轻盈,但我一向睡眠很浅,随时会醒。

"瓦斯拉夫!"

我注意到他兴奋不已。手指头打一记榧子,再来一个皮鲁埃特旋转。眼睛忽闪忽闪使劲儿眨。普塔什克也醒了,叽叽喳喳飞出鸟笼,径直飞到瓦斯拉夫手上。他甚至看都没看它一眼。他的无尾礼服上闻得到雪茄烟味,他曾经厌恶的味道。

"我们要着手去做了,勃洛尼娅。一切都准备好了。"

我站了起来,肩膀僵硬。我的双脚一阵阵抽痛得都发热了。弗洛西娅对她的疗法推崇备至:一桶冷水。"冰冰凉,"她说,冷水上浮着些许冰块,"直接把脚猛地伸进去,勃洛尼娅,在冷水里坚持浸着,哪怕受不了也得忍着。一开始会很冷,接着就会发热,然后疼痛就消失了。"我越来越忍不住想试试她的疗法了。

"我要去巴黎了,勃洛尼娅。"瓦斯拉夫说,"和谢尔盖·帕夫洛维奇一起去。马林斯基剧院到夏天一放我走,我就去。"

他伸出手让我接过普塔什克,小家伙啄起我大拇指上面的结痂。不算用劲,只不过要确认那其实并不是面包屑。我捋顺它的羽毛,把它带回鸟笼里。

瓦斯拉夫又做了一个皮鲁埃特旋转,接着模仿一个大跳。地板嘎吱作响。"嘘……"我指着妈妈卧室的方向。我的最后一丝睡意消失殆尽。从来没听过我哥哥这样热情高涨地长篇大论。

"那里到处都是才华横溢的人,勃洛尼娅。画家,作家,哲学家。长久以来我一直被封锁在无知之中,我一直那么渺小。井底之蛙。但这一切就要改变了。"

他两眼放光,双手绷紧。

他的声音仿佛瀑布一般,隆隆拍打着巨石。冲刷掉细小的石头,削弱了岩床基底。

"谢尔热是个天才,勃洛尼娅。"

谢尔盖·帕夫洛维奇·佳吉列夫已经变成了"谢尔热"[1]。谢尔热说整出芭蕾不值得向巴黎展演。摘出最好的场景,选取一些舞蹈,就

---

[1] 谢尔盖对应的法语名字。

像皇冠上的珠宝那样向公众展出,这样会更好。

"我,巴甫洛娃和卡尔萨文娜。"

我之前不就跟你这样说过了,我想问他。不过那听起来会像是抱怨,徒劳无用。那时候,我已经知道不是每个人的话都有同等分量。要被听进去,就像舞蹈演员在台上要被看见一样:无法声索,无法强求。必须经过努力才能赢得。

因此当我哥哥告诉我艺术和舞蹈都是具有重大意义的事物时,我只是默默听着。他指的不是声名或者芭蕾舞迷的仰慕,而是真正的舞蹈艺术。

这些都不是瓦斯拉夫的话,但他把这些话变成他的了:艺术是人类救赎的精神支柱,是这个虚假男神女神粗制滥造的世上唯一真正的价值。然而假如未能得以唤醒,艺术就停滞不前,在琐事中迷失了自己,必须鞭策着推到最前沿去。也必须从妄图以嫉妒和仇恨毁掉它的敌人手中,将艺术拯救出来。平庸将终结于历史的垃圾堆之中。

满满的信念就在我哥哥的话语中,在他举起来的手臂上,在他略微往后仰的头顶。他在我眼前发生了变化,他的眉眼变得柔和,温润如水。他会变换外形,百变多样得没几个在我的预料之内。

"我真希望你能亲耳听谢尔热的见解,勃洛尼娅。但是他从来不邀请女宾。那里只有杜尼娅。"

杜尼娅是佳吉列夫的老保姆,她管顾茶炊,确保桌上有一盘盘开胃薄饼和美味小食。用不着瓦斯拉夫讲,我也知道关于艺术、音乐和戏剧这些方面,杜尼娅绝对无话可说。

"我告诉舒拉你有多欣赏他的绘画,"瓦斯拉夫继续说道。"还有他指挥舞蹈演员们分组站立,和背景匹配得天衣无缝。布景完全活过来了。他非常高兴。"

不是亚历山大·贝努瓦[①]，而是"舒拉"。不是列夫·萨穆伊洛维奇·巴克斯特，而是"列夫什卡"。

"你要是男人就好了，勃洛尼娅……"

他从来没说完这个念头，我也没有接过话说下去。

在瓦斯拉夫高高跃起的马林斯基剧院，我被告知不能跳得比其他舞蹈演员高。当我争辩说我没法预料其他演员会跳多高时，又被告知假如我没法预料，那么别人会的。

4.

我哥哥在恋爱。

我从他深夜回家时如猫一般偷偷摸摸中看得出来，哼着小曲儿，眼神中闪烁着顽皮的光芒。我从他的话中听得出来："这些年来，勃洛尼娅，我甚至不知道自己错过了多少。"

他跳舞时我也看得出来。即便是在排练时，当许多艺员都有所保留，只是简单过一遍动作的时候，他——穿着排练服，一条扎着皮带的黑裤子，一件白色开领长袖运动衫——也全力以赴地跳，因而每个人，哪怕是安装布景的木匠，都停下来看他跳舞。

我注意到每一个新的变化，我哥哥身体的每一个新的扭转，他双手的每一个新的姿势。我甚至可以说出什么时候他是在延长舞蹈练习时间，只为了可以一个人待着，免得要和佳吉列夫那帮朋友们在一起。

但不包括他，从来不包括他。

不包括这个向我哥哥开启新世界的人，而他那些新世界我必须自

[①] Alexandre Benois（1870～1960），俄国戏剧美工师、画家和舞剧布景设计家，曾为俄罗斯芭蕾舞团许多革新剧目设计背景。

己去发现。

谢尔热·佳吉列夫的俄罗斯演出季。我在马林斯基剧院的舞台侧幕，在走廊，在排演厅里，到处听见这句法语。在巴黎，有尼金斯基、巴甫洛娃和卡尔萨文娜倾情加盟的演出季，在沙特莱剧院。舞蹈节目出自《阿尔米德的凉亭》《伊戈尔王子》《埃及艳后》《仙女们》。全是俄罗斯的顶尖杰作。

谢尔盖·帕夫洛维奇每天都和帝国剧院的艺术家们接洽，提出合约。我听说酬劳是一千法郎三个月，比马林斯基剧院六个月的薪酬还高。不光独舞演员，群舞演员也一样。

被选中的人一眼就能看得出来。他们站一块儿兴高采烈，相互打趣法语发音。筹划着要去参观卢浮宫、巴黎歌剧院、布洛涅森林和拉法耶特百货。

我每天都在期待佳吉列夫的合约。

我有充足的理由。福金表扬过我。我已经在他的芭蕾舞剧《仙女们》中与瓦斯拉夫和安娜·巴甫洛娃同台共舞。没错，他们是当时的明星，轻盈飘逸，完美和谐，而初出茅庐的我是其中一个仙女，在诗人的幻觉中，漂浮在舞台上，我的舞步随音乐而动。

《仙女们》——我提醒自己——已被佳吉列夫选定去巴黎展演。

"你会替我美言几句吗，勃洛尼娅？"弗洛西娅问。"在你签署合约的时候？"

她不是唯一一个这样请求的人。

但巴黎演出季的排演已经开始了，我看到舞蹈演员们匆匆离开马林斯基剧院，手里拿着舞蹈包，赶去隐士庐剧院排练。他们跑的时候还略微连蹦带跳。或者我听到他们在舞台侧幕宣称说佳吉列夫——如果可信的话——比福金还要难以取悦。

我并未受邀加入他们。是在对我的意志、我的决心进行考验吗？还是对佳吉列夫判断力的考验？最后还是妈妈开了口："你必须和谢尔盖·帕夫洛维奇谈谈勃洛尼娅，瓦斯拉夫。"

我哥哥露出了大惊失色而深感难堪的表情。仿佛她在要求他做什么见不得人的事情。"谢尔盖·帕夫洛维奇知道他自己在做什么，"他说，"他需要跳现代芭蕾的舞蹈演员。勃洛尼娅太定型于古典舞蹈了。"

"她比他雇用的其他人更出色，而且她学得很快。"

瓦斯拉夫不耐烦地甩甩头。

我希望他看着我。

他并没有。

"勃洛尼娅十八岁了，瓦斯拉夫。"妈妈说，她不屈不挠，"是她向前进的时候了。得有人告诉佳吉列夫这一点。"

"为什么要我说？"

"她是你妹妹啊。"

我进我房间，关上门。动作不够快，还听到我哥哥话音当中的恼火劲儿。"因为这她就适合去巴黎了吗？"他问，"就因为她是我妹妹？芭蕾可无关偏袒。事关艺术。"

我用大拇指拭去滑落在脸颊的泪水。我看着衣橱镜里的自己。我没有一丝巴甫洛娃纤弱的美，没有卡尔萨文娜的魅力。我依然敦实矮壮，牙齿外突，下巴硬朗。毫不女性化。

最后就是这个了？并非艺术，并非打破边界，而是你的脸型？你的腿长？

妈妈抬高的声音穿透了我这些思绪。"睁开眼睛吧，瓦斯拉夫，看在上主的分上。别再高高飘在天上。你不知道每个人需要一个保护人吗？如果你不守护勃洛尼娅，她会失败，不是因为她不够好，而是因为拟定那些名单的时候没人替她说话。"

镜子中，我的鼻孔一张一合。我想起伊莎多拉·邓肯独自起舞。自由，大胆，包裹在她宽松的短袍中，只专注听着她自己的音乐。

"如果你不去找佳吉列夫，瓦斯拉夫，"妈妈说，"那就我去。"

他跑出了公寓，我听见门砰的一声关上，便走到窗口。我看见他在街上，两手插在口袋里。他疾步走到街道尽头，踢着石头。

"别生瓦斯拉夫的气，勃洛尼娅。"妈妈那晚后来对我说。她给我端了杯热茶。我合上原本佯装在看的书。"他还年轻。他不像我那样了解舞蹈的世界。"

我耸耸肩。我浅啜了一口茶，孩提时就学会的喝法，小小地抿上一口热乎劲儿，但又不烫着舌头。"我不在乎瓦斯拉夫怎么想。"

"他同意了，勃洛尼娅。"妈妈告诉我，"他明天一见佳吉列夫就会说。你会去巴黎的。"

"我不想去。"我说，"再也不想了。"

"你可以待在圣彼得堡生闷气，"妈妈微笑着说，"或者你可以向佳吉列夫证明他大错特错。"

第二天我的一九○九年俄罗斯芭蕾演出季合同就躺在梳妆台上等着我了。他已经签好了字。贵族：谢尔盖·佳吉列夫。

我仔仔细细地阅读。两页纸的合约，警告很多，承诺很少。为获得一千法郎的报酬，勃洛尼斯拉娃·福米尼奇娜·尼金斯卡将忠诚履行她的职责。必须参加全部排练，没有额外补偿。始终守时，举止合宜。接受剧目的所有变动，对于任何宣传需求都能全力配合。

有那么一个短暂的片刻，我想象自己不置一词就将它寄回去。不过事实相反，我签了名，发誓这将是唯一一次我哥哥不得不为我出面交涉。确实如此。

我守住了誓言。

5.

一九〇九年春天,瓦斯拉夫先于其他所有人,和谢尔盖·帕夫洛维奇一起前往巴黎。这是他第一次出国。妈妈颇为苦恼;他需要新衬衫和新西服。他得知道倘若没有在纸上清楚写明地址就不能离开酒店,不能只身前往他不熟悉的城市区域。他不能轻信想要带他去看景点或者带他去餐馆的陌生人。他要避开轻易就给小偷得手的拥挤的场合。他绝不能吃他不知道的食物,不能喝超过一杯酒。

"哦,妈妈。"瓦斯拉夫对她的告诫一笑置之,"要是我听你的话,我就什么都看不成了。"

他对我说:"巴黎的演出将会是一场苦差事,勃洛尼娅。那里将要发生的事情你可能明白不了。"

"我不是小孩子了。"我回答。

在舞蹈团里,秘密毫无藏身之地。我们的身体是我们用于表演的工具。我们上油保养,展示于众,在需要的时候也摧残滥用。每当我几乎要忘记这一点时,我就看着我的双脚。长满老茧、血淋淋的舞蹈演员的脚。

在马林斯基剧院拥挤的化妆室,我听到这样的说法,我哥哥目中无人,自命不凡。

佳吉列夫的金童。或者他的奴隶?

总有一天都会戛然而止。

飞得高的一切必然要摔下。终将付出惨重代价。

我把这些话都赶出脑海。别的想法也都赶走。关于我哥哥书桌那锁上的抽屉。关于蔓延的沉默,瓦斯拉夫和我能谈论的和永远不能提起的话题之间的分隔线。那是不固定的边界,千变万化,我必须揣度状况,顺应其出人意料的曲直变化。

瓦斯拉夫说,谢尔热·佳吉列夫是个奇才。我们——他的舞蹈演员们,永远料想不到要保持舞蹈团运转,需要付出多少努力,倾注多少心血，无数次翻手为云、覆手为雨。危机不断。王室撤销了原本许诺的资金支持。这还不够——突然之间隐士庐剧院不给排演用了。当天就得另外再找场地。

然后还有艺术家们自身的各种麻烦。幼稚，不可理喻，小肚鸡肠，善妒。柯切辛斯卡在巴甫洛娃之后受到邀请前去巴黎，这样就觉得自己遭到了轻慢。贝努瓦在闹脾气，因为谢尔热选择了巴克斯特的绘画作为巴黎演出的海报。演员们相互拆台，就为了得到更好的角色。他们从来看不到自己需求之外的更大格局，从来没有看到整个芭蕾，看到艺术。

"而他，"瓦斯拉夫举起双手说，"不得不一一应对下来。"

我们到火车站送别瓦斯拉夫，妈妈和我。带上了一个送行的食物篮子——那是没见过餐车的妈妈准备的——用一块绣着乌克兰十字绣图案的方巾包裹了起来。里面有一整只烤鸡，分成小份，配上烤苹果。刀叉餐具和餐巾都妥妥地包好装在桦树皮盒子里。

谢尔盖·帕夫洛维奇在站台上等着，敞开着他的黑大衣。一看见我们，他招了招手。他付给送来瓦斯拉夫手提箱的搬运工小费，命令他的仆人瓦西里把箱子拿进去。

把篮子交给瓦斯拉夫之前，妈妈摘下手套，抚平我哥哥的头发，擦掉他脸颊上肉眼看不见的污迹。

"亲爱的尼金斯卡夫人，"佳吉列夫说，"不必担心。瓦斯拉夫是我最具天赋的舞蹈演员。我会亲自照顾好他。"

瓦斯拉夫微笑着，还翻了个白眼。像受到过度宠爱的小男孩一样表示不耐烦。

"上车吧，你们俩。"妈妈说，一边紧张地瞄了一眼车站的时钟，"时间到了。"

片刻过后，瓦斯拉夫隔着一扇打开的窗户，站在车厢走廊朝我们挥手告别。火车头噗嗤噗嗤,升腾起大团的蒸汽,火车开动了。

一位身穿制服的站长走过来,手里拿着哨子,妈妈捏紧我的手。我知道她在想什么。我们都读过《圣彼得堡报》上的报道,说弗拉季高加索铁路沿线的火车劫案是铁路工人自己犯下的。

"我之前希望我们可以一起去巴黎。"她说。

空气中都是蒸汽和煤烟的气味。我们等在月台上,直到车尾也消失于视线之外。

列沃夫亲王来访时,我一个人在家,正挑选整理着我想带往巴黎的衣物。我拣了对于住在旅馆房间而言易于洗涤和晾干的裙子。我注意到,穿起来最舒服的那双步行鞋得赶紧换一副新的鞋跟了。

列沃夫亲王扫视了一眼我敞开的手提箱。"我只是过来道个别,"他说,"祝你一路顺风。"

他整个人还是散发着那种有钱人好办事的光彩,但皮肤苍白,面如死灰。我心想他是不是今年冬天生病了。

"你一定要喝点茶再走。"我坚持道。

他坐在桌边,我给他端了杯茶,按照他喜欢的口味加了柠檬和妈妈做的樱桃渍。他说他看过我在马林斯基剧院演出的《仙女们》了。"我知道我不是行家,勃洛尼娅,"他说,"但我觉得你棒极了。"

"还是比不上瓦斯拉夫和巴甫洛娃那么好呢。"我说。

"确实。"他说,"正如我所说的,我不是行家。不过这下你要去巴黎跳舞了。"

我们聊起了巴黎。聊到难以取悦的法国观众,他们——不像俄罗斯的芭蕾舞迷——把芭蕾看作是三流的娱乐,而非艺术。聊到我要有心理准备面对嘘声和口哨。他推荐了一些餐厅,全然忘记了我的年龄和经济能力,因为其中就有马克西姆餐厅。告诉我别在卢浮宫匆匆忙忙走马观花,试图把什么都看遍,选择几个喜欢的展厅,待在里面慢慢欣赏比较好，其余的就别看了。建议我就在街上走走，观察人群，到露天咖啡馆喝喝咖啡。"深深地呼吸巴黎，勃洛尼娅。"他说。

"我会的。"

时钟敲响了一点钟。普塔什克在鸟笼里叽叽喳喳，希望有零食吃。我们没有太多的来客。瓦斯拉夫讨厌"扮演主人"。

去年冬天对他来说过得太艰难了，列沃夫亲王继续说，又喝了一口茶。他是交通部长的私人秘书，负责跨西伯利亚铁路，陪着部长走遍全国。罢工和抗议已经蔓延到圣彼得堡之外遥远的各地。他看见一群暴民放火烧了一处警署。为什么？因为有个小孩偷了一些土豆而遭到棒打。

他顿了顿，又喝了一口茶。拿掉嘴里的一片茶叶，放在碟子边缘。

"惩罚过度的时候总会发生这样的事情，"他接着往下说，舀了一大勺蜜饯到嘴里，"和罪行不相当。"他的观点很简单，直截了当：不公正导致了暴力发生。任何人都看得出来。那迄今为止沙皇都做什么了？举棋不定，拖延必要的改革，听信一些不切实际的西伯利亚僧侣，仿佛盲目信仰就能解决国家大事。

他的手和我记忆中一样修长好看。修剪整洁，十指纤细，皮肤白皙。几年后这样的双手意味着要判死刑，纵然戒指早已经匆匆摘掉也无济于事，不过当时我还无从预见。

茶杯空了，列沃夫亲王起身要走，我感到很抱歉。他也感到歉意——我看得出他慢慢起身，心里并不情愿。"我可能要很久很久都见不到你了，如果不是再也见不到的话。"他说，他的嗓音哽住了，"我在你家一直很开心。请告诉你母亲这一点。"

"那你再也不来看我们了吗？"我轻轻问，"不来巴黎看我们跳舞？"

又顿了顿，他清清嗓子："我知道自己能力有限，我也不反驳。

瓦斯拉夫需要和艺术家们在一起。我的关系都在体育界。我不想有碍于他的事业。我跟佳吉列夫保证过了。"

我站着沉默不语，不知说什么才好，直到列沃夫亲王请我再给他帮个忙。

我以为他想让我转交一封信给瓦斯拉夫，或者是让我带某件小礼物到巴黎去给瓦斯拉夫。但他的要求还要简单："你能让我在你哥哥的书房里单独坐一会儿吗？"

"当然了！"我喊道。

我打开瓦斯拉夫的房间，列沃夫亲王如此精心装点的那个房间。我们一起走了进去，我指着瓦斯拉夫最喜欢的椅子，请亲王坐下来。在瓦斯拉夫书桌上，有一幅妈妈的照片，镶在厚重的银质相框里。一把裁纸刀躺在托尔斯泰的《童年》上。

列沃夫亲王拿起那把裁纸刀握在手里："他们说你永远都不应该送刀作为礼物。我本来就应该记住才是。"

我关上门时，看见他颓然倒在我哥哥的椅子上，双手掩面。

6.

在巴黎，我没时间上咖啡馆，没时间在街上漫步，甚至没时间去卢浮宫。每天早上，我从和妈妈共住一室的旅馆小房间里起床，吃完涂果酱的羊角面包和牛奶咖啡作为早饭后，便匆匆赶往兑换桥边上的沙特莱剧院，在那里排练上一整天。我迄今看到的巴黎风光就是兑换桥上眺望到的巴黎圣母院钟楼，还有埃菲尔铁塔的金属花边。感谢上主，附近有个小广场，我偶尔可以在幕间休息时上那儿狠狠呼吸点新鲜空气，或者看看花朵，因为这里的春天比圣彼得堡来得早多了。

我们到巴黎的第一天，妈妈和我都迫不及待想看看巴黎的剧院，我们非常欣赏沙特莱剧院那帕拉迪奥新古典主义建筑风格的正面。然而自从我整天都在此排演后,我看到剧院内部是多么破旧不堪,多么年久失修。不光座椅黯淡褪色,地毯脱针露线,连召唤演员上台的铃铛都经常打不响。舞台地板开裂了,我们排练的时候,工人们拿松动的木板盖上裂缝,把他们的钉子和工具丢得到处都是。

法国看来没有任何有名气的男舞蹈演员。甚至没什么男演员会考虑出现在芭蕾中。在巴黎歌剧院,女演员也跳男性的角色。没有王室的支持,法国芭蕾是一种消遣,是填充于歌剧幕间的无足轻重之物。

还有别的不同之处。在圣彼得堡,艺术家用不着取悦新闻界。在巴黎,瓦斯拉夫必须摆拍照片。就在排演之后,瓦斯拉夫应该休息的时间,我看见他在舞台侧幕,作势要起跳,以便摄影师能抓拍出好的照片。他盛装出场,我觉得那服装非常美,但同时也太沉重,刺绣得硬邦邦的。

他讨厌摆拍,但并没有抱怨。

我们谈话时间不多,简直就没有。瓦斯拉夫入住的旅馆就在歌剧院边上,距离妈妈和我住的地方要走上十五分钟。我哥哥总和谢尔盖·帕夫洛维奇一起来,一到剧院,一群人就马上围住他们;佳吉列夫的朋友们。让·科克托两颊红润,唇色胭红,是个著名的诗人。蜜西娅·爱德华兹是谢尔盖·帕夫洛维奇在所有人当中最爱戴、最尊重的朋友,有着无懈可击的音乐品位。巴黎的所有乐迷都等着她论定。她和我们一样也是波兰人,出生在圣彼得堡。其他人也都是巴黎的精英。实打实举足轻重的人。评论家、艺术家、艺术赞助人。那些会评判我们的人。

在我到剧院路上经过的广告柱上,只见安娜·巴甫洛娃——以阿拉贝斯克舞姿由炭笔和粉笔绘制在灰色背景上——保证"俄罗斯演出季将让你叹为观止!"

听见神明一般的夏里亚宾的歌声,你准会神魂颠倒,佳吉列夫的声音回响在我脑海里，就在我练舞的时候，我打磨每一个舞步，我舞蹈的每一段变奏，直到它们都深深烙印在我的肌肉之中。你们爱我们俄罗斯的歌剧。这一次，我也该给你们看看俄罗斯的舞蹈，俄罗斯的音乐，俄罗斯的舞台布景了。为了这些你们永世难忘的俄罗斯名字，准备好你们的喝彩吧，巴甫洛娃，卡尔萨文娜，福金，巴克斯特，贝努瓦。

准备为尼金斯基喝彩吧。

到了一九○九年五月十九日晚上，我们全都紧张万分。观众一开始聚集起来以后，我们轮流透过帷幕上的小洞窥探状况。我听说，伊莎朵拉·邓肯刚到，但在摇曳着昂贵皮草和珠光宝气礼服的观众中，我却看不见她。妈妈坐在第一排，身着瓦斯拉夫执意为她新买的缎子裙衫，看起来雍容华贵。那晚结束时分，我郑重其事地告诉她，紫色非常衬她的银发。

舞台侧幕一如既往地乱作一团。一件道具给放错了地方，有个舞蹈演员扭伤了脚踝，有人在地上发现了一根散落的钉子。演出人员在最后一分钟还发生了变化。巴甫洛娃没有出现在首次公演中，"由于一场预见不到的延误"，她发来电报，因此佳吉列夫让卡尔萨文娜跳巴甫洛娃的角色。最新的后台流言说巴甫洛娃十分小心。如果我们失败了，她就彻底不来了，她的名声不会遭到玷污。

幕布升起时，我是跪在舞台上的演员之一，头戴玫瑰花环，挂毯缓缓焕发出了生机。我们构成一幅美丽的景象，观众报之以赏识的窃窃议论。

然后瓦斯拉夫冲上了舞台，光彩照人，让人眼花缭乱，根本跟不上他的步伐。简直妙不可言。十二个皮鲁埃特旋转后又是三个空中转体？他已经挣脱了地心引力——他一飞冲天！

观众欣喜若狂，人们站起来，大声叫喊着再来一次。瓦斯拉夫俯身鞠躬后离开了。掌声久久不息,直到他返场。

他一次又一次地鞠躬谢幕。

我对那晚其余情况的记忆像是被一阵击碎一切的巨浪给卷走了。我兴高采烈。我忘乎所以。我必然跳得很精彩——我们都表现得出色至极——但当我探究具体某个动作或者某段表演的记忆时,却想不起来了。即便是我和瓦斯拉夫搭档的《飨宴》里的那段双人舞,也只是快乐的一团模糊的火光。

不过我还看得见那不停倾泻而来的鲜花,仰慕者们潮水般涌到后台。谢尔盖·帕夫洛维奇笑容满面,从一个演员身边跑到另一个演员身边,逐一拥抱,亲吻我们的脸颊。"太精彩了,太不可思议了。"他的声音响彻四周,"我的孩子们,你们已向他们展现了真正的俄罗斯!"

"我没跟你说过吗,勃洛尼娅?"他看到我时已经上气不接下气,"天才!舞蹈之神!而且这只是开始。"

在我脸颊上轻轻一啄,飘来一阵杏仁花和雪茄烟的气息。

我点点头。我的右脚在阵阵抽痛。妈妈正在我的化妆间等着我。

"你不为瓦斯拉夫高兴吗,勃洛尼娅?"佳吉列夫问。

他眉头一皱。上唇往一边一抬,撇嘴做出一个鬼脸。有个舞蹈演员称之为"鳄鱼的微笑",我认为形容得非常贴切。那是带着警告的微笑,是要猛然向前一扑的前奏,捕食者下颌的力量足以毁灭一切。

"我非常高兴,谢尔盖·帕夫洛维奇。"我说。我极想知道他怎么看待我的表演,但这不是群舞队的舞蹈演员能向他提出的问题。即便是瓦斯拉夫的妹妹也不行。如果我让他失望了,我很快就会知道。我首先得赢得他的赞扬,然后——和其他所有人一样——等着他觉得适合予以表达的时刻。

"就不能让我清静一会儿吗?"佳吉列夫厉声说。

我惊讶地看着他,才意识到他不是在对我说话。瓦西里——舞蹈演员们说他不光是佳吉列夫的仆人,也是他的密探——慢悠悠朝我们走来,哑巴着嘴。瓦斯拉夫准备他的舞蹈的时候,瓦西里按照佳吉列夫的命令,把守房门。没人能进去,任何理由都不行。

"主人,请快一点。"瓦西里转动着眼珠子说,两手在头顶比画着王冠。

佳吉列夫咕哝着走了。他一走,舞蹈演员们都轻松了。肩膀放松,脊背一斜,脸上的微笑消散,眼睛失去了光彩。

我深吸一口气,离开这溃散的一切,撕坏的戏服,跛了的腿脚,沾血的舞鞋。我自己的戏服浸湿了汗水而发臭。我的舞台丝绸连裤袜上有个洞眼,就在膝盖下面,我得小心织补以备明天上台。我把头饰粘在头发上了,但我用的法国胶没有俄国的粘得牢,头饰快要掉下来了。

我身边响起已经受邀去参加在拉吕餐厅举办的庆功宴的那些人的兴奋低语。巴黎社交界精英会相聚在那里,接触并聆听尼金斯基和卡尔萨文娜。没那么幸运或者没那么出众的其他人都在讨论要去巴黎圣母院后面的一家餐馆,那里有风味绝佳的鱼汤。"巴甫洛娃现在肯定捶胸顿足了。"有人大笑着说。

"想和我们一起去吗,勃洛尼娅?来吧,我们该庆祝一下!"

我哪儿也不想去。我对艺术家和常人一样享受生活的地方都不在乎。我是那么喜欢我们在舞台上的时候。

7.

首个巴黎演出季结束后,回到俄国,我已经变了。

尽管福金大获成功,但马林斯基剧院上演的芭蕾舞大都还处在彼季帕的精神指引之下。观众或许对那些芭蕾舞喜爱有加,但我觉得它们生硬做作不自然。没有灵魂贯穿其中,我告诉我的朋友们,这不是艺术。这是死而不僵的芭蕾。这就是必须打破的过去,只有这样才能将真正的艺术从枷锁中解救出来。

我是"佳吉列夫派"中的一个。我们这么自称,马林斯基剧院其他舞蹈演员也这么称呼我们。我们热切渴望新的手段,新的方法,富于挑战精神,大胆无畏。我们追求能量的迸发。

芭蕾需要一场革命,我们说。俄罗斯艺术需要一场革命。对于色彩,对于音乐,对于动作。俄罗斯艺术需要从过去中解放出来。

我们那些执迷于彼季帕的敌人们,所谓的"保皇派",认为我们粗俗、恬不知耻。我们并非把自己从任何东西当中解放出来,我们只不过是摒弃了俄罗斯的精华。再者,我们忘恩负义,对养育我们的手竟反咬一口。没有王室支持的话我们该上哪儿去?像法国的舞蹈演员一样乞求施舍吗?

我提到巴黎演出季时,弗洛西娅皱起眉头。她依然无法相信我不能为她出面说话,瓦斯拉夫和佳吉列夫非同一般的友谊没让我有半点优势。她到现在都还没有系上我从拉法耶特百货给她买的丝巾。

"《天鹅湖》的和谐悦目有什么不好,勃洛尼娅?"她问,"《睡美人》的浓烈丰富又有什么不好呢?"

在我们共用的化妆间,她已经把她的化妆瓶罐都从我的化妆品边搬走了。虽是幼稚无礼的举动,但确实很伤人。同样伤人的还有弗洛西娅越发长久的沉默,还有她飞奔出门完全不等我,尽管我们都要去同一家咖啡馆。

"她是嫉妒了。"在我倾吐自己的伤心事时,妈妈安慰我道,"你比弗洛西娅出色。你在巴黎跳舞了。对她来说很难受。对你来说也不好受。"

每天晚上,我从剧院回到家,妈妈给我按摩双脚,我那没有时间痊愈的双脚。她检查我变黑的脚趾甲,长厚了的老茧;在磨破的皮肤上涂抹杀菌剂。我们讨论治疗方法的优点和局限，她也是了解得很透彻。在足尖鞋内填入羔羊毛纱，冰敷按压，进行更长时间的热身。

不光是弗洛西娅。我在马林斯基剧院最初结交的朋友们都开始拿异样的眼光看我，对我提防得很。现在我一到我们聚会的咖啡馆，聊天内容突然就变成了无谓的琐事：丝绸连裤袜的花费越来越高，她们考虑要买下或者已经买好了的裙子和大衣的剪裁。在圣彼得堡，巴黎的时尚依然意味着浅玫瑰色或者暗淡雪青色的裙子。我没有告诉她们在离开法国前，我看到临街店面展示的是俄罗斯演出季的大胆用色：明亮的蓝色、绿色和黄色。

"在芭蕾舞团，人总是孤独的，勃洛尼娅。"妈妈的声音回应了我的思绪。

我仍然认为她是错的。我相信新旧有别。艺术——我亲眼见证正在诞生的真正艺术——超越了妒忌之心，消融了忿恨和敌意。我也承认不能完全超越和消除，但足以软化最锋利的尖锐之感，打破旧学派长久以来灌输到我们身上的陈旧僵化的部分，为一系列新动作、新感受和新欢悦创造空间。

马林斯基剧院的演出是我们的职责。我们佳吉列夫派只在夏天生生不息。我们听说，谢尔盖·帕夫洛维奇已经委托斯特拉文斯基为一出新芭蕾创作音乐。为新一季的俄罗斯演出季所进行的排练很快又将开始。

我们从巴黎回来后没几个星期，福金和巴克斯特同意为科技学院组织的慈善舞会上演舞剧《狂欢节》。瓦斯拉夫扮演哈乐根，一同演出的卡尔萨文娜扮演他的科伦芭茵。福金已经向我提出给我演蝴蝶这一角色了。

福金只有三天时间准备这出芭蕾，直到演出前一天，我才被叫去排练。我到礼堂时，所有群舞演员正在练习"高贵圆舞曲"，福金略点一下头，朝我打了个招呼。

我把舞蹈包放到角落。

"我得回马林斯基剧院去，"音乐结束，舞蹈演员们开始离去时，福金对我说，"我快速向你演示一下明天我想要的效果。你必须马上练习起来，一个人练习。"

我的角色很简单。我是困在房间中的一只蝴蝶，扑闪着翅膀，直到他们捉住了我。"就像这样。"福金说着，伸展开双手环绕舞台起舞，他放慢了速度，好让我记住舞步。

我重复他刚刚做的舞蹈动作。

他点头认可，收拾起他的笔记，走向台侧。"跟着舒曼的音乐，"他走之前补充了一句，"最快速度！"

钢琴师开始弹奏，我重复了福金刚向我演示的舞步。我觉得挺简单的，要求不算高。瓦斯拉夫的话音让我大吃一惊，因为我并没有看见他进来。"不行，勃洛尼娅，"他说着还示意钢琴师从头再来，"你太慢了。"

我使出全部力气来加快脚步，但瓦斯拉夫依然摇头："你没有和它呼吸与共，勃洛尼娅！你在展现你的努力，破坏了魔法。"

"试着一次四小节。现在试八小节。最快速度！就像音乐要求的那样。"

"不，不是那样。你的双手动作太慢。必须跟你的脚步一样快。"

"停！"

我停了下来，气喘吁吁，满身大汗。

"你看，勃洛尼娅！"

就在眼前，我哥哥的奇迹，简单而质朴，每一个完美的动作都引向下一个完美动作。瓦斯拉夫已经变成了一只翩翩起舞的蝴蝶，他双脚掠过地板，随着他旋转得越来越快，他摆动的手臂把他在空中抬起。受到了惊吓，惊恐万状，慌乱得发狂了。

钢琴师离开了我们,但舒曼的音乐流淌在我哥哥的每一个舞步,当他用手势示意我和他一起跳时,我乖乖听命。我们一起环绕在舞台上,直到瓦斯拉夫停了下来。

"这下你学会了,勃洛尼娅。"他说,两眼闪着光。我满心欢喜得不能自已。

第二天在舞会上我就这么表演。礼堂或许只不过是马林斯基剧院的粗浅翻版,但我穿着巴克斯特设计的长及脚踝的白细纹平布圈环裙,透明的蝴蝶翅膀和五彩的丝绸缎带系在手腕上。我的身体,经历了多年来的严苛训练,开始打破原有的模式。

当佳吉列夫宣布他将把《狂欢节》纳入第二季的巴黎演出季后,我高兴坏了。

8.

俄罗斯芭蕾舞团一九一〇年的巴黎演出季比前一年造成了更大的轰动。《吉赛尔》《狂欢节》和斯特拉文斯基的《火鸟》全都可谓杰作,但真正让巴黎人惊叹不已的,是《天方夜谭》[①]。或者更确切地说,是瓦斯拉夫演绎诠释的金奴。"可怕的半猫半蛇,"评论家雄辩滔滔,"近乎于人而又超乎于人……是引起阵阵震颤的黑豹。"

天天都有铺天盖地的信件和电报送到我哥哥的房间,索求他的签名照片,邀请他去时髦聚会——倘若他赏脸应邀,他将是尊贵的客人。礼物源源不断地送来:刻了字的金戒指,圣像,银酒杯。他在餐馆的账单被神秘的陌生人付掉了。商人在他走进他们的商店时向他鞠躬致意并分文不收。瓦斯拉夫·尼金斯基挑选穿着的任何衣服都开启

[①] 又名《舍赫拉查德》,俄国作曲家里姆斯基的代表作之一,取材于著名的阿拉伯民间故事集《一千零一夜》。

时尚潮流。

瓦斯拉夫征服了巴黎。

瓦斯拉夫是舞蹈之神。

瓦西里和另外两个仆人时时刻刻把守在他化妆间的门口。否则会有仰慕者偷偷溜进去翻找纪念品。瓦斯拉夫的戏服会被撕碎，每条碎布后来都会被精心镶裱起来。他的化妆膏管、他穿过的芭蕾轻便鞋，甚至他的内裤都会失踪。

一九一〇年八月底我回到俄国，和妈妈在一起，却没有瓦斯拉夫在身边。圣彼得堡似乎变小了，区区小城，充满嫉妒，黯淡无光。我尝到了孤独的滋味，但我并不想承认。

在马林斯基剧院，我是那个尼金斯基的妹妹。

"和所有波兰人一样桀骜不驯，"我听到人们说，"自视甚高。"

那个尼金斯基让巴黎为之倾倒，但当他在圣彼得堡跳舞时却敷衍了事，觉得俄罗斯配不上他的奇才。以生病为由迟迟不回国，尽管有人看到他在威尼斯利多海滩浴场和佳吉列夫散步，打扮得光鲜入时：一件晨燕尾服配条纹裤，戴一顶草帽，白色鞋罩。

"在这里学会他知道的一切，但如今马林斯基剧院却不够好了。"

挑拨离间的鬼话都可以从那转到一边去的眼神和茫然的微笑中看得出来。我以为受到伤害的友谊这下已经消亡腐烂。弗洛西娅从我身边走过，甚至都不伸手打个招呼。在咖啡馆里那些一开始和我并肩作战、还梦想着离开群舞队的舞蹈演员们相聚的桌边，没有我坐的地方了。

瓦斯拉夫远走高飞，用不着受这种琐事困扰，我嫉妒地想着。瓦斯拉夫能为艺术、为美而活。瓦斯拉夫被志同道合的朋友包围。

他一飞冲天。

瓦斯拉夫每天给妈妈写信，即便他的信往往是好多封一起到来。这是他一直信守的对妈妈的承诺。"写给我们俩的。"妈妈坚持说，递给我哥哥的来信，让我大声念出来。我念完之后，她还要我读他附上的报刊评论，或者是他站在诸如埃里克·萨蒂①、莫里斯·拉威尔②和皮埃尔·博纳尔③这几位新朋友边上一起拍的照片上的题词。

妈妈最新一本关于瓦斯拉夫成就的剪贴簿已经贴满了，她又开始贴新的一本，用镶金边的俄罗斯皮革装裱。我情愿读我哥哥的转变：

> 今天，在卢浮宫，我看着古希腊的花瓶，上面有着黑色的人影，有些在跳舞。我试着将它们描绘的姿态跳舞表现出来，让守卫忍俊不禁。相信我，没那么容易。
>
> 谢尔热带我去看高更的画作。"你对他画的女人有什么看法？"他问。我说她们都不是一般女人，而是狂喜的想象和艺术。我还说高更假如没有打破他和过去的联系，断然无法这样作画。
>
> 艺术家并不属于世界上的某一个地方。艺术属于我们所有人。

"那是佳吉列夫告诉瓦斯拉夫的吗？"妈妈皱起眉头问，"俄罗斯对他来说已经太小了？"

"难道不是吗？"我反驳道，不耐烦得脸颊发红。

妈妈叹了口气说表面功夫很重要。把自己和其他人分得太开是个错误。俄罗斯不会原谅背叛者，不管是真的背叛还是只不过看起来像是背叛。他没必要受人鼓动去同那些一直热爱他的艺术的人决裂。

---

① Eric Satie（1866～1925），法国作曲家，超现实主义的先驱，作品有芭蕾舞剧《游行》、交响戏剧《苏格拉底》等。
② Maurice Ravel（1875～1937），法国作曲家，追求形式与风格的完美，作品有钢琴曲《夜之幽灵》、管弦乐曲《西班牙狂想曲》和芭蕾舞剧《达芙妮与克罗埃》等。
③ Pierre Bonnard（1867～1947），法国画家，作品多取材于日常生活，主要作品有《街头两条狗》《室内》和《戴草帽的姑娘》等。

妈妈总是如履薄冰，总是作最坏的打算，我这样想着，竭力抗拒她那些话。

瓦斯拉夫终于回到圣彼得堡之后，总是避免在马林斯基剧院逗留，只在定好的演出时刻才出现，一演完就走。在家里，他对妈妈耐心得很，但在我问起巴黎和他的旅行时只是耸耸肩就把我打发了，尽管我总能引得他聊起托尔斯泰，当时整个俄国都在为他的辞世而哀悼。

瓦斯拉夫用红缎带在他的《列夫·尼古拉耶维奇·托尔斯泰作品全集》里作标记。他最喜欢的段落呼唤所有人兄弟般相亲相爱，废除特权，颂扬普罗大众用双手辛勤劳动的朴素信念。

"多美的词句。"我哥哥说。是的，这些是美妙的词句，但我怎么能认同托尔斯泰，当他宣称："一个女人无论从事什么工作——教育、医药、艺术——她的生活只有性爱这唯一的真正目的。"

那么伊莎朵拉·邓肯呢？那安娜·巴甫洛娃呢？那我呢？

"邓肯，勃洛尼娅？"瓦斯拉夫的话音中透着那种不自然的市井语气，前所未有，让我很是讨厌。"你知道在巴黎她跟我说什么了？为什么我们不生个孩子？那会是多棒的一个舞蹈演员！"

"那也证明不了什么。只不过是聚会上开玩笑的话。你以前深恶痛绝的话。"

"相信我，她不是说着玩的！"

当我宣告说这可不是我所爱的托尔斯泰时，瓦斯拉夫把书放一边，斜眼看了我一下。我更喜欢写出《安娜·卡列尼娜》和《战争与和平》的托尔斯泰，而不是对我说教我该怎么想的托尔斯泰。

"多典型的女人！"

我那时还没动怒，直到我哥哥皱起眉头，直到他举起手指头，说女人对抽象概念不耐烦，说女人缺乏勇气追求梦想，说女人只想栖居大地而男人的精神奋力高飞。

"如果你是男人，勃洛尼娅，你就明白了。"

我竭尽全力让自己显得镇定。"这些话都甚至不是你自个儿说的，瓦斯拉夫。"我说，"这是佳吉列夫告诉你的？"

"你这副样子我可不跟你多费唇舌。"瓦斯拉夫说，"你处在这样的状态时我就不跟你说了。"

"什么状态？"

他耸耸肩，恼怒地走开了。他书房的门关上了。过了一会儿我听见他用拳头猛击墙壁。

我依然在想当时我哥哥究竟是什么意思。是我坚称他鹦鹉学舌说佳吉列夫的话吗？还是别的，更本质的，像动物一般的东西？比如每个将我们举起的舞蹈演员都熟知的我每月流血那明显的味道？

9.

"谢尔热厌倦了总得从帝国剧院借用演员。"几个星期后，瓦斯拉夫告诉我，他兴奋得提高了嗓音。"他想成立长期固定的演出剧团。他自己的俄罗斯芭蕾舞团。切凯蒂来担任芭蕾导师。"

我们在起居室里，在配套的沉甸甸的桃花心木桌椅边上——妈妈对此引以为傲，但我一直觉得太笨重、太过时。那是十一月末，圣彼得堡黑暗而寒冷的一天。风呼啦呼啦吹着院子里白蜡树光秃秃的枝桠。不久我们就要用皮毛裹住身子，用围巾包起脸来，透过布料来呼吸温暖的空气。

"谁会想加入啊？"我问道，尽管我已经有点动心，"放弃终身雇佣关系和补助金？"

"我就会。"我哥哥说，"与试验和艺术相比，金钱或者王室特权算得了什么？黄金枷锁罢了。绊脚石而已。"

我想到妈妈，她做出的所有牺牲，她得知我们的未来有保障之后是那般欣喜。

"那还不算全部。"瓦斯拉夫继续说。佳吉列夫想让他为下一个巴黎演出季上一出新的芭蕾舞剧。《牧神午后》。用德彪西的音乐①排舞。他已经构思了一段时日了。古希腊。一个牧神。一个路过的仙女。

"谢尔盖·帕夫洛维奇想让你取代福金？"我倒吸一口气。

"福金已经完了。"

瓦斯拉夫站起来，他静不下来，无法安坐。他的声音充满信心。他之前已经说过这些话了："福金缺乏独创性，总是在同样的理念上打转。再说他不够现代。《天方夜谭》或许让人目眩，但充满了感情用事的废话。福金的局限性糟得不能再糟了。"

"为什么？"我问。倒不是因为我跟他意见相左，而是因为我想确保我理解无误。

"因为只靠着对过去修修补补，福金在对动作和色彩进行真正变革方面止步不前。"

我抓着桌子边缘，稳住自己。

瓦斯拉夫不想要福金流畅的线条、舒缓的动作。他的灵感来自古希腊，来自他在卢浮宫看到的定格在古陶瓶上那些黑色的人影。

他开始照他的想法展现动作，站起身来侧面朝我，不光是头部，整个身子都展现出来，小步走着。这时候——宛如一道闪电——他转过来问我："你和我一起干么，勃洛尼娅？"

闪电可以劈死人，但也能将砂石熔化变成玻璃。

我的五脏六腑都搅动了起来。脑子一阵天旋地转。我的哥哥在问我是不是有勇气不顾一切，只为艺术。

我胸骨下方那一记颤抖是一股喜悦之情。

---

① 德彪西根据马拉美的同名诗创作的管弦乐前奏曲，是印象派音乐的代表作品。

"牧神"，瓦斯拉夫口中的他的新芭蕾，是我们之间的秘密。

可不能让福金知道。他已经对瓦斯拉夫的名气忿忿不平了。这就是为什么我们不能在马林斯基剧院排演，也不能对任何人讲起。

我们的秘密。哦，这些词的滋味，带来刺痛之感的甜蜜。仿佛我们又是尼金斯基家的孩子们了。虽说少了斯塔西克，但我们依然在一起。彼此依靠，赴汤蹈火。

我们把起居室的长沙发推到边上，卷起地毯。妈妈进来问这吵吵闹闹的是要干什么，不过我们挥挥手示意她别在这里。她假装举手投降，关上了门。

瓦斯拉夫是牧神，我是被他惊到的仙女。

开始时牧神躺在一块岩石上，一动不动。然后他半抬起身子，跪下而又坐起。他是不受约束的怪物，举止突兀，头上长角。"奇形怪状，令人作呕"——有些评论家后来这么认为，但这都是无稽之谈。牧神的世界超越了丑陋或美丽的界限。正如所有真正的艺术那样。

牧神做出一个山羊般的小跳，接着是若干分毫不差的舞步，从脚跟到脚趾。动作中透着大胆，又颇为微妙。能量流淌在他的肌肉之中，继而沉落到地上。然后来了一个停顿，出人意表却又让人欣喜。

我想，这些都是焕发生命的远古的动作。我自己的肌肉也跃跃欲试要给予回应。

瓦斯拉夫笑了。他的眼睛闪闪发亮。他不必多问我作何感受。他都知道。

"现在，这是你的角色，勃洛尼娅。"我哥哥说，摇身一变成了我将要扮演的仙女。她也是来自古代世界的幽灵，轻盈游荡在厅内，双脚侧对前台，两肩扭向正面。走进来时，仙女举起手臂，定格，再继续走。然后是受到惊吓的动作，匆匆逃遁。

"试试看。"瓦斯拉夫说。我听任他的声音指引我尝试那些尚未熟悉的动作，仿佛在重复我们儿时玩闹的游戏，我蒙上眼睛摸索着去寻找某个藏匿的宝藏。

"对……不……停下……继续……再来一次。"

这尚且只是粗略的概要,是有待重组和填充的碎片,先暂时被拼贴到了一起,然而我已经明白"牧神"和我所见过的一切都不一样。我是这个真正新事物的一部分。

这个念头在我脑海里反复回旋,在我皮肤上留下令我震颤的印迹。

接下来一个月,我们每天都忙着编排"牧神"。

瓦斯拉夫从巴黎带回的那本带有古希腊花瓶图片的画册就那样一直摊开在我们面前。这是我们的精神支柱。不是为音乐做注解,而是对其作出应答。

"我们需要从各个角度看我们自己。"瓦斯拉夫说。

妈妈的窗间墙镜子还不够,于是我从我的梳妆台拿来那面三角镜。一开始这些镜子确实有所帮助,但很快瓦斯拉夫就不满意了。镜子让人分散心神。它们迫使我们看着我们的倒影,把我们带离了舞蹈本身。

"我们就不要这些镜子了。你来跳牧神,勃洛尼娅。按照我教你的做,我来看着。"

我站在房间当中,转动躯干,就像瓦斯拉夫向我演示的那样。我走了一步,从脚跟到脚趾。

"不!"

又走了一步,这下动作更流畅。

"错了,"瓦斯拉夫说,"完全不对。"

"再来一次,勃洛尼娅。就按照我给你演示的。"

我表示抗议。这完全就是他刚跟我演示的。他就看不出来吗?

"你没有好好听我说……现在向前俯身……"

"错!"

最初的排演就是这样推进,日复一日,激烈得很,充斥着瓦斯拉夫的指责和我的涟涟泪水。每次我没能照他想要的方式完成动作,我就是笨蛋,是傻瓜。

"我看不出你的心思。"我哀求道,"我才十九岁。我没有你的身体,没有你的技巧。"

"廉价的借口!"

我对那段日子的记忆中,有一次瓦斯拉夫一气之下狠狠地摔门而出。他在厅里和妈妈争吵,叫她别管他。是的,他知道他在干什么。不,他不需要休息。

泪水涌上我的双眼。我试图将泪水眨回去但未果。

备受挫折,脸颊上都是泪,我坐在地上,劈一字腿伸展腿脚,前后打滚,好放松我疼痛不已的肌肉。我复习我做过的每一个动作,查找错误。我没做到的是什么?我在哪个地方出错了?

别的想法也都来了,恼怒得很。为什么总是我的错?瓦斯拉夫难道就不过分吗?指望一蹴而就?仿佛我的身体完全没有局限性。仿佛我所能做到的程度和他的期望之间哪怕再小的差距也是对他的背叛。

狂风呼啸,砰砰的打着窗玻璃。圣彼得堡的冬天黑暗而又漫长。春天总是匆匆呼啸而至,喷薄着将冬天横扫开去。不过还有好几个月才是春天。

门开了。我很确信是妈妈,她过来充当和事佬,因此我连眼睛都不抬起来看。

然而却是瓦斯拉夫,不是妈妈,在我身边蹲下,拿手指头拭去我脸上的泪水。"我们还没完呢,勃洛尼娅。我们有事情要做呢。"

我咬咬牙,咽下那一阵想尖叫"让我一个人待着,你去找比我这傻瓜更好的别人吧"的冲动。我从怒气和痛苦中挺直了身板。

"是。"我说。

我们每天排练，每天冲突不断。我完全按照瓦斯拉夫想要我做的来跳舞，但怎么都不对。这一分钟他告诉我，说我无可救药，耳聋眼瞎，下一分钟他又说我是唯一一个能够理解他艺术的人。

恶性循环。我们深陷于恶性循环之中，蹒跚挣扎在泥潭里。晚上不管已有多累，我醒着躺在床上凝视无边黑暗。在马林斯基剧院，我心不在焉。"你中什么邪了，勃洛尼斯拉娃·福米尼奇娜。"我一连绊了三次时，福金打了一记响指。群舞队里有人咯咯笑了。

然后在十二月中旬一个礼拜天的早上，妈妈和我正穿着打扮准备去教堂，这时候在我脑海中一切突然都变得简单明了。我哥哥还不知道他想要什么。"牧神"还没诞生。我是他的样品，他的原料，有待塑造，有待改造。

错误意味着不再想要他原本设想的内容。我的动作已经让他的设想变成现实。他想要更加深入，或者走得更远。试验别的灵感。寻求别的呼应。

正确意味着他看我跳的舞就是他想保留的内容，我不能有一丝一毫的改动。除了是他的原料，我还是他的抄写员。这出芭蕾，如此密实紧凑，如此精致细腻完美，如此简洁而富于华彩，在我身上渐渐脱胎成型。

我怎么就没有当即明白？

10.

佳吉列夫和巴克斯特是我们最早的观众。那是一月初，我们在佳吉列夫的客厅，我第一次获准上那儿去。谢尔盖·帕夫洛维奇的老保姆杜尼娅刚吩咐两个仆人腾出客厅当中的空间来。

茶炊开始嘶嘶作响。客厅一隅,圣诞树看起来依然鲜活,针叶结实牢固,但闻不到汁液的芳香了。

谢尔盖·帕夫洛维奇敞着短上衣,手拿单片眼镜,在沙发上他的位置坐定。列夫·巴克斯特坚持要站着看。"我已经坐了一整天了。"他说道,拒绝了又一个请求。

杜尼娅不高兴了。"茶会洒到您腿上的,列夫·萨穆伊洛维奇。"她端上摆放在银托盘里的茶杯时,语气生硬地警告巴克斯特,"这可不是什么好玩的,姑娘。"她又补充道。而我想到我们大名鼎鼎的舞台设计家拖着肿胀的双腿走来走去,不禁暗自发笑。

瓦斯拉夫坐到钢琴前,弹奏德彪西的前奏曲。杜尼娅手指头粗糙不堪,噘着嘴,她很了解瓦斯拉夫,不在表演之前给他上茶或者别的任何饮料。她想必觉得所有舞蹈演员都很古怪,脑子都不太对劲。芭蕾是他主人长长一串荒唐事当中的一桩罢了。

"准备好了吗,瓦斯拉夫?"佳吉列夫问道,摩拳擦掌。

瓦斯拉夫弹完前奏曲,站起身来向我踏出第一步,从脚跟到脚趾绷直,人向后弯下。待他到我身边时,就已经完成变换。他就是牧神,他的动作我无一不熟悉,每一个动作都写进我的身体里。

那天下午我们一起跳的"牧神"尚属简短粗陋。钢琴无声,只有我们俩:牧神和仙女。牧神在休憩,吹着想象中的鼓笛管。仙女上场。我们完全忘却了那些争吵,用舞蹈表现出他们在惊吓之中相遇,她的遁逃,他不知所措地退避。兄与妹,同一整体的一半,同一想象的组成。

我在瓦斯拉夫眼中看见的景象,他在我眼中也看见了。

我们跳完舞蹈,牵着手鞠躬。

"太棒了,太棒了,太棒了!"巴克斯特鼓掌称道,朝我们走了一步又转向佳吉列夫。"《牧神》,"他说,"是一部杰作,天才之作。这是新的艺术,新的舞蹈,新的天地。"

他不是舞蹈演员，我想；他的动作都不利索，笨拙得很；但他已经理解一切。

然而，谢尔盖·帕夫洛维奇沉默无言，只管嚼他最喜欢的糖果。他仰着脑袋从左转到右。瓦斯拉夫在我身边清了清嗓子，两脚紧张地挪来挪去。"谢尔热？"他用小男孩一般的声音怯怯发问。

我感到有一股荒唐的冲动，想扑向佳吉列夫，把他从这不置可否的状态中摇醒，仿佛我的声音可以改变他的看法。

"一部杰作，谢尔热！"巴克斯特继续说，他的声音充满了兴奋，"今天将载入芭蕾舞的史册！"

既然他已经看过舞蹈，他就能设计舞台。让色彩和材质变成舞蹈的一部分。制作出和动作相匹配的戏服，对所做的舞蹈动作有所预备，还进一步延伸。

我明白他的意思。我曾穿着他设计的蝴蝶裙跳过舞。

"我看见一座山丘。"巴克斯特又说，他拿起一叠图画纸，从胸前口袋掏出一支铅笔，"草木茂盛，一片青翠。背景洒满灰色、棕色和黄色。就像我们一起看过的高更的画，记得吗？瓦斯拉夫。"然后他转向佳吉列夫："你觉得怎么样，谢尔热？"

佳吉列夫皱起眉头。他的单片眼镜放了下来，搁在膝盖上。瓦斯拉夫就那么死死地盯着他，我心想他对巴克斯特的赞美之词恐怕一个字都没听进去。

"就像这样。"巴克斯特开始画图，我朝他走近一步看他如何下笔。铅笔勾勒出牧神，他的戏服有如第二层皮肤，涂上斑斑点点的黑色，头戴带有小犄角的头饰。

"材质应该是很紧的，"巴克斯特说，把绘完的草图举在手上让我们看个仔细，"即便是最轻微的动作也必须看得一清二楚。"

我又看着佳吉列夫，希望他开口说点什么。我们都希望他开金口。

随着他缓缓起身，拭去眼里不为人所察的泪水，沙发的弹簧发出了低沉的咯吱声。"瓦萨，"他说着拥抱了瓦斯拉夫，"我亲爱的、最亲爱的瓦萨！这正是我等待已久的！"

一旦佳吉列夫心服了，就没有人能比他更不吝于赞美。

瓦斯拉夫是天才。不像福金，只会重复他自己，瓦斯拉夫已经把传统踩在脚下。《牧神》是真正的艺术。《牧神》是真正的自由。《牧神》是一场革命。哦，会震撼巴黎。会让每个人都神魂颠倒。

不光是巴黎，全世界。这可得开他最好的香槟来庆祝。

他们三个人站在一起。瓦斯拉夫微笑着，佳吉列夫一只手臂搂着他的肩膀，另外那只手装作去捶他的肚子。巴克斯特摘下眼镜，用一块方格子手帕擦着镜片，眨眼睛时他的红睫毛就那样忽闪忽闪。

"连小孩都不如。"一个仆人拿来香槟和四只水晶玻璃杯时，杜尼娅咕哝着说。没过多久，佳吉列夫倒上酒，让泡沫消退了又倒满酒杯才递给我们。我们为瓦斯拉夫干杯，为《牧神》干杯，为胜利干杯。

"来吧，告诉我，瓦斯拉夫……"

瓦斯拉夫回答佳吉列夫问题的时候，我迫不及待地打量起这个我经常想象的厅室来。墙纸是蓝色的，窗帘暗沉厚重。墙上挂满俄国风景画，环绕池塘的白桦树，乌拉尔山脉的某处山峦。角落里摆放着一大堆书和杂志。边上是一罐胶水，装着画笔的一个广口瓶，以及一幅只完成一半的裸体男子肖像。我心想为什么不放个架子来摆上去。

巴克斯特又在图画纸上画什么草图了。佳吉列夫的手臂还搂着瓦斯拉夫的肩膀。

《牧神》必须保密。不光是因为福金。准备就是一切。期待的种子必须种下。好奇心要激发起来。舞蹈演员要精心挑选。芭蕾只有一次机会。如果失败了，没有第二次再来的可能。

没有人注意我，我听任他们的声音飘然而去，只顾思索自己的想法。

是的，身为瓦斯拉夫的妹妹是个负担。那意味着要依照最高的标准来受到评判。意味着有最严厉、最苛求的老师们。不过那也意味着突破我自己的局限。

有哥哥在身边，我不断成长。

一个月后我们双双从帝国剧院辞职，加入俄罗斯芭蕾舞团。瓦斯拉夫是在愤慨之下——拒绝换掉马林斯基剧院舞台监督称之为"有伤风化"的巴黎《吉赛尔》的戏服——我则是数日之后递上辞呈以示"支持的姿态"。

我不想成为行将就木的世界的一部分，我想成为正在重生的一部分。

我就是这么告诉妈妈的，在她对她这两个做事不顾后果的傻孩子表示绝望之际。我们把她对我们寄予厚望的一切都从窗口丢了出去。保障，声望，可以预期的大好前途。而为了什么呢？佳吉列夫的俄罗斯芭蕾舞团？这个舞团虽然大获成功，但依然偿还不了债务。总是靠着借债苟延残喘。

为什么不照其他人那样做就好？夏天为佳吉列夫跳舞，马林斯基剧院的演出季就回到圣彼得堡。像卡尔萨文娜。像巴甫洛娃。

我没有同她争辩。我没有为我的所作所为辩护。甚至连妈妈说"特别是你，勃洛尼娅。瓦斯拉夫可以随心所欲在任何地方跳舞，但你呢？要是俄罗斯芭蕾舞团出了什么岔子，你就没地方去了"的时候我也没有说什么。

我只是做了我认为正确的事。

11.

谢尔热·佳吉列夫的俄罗斯芭蕾舞团于一九一一年春天在蒙特卡洛开始了第一季的演出。我们的全套节目新旧舞蹈兼而有之。在依然深受欢迎的《天方夜谭》和《狂欢节》之外，我们又上演了三部新的芭蕾舞剧：《玫瑰花魂》《水仙》和《彼得鲁什卡》。梦中所见的施施然起舞的精灵，爱上倒影而溺亡的凡夫，被残忍的魔法师赋予生命的木偶。

福金仍然是我们的舞蹈编导。切凯蒂是我们的芭蕾导师。瓦斯拉夫的《牧神》依然是个秘密。

"快点，孩子们。回去干活。"佳吉列夫低沉浑厚的声音敦促我们。已经是三月了。"再来一次……从头开始……动作快一点……更有力一些……"

没有时间可以浪费。我们从蒙特卡洛到巴黎，再到伦敦。有新的变奏要学，旧的舞蹈要练习，要温故常新。唯有通过让人筋疲力尽的艰苦训练才可能获得成功。每天我们都对自己的局限性感到绝望，抵御疑虑、疲劳和痛苦，然后使出力气继续下去，即便感觉已经耗尽力气了。

我离开圣彼得堡时，涅瓦河的冰刚开始碎裂，仿佛枪响和礼炮声。沿街的雪堆开始融化，露出冬天狼藉一片的垃圾：腐烂的破布，压扁的水桶，变形的轮子。

在合欢花飘香的蒙特卡洛这里，黎明时分我醒来看见的是苍翠的青山，山上巨型龙舌兰就生长在柏树和松树边。看见嶙峋的白色岩石隆起于蔚蓝的海水之上，那海水闻起来好像已经可以吃了的生蚝。还有盛放的夹竹桃，成串紫色的九重葛。宛如巨型歌剧布景，我心想。

我开始洗澡，用一块粗布擦拭皮肤，然后收拾东西装进我的舞蹈包。我快速吃完妈妈准备的食物：一个橙子或者葡萄柚，一个白煮蛋。她总是小题大做，要我细嚼慢咽，塞一块黑巧克力到我口袋里去。

我从不抱怨，但也从没想过她成天都做些什么。我想当然认为她一直很忙。她说话时我往往左耳进右耳出，她提到别的芭蕾舞演员的母亲，和她一起散步到港口或者老城去，或者她必须写的信，或者一个新来的舞蹈演员请她帮忙做拉伸练习。

从一大早到半夜，我都在剧院。这些日子充斥着奋发努力，汗水，痛苦和疲惫。切凯蒂每天例行的课程结束之后便是安排好的排演。晚上演出之前，我也必须找时间练习所有新的舞蹈角色。把我的身体从帝国芭蕾学校训练的铁掌中释放出来并非易事。一开始能放松的髋部或者关节幅度都很小，往往达成不了。

我跳的都是小角色，但在福金新排演的芭蕾舞剧中，每个角色都是挑战。排演时他叫我们即兴发挥，把每一场舞蹈，哪怕是最简短的舞蹈，都变成我们自己的。他给我们小纸条，上面写有我们要扮演的角色的小故事：

《彼得鲁什卡》中街头的一个舞蹈演员，她得挣钱，否则她爸爸会揍她。她一整天都没吃东西，如果没人付给她钱，她就要饿着肚子睡觉。

《天方夜谭》中大宫女刚看到她的女主人和金奴接吻。她知道苏丹王要是发现了会杀了他们。她正这样想着的时候，突然间他出现了，吓得她大惊失色。

我们练舞，既一起练，也单独练。教给彼此我们所知道的，学习我们所不知道的。每个人都等着下午的排练，那时佳吉列夫——要是可以的话他从不在午饭前起床——会来看我们练习演出。

他的到来总是造成一阵骚动：原本坐着的那些人站了起来；我们都挺直姿态，每个姿势都更认真投入。对于他的明星，他挚爱的孩子们，对于瓦斯拉夫或者卡尔萨文娜，佳吉列夫赞誉有加，微笑以对，赠予昂贵的礼物，邀请他们去晚宴和时髦的聚会。我们这些没那么重要的舞蹈演员则必须仔细观察他，寻找我们能挑得出的任何迹象，收集他所有不假思索的评论。有传闻说如果他看着你的时候轻轻拍打他那缕银发，说明他很满意。调整单片眼镜就糟了。向前倾也是好征兆。

"这是你该死的古典技巧，勃洛尼娅。"这句话是佳吉列夫关于我的舞蹈表现所说的全部了。"你太僵硬了，太固执于你的方式。你没有全身心跳舞。"

还是这样？我想。纵使我跳了蝴蝶的角色？我跳了仙女的角色？

我知道问瓦斯拉夫我表现如何没有意义。我哥哥只会告诉我要更努力去做。或者比起谈论我诠释一只振翅拍动的蝴蝶或者街头舞者或者大宫女来，他和谢尔盖·帕夫洛维奇有更重要的事情要探讨。"跳舞就好，勃洛尼娅。"瓦斯拉夫会说，"如果你有进步，你自己会知道的。没有人有必要告诉你。"

我在走向练功房的路上，听见了佳吉列夫的声音。

我停下脚步，转过身。他扬着手示意我过去。

"夏里亚宾看见你在《天方夜谭》中的表现了。"他说。

他的前额亮晶晶地冒着汗，他正拿手帕擦干。我能看得出那上面有块地方都被他染的黑头发弄黑了。

"什么时候？"我问，"昨晚吗？"

太愚蠢了，因为佳吉列夫翻起了白眼。"什么时候重要吗，勃洛尼娅？"他问。

"不重要。"

"的确如此。现在你要不要听我说的话？"

我点点头。

"夏里亚宾问我那个大宫女是谁，我说，'尼金斯基的妹妹'。显然你在舞台上表现非常出色，勃洛尼娅。你的双脚充满活力。我要密切观察你，因为你会让我刮目相看的。"

佳吉列夫顿了顿，等着他期待接着出现的场景。我喜形于色？我发出卑微的抗议？

我什么都没说。

"你听见我说的话了吗？"

在我点头之际，黑点在我视线里旋转。我紧紧抓住双手，好感受到自己并非做梦。

"那你怎么回事啊，勃洛尼娅·尼金斯卡？我告诉你全世界最伟大的歌剧演唱家夸赞了你，你难道就没什么要说的吗？"

我的心扑通扑通狂跳，我以为是喜不自胜，但不止是喜悦。同时也是欣慰，是深切感受到总算得到了公平对待。有人注意到了我的努力，我的才华，而这个人自己本身又是个伟大的艺术家。

"我非常高兴，谢尔盖·帕夫洛维奇。"我喃喃低语。

"哦，"他不无讽刺地似笑非笑道，"很抱歉我这么不长眼。你高兴得跳起来的动作实在不太容易察觉到。或许你可以说服瓦斯拉夫教你几堂课。"

12.

三月底的一天下午，排练结束后我和柳德米拉·舍勒一起离开剧院，她在此前一周刚加入我们的队伍。我刚教完她我跳的街头舞者这个角色，我们俩都累了。一想到还得爬上山去我们住的博索莱[①]，心里不免有几分发怵。

这时候我听到费多尔·夏里亚宾真真切切的声音。

"勃洛尼娅！"

不是勃洛尼斯拉娃·福米尼奇娜，而是勃洛尼娅。是小姑娘，不

---

① 毗邻蒙特卡洛的法国小城。

是女人。

柳德米拉握紧了我的手。

他身穿米色夏装,风度翩翩,坐在通往剧院左边的石头台阶上。我看到他起身向我们迎面走来,蓝眼睛里闪烁着温暖人心的喜悦之情。"真是没想到,很高兴在台下见到你,勃洛尼娅。"他说着,碰一碰他的洪堡礼帽。他比我记忆中的更高大,更有气场,而他说话的声音就好像对着我唱歌似的那般圆润洪亮。"很少见到这样的天分!这样倾情的投入!你和你的朋友可愿赏脸和我一起喝杯茶吗?在巴黎咖啡馆。"

我注意到他的领巾是带有图案的丝质阔领带;他的金发闪闪发光,间杂着赭色的斑点,仿佛是他没戴帽子在阳光下散步了太久;他挺括的白袖口,他戴在小指上的戒指。充满艺术气息的仪表,我心想,全然不顾脑海里妈妈的话音。

"谢谢你的夸奖。"我说,"听到从一位伟大的艺术家口中说出的这番话,让我有力量去更加发奋地工作。"

这话说得真是生硬而拘谨。说完之后我恨死自己了。我希望自己能说点轻松诙谐、生动有趣的话。或者投桃报李,讲讲我自己在圣彼得堡听他在台上演唱的故事,当时我还只不过是马林斯基剧院的临时演员,看着这位伟大的艺术家把自己变成梅菲斯特,教会我舞台风范的真正意义。

柳德米拉的手指头都紧紧捏到我骨头里去了。

"你这是表示答应了吗,勃洛尼娅?"夏里亚宾笑着问。

巴黎咖啡馆里充满欢声笑语,一片喧闹。服务员脚步匆匆,端着大盘海鲜,捧着装在冰桶里的香槟。领班笑容可掬,引导我们走到彩色玻璃窗下的一张桌子。"亚历山德大公,"他一边招手示意一个服务员过来照应我们,一边告诉我们说,"昨天就指定要求坐这张桌子。

他真是充满魅力啊,那么热衷于飞机。"

"就坐这儿,勃洛尼娅。"费多尔·夏里亚宾说,拍拍他身边的软座。柳德米拉在我们对过的椅子上落座。一名服务员已经身子笔直地站在边上,手里拿着本子,记录点单,不光是茶,还有凯歌香槟和三块蛋糕。

我不该吃蛋糕。我是舞蹈演员。

"就一次嘛。"夏里亚宾悄声说,仿佛他已经听见我的想法,"没点小小的乐子算什么生活呢?"

那是一块巧克力奶油蛋糕,堆着榛子奶油,因为加了朗姆酒而湿润松软。蛋糕在我嘴里化开,慢慢流进我的胃里,甜蜜充满其中。

"我能尝尝吗,勃洛尼娅?"他问,"你这块蛋糕看起来比我这块好吃多了。"

他把叉子戳进我的蛋糕,挖了一大块放进嘴里。他的手掌宽厚,有点泛红,手指粗短。农民的手,我想,也有几分吃惊自己产生这一念头竟还挺高兴的。他眨眨眼,舔舔嘴唇。他的眼睛在透过彩色玻璃照进来的阳光里显得亮晶晶的。

我感觉到他的身体在我边上,比我的更灼热,躁动不安。他的大腿和我的大腿碰在一起。

费多尔·夏里亚宾没多久就引起了大家的注意。我们周围的人都已经压低声音,朝我们的方向投来目光。我们旁边桌上那个头扎镶银边黑头巾的女人站起身来,把一只手放在胸口。

在我们这张桌上,都是柳德米拉在说话。问费多尔·伊万诺维奇要在蒙特卡洛待多久,下一站要去哪里。等我们在巴黎的时候他会在那里演唱吗?他会不会来看我们跳舞?在伦敦呢,还是在加冕庆典上?

"是的,"费多尔·夏里亚宾答道,"我会跟随你们这些了不起的人,你们去哪儿,我就跟到哪儿!"他看看我,而非柳德米拉。他的眼睛是最美妙的蓝色。

我笑了。

"有什么好笑的呀，勃洛尼娅？"他问，"你已经看够我了吗？"

"或许吧。"我说着，抿了一口香槟。

我们都聊些什么呢？琐事罢了。聊起在蒙特卡洛很容易就注意到新来的俄国人，因为他们走在路上时总给艳阳照得茫然不知所措。聊起佳吉列夫住在巴黎大酒店，因为这样他在窗边就可以暗中监视进出赌场的都是什么人，尽管他死都不会承认。

"你不觉得我们俄国人都太过严肃了吗，勃洛尼娅？"

他说的一切我恐怕都赞同。

"原来你在这儿，费多尔！"佳吉列夫的话音打断了我们，"我觉得我是看见你进这儿来了！"

我们三个人都大笑了起来。

"什么事这么好笑？"

他的手杖敲打着地板。他气喘吁吁，四下张望着要找服务员。

他不是一个人。瓦斯拉夫就在他身后，手里拿着草帽，满脸通红。"你在这儿做什么，勃洛尼娅？"他质问道，把空了的香槟酒杯和巧克力蛋糕残余都看在眼里。非但吃了一惊，而且是真动怒了。

为什么？我都做什么了？我感到不解。

我哥哥皱起眉头，在佳吉列夫耳边咕哝了几句。这下他们俩都以非难的目光看着我了。

舞蹈，他们的表情提醒我，要求我全身心绝对的奉献。我已经二十岁了。我的身体处于能耐的巅峰。如果我没有把自己推到极限而白白让时间流走，我就赶不上了。

我生平第一次感到不在乎。

服务员一出现，费多尔·夏里亚宾就请他多搬来几把椅子，点上更多香槟。他腾出他右边的位置给佳吉列夫坐下,这样一来就离我更近了。桌子下面,我们的腿彼此紧紧靠在一起。我感觉到了他胫部的形状。"我很抱歉,勃洛尼娅,"他喃喃道,而他的眼睛告诉我他压根不感到抱歉,"是谢尔盖·帕夫洛维奇把我推到你这边的。"

瓦斯拉夫迟疑了一下,才在我左边的座位坐下。我没有回答他的问题,他也没有再问。他的缄默甚至比他认为他应该决定我能做什么不能做什么更让我恼怒。

来了更多的香槟和生蚝。布列塔尼出产的生蚝,服务员向我们拍胸脯打包票。配上擦成丝的辣根和几滴柠檬汁最好吃。接下来的对话都很吵。我感觉是一连串大呼小叫,而非观点交流。某某人在赌场赢了两万法郎,不料当天晚上又都输了个精光。斯特拉文斯基称福金是"没有一丁点音乐知识的笨蛋",还有别的一些难听的话,都不能在现在的舞团里讲。巴甫洛娃看来是另一个柯切辛斯卡,只在对手们跳得不好的时候才给对方送去鲜花。她很懂在哪儿扎针,是吧。

瓦斯拉夫依然不语。我从眼角瞥见他歪着脑袋一动不动,那是我们在家排演《牧神》的余响。巴克斯特已经为布景绘制好草图,但佳吉列夫还没有给瓦斯拉夫首场公演的日期。他的理由向来都是不变的。时间安排可不能仓促决定。新的领域必须先耐心耕耘,观众必须好好培养起来。书籍或者绘画可以等着慧眼相识,而芭蕾舞则只在人们来观看时才有生机。我们不能冒险过早展示于众。

不过我不愿去想瓦斯拉夫,就像玫瑰花上的一根刺。服务员刚斟满我们的酒杯,凝结的水珠在杯上形成半透明的光泽。是帷幔?是裙子的外层?

"大家都听着!"费多尔·夏里亚宾敲着他的香槟酒杯宣布,仿佛我们在婚礼上似的,他的手拂过我的手。

所有目光都投向了他。

"看这位年轻的舞蹈演员,"他转向我继续说,"如此难得一见的才华。"

血涌上我的脸颊；我的心扑通扑通狂跳。

"她看见苏丹王吓得跳起来时，我能感觉到她的惊恐。她赶去提醒她的女主人时，我能感觉到她的忠诚之深。"

有意停顿。停顿的时间足够长，让接下来说的这句话显得更加郑重其事。

"一位真正的艺术家。"

如果我把这些话以舞蹈的形式表现出来，那我会跳舞表现雨滴落在干涸的土地上。渗进土里，滋润休眠的种子。

"你要让勃洛尼娅翘尾巴了，费多尔。"佳吉列夫说，他的声音粗哑但是听得出是在闹着玩，"她会要我给她加倍的工资，谁借我钱付她双倍工资啊？你吗？"

我知道我得表示抗议，说这种话叫我脸红，然后消失在背景之中，因为除了惊奇地看着我的柳德米拉之外，我可不光是和前辈们在一起。我是和众神坐在一起。

"要是你来跳舞演苏丹王的角色，费多尔·伊万诺维奇，"恰恰相反，我笑着强调，"我会更害怕呢。"

"我？演苏丹王？和你搭戏吗，勃洛尼娅？但我笨手笨脚跳不来啊。"

"演戏的成分更多。"我说，"你知道怎么演！"

"如果谢尔盖·帕夫洛维奇让我演的话。如果你当真答应我表现得更害怕的话。"

"我答应。"

又是一阵闹着玩的笑声，给佳吉列夫打断了，他永远都不忘舞团经理的身份，提出要和夏里亚宾当场签约。已经设计好海报了，写在菜单背面："《天方夜谭》……由费多尔·夏里亚宾出演苏丹王。"

一切都那么放松自在，轻巧愉快。尽管瓦斯拉夫脸色阴沉，每次我一笑他就用手肘推推我,他冷冰冰地低语,提醒我的本分。

"你有新的角色要准备,勃洛尼娅,"瓦斯拉夫坚持说,"这才是你应该考虑的!"

《水仙》的演出人员名册刚贴出来。瓦斯拉夫跳那喀索斯,卡尔萨文娜跳厄科,山之仙女,我跳酒神的女祭司。我是在最后一分钟被确定下来的,顶替一位洒泪离开的舞蹈演员。为什么?给注意到违规而且被适时告发了。隔墙有耳。一位舞蹈演员的跌落成就另一位舞蹈演员的晋升。

那一天什么都破坏不了我的幸福。费多尔——我想起他时已经这样称呼他了——就坐在我身边。像个小男孩似的坐立不安;一会儿向前倾,一会儿往后靠;触摸我的肩膀,触碰我的腿。阵阵暖息混杂着他古龙香水的麝香味从他身体那边飘了过来。他谈天说地,注意倾听,还突然唱起歌来,唱的是伏尔加河上的船夫的老歌。

我们都被他迷得神魂颠倒,但他只看着我一个人。有那么一刻,他的手覆在我的手上,还轻轻捏了一下。"这样的小手。这样的小脚,跳舞的时候,却能表现出那么多故事。"

只是言语吗?不。对我来说不是。在那时不是。

到现在也不是。

任凭瓦斯拉夫阴沉着脸,费多尔还是陪我走到了旅馆。走得很慢——不慌不忙——时不时停下来。爬上山,穿过公园,那时天色就已暗了下来。登上博索莱,我们望见了港口的灯火。

"我还是小男孩的时候,勃洛尼娅,我想象冬宫坐落在青山上,这样沙皇就可以俯瞰整个俄国。"

他的笑声中有一丝颤抖,和一点抑扬顿挫。

我们有着共同的记忆。和卢科维奇剧团一样,费多尔在俄国巡回演出过。他也记得乌克兰地区人家花园外那些柳条编织的篱笆,那些晒在太阳底下待干的陶罐,田野中成排的向日葵。看守人敲响木头铃锤,平安无事时敲得不紧不慢,如果发现危险则是拉长的断音。

他知道地方上的小剧场,散发着老鼠和发霉粉尘的味道。他知道以粗滥劈制的木板铺地的舞台,破破烂烂不合身的戏服,稍微一动就撕破了。他也见多了糟糕的演员——演起情人的角色时——靠近他们挚爱的人却好像准备要给她剃须,而不是亲吻。

再走上一段通往博索莱山的台阶,我们到了旅馆前,在一丛夹竹桃边上。他摘下一朵花,低低一欠身把花递给了我。

我慢慢从他手里接过花。"谢谢你,费多尔·伊万诺维奇,谢谢你说的那些肯定我舞蹈表演的话。"我说。哪怕念着他的名字也是福分。

"别谢我,勃洛尼娅。那不是空洞的恭维。我可是诚心诚意说的话。"

"那我不谢你。"

"我就等在这儿,直到你平平安安进门,勃洛尼娅。"他说,一边吻我的手。

我已经坠入爱河了吗?我不想称之为爱。没那么快。欣喜,惊叹,都没错。被注意到而开心不已。这还不够让我脚下生风,满脸放光吗?

"和你一块儿走的是费多尔·夏里亚宾吗?"我进房间时妈妈问道。她站在窗边,窗帘还拉开着。

"是的。"我说,硬着头皮顶住不可避免的事情,感觉到血涌上了双颊。那些告诫和恳求确实都来了。夏里亚宾的妻子在莫斯科,他的情妇在圣彼得堡。他和她们俩都生了孩子,最小的孩子还在襁褓之中。还赌博,勃洛尼娅,还酗酒。想想羞辱。想想丢脸。想想斯泰法孤独死去。

女人的名声……那样细细的一条线……要么是艺术家,要么是妓女……

为什么总要这样?为什么瓦斯拉夫可以想做什么就做什么?想和谁在一起就和谁在一起?而我不行……从来都不行……

只有男人才能取他所需吗?丢掉别的一切?

13.

这些时刻——对发生过的事和本可以发生的事的种种回忆——我永远抓住不放。

我步出剧院,肩上背着舞蹈包,费多尔从石凳上起身跑向我,微笑着伸出手臂来。他刮得很光滑的脸颊上有一小道刀痕。

"我们去走走吧,勃洛尼娅?"

"好。"

"到海滩去?对你来说不会太远吧,你都跳了一天舞了。"

"不会。"

我们走下山,沿着码头漫步。经过巨型仙人掌、柏树和一丛丛的迷迭香。我们聊天,谈起所有艺术多么相似,那样寻求完美,却又因瑕疵和缺点而焕发出勃勃生机。珍珠形成于沙粒。舞蹈,歌唱——都不是你做的事情。艺术是你活出来的。

在海滩,费多尔卷起他白色的裤子。他棕色的皮凉鞋有着铜搭扣。他的双腿腿毛茂盛,粗壮结实。不是他最好看的外观特征,我心想。这一想法充满温柔怜悯。我怎么会觉得他是花花公子呢?

"你不把鞋子脱掉吗,费多尔·伊万诺维奇?"我问。

他摇摇头,说他整个童年时代光着脚走够了。穷得买不起鞋,他形容他的童年,但充满了奇趣事,所以并非抱怨。他向我展现了一幅景象:一个精瘦结实的小男孩溜进村妇们共同纺线的房间。窗户关着，屋里很闷。空气中漂浮着羊毛灰尘。纱轮转动，羊毛变成了毛线。他到这里来是为了听妇人们唱歌，但这一回她们在讲故事。一个年轻的寡妇说她丈夫的鬼魂在夜晚来看她，化成蛇，或者一阵火花，或者是坐在窗台上的麻雀。妇人们都不说话了。有些人哭了。这是真爱，他想。

"然后呢？"

"我打了个喷嚏。她们骂我是'鬼鬼祟祟的坏蛋'，把我赶走了。你真该看看我当时跑得能有多快。"

开怀笑也可以是舞蹈。双人舞。

我脱掉鞋子，拎着后跟的带子。卵石硌得很难走，但我不在乎。圆石子在我脚下暖乎乎的。我走向大海，走过躺椅和海滨挎篮或是嬉戏玩耍的孩子们。一个红色的球向我滚来，但我跨了过去。费多尔就在我身后。我能听见他在呼吸。他不习惯走这么多路。

凉爽而充满泡沫的海浪抚摸着我的双脚。

"看我能玩的打水漂，勃洛尼娅。"费多尔说。一块扁石子在水面跳了五次才沉下去。

"让我试试！"

"你可打败不了喀山男孩！"

"我不行吗？"

满脸带笑，看着这样的奇迹。"六……七……八！"

这些都无关紧要。言语没那么重要。我们讲述着肢体的语言。我是他渴望的女人，他是我全身心想要的男人。

我想用这一刻温暖自己。我们一起沿着海滩散步，走到海滩尽头，这下都是嶙峋的岩石了。我们坐在一处较平坦的地方，把双脚浸在海水里，在如海神的头发一般漂浮着的海藻当中。

谈天说地。开玩笑说起福金像犁马一样训练舞蹈演员。忘记了艺术有其内在的节奏，灵感往往来自这些被人嗤之为游手好闲的空暇时刻。

他轻轻拍着我的手,就短暂那么一瞬,如同蝴蝶翅膀末梢一扫。我们的肩膀碰到一起。

"我可以来看你练习吗?"

"可以。"

"你愿意和我驾车去尼斯玩吗,勃洛尼娅?星期天的时候,到散步大道走走?我想要一张我们俩的合照。在阳光下。"

"好。"

"我想了解有关你的一切,勃洛尼娅。推心置腹。我想要我们的灵魂进行交流。"

他的每个神态都让我发生变化。我喜欢他唤起的另一个我,由海水泡沫、陶醉不已的皮肤和久久停留不去的一记绵长亲吻构成。

周日早上,除了墙边几把没人坐的椅子和大钢琴之外,排练厅一片空荡荡。"你到晚了,勃洛尼斯拉娃·福米尼奇娜!"福金在我进来之际咆哮着,尽管匆匆进门的其实是钢琴师,上气不接下气,摸索着拿出总谱。他的视线滑过我的排练服:黑色的羊毛连裤袜,束腰短外衣和软鞋。可能他原本想针对我的外表说些刻薄话,但重新考虑后打消了念头。

我进行的排练是那天唯一的一场。其他所有人都获准休息。这是个警告吗?我让自己落在后面了?

我告诉自己,福金的坏心情和我完全不相干。每天他和佳吉列夫都为演出人员的选择,为安排的排练次数,为布景和新戏服的经费而争吵。一旦福金听闻瓦斯拉夫的《牧神》,情况会变得更糟。

"给你。"他递给我一张纸条:

  酒神的女祭司是来自山里的贞女,身穿兽皮和葡萄叶,奔跑穿过森林,把动物撕扯成碎片。她疯狂而野性。

我见过巴克斯特为《水仙》设计的戏服了，开领的带褶束腰外衣，用羊毛平纹布，配上灯笼裤。没有哪一套有什么兽皮或者葡萄叶的。酒神的女祭司也戴着长长的松散假发，肩上包着带图案的披巾。很容易就能穿上。

"准备好了吗？"福金问，气鼓鼓地一声叹息。显然我并非他对于酒神女祭司一角的选择。"看好！"

钢琴师开始演奏，我认真观察福金演示我新的舞蹈。向前再向后弯，举起双手跳起来。猛地前冲。空中直腿不换腿连续打击。笔直转三圈，绕排演厅。都是简单的舞步，无需费时学习，但须得充实内容，要细细加以渲染，就像表演蝴蝶一角那样。

我没听见排演厅大门开关的声音。直到福金哼着鼻子发出惊讶的声音——"夏里亚宾？出现在这儿？"——我才看见他。费多尔在靠墙的一把椅子上坐下来，匆忙间动作显得有几分笨拙，竖起一根手指头放在嘴唇上。

"我保持安静不出声。我来看勃洛尼娅练习。当然只有你不介意才行，米哈伊尔·米哈诺维奇。你介意吗？"

福金摇摇头又看着我。这也是个令人愉快的时刻。不但受到渴慕，也知道其他人注意到了。

钢琴师开始演奏。福金走到一边。我深吸一口气，然后向前跳。

我跳酒神女祭司一角时她并没有疯——她是无畏。这个女人对禁止的东西并不退避。她想要什么就去获取，即便会遭到毁灭。我以舞蹈来表现：跟随她吧，只要你敢的话。把你的双手放在她的身体上，把你的双唇贴到她的唇上。来吧，在她体内融化，直抵她灵魂最狂野的地方。

是女人，不是女孩。

"你太动人了，勃洛尼娅。"我听见费多尔的声音，在我完成最后一个舞步定格收住之后，我气喘吁吁，两手放松。"你真是了不起的艺术家。"

只有虚假的夸赞才会毁人。真诚的褒奖给人以勇气和力量。

"我带你去尼斯,勃洛尼娅。"福金以简单一句"这样行"就结束了排练的时候,费多尔马上说道。

开着他那辆带有黑顶篷的白色奥兹莫比尔车驶向尼斯时,我们取笑福金那简短至极的话。"你回答'是'。"费多尔提醒我。

我不需要提醒。

我坐在他身边,舞蹈包放在脚下。汽车座位包裹着柔软的红色皮革。"这辆车是我在美国发现的唯一一样好东西。"费多尔笑了,"抓好你的帽子,勃洛尼娅!"

我希望那条路一直延伸到无穷远的天边。天气晴好,随着车子在山间上上下下,穿过柏树、大片松树和九重葛花丛,热气消散了。大海就在我们下方,海鸥在崖边尖叫着相互追赶。

"看那儿!"

"哪儿?"

"就这里。"

他前臂的肌肉绷紧,车子戛然刹住了。我们就停在岩脊边,走出车子。在下方,一队白色的小船扬帆驶过。我想象我的脸靠在他手臂上,感受里面脉搏的跳动。

"回车上去吧,勃洛尼娅。要是我们在这里站一整天,我们就永远到不了尼斯了。"

在尼斯,英国人散步大道上,费多尔叫我站在一棵棕榈树旁边。"别动。"他说着用他的柯达相机给我拍了一张照片。然后也不合上镜头,他请求一个路人给我们俩拍张合照。站在同一棵棕榈树下,我戴着宽边帽,费多尔微笑着,一只手臂揽着我的腰。

我们在老城狭窄的街道上漫无目的地闲逛，决定在一家小酒馆吃午饭。我们挑选的室外座位可以看下面的街景，孩子们在那里跑来跑去玩耍嬉戏。女服务员给我们端上两小盘海鲜，摆满了生蚝、虾和海螺。我们用来把螺肉从螺壳中挑出来的针，那针眼上还穿着红毛线。

费多尔的声音宛如一阵音乐流遍我的全身。他一只手在我膝盖上悄悄游走。

后来当我在脑海中回忆起这一时刻，我让我们有足够的时间吃完这顿饭，然后要了一个房间。女服务员给我们的钥匙那钥匙圈上有个沉甸甸的木头刻成的梨。楼梯狭窄得很，我们爬上楼时手臂都碰到一起了。门吱呀一声打开。我把费多尔拉进去，感觉到他手臂的重量压住了我整个人。

阳光洒进房间。我闭上双眼。

以下才是真真切切发生的事。他们冲上狭窄的街道出现时，我们还在吃饭。瓦斯拉夫轻松自如，佳吉列夫跟在后面气喘吁吁：两只狂吠着要保护我的斗牛犬。他们的眼睛估摸着桌上的残余餐食：一堆生蚝的空壳，挤光汁水的柠檬片，大块大块正在融化的冰。

"你和我们一起回去，勃洛尼娅。"我哥哥宣布，"马上。"

"为什么？我都做什么了？"

佳吉列夫指着费多尔的胸口。"你跟我保证过的，费多尔，"他说，"你用名誉跟我担保过！"

是福金出卖我们的吗？你知道她现在在哪里吗？和谁在一起？

"别管我！你不是我父亲，瓦斯拉夫！"

"我不是。但既然他离开我们了，我别无选择。"

孩子们聚集在几码开外，有热闹看都开心得很。一个瘦猴儿吹了一声尖利响亮的口哨。我的眼里盈满滚烫的热泪。我的心抽紧了。

我哥哥的话音没有停下来。"你眼睛瞎了吗，勃洛尼娅？耳朵聋了？你就看不出你正在干什么吗？你根本不懂什么是爱。要付出多少代价。会毁灭多少东西。"

然而最糟糕的还在后面。

"听他们的话，勃洛尼娅。"费多尔说着靠向我，"他们是对的。我太坏了，糟透了。你是一朵纯净的雪花。你必须尽可能长久地保持这样纯净。要是伤害了你，我无法心安理得。"

我依然为他跳舞，为费多尔跳舞。爱。嫉妒。背叛。孤独。失去。恐惧。

那些梦依然与我相随：鲜活如初，富于色彩与音乐，弥漫在阳光中。在那些梦中他来到我的身边，一次不落。是蛇，是麻雀，是倾泻而下的火花。

他告诉我他一直看着我。他告诉我他比我更了解我自己。

推心置腹……灵魂相通。

我爱的就是他。我不求回报。

足够了，哪怕比这少之又少，艺术家也能够持续多年，能够一辈子，能够永远以此作为能量的源泉。

14.

我们离开蒙特卡洛后，没有人在我面前提起费多尔的名字。我情愿这样。我情愿他不在这里而是远在意大利。我情愿忍受他不在眼前的痛苦，也不愿寄希望于在街上偶遇他而导致心里乱作一团。为了减轻痛苦，我全力投入到工作当中去。

我演绎的酒神女祭司角色获得了巨大成功。佳吉列夫为此当着整个剧团的面表扬我："出色的创造，表现出真正的戏剧天赋。"

瓦斯拉夫也认同："你变得更开放，更灵活，也更强壮了。每个人都注意到了。"

甜言蜜语吗？是的。也是期待已久的，即便我还不完全信服这些话。直到瓦斯拉夫和我开始搭档跳《仙女们》中的华尔兹以后我才相信。

第一次举起之后，瓦斯拉夫把我放回地面，这时他的手并没有在我预期应该放的位置。我吓了一大跳，因此绊了一跤。

"我在这里可不是为了接住你。"瓦斯拉夫说。

"你接住卡尔萨文娜。你接住巴甫洛娃。"我抗议道，"为什么到了我就不行？"

他不听。他要求我不断尝试，直到我能毫不迟疑地自主落地，直到我明白我不需要人接住，我现在强壮得足以一个人跳舞。

几天后，在我们位于博索莱的旅馆的大堂，我注意到一个身穿带有皮领的厚重冬大衣的瘦高个男子。从俄国新来的舞蹈演员，我心想，注意到他宽松的裤子，膝盖处俨然磨得发亮。我看见他朝接待员——一个总以怀疑的眼光看待我们俄国舞蹈演员的坏脾气的厚嘴唇女人——弯下身子用出人意料的地道流利的法语问她外面的棕榈树是不是真的。

"否则还能是假的啊？"她回答。

他低声说了句什么我听不清楚，那句话惹得她笑了起来。

后来那一天，在舞台侧幕，我看见他和群舞队的舞蹈演员聊天。到那个时候，我知道他来自莫斯科，来自大剧院，他名叫亚历山大·科切托夫斯基，他喜欢大家叫他萨沙。他的练功服，一件松松垮垮的棉汗衫和黑色紧身裤，在他身上显得很合适。他擦了亮发油的黑头发梳成中分的发型。

我和奥尔加·霍赫洛娃坐在地上拉伸。我的右脚几天前扭伤了，这会儿还鼓鼓肿着。"让我看看。"奥尔加悄声说。我听凭她把我右脚那只鞋脱下。我的大脚趾看起来有点发紫，趾甲都黑了，但还可以动。奥尔加摇摇头，她无法理解为什么我坚持要穿软舞鞋。"这样岂不是更难跳了？"

在我们旁边，萨沙念着他从口袋里掏出的一份俄文报纸，煞有介事地展开："特蕾莎·安珀这女人看着像男人……留着胡子，还吸烟斗……在巴黎遭围攻期间和德国人战斗，因此获得荣誉勋位勋章。"

他的俄语还很纯净，没有受到法语短语的影响，而我们那时候说话全都夹杂了。等我们一到巴黎，他想见见这位安珀夫人。

"从法国传到莫斯科的就是这样的新闻啊，"我问，"留胡子的女人？"

萨沙的眼睛扫过我，但还来不及回答，瓦斯拉夫就叫我了。

"勃洛尼娅！我需要你！马上！"

奥尔加冲我眨眨眼，把我的舞鞋递回给我。我赶紧穿上，系好缎带，把疼痛的右脚和从莫斯科新来的舞蹈演员都抛在脑后。

"来，勃洛尼娅。和我们一起来嘛。看看！你可没见过这样的东西！"

在我记忆中，接下去那几个月，萨沙总在那儿兴高采烈地开玩笑。如果不是讲什么留胡子的女人，那还有别的可以说笑戏谑的。我们排练间歇休息的时候他戴上小丑的红鼻子逗乐，或者歪歪扭扭地走在我后面。我作势要甩他巴掌时他就敏捷地闪开了。

我并没有那么留意他。

在蒙特卡洛没有留意。在巴黎没有留意。即便在伦敦也没有留意。一九一一年六月俄罗斯芭蕾舞团在那里为乔治五世加冕典礼献演，每个人都惊叹他们——新登基的英国国王和我们俄国的沙皇——看起来有多像，与其说像表兄弟不如说更像是双胞胎。我当时得知夏里亚宾因为健康问题取消了伦敦的演出，心里一阵释然。这个想法很自私。我披在自己全身的那层冷静的外衣还薄如纸片。

我们下榻的普瑞米尔酒店位于大英博物馆附近的南安普顿街。我们的英语说得很糟；多数人都只会从旅游手册上学来的一些蹩脚的短语。念出"皇家剧院"或者是"科文特花园剧院"还挺容易的，但我们的嘴唇念到南安普顿街就不行了，我们都把地址写下来给出租车司机看。只有萨沙能清楚地念出那些英文名字让人听得懂。

活力四射的萨沙，每场聚会的中心人物。他一出现，最无聊的对话也突然变得笑声不断。他无拘无束，大大方方露齿微笑，总知道怎么打破僵局，哪怕是同瓦斯拉夫打交道。我发现这一点，是那一回正巧碰到他们俩在谈论托尔斯泰生命最后在阿斯塔波沃火车站度过的日子。

那是一个炎热的夏天。脚跟几乎要深陷开始融化的柏油路，仿佛那是柔软的地毯似的。汗水在我们腋下留下污渍；汗衫和衬衫紧紧贴着后背。"我们在这里简直可以孵蛇了。"走进化妆间时，我们不禁唉声叹气。每一场演出，我们脸上化好的妆都会花掉。

"像猴子一样可爱，像松鼠一样敏捷。"萨沙对我悄声说。

"你在说我吗？"

"没把握。我只是在学英国的习语。"

六月二十六日，我们在科文特花园剧院举办的皇家庆典上演出，剧院里座无虚席。舞台上，我们轮流从帷幕缝中偷看。观众席的灯没有暗下来，我把一切都看得清清楚楚。格子棚架和花环上的鲜花，以鲜嫩的玫瑰和兰花装点的王室包厢，勋章，项链，冕状头饰。我看见印度王公裹着镶嵌珠宝的包头巾，身穿金色袍子，有些还戴着成串的稀有珍珠。

在我边上，萨沙戳戳我的肋骨："快一点儿，勃洛尼娅。让我也瞧瞧！"

我从帷幕后退一步，他俯身上前，但他感兴趣的并不是那些星光熠熠的观众。

"计划都定好了。"他低语，"散散步但不会太远。你和我们一起去吗，勃洛尼娅？求你了。"

我的脚底火辣辣的，有一只脚的后跟发了个水泡。我渴望泡个冷水澡还有妈妈的按摩。除此之外，我还得掰软一批刚到的足尖鞋。

"来吧，勃洛尼娅。"萨沙坚持道，"生活远不止工作嘛。"

结果，所谓的计划都是萨沙一个人，尽管他一直号称其他人随时都会加入我们。他带我去的餐馆是那种便宜的馆子，饭菜糟糕但啤酒一流。我们在靠窗的一张桌子坐下，好让我们缺席的朋友们最终到场时看得见我们。我们点了炸鱼薯条，把薯条捡到一边，挑出炸的鳕鱼条，抿一口啤酒，聊了起来。

"佳吉列夫说的可能发生吗？我们在俄罗斯演出？"

"为此干杯吧。为了俄罗斯芭蕾舞团的胜利回归干杯！"

"为在涅瓦大街散步干杯。"

"为在特维尔大街散步干杯。"

"为去马林斯基剧院探访干杯。"

"为去大剧院干杯。"

我们坐的木头桌子污渍斑斑，上面刻着一些首字母。空气混浊得很，一股油哈子味儿。我悄悄把脚滑出凉鞋，轻轻弯曲收缩，舒缓跳舞之后的紧绷状态。

萨沙模仿起所有人来。佳吉列夫关于俄国戏剧落后局面的演说，说那是"散发臭味的樟脑丸"。柯切辛斯卡女皇一般的做派，大公们跪在她脚下喋喋不休气喘吁吁："你问我为什么需要两位大公？我有两只脚，不是吗？"

所谓"其他人"一开始只是迟到了，到后来显然就没来。"我不知道怎么回事。"萨沙小声说着向我靠了过来，仿佛是要分享一个天大的秘密。他脸颊上有一块煤烟留下的污迹,我心里想着那是不是也是他想出来的。"或许我给错了他们地址。"

餐馆那时候已经满座。我们边上一对年长夫妇,他们衣服的翻领上别着加冕典礼的徽章,正在仔细研读手写的菜单。老妇人用手指头指了其中一项,老先生点头表示同意。

"你是个好演员,科切托夫斯基先生。"我说着靠回座位。我的肩膀绷紧,眼睛酸痛。疲劳已经追上我了。

"是吗?"

"你差点耍了我。"

"差点?我很好奇哪里露马脚了。"

那天最后,我们回到南安普顿街的酒店,萨沙问:"到了夏天你打算做什么呢,勃洛尼娅?"

我抬头看着二楼,我房间的灯亮着。妈妈还没睡,在等着我。

"我要回家去。"

"和瓦斯拉夫吗?"

"不,就和我母亲一起。"

"啊,"他说,"那当然。"

我艰难地抽了一口气。瓦斯拉夫没有从军方获得缓役因而无法回俄国,这不是什么秘密。他放弃帝国剧院艺术家职位的又一后果,妈妈说。又一个她将不得不劳心费力去抵消的后果。

"你会写信给我吗?"萨沙问。

"写什么?"

"你冰雪聪明。你会想到点什么的。"

我确实给萨沙写了信——就一封。我没有提起同帝国官员们那一轮轮让人沮丧的会面,尽管"无意中"在一张又一张桌上留下了贿赂,但妈妈的请愿还是被一拖再拖。我没有提起每周去精神治疗休养院的探望，斯塔西克认得妈妈但不认得我，我对他说话时他就蒙住耳朵。

我倒是讲述了在马林斯基剧院的一晚，我去那里看《雷蒙达》。在巴黎，帝国剧院的导演找上了我并给出一项提议：如果我回来，他会给我出国演出所需要的全部假期。"你要是同意的话告诉我就行，"他说，"我来搞定一切。"然而当我看了《雷蒙达》时，有《彼得鲁什卡》和《天方夜谭》珠玉在前，《雷蒙达》显得那么灰暗乏味，我知道我不能再到马林斯基剧院跳舞了。

"我的母亲，"我写信给萨沙说，"认为我犯了个糟糕的错误。但我无法献身于两种不同学派，两种不同的跳舞方式。我想成为崭新而激动人心的一部分，而非陈腐乏味的一部分。我从不曾希望为了稳妥，而从要紧之事中偷得时间，去做只求保险起见的事情。"

15.

假期结束后，我独自一人回到伦敦。妈妈留在圣彼得堡，依然抱希望能争取瓦斯拉夫的缓役。把她留在那里让我心里感到不安，但同时也暗自高兴能独行上路。在火车上的漫漫多时，我尽情凝望途经的风景，想着费多尔，重温在蒙特卡洛海滩上的漫步，在尼斯那天我事先有意撇除了我那位自命的监护人。我回忆起费多尔美妙的低语，"你是个真正的艺术家，勃洛尼娅。我比你自己更懂你！"

佳吉列夫在查令十字车站等我，他身穿深色大衣，鞋子磨损得厉害。他倚靠着手杖，高顶黑色大礼帽有点歪了。

瓦斯拉夫不在那里。

我哥哥，佳吉列夫告诉我，嗓子哑了，因此他完全禁止哥哥外出。伦敦的气候恶劣而且变化莫测。在俄国，夏天就是夏天，冬天就是冬天。这里全都是半拉子,混作一团。"既然我顺路,"佳吉列夫说,"我答应瓦斯拉夫我会亲自来接你。"

我一个字都不信。

"一辆出租车在等我们,勃洛尼娅,不过要是你不是太累,我们坐一会儿。"佳吉列夫指着一家小小的茶馆。他身上飘来的古龙香水味浓郁扑鼻。瓦西里应该意识到这一点,我心想。

从圣彼得堡到加来的旅程耗费了我两天半时间。穿越海峡过来也是风大浪急,开往伦敦的列车那哐当哐当的声音还响在我的耳边,让我头痛欲裂。

"我不累。"尽管如此,我还是这么说,好奇接下来会发生什么事。是不是佳吉列夫突然觉我需要听些关于费多尔的恶毒流言?我还需要给打上一针预防针免得那场灼烧再度复发?

我们在位子上坐下,点好了茶。佳吉列夫把右手搁在手杖上,要求他的茶得"十足的热"考验了那个态度乖戾的女服务员的礼貌程度,她发不起火只好默不作声地把脸色一沉。我们旁边那桌一个穿着黑色貂皮大衣的胖女人看着我们以示不满。

"圣彼得堡怎么样,勃洛尼娅?"他问。

我猜他大概是想了解妈妈努力获取瓦斯拉夫缓役的最新情况,便开始讲述我们夏天一次次前去政府办公楼都未果,一位律师给出的提议也给搞砸了,行贿根本无济于事。

佳吉列夫不耐烦地一挥手,对这些情况都不予理会。"我们走着瞧吧。"他说。

听起来像是个警告。

我们沉默着坐了片刻。佳吉列夫想必注意到我身后的某个人,拿起单片眼镜打算看个清楚。不管是谁,那人到底还是走了,因为他开始从口袋里掏东西。一盒他最喜欢的糖果。他把糖果递给我的时候手有点发抖。我拿了一颗。糖果很甜,而且味道出人意料的浓郁。纯正的覆盆子味。

佳吉列夫叹叹气,反复舔着上唇,还用食指指尖抠起嘴唇。"我得跟你谈谈,勃洛尼娅。"他终于说,一脸哀求的样子。"推心置腹。"他又加了一句。灵魂相通。谈谈瓦斯拉夫。

我不禁释然微笑。

这时女服务员端来了一壶茶,两个茶杯和一小碟切片柠檬。"他们这里总是把柠檬切得太厚。"佳吉列夫用俄语对我低声说,不过他没有用英语重复他的抱怨,所以她得以相安无事地走开。

糖果在我嘴里融化了。我抿了一口茶,听着后来才意识到的长篇大论。瓦斯拉夫总是如何难搞。他,佳吉列夫从来都弄不懂瓦斯拉夫会说什么或者做什么——是要笑呢还是要把他推开。他知道瓦斯拉夫是艺术家,是天才。这一点他一直都知道。这是他向来珍视的,瓦斯拉夫的天赋以及他对于发挥这天赋的倾情投入。但现在发生的事情无法估量。前一天早饭时我哥哥打破了一只玻璃杯。他当时拿着玻璃杯,就在他们谈论着福金的芭蕾时,瓦斯拉夫紧紧捏着杯子,结果竟然捏碎了。瓦西里不得不小心翼翼地从他鲜血淋漓的手上把碎玻璃渣清理干净。还不止这些。

瓦斯拉夫一个人走了,没人知道他上哪儿去了。直到——大半夜的——佳吉列夫接到来自切尔西流浪汉收容所的电话。瓦斯拉夫此前给一个警察带到那里去了。他,瓦斯拉夫,不知道他是谁。他们之所以知道打电话去那里的唯一原因是我哥哥口袋里有张纸条,上面写着旅馆的名字。而当他,佳吉列夫,搭了出租车和瓦西里赶到那里去接瓦斯拉夫时,他们发现他坐在床上,脸上都是抓痕和淤青。几位护理人员正把他死死按住,因为我的天才哥哥在他们抓住他之前一直都在床上跳来跳去,从一张床跳到另一张床。要知道那里一边是二十张床,另一边也有二十张!

"我坐出租车把他带回来,勃洛尼娅。你知道我花了多少沙弗林金币①好让每个人闭嘴不说出去？我问瓦斯拉夫到底发生什么事了。'有人伤着你了吗？'我问。'在街上袭击你了吗？'但他冲我尖叫说不关我的事。说他想一个人待一会儿。说他不能住在笼子里。"

停顿。佳吉列夫的眼睛紧紧盯着我："我把他锁在笼子中了吗，勃洛尼娅？"

他声音里透着痛苦，还有伤痛，关切。眼泪从他的脸颊流下。"某一天我是唯一了解他的人，另一天我又是他的敌人……我对他说话但他听不见我的话。我走进去，他看见我就跳了起来，仿佛我是魔鬼。"

我想起斯塔西克的眼睛，我走进他房间时他脸上那不解的神色。我感受到的这猛烈一击是一阵害怕。瓦斯拉夫不是斯塔西克，我提醒自己。

佳吉列夫想从我这里得到什么？让我比他更密切地关注瓦斯拉夫？盘问他？如果我哥哥有秘密，我并不想把它们哄出来。再说，我也相信谢尔盖·帕夫洛维奇为了取得更佳效果而渲染了他说的故事。我哥哥写给妈妈的信都让人振奋。瓦斯拉夫写到了《牧神》，他有多么期待它的首演。他多么迫不及待准备开始排演。也讲到他怎么看待其他芭蕾舞剧。只字未提什么吵架的事。

"瓦斯拉夫必然是在创作另一部芭蕾舞剧。"我告诉佳吉列夫。

我哥哥一向都是这样，我继续说。如果想象的情境来了，别的一切都是分心的事。他当年在儿童哑剧中跳舞时，彻底进入他的剧中角色了，以至于妈妈不得不提醒他要吃饭。"甚至连油酥点心都要提醒他吃，"我说着笑了起来，"即便是他最喜欢的草莓口味。"

谢尔盖·帕夫洛维奇·佳吉列夫完全沉浸在我说的话当中，如同烛芯浸在烛油中一般。我说得对。我必须是对的。就像冬天的暴风雪

---

① 旧时英国货币，面值一英镑。又称"金镑"。

把雪从一个地方席卷到另一个地方。在一切表面之下，瓦斯拉夫始终如一。一个艺术家，一个孩子。"我头脑清醒的勃洛尼娅，我这个疯狂舞团中唯一心智健全的成员。"他说。

我们把茶喝完。谢尔盖·帕夫洛维奇示意女服务员，点了要带走的草莓酥点。"给瓦斯拉夫。"他说，冲我眨眨眼睛。我交给他妈妈写给哥哥的信和她的礼物：她自己绣的旅行靠垫和一听俄罗斯茶。

佳吉列夫要我保证不把我们的对话说出去："我们必须让瓦斯拉夫全然不受打扰地思考他的新芭蕾舞剧，对吧？"

我们等着酥点打包的时候，谢尔盖·帕夫洛维奇告诉我卡尔萨文娜已经在十一月回俄罗斯了，无法参加即将到来的《彼得鲁什卡》的演出。"我在考虑让你来跳剧中芭蕾女伶玩偶的角色，勃洛尼娅。"他往桌上丢了一点点小费后说道。

"和瓦斯拉夫搭档？"我抽了一口气。喜忧参半。芭蕾女伶玩偶是卡尔萨文娜上一季演出中最棒的角色。

他点点头。

我必然看起来心神不宁，因为佳吉列夫嘴一撇似笑非笑："看看，我记着夏里亚宾的话呢！老家伙对你的评价是对的。我承认他说得对。"

我喃喃表达感谢，但他对此不加以理会。他提供的不过是机会罢了，没别的。在这个不完美的世界上，要么是艺术要么是平庸。我可能轻易就让他失望了，正如数不尽的其他人那样。

"我不会的。"我说。我的话音坚定，但我的手不禁颤抖起来。我收拾好东西准备走了的时候，帽子掉到了地上，随之掉落的还有我的手套。

看到他这番话竟让我内心掀起如此波澜，佳吉列夫高兴得很，哼着《彼得鲁什卡》中的曲调，摇晃着站起身。观摩舞蹈演员并没有让他改掉坏习惯。不管瓦斯拉夫和我多少次向他展示他该如何昂首挺胸,他沉重、走样的身子总是拖累着他。

我们出了茶馆往出租车等着的地方走去,佳吉列夫的手杖噔噔敲起节奏。伦敦沉浸在雨中。路人匆匆走过,都撑着伞免得淋湿了。

出租车出发了。车窗起了雾,我用手指头抚摸着凝结的水汽。我画了个圈,然后画了个比第一个圈大一点的,接着再画一个更大的。我想着将和瓦斯拉夫搭档演出《彼得鲁什卡》。

佳吉列夫转过来对我说:"我也在想科切托夫斯基可能演摩尔人还不错。我挺喜欢他和彼得鲁什卡为了你而大打出手的这个点子。正是我们需要的一点猛料,你不觉得吗,勃洛尼娅?"

"就区区一封信?"萨沙问,"人们从飞机上跳下来,勃洛尼娅。有个女人飞越了英吉利海峡。而我得到的全部就是你一张纸。"

"你期待的是什么?"

"至少五张纸。坦白承认。"

"承认什么!"

"承认我让你多么印象深刻。"

"但你没有啊。"

"我有啊。我是几年来这个舞团所见到的最棒的性格舞演员。即便佳吉列夫都这么说。"

"所以你让佳吉列夫印象深刻,而不是让我印象深刻。"

"你这句话大概有点道理。但就那么一点点道理。"

就是戏谑。逗弄。像我们小时候瓦斯拉夫逗我那样。让我笑得肚子痛。

萨沙来自莫斯科,来自大剧院。我来自圣彼得堡,来自马林斯基剧院。我们也都相互取笑对方这些。圣彼得堡的克制,莫斯科的浮夸。

他做了雄心计划。我们要去看轻歌舞剧和杂耍表演。我们要在海德公园散步。或者在博蒙特书店看看旧的舞蹈书。

要是我们有一天的空闲时间，斯特拉特福德也不是那么远。

"要是哦。"我说。

就是个好朋友，我当时想。

所以我是什么时候才注意到发生的事情不止于此呢？当萨沙在舞团的切凯蒂课上耍花招换到我身边来练习？当他的手该松开了还不放开我的时候？当他仿佛他初次见到我一样看我跳舞的时候？还是当瓦斯拉夫出现在排练厅来接我去排练《牧神》的时候？

"你看起来好像有大把时间游手好闲，科切托夫斯基，"我哥哥看见萨沙站在我边上时吼道，"我是不是该叫佳吉列夫给你扣薪水？"

然后我们俩都低下头像遭到责骂的小孩一样的时候？

16.

佳吉列夫的帝国——我们这样称呼俄罗斯芭蕾舞团，它日益发展壮大，一如帝国那样。这是我们的第三季演出，我们有了七十几位舞蹈演员，有些专属我们的舞团，还有一些是从其他舞团请假过来的。总有人来也有人走。我们的舞台监督格里戈里耶夫经常被迫修改排练和角色分配名单，称之为他的"旋转门"。每次角色分配都是一场评判，每张贴出来的日程安排表都在提醒着谁在冉冉上升，谁的地位一路下滑。

我不断得到更好的角色，萨沙也一样。在一九一一年其余的那几个月，随着俄罗斯芭蕾舞团在巴黎、柏林、维也纳和布达佩斯巡演，我们经常被分配到一起。在《埃及艳后》中，在《波罗维茨人之舞》中，在《仙女们》中。

在《彼得鲁什卡》中，我们都是玩偶，被残忍的魔法师施法赋予生命以更好地取悦众人。瓦斯拉夫演彼得鲁什卡，悲剧的小丑，渴望爱与自由的木偶。萨沙是摩尔人，头脑简单，无法理解彼得鲁什卡的深邃，他的痛苦和他的爱。是个想要什么就抓住什么的人。

而我呢？我是芭蕾女伶玩偶。不是卡尔萨文娜跳的那个出自某个富裕女孩香闺的法国娃娃，雪白脸蛋，衣衫华丽。我是个俄罗斯娃娃，结实健壮，用破布缝制而成。如果跌落在地上，我不会摔碎。

我诠释的芭蕾女伶玩偶没有伟大梦想。彼得鲁什卡那种悲伤和期待都吓到她了，摩尔人和她更相像。

"勃洛尼斯拉娃·福米尼奇娜对于我艺术想象的呈现有失尊重。"看到我的诠释后，福金这样简短生硬地论断，而佳吉列夫则轻抚他那缕银发。"从今开始，"他说，"就算卡尔萨文娜回来了，你们俩也轮流跳。看看两位艺术家如何以不同方式表现同一个角色，这对观众而言有好处。"

我在舌头上对这番话翻来覆去咀嚼再三，让那甜蜜滋味吞进身体里。

"看吧，"萨沙悄声说，"我不就告诉你了吗？"

每场演出后萨沙都送我鲜花，在花束上别上信封。他在信封里放了滑稽好笑的图画：萨沙在我面前跪下；我走开时萨沙追在我后面。他其实不太会画画。我是从我那新剪的波波头认出自己来的，新发型让我省得老是费劲要把头发别起来，要用糖水涂在头发上好让发型不乱掉。他还经常附上评论的剪报："尼金斯卡这位年轻的舞蹈演员具有无以伦比的表现力，对于失去有着敏锐的意识……展现出罕见的感受深度……对于人心理活动背后的个中缘由有着无以伦比的理解力。"

我把这些信都收进一个吕宋纸做的活页夹，保存在大衣箱最底下。保存，而不是藏起来，我想，因为没什么好藏的。妈妈从圣彼得堡写来的信督促我专心事业。"瓦斯拉夫为你的进步感到骄傲，"她写道，"他觉得你可以比卡尔萨文娜更出色！"

"忘掉泰霍尔,忘掉酒神女祭司,忘掉芭蕾女伶玩偶,勃洛尼娅。"瓦斯拉夫说,"别在过去中迷失自己。"

他的声音一直在我左右:在排演厅里,在我化妆时的化妆间里,在我准备上台演出的舞台侧幕。

"我还在回味往昔的胜利吗,勃洛尼娅?《玫瑰花魂》或者《彼得鲁什卡》? 没有。"

我依然像学生看着老师那样看着他。我注意到他在日常训练中增加更多的举重练习之后变得多么强壮。注意到他在排练他的角色时,是如何在每一块肌肉上施加最大张力,远比他登台演出时的力度更大。这样一来,他在剧院中演出时,他做的一切动作都显得毫不费力——他还保存了力量可以发挥。

"记住《牧神》,勃洛尼娅。福金反叛了彼季帕。现在轮到我们来反叛福金了。"

这归根到底就是唯一重要的事:舞蹈演员和艺术家之间的差异。舞蹈演员渴求保障,赞誉和掌声。真正的艺术家并不回头。真正的艺术家展望未来。

现在想起来,我突然意识到我们那时候谈及俄国的次数真是少之又少。我记得有些对拉斯普廷[①]这个下流肮脏的"神医"感到不安的嘲笑。我看到过一两回从俄国报纸上剪下来的漫画,就钉在我们化妆间的墙上。其中一幅画中的拉斯普廷在一大堆裸体包围下,另一幅画上他则是一个高大的巨人,手里拿着两个木偶:沙皇和皇后,看起来像两个傻瓜似的,脸上涂红,咧开嘴笑得露出尖尖的虎牙。"就像

---

① Rasputin (1869~1916),俄国"神医",因预言得血友病的王子无事而成为笃信神秘主义的沙皇尼古拉二世和皇后亚历山德拉的宠臣,行为淫荡,因干预朝政被保皇派谋杀。

《彼得鲁什卡》中的魔法师。"有人压住咯咯傻笑这样说。

我不能代表别人，但所有这些八卦谣言，宫廷丑闻，献媚求宠都只让我感到不快。我完全看不出这些事情能和我的生活有半点关系。

我们回到了蒙特卡洛，此时佳吉列夫终于作出决定：接下来的一九一二年演出季将是《牧神》的演出季。

"所以尼金斯基现在认为他自己是舞蹈编导了。"后台爱嚼舌根的人重复着这句话，他们发誓说那可全都是福金的原话。"而佳吉列夫作何反应呢？让步。让他的金童为所欲为。"

福金大概在准备上演他新的芭蕾舞剧，对原有那些深受喜爱的舞剧进行重新包装，但佳吉列夫给了瓦斯拉夫更长的排演时间，更好的练功房和舞蹈演员，新的戏服和布景。这就是为什么福金火冒三丈地跑出佳吉列夫的办公室，气得满脸通红。

名望，福金相信，已经让我哥哥冲昏了头，让他把手伸向不属于他的东西。让他不屑于他真正的天赋了。

自从开始了《牧神》的排演，福金不到万不得已绝不跟瓦斯拉夫说话。瓦斯拉夫不再是他最得意的舞蹈演员，不再是他的可造之材，而是他的对手。

对于我，福金除了尖刻的评论没别的，不管我做什么。我要么是盲目听从他指示，要么就是顽固不化大不敬。"想把你自己变成男人吗，勃洛尼斯拉娃·福米尼奇娜？"他突然注意到我新剪的波波头后这样问。没过多久，他并不是特意对着谁说，但吃准了我能听得见他说的话："为什么有些女人就非要把自己搞得比原来还要丑呢？"

那时候，妈妈已对为瓦斯拉夫争取缓役所花的时间比她预计的更久听天由命了。她来和我们相聚，得知这种种恶意言行之后大为惊惧。到她耳边的传闻令她打颤：新扫把扫得干净，但旧扫把对每个角落都熟门熟路。佳吉列夫就真的那么有把握吗？只要一次失败就全完了。

"不过是茶杯里掀风浪。"萨沙说道,他对这一切嗤之以鼻,"福金是个眼红的傻瓜,就因为你是瓦斯拉夫的妹妹便狠狠骂你。会过去的——你看着吧。"

我们化妆间里有个洗脸盆。奥尔加就在上面练功,右腿笔直上举,靠在墙上,活动脚掌。她俯下身来洗脸和脖子。瓦斯拉夫选她演《牧神》剧中一个仙女的时候,她简直欣喜若狂。然而现在她吃不准了。"不管我做什么,勃洛尼娅,永远都是错的。"她说。一缕红头发溜出了别针,滑落在她前额上,湿淋淋地往下滴水。她把那缕头发拂到一边。

已经有许多关于《牧神》的抱怨。为了十分钟的芭蕾舞,你需要多少场排演?四十次?一百次?没有变奏?没有变化?什么都没有?这算哪门子芭蕾?我们全都是没有灵魂的玩偶吗?尼金斯基以为他是谁啊?

起初是窃窃私语,现在抱怨变得响亮清楚,有意要人听见。让尼金斯基跳舞,让福金编导。为什么要改变本来好好的安排?"我们都是俄国人。"萨沙说俏皮话让我开心,"我们总是抱怨。"但我始终惴惴不安。我跳了这么多年舞,深知后台的氛围事关重要。如果舞蹈演员不相信他们所创造的情景,观众也不会相信。只消一点就能扼杀一出芭蕾。"公众能看懂吗,勃洛尼娅?"瓦斯拉夫已经问过我一次。我说能。在巴黎他们会懂的。

在我讲述对《牧神》已有的了解时,奥尔加侧耳倾听。我们全都是一个精雕细琢的整体的一部分。可以没有任何变奏,舞步不作变化。我们做的一切都必须符合瓦斯拉夫的想象。再说,这出芭蕾舞还在演变,因为由我们来塑造。瓦斯拉夫从我们当中汲取动作精华。他保留得很少,丢弃的很多。即便对于尊敬我、希望取悦于我的奥尔加来说，要理解瓦斯拉夫这一做法也是难之又难。

我重复着我珍视的词语：崭新，现代，革命性。

"为什么新就总是好一些？"奥尔加问道，一边把她自己从墙上扒拉下来，这下舒展起了肩膀，那缕红发又落到前额上了。

还没等我回答，化妆间的门开了，瓦斯拉夫走了进来。我吃了一惊，因为《达芙妮与克罗埃》的排演应该还在进行之中，他参与了这部舞剧的演出。他已经排演完了？还是又和福金吵过架了？他的练功服在腋下处和脖子上都是汗迹。或许是好兆头？

奥尔加挺直了身子。她眼里闪过一丝不安的神色。瓦斯拉夫就像一位严厉的老师，几乎没有人胆敢接近他或者问他问题。我希望我能跟他就此谈谈。但要是我那样做的话，他只会生气，指责我站在他们那一边和他对着干。

"我得去查看一下那啥。"奥尔加说。她把那缕红发牢牢塞到耳朵后面，冲我飞快微笑了一下。瓦斯拉夫挥手让她走，快点，再快点，他的手说。出去。马上。

她一走，瓦斯拉夫走到窗边向外看。我们在一楼，建筑楼的后部。化妆间的窗户对着一面砖墙，没什么可看的。这下我哥哥转过来看化妆台，拿起化妆膏管，逐一查看。他打开一管黄色化妆膏，点了一点油料到脸颊上。看起来像一块污渍，他擦掉了。然后他用手指头擦过化妆桌的台面，就像妈妈检查是不是有落灰似的。

"怎么了，瓦斯拉夫？是佳吉列夫吗？"福金纯粹是嫉妒，但佳吉列夫的疑虑——我越来越经常注意到其种种迹象——则在不知不觉中酝酿发酵，即便隐藏在赞誉的外表下："太超前，太具有革命性了……或许我们应该再等一季……"我看到过瓦斯拉夫把谢尔盖·帕夫洛维奇一把推开，尖叫道："在所有人当中你应该最了解。但你也只不过是个懦夫！我不在乎你怎么想。"

现在瓦斯拉夫在整理化妆膏管，按照颜色深浅排成一排，从最深色到最浅色。如同游行的士兵，我想。然后他呆住了，跳到门边突然把门打开。

走廊里空无一人。

"怎么了，瓦斯拉夫？"我重复着这个问题，声音变得短促。看见我哥哥这样让我非常难过。这样神经紧张，那视而不见的空洞眼神再一次让我想起斯塔西克，但这个念头太过吓人了，没敢多想就赶紧打消了。

瓦斯拉夫又挥挥手不加理会，冲了出去。我推倒那些化妆膏管，看着它们打转。

我到的时候，瓦斯拉夫不在练功房。奥尔加在把杆上做极其缓慢的下蹲动作。另外四个仙女一起站在窗边，正聊着天。她们的谈话并没有因为看见我而戛然而止，这倒是好现象。她们并不是在谈论我哥哥。传到我耳边的话证明了这一点："'给我看看另外那顶帽子'用法语怎么说？"

演出阵容一直在变。伊达·鲁宾斯坦本来要跳大仙女这一角色，在首场排演后就请辞了。舞步对她而言太难了，她说，但每个人都知道她不想得罪福金。芭蕾又一次事关站队。眼下的选择是福金还是尼金斯基。从莫斯科新来的舞蹈演员、受聘参加演出季的莉迪亚·涅利多娃取代了伊达。如果她还没注意到要两头效忠的情况，那也用不了多久就会注意到。新的界限总是以鲜血划分。

有个仙女把舞蹈包留在角落了。知道这样会惹得瓦斯拉夫发火，我迅速把它拿到该放的地方，在入口处和其他人的包排成一排。这一举动也无疑会被注意到，给评论一番。

奥尔加在调整她的连裤袜。我做手势示意她和我到中间来。我想让我们在瓦斯拉夫进来的时候就能尽快做好准备开始。

我哥哥走进练功房时身上穿了件新换的干净汗衫。他向钢琴师点头让他在钢琴前坐下，让聊着天的仙女们各就各位。

排演开始。进展顺利得出人意料，让我舒了一口气。莉迪亚掌握了侧面走步——无懈可击，我觉得——从脚跟到脚趾，一整只脚，双膝微微弯曲。她训练有素，是舞蹈演员的女儿。她也有着长长的希腊鼻子，使得她的侧影尤其适合《牧神》，尽管因为伊达·鲁宾斯坦个子更高，这一换角迫使瓦斯拉夫进行了好些原本并不想要的改动。

然而，今天瓦斯拉夫对莉迪亚的进步非常满意，叫我们重复他此前一天推进的编导。我们排成一排走，非常注意彼此的间隔，然后停下，走的每一舞步和每一停顿都不是对于音乐的直接反应，而是思考后的行为。

瓦斯拉夫点头肯定。我们准备继续。

他简短地向我们描述他设想的景象。大仙女想沐浴，其他仙女围着她，翩然起舞以守护她。她们举起双手，掌心向外张开。牧神出现，看见众仙女。她们受到惊吓，四下逃开了。

在排演的多数时候，瓦斯拉夫只是标记一下他自己的角色，但这次不一样。牧神走向仙女们，惊讶地跳起来。那一跳又紧张，又古怪，却充满了力量。牧神唇上似笑非笑，夹杂了欲望和好奇。我想，那微笑简直是画上去的，不，是印刻在他脸上的。半神半兽的表情猛然超越了时间。瓦斯拉夫的奇迹值得每一分苦心。

他停下，迅速恢复成他本来的样子，声音尖利："你的脸怎么回事，奥尔加？"

"我不该害怕牧神吗？"她问。

我一动不动。又全都不对了。

"就按照我展示给你看的那样跳舞。面无表情。让整个身体来说话，而不是你的脸蛋。"

讲几句温和的话就不行吗，瓦斯拉夫？我在脑海里问。那会让我们跳这出舞剧变得容易多了。你为什么就不明白呢？但我知道他会作何回答：为什么他要让这部舞剧容易跳？打破旧俗陈规总是要痛的，但艺术家必须铁面无情。"道德，"他有一次告诉我，"是丑陋者的报复行为。"

仙女们排成一排走，面无表情，只有剪影，在牧神的视野里走进又走出。每一个人都茕茕孑立。

一天结束后，萨沙在等我，一如既往。在蒙特卡洛歌剧院的演出人员入口外，他坐在楼梯扶手上，凝望下方逐渐暗下来的海水。夜里温暖芬芳，草木丛中柠檬树花开正盛。通常我们很快就离开了，但这一晚我在他身边坐下。我不再介意有谁可能会看到我们。

"你确定吗？"他微笑着问。

我点点头。

萨沙也是过了很不愉快的一天。福金的《达芙妮与克罗埃》进展缓慢还不成形。瓦斯拉夫一出现，福金的颌骨就绷紧了。瓦斯拉夫走了以后，福金忍不住要挖苦："你是怎么才知道尼金斯基喜欢你的？因为他看着你的鞋子而不是他自己的鞋子。"

我们慢慢走下陡峭的台阶到了街上。闻了一天排练厅的污浊臭气后，带着海水味道的空气尤其甜美。萨沙握住我的手，我没有抽开。他的皮肤光滑而温暖。

我们一路往下走到街上经过两个指示牌：左边的指向卵石海滩，我上一次和费多尔一起去的地方；右边指向港口，萨沙想带我上那儿去。他在那儿为我准备了一份惊喜。

"是什么呢？"

"你等下就看到了。"

原来惊喜是一艘船，会带我们去老城，等我们一准备好就来接我们。有个朋友的朋友欠了萨沙一份情，因为萨沙在他的婚礼上跳舞了，这次坐船出游是人家的答谢礼。

半小时后，饱览了礁石嶙峋的海岸和闪烁灯火的风光，我们坐到了一家小餐馆户外的最佳位置。小餐馆的老板也是萨沙认识的什么人，尽管这一回来龙去脉没那么容易解释。周围欢声笑语，柔指缱绻，启唇亲吻，直到后来只有我们还在，享用一盘现烤的沙丁鱼和一碗碗蘸酱。还有许多红酒。

我饿了。沙丁鱼热乎乎火辣辣的，纤细的鱼骨柔软得可以直接咀嚼吞下。红酒看来也不是太烈——是在海边度过炎热夜晚的完美选择。每抿一口酒，事关剧院的记忆就消退去一点，萨沙的声音变得越来越抚慰人心。他说什么其实无关紧要——在莫斯科度过的少年时代的一些故事；某一年冬天掉进溪流里，回到家时身上结满了冰；偷他爸爸的香烟抽，给烟呛得直恶心。重要的是他的声音本身，让我对他的思绪萦绕，填补了内心依然空荡荡的空间。

"你从来不说你的父亲，勃洛尼娅。"萨沙说，"说了会伤心是吗？"

我想了片刻才回答。心扑通扑通跳得厉害。

"你不必告诉我。"

我摇摇头。想跟他谈谈父亲。只是不知从何说起。"他住在下诺夫哥罗德。"我说。

"好地方。"

"我从来没去过那儿。"

接下来是片刻沉默，我把酒杯举到唇边。

"我不像你父亲，"萨沙说，"我永远不会离开你。"

他嘴唇上方、下巴和颌骨上有片阴影。鼻尖上浅浅一道柔和的凹口。

不是轰轰烈烈的爱情，我想。是充满爱意的友情。但这或许够了。

回到家，别墅——如果出租屋配得上这样响当当的名头的话——房东坐在入口门厅处一张简陋的扶手椅上，读着报纸。我进门时他朝我挥挥手。他是个长相滑稽的老人，秃脑袋光可鉴人，像鸡蛋一样呈完美的椭圆形。他挺喜欢我的。在看见某些俄国名流以后总要讲给我听听。今天他见到了尤苏波夫亲王[①]。不，不是在赌场。是在他车里。劳斯莱斯。车子内部镶着白银和象牙。车门板上是刺绣的丝绸。

他描绘那车子时打响了手指头。他一看就知道是好车。他也当过司机。在赌场。

尤苏波夫王子的车丝毫提不起我的兴趣，我累了，但还是听着。他是个好人。对于舞蹈演员租一个单人间却在一张床上睡三个人来省钱这样的事情睁一只眼闭一只眼。让我们寄存行李，远远超过该有的时间。我们这些往往几个月在路上的人都备加珍惜他这样的朋友。

"有信来吗？"我问。

他摇摇头，"但你有个访客。"

我飞奔上台阶到我们一楼的房间。开门以后我看见妈妈坐在床上，抱着抽泣的奥尔加，试图安慰她。抚平她厚实的赤褐色头发，轻轻拍着她的后背。

"你来了，勃洛尼娅。"我进门时妈妈说，冲我做了一个烦恼的表情。她需要我而我却不在。

"发生什么事了？"我问，虽然觉得我其实知道怎么回事，排演的记忆犹新。但我现在已经态度软化了，不再责怪瓦斯拉夫。所有排演过程都要发脾气的，不光是瓦斯拉夫。他要求苛刻而且不耐烦，但福金也一样。如果奥尔加想成为舞蹈演员，她不能这么容易就心烦。

我错了。妈妈告诉我发生了什么事。奥尔加穿过赌场上方的公园

[①] Prince Yusupov（1887～1967），出身俄国巨富门阀尤苏波夫家庭，一九一六年谋划刺杀了荒淫的拉斯普廷。

走回家。她看见一位老人倒在长椅上,心想他是不是晕倒了,就上前看她是不是能帮上忙。那人死了。结果发现是又一起赌场自杀事件。必须叫警察来。奥尔加被盘问了一番刚被放回来。她马上就到这儿来了。她不喝茶也不吃俄罗斯小饼干。

"你这可怜的姑娘!"我叫道。

奥尔加从妈妈怀里抬起头。她平素可爱鲜嫩的脸此时哭丧着,满是泪水。我做好从头到尾再听一遍整个故事的心理准备。走回家,倒下的人。然而这一切并没有发生。

"他的右半边脸,"奥尔加只说了这么一句。"已经不在了。"

"要小心,勃洛尼娅。"奥尔加终于走了以后妈妈说道,"别助长萨沙的念头。别犯我的错误。"

"我们不要谈这话题了。"我说。

可妈妈不肯罢休:"你不知道怎么回事……又一个舞蹈演员……如果你跳得好就妒忌……要求你放弃最好的自己……然后又怪你拖他后腿。"

那和我有什么相干?萨沙和我都是艺术家。我们彼此理解。我们不会相互拖后腿。

"萨沙跟你说什么了,勃洛尼娅?说如果你拒绝了他的话,他会自杀?他是不是和你父亲一样天真?那就是你想要的吗?让你的孩子们一路长大而没有父亲?"

"你对他一无所知。"我说。我怒气都上来了,打消的不仅是妈妈的反对,还有苦命——她的波及后代的命运。

我站直身子,双脚稳立,抬起头来。我看着她,告别舞台多年之后,她那舞蹈演员的身体依然苗条而结实。我没有想她势必多么怀念跳舞。不光怀念那独自站在暗下来的舞台、沐浴在灯光之中、观众在舞台下为她鼓掌的片刻,而且还怀念能够用她的身体、而不只是用言语去倾诉。

"我二十一岁了,"我说,"可以嫁给任何我喜欢的人。"

17.

到了一九一二年五月,我们都在巴黎迎接新的演出季到来,这一季演出以福金的《蓝色天神》和《塔玛女皇》拉开序幕。反响并不太热烈。巴黎正等待着《牧神》。

五月二十九日,在沙特莱剧院,前几节音乐一响起便呈现出那午后的阳光,静谧而灼热。牧神躺在一块岩石上,这个半人半兽,眼观六路耳听八方,有血有肉,弯着一条腿,一支笛子贴靠在唇上。

他躺下来,伸伸懒腰,然后弯腰,又蹲下。接着他向前移动,突然又后退。他的动作迟缓,但也时而急促,后来又紧张轻快。他的脑袋转开后又转回来,双手一开一合。

仙女们飘然而至,围着形成古代花瓶般的装饰性的一圈,举起手张开掌心。她们也是一派古风,既算得上有血有肉,又充满灵性。她们的舞蹈介乎于沉重和轻盈之间,在游移和一动不动之间自如变换。

她们起舞时,手上拿着的披巾就迎风展开。

仙女们没有看见牧神。他属于他自己的世界,而她们有她们的世界。但牧神看见了她们。他对这些不同于他的生灵感到很好奇,就像野兽对于不构成威胁的东西也是充满好奇。他朝她们走去。

对此还浑然不觉的仙女们来来去去;她们手中的披巾随风飘动。第六个仙女是牧神看得最为专注深切的那一位仙女,也正是她注意到了他的存在。惊吓万分,她中断了舞蹈。她的姐妹们逃开了,第六个仙女手中拿着披巾,和牧神四目相对。她在他身边起舞,怀抱希望,因为他的存在而兴奋。牧神跳起来时迸发出惊人的能量,他们手拉手,仿佛可以共舞。但仙女知道牧神居住的世界是她无法涉足进入的地方。她定格住了，两腿侧立，双膝弯曲，身子面向前方，转过头回望。

披巾滑落地上，仙女离去。

牧神孑然一身，拾起披巾，带回他原本歇息的岩石顶端。他抚摸着披巾，感知其形状，其飘逸质感。仙女或许已经远去，但披巾——曾是她舞蹈的一部分——就在他手中，逃不掉，也无从要求。它就任由他摆布。

在舞台侧幕，没人看得见的地方，仙女的视线无法从这半人半兽的身上移开。她知道他有多么脆弱多么不堪一击。毫不费劲就可以把他推回他自己的世界去。

牧神小心翼翼地把披巾铺在岩石上，躺了上去。他的身体起伏颤抖。在抽搐？还是抚摸？

他赢得了胜利吗？赢过了仙女？赢过了他自己？

幕布落下。我们都等着它再次升起好出来鞠躬致谢，但幕布一直都落着。观众一片沉默。起初怯怯的掌声在一声喊叫、几记响亮的口哨和一阵嘘声中变得稀稀落落。

"不要鞠躬谢幕，"佳吉列夫宣布。"回到你们的位置上去。我们再演一次。"

我欣喜若狂。我不需要掌声来确信我们刚向世人献上了一出新芭蕾舞剧，确信艺术已经具有全新的格局结构。其角度和线条已经是我身体每一姿态、每一动作的组成部分。

我别无他求，只想活在我哥哥的世界之中，哪怕再让我待十分钟也好。

这一次，我们结束时，雷鸣般的掌声就像是巨兽从沉睡中醒来，无拘无束，生机勃勃。

我站在瓦斯拉夫边上。我听见他松了一口气。

第二天报纸宣称《牧神》要么是全新"现代的视觉,要么是令人恶心的东西"。瓦斯拉夫的芭蕾要么是"对兽性的完美诠释",要么是出自"想引起轰动的幼稚念头"。

每个人都在谈论《牧神》。每个人都想亲眼看这部舞剧。首演后不出几个小时,所有票全都销售一空。在剧院前,我看见一个年轻男子模仿剧中的脚跟到脚趾的走法,向后仰和弹跳。即便是这般笨拙的表演也是一种致敬方式。

在佳吉列夫房间,电话响个不停。电报频传。随之到来的还有鲜花,还有邀约。记者们恳求进行采访,至少再提供一次拍照时段。德彪西坐在包厢里真的一开始都不敢睁开眼睛吗?剧终时还说从来没有人如此透彻地了解他的音乐?

牧神和仙女在闪烁不断的灯光下一动不动地站着,保持着一个又一个姿势。瓦斯拉夫穿着巴克斯特设计的戏服,紧贴在身上宛如第二层皮肤,大大的不规则斑点涂在表面,假发由金线编织而成。他的脸上涂满土黄色的化妆油彩;尖尖的耳朵用橡皮泥拉长了轮廓。我穿着长长的格纹束腰外衣,手里拿着披肩,涂了黑眼圈。一缕缕黑色的假发长及腰臀,像蛇一样蜷曲。我光着双脚。

"好极了。"谢尔盖·帕夫洛维奇宣称道,他搽了头油的黑发光泽饱满。"完完全全就是我想要的样子。忘掉'一如既往的尼金斯基'吧。写上'前所未有的尼金斯基'。"

紧接着不可能的事情发生了。正当瓦斯拉夫忙着回答又一轮提问、听不见我们的时候,佳吉列夫向我走来。

"我对他存有疑虑,勃洛尼娅。我看了排演,你知道我怎么想的吗?这才十分钟。就算演砸了,也不会毁了一整晚的演出。瓦斯拉夫还太年轻了。二十一岁的男孩还有待准备还不足以震撼巴黎。我错了,勃洛尼娅。"

"瓦斯拉夫二十三岁了,谢尔盖·帕夫洛维奇。"我指正。

佳吉列夫略一顿，死死盯着我，这时候我知道他不是在认错，而是恳求和他站到一边。

"你知道这下会怎么样吗？他永远都不会再听我的了！就算我是对的！就算这会害死他！"

"瓦斯拉夫不是孩子。他用不着听谁的。"

随之而来的是饶有兴味地抿嘴一笑，在那缕银发上轻轻一拍。"总跟我顶嘴，勃洛尼娅。总是这么咬文嚼字的。你们女人怎么回事啊？"

"我们可以数到二十三。"

"在这儿等着我呢。"

他脸上的神色警告我说胜利都是转瞬即逝的。还有其他战斗。我可能需要他的帮助。

我是第六个仙女。《牧神》就在我的身体和灵魂里上演。我处在我能耐的巅峰。我是我哥哥艺术的一部分，他的艺术是我的一部分。我还企望什么别的？

18. "和我们一起去威尼斯吧，勃洛尼娅。"演出季结束后，瓦斯拉夫说。

在蒙特卡洛为一九一三年演出季作准备的排演再过十天才开始。萨沙已经去布拉格参加一个朋友的婚礼了，这一秘密不能让佳吉列夫知道，他从来都不赞成俄罗斯芭蕾舞团内部的恋情，除非是他自己的罗曼司。妈妈已经回俄国去了，要待两个月。"斯塔西克，"她写信说，"认不得我了。医生告诉我如果我来得勤一点的话，他能认得的。"

我夜里头疼得睡不着觉。关节也疼。我将这些问题都归咎于过去几个月的紧张情绪，尽管福金已经在一通咒骂下愤然离开了俄罗斯芭蕾舞团。威尼斯吸引我，可以享受独处，在古老街道上漫步，还可以坐贡多拉到某个岛上去。

"啊，终于一个人待着了。"谢尔盖·帕夫洛维奇撇嘴一笑，如同鳄鱼似的微笑。仰慕他的时候，我觉得他是用长矛比武的高大骑士，披着闪亮的铠甲，手里拿着长矛，为他的伟大事业奋战，艺术与美的事业。当他惹恼我时，我觉得他是肉店的伙计，身上溅着血，头发上粘着羽毛。或者想象他大腹便便脑满肠肥，两腿之间毛茸茸的。灰色？卷曲？像他头顶一样稀疏？"这女人终于摆脱了难以甩掉的尾巴。"他指的是萨沙。

瓦斯拉夫咕哝着表示赞同佳吉列夫的判断。他又陷入了哥哥的角色，是我的监护人，我的守护者，仿佛我们一起创作《牧神》那段并肩奋斗的时光只不过出自我想象而已。我别过脸不看他们，转而去看还半开着的车窗。

站台上，一个身穿白衣的高个子年轻女人盯着我的方向，仿佛试图要越过我看进车厢的隔间。她看起来隐约有点面熟，长得很漂亮，衣着光鲜，帽子上装饰有粉玫瑰，但我记不得她了。我想大概是瓦斯拉夫的崇拜者吧；他们总能设法追踪他。他们在他的化妆间前面挤作一团，试图在他经过时摸摸他。他不在的时候，他们贿赂一番跑进化妆间去偷拿得走的任何东西。瓦西里——萨沙听说——收受贿赂得发了财。

"先头部队！"佳吉列夫呻吟着，按住喉咙，压住一阵咳嗽。

我拉下窗户，在我的位子上坐下。火车驶离了车站，我们经过的浅粉色房屋半掩在花开的藤蔓背后。洗过的白色床单用木夹子夹着，在风中飘动。

瓦斯拉夫绷直了腿，都伸到我们车厢的隔间外去了。他的眉目看起来更清瘦，更棱角分明，像狐狸一般。他的头发短了有好一阵子了，如同游泳帽似的贴在头骨上。他的双手向来强健，已经变得粗大，仿佛是大理石雕刻而成。

佳吉列夫在我身边坐下，我打定主意要抵抗住他更多的劝告。"你为什么总坚持这样的女学究气，勃洛尼娅？"几天前他问过我，"为什么你不穿得更像个芭蕾女伶？"我的回答——"我在台下怎么穿是我自己的事。"——让他吃惊了片刻，但不足以让他闭嘴不提出建议："那要是你把头发染成红色呢？"

不过今天没有任何劝告。"我们去吃点东西，孩子们，"他宣布，"我饿坏了。"

在餐车里，细细盘问过服务员后，佳吉列夫选择了龙虾海鲜浓汤，牛排配炸薯条，后面再上掼奶油巧克力蛋糕。葡萄酒？当然要干红。法国的还是西班牙的？"这个嘛，就让你这行家替我决定吧。"

服务员潦草记下点单，转向我，点菜拍纸簿举在半空。他的脸庞轮廓深邃但是面无表情。

"请给我一碗今日例汤和一小份色拉。"

"我也一样。"瓦斯拉夫说，看都不看菜单一眼。

"别管他们。"谢尔盖·帕夫洛维奇用夸张的语气低声告诉服务员，一边还示意他靠近一点，"他们是俄国舞蹈演员。他们非得饿死自己不可。"

瓦斯拉夫往后一靠。"我不饿，"他说，"我只不过不想像头猪一样胡吃海塞。"

我跟你说什么来着，勃洛尼娅，佳吉列夫的神色仿佛在这样说，一个男孩，不是男人。

他们俩谈论什么并不重要——芭蕾，音乐，做作的舞蹈演员，累人的旅程。他们意见一致与否并不重要。紧张关系反正一直都在。

"我敢肯定那里水够暖了可以游泳。"

"你想游的话就去游好了，但别叫我看着。"

"你现在怕什么啊？你还不如我妈。"

有几次我也发表了评论，但他们俩谁都没认真听，所以我喝完汤专心吃我的色拉，把一片蔫掉的菜叶拨一边去，先后咬起了绿橄榄和黑橄榄。

"斯特拉文斯基说巴黎人不会看懂的。"

"演《牧神》的时候你也那么说。"

"舞蹈演员呢？"

"聘用更好的呗。"

我受够了这些争吵。我丢下所剩的色拉不吃了，借故走开。回到隔间，我躺了下来，闭上双眼。火车单调的咣当咣当声倒是让人平静。我入睡之前，想着远在布拉格的萨沙，回想那些轻松的笑声，和专心倾听我说话的人在一起时感受到的暖意。

他们的声音吵醒我时，我并没有睁开眼睛。他们不吵架了，我也不希望他们又开始吵，因为我怀疑他们如果知道我在听着的话就会再度吵起来。他们俩都需要观众。在巴黎有一大群人等着，蓄势待发要扮演好他们观众的角色。这里没有别人，只有我。

他们谈的是新的一出芭蕾舞剧的音乐。在斯特拉文斯基到威尼斯来之前，他们俩简直都已经等不及了。为了避免意料之外的简慢或者争吵，斯特拉文斯基向来如此，他两天后应该到了。

"斯特拉文斯基……敏感得很……总是耿耿于他自己的重要性……"

我听见一声口哨，对绝色美女发出的渴望的调子，手指在边桌上笃笃敲响。雨点吗？

我听见佳吉列夫低下身子重重一声在座位上坐下。瓦斯拉夫拉低窗户让空气流动进来。"俄罗斯的春天……残暴无情……大地开裂。"

他必然已经构思这出芭蕾有段时间了。他的话或许含糊不清，迟疑不决，但他描绘的景象绝非如此。

圣山。草木丰美的草原。神秘的恐惧。献祭。

"勃洛尼娅来跳这出剧，谢尔热。她是唯一一个能做到的。"

我胸口一阵澎湃，仿佛干枯树叶遇上火苗烧起来了一样噼啪作响。我腿上的肌肉绷紧了，我睁开眼睛。

瓦斯拉夫站在窗边，他身上已经有点不一样了。他的身体看似更沉重，更僵硬。他弯起手肘，把头一歪。他用的词语也都沉重而不祥：古代……强烈的……被选中的少女……舞向她的死亡。

我的新舞蹈，我想着，身心都充满兴奋。尽管还只是言语层面的编排，但已经无可抗拒。

那时我就极度渴望这个角色了。

19.

瓦斯拉夫和我回到蒙特卡洛，我们在一间练功房里，里头空无一物，除了钢琴。这里好一阵子没有打扫了。角落里都积了成团的灰尘，黏在地上那些洒过糖水以免打滑的地方。把杆下面躺着一只脏兮兮的足尖鞋。

瓦斯拉夫对此一无所察，就像他也根本没注意到我们途经的房间里那些舞蹈演员们都是怎么垂下眼帘或者将视线转到一边去的。

"这是你的舞蹈，勃洛尼娅。"我哥哥说。

一开始瓦斯拉夫凭记忆为我弹奏起了斯特拉文斯基的音乐。《春之祭》。没有完整地从头到尾弹奏一遍，但已经足以想象引出我的舞蹈的那些场景了：风笛吹奏者吹着音乐，年轻人在算命，弯腰驼背的老妇人一瘸一拐地走进来。年轻的姑娘脸上涂着油彩加入他们。老人们打断了这些欢乐的聚会，要给春日大地以祝福，准备他们夜晚的游戏，选择一位将要跳着舞走向死亡的少女。

我哥哥走到练功房中央。有那么一阵工夫，他就站在那里，一动不动，身体束缚于大地之上。汲取着即将到来的一切重量。

突然之间他一个踉跄，仿佛遭到一击。然后他缓缓地舞动起来，开始移动，越发有力。他在房间四下狂奔，一个发了疯般的舞蹈演员，无拘无束，到达超越了狂喜与苦痛、超越苦难之外的境界。直到自由的巅峰，他才跌落地上，一动不动。

他累得直喘气。汗水沿着他的前额和脖子嗒嗒滴下，浸湿了他白衬衫的衣褶。他周围的空气有一股刺鼻的酸臭味。他从地上坐起，示意我重复刚才看到的动作。

舞蹈本身已经在我记忆中牢不可破，变化多样而又流畅；深刻烙印，不可分割，都是我的。我长久以来努力奋斗的一切都滋养了这出舞蹈。我优秀的弹跳力，我扎实健硕的体格。

我一个动作接着一个动作跳下去。自从排演《牧神》以来，我就已经知道瓦斯拉夫要求绝对的精准，在他编导的芭蕾舞中，舞蹈演员是巨轮上的小小轮齿。被选中的少女不需要明白她在做什么。她在展现一场古老的仪式。推动她的欲望是远比她强大的那些人的欲望。

我跳得很好——从瓦斯拉夫眼中能看得出。没有表扬的话——我一句好话都不指望——但也没有批评。当他看我跳舞时，他自己的身体也跟着仿照我的一些舞步，就像看见镜子中的我。我知道哪些地方要进行纠正。我能指出哪些时刻还太过轻飘飘，不够踏实。

我一直跳到最后倒地的动作，最终的牺牲。没有牺牲，就无法死而复生。

我仰卧在地保持不动，瞪着天花板。上面有裂痕也有污迹。灯里聚集了厚厚一层黑乎乎的虫子，和我们很久以前住的公寓一样。

瓦斯拉夫弯下腰，伸手拉住我的手，把我拉了起来。

他用不着问我对这一出舞蹈作何感想。我的想法如同马脖颈上的动脉，皮肤下颤动的脉搏看得清清楚楚。被选中的少女绝对是我想要的芭蕾。大胆，富有力量，充满现代感。

我们一同走到墙边,滑坐到地上休息一番。我向前伸展双腿,收缩疼痛的两脚。瓦斯拉夫坐在我身边,我们的大腿碰到了一起。一团团松软的灰色尘土粘在我们的练功服上。我的连裤袜膝盖处都破了;瓦斯拉夫掉了一粒汗衫上的纽扣。

《春之祭》,他告诉我,将和他以往编排的截然不同。尼古拉斯·洛里奇[1]——瓦斯拉夫称他为"教授"——已经开始绘制布景,设计演出服装了。堪称狂野而原始。它们来自蒙昧之初的世界,还没有染上文明的色泽。

瓦斯拉夫只听过斯特拉文斯基弹奏了几次音乐,但曲调让他魂牵梦萦挥之不去,在他脚下跳跃。夜不能寐,他不断想起这曲音乐,把每一个音符都吸收进来。他在这曲音乐的里里外外找到了起舞的间歇,感受到它牵引的力量,拉向大地,而非拉向天空,向下,而非向上。

我问起谢尔盖·帕夫洛维奇是否已经看过《春之祭》了。

"是的。"瓦斯拉夫回答道,"若干动作。我已经跳给他看了。"

"他说什么?"

哦……瓦斯拉夫恼火地挥挥手。佳吉列夫就像蜂巢,外面看着挺简单,但里面充满了无数小隔间,厚厚覆盖着蜂蜜。"我从来不知道他真正的想法。"瓦斯拉夫说,"我是天才还是傲慢的小孩?是艺术重要还是掌声和金钱重要?我都不知道他怎么想的。"

"但他说什么了?"我不依不饶。

佳吉列夫和斯特拉文斯基还没有把握。主要是因为舞蹈演员的问题。"他们觉得我会要求他们做不可能做到的事情。"瓦斯拉夫说,"但这是前怕后怕。下回我要告诉他们勃洛尼娅就看我跳了一次,她马上就能跳出来。"

---

[1] Nicholas Roerich(1874~1947),俄罗斯画家、作家、考古学家和神学家。

瓦斯拉夫的嘴唇脱皮了。小小透明的片状死皮在脱落。他用牙齿咬掉那些死皮。他坐立不安,拉扯着虎口褶皱的皮肤,就像斯塔西克过去经常做的那样。我心头一颤。为了抵挡恐惧,我抓住萨沙常开玩笑的那句话不放:"又来了,勃洛尼娅。你们尼金斯基家出了名的愁眉不展。"

我用手按住瓦斯拉夫的手,他才停下来不扯了。

描绘起未来的蓝图时,哥哥的眼神在房间里飞速转来转去。其他人要花更长时间才能学会,这是当然的了。他们会抱怨。意料之中。打破陈规从来都不简单。《牧神》排演了九十场才像回事儿。所幸他到一九一三年五月把《春之祭》排演好就行。差不多有一年时间。

瓦斯拉夫说话的时候依然没看我。我松开他的手,心里感到宽慰的是他没有再去扯虎口的皮肤。相反,他现在叩击起鞋子的边缘,抚摸黑色的皮革,仿佛它起皱了。这一动作平和淡定,泰然自若。我觉得我哥哥像一条蜕皮的蛇,每一次蠕动都把他从旧皮中释放出来一点,显露出下面一直在生长的那拥有明亮无瑕色泽的新皮。

20.

一九一二年七月十五日,周一那天,萨沙和我在伦敦一座东正教教堂结为夫妇。两位舞蹈演员。两位艺术家。最好的朋友。

谢尔盖·帕夫洛维奇把我托付出去。他送我的结婚礼物是一枚戒指,镶嵌着蓝宝石和钻石。"用来提醒你,你已经嫁给了艺术,勃洛尼娅。"他说。

他穿着他最好的燕尾服,丝绸衬衫上浆得十分挺括,海军蓝的领结上扣着珍珠别针,他执意要亲自为我戴上戒指。要我承诺会戴这枚戒指。正当我犹豫之际,他在我耳边低语道:"聪明的游牧民总是戴着他们的珍宝,勃洛尼娅。我们永远都不知道那天或者那个时刻何时到来,对吧?"

"打包出发的时日吗?"

"当然是倾倒众生的时日了!"

他的胡子蹭得我耳朵直痒痒。我笑了。

"所以你保证吗?"

"我保证。"

瓦斯拉夫是我们的伴郎。前一晚,他和萨沙一起出去,但不到一个小时后就回来了。他们俩都对发生的事含糊其辞。"我立下了几个庄严的誓言。"我追问再三的时候,萨沙笑言,"现在我们是兄弟了。"

奥尔加是我的伴娘之一,玛利亚·皮尔茨——我们叫她玛露霞——是我另一个伴娘。佳吉列夫刚聘用她不久,但我们已经是好朋友了。不光是因为我们在圣彼得堡的时候就或多或少认识,还因为她是一位严肃认真的舞蹈演员。切凯蒂大师向我夸赞过她,说她有音乐悟性,聪颖而且愿意尝新。

结婚仪式上我穿的是毕业典礼上穿过的玫瑰色裙子,还佩戴上列沃夫亲王送我的花形胸针。萨沙穿着他新置办的黑呢燕尾服,我们一起去挑选的。我觉得他是整个厅里最英俊的男子。

仪式全都结束后——戴好礼冠,做完祷告,完成了以赛亚舞①——妈妈把她自己最爱的琴斯托霍瓦圣母的圣像塞进我手里。"拿着。"我表示反对时她说道,"等我无法照顾你了,她会照顾你的。"

妈妈无需再多说什么。她的想法响在我的脑海里:"只办东正教婚典吗,勃洛尼娅?"没办法,萨沙寡居的母亲没有来,我们可是为了她才决定按照东正教仪式举办的婚礼。她寄来的信中告诫我们要彼此尊重,琴瑟相合。妈妈觉得这实在太冷冰冰、太让人不快了,预示

---

① Dance of Isaiah,东正教婚礼仪式环节,新人在牧师的带领下围着举行典礼的桌子绕行。

着将来要出麻烦事。

"但愿你是对的。"当我说我嫁的是萨沙而不是他母亲时,妈妈说道。

我不喜欢妈妈围着我打转,总是要纠正我一点什么。我不肯为仪式用假发接长头发;某个露出来的线头该剪掉才是。婚礼一结束她就要回圣彼得堡去了。"既然你现在不那么需要我了,"她说,"我就去多陪陪斯塔西克。"

婚宴在萨伏伊饭店举行,萨沙和我租了一个房间,度过我们的新婚之夜。

佳吉列夫请大家安静。"勃洛尼娅就像我的女儿,"他开始发表演讲,"别忘了这一点,萨沙。"然后他称我是与他"处处作对的勃洛尼娅,她知道我为什么这么说她",一边向我投来饶有深味的眼神。

萨沙捏捏我的手。我们已经彼此做出了承诺,我们要耐心相待,彼此宽容。

佳吉列夫提醒"所有和我们一起聚集在此的人"我在艺术上的成就多么斐然。他说我是俄罗斯芭蕾舞团的"明珠"。他一开始有眼不识但自打那时起就被证明大错特错。

"听听,听听。"切凯蒂大师说着举起了酒杯。

摆放着小食的餐桌都被推到紧贴墙壁的地方。萨沙的朋友们打扮得像吉普赛人似的,拉着小提琴,吹着口哨,跺着脚,直到萨沙和我跳起那晚的第一支舞。妈妈绕着房间来回走动,劝客人们再多喝点葡萄酒,多吃一口俄国煎饼,再来点罗宋汤。她不坐下,她告诉我,她需要动一动。

"萨沙是个好人。"奥尔加对我耳语,"我知道你们俩会很幸福。"

玛露霞递给我一本漂亮的皮质装帧的《叶甫盖尼·奥涅金》。她在涅瓦大街的旧书商那里买来的,就在圈楼边上。

等萨沙和我进洞房已经过了半夜。奥尔加和玛露霞用剧院的道具布置好了房间。几个花环和一个巨大的混凝纸做的马蹄铁吉祥物挂在门上。瓦西里留着用来修补瓦斯拉夫在《玫瑰花魂》中穿的戏服的花瓣绣满床单。一边的床头柜上放了一瓶俄国香槟——皇家阿伯劳,放在一桶冰里冰镇着。架在桶上的卡片告知这是来自谢尔盖·帕夫洛维奇的又一份礼物。两只细长香槟杯立在边上。

空气中夹杂着香水和油烟的味道。在一堆寄语祝福的电报中,有一份来自费多尔的电报,上面写着:

我只希望你过得幸福。

在萨沙看到之前,我悄悄把这张电报纸塞进《奥涅金》的书页中。我想让我的一部分记忆一直属于我一个人。

萨沙打开香槟斟满酒杯。酒上了头,我感觉天旋地转。我踢掉鞋子。

萨沙的手放在我的腰上,然后又移到了我胸部。他摘下我的胸针放到床头桌,解开我的婚礼裙子。裙子悄然滑落到地上。我解开他的马甲,他的衬衫。

我们已经一起跳舞了那么久,现在两人赤身裸体,没有旁人,我们毫不费劲就达成了共同的节奏,甜蜜的共舞。

我记得新婚生活的头三个月是一团模模糊糊的幸福,在旅馆房间里度过的日子,我不再是和妈妈同住,而是和萨沙住在一起。夏季俄罗斯芭蕾舞团在诺曼底地区演出,多维尔那里新开了一家赌场;然后——经过一个简短的休假——我们开始又一趟的欧洲巡演。这就是我的生活,被工作填满,我无法相信还能有什么变化。

科隆歌剧院是我们秋季巡演的最后一站。我们都准备好了上演《天方夜谭》,我在剧中跳佐贝德一角,瓦斯拉夫演佐贝德最宠爱的奴隶。

我们的演出票销售一空,萨沙告诉我。

几分钟后就要开演。乐队在调音。舞台工作人员在调整布景和灯光。

当我向舞台上该站的位置走去时，我看见瓦西里走到瓦斯拉夫身边，手里拿着一份电报。又一个崇拜者送来的祝福，我心想，因为我哥哥身穿熠熠生辉的戏服一副光彩照人的样子。他打开看了一眼又折起来了。

我闭上双眼，专注于自己的呼吸吐纳。我正在变成佐贝德，苏丹王最宠爱的妃子，一个勾引情人背叛了苏丹王，眼看着她的情人死去并且也自尽——

"为你的丧亲之痛深感难过，勃洛尼娅。"有个声音打断了我的凝神静气，"献上我最诚挚的哀悼。"

我就是这样得知了父亲的死讯。从一个同事的低语中，就在我正要上台的前一刻。瓦斯拉夫冲到我们身边，训斥走漏了消息的这个人简直愚不可及："这下她还怎么跳舞？"

泪水涌上我的眼睛，这时瓦斯拉夫——他脸上化的妆涂得蓝中发灰，画了浓浓的眉毛，眼睛周围一圈眼圈粉——告诉我他知道的那么一丁点消息。

电报发自圣彼得堡，妈妈发来的。父亲突然去世，由于他喉咙的一处脓肿穿孔。

我感觉到瓦斯拉夫的手臂抱住了我。舞台监督急得拿着杆子狠狠地敲着地板。

根本没有时间哭。

我不知道我们那晚跳得有多好，佐贝德和她最宠爱的奴隶，注定要灭亡的一对情人。掌声雷动，返场谢幕达五次之多。好多鲜花、一大群舞迷汹涌来到后台口。

父亲死了，我想。我再也见不到他了。

瓦斯拉夫和我接受了大家的慰问。我们在后台的访客称父亲是

"杰出的舞蹈演员"。我们不为自己是他的孩子们感到骄傲吗？他不为我们感到骄傲吗？

"没错。"瓦斯拉夫说，握住了我的手。

那晚，回忆涌上心头，我在萨沙怀里哭了。父亲用压紧实的雪给我们堆雪人。父亲从剧院下班回家，身上裹着黑斗篷，见我坐在石头台阶上等他便向我挥起手来。父亲刚刮好胡子，头发湿漉漉的，耳朵周围的水还在滴滴答答；他卷起袖子，露出肌肉结实的手臂。"我依然还能看见你跳灵巧的踢踏舞，勃洛尼娅。"他说，"那么一点点小的小女孩，跳得那么棒。"

父母对子女的爱不会停止。

我丈夫宽慰我的话没什么意义。"不是你的错……他做出他的选择……他从来没有设法来看你，是吧？"我自己的思绪无关愧疚，无关责备，只是失去。

死亡的残酷在于，它没有留下任何机会让人可以消除既成的事实。

21.

"这就是我想要的。"瓦斯拉夫尖叫着，音量高到不能再高。没有人能干扰他想象的情景。上座情况？前来欣赏陶醉一番的富有的赞助人开出的支票？"我不要听这些细枝末节，谢尔热！让我一个人待着。你已经从我身上挣到足够多的钱了。"

他双拳砸着桌子。电话一响跳了起来；手柄从机座上滑落。"我一点都不改动。这是我的芭蕾。我不指望舞蹈演员们明白我在干什么，但我希望你懂。哦，你就听你那些马屁精的话，不听我的。"

这些争吵逃无可逃。日复一日，我眼见瓦斯拉夫从佳吉列夫的办公室冲出来，满脸通红，气得五官都扭曲了。他经过我身边时停都不停。一阵风似的走了。他是一匹纯种马，每块肌肉都爆发出力量直冲向终点。他不会放弃。

佳吉列夫或许令人敬畏，但同样也令人爱戴。佳吉列夫看见我们每一个人。他的眼睛成就了我们是什么样的人。他坐在观众中时——他几乎一向如此——注意到每一段变奏，每一个新动作。他或许并不赞同。他或许会让我们停止炫技或者让我们打包走人。但他也会微笑点头这样一来我们就知道我们所做的已让他感到满意。

尼金斯基，我听说，眼里没有人。尼金斯基只看到舞蹈。

一九一三年春天的伦敦演出季，除了上演常规的节目之外，我们还在排演《春之祭》和瓦斯拉夫创作的另一部剧《游戏》，佳吉列夫频频来找我，到我的化妆间来，在排演时把我喊出去，叫我上他的办公室。"跟他说说，勃洛尼娅！如果再这样下去，我就得让瓦斯拉夫走人了。"

他真如他说的这个意思吗？没有尼金斯基的俄罗斯芭蕾舞团？每个人都还排队来看的最耀眼的大明星？要跳玫瑰花魂、彼得鲁什卡和金奴的人？要打破旧芭蕾的坚壳，创造尚未见于世人的新芭蕾的人？

谢尔盖·帕夫洛维奇靠近我，手指头在头发里摸索着。"告诉瓦斯拉夫，我在考虑请福金回来，勃洛尼娅。"他喃喃道，"或许这话会让他清醒过来。"

希望在他眼里闪烁了片刻，复又熄灭。他不相信他自己说的话。我太了解他了，不可能注意不到。

我答应跟我哥哥谈谈，尽管我已经能预料到会发生什么。瓦斯拉夫会骂佳吉列夫是"懦夫"，没勇气自己来跟他说。为什么？因为佳吉列夫知道他错了。知道他已经背叛了艺术。佳吉列夫是只肚子空空的癞蛤蟆，净充着空气了。靠着艺术家们过活因为他自己无法创造出任何东西。

这些争吵从未得以解决，随之而来的是接连几天执拗的沉默和有意为之的回避，许久之后还在舞团里回响不去。没有什么能藏得住的。每则流言都翻来覆去说上好几天。瓦斯拉夫在街上推了谢尔盖·帕夫洛维奇，推得很猛他差点跌倒。瓦斯拉夫夜里把房门锁上。瓦斯拉夫已经不戴佳吉列夫在《玫瑰花魂》首演后送给他的卡地亚钻戒了。有人看见瓦斯拉夫把戒指丢到佳吉列夫脸上。"典当掉好了，"瓦斯拉夫说，"把你的钱拿回去！"

我们到蒙特卡洛时，伦敦演出结束但巴黎演出还没开始，我的头疼又犯了，我对此并不感到奇怪。有时候我半夜醒来连续几个小时睡不着，到应该起床的时候又沉沉睡去。

有一天上午当我又醒来时，早已过了八点，萨沙还在睡觉。我摇他的肩膀，指着闹钟说我们俩谁都没听见。我们的舞团课程九点开始，我们在那之前得完成热身。我起身动作太快结果脑袋一阵眩晕。

深吸一口气，我坐了下来。眩晕没了。

"只不过是一次犯晕，"我告诉萨沙，"已经过去了。"我让他保证不告诉妈妈，自打她从俄国回来以后一直都很关切地盯着我。

我们勉强算是赶上了那天切凯蒂的课程，惹得大师语气生硬地大发议论说他——这个老糊涂真该早点明白——当初同意加入俄罗斯芭蕾舞团只是因为佳吉列夫向他保证他会和专业人士共事。

几天后，我晕倒了，在化妆室里，于排演之前。我只记得最后有股腐烂的根茎和发咸的水的味道，仿佛是有人把花留在花瓶里太久了。玛露霞让我坐下来，给我剥了一个橙子。"你早饭都吃什么了？"她问。

"我只是累了。"我说，"我没事。"

马克特医生看起来也并不担心。"您没什么问题，夫人。"他的笑容有几分倦意,"您要当妈妈了。"

我一个哆嗦。头又开始天旋地转;嘴巴里充满金属似的味道。医生办公室墙上挂着一张图,上面是两副骨骼:一副完全笔直;另一副脊柱向侧面弯曲,挤压到器官了。脊柱侧凸,大大的黑色字母宣布道。

"我会小心的。"萨沙保证过的。

"那不可能。"我告诉医生。

"您上一次例假是什么时候,尼……"他犹豫了一下,不确定怎么称呼我。

"我没有改姓。"

"当然了,尼金斯卡夫人。"他点点头。他表示歉意,他本该知道的。艺术家自有他们的规矩。

我极力回忆上一次行经的情况,例假从来都不准。两个月前?还是三个月前?几天之后有块污渍才消掉。我抓住关于这些血滴的回忆不放,这是得到解救的证据。《游戏》和《春之祭》的排演全部排满了。我是《游戏》的女二号,《春之祭》的女一号。我是被选中的少女。

我抬起身子下了检查台,走到白色屏风后面。穿上衣服之前,我按压着平坦的小腹,感受舞蹈演员紧致结实的肌肉。

等我出来在医生桌边的扶手椅上坐下,马克特医生递给我一杯水。他看着我喝下第一口水。长期以来他一直为舞蹈演员们看病,什么都见识过了。他知道好些不可思议的病症只有到遥远的温泉疗养地,或者去乡下哪个姨妈家才能治好。芭蕾女伶不太生孩子。

我打定主意。不告诉任何人,不告诉妈妈,不告诉萨沙。编造一些理由解释这些天的身子虚弱。囊肿?一个痛得很的疖子,需要马上切除掉?只要一个字,我体内的生命就溜走了。悄无声息。我将永远不认识的生命。我将永远遇不到的一个孩子。想象,或许会吧,但永远见不到。

我嘴里都是水。我必须快点吞下去以免窒息。水很凉,里面有股薄荷的味道。

马克特医生默不作声地等待着。在过去两年里,他治疗我紧张劳损的肌肉,拉伸过度的肌腱,发黑的趾甲。他了解我多么能掩饰疼痛。

我把杯子还给他。"什么时候?"我问,硬生生从我绷得紧紧的喉咙里挤出这个问题。

"十月中旬。"他说。

我开始数。到了五月,《春之祭》首演的时候,我将有四个月身孕了。

或许还什么都不用改变。我很强壮。我可以跳舞到夏天。或者至少是跳到演出季结束。这一阵子没必要让人知道。妈妈不就是跳舞到我出生那一天吗?柯切辛斯卡也是,当她怀着沃瓦时也跳舞。这是可能的。

马克特医生想必猜出了我的思想变化过程,因为他点头了。他给出的建议是客观的:"好好吃饭。多喝牛奶。您的身体会变化。您会胖起来。您会变得不想动弹。别抗拒。您需要多睡觉多休息。"

我的身体,我充满反骨地想着,一边与一段关于跷跷板的旧日记忆作斗争,那是在某个泥泞的院子里。它总是向上翘,不管我多么用力把脚压向大地。

萨沙在医生办公室门外等着我,两脚不耐烦地动来动去。地板发出吱吱呀呀的声音。

"你是不是……"他问。

泪水在我眼里积聚打转,滚落我的脸颊,滴到我的唇上。我点点头。

"真的吗?"

萨沙一个箭步跳向我,把两手放在我肚子上:"我简直难以相信他就在里头!"

他?

会是个男孩,我丈夫说。也是个伟大的舞蹈演员,因为他,他的父亲,会把他所知道的一切都教给他。科切托夫斯基父子会给世人展示好些了不起的把戏。

我轻轻叩了叩手表。要迟到了。我们那天晚上都要在《彼得鲁什卡》中演出。

"我的勃洛尼娅又要穿裙子了!"

"够了!"

"哪里不对了?"

我丈夫睁大了眼睛一脸不解地看着我。这就是萨沙,笑得没心没肺的,总是在一切中看到光明的一面。这就是他之前吸引我的地方。也是现在让我恼火的地方。

我们散步到附近的小公园。我坐在长椅上,盯着脚下的砾石。凉意袭来,我在肩头裹上了一条披巾。我穿的裤子向来很紧,但现在感觉却像一层壳。

"你说你会小心的!"

"你在生我的气?"

我站起身走开。走得很快。萨沙追上我,抓住我一只手。"勃洛尼娅,跟我好好说。我都做什么了?"

我能做的也就是不断重复那句话:"你说你会小心的。我信了你。"

"但我是小心啊。"

我耸耸肩。

"你是真的不想要这个孩子,是吗?"萨沙继续说,但他没有说出来的话甚至更加伤人感情：跳舞对你来说比我们的孩子更重要吗？

多么艰难、多么顽固的想法啊！不想要一个已经在我体内的生命。我再三思索，绞尽脑汁，沉默不语。我凭什么说萨沙还不知道？说我的身体，我的表达工具，已经不属于我自己了？现在，在瓦斯拉夫才刚创造出我最棒的舞蹈的时候？我必须比以往更发奋准备的一出舞蹈？

"你说你会小心的。"我重复道，"说我们可以选择时机。说不会是现在。"

萨沙双手握住我的手，不停亲吻着。"我以为我小心了，勃洛尼娅。"他哀求说，就像小男孩给逮着了，他是不小心淘气了而不是使坏。他抬起脸时脸上有着羞愧的神色，那种无助的感觉让我的怒火消融了几分。

"你相信我，是吧？"

萨沙的脸英俊瘦削，亮闪闪的头发散发着成熟柠檬的香气，他的眼睛盯着我看，寻找着什么，寻找任何他能抓住不放的迹象。但骤然来袭的种种思绪都那么刺激那么艰难。他说得简单。他可以继续跳舞。孩子总是父亲的成就，是母亲的麻烦。

一个女人为她的艺术全身心奉献就真的那么有悖自然吗？

"现在不是吵架的时候。"萨沙在我们回家的时候恳求道，如果可以把我们租住的地方称作是家的话。"现在是开心的时候，有一天我们要告诉我们儿子这个时候呢。"

我心不在焉地听着，全凭我唯一在意的这个念头来进行自我安慰：到五月我将只有四个月身孕；甚至都看不出来。我们到家时我还紧紧抱着这个念头不放，妈妈喃喃说："玛露霞告诉我你晕倒时我就挺怀疑了。我希望是个女孩。"

妈妈的话音有一股新的、让人宽慰的力量。十月，医生说的？那么我们可以九月去圣彼得堡，找个最高明医生的私人诊所。孩子一生下来，我们可以找个奶妈。"你一旦想要跳舞的话就可以重新开始跳舞，勃洛尼娅。你不在的时候，我会照顾宝宝。"

妈妈厌倦了频繁的迁徙，厌倦了旅馆房间和别人做的饭菜。简单快乐的享受，她微笑着说。去肉铺，买半边猪肉，带回家按照自己喜欢的做法烹饪。用牛至、大蒜和李子干调味。用她自己的锅烧菜。在她自己的厨房里。

让人冷静下来的简简单单的话。我泛起微笑，感激地拥抱母亲。承认了我打算跳舞到整个演出季结束。

"不，勃洛尼娅，"她说，"你可不能这样。"

她可是看过我排练的——当我提醒她说她也是直到我出生那一天都还在跳舞时，她告诉我。这出新舞蹈和她以前跳的完全不同。我跳跃起来，重重地撞击双脚，扑倒在地上。我不能这么做。现在不行，五月也不行，那时候我有孕四个月了。绝对不行，如果我想让这个孩子活下来的话。

我或许强壮没错，但我的孩子可未必。

萨沙在房间的边缘徘徊。他弯腰从地上，从髋部，在绷直的腿上捡起什么东西。一日是舞蹈演员，终生是舞蹈演员？我屈服之下紧随而来的想法不由让我心生恐惧：我必须告诉瓦斯拉夫。

那一晚我哭得无法安睡，梦见我走在一条没怎么冻结住的河上，冰在我脚下劈啪裂开。一位弯腰驼背的老妇人朝我尖叫让我转身回去。我醒来时，天还没亮。我怀孕了，瓦斯拉夫。我没法跳《春之祭》，我想象自己说这番话，笔直站立，脚踏实地，重量都在两只脚上，吐字清晰。

我的心跳骤然加速。房间里莫名其妙竟闻到了烧糊的牛奶味儿。我用枕头一角擦拭汗水淋漓的前额。在我身边，萨沙仰卧睡着，张开腿，身体散发着热量。他在打呼噜磨牙。我摇摇他的肩膀，他就不打了。

跷跷板。木板翘起来只是为了落下。是诅咒也是希望。

我把脚踩进泥里,为即将到来的暴风雨作好准备。

22.

那天是周日早上,妈妈还在教堂,瓦斯拉夫来到我们博索莱租住的房屋例行他每周的拜访。我先让萨沙待在我们屋里,然后自个儿到妈妈房间去。瓦斯拉夫站在桌子边上,拿着一大篮用金色缎带扎着的粉玫瑰。

"她会很喜欢的。"我说。

我怀孕了。没法跳《春之祭》。我试图说出已经再三演练的话,但之前所作的一切准备都溃不成形,我含含混混说出自己都觉得语焉不详容易误导的话:"我可能没法在排演时全力以赴,瓦斯拉夫。"

我哥哥迷惑不解地看着我。

"最好有人接替我。"我慢吞吞地说,声音因为不安而颤抖着,"以防万一我没法在巴黎跳舞。或许吧。"我又加了一句,"有可能。保险起见。"

瓦斯拉夫把花放在桌上,离桌子边缘未免太近了一点。"为什么?出什么事了?"他问,两眼迅速上下打量我的身体,确认他已经知道的情况。我没有受伤。我没有生病。

"没什么事。我……"

瓦斯拉夫没让我说完:"别犯傻了,勃洛尼娅。没有人能取代你。这是属于你的舞蹈。你是被选中的少女。"

我把头发从前额捋回去,握紧双手。"我怀孕了。"我说。

"什么?"这一疑问当中包含着那般难以置信,那样的困惑。他闭上眼睛,一直都紧闭着不睁开来,仿佛在等待一场眩晕过去。

"我不能跳《春之祭》,瓦斯拉夫。"

随之而来的沉默只因为街上传来的声音才被稍微打断。女人在笑,其中一个人敦促某个人快一点。"我怀孕了,瓦斯拉夫。"我重复再三,我的话像一层脆弱的盾牌。

瓦斯拉夫走向窗口。脚步缓慢,踮起脚走,他的手轻轻拍打着,呈现出奇怪的角度。外面天空一片蔚蓝,万里无云。蒙特卡洛一个晴朗的春日。天气暖和。寻常的一天。他转向我,满脸通红,声音间压着惊恐。

"你怎么能这样对我,勃洛尼娅?"

"事情就这么发生了。"我喃喃道。

有那么一刻他好像要哭了,但相反,他大笑起来。没有一丝快乐的大笑。像火一样噼啪作响。

我朝他走了一步。靠得太近了,我感觉,因为我看见他在颤抖,大口呼吸。他的肩膀绷紧,脸在抽搐。我以为他会跑出房间,就像他和父亲吵架时跑出去那样。

相反,我看见他眼中泛起怀疑的神色。

"你是故意这么做的。"瓦斯拉夫怒火中烧,他低下头仿佛打算要拿头撞我,"你和其他所有人都一样。叛徒。"

我哥哥还骂了我别的话。说我在他背后捅刀子,因为我知道没有了我《春之祭》就没法演。说我故意毁灭了对他来说最重要的东西:他的创作。为什么?因为我嫉妒他。就像其他所有人一样。

这些都是气头上的话,我想,盛怒之下的话说过也就算了。瓦斯拉夫并不是真的相信这样的事。这一出新芭蕾是那么复杂,和任何人做过的任何剧目都截然不同,因而耗尽了他身上最后一点力气。我身陷暴风雨之中。狂风骤雨,但时间不会长。很快就结束了。

然而并非如此。

"我以为你像我一样,勃洛尼娅,"瓦斯拉夫歇斯底里地叫喊,"以为对你来说,艺术也比一切都来得重要。我以为你也是个真正的艺术家。然而你并不是。"

他的话哗啦啦响在我耳朵里,沉到我心底最深处。我想夺门而出,跑到街上去。为自己辩解,我所拥有的也不过是萨沙的理由:"我不知道怎么回事……我以为我们很小心了……"

瓦斯拉夫一句话都不听:"你,勃洛尼娅·尼金斯卡,本可以比卡尔萨文娜更出色,比巴甫洛娃更出色?你不知道舞蹈演员只有几年黄金时间吗?现在流失的时间再也回不来。"

墙壁很薄。瓦斯拉夫的尖叫把萨沙从隔壁我们的房间引来了。他插在我们俩当中,命令瓦斯拉夫让我一个人待着。

这下是他们俩了,我哥哥和我丈夫,相互恶狠狠地指责对方,说出那些不该说的话。

萨沙是个没文化的大老粗,蛮横无理,笨手笨脚毫无天分。

瓦斯拉夫给惯坏了,骄傲自大。佳吉列夫的金童,完全不考虑别人,只想着自己。

我跌坐地上,掩住耳朵,但那些尖叫声响得根本没法消除。

"你为什么要娶她,萨沙?要筑起你的小巢?要得到更好的角色?没用的。你没有这个才能,没法成名成家。你永远都是科切托夫斯基,没有人会记得你的名字。"

扑来扑去,推来推去,拳头相向。一通混战。两个人都跌到地上,打翻了桌子。那一篮玫瑰哗啦撞倒在地。

我冲他们俩尖叫要他们住手。他们确实停下了一会儿,这时我注意到门外有人窃窃私语,咯咯直笑。俄国人在斗殴。俄国人正在掀起又一场争吵。都是野蛮人啊。

萨沙用指尖摸摸下颌,又摸摸肿起来的嘴唇,然后看着指尖吃惊不已,似乎无法相信竟然看见血迹。瓦斯拉夫眼睛下面一片红,很快就要变成淤青块了。

萨沙指着散落一地的花:"又是一片痴心的崇拜者送给你而你不

要了的花吗？伟大的尼金斯基就买不起一束花给他的母亲吗？"

我哥哥转过来看我。我不喜欢他眼里那冷冰冰的神色。"他值得吗，勃洛尼娅？"他问道，"你就看不出来，他受不了你跳舞比他更了不起吗？就看不出来他会使出一切法子拉低你吗？"

我不再是叛徒了。萨沙是罪孽深重的那个人。我只是犯傻。傻瓜！让男人给耍了的女人。

"你觉得我容易吗，勃洛尼娅？看着我妹妹怎么进行自我欺骗？"

我生平第一次真正怀疑起我哥哥是否爱我。

妈妈戴着她最体面的礼拜天帽子、手拿阳伞从教堂回来时，就看见我们这副模样。房间里到处散落着给踩过的玫瑰花，我们的呼吸都因为怨恨而沉重不堪。

我跑向她，躲在她怀里啜泣。

妈妈的手温柔地抚摸着我的后颈。我的脸紧紧贴在她衣服的荷叶边上，吸着香味。

"结了婚的女人会怀孕，瓦斯拉夫，"她说，"这不是谁的错。"

等我抬起头，瓦斯拉夫在房间里踱来踱去，一言不发，踢着挡他路的任何东西——一把椅子，一路滚到了墙边的空荡荡的花篮。要不是我那么了解他，我恐怕会以为他在考虑妈妈的话。但瓦斯拉夫他唯独能看见的错都是身体上的问题。需要更坚实有力的舞步，手臂举得太高或者不够高。

妈妈示意萨沙把我带出这个房间。

"来吧，勃洛尼娅。"他低声说。他开裂的上唇还在流血。

我们关上门离开之前，我最后看了瓦斯拉夫一眼。他不再踱步，这下蹲在角落里，弯着膝盖，两手掩面。我试图挥去随着一阵血流涌上我耳朵而来的斯塔西克的形象——未果。

23.

接下去那些天，我都躲着瓦斯拉夫。我不想让他看见我又引发一通火。

每周日下午，我隔着墙听见哥哥在妈妈屋里的一举一动：他慌乱的脚步，砰砰拍着桌子，玻璃杯叮当作响。我没听见我的名字被提及。现在让瓦斯拉夫生气的都是别的舞蹈演员。他们顽固不化，不肯按照教给他们的动作来跳舞。或者是斯特拉文斯基执意要跟他解释和声和不和谐音的基本乐理知识。仿佛他，瓦斯拉夫·尼金斯基，毫无文化修养，顶着一个大脑袋对现代音乐一窍不通。

深受伤害的感觉，总在隐隐提醒着我，忘也忘不了。为什么他不来看我？为什么他从来不问我作何感受？他怎么能认为我背叛了他？

我依然希望妈妈能结束我们的争吵，就像我们小时候她常做的那样。命令我们相互道歉，拥抱彼此。我们是兄妹。我们完全了解对方。我们从孩提时起就一直是跳舞的搭档了。瓦斯拉夫知道什么时候我拼尽全力，什么时候我的身体失去平衡。他知道我什么时候感情受伤吗？

我完全没和萨沙提起这些事。他在想尽办法转移我的注意力，我不愿让他知道他其实徒劳无功。

在蒙特卡洛，我作为群舞队的一员，跳了一些简单的舞蹈。佳吉列夫已经决定，既然我无法在《春之祭》中演出，我在巴黎演出季中就完全无需跳任何主要角色了。没必要这样，但我并不质疑他的决定。抑或是瓦斯拉夫的决定？

我叠好裤子和短上衣，买了一些宽松的裙子。一条稍微厚一点的春天穿，三条轻薄棉质的夏天穿。其中一条毛茛黄的裙子上面的图案是一群飞翔的小鸟。我最喜欢这条裙子，因为让我想起看见一群燕子在桥下俯冲的情形。

我依然去上切凯蒂的剧团课程，但结束之后，所有人都赶着去排演，我则慢悠悠去散步。我注意周遭发生的一切：人们如涟漪一般游移，停在马路牙子上。我选择蜿蜒的街道，可以带我走向未知的地方：街道尽头看见的海上风光，两棵高大的柏树，一堵碎裂的墙。我走遍了到达同一地点的不同路线。

妈妈坚持要我在早上稍晚时分好好打个盹。她禁止我在外面的餐馆吃饭。她说服了房东让她使用厨房，为我做饭。简单的饭菜。鸡汤配鸡蛋面条，浇了厚厚奶油酱汁的薄煎饼。她用白开水洗净的水果。生的胡萝卜和白萝卜。加了蜂蜜的热牛奶，上面浮着厚厚一层融化的黄油。

马克特医生的声音敦促我冷静下来，心平气和地思考。头脑也是可以训练的，就像身体一样。"您跳舞的时候，"他问，"您会让自己想到摔倒吗？"

萨沙喜欢拿他的手指头在我肚皮上游走，把耳朵贴到我肚皮上。他声称他听到嗡嗡一阵断断续续的节奏。小科切托夫斯基会是个鼓手吗？"笑一笑，勃洛尼娅。这是命令。"有时候我听见他和妈妈说话，悄声低语。他们俩都急不可耐要回俄国去，远离狂风骤雨。"常规"是他们最喜欢的词语。"适度"是另外一个。

这些天萨沙回家比平时还要晚。"你真想知道吗？"在给我讲一通舞团的流言蜚语之前，他先问了一句。抱怨持续激增。一场叛变在酝酿之中。"尼金斯基的舞步"让舞蹈演员们丑陋不堪，毫无风度可言。芭蕾不是关乎美吗？不是关乎和谐吗？

就萨沙的描述来看，《春之祭》的排演现场简直就像是疯人院的情形。佳吉列夫探一眼排练厅就立刻消失不见。斯特拉文斯基冲着钢琴师或瓦斯拉夫或者冲他们两个人一通狂吼。舞蹈演员们一身臭汗，拿着他们写下的记录节奏的纸头，在排练厅里狼奔豕突，究竟谁记的对没人有把握，也没人敢问。

"闹哄哄的，勃洛尼娅。臭死了。人心惶惶的。"

我闭上眼睛，保留住对那依然存活在我体内的舞蹈的记忆。感受我腿部和手上肌肉的刺痛。

"玛露霞·皮尔茨将要跳被选中的少女这个角色。"萨沙有一天晚上告诉我。

地板在我脚下旋转。

"你什么时候听说的?"

"就今天早上。"他说着在我前额上轻轻啄了一吻。

我知道得有人代替我,但这个消息还是在我的胃上造成一击。在我告诉自己瓦斯拉夫做出了很好的选择之后,疼痛更甚。玛露霞会听进他说的话。她不会和那些嘀嘀咕咕抱怨他的人站到一边。她会明白任何新事物起初必然难以应对,因为新的阵地无法轻轻松松就得以开疆拓土。

"跟我说说,勃洛尼娅。"萨沙悄声说。我的视线突然越过他,看着我们称之为"家"的那个房间。看着敞开的皮箱,还没拆开的芭蕾舞鞋盒子——长期以来从罗马订购的鞋子,我还没中断。

等《春之祭》首演时,妈妈会去现场观看,坐在第一排——她一贯的位置。瓦斯拉夫已经给她钱让她去买新裙子了。这也是仪式的一部分。"你可以坐在我旁边,勃洛尼娅。"妈妈已经说了。

两天后,玛露霞来看我。她这次上门拜访是礼数周到的俄罗斯式做客,带了礼物:送妈妈花,送我果干。她问我感觉怎么样,跟我介绍她家的混合草药茶秘方,保证能消除恶心呕吐的感觉。姜末加上大量蜂蜜以及满满一茶勺柠檬汁。

"帮帮我,勃洛尼娅。"她恳求道,妈妈借故一走她就抓住我的手。玛露霞已经参加了三场排演;不日就将出发前往巴黎了。她不知如何是好。

我们坐在户外,在我们租住的房屋后面的小花园里。我们的女房东喜欢橙子树,花园里种了两棵,都果实累累。"等哪天我们有了自己的房子不就挺好的吗?"某一天妈妈这样问起,"大房子,可以容得下我们所有人住在一起。"

玛露霞靠近我——仿佛有人会偷听到一样。被选中的少女这个角色对她而言太难了。她不像我对音乐那么敏感。她的身体对于这出舞蹈来说太外开，太圆融了。她努力学会了一个接一个的动作，但等这些动作都拼凑在一起，就失去了表现力。"瓦斯拉夫很耐心。"她说，"可我还是想跑开躲起来。"

"让我看看。"我说。

"在这里？"

我点点头。

"没有音乐？"

"来吧，给我看看。"

玛露霞依然没有把握，但她起身移步到一片刈过的草地上。

我看着她颤抖，举起双臂，重复我哥哥教过她的动作。看得出瓦斯拉夫已经为她简化了舞蹈动作，变得较为简洁。

我明白个中缘由。玛露霞身材比较纤瘦苗条，她不具备我的举提力度，我的弹跳能力，而这些特点原本都很有必要。不过看着玛露霞降低了强度的跳跃就像看着一幅油画的照片，原先的色彩鲜明变成了墨水明暗。

我试图忍住泪，但没能忍住。

"我这么糟吗，勃洛尼娅？"玛露霞问。

"没有。"

为了平息她眼里的恐惧，我作了一番坦白。我之所以哭是因为我不得不放弃被选中的少女这个角色，放弃我最想跳的一出舞剧。

"但又不是永远不能跳了，"玛露霞坚称，"还有其他时机。"

她说得如此真诚，表示对此深信不疑，我相信了她的话。暴风雨会过去，我想，争吵会结束。我们都还年轻，还有大把时间。从现在算起一年后我又可以跳舞了。被选中的少女。瓦斯拉夫新编排的芭蕾舞剧。我只是休息一阵子！

我感到整个人得到了希望的涤荡，欢欣鼓舞，一派轻松，即便是在回想起马克特医生的警告的时候:"做好心理准备,情绪会波动。你的身体在重新适应。这完全是全新的领域。"

玛露霞微笑着提出请求。"再看一遍,勃洛尼娅。"她站起身,抬起右膝。她的左腿屈膝,准备跳跃。"看看我做得对不对。"

玛露霞从来没有告诉过瓦斯拉夫她来向我寻求帮助,而我也没有跟任何人说起。接下去几周时间,我们俩合谋共计,偷偷溜进空的排练厅,锁上门。

她非常努力。从一侧跳到另一侧,突然起跳侧举手臂;空中旋转,手臂挥舞越过头顶。她不断练习,直到大滴大滴的汗水啪嗒落在地上,直到我喊她停下,担心她会伤着她自己。

等我们练完了,她陪我走回家,爬上山丘,穿过公园。瓦斯拉夫让她放心,她做得很好,但她还是过于忧心巴黎演出季,所以等演出季结束,她将离开俄罗斯芭蕾舞团。她不和其他人一起去阿根廷了。她不去布宜诺斯艾利斯的科隆大剧院跳舞。她要回俄国,回到马林斯基剧院。

不,不是因为《春之祭》的缘故。

玛露霞受不了那些敌意,那些嫉妒,那些冷漠,还有那些飞短流长。时时了解变化多端的盟友,知道谁跟谁说话或者谁不跟谁说话。要时刻小心警惕,知道哪怕再小的过失也都会报告给佳吉列夫。她告诉我有一次瓦斯拉夫想带她到山间兜风,谢尔盖·帕夫洛维奇是怎么拦住出租车叫她下车走人。

"在圣彼得堡情况也差不了太多。"她承认,"但等我跳完一天的舞,可以回家。这里我没有人陪伴,除了自己的胡思乱想。你有萨沙和你母亲。"

"还有瓦斯拉夫。"她又补充道,尽管我听得出她声音中有那么一丝犹豫。我心想究竟是什么她不想说。

第三部:一九〇八年~一九一三年 233

"你明白吗，勃洛尼娅？"

我装作懂了的样子。

巴黎演出季结束后，我也要回俄国。粉刷儿童房，买婴儿的相关家具。幸好我们圣彼得堡的公寓有电梯。

"然后呢？"玛露霞问，一边摸着我的肚子，最近开始显怀了。

"然后我会回来跳舞。"

"跟着俄罗斯芭蕾舞团？"

"对。"

玛露霞，这位新的被选中的少女，点了点头。至少我们可以有一阵子都在圣彼得堡。她会来看新出生的宝宝。我会让我的孩子叫她"阿姨"吗？

我已经到了家门口，刚和玛露霞道过别，这时候一个报童往我手里塞了一份报纸。"叫人胆寒的意外，"他叫喊着，"好好读一下。"

那是《至上报》，总是没完没了地刊登各种丑闻，但报童那恳切的眼神让我败下阵来，我给了他一枚硬币，瞄了一眼标题：伊莎朵拉·邓肯的孩子在塞纳河溺亡。

细节不多：车子熄火了，司机下车去用手拉引擎启动，车子还挂着挡没有拉手刹。结果车子冲过布尔东大道，冲出堤岸，掉进了河里。一路冲向河边时，孩子们和他们的保姆起初看着车窗外面，不确定发生了什么事，直到失去了一切，无人生还。他们忧心如焚的母亲，著名的舞蹈演员，拒绝和任何人说话。

报纸掉落地上。我站在屋前，动弹不得。

24.

瓦斯拉夫到巴黎的车站来接我们。早先在他去往蒙特卡洛时，我们在妈妈的敦促下僵硬地拥抱。没有道歉，但算是休战了。

"你感觉怎么样?"瓦斯拉夫问。他的眼皮跳了跳然后就不动了。

"挺好的。"我说。

"你不和萨沙握个手吗,瓦斯拉夫?"妈妈问,他们俩一握手,她就笑了。

瓦斯拉夫陪我们走到旅馆的一路上,我们的对话克制而有礼貌。他告诉我们,巴黎每个人都被那场事故吓着了。难以理解的悲剧。他和佳吉列夫去看望邓肯。她说,她女儿总是问起尼金斯基先生,自从他教过她杂耍以后。

"香榭丽舍剧院怎么样?"妈妈马上问道。她见我嘴唇发抖,想要岔开话题免得我伤心。

"非常现代,"瓦斯拉夫回答,"比沙特莱剧院高级多了。有人说太过德国风格,太工业化,但这些人简直鼠目寸光。"

瓦斯拉夫说话的时候并没有特意看着我们当中任何人,不过他的目光也没有躲开谁。我觉得他累坏了,苍白得很。他雅致的短上衣,我注意到,肩头处破了。妈妈也很担心,因为她问起了什么时候佳吉列夫会让他好好休个假。

"等我去阿根廷的路上。"瓦斯拉夫回答。

他会在一等舱内度过海上的三个星期时间。可以在甲板散步,途中也有一些游览活动。最重要的是,届时就有空思考佳吉列夫已经批准了的一部新的芭蕾舞剧。《约瑟夫传奇》,配理查·施特劳斯的音乐。在那一刻,我哥哥的话音全无那种生硬。"无拘无束。"他形容这音乐,"这个世界上最不像舞蹈的舞蹈,在一切惯例的藩篱之外。"

我渴望问他许许多多的问题。他愿意向我展示他迄今为止编排的情况吗?他在为我创造什么角色吗?但我们之间的休战依然脆弱,所以我保持沉默。我给自己唯一的慰藉是,等瓦斯拉夫开始排演《约瑟夫传奇》时，我又能跳舞了。

我对随后那两周的记忆如同万花筒，五彩斑斓，角度多样，在无数镜子切割下分裂、复制。外立面采用素净白色大理石的全新的香榭丽舍剧院，因即将到来的开台演出季而气氛热烈，正是那段记忆的核心。

我或许无法在这次巴黎演出季中跳舞，然而我尽忠职守地来到剧院。一开始是来看《春之祭》的排演，但现场情况让我心神不宁。其他演员都还动作生硬，而我已经圆熟了。瓦斯拉夫热情地问候我，不过他现在依赖的是玛丽·兰伯特，节奏好手。她向舞蹈演员们解释他的指令。她代表他纠正他们的动作。我心不甘情不愿地承认她确实很有一套，但心里还很不是滋味，然后又为自己的这种感受而感到羞愧。后来我越发频繁地流连于剧院建筑本身，沉浸于剧院优雅现代的美感之中，剧场门厅墙上的湿壁画，观众席上方光辉绚烂、表面由曲线和直线划分的穹顶，苋紫红镶金边的座椅，我就坐在这个地方。

五月最后一周，首演前几天，我经过观众席的双开弹簧门，便听见费多尔那独具一格的声音。我知道他会来巴黎——他的名字出现在即将上演的《鲍里斯·戈杜诺夫》[①]的宣传海报上——但我很确信我用不着见到他。《戈杜诺夫》是演出季的压轴戏，在《春之祭》演出后两周。到那时候，我以为，我就已经回俄国了。

我没有料到排演会这么早进行。

"我一时的痴迷。"我已经学会了在任何人提起两年前蒙特卡洛那段日子的时候一笑置之。"我的少女梦，早忘了。"即便是对那些怀抱善意的人，也得骗骗他们。我难道不是幸福的有夫之妇吗，等着孩子

[①] 俄罗斯作曲家穆索尔斯基作曲，根据普希金同名悲剧改编的歌剧。

的降生？

面对自己，我更加诚实。我相信两种爱：一种平淡，一种神圣。平平淡淡的爱，我对萨沙感受到的爱，在我看来简单纯粹。然而，神圣的爱则脆弱不堪，需要细心呵护。要让它一直存活，不染尘埃，我必须守护好我对费多尔的梦。梦见与他偶遇现在可能会让一切坍塌。

快走，我命令自己，但我已经推开了弹簧门，坐在最后一排的位置上。

舞台上的费多尔身形高大，挥洒自如，他正唱着戈杜诺夫的死亡之歌。他张开双手，右手摸着他的心口。他毫不费劲地高唱，从他丹田发出的声音绝无止境。他的声音在我体内。随着他声音渐轻，我感受到他的胸腔打开了。我感受到他的唇齿喉舌唱念出每一个字。有时，当他抬高声音，仿佛看不见的天使般的歌者加入他的歌唱之中，声音高了八度。

我不知道我在那里待了多久，在黑暗中，就那样侧耳聆听。时间无关紧要。我迷失在费多尔温暖的声音里，随之起承转合，那声音流畅丰饶，力量丝毫未减。

他就这样留存、烙印在我的眼皮底下。没有偶遇，没有琐碎的言辞——我唱得好吗，勃洛尼娅？是的。比在蒙特卡洛还好？我不想比较——会改变这一状况。现在不会，以后也不会。

梦，即便是不可能的梦，也不会消亡，而是会通过出人意料的路径到来。成为一块画布，我依然往上面织入新的彩色丝线。

25.

在《春之祭》正式上演前的那场彩排中，我在剧院观看整个准备过程。背景幕布已经备好。乐师们在调试乐器。舞台，我注意到，已经向前拓展，好让舞蹈演员们有更多空间，乐队完全隐藏在舞台下。

这样不会蒙住声响吗？我心想。

既然制作人的包厢空无一人，我便进去，坐在那镶金边的苋紫红扶手椅上，把脚搁在另一张椅子上。就那么一会儿，我告诉自己。

佳吉列夫找到我的时候，就是这副情形。他只身一人，这可不太常见。他并不吃惊。我提醒自己，他的舞团耳目众多。

"希望比起《游戏》他们更喜欢一些。"他说着在我旁边的位子坐下。我赶紧把脚放回地上。

《游戏》并不成功。

评论一片贬损——"可有可无，浅薄"——但比评论更糟的是人们说："尼金斯基已经懒得都不跳舞了，放弃了他最伟大的长处，他的跳跃。尼金斯基想要不惜一切代价创新，结果摒弃了成就他的东西，什么都没有回报给观众。"

伤人的话，毫无公道可言，我告诉佳吉列夫。《游戏》是我这辈子迄今为止看过的包括《牧神》在内最棒的芭蕾。它遭到失败的理由不在瓦斯拉夫的控制范围之内。巴克斯特的布景，那开阔空旷的舞台，那浅灰绿色的花园都过于庞大。舞蹈演员身在其中都找不到人了。再说，卡尔萨文娜和舍勒没有和瓦斯拉夫配合好，她们和他拧着来。这几个原因毁了这部剧真正精彩之处：交叉的路线，舞蹈演员的聚集，肩部和手臂的姿态。

我言之凿凿，因为有洞察，也有信念。我以为自己在为瓦斯拉夫辩护。我当时还不知道、后来相当长一段时间也不自知的是，我已经在脑海中塑造起自己创作的模型了。我在佳吉列夫面前辩护的，是我的未来。

"我们暂且忘了《游戏》吧。"佳吉列夫打断我，"你觉得皮尔茨怎么样？我们胆小的玛露霞不会在台上吓呆了吧，会不会？在受到大众评判的这个日子？"

"你为什么认为我会晓得呢?"

他耸耸肩咯咯一笑:"作为波兰人,你可算不上是高明的密谋犯,勃洛尼娅。"

"她不会吓呆的。"我说。

舞台上一个正在安装最后一块地板的木匠骂骂咧咧,锤子都掉了,他这下吮吸着大拇指,示意他的伙伴来接手。从乐池传来开场的低音管独奏。

"斯特拉文斯基紧张得要命,连个分头都梳不好了。"佳吉列夫说,"尽管他跟我保证说他冷静得很。他也以为我是近视眼,看不到鼻子开外的范围。"

我勉强轻轻一笑。空荡荡的舞台上,背景动了起来。圣山摇晃,滚滚向前。背后有人火冒三丈地大喊大叫。

正式上演前的彩排或许还有几个小时才开始,但在走廊上,一阵断断续续的脚步声过后,有人已经在喊谢尔盖·帕夫洛维奇。《费加罗报》的记者来了。

佳吉列夫的呼吸沉重而刺耳。"我希望造成好一场暴动。没有什么能比得上在脸上狠狠打一记耳光更能唤醒观众的了。"他说着起身,然后加了一句,"你是对的,勃洛尼娅。瓦斯拉夫不再是男孩了。"

我记得从正式上演前的这场彩排开始,《春之祭》就展现了动作与音乐的完美和谐。舞蹈动作执行得流畅自然,平衡性无懈可击;被选中的少女稳稳当当,毫无畏缩。在随后的庆功宴上,瓦斯拉夫光彩照人。《费加罗报》的评论称《春之祭》"无畏而炫目"。斯特拉文斯基搂着瓦斯拉夫的肩膀,宣布说:"如果米开朗琪罗还活着,他会是舞蹈编导。"当我走到哥哥身边,跟他说他的这出芭蕾舞剧多么精彩绝伦的时候,他转身离开众人,给了我一个温暖的拥抱。

"裹在古典芭蕾身上的那层坚壳,那些关于美和优雅的种种旧观念,终于被抛弃了。"我在那天的日记中写道,"明天将是胜利之日!"

那时,乃至后来相当长一段时间里,我不愿记住的是,我感到多么孤独,被排除在外而痛苦不堪并且深感命运不公。看到玛露霞这位被选中的少女在听见别人夸赞她舞蹈时脸红,我感到很恼火。我确实也恭维她了。我伸出双臂抱住她的脖子,告诉她她表现得多么出色。但当我看见玛丽·兰伯特手里拿着一杯香槟向我走来,这时候我告诉萨沙我觉得要晕倒了,想回家去。

首演那天,剧院济济一堂,座无虚席。佳吉列夫把所有没卖出去的票都免费赠送了。他还确保当晚节目既有传统段落又有新剧。开场第一段的《仙女们》收获掌声已成常态。《春之祭》之后,瓦斯拉夫将和卡尔萨文娜跳《玫瑰花魂》。演出之夜将以选自《伊戈尔王子》的狂野的鞑靼舞收场。

那天天气炎热,剧院很闷,空气污浊。阵阵气味让我的鼻孔难受得很。尽管马克特医生安慰过我,但我对气味的敏感度丝毫未减。在昂贵的香水和发油味中,我能察觉出汗水和经血的味道。

我拒绝和妈妈坐在第一排。我想尽可能靠近瓦斯拉夫。为了接近舞台侧幕他站立的地方,我挑了背景幕布后面的一个通道。地上溅满了已经干掉的油漆,固定在地上的木板钉得乱糟糟的,钉子都冒出来了。

瓦斯拉夫——身穿练功的白衬衫黑裤子——站在通往舞台左边的过道上。在他身后,舞蹈演员们身穿色彩艳丽的厚厚的戏服显得有些笨拙,都在热身。其中有些人仿佛没听到过正式上演前那场彩排获得的赞誉似的,朝我哥哥的方向投来紧张的神色。其他人在练习交替舞步和平足落地,做这些练习时都缩着肩膀。男演员们在调整他们的假胡子,有个女演员以东正教的方式在胸口划十字;另一个人飞速跪下来亲吻地板。

佳吉列夫走了进来,右眼戴着单片眼镜;他毫不掩饰喜色。"就这样,孩子们,"他宣布,"不管发生什么,只管跳。"然后他在瓦斯拉夫耳边低语了一句什么,对此我哥哥点头予以回应。

瓦斯拉夫貌似镇定自若,但我看到他频频在裤子上擦拭掌心。佳吉列夫一离开前去他的座位上就座,我哥哥就转向舞蹈演员们,但我听不见他说的话。地上砰砰砰敲三下,舞台监督发出信号,让不参加此场表演的人撤离舞台。我后退一步,到舞台侧幕更里面的地方去。那里已经聚集了一群人。奥尔加·霍赫洛娃朝我招手让我到她那里。她边上那个看着有点面熟的女人闪现出一抹紧张而有所期待的微笑。我想起来了,她是佳吉列夫的女门生,一位爱好艺术的富有的女伯爵,为有幸成为俄罗斯芭蕾舞团的一分子而乐意慷慨解囊。她已经在上切凯蒂的课程了。"那个匈牙利人。"大师这么称她。

音乐甫一开始,现场就爆发出了怒吼。"要这是低音管,那我就是狒狒!先听着再发出嘘声!"幕布升起,舞蹈演员们弯腰顿足、向内收而不是向外放这样出现,此时暴乱到达了顶峰。"叫医生来!叫牙医来!这是一场丑闻……拙劣的模仿……恶心的笑话……宪兵都在哪儿呢?"

舞台下方的乐师们继续演奏,但我们几乎听不见他们发出的声音。

"愚蠢的公众……愚蠢的公众。"瓦斯拉夫尖叫。他这下站在一把椅子上,面如死灰,汗珠子都冒出来了;他吼着每一组的节奏。算命的人,上场的老妇人,从河边鱼贯而来的年轻姑娘们。

"一二三四……一二三四五六……"

瓦斯拉夫的拳头在空中击打着数数。离开舞台的舞蹈演员们幸灾乐祸地笑着说,"我不是告诉你了吗?"有些人往地上啐一口以示反感,就像农民在小旅馆里捣鬼似的。观众席中,咒骂和口哨声盖过了要求安静的呼吁。各个方向上都爆发出拳头和手杖敲击的声音。还有跺脚声。灯光忽明忽暗。佳吉列夫专横的声音命令道:"让演出继续!"音乐停下,复又继续。《春之祭》爆发成无数碎片——支离破碎的拼图小块,在每一遍讲述中都变换面貌的故事。

第一幕就这样结束。幕布一落下,舞台工作人员捡起掉下的假胡子、帽子和鞋子,擦干净舞台地板。过了一会儿,佳吉列夫到了。"干得好,孩子们!"他说着乐呵呵地摩拳擦掌,"我们造成了好一场的暴动!"

瓦斯拉夫跳到地上,力度之大,椅子在他身后应声倒下。他不解地看了椅子一眼。佳吉列夫走近他,摸着瓦斯拉夫的脸颊和下巴,仿佛要确定一下他还是真人吗。我哥哥低头一躲走开了。玛丽·兰伯特匆匆跟在他后面。

在这一切之中,对于瓦斯拉夫那句话的旧日记忆挤上前来,我喃喃念着瓦斯拉夫那句话,就像在念咒语一般:艺术是唯一要紧的事,勃洛尼娅。其他的一切都是分心事。

到了第二幕,观众已经安静下来。好些人已经离席,宣称他们受到了冒犯。有人被逮捕。还有人因为打了一拳第二天早上还有场决斗。

瓦斯拉夫又回到椅子上看着,但他不必再喊叫着数数了。台上玛露霞·皮尔茨这位被选中的少女一动不动地站着,脚跟向外点。她一个颤抖然后举起一只手来。音乐流淌而出,猝然急行。她跟随音乐起舞。

她的舞蹈经过了删减,但玛露霞并不知情。她跳得很好,信心十足。她练习了足够长的时间。她按照我教她的方式跳跃和转身。

瓦斯拉夫只朝我的方向看了一眼。偷偷瞥了一眼,但我明白他的意思。瓦斯拉夫脑海里的舞蹈并不是玛露霞的,而是我的。我渴望跟他谈谈，推心置腹地好好谈谈，坦陈我自己深感懊悔的痛苦，但我知道这场对话还得再等等。《春之祭》一结束，瓦斯拉夫就要冲到他的化妆间去。因为《玫瑰花魂》中的玫瑰戏服必须缝到他身上，成为他的第二层皮肤，每一分每一秒都非常宝贵。

佳吉列夫是对的。没有什么能比得上在脸上狠狠打一记耳光更能唤醒观众的了。一九一三年五月那个晚上，巴黎将属于尼金斯基。大家会在蜜西娅家的沙龙、波利尼亚克王妃的沙龙和马克西姆餐厅看见我哥哥。他会开着敞篷车驶过布洛涅森林，车上的谢尔盖·帕夫洛维奇背诵着普希金的诗歌，斯特拉文斯基会大声祷告，科克托会宣称自己永远拜倒在我哥哥的脚下。

而我呢？

幕布落下时，萨沙把我从舞台侧幕拉了回去。妈妈已经到后台来了，脸色苍白，不住颤抖。暴动不适合她。她几近昏厥，现在又因为一片喧嚣嘈杂而头痛不已。"带她回家吧，勃洛尼娅。"我丈夫说。下面就是他的表演了，他必须做好准备。

我照办了。

在我们的旅馆，妈妈脱下她新买的裙子，解开头发上的发卡。她头上的灰发看着像失去了光泽的银子。她的心跳依然狂乱，因此我量了三十滴缬草镇定剂到方糖上给她服用。

妈妈并不喜欢《春之祭》。她经过一番叹息和抽搐，这才和盘托出她的重重忧虑。"这真的是芭蕾吗，勃洛尼娅？"她问。

她不喜欢是意料之中的事。除了被选中的少女，剧中没有独舞的人。动作唐突。毫无轻盈之感。那音乐简直没法跟着跳。但这是瓦斯拉夫的创作，所以她承认自己太老派。

"你能给我解释解释吗，勃洛尼娅？"

我尽量解释。瓦斯拉夫的芭蕾是在重造舞蹈，我告诉她；摆脱旧的传统。瓦斯拉夫弃绝旧舞蹈，为新舞蹈创造空间。

"不是所有旧舞蹈都需要弃绝吧。"妈妈表示反对。她说得慎之又慎，带着一丝压抑住的伤痛。

"但这才是未来。"我坚持道。

"我希望你是错的，勃洛尼娅。"她在空中挥挥手，仿佛在轻轻扫掉蜘蛛网或者挡住某种她不想让我受到影响的悲伤感受。

一九三九年十月十四日

　　我女儿和爱尔兰小姑娘菲奥娜一起玩，小姑娘没完没了地问她问题，请求给她展示"芭蕾女伶的舞步"——不管究竟什么意思，她就是这么说的。伊琳娜逗得她乐呵呵的，小姑娘的脚没有受过芭蕾训练，伊琳娜就为她设计了一些合适的练习。菲奥娜动作虽笨拙，但打定主意要学，她在我女儿围着她转的温情中简直都化开了。有一天，我观察她们，伊琳娜让她的学生抓牢栏杆做起了下蹲。每次我女儿朝她弯下腰把她的背拉直或者让她放松臀部，小姑娘都咯咯直笑。

　　菲奥娜的祖母也看着她们，开始跟我说起了她那个在纽约的儿子的情况。她的长子，自个儿打拼得挺好的，正急切等待着她们的到来。他已经有三年没有见到他女儿了。她说最后这几个字时，脸上掠过一丝不安。我还注意到她从来没有提起过小姑娘的母亲。

　　在我的手提箱里，我们随身携带的那些文件当中，有个装着列夫什卡文件的吕宋纸信封。每次打开手提箱，我都要用指尖轻抚那个信封，感受里面装的东西那厚厚的形状——然后把它留在手提箱里。

　　有些记忆依然过于痛苦，无法重提。

　　我的梦向来栩栩如生，醒来以后还久久停留在我眼皮里面。昨晚我又梦见费多尔了，他眉头紧锁，前额都皱起来了。他看起来英俊而一脸疲惫，几乎不修边幅，他衬衫的领口沾染了油烟。

　　"我犯的错比别人更多吗，勃洛尼娅？"他问我，"因此你就把我给忘了？"

　　我们一起待在看似是我在巴黎最后住的公寓，坐在一张凌乱散落着报纸的大桌子边上。烧焦的牛奶味儿从厨房飘了过来，随之而来的是我听不清楚的声音咕咕哝哝地指责着。

　　我想表示抗议，同费多尔争辩，但我的嘴唇动不了。我只能看着他，见他缩着肩膀，垂下脑袋，他的眼睛躲开了我的目光。一切都大错特错，我想，完全没有必要。

直到费多尔走了，我才说得出话来。深信我还能追得上他，我奔下摇摇欲坠的陌生的楼梯，到了街上，在我前面没多少步路的地方，我看见他高大的身形混入了人群之中。然而那时候我周遭的人多了起来，变得摩肩接踵，所有人都身穿厚重的大衣，头戴毛皮帽子，让我惊恐万状的是，我发觉我回到了圣彼得堡，不知道该如何才能离开。

"我的逃亡梦。"我写道，"每个难民都做过这样的梦。"

第四部:一九一四年～一九二二年

1. 萨沙手里拿着报纸，坐在我们圣彼得堡公寓里那张精雕细刻的桃花心木桌边上，经过几年在外漂泊，这显得多么奢侈。他卷起衬衫袖子，露出晒得黝黑的手臂。他闻起来一股鸭油的味道，那是他用来煎炸让我心心念念垂涎欲滴的牛排的，尽管妈妈嘟嘟囔囔抱怨说整个厨房墙壁都溅满了油脂。牛排非常美味，不过这下有肉丝卡在了我牙缝里。我起身准备清理桌子再到厨房去拿根牙签，但他拦住了我。

"听听这个，勃洛尼娅：'罗曼诺夫王朝三百年来的统治给我们的祖国带来了统一和繁荣。对王室而言，一九一三年是感恩朝圣的一年，是感怀神圣指引的一年。'"

他用手背啪啪拍打着摊开的报纸。"什么'神圣指引'？拉斯普廷在冬宫干预朝政，而不是上主。那里每个人都瞎了眼吗？还是真的都疯了？"

我咕哝着表示赞同他的话，左耳进右耳出。我的身体沉甸甸的——我们的孩子不出一个月就要出生了——不过我的思绪都还在俄罗斯芭蕾舞团那边。《春之祭》被称作是一部"杰作"，可佳吉列夫债台高筑，香榭丽舍剧院破了产。舞团在阿根廷的演出中还是坚守那些深受喜爱的旧剧目。"战略撤退"，佳吉列夫这么说，我也承认这样做虽然痛苦但很有必要。我们回圣彼得堡之前，萨沙和我签了一月参演的合同。我想象着婴儿出生后，安然在妈妈身边养育，而萨沙和我加入佳吉列夫的下一季演出。瓦斯拉夫也在那里，在阿根廷演出后好生休憩了一番，甚至说不定已经完成了一部新舞剧。我早就锁紧心房，不让懊悔再来困扰我。我们终将丢掉我们那些有所保留的对话，忘记我们道别时对彼此说的那些依然小心翼翼的用语："多写信来。你自己要保证充分休息。看好妈妈。别让她太累着了。"

残留的牛排酱汁积在我眼下已经空了的盘子当中。我拿手指头擦了擦，舔舔干净，然后伸手拿过萨沙的盘子，叠到我的盘子上。

待到佳吉列夫准备好上演瓦斯拉夫的新芭蕾时,我就完全恢复体力了。

萨沙继续读报,不出声,只是嘴唇在动。在窗边,妈妈正叠着萨沙的衬衫,准备给女仆熨一熨。她抚平每件衣服,而后才放到那一大叠衣服上面。我正要到厨房去,萨沙停下来不读了,大惊失色地看向我。

"又是拉斯普廷?"我问,"他们这下又逮着他做什么了?"

萨沙一言不发将报纸递给了我,指着上面一行标题:尼金斯基在布宜诺斯艾利斯结婚。

"什么?"我倒吸一口气,心想这肯定是佳吉列夫哗众取宠的炒作手段之一,品味恶劣,完全没有必要。

标题下面的正文简短得让人恼火:"迎娶罗莫拉·德·普尔茨基……普尔茨基-路波西-切尔福尔沃女伯爵……来自匈牙利的女继承人……在布宜诺斯艾利斯……一九一三年九月十日。圣米格尔教堂……"

"这不可能!"

萨沙把报纸按在桌上,张开手指头,就像稻草人守护着向日葵田一般。

"什么不可能,勃洛尼娅?"妈妈问道。她丢下衬衫,站在打开了的窗户边上,头略略仰着,迎接九月下旬这最后的惨淡阳光。她脸上带着微笑。一抹温暖轻柔、心满意足的微笑。

瓦斯拉夫发来的电报在两天后到了,坐实他结婚的消息,请妈妈给予祝福。署名"瓦斯拉夫和罗莫拉"。随后又来了一封信。瓦斯拉夫非常幸福。阿根廷的行程一结束,他和他的新娘就将尽快到俄国来。我们将一起过个像样的阖家团圆的圣诞节。

"闪电结婚。"妈妈喃喃道。是一场诱捕行动。一桩阴谋。

瓦斯拉夫的电报来了以后，妈妈把自己锁在房间里。"我什么都不要。"当我提出给她拿块三明治或者煮一壶鲜茶的时候，她说。她的哭声变成啜泣，后来完全安静了下来，变成可怕的沉默，那沉默比眼泪更让我感到恐惧。等第二天从房间出来时，她眼里布满血丝，红肿得很，仿佛一夜无眠。她依然不肯出门，怕万一碰到认识的什么人。她不想被问东问西，或者碰到更糟的情况，被送予她不想接受的祝福。

"罗莫拉·德·普尔茨基。"她在舌头上翻来覆去念这个名字，好像读音本身能给出点解释来。

她记得在巴黎时一个高个子金头发的年轻女子走过来问她瓦斯拉夫的事情。她坚称自己是"舞团的一员"，请求看一看妈妈正在为瓦斯拉夫绣的靠枕的图案。"我告诉她我头痛着呢，"妈妈说，"但她就是不让我一个人清静待着。"

罗莫拉，妈妈说。她们中的一个。

我想起《春之祭》首演上那个年轻女人。切凯蒂说起的匈牙利女伯爵。

"女人要什么，上主做什么。"妈妈走去厨房路上念念叨叨。"好人家出身的姑娘怎么能没有父母祝福就结了婚呢？他们为什么就不能回家来在亲朋好友身边办个像样的婚礼？"

厨房里锅砰砰响，有什么东西掉到地上摔碎了。卡秋莎，我们雇用的姑娘，前去帮忙清扫，她问是不是该留着碎片。可以粘起来用。那个盘子那么好看。

"不要。"妈妈嚷着。

她回到起居室，浑身发抖。"没一样东西不从我手里掉出去。"她说。

"哪个盘子？"我问。

"带有一圈紫色李子图案镶金边的那个。"

萨沙从我们卧室出来，擦着眼睛，问怎么回事。我把食指放在唇上。他给了我无声的回应：张大眼睛和嘴巴，举双手以示投降。妈妈一屁股坐进扶手椅，面对着我。她看看大拇指。

"你割着自己了吗？"我问，"给我看看。"

她摇摇头，吸吮伤口，但又放弃了。伤口很深，正好斜斜划过她的大拇指。我叫萨沙拿来装有绷带和高锰酸钾溶液的那个马口铁盒子。

在消毒剂作用下，皮肤变成了深紫色。手指头包上了白色纱布，看起来像是蚕茧。

"我们就简单做点吃的好了。"我告诉妈妈。我把绷带末端撕成两半，试着打成一个蝴蝶结。

她苍老了好多，我心想。倒不尽然是头发上夹杂着的一缕缕灰发或者是眼睛周围密密麻麻的皱纹，而是她的双手。皮肤薄如纸片，静脉鼓起，手指关节凸出。她五十七岁了。连丈夫的葬礼都没能参加就守了寡。有个儿子在精神病院，我们都称之为"疗养院"，仿佛斯塔西克只是去休息，养蓄好体力就会来到我们身边。次子最受宠爱，最近却在没有她的祝福的情况下就结婚了。

妈妈还在寻找理由解释，她走进房间翻出瓦斯拉夫最近的来信。最后一封信是从马德拉①寄出的。她快速浏览一遍，找出她在搜索的内容："我在休息……绝佳的旅客们……有个亚麻色头发、蓝眼睛的姑娘……她也是一个人，我们经常待在一起……请告诉勃洛尼娅要照顾好自己……爱你的儿子。"

"我没觉得这有什么弦外之音。"妈妈说，"但那时候她肯定早就设好圈套了。"

这就是妈妈所看见的：罗莫拉眈眈潜行着准备下手，知道瓦斯拉

---

① 北大西洋中东部的群岛，为葡萄牙辖区。

夫跟佳吉列夫吵过架之后感情很是受伤。寻找任何机会跟他单独相处。溜上他的床，这最有可能了。或许甚至已经恬不知耻地怀了他的孩子！瓦斯拉夫心肠太软，太任人摆布，太想讨好别人了。为他所获得的关注而受宠若惊。他向来如此，不是吗？在学校的种种麻烦——从来都不是他的主意。都是因为他希望别的男生接纳他。

"瓦斯拉夫结婚了这事情真有这么糟糕吗？"我插了一句，说话时把手放在我隆起的大肚皮上。或许他也和她一样想结婚。为什么他总是无辜的那一个而别人都在耍阴谋诡计？

"你怎么能这么说呢，勃洛尼娅？"妈妈的眼睛跟随着我，看着我脚步蹒跚地走到桌边，从水瓶里给自己倒了一杯水，就那么站着咕隆咕隆喝下。

我有我的理由。既然我们俩都结婚了，瓦斯拉夫会更理解我。他的妻子会软化他，抚平他身上长久以来一直都存在的笨拙和紧张感。

休战会变成和平。

妈妈听着，但她身上的一切无不对我的话表示抗议。她摇着头，手指头抓着一块手帕。

我没有固执己见。妈妈会自己找到她的安慰之道。不管我们——她的子女们，多么让她伤心，她也没法跟我们任何一个人生气太久。

不过后来和萨沙单独在一起的时候，我试着回忆我们九月十日都做什么了。我们去看电影了吗？看《幸福的钥匙》[①]？很有可能，因为我们看了三遍。不光因为这是一部展现舞蹈演员的电影，而且因为这部电影轰动一时，对芭蕾大有裨益。圣彼得堡有可能会成为俄罗斯的好莱坞，需要舞蹈编导和舞蹈演员。如果佳吉列夫的俄罗斯芭蕾舞团出了什么问题，我们可以在这里找工作。

[①] *Keys to happiness*，一九一三年由弗拉基米尔·加丁导演的电影，在当时是投资最大的电影且打破了票房纪录。

"而瓦斯拉夫就在那天结婚了！"我说。

"谁会想到呢！"萨沙脱下衣服换上睡衣时轻声笑了，"至少可以让那些嚼舌根的住嘴了。"

"会吗？"

我庞然的躯体笨拙不堪，已经躺在床上了，垫着两个枕头。腰酸背痛。两脚即便在冷水中浸过也都还肿着。瓦斯拉夫不再是男孩了，佳吉列夫那天在剧场跟我说了。他怎么说来着。我徒劳地试着回忆。悲伤不已吗？还是松了一口气？这就是他不去阿根廷的原因吗？因为他们都已经认同要各走各的路了？按照妈妈的理论，佳吉列夫——了不起的操纵者——自己导演了整场私情。让瓦斯拉夫忘掉佳吉列夫把福金请回来的事实。正如我们的小普塔什克曾有一次预言，那个人把悲伤带到了我们家。

萨沙关了灯，上床在我身边躺下，把他温暖的手放在我隆起的肚子上。宝宝踢了踢。

"你觉得是怎么回事，萨沙，"我问，"佳吉列夫一直都知道吗？"

"他现在知道了。"

过了一会儿，我丈夫睡着了。当他开始打呼噜时，我轻轻摇了摇他，他咕哝着转身翻到他那边去。

2. 我刚出生的女儿给擦净了身子，包进褪褓，这时妈妈把她放进我怀里。婴儿睡着了。她眼睛周围皮肤上那些小小的褶皱好像皱纹一样。等她成了老太太会不会就是这副样子呢？

我的舌头厚厚包裹了一层金属般的苦味，还混杂着一丝醋味。我感到寒意尚未离去。牙齿打战，腿上肌肉发抖。要是稍一动弹，疼痛便直刺至体内，所以我保持不动。我想爬进满是苔藓的岩洞里的安全之地，呼吸新生的潮湿气味。然而每当看着我的宝贝，我的心都怦然一跳。我从来没有感受过如此般的爱意，也没有感受过如此挥之不去的恐惧。

我想到绊了脚，摔个跤，突如其来的打击。接生婆可能一个跌倒就把我的孩子给摔地上了。陌生人可能夺走我摇篮里的女儿。窗户可能开着；装着滚烫开水的脸盆可能打翻；车子可能冲下塞纳河沉入河底。我怎么能把她留给妈妈一个人照顾？一想到要在布拉格加入俄罗斯芭蕾舞团的演出，简直就像个可怕的诅咒，而不是希望。为了缓解这个念头，我提醒自己我们需要钱。瓦斯拉夫现在也有他自己的家庭了。我们不能全都靠他寄给妈妈的钱过日子。萨沙也不能一个人去；佳吉列夫付给他的薪酬只有我的一半。

我闭上双眼。醒来时，伊琳娜躺在我床边的婴儿床里。妈妈俯下身子给她整理好蕾丝帽，用波兰语对她柔声细语，我美丽的小东西。

萨沙捧着一大篮白玫瑰走了进来。仿佛我刚步下舞台，完成我此生最重要的表演。

"可我只是生了个孩子。"我喃喃道。

"只是？"

我丈夫在床边坐下，紧挨着我。他布满血丝的眼睛扫过我现在已经扁下去的大肚皮。他的呼吸间隐隐闻得到伏特加的气息。

"有我认识的人吗？"

萨沙讲起了那些带他出去祝贺他喜得千金的人都是什么情况。他原先在莫斯科的一个老朋友加入了马林斯基剧院，他让萨沙放心，不是每个人都听福金的。一位来自奥尔登布尔斯基王子私人剧院人民艺术宫的舞台监督暗示有一些机会。没错，萨沙说，人民艺术宫没有马林斯基剧院那么大，声名也没有那么显赫，但在我们去布拉格之前，他希望能得到一些聘约，更重要的是，可以为将来积攒一些人脉。"就是以防万一，勃洛尼娅。"萨沙说，"现在生活是不再只有我们俩了。"

我飞快看了一眼妈妈,她也对我报以微笑——那微笑的意思是:到底还是你看对了萨沙。

电报在我床边塞满了一箩筐。最上面的那则电报发自阿根廷:

> 最诚挚的贺喜。祝福幸福的父母和外婆。

署名不是瓦斯拉夫和罗莫拉,而是瓦萨和罗慕什卡,妈妈颤抖着声音反复念叨这两个变成了昵称的名字。佳吉列夫发来的电报结尾说"我简直等不及看你再次跳舞了"。

在这一切发生的前前后后,我女儿照样睡得浑然不觉。

伊琳娜·亚历山德罗芙娜。我选的名字。如果我们生的是儿子,萨沙会给他起名列夫。伊琳娜在希腊语中意思是和平。

他们走了以后,我给我新的记事本加上《我的女儿》这一标题。就在我来医院之前,萨沙给我买了这个记事本。想必非常昂贵,因为装帧用的是柔软的藏青色皮革,边缘压着金箔。

> 十月七日出生。两千八百克。四十六公分。

不会丢下我让我一个人待太久的。妈妈会回来,坚持要我好好睡觉,提醒我只有区区三个月来恢复体力。这就是为什么我写给女儿的第一封信那么简短:

> 带有偏见和仇恨的旧世界正逐渐衰落。崭新的现代世界蒸蒸日上。在这个新世界里,你会成为一个舞蹈演员,一个比我更出色的舞蹈演员。就像我母亲为我做的那样,我会为你铺平道路,确保你有最好的老师来教导你。

这些话多么欢欣鼓舞,多么乐观自信。

我合上记事本后,最久久不能忘怀的景象是伊琳娜演出后的一个晚上,我们俩靠在一张桌子上,聊着她的喜悦和恐惧。

女儿两个月大时,《圣彼得堡报》宣称"尼金斯基已经离开佳吉列夫的俄罗斯芭蕾舞团"。这则新闻出现在头版,但跟在标题后面简短的报道文章没给出多少除了"金钱问题上的严重分歧"之外的解释。

我以为这是一场终将自生自灭的暴风雨。佳吉列夫一向和所有人在金钱问题上起争执。在巴黎他们称之为"俄国式的争吵"。大打出手然后过了五分钟又像是最好的朋友似的一块儿喝起了香槟。

那些来到俄国过圣诞节的俄罗斯芭蕾舞团的舞蹈演员讲了一个截然不同的故事。瓦斯拉夫不是辞职的——他是被解雇了。他们引用佳吉列夫语气生硬的电报:"不再需要你的服务了。"有人说这是因为瓦斯拉夫拒绝跳舞,除非佳吉列夫先把他欠他的钱付清了。其他人认为这是佳吉列夫对瓦斯拉夫结婚而展开的报复。奥尔加·霍赫洛娃看到佳吉列夫坐在巴黎一家饭店的桌边,呆呆看着他的盘子。她走近他时,他仿佛是见了鬼似的看着她。"灰心丧气",她说他只剩一具空壳。"怎么能行呢,勃洛尼娅?"她问道。那时候她来看望我们,给我们带来一大篮整个舞团送的各色礼物——拨浪鼓,裙子,布娃娃,天使长圣米迦勒的圣像,一块奥伦布尔格斯基出产的大披巾。"没有瓦斯拉夫的俄罗斯芭蕾舞团?到了一月在布拉格的时候谁来跳《玫瑰花魂》?"

瓦斯拉夫的来信称之为"不幸的"关系破裂。谢尔盖·帕夫洛维奇就像个恶作剧的孩子,一心只顾泄愤,全然忘记了尼金斯基就算没有佳吉列夫照样也能干得很好。他十分抱歉没能到俄国来过圣诞节。他现在人在布达佩斯,和罗莫拉的家人在一起,为未来作打算。每天都有邀约上门,大好机会需要进行仔细权衡。巴黎歌剧院是其中一个选项。成立自己的舞团也是一个选项。"只是眼下很难全力以赴去做什么,"他写道,"罗莫拉怀孕了。"

妈妈的下巴绷紧了。她的手指头紧紧抓着披肩的流苏。

我忍不住要想：事情就是这样，瓦斯拉夫。结了婚的女人会怀孕。这不是谁的错。

3.

"勃洛尼娅，"若干天以后，我接起电话时听见了佳吉列夫的声音，"我在圣彼得堡，这会儿正在阿斯托里亚酒店用餐。我得见见你。请过来吧。和萨沙一起来。"

"阿斯托里亚酒店？"我跟萨沙说起这个邀请时，萨沙翻了个白眼。这可是城里最时新、最昂贵的酒店。证明——如果有人需要证明的话——佳吉列夫不至于破产得多么严重。

我们冒着雪走向圣以撒广场，穿着我们的毛毡套鞋和皮毛外套，心里惴惴不安。跟奥尔加一样，我无法相信没有瓦斯拉夫的俄罗斯芭蕾舞团，更别说是瓦斯拉夫刚被炒了鱿鱼、福金凯旋回归准备恢复他的规矩这样的俄罗斯芭蕾舞团了。要是萨沙和我之前没有签那份合同的话，我们会留在俄国另找工作。

谢尔盖·帕夫洛维奇在酒店大堂等我们。他一看见我们，便张开双臂向我们走来。

"勃洛尼娅，我亲爱的勃洛尼娅。"他紧紧地拥抱了我，"恭喜你生了个漂亮女儿！"

他让我后退几步，说我的身材完全看不出三个月前刚生过小孩。说伊琳娜是个幸运的女孩，有这样一个事业有成的了不起的母亲。说她长大以后会为我感到骄傲。萨沙给拍了拍后背。他也是个幸运的丈夫和父亲。迄今为止依然是佳吉列夫他见过的演得最好的《彼得鲁什卡》中的摩尔人，要知道他见的人可多了去。

我丈夫开心得满面春风。

"来来来。"我们脱掉套鞋和外套，跟着我们的主人向餐厅走去时听见他说。两位服务员指着角落一张桌子。桌子边上是一瓶香槟，正在一桶冰里冰镇着。

"你向来是我视若珍宝的人，勃洛尼娅。就像是我女儿。"服务员端上盘子时佳吉列夫说道。在这个晚上，饮食再怎么美味、再怎么昂贵都不为过。龙虾，鲟鱼汤，顶级鱼子酱。一碗新鲜的草莓，甜美芳香，仿佛刚刚才摘下。

"你作为艺术家同样也是让我视若珍宝。"

"瓦斯拉夫呢?"我插嘴。

佳吉列夫脸色一沉。我看见他眼里泛起了泪。眼泪滑落脸颊时他并没有去擦拭。"瓦斯拉夫甚至都不觉得有必要告诉我他结婚了。"

这样典雅的餐厅，水晶吊灯照得一片明亮。我把香槟杯举到唇边，抿了一口又一口。佳吉列夫的眼睛始终没有离开我的脸庞。

瓦斯拉夫犯了个大错。他，佳吉列夫为此怪罪于罗莫拉。"这个女人"，他这么叫她，就像妈妈那样。她冷酷无情，工于心计。她已经将瓦斯拉夫从爱他的每一个人身边都孤立开了，包括他自己的母亲。她已经让他忘记了他力量的来源。对于"这个女人"而言最重要的不是艺术，而是地位和金钱。

佳吉列夫拉住我的手："勃洛尼娅，我已经失去了瓦斯拉夫，但我不能也失去你。你能保证你和萨沙都到布拉格来吗?"

"福金在等着我们吗?"我忍不住问了。

"福金要按照我的想法来做事。"佳吉列夫说，"你的所有角色都还是你的。什么都不变。"

"什么都不变?"

"什么都不变!"

"我得想想。"

"一定想清楚。我只是希望你知道……"

这一晚就如此般进行下去，直到该走了，谢尔盖·帕夫洛维奇执意要送我们走到大堂，门房把我们的外套拿了过来。这时，没等我反应过来他在做什么，他就已经单腿屈膝准备帮我套上套鞋。

"我可不能让你这样做！"我表示抗议，从他手里拿过套鞋交给萨沙。当佳吉列夫喘着粗气直起身子时，我终于说："好吧，谢尔盖·帕夫洛维奇！我会到布拉格来。"

我们坐四轮轻便马车回家的路上，萨沙和我都笑刚才发生的事情。萨沙模仿佳吉列夫对他"无价之宝勃洛尼娅"的称赞。至于我呢，因为喝了太多香槟脑袋晕乎乎的，提醒他说佳吉列夫有我们俩的合同在手。他不需要请求我们履行义务。他大可提醒我们违反合同的代价。然而他并没有那样做。

"这倒是真的。"萨沙承认，捏了捏我的手。然后他在我耳边咯咯笑着低声说："你觉得俄罗斯芭蕾舞团最棒的摩尔人是不是应该请伟大的魔法师给他加薪呢？"

我们离家去往布拉格的前一晚，我满心恐慌地醒来，紧紧抓着我空荡荡的肚皮和肿胀的胸部。我们的行李箱已经打包好了，就放在卧室门边，走向伊琳娜的房间时，我很小心注意脚下，不要在黑暗中撞上箱子。

婴儿房由一盏黄褐色灯罩的小小的边灯照亮。空气沉闷污浊，混杂着干了的酸牛奶和尿液的味道。

奶妈奥廖娜睡在靠窗的一张折叠床上。我走进房间时，她半睁着眼睛，翻了翻眼睛又合上眼皮。过了一会儿她就打呼噜了。"这也是没办法的办法。"妈妈问起她自己那个被人领养的婴儿时，她说道。

我俯身看着婴儿床。我的女儿紧紧裹在鹅绒襁褓里。雪白的襁褓，头枕和前面交叉处都镶有褶边，就像我们小时候都有的那一个襁褓。

一想到奥廖娜，想到我女儿在饿的时候就撅起嘴唇去寻找她粉红色的乳头，想到她给我的宝宝喂奶时半哼哼半嘟囔的走了调的摇篮曲，心里就一阵忿忿。一想到妈妈每次就算伊琳娜没哭也都忍不住要把她抱起来，想到她怕有穿堂风总是把窗帘紧紧拉上，即便窗户是双层玻璃而且密不透风，心里就一阵不平。

"是你吗，勃洛尼娅？"妈妈的低语打断了我的思绪，"你睡不着吗？"

我没听见她进来，想到这个吓得我胆战心惊。要是有人破门而入怎么办？我是不是也听不见？胡说八道，我告诉自己，可我已经抽泣起来了。

我并不想哭。我不想让奥廖娜醒过来一脸好奇地看着我，那种表情我有时候觉得是嫉妒，有时候觉得是怨恨。我由着妈妈把我拉出了婴儿房，走到客厅，她让我在我们蓝色的沙发上躺下，给我盖上毯子。从我们小时候随团到处漂泊时我就记得这条特别的毯子了，上面有着成串的红色和黄色圆圈。在某个集市买的，我还记得那个集市上还有五颜六色的香料，全都装在粗麻布袋子里排成一排，斯塔西克把一个手指头伸进辣椒里，满心期待地舔了一口，结果全吐了出来。

"刚生了孩子都是这样的。"妈妈悄声说，"感谢圣母，伊琳娜身体很健康。别的一切都能搞定的。你看着吧。"

我牢牢记住这些话。我提醒自己每一天我的身体是如何恢复到原来的样子。肌肉听命于熟悉的例行训练，有时候甚至感觉更柔韧了。曾以不习惯的方式使用过的乐器需要调音，拉紧，但大可以为我所用。我会学着充分发挥出它的潜力来。这就是舞蹈演员们向来的做法。调整，替代，把局限之处变成新的表达手段。

"有我在呢，勃洛尼娅。"妈妈低语，"你又不是把伊琳娜留给陌生人照料。"

这一时刻我要如何跳舞？

脚尖点地，轻轻一戳，脚持续点地。

4. 我们到达布拉格时,俄罗斯芭蕾舞团正处于为一九一四年演出季作准备的排演之中。佳吉列夫不在那儿。趁他不在,福金和他的妻子薇拉忙着抹掉"尼金斯基疯魔"的全部痕迹。福金不仅负责编舞,而且还要跳瓦斯拉夫的所有角色。我的角色都由他妻子来负责。

我跳什么呢?

次要的角色:《埃及艳后》中酒神的祭司,而不是泰霍尔。《彼得鲁什卡》中街头演员,而不是芭蕾女伶玩偶。

我在很大程度上算是化妆间里的陌生人。我有许多朋友没有回来,而对于那些取代他们的人而言,我只是那谁谁的妹妹。

"树一弯腰羊就随便跳。"妈妈以前说过。

这时候来了一封电报,里面的消息虽在意料之外却有如及时雨。瓦斯拉夫提出在他的舞团定于伦敦的演出季中给我和萨沙一席之地。给我八万法郎一年,萨沙四万法郎,以及完全的艺术创作的自由。

休战已经变成完全和解。我们又是同一个整体的两半了。年岁渐长,更加成熟,更加强壮。比过去更好。

"我并没有违约。"我写信给佳吉列夫,"合同条款是给福金破坏了,他决定不给我惯常的角色。这就是我觉得我用不着受责任束缚的原因。"

在巴黎,瓦斯拉夫在车站等我们,为我们的到来欢欣鼓舞,感谢我们接受他的提议。他身边的罗莫拉穿着黑色天鹅绒大衣,上面装饰着棕褐色和赭色的菊花。大衣完全裹住了她,使得她看起来像是包装好的礼物。

瓦斯拉夫的漂亮妻子,我这么看待她。我喜欢她那样轻松自然就挽住我的手臂,告诉我她早就迫不及待要会一会我了。"你不记得我,是吧?"她问,但我听不出这一问题带有任何怨气。过了一会儿,没等我表示抗议，她就告诉我他们住在斯克里布酒店，也为我们在那里预订了一个房间。那里每个人都认识瓦斯拉夫。行李员一直给他们送来礼物；真是对他们宠爱有加。我带着伊琳娜的照片吗？五个月后她将要有个小表亲了，有一天我们的孩子们将一起玩耍，一想到这一点不是特别让人开心吗？

瓦斯拉夫没有变，我想，尽管我确实注意到了他缩瑟着肩头，仿佛希望躲开这些话。"妈妈怎么样？"他满怀愧疚地低声问我，"还很受伤吗？"

我告诉他不用担心——她会想通的——她一向如此。

那一天稍晚些时分，瓦斯拉夫才跟我们谈起尼金斯基演出季的细节情况。在伦敦的皇宫剧院，一小时的节目，演八个星期。

许多问题已经在我脑海里问个不停了。在综艺剧场？瓦斯拉夫不是总说综艺剧场不是严肃的艺术家演出的地方吗？他不是已经严厉批评过巴甫洛娃与杂技演员和小丑出现在同一张演出单上吗？他不是告诉过她不要降低了自己身份吗？

问题还不止这些。

尼金斯基演出季将于三月二日开始，距离现在只有四个半星期。我们三个人是仅有的舞蹈演员。没有布景。即便如此，除了《牧神》和《游戏》，瓦斯拉夫已经承诺要上演《玫瑰花魂》《狂欢节》和《仙女们》。

"我们跳我的版本。"瓦斯拉夫说，打消我关于他上演俄罗斯芭蕾舞团的芭蕾剧目是不是会有法律问题的担心，"不是福金的版本。"

我是舞台之子。我不会耿耿于无法改变的情况，而是去想能怎么办。接下去那些天，萨沙去找人来画我们的布景，来改编适合于我们所制作的舞剧的配乐，而我则在这短短时间之内物色舞蹈演员。由于我找得到的为数不多的舞蹈演员都在华沙，我不得不上那儿去面试，去挑选最好的舞蹈演员。

二月中旬，新的舞团在伦敦聚集到了一起，我们都投身于旋风般的准备工作中。排演，训练新的舞蹈演员，订购戏服，绘制布景。每一天都带来更多问题。送来的海报到处都是拼写错误。看过我们的排演之后，皇宫剧院的经理要求多跳一些俄罗斯舞，瓦斯拉夫暴跳如雷，然后他才让步了。

晚上，我们筋疲力尽回到旅馆，对我们紧追不舍的是罗莫拉生硬的话音："我一整天都等着你们……你们没回来吃午饭……你们晚饭又迟到了……为什么你们老说俄语……你们是故意要把我冷落在外吗？"

即便是极为擅长缓解紧张关系的萨沙——当罗莫拉抓着我的手臂尖叫着"我知道你在做什么，勃洛尼娅。你在试着把瓦斯拉夫从我身边带走"时，他也只是翻翻白眼罢了。

跷跷板，我提醒自己。绝望与希望，落下然后跷起。对于接下去两个星期发生的事情，我的记忆依然支离破碎，那些参差不齐的碎片怎么也不肯捏合到一起去。一开始是瓦斯拉夫被告知"尼金斯基时光"排在一个身穿格子套装绑着橡胶腿满舞台上蹿下跳的滑稽演员和一个唱着轻佻副歌的胖歌手之间，那时他眼中闪现出担忧的神色。接着是看见我哥哥在首演当晚在他的化妆间里哭泣。"出什么事了？"我问，他递给我他刚收到的一封电报：

热烈祝贺。祝综艺剧场艺术家好。安娜·巴甫洛娃。

然后他以一个久久不放开、令人窒息的拥抱，紧紧把我抓住。

有一天晚上乐队在《玫瑰花魂》演出前的幕间休息时分演奏柴可夫斯基的作品，瓦斯拉夫喊着"不是那个音乐！"他捂着耳朵，扑倒在地上，还尖叫个不停。我说什么都无济于事。我求他别叫了没用。我喃喃说我不知道还能做什么。

看着剧院经理抓起一罐水浇到瓦斯拉夫头上，仿佛他是一条疯狗似的,我简直吓坏了。我哥哥不再尖叫,他擦擦眼睛站了起来,湿透了的头发还往下滴水。他看见我了,但他脸上迷惑不解的表情好像他期待的是别人而不是我。我抱住他,牢牢抓住他还在颤抖的湿漉漉的身体。"瓦斯拉夫,"我喃喃道,"是我,勃洛尼娅。你跟我说说。告诉我发生了什么事。"

他没说话,但我感觉到他融化在我怀里了。慢慢地——或许过于慢了——但当我从口袋里掏出一块手帕时,他终于微笑了——我极尽所能模仿着妈妈的声音命令他吐口唾沫到手帕上,这样我好擦一擦他的下巴。

三月十四日,瓦斯拉夫和我跳《玫瑰花魂》。他是玫瑰精灵,我是年轻姑娘,刚从舞会上回来。不是尼金斯基的被选中的少女,而是福金的做梦人。

布景很简单:一扇打开的窗户,一张我坐在上面的扶手椅。幕布升起。我捡起一朵玫瑰放在手里。瓦斯拉夫一溜而入,他举起的手臂好像是攀缘植物的卷须。他绕着舞台跑的动作优雅精准,包括跃过打开的窗户跳入虚无的那最后一跳。但我知道这只是他的身体在重复他早已熟悉的动作。他的灵魂并不在其中。

片刻后,在后台,我看见瓦斯拉夫坐在地上气喘吁吁,他的额头汗水直流。萨沙递给他一块毛巾和一杯水,提醒他慢点抿上几口。来自观众的阵阵掌声传到我们这里,随之而来的是大叫着"再来一个!"瓦斯拉夫的前额布满皱纹。

我仍然动辄就想打消我所看见的情形。软弱的时刻,糟糕的一天。我们都有这样的时候。即便是我光芒四射的哥哥。现在他会管自己叫"笨蛋"。冲我啪的打个榧子叫我别再盯着他看,好像他是个戴眼镜的猴子似的。

"我表现得怎么样,勃洛尼娅?"瓦斯拉夫问。听起来或许像是提问,但其实是寻求安慰。

一股冷汗流过我的后背,把我的舞会礼服的腰部都浸湿了。参孙①?遭到背叛、被刺瞎双眼、力量全失的巨人?

没有人能告诉你你跳得怎么样,勃洛尼娅。你得自己知道。

我的足尖鞋上的缎带感觉非常紧。我隐隐约约感觉到,仿佛我的腿已经不再是我的了。

我说:"你光芒四射,瓦斯拉夫……一如既往……听听他们都怎么鼓掌的。"

第二天罗莫拉打电话告诉我瓦斯拉夫发了高烧,当晚演出必须取消,我如释重负。我们全都工作得太辛苦了;我们还有六个星期的舞要跳;我们需要休息一两天。然而那时我才得知瓦斯拉夫签订的合同没有关于生病或者受伤的条款。尼金斯基演出季被取消,取而代之的是赫蒂·金小姐和她"不可思议的笑疗"。

接下去的那些天,随着尼金斯基舞团在债务和指责中解散,我告诉自己,未来是蒙着面纱引诱人的女子,她的舞步缓慢,充满欺骗性,每一个动作都是戏弄。

参孙撼动庙宇的柱子,就在他的敌人——以为他被打败了——庆祝他们浅薄的胜利的地方。舞蹈之神也将书写他自己的结局。也会有新的芭蕾,大胆,热情洋溢。让《春之祭》也要逊色三分。

5.

一个星期后,萨沙和我坐火车到圣彼得堡。我们到家时,伊琳娜咧开她还没长牙的嘴朝我们开心地笑,张开手等着被抱

---

① 出自于《圣经·士师记》中的人物,以带领犹太人击杀外敌而著名。

起来。

瓦斯拉夫慷慨大度，坚持付给所有舞蹈演员整整八个星期的酬劳，因此萨沙和我有足够的钱租下一间工作室，我们可以在里面练习，我还可以授课。萨沙的人脉带来了持续稳定的聘约，在人民艺术宫、在私人举办的活动、在夜总会接连演出。足以让我们应付自如。

妈妈问起罗莫拉和伦敦演出季的情况时，我总是岔开话题。我承认演出季不得不削减变短，但一切都很好。瓦斯拉夫和他的妻子在一起很幸福。我用不着为此忙太久。到六月，他们的女儿基拉出生了，妈妈成天念叨的都是瓦斯拉夫说好了要带家人到俄国来过圣诞的承诺。

当我和萨沙单独待着的时候，我依然忍不住要仔细分析伦敦演出季是怎么遭遇失败的。好奇为什么罗莫拉英语那么好却让瓦斯拉夫签下这样的合同。她没读过吗？她难道不能找个律师检查一下条款吗？

"你不喜欢她，对吧？"萨沙最后问道，吸着他的海泡石烟斗。这是新养成的习惯。烟斗雕刻得非常精美，是狮子头的形状。他吐纳的烟带有坚果的香气。

我在脑子里翻来覆去想着这句话，从各个方面审视再三。就像鞋子里钻进一颗小石子。一开始怪讨厌的，然后变得让人痛苦。就像所有伤口一样，如果不采取措施听任它去，会溃烂化脓。

"不喜欢。"我承认。

萨沙对于我的坦白只是耸耸肩。罪过，控诉，相应程度的责怪。尼金斯基家的毛病。最终又有什么大不了的呢？再说了，我还没看到新闻吗？

圣彼得堡的报纸报道了火车站又一起神秘的爆炸事件。罢工、抗议和游行到处爆发，不单是俄国，在德国、英国和意大利全都一样。

"一时的暴风雨。"我告诉我丈夫。

太容易就被希望蒙蔽双眼了。就像很容易就对发生在我从没去过的巴尔干城里一位欧洲大公遇刺的报道嗤之以鼻。特别是自从我迷醉于自己创作的芭蕾舞的映象以来。这些想象都还模模糊糊尚未成形，还需要塑造再塑造，不断充实。一道闪电。一匹沿着道路缓慢行进的马。一个跳绳的小姑娘，她的伙伴们围着她站成一圈看她跳。

一个圈。

一个三角形。

一个棱锥。

6.

人群蜂拥到冬宫前的广场。人们举着圣像、旗帜和王室的肖像画。教堂的钟声敲响了。一群鸽子惊得飞起。

德国刚对俄国宣战。

我探出公寓的窗口去看个清楚，手肘支在妈妈留在窗台的小靠垫上。"看呐，伊如什卡，"萨沙指着一个骑在马上的哥萨克说，"哥萨克的皮帽子看起来和《春之祭》中老人们戴的帽子很像。""在哪呀？"伊琳娜问，妈妈把她抱得再高一些好让她看得见。

第二天我们读了报纸得知尼古拉二世现身皇宫阳台，人们跪在地上高唱"天佑吾皇"。报纸提醒我们，战争提升人心士气，一扫停滞不前的思想，将骚乱动荡变为团结一致。不再为罢工而争吵，不再进行示威游行或者搞恐怖袭击爆炸。在杜马，所有政党都宣告要捍卫俄国作为世界大国的地位。守护我们独一无二的俄国价值观。街上贴的海报恳请大家购买战争债券，百分之五点五的利息。

所有人都认为战争在圣诞节前就将结束。

萨沙在三个星期后应征入伍。"亚历山大·科切托夫斯基。二十五岁，编入炮兵分队。"他的入伍文件如是说。不过让我松了一口气的是，他和许多其他演员一样将进行劳军演出。招他入伍的中士问他巴拉莱卡琴和手风琴演奏得有多好，问他是否会俄罗斯民俗舞和吉普赛小调。

八月的最后一天，我在拥挤的火车站送别萨沙。我丈夫头发剪得短短的，裤子塞进军靴里，看起来依然英俊潇洒。他哼着《风流寡妇》里的曲调，期待战营里的篝火，军队的卡车变成表演舞台，人们坐在背包上看他表演时都咧开嘴笑。他会懂得如何让他们陶醉其中。他温暖的手牢牢地揽住我的腰，仿佛我们正准备开始一段新的舞蹈。

"我该按哪种方式来斜戴帽子呢，勃洛尼娅？"

萨沙和我还有时间在火车站的酒吧喝杯茶。在快餐部，褪色的纸玫瑰摆放在沾染了啤酒印渍的油纸台布上；三明治堆成宝塔状，盖在网帐下以免苍蝇叮食。空气中都是油烟和蒸汽的气味。

我们买了两杯茶，坐在靠窗的桌边。

"这是给你的。"我说着把我准备好的礼物递给萨沙，就包在亚麻肩带里。

萨沙打开礼物以后吹了一声响亮的口哨。里面是一个袖珍清水过滤器和三种不同的巴德玛耶夫药粉：外伤用、内出血用和饿的时候吃的。

"你这都是哪里弄来的！"

佳吉列夫要是在场，准会提醒我们在室内吹口哨会带来厄运，但我只是微笑着，为自己感到自豪。在亚历山德罗夫市场，人家对我打包票说对士兵而言清水过滤器和药粉已经是最紧俏的宝贝了。

"要是没有你，我可该怎么办呐。"萨沙说着靠过来亲吻我的脸颊，"我最讲求实际的妻子！"

他把手按在我的手上，我看着他食指上的伤疤。在蒙特卡洛时，有一回他试着向我展示他认识的一个厨师是怎么切洋葱的。刀口很深。刀都伤及骨头了，但所幸愈合得很快，甚至都不需要缝针。

我们谈论起了未来。就目前看，上课和临时性的聘约够我们过日子了，但我们还是得未雨绸缪。"去基辅？"萨沙问。他有个好朋友在那里，跟他拍胸脯说科切托夫斯基和他的妻子会受到敞开怀抱的热烈欢迎。

"好，"我同意，"至少在瓦斯拉夫给我们更好的提议之前可以。"

我们匆匆喝完剩下的茶。我陪萨沙走回月台，那里已经挤满了士兵和他们的家人。某个车厢隔间里有人在拉手风琴，拉得又快又动听。

最后什么都是急急忙忙的，紧紧的拥抱，贴着嘴唇亲吻，匆匆交代要常写信，然后我自己慢慢走回家。一个人独行。

7. 公寓里总是闻到洗涤衣物的味道。我从剧院或者舞蹈课下课回到家，只见尿布在炉子上一大缸肥皂水里煮沸着，或者晾在交叉挂在厨房的晾衣绳上，占据了餐厅和妈妈卧室的半壁江山。小偷会偷走晾在阁楼的任何衣服。

彼得格勒——这是圣彼得堡充满爱国之情的新名字，要清洗掉一切听起来带有德国气息的东西——到了上午十点左右杂货店都还有售胡萝卜、白菜、芫菁和带骨肥肉，但面包卖光了。人们都在做面包干，这种干面包片可以存放好几个月之久。每次我们去看望斯塔西克，妈妈总坚持要带给他些吃的，即便院长已经跟她保证过疗养院和医院一样食物供应充足。

在马林斯基剧院，福金正在制作《斯登卡·拉金》，用《各族之舞》向协约致意。带给我这一消息的玛露霞·皮尔茨告诉我，她在那里过得很开心。她已经听说瓦斯拉夫与佳吉列夫重归于好，听说佳吉列夫邀请他回俄罗斯芭蕾舞团跳舞和负责编导。"这是真的吗，勃洛尼娅？"她问，但我能告诉她的只不过是瓦斯拉夫并没有在他的信中提到此事。玛露霞对此并不感到吃惊。经过前前后后所有戏剧化的事件之后，瓦斯拉夫依然小心谨慎行事。不过其实没必要。佳吉列夫现在迷恋的是马辛，一个来自莫斯科的舞蹈演员，他到处介绍说是他最新的明星。大家普遍都认定马辛没有天分。

"战争一结束，"玛露霞预言，"你和萨沙会回俄罗斯芭蕾舞团。"

"是真的吗，你又为佳吉列夫跳舞了？也编导？你现在在创作什么作品呢？"我在信中问瓦斯拉夫，但我不相信能通得过审查。他寄给我们的信都很简短，并没有回答我的问题。"我很好。我想念你们所有人。你日子还过得去吗，勃洛尼娅？请多写信来。"

我不放弃，一试再试。我选择写明信片而非信件，因为我听说明信片寄出去的机会更大：

> 我在涅瓦大街上遇见福金了。"我教给了你哥哥和你们现在懂的一切。"他说。想象他一场咆哮哦，瓦斯拉夫，他撇着嘴，眼神像飞刀似的嗖嗖的。"您教给我们您所知道的一切，米哈伊尔·米哈诺维奇，"我说，"您不是唯一的一个。"

我们怎么把日子过下去呢？

> 我是人民艺术宫的首席芭蕾女伶，等萨沙一回来他们也会聘用他。我还教课。切凯蒂已经把他所有的高级班学生都给我了。

在人民艺术宫，我也编导自己简短明快的独舞。足尖舞《娃娃》。光脚跳的《秋之歌》。"尼金斯卡的芭蕾"，海报郑重其事地广而告之。我详细向哥哥描述了这些舞蹈，还补充了一句："尽管我非常高兴，但我并不骄傲。我渴望更好的作品。"他的第一部芭蕾作品可是《牧神》。

我没有写我们当地的食品杂货老板被刀架在脖子上给抢劫了，没有写挂锁已经普遍出现在柴棚和地窖的门上，满城都是。也没有写在我们租住的公寓这座楼房，三个工人已经在隔开我们院子和邻居家的那堵围墙顶上用水泥浇筑了碎玻璃渣。

"妈妈身体很健康，"我写道，"伊琳娜长得很快。基拉和罗莫拉好吗？给我们寄来她们的照片吧。"

萨沙确实在圣诞节前回家了，但并非因为战争已经结束。我丈夫获得了延长的假期。

他走进房间时，伊琳娜躲到妈妈背后。

"来爸爸这儿，伊如什卡。"那个幽暗的十二月下午，萨沙哄她玩。他变出一个小丑的红鼻子戴上，想逗她发笑。伊琳娜既感兴趣又有所提防地看着他，但一动不动。

"她得习惯一下你的存在。"我告诉他，"明天她就围着你转了。"

"你想我吗？"妈妈哄伊琳娜睡觉去，我们终于得以单独相处时，萨沙问。

"想啊。"我悄声说，抬起头让萨沙俯身把他的双唇压在我的唇上。

"给我看看有多想。"

"嘘……"我说着，竖起一根手指头放在嘴上，把他拉进了我们卧室。墙壁很薄。我可不想让伊琳娜哭着醒来。她一直睡得不踏实，自打奥廖娜离开以来——在我们拒绝她第三次提出加薪要求之后。

后来，肌肤相互摩挲，心怦怦狂跳，这时候我们聊了起来。

萨沙的军团——实际上是个马戏团，如他所说——不光由舞蹈演员组成，还有小丑、杂技演员和魔法师。他们在位于南方的前线演出，在营地背后，就在临时搭建的舞台上表演。一开始他们的演出所表现的都是关于胜利和庆功的内容，因为奥地利人给打得落花流水。然而到了十一月，他们就被送往战地医院演出了。

"跳给那些漂亮的护士们看啊？"我轻轻问，摇动着我的手指头，"我该吃醋吗？"

萨沙在他夹克口袋里摸索着掏出了一包香烟来。他的海泡石烟斗给偷走了，他说。他甚至都不知道什么时候被偷的。我送给他的过滤器也一样。他打开盒子结果里面是空的。

"没关系。"

"是没关系。"

每吸一口，烟头就一亮。我丈夫的声音变为嘶哑的低语。

"一切都是错的，"他告诉我，"大错特错。前线没有粮食。士兵和马都没得吃。新兵都得等着别的士兵死了才有步枪。军缩减成师，师缩减成旅，旅缩减成营。沙皇个性软弱，在不该维护权威的时候偏偏强硬得很。赶走了好的大臣，让笨蛋来接替他们。这就是为什么战地医院里满是垂死的伤兵。"

"我们被派去给他们变戏法演杂耍，"萨沙继续说，他的声音在喉咙里就哑掉了，"跳戈帕克舞……"

我递给他一只烟灰缸，看着他掐灭烟头。科列姆，他最喜欢的品牌。我勉强说得出来的安慰之词也只不过是："所幸你有好一阵子用不着回去了。"

早晨我们坐在一块儿算起了家里开销的账。因为战争还在持续，身在奥地利的瓦斯拉夫一分钱也没法给妈妈寄来，因此我们得自力更生。除了房租和日常杂货采购的开销外，我们还得付钱给来打扫的女佣。还有洗衣妇。然后还有医生和药剂师那边的账单。斯塔西克住疗养院的费用。以往瓦斯拉夫一直支付的各项费用现在都要我们来承担了。

我们的存款还剩下一千卢布。歌剧院每个月付给我一百卢布。我教的课还能挣得两百卢布。我们都还过得去，只要房租不涨价。

"眼下我在呢。"萨沙说。他提醒我夜总会每晚能付一百卢布。我们可以在剧院演出结束后上那儿去表演。跳散拍舞，跳踢踏舞。美国的任何事物眼下都风靡一时。

他站起身向我展示我们可以跳的那些舞，但我跳得更快。杰和约教给我的那堂课没有被遗忘。我依然能轻轻一扫摆动起来，听着像是一匹疾驰的马一般嗒嗒作响。我依然记得希米舞的节奏。

"你总是非要做到最好吗，勃洛尼娅？"萨沙笑了，"这是尼金斯基家的毛病吗？"

到了一月，白天很短，天黑得很早。为了不被冰冷刺骨的寒风吹到，走在街上时，我整张脸都严严实实包着头巾，贴着皮肤蒙的是丝巾，外面则是厚厚的羊毛头巾。妈妈带伊琳娜出去时，就在她脸上涂上厚厚一层鹅油。

萨沙和我跳散拍舞的夜总会里，那个卖烟姑娘身材娇小，喜欢穿渔网袜，裙子短得露出膝盖。她涂着猩红的唇膏。每次随便萨沙问她什么，她都咯咯直笑。"卖烟姑娘吸烟吗？你这袜子能捕鱼吧？"

"开心点，勃洛尼娅，"萨沙说，"你不会吃醋吧，会不会？"

她有一次来化妆间串门，那时就我一个人。我问她来干什么，她磕磕巴巴的。然后留下一包科列姆香烟给科切托夫斯基先生。"哦，这——这付过钱了。"当我问起该给她多少钱时，她结结巴巴道。

早晨萨沙往他刚刮好胡子的脸上拍古龙香水。仔细查看他下巴上的一道痕迹。仿佛那是一个污点似的将它擦掉。我身体里一紧，喉咙一缩，感到痛苦而窒息，久久没有恢复。

"这下哪里不对劲啦，勃洛尼娅？"萨沙问。

一月的最后一天，萨沙一脸痛悔，手里捧着花，喃喃低语道："我是个傻瓜，勃洛尼娅。我犯了一个糟糕的错误。"妈妈一声不吭，手脚麻利地抱起伊琳娜躲出去了，好让我们俩单独待着。

"你听我说。"他说。

我坐在桌边，盯着钩针编织的桌布上那些菠萝状的图案。

274　被选中的少女

萨沙在我边上那把椅子坐下，用两手的指节揉着眼睛。

厨房里，妈妈正在叫伊琳娜张大嘴巴，因为火车快要进不了隧道了。在寄自维也纳的上一张明信片里，瓦斯拉夫写到他女儿基拉"在我跳舞的时候就冲我微笑"。

萨沙把双手十指交叉在一起。"我没有多想……这什么都算不上……就是一时迷恋。"

我继续盯着桌布，那尖尖的形状与交错的花瓣相连，相互间隔着渔网状的空间。盖在桌布下面的桌子沉甸甸的，颜色黝黑发亮。"桃花心木。"妈妈总是不无骄傲地讲起来。瓦斯拉夫在马林斯基剧院跳舞的时候买下了这张桌子。尽管萨沙和我想方设法挣了些钱，但我们还是不得不卖掉瓦斯拉夫那台博兰斯勒钢琴。折半价出售，因为没有人愿意买德国的任何东西。

我咒骂自己怎么就看到了那样的场景。我丈夫和另一个女人在一起。她的手指头抚摸着穿过他的头发，把他拉向她。他的双唇轻声含糊说着诺言或者提出请求。

萨沙挪动了一下，抬起身几公分又坐了下来。他声音低沉，充满了负罪感。"是这场该死的战争闹的，勃洛尼娅。我想向自己证明我还活着。"

我感觉到他的大拇指在我的手背上。轻轻点了点，在求情。

"我们必须重新开始，勃洛尼娅。记得我跟你说起过的基辅的那个朋友吗？"

"求你了，勃洛尼娅，看着我。"

父亲并没有请求原谅，我心想。父亲对于离开我们从未感到抱歉。

8. 我们有六个月时间清理关闭我们彼得格勒的家,要么卖掉要么存放我们无法随身带走的东西。到了八月我们必须人在基辅了。

基辅城市剧院的合同要求:演出芭蕾、幕间歌舞节目以及歌剧中的古典舞和性格舞。萨沙将担任芭蕾舞团教练和首席舞者。我将是首席芭蕾女伶。

"古典舞?演出,而不是创作?"

"这是最好的出路了。"萨沙坚称。基辅剧院牵线搭桥发挥作用,延长了他的军假。我们的工资加起来——他的收入是我的两倍——就不用再担心钱的问题了,"再也不用去夜总会了,勃洛尼娅!"

白纸一张,我心想。那地方一切都是崭新的。毫无瑕疵。

"我们所有人都离他这么远,斯塔西克会怎么样呢?"我支开萨沙和伊琳娜出去散步,然后跟她透露了这个消息,这时妈妈问道。

上一次我们去疗养院看望斯塔西克,他蹲在墙角,双腿骨瘦如柴,皮肤发黄,穿着一条对他来说太短的奇怪裤子,腿就那样露在外面。"斯塔西克。"我叫他,但他没有抬头,连我擦掉他嘴角的口水时都没有抬头。

除了我们已经为他做的,我们还能做什么呢?我们在这里能做什么是在基辅做不了的?

我一条条列举我的理由,妈妈量了三十滴缬草镇定剂,倒在方糖上。她的心脏不比从前了,她叹了口气说。我看得出她把她的桃花心木家具、通往瓦斯拉夫房间的门、从马林斯基剧院到巴黎再到伦敦的所有剪贴簿都尽收眼底。

我二十四岁了,我提醒她,萨沙二十六岁。我们想要自己的芭蕾。我们想并肩奋斗。

"在基辅?"

我知道她在想什么。基辅是闭塞的地方。基辅是她的起步之地,在四十七年前她和姐姐们来到俄国的时候。基辅是卢科维奇剧团巡演的其中一站，说起这个地方她就想到那时生下瓦斯拉夫，把他带进一个破旧的房间，走廊还散发着白菜的酸臭味道。要是你没离开马林斯基剧院就好了，勃洛尼娅，妈妈的眼神在责备着我。

"求你了。"我把手放在她手上，往下按了按。

妈妈点点头。她是我的母亲。她或许会担心，会苦恼，但她会照着我的想法办。

正如合同所承诺的，有一套公寓在基辅等着我们了。位于一楼，光照充足，有一间大大的厨房和四个宽敞的房间。"挺好的。"我先发话了，抢在妈妈评论那褪色的墙纸或者城市剧院称之为"家具"但看起来却像是一套摇摇晃晃的废弃旧道具之前。剧院很近，走走就到了。在中午休息时妈妈可以带伊琳娜过来。

"看看这景色。"萨沙指着圣索菲亚教堂的金顶说，"那儿还有个小公园。庭院里有块沙地。"

他做了个皮鲁埃特旋转，冲着伊琳娜笑，她一开始居然一脸严肃看着他，显得有点滑稽，然后就笑了。我起身脚尖半着地，把手放在髋部，围着他转。

我们踌躇满志。我们曾一起在佳吉列夫麾下跳舞，和全世界最棒的舞蹈演员同台演出，现在我们有了自己的芭蕾天地。我们可以创造奇迹。有些希望如同小口抿下的香槟，充满泡沫，轻盈而欢乐。在我脑海里打转。我们是夫妻。我们是艺术家。我们要向基辅展示在俄罗斯失之交臂的一切。

萨沙和我谈论芭蕾的时候，伊琳娜一本正经地听着，她皱起额头，咕哝着某种她自己才懂的话，有时候听起来像波兰语，有时候听起来像俄语。处于动态的一切事物都让她着迷。河水的流淌，墙上挂钟的钟摆，拉着马车缓慢行进的马匹。早上的课程结束后，妈妈带她来到剧院时，她径直奔进我怀里，胖乎乎的手臂抓紧我的脖子。我无法相信曾几何时，不管那个时刻是多么短暂，我竟然不希望她出生。

"你觉得她会成为舞蹈演员吗？"我问萨沙。

"她才两岁，"他说，还笑了起来，"还早着呢，谁知道。"

妈妈也这么认为。即便是瓦斯拉夫，在这个年纪的时候也无从断言，尽管他是个生性好动的孩子，没法乖乖站着不动。她一不留神，他就会爬上椅子或者篱笆。或者像只小猴子似的悬挂在洗礼的水池上，他在华沙时就是这样干的，当时妈妈带我们俩去受洗。

伊琳娜胆子很小。害怕突如其来的声音，害怕大块头的人，还怕狗。不过她举止优雅，平衡性很好。她也喜欢在我拉伸时模仿我的动作。在我身边坐下，拉伸双腿，向前俯身。

我尽量在伊琳娜上床前回家，即便还得又马上赶回剧院去。要是我回来晚，她已经睡着了，我便蹑手蹑脚进她房间，给她留下一点她早上起来就能发现的小惊喜。比如摇晃时会轻声哔剥作响的干罂粟花头，状似飞翔小鸟的树皮。有时候她会醒来，整个人还迷迷糊糊的，面带微笑，我相信在我身上，正在她床边弯腰端详她的艺术家母亲身上，我女儿看见了有朝一日她将过上的生活的预兆。

是的，这或许还为时太早，但我希望她将来成为舞蹈演员。我希望她过的是认真热烈、全情投入的生活。我希望她感受到历经多时的牺牲而获得的欢欣鼓舞，体验成为最好的自己的那种纯粹的快乐——比任何痛苦都感觉来得强烈。

新的舞团就像是新的大家庭。城市剧院有我们四十二位舞蹈演员，技巧程度参差不齐，许多不同的习性须得融为一体。经过勤奋耐心的练习才能有力量，才能和谐统一。在日常课程中，肌肉必须经受熟悉范畴之外的挑战；在排演时，新的舞步必须好好学习并汲取到肌肉之中。

从一片模糊的躯体之中，舞蹈演员慢慢凸显出来。这个人举手投足显得轻松；那个人有速度，或是有温暖的火花迸发，可以好好栽培，在悉心劝导下稳固水准。晚上在家，萨沙和我一起权衡他们的优点：谁已经条件成熟可以晋升为独舞演员，谁懒散懈怠需要敲打一番。

芭蕾舞团教练，萨沙开玩笑说，像是告解神父和女修道院院长合二为一。假如他对于咬着他耳朵道出的每一个秘密、擦干的每一滴眼泪都收一块铜板，我们就发财了。

然而舞蹈演员并非在真空中跳舞。

谢天谢地，乐队非常出色，整齐统一，训练有素。合唱队也一样。但剧院没有木匠，没有画家来制作布景，也没有这项预算。

"在这儿事情可不是那么办的。"当我们向他展示对于我们首场演出所要求的详细草图时，布景经理，一个来自加利西亚的精瘦结实的男人，这样告诉我们。他挠了挠他谢顶的脑袋，从他桌子抽屉里掏出两本相册来。相册里是编了号的照片，显示舞台布景的各个细节：一座宫殿，一片湖泊，两种不同版本的树——冬天的一棵光秃秃的，夏天的一棵枝繁叶茂。"写下数字就可以了。"他说着，朝我们推来一叠横线纸，"然后告诉我，你们希望每个道具都放在什么位置。"

我们甚至都没问起戏服。或者乐队的总谱。我们没有提起巴克斯特或者贝努瓦都是怎么设计布景的。他们的绘画是如何不光表现出埃及艳后或者彼得鲁什卡的情绪，更勾勒出舞蹈的背景，与舞蹈融为一体。

"一步一步来，"我们离开时萨沙说，"眼下我们先拿上树和湖泊。"

我暗笑。"两棵树，一棵光秃秃，一棵有叶子。没有宫殿。"

我们最初的演出或许给指定了剧目，非常传统，但《滑稽圆舞曲》演出时座无虚席，赢得了"优雅且在编舞上格外妙趣横生"的赞誉。剧院管理部门已经同意我们上演自己制作的舞剧。

前往剧院的路上，我们途经一些海报，上面宣传的是查理·卓别林的滑稽电影《拐骗》，还有烛光沃廷斯基歌谣之夜。剧院观众源源不断。基辅歌剧院的夜场演出也一样。糖厂火力全开运转，按时支付薪酬。农民送进城一捆捆烧火的木柴，一车车土豆，一袋袋面粉。有时候我陪妈妈一起逛市场，包着头巾的妇人给我们试吃酸奶油或者蜂蜜，舀到我的掌心上来。她们叫我"阳光美女"，问我打哪儿来。彼得格勒，我说。她们不知道那是哪里。当我说圣彼得堡时，她们点点头。"这里冬天更冷。"她们说，"记得戴帽子，穿暖和点的毛衣，还有外套。"

"彼得格勒的商店里能用的或者能交换的东西很快就抢购一空。"玛露霞·皮尔茨信里说，"伏特加、烟草和糖已经变成比卢布更可靠的现金。买面包从早上两点就排起了长队。脱掉制服开始拦路抢劫的士兵抢走路人身上任何可以卖掉或者吃掉的东西。在马林斯基剧院，气氛一片消沉沮丧，但是斯米尔诺娃在《睡美人》中的阿拉贝斯克可谓一鸣惊人。"

和妈妈一道，我们准备食品包裹，托付给出行的朋友，因为邮政除了寄信还是可靠的之外别的可都不敢指望了。"一半给你，"我写信给玛露霞，"一半给斯塔西克。"

和萨沙一道，我们策划着新的一季演出。

我们来到基辅剧院时，芭蕾被视作低人一等的艺术。每次一部歌剧中点缀上一个芭蕾舞的部分，指挥就借机休息，把指挥棒交给他的替补副手。舞蹈演员从未受邀参加剧场休息室的招待会。这样的轻视简直难以置信，我们要站稳脚跟迎接新的挑战。

我知道自己想要什么：上演俄罗斯芭蕾舞团的精华。

萨沙表示赞同。

我一想到布景经理和他那两本相册不由身子一颤,"我们要订购我们自己的背景幕布。"这时萨沙说道,"重建我们所记得的舞蹈。就像我们在伦敦那样,和瓦斯拉夫跳的那样。"

回想那些日子,我满心雀跃,活力十足。萨沙成全了我的想法。散步时我伸手悄无声息地挽住他的手臂。一直以来我们都很善于应对,不是吗?我们有积蓄。基辅有的是木匠和裁缝。即便质量不完全一样,但戏剧不就是在幻觉之上衍变生发的吗?

就是这样才让我忽视了危险的迹象吗?有一次我走进他的化妆间去找一件丢失的戏服,他们神色紧张,压低嗓门低语。脚动得很快。眼皮稍稍颤动。一个舞蹈演员以夸张的速度匆匆离开。

"我是芭蕾舞团教练,勃洛尼娅。舞蹈演员们总来找我。我只是跟她说说话。我抱着她因为她在哭。我试着安抚她冷静下来。"

她。奥廖娜。妮娜。达里娅。

"拜托,勃洛尼娅,别让我无缘无故感到愧疚。"

记得这些时刻,丈夫的手臂紧紧挽着我的手臂,把我的脑袋按在他胸口。他的心跳均匀稳定。

萨沙不像父亲,我告诉自己。公寓的门没有狠狠摔上。楼下的邻居没有砰砰地敲天花板。我的女儿没有吓得尿裤子。她的成长过程中不会没有父亲在身边。

丈夫抱着我,直到我闭上眼睛。直到我相信自己编织的谎言,以为如果我纹丝不动,那就什么都不会改变。

我们的俄罗斯芭蕾舞团之夜是一场集锦表演。"再现了尼金斯基好几个著名的角色。"节目单介绍说,"由米哈伊尔·福金编导且经过基辅之子瓦斯拉夫·尼金斯基发展和完善的现代杰作。"

萨沙跳最受宠的奴隶、哈乐根和彼得鲁什卡。我跳埃及艳后、科伦芭茵和芭蕾女伶玩偶。

演出票销售一空,不得不延长演出档期。在演出季最后一夜,萨沙和我——我们背后是群舞队——在一片鲜花和礼物中谢幕。在后台,舞蹈演员们举办了一场意想不到的庆功会,向我们表示敬意。他们逐个上前拥抱我们。我们面前摆着圆形的多层蛋糕,上面写着:"献给挚爱的芭蕾舞团教练和首席芭蕾女伶,你们教给了我们所知道的一切。"

"科切托夫斯基和尼金斯卡把基辅的芭蕾艺术提升到了新的高度……达到了国际水准。"评论家写道。我们是基辅文化生活的又一块里程碑;是基辅的骄傲和欢乐。邀请纷至沓来,让我们前去画廊开幕式、独奏会、各种首演和重演。

基辅不是闭塞的地方。

"你是对的,"我在萨沙耳边喃喃道,"来到这里是最好的选择。"

9.

在新的演出季开幕前纷至沓来的那些邀请函中,最最让我欣喜的是这一封:"请到我位于丰杜克雷耶夫斯卡街的工作室来度过一个艺术与对谈之夜。如果你到的比所有人都早的话,那我就有机会专享和你的片刻时光。亚历山德拉·埃克斯特。"

埃克斯特是一位画家,基辅最优秀的画家之一;她丈夫是一位有名的律师。我们此前已经见过他们俩了,在官方举办的招待会上,那些招待会让萨沙如鱼得水,却让我感到筋疲力尽。

萨沙称之为"尼金斯基家的又一个毛病"。

我等着女仆来开工作室的大门,但出乎意料,女主人亲自来迎接我们。"进来吧。"她微笑着敦促我们。不能说美——用美这个词来形容她未免太摇摆不定了——而是端庄大气。器宇轩昂。她浓密的棕色头发和我一样剪得短短的。她全身上下一袭黑色衣裙因别在胸口的那朵丝质红花而打破清一色黑的视觉效果。

亚历山德拉·亚历山德罗芙娜。勃洛尼斯拉娃·福米尼奇娜。

亚历山德拉。勃洛尼娅。

亚历山德拉带领我们走进的宽敞房间里，多幅油画靠在其中一面墙上放着。房间一隅的桌上，茶炊在嗡嗡作响。两个身穿制服的女仆正手忙脚乱地准备茶点。

进房间时，她的丈夫尼古拉向我们表示欢迎。他保证说，我们是他妻子最期待的客人——自从他们在巴黎看过俄罗斯芭蕾舞团的演出以来！

亚历山德拉记得最生动清晰的是《天方夜谭》；尼金斯基扮演最受宠的奴隶冲上舞台。活力十足！全身心沉浸在角色之中！"我尝试着把他画下来，"她坦陈，"更准确地说，把他离开舞台后久久未离去的内在力量画下来。"

"尝试着？"我问。

"画动作和节奏并不容易。"她说着笑了起来。我觉得她整个人轻松自如。兴高采烈。

"瓦斯拉夫要是听到了肯定开心。"

"来。"她说着挽起我的手，带我看展示在外头的那些油画。"巴黎，圣彼得堡，罗马，敖德萨，莫斯科。"她居住过的城市一一变成了层叠交加的油画底色。"而这是基辅，"她指着最当中的那一幅补充道，"这是我一直回来的地方。回来思索我所看见的一切。"

我朝那幅基辅风景画走近一步，欣赏优美流畅的线条，恣意磅礴的色彩。她画的城市里没有人的踪迹，让我想到了音乐。

"否则怎么画得出新意？"她问，"要是你还没有内化你所看见的一切？你不觉得吗，勃洛尼娅？"

"或者怎么跳得出新意！"

我们那天聊了好久。聊到亚历山德拉最喜欢的画家，毕加索和马蒂斯，因为对他们而言，艺术作品是问题的解决之道，而不是装饰之物。聊到戏剧布景和背景总是让人失望，因为它们都静止不动，而戏剧有赖于动作。

她愿意向我展示她最新的画作吗？当然。改天来看。等我下次再来。我很快就会再来的吧，对吗？

我记得当其他客人开始陆陆续续到来时那种深感遗憾的心情，逼着自己开始加入那一套各自介绍、彼此打趣和相互恭维的社交当中。不过我不该低估了我们的女主人。这确实是个艺术对谈之夜，房间一开始就人头攒动，亚历山德拉宣布今晚讨论的话题是：卡西米尔·马列维奇[1]的绘画。他的黑方块真如评论家声称的那样扼杀了艺术吗？

有美食佳酿相佐，在热火朝天的争论中，夜晚逐渐进入了深夜。有人带了一把吉他，在我们谈天说地时弹奏了起来。"方块晦涩难懂，非常危险，"我记得亚历山德拉说着，在一片喧嚣中不觉抬高了声调，"它受到密切的关注是因为它藐视了期待。"

对这一切感受到的欣喜确实在意料之外。仿佛多年来总有东西堵在我的心头，那些僵硬的东西藏匿其中，不是因为遭到禁止，而是因为我不知道该如何是好。那天晚上产生的念头如此简单，有力，释然：转换你所学到的一切，创造新事物，藐视期待。

什么都压抑不了这一喜悦之情。哪怕是瞥见萨沙在茶点桌边上和一个身穿闪光饰片罩衫、戴黑色长手套的美女在一起也无所谓。他朝她靠过去，在她耳边低语着什么。过了一会儿我再度看向他们时，他们都在哈哈大笑。他朝空中举起一小杯伏特加，她向后甩甩她长长的卷发。

---

[1] Kazimir Severinovich Malevich（1878~1935），至上主义奠基人，主张绘画是纯粹的情感，艺术家需要抛弃主题与物象。代表作有《黑方块》《白色上的白色》等。

"你们俩在笑什么呢?"后来在我们回家路上,我问萨沙。

"你说的是谁?"

"身材纤瘦,"我说,"看着很狐媚,戴长长的黑手套的女人。"

"哦,她啊,"萨沙说。"当然是笑马列维奇啦!"

"有那么好笑吗?"

"我给他的方块想了一个标题——黑洞穴里的黑人。卡佳觉得绝妙透顶!"

10.

一九一七年春天,瓦斯拉夫从西班牙寄来的明信片到了,晚到了一个月。"我很好,基拉和罗莫拉也是。妈妈,你好吗?我正在创作一部新的芭蕾,勃洛尼娅。萨沙和小伊琳娜好吗?爱你们所有人。瓦斯拉夫。"明信片正面的图片是树木繁茂的山丘和一座富丽堂皇的白柱房屋。

我多么憎恨这些明信片。异常拘谨刻板,像沙子一样从我指缝中溜走。每一张明信片都和上一张几近相同,尽管这一张至少还算提到了一出新的芭蕾。信件检查员或许高兴了,但除了一些陈词滥调,我什么都没得到。

妈妈已经成了专家,能从报纸上的字里行间中察看到任何提及瓦斯拉夫的内容。她的眼睛滑过关于前线、撤退、推进和阵亡名单的新闻报道,摘出关乎他的最细微的只字片语。然后她可以剖析、探究、放大或者缩小:

尼金斯基被控从事间谍活动。

尼金斯基作为居住在敌国的侨民被扣押在维也纳。

尼金斯基并没有被扣押,只是受到调查然后排除了一切怀疑。

尼金斯基在维也纳跳舞。在布达佩斯跳舞。在巴黎跳舞。

尼金斯基回归俄罗斯芭蕾舞团。

尼金斯基在美国跳舞。

"美国。"妈妈说，可以说好也可以说坏。好是好在他在那里平安无事。坏则是坏在他不久就将坐船回来。在这可怕的时期跨越大洋可谓危险重重。德国人有潜艇，有鱼雷。佳吉列夫讨厌江河湖海各种水体这一点着实在理。

"尼金斯基总能全身而退。"萨沙说。

"你这话什么意思？"

萨沙正提起被子，摆弄枕头。我还在脱衣服，听见他身体一压，床嘎吱一声响。床头上有张镶在相框中的照片，照片上的我们三人分别扮演彼得鲁什卡、芭蕾女伶玩偶和摩尔人。《彼得鲁什卡》是伊琳娜最喜欢的睡前故事。我为她稍作了一些改编。故事里没有坏魔法师。木偶们自己活了过来，展开不可思议的冒险。芭蕾女伶玩偶创作她自己的舞蹈。摩尔人成为网球冠军，赢得金牌。彼得鲁什卡为西班牙国王跳舞，得到一枚魔法戒指可以让他隐身。

萨沙背对我躺着，手臂环抱脑袋。我关掉灯爬上床。

他的回答咕咕哝哝含糊不清。我一个字都听不清楚。

"你说说你是什么意思，萨沙。"

这就是他要说的意思。一整个儿丑陋的事实。不公平。瓦斯拉夫，我们之前可是为了他才离开俄罗斯芭蕾舞团，而他现在又为佳吉列夫跳舞了。瓦斯拉夫从来不在乎他的所作所为对别人造成的影响。瓦斯拉夫考虑自己凌驾于别人之上。瓦斯拉夫回归俄罗斯芭蕾舞团而我们还在基辅歌剧院。瓦斯拉夫在美国或者西班牙或者什么鬼地方，我们却被困在基辅。

就这样，一股脑全都摊开来，不吐不快。

"满意了吧?"

这还不是争吵,虽说会变成争吵的。会把我们带入危险的境地。我的嫉妒和他的妒火针锋相对,弯起我们的拳头变成利爪。回忆像枪炮弹药一样袭来。"萨沙不是艺术家。"瓦斯拉夫的声音回响在我耳畔,"他只在意掌声。他会设法把你拉低到他的水准。"

门砰的关上。我躺在空荡荡的床上啜泣。

"不要嫁给舞蹈演员。"妈妈警告过我。她本该警告我不要嫁给在他人眼中寻求自己的人。

"为佳吉列夫创作的新芭蕾,"我在信中问瓦斯拉夫,"是不是像《春之祭》那样?还是更像《游戏》,线条简洁而组合复杂?还是完全不同?创作完成了吗?你已经在美国跳过了吗?反响如何?"

我把几封信都寄到布达佩斯,给罗莫拉的母亲保管,请她如果可能的话转递出去,或者保管好等瓦斯拉夫回来再给他。我提醒哥哥不用担心俄国的信件检查员。他可以随心所欲地写信。再也没有俄罗斯帝国了。二月底,在彼得格勒,革命开始了。沙皇退位了,我们有了临时政府。

"我觉得这是好消息,"我写道,"这样想的人可不止我一个。"

我想象信件在布达佩斯的家里,他的书桌上积成一堆,按照日期排列。我设想瓦斯拉夫逐一打开这些信,读的过程中泛起微笑。或许是单方面的对话,但一样至关重要。

> 基辅的气氛一派乐观,充满希望。一棵大树倒下后,小树能晒到太阳了。有许多无人涉足、未经勘察的道路。有可以尝试的新方向。政治如此,艺术也如此。

> 你听说布尔什维克把柯切辛斯卡的宅邸变成他们的总部了吗?把她的卧室变成新闻编辑室?显然玛蒂尔达那个巨大

的浴缸装满了烟头，为了寻找她的"德国黄金"，她家客厅的墙壁被砸烂了。她到临时政府要求拿回她的宅邸，但他们只是打发她到苏维埃去，他们一开始都没认出她来，然后完全拒绝跟她谈话。柯切辛斯卡就是柯切辛斯卡，当即就料定临时政府要垮台，布尔什维克会胜利。俄国的未来显然可以从玛蒂尔达花里胡哨的宅邸的命运中得到预言！

我一直收到玛露霞的来信。她还在马林斯基剧院，那里所有王室肖像都不见了，所有的双头鹰都被盖上红布，引座员也不再穿燕尾服了。新的国家管理部门用福金《俄耳甫斯和欧律狄刻》剧中的一幅幕布更替了旧幕布（因为帝国双头鹰的缘故）。新换的白色幕布轻盈而带有"希腊风"——人人都认同它足够革命、足够崭新。

剧院冷得不得了。他们的木柴和煤只够给一部分房间供暖——排练厅要优先保障——因此观众坐在席上得包裹着冬天的大衣和帽子。先前的政治犯坐在王室包厢里，每场演出开始时先要"为革命中倒下的英雄奏安魂曲"。然后他们唱起《马赛曲》，只有这些步骤都完成以后演出方可开始。

你知道玛露霞还写了什么吗？她说她这下才明白你真正想要她在《春之祭》中跳什么。她把你称作是一个"真正的革命者"，要我告诉你，她为自己在巴黎时那么胆小怯懦而自惭形秽。

我们基辅的合同在一个月后到期。到了五月底，萨沙将回到部队。过去几个月过得并不容易。我没法多写个中原委，但我认为分开一阵子对我们俩都好。我知道这听起来显得我很残忍，但萨沙将为军队跳舞而非上前线战斗。等他走了，我会带着妈妈和伊琳娜到莫斯科去。我在基辅的朋友亚历山德拉·埃克斯特和那里的剧院有往来，大剧院总归需要舞蹈演员。

11.

"和萨沙团聚。"七个月后，我在日记里这么写。

莫斯科处于布尔什维克的掌控之下。墙上的海报高呼："一切权力归于苏维埃。和平、面包和土地。"大剧院正面布满了红旗。

一月的那个夜晚，门上响起了一记敲门声。妈妈警觉地跳了起来。谣言让她在夜里动辄惊醒。俄国在熊熊燃烧。喝醉了拦路抢劫的士兵想都不想就先开枪再说，还放火烧房子。有时候我发现她站在窗边，眯眼看着街上，仿佛在等谁。我们已经有好几个月没法往彼得格勒寄去任何包裹了。"你觉得他们在疗养院有足够的食物吗？"她喃喃道，"斯塔西克的房间够不够暖和？"当她抽泣不已，当她问我是不是整个世界都疯了的时候，我只能伸手搂住她，尽力抱紧她。

我走到门边透过猫眼看了看。"是萨沙。"我压低声音说，因为伊琳娜已经睡着了。

他身上裹着一件灰色外套，摘掉了帽子，所以在还没被人偷走的灯泡散发出的那片昏暗光线中，我还能认得出是他，知道他并不是什么等着我开启一道门缝就要强行推门进来的陌生人。

"进来吧。"我告诉他，后退了一步。他离开前我们的对话一直都剑拔弩张的，我不知道这下还能说点别的什么。

他拎起包走进屋里。他随身带进来的味道感觉像是油烟、湿了又干的汗水和酸臭的油脂混杂而成。妈妈在我身后咕哝着说她这就去烧洗澡水。这下她知道是萨沙回来了,怕他会把风尘仆仆一路上的虱子、跳蚤和臭虫带进家门。

萨沙脱掉衣服,回头都得煮洗一番再熨平。他裹上一件晨袍,妈妈不知道从哪儿给他找出来的,尽管我都不记得在基辅时还打包带来了这衣服。他从背包里掏出厚厚一串香肠,还有棕色纸袋装的一包榛子面包干和一瓶伏特加。香肠散发着杜松子和大蒜的香气,我不由感到一阵饥饿,饿得脑袋天旋地转。我们每天的配给只够每个人买一片三寸厚的面包。面包烤得匆忙仓促,用的面粉都没有筛一筛,里面还夹杂着充数的木屑。我在莫斯科三家剧院教舞蹈动作,收私人学生,能得到在大剧院的演出机会我都抓住不放。因为钱是一天比一天不值钱,所以我要求用面粉或者土豆或者任何通过交换能获得食物的东西来付我报酬。钉子,香烟,伏特加。

伊琳娜的牙床都出血了。她已经不记得黄油是什么滋味。

洗澡水备好了,这时萨沙关上浴室的门,我拿起妈妈的纸牌,洗了三遍牌以后开始一一摆出来。纸牌上的面孔都盯着我:骑士,国王,王后。冷冰冰的陌生眼神,黑牌和红牌都有。我心不在焉地摆弄来摆弄去,临时凑成组合叠到一起。我双手颤抖。

浴室门嘎吱一声开了。"我们再也不要吵架了,勃洛尼娅。"萨沙说。他刮干净了胡子,因为洗过澡而头发湿漉漉的,闻得到石脑油的味道,妈妈很信赖石脑油的消毒作用。他的眼神严肃认真,决心已定。

我把纸牌放回盒子,破旧的纸牌盒子边边角角都扯坏了。我浑身抖得像筛糠。这套公寓总是冷得很。煤或者柴火总是不够用。妈妈拿旧袜子做成边缝挡条放在窗沿和门槛上,但就像堆几个沙袋试图挡住洪水一样无济于事。

我指着横在我面前的椅子。"坐下来吧。"我说。

萨沙坐下时椅子摇晃了一下。他的声音轻轻的,几乎听不见。他一只手不知不觉间游移到了喉咙口。我注意到他还没修剪指甲。有几个指甲开裂了，有些则是咬过了，但其余的指甲都长长的，因为尼古丁的缘故全发黄了。

"你开小差跑了？"

他摇摇头。他是给放走了。布尔什维克把俄国从战争泥潭里拉出来了。还没有签订正式的条约，但已经宣布停火。

好消息吗？

或许吧。因为现在是内战了。回家的一路上，萨沙都坐在火车顶上。每座城市、每个村庄都在起火。他看到过尸首被野狗或者狼撕碎，或者在壕沟里腐烂。俄国人打俄国人。布尔什维克和孟什维克打。白军和红军打。混乱，几乎全都是一片混乱。喝醉酒的士兵推倒纪念碑，朝帝国鹰标志开枪。他们抢夺劫掠。他们蹂躏妇女。他们滥杀无辜。

妈妈给我们端来一盘香肠三明治，边上还配以几片腌黄瓜。美味可口。我们已经好几个星期没吃过真正的香肠了。我们凭配给卡能买到的香肠里面大都是磨碎的软骨和肉筋，用荞麦或者小米填充塞满。她还煮了一壶荨麻茶，加了她不知打哪儿设法弄来的蓝莓糖浆好让茶喝起来甜甜的，但她不和我们一起坐坐。"你们俩需要单独待一下。"她说。

我用一把调羹搅动茶，尽量不敲到杯子内缘。热乎乎的水蒸气升腾到了我唇边。

"我猜得没错吧，"我问，"在基辅的时候你是有了外遇吧？"

是的，萨沙承认，不止一次，而是两次，尽管第二段婚外情也就持续了三天。这不是借口。这是事实。他再也不找借口了。他不撒谎了。他在回家路上就是这样向自己许下诺言，害怕他回来发现我们都丢了性命。他请求得到原谅。我不必马上就回答。慢慢来最好。

我也有事情要交代。萨沙不在的时候，瓦斯拉夫试着要把我们弄出俄国。他从西班牙给我寄来舞蹈合同，我也设法为伊琳娜、妈妈和我自己弄到了出国护照和西班牙签证。我们之所以留下来，是因为无法拿到法国过境签证。不管我作何努力，领馆连见都不肯见我。

萨沙听我讲到这一切时，眼里闪过一丝恐惧。一滴水从他湿漉漉的头发上滑落，沿着他的太阳穴滚下来，滑到他脖子上。

"伊琳娜怎么样？"他问。

"长得可快了。妈妈总是要把她的裙边放低再放低。"

"她问起我来吗？"

"天天问。"

"我给她带来了这个。"萨沙说，"我错过了她的生日。她的五岁生日。"

他打开一个我之前都没注意到的纸包。里面是一个娃娃。一个昂贵的瓷娃娃，身穿蕾丝和天鹅绒，眼睫毛长长的。

"我买的，"没等我开口问，萨沙赶紧说，"花了两卢布。没人要。看起来太皇家派头了。"

我把瓷娃娃捧在手里。我孩提时从来不喜欢布娃娃，但伊琳娜和我不一样。她没有两个哥哥一起玩耍。她的朋友都是想象中的，她赋予了他们被编造出来的奇奇怪怪的生活。几天前，她的布娃娃奥廖娜"跳"进一只泔脚桶，不得不给捞出来清洗一番，放到厨房炉子边上晾干。那一趟浸泡加上后来的清洗使得她的微笑和红润脸颊变得一团模糊。这下奥廖娜整张脸通红通红的，仿佛发了一场烧，导致接下来上演了一套复杂的流程，包括医生前来看病，量体温，一次"哇哇痛的打针"，直到奥廖娜身体好起来，又可以活蹦乱跳了。

玩偶娃娃，我告诉萨沙，不管什么皇家气派不皇家气派的，是送给我们女儿的理想礼物。

"让我现在就看看她吧——求你了。"

我们一起走到她身边去。伊琳娜盖的鸭绒被上还加盖了我的毛皮大衣。她因为睡着脸蛋很光滑,两手都举到了头上。萨沙把瓷娃娃放在她身边。

我想象第二天她起来时有多欢喜。欢呼雀跃,兴奋激动。"爸爸在这儿……爸爸在这儿……"

那一晚萨沙尖叫着惊醒。他不肯告诉我怎么回事。他坐着,把脸埋在手里,颤抖个不停,即便是我给他又裹上了一条毯子的时候也还在颤抖。他上气不接下气,仿佛我们周围的空气有毒似的。

他的恐惧化解了我的担心,我自己的疑虑不定。"我不想让我们像以前那样。"我说。

"我们重新开始,勃洛尼娅,"他低语道,"从头开始。"

我们遭到了动摇,但挺过来了,不是吗?

我的儿子,我至爱的列夫什卡,就是在不久后的一个晚上怀上的。萨沙和我并非出于恐惧而紧紧抓住彼此,而是因为我们都相信可以有新的开始。

12.

我们无法说正在离开莫斯科。而是正在逃离莫斯科。不是逃往彼得格勒,对此玛露霞在一封信中警告过我们了,有时候有朋友到这里歇歇脚借住一晚第二天再赶路,他们为了表示感激会帮忙带来信件。往南方去,往东边去,到防备松懈、依然有机可乘的边界,到船还能离开港口的地方。

"谁都没有汽油了,所以街上没什么车。我们走到剧院,再走回去,总是成群结队地走,因为一个人独行非常危险。我已经被抢劫了两回。第一次被抢了钱包。第二次盗贼拿走了我的大衣、手套和靴子。"

我们回到基辅。

那时是一九一八年八月。萨沙和歌剧院签了一份新合同。不如第一次合同。有个舞蹈演员，帕维尔·戈尔金，已经被任命为演出季临时的芭蕾舞团教练，所以萨沙只能是主要演员之一。不过这也算不上什么挫折。帕维尔一向更像是我们的朋友，而不是同事。他的妻子妮娜是杰出的歌剧演唱家，我们俩都情真意切地记得她。再说，萨沙提醒我，他的手摩挲着我依然平坦的腹部，基辅只是个中途停留的地方而已。战争一结束，我们就回俄罗斯芭蕾舞团去。

这一回在基辅我不上台跳舞。我已有三个月身孕。在街上已经晕倒过三次。我牙龈出血，指甲覆盖着白色斑块，还掉了颗牙齿。缺钙导致的，妈妈说。

我不在意。我教舞蹈动作，就像我在莫斯科时那样。既然我善于为舞台上的演员解决编舞问题这一声名已经流传在外，好几个剧院的导演都向我提出了合同邀约。青年剧院。意第绪文化联合会。

从莫斯科到基辅堪比出国。

俄国依然在燃烧。布尔什维克拿下了越来越多的城市，但孟什维克，无政府主义者，保皇派和其他派别都还没放弃。白军也还没被打败。我们听说沙皇已经被杀害了。不光是沙皇，整个王室一家子。还有其他的罗曼诺夫王朝的成员。我们相信么？这是可能的。

基辅处在一位哥萨克领导人斯科罗帕茨基的统治下。基辅没有革命，剧院每晚都排满演出，食物充足。要到那里去，我们需要国内护照和许可证才能买票。我乐于让丈夫办理这些手续。萨沙浑身上下都是劲儿。他的每一步都蹦蹦跳跳，每个动作都散发出力量。

乘坐火车的旅途长路漫漫但颇为舒适，因为萨沙设法给我们搞到了一个专属我们自己的隔间。窗户满是煤灰污垢而黏糊糊的；座位磨得都露出线头了，但我可以躺下来，把肿胀的双腿伸伸直。伊琳娜再也不想听彼得鲁什卡的故事了，所以我编了个美人鱼的故事，美人鱼一路游啊游，游到了澳大利亚，在那里用海星和贝壳建起了一座宫殿。"为什么你总让他们跑那么远呢，勃洛尼娅？"妈妈开玩笑地抱怨起来。

"你喜欢我讲的故事吗？"

"喜欢，喜欢，喜欢。"她说，咬着下唇。过去几个星期她一直都粘着我。有时候她用孩童的语言牙牙自语，或者吮吸大拇指。我们还没告诉她要有新宝宝了，但她想必已经猜出来点什么。她会心生妒忌吗？我很好奇。

我们去基辅这一路上被搜查了五次。要求查看我们行李箱里都有什么东西的那些士兵们全都是一模一样的语气急促，脸上都一样胡子拉碴，手指头都一样因尼古丁而发黄。很难分辨他们都是什么人，他们有什么权限，如果有的话。开口发问可不明智。

"我妻子的舞蹈笔记。"他们必定一把抓住我的编舞记事本问起来，要求解释我画的图都是什么，这时候萨沙就回答。

"我们是舞蹈演员。我们就是这样把必须学会的舞步写下来。"

正是在这样的时刻，我最崇拜我的丈夫。他的回答简单易懂，不会引起怀疑，也不会听起来居高临下。他在回答中留白三分，暗示他也在军队里待过，理解履行职责的重重困难。他总是适时送上伏特加和香烟。给出的礼物分量不会过头也不会不够。

"什么舞？"

"你知道戈帕克舞吗？这些圆圈展示的是女人的舞步……她怎么围着男人打转。像那样……"

萨沙优雅得体，灵活敏捷。他哼着那些士兵熟悉的旋律跳了起来。

"那为什么你就没有这样的笔记？"

"男人不需要笔记。我们记性比较好。"

这也是一门艺术。打消怀疑，扭转局面让人捧腹，都笑出眼泪了。使得士兵们离开，而我们长舒一口气，擦掉前额的汗水，听听在旁边隔间里都是怎么厉声质问，又怎么老实作答，噤若寒蝉，担惊受怕，半是怀着希望又半是加以辩解——恐惧无处可藏。

我至今依然好奇，对于当时我们在周遭发生的一切，伊琳娜能明白多少。现在我问起她的时候，她给出的都是一些支离破碎的感觉。火车轮子哐当作响，煤烟的味道，外婆给她吃的煮得熟透的白煮蛋好吃得简直难以置信。我们果真成功地转移了她的注意力了吗？还是她恬淡平和的保护本性打小就有了？

我们这次在基辅的公寓位于丰杜克雷耶夫斯卡街上，距离亚历山德拉的工作室不过几个街区。没有我们之前住的那套公寓大，但也够好的了。建筑本身原先是一座府邸，如今已经遭到弃绝，我们上楼时我迅速看了一眼一楼那一排照明充足的宽敞房间，那里用作舞蹈工作室堪称完美。从廉价的松木材质的窗户框架和粉刷的白墙来推断，我们的公寓曾经是仆人的区域。厨房在大厅尽头，边上是装有黄铜浴缸和黄铜水槽的冷水浴室。

即将成为我们客厅的那个房间里，最引人注目的便是枝形吊灯。吊灯由厚重的精锻生铁铸造而成，玻璃的部分五颜六色，有蓝，有绿，有黄，有灰粉，不一而足。想必是有人把灯弄到这里来的，从楼下抢救上来或者是劫掠上来。它让我想起巴克斯特的设计。

我走了几步，地板吱吱呀呀响。

妈妈嗅了嗅空气，手指头摸摸窗框，声称这地方脏透了。伊琳娜从一扇窗户跑到另一扇窗户，看看能瞧见什么。"一棵树，"她宣布，"枝丫折断了……一个里面没沙子的沙坑……一只狗对着墙尿尿。"

"阳光很好。"帕维尔和他的妻子妮娜还有一个朋友一起到车站来接我们，帮我们搬一大堆行李箱，当他问起我是不是喜欢这套公寓时，我说道。

我们把东西放到以后大致可能摆放的位置。在板条箱临时权充的桌子上,妈妈已经摆好了我们的欢迎点心:一碟冷切肉、盐渍菜和几片黄油面包。经过莫斯科的饥馑时日,这简直堪称盛宴了。萨沙在他背包里掏了掏,变出一瓶他成功从巡逻士兵手中保全下来的伏特加。他慷慨地倒进妮娜带来的六个玻璃杯里。

"为新的开始干杯!"

我嘴里塞满了食物,抿了一小口就把玻璃杯放回去了。我感到恶心想吐,突然整个人疲惫得很。右眼皮一个抽搐,宣告头痛开始发作。如果我不马上到幽暗的房间里躺下,我已经没法站立了。

基辅是个小地方。来帮忙搬行李的朋友身材高大,胡子刮得干干净净,棕黑的头发剪得短短的,几乎都露出头皮来了,他名叫本内迪克特·利夫希茨,是一位律师,转而写诗为生,是亚历山德拉的密友。"刚离开军队。"他解释他当兵汉的外表怎么回事,还有我们为什么这才认识他。亚历山德拉这些天不在,她送来一篮果酱、一串干蘑菇、一封邀请伊琳娜加入她工作室的儿童艺术作坊的信和一个指名给我的厚厚的信封。

房间里的欢声笑语一派轻松随意。本内迪克特讲起了他在莫斯科和马雅可夫斯基散步的情形。两位诗人都身穿黄色外套,钮孔里别着调羹。"这是我第一次获得流芳百世的由头。第二次是让马里内蒂[①]在阅读会上朝我泼了一杯水。"

伊琳娜咯咯直笑。"马里内蒂盐水泡的。[②]"她说,本内迪克特把她举到半空,宣称她是个才华横溢的未来主义诗人,还问能不能引用她的诗句。

我女儿一脸严肃地点点头。

[①] Fillipo Tommaso Marinetti(1876~1944),意大利诗人,未来主义创始人,主要作品有《未来主义者玛法尔卡》、剧本《饕餮的国王》等。

[②] 谐音游戏:Marinetti(马里内蒂)与 marinated(盐水腌渍过)读音近似。

"我得去躺下歇歇。"我拿上亚历山德拉给我的信封先告退了,妈妈向我投来担忧的目光,我朝她摆摆手表示没事。

新公寓里有好几张床,但还没有寝具。只有麦秆填充的床垫——新鲜麦秆做的,我们已经得到拍胸脯保证,没有臭虫。我往床上铺了床单,放了个枕头在脑袋下,又放了一个到脚下。

客厅里大家谈论着我们不在的这段时间都发生了什么变化。歌剧院现在有了委员会,决定节目的编排和舞蹈演员的权利。"反动的想法不会自行消亡。"帕维尔语调严厉,"艺术应该为人民存在,而不是为了少数人存在。"

本内迪克特在跟萨沙鼓吹赫雷夏蒂克街上某家新开的咖啡馆有多好。"你是说真的咖啡吗?"萨沙问,"加了真正的奶油?"

信封里是一小幅油画,画上的丰杜克雷耶夫斯卡街满是模糊不清的人影,两两相映。署名是"亚历山德拉怀着希望而作"。

我把这幅画放在床边。

伊琳娜在客厅里问:"妈妈上哪儿去了?我想见她。"

"妈妈在另一个房间里。她需要休息,亲爱的。"

"为什么?"

"因为她累了。"

"为什么?"

然后我听见帕维尔的妻子妮娜唱起了歌剧《浮士德》中关于玛格丽特那份怀着憧憬而又误入歧途的爱的咏叹调。她唱完时,我女儿兴奋不已地要她"再来一遍!再来一遍!"

那场梦栩栩如生,着实出乎我的意料。我一个人在我们圣彼得堡的公寓里,坐在蓝色沙发上,腿上放着一本记事本,纸上画着交织在一起的圆圈,这时候门上响起一记响亮的敲门声。

我甚至还没开门就知道是费多尔。他就在那儿,站在门口,面带微笑，身穿白色西服，手里拿着一顶软呢帽，就像我记忆中他在蒙特卡洛时那样。

我后退一步让他进门。

"你在干什么呢，勃洛尼娅？"费多尔问，一边用手臂搂住我，嘴唇轻吻我右侧太阳穴。雪茄烟的味道在他周围散发，还有一阵海水的气息。

我把记事本递给他，他仔仔细细查看，逐页翻动，仿佛下一页可能给出什么他还没见过的东西。"我完全看不懂。"他终于顽皮一笑承认道，丢下了记事本，"我只是个头脑简单的农夫。"

我笑了。"不，你才不是呢。你什么都明白。"

"为我跳舞吧，勃洛尼娅。"他说。

"被选中的少女？"

"随便你想跳什么都行。"

我走到房间中央，举起双手，但随之而来的并非瓦斯拉夫的创作。这是我自己的舞蹈，依然粗糙，还没完成，也有瑕疵，但已经不可抗拒。即便是那般不完美也令我着迷。

费多尔全神贯注地看我跳舞。"你什么都没忘。"我跳完以后他说，然后请我重复最开始的那个片段。那里头有他想再看一遍的东西，美妙动人地诠释出多愁善感的意味。"这就是你所想的吗，勃洛尼娅？"他问。

13.

一想到基辅，我就涌起感激之情。

亚历山德拉的工作室如今是一座艺术学校。溅上了油画颜料的围裙挂在木钉上；学生还没画完的画布都堆在角落。地上横陈着一盒盒炭笔条，瓶瓶罐罐的颜料，画刷浸在广口瓶里。

四面墙上布满精心拼贴的油画和照片。我认出来不仅有毕加索和布拉克，还有俄罗斯前卫画家：罗琴科、马列维奇、冈察洛娃。在那张被泛光灯横空划破舞台画面的照片上面，有人潦草写下"美即是生动的节拍"。

这里是我们每周聚会的地方。我们，基辅年轻的艺术家，创新者、诗人、演员、舞蹈演员、画家。我们开展讨论，我们发表演讲。谈论俄罗斯未来主义，谈论立体主义，谈论尼金斯基的编舞。

这一晚亚历山德拉要跟我们讲她在韦尔比夫卡一个乌克兰村庄度过的一个星期是什么情形。

我自己过来的。萨沙在排演，他答应晚点过来陪我。我们的日子过得是各忙各的事情。他从早到晚在剧院，我在基辅到处教舞蹈动作和编排戏剧场景。不光是在像城市剧院这样老牌的剧院，还有新近源源不断创建开张的新剧场。

"到这儿来，勃洛尼娅。和我们坐一块儿吧！"

莱斯·库尔巴斯[①]——青年剧院的导演——已经为我留了个位子，我满怀感激地坐下。本内迪克特坐在他边上。两个人都身穿黑色燕尾服，系红色领结，一模一样的黑色猎靴。

"双胞胎？"我问道，一边往后靠住椅背，缓解我日渐隆起的肚子造成的腰酸背痛。

"不如说是倒影吧，你看怎么样？"本内迪克特说，鞠了个想象之中的躬。莱斯照着做了，动作毫无瑕疵，他们必定练习有一阵子了。

"请大家安静！"

是约瑟夫，亚历山德拉的贴身男仆，他穿着带有黑条纹的黄马甲，宣布今晚活动开始。约瑟夫——据说他单凭看一看人家的双手就能料定画家是否有雄心壮志——安排好了空白画架，以立正姿势站着

---

① Les Kurbas（1887~1937），乌克兰戏剧、电影导演。

待命。

亚历山德拉朝他做了个手势，他拿上她想向我们展示的第一件物品。一个绣着一圈红色和蓝色花卉、周围由绿叶勾勒的枕套。给钉到了约瑟夫一丝不苟地固定在其中一个画架的软木板上面。

韦尔比夫卡，亚历山德拉告诉我们，不仅是波尔塔瓦地区的一个村庄，而且是一场实验。工匠和艺术家在那里并肩工作。

她说话时，约瑟夫往画架上摆上了更多的照片。其中一幅是花瓣的拼贴画。

这是农民的艺术，亚历山德拉继续说，源远流长的传统艺术。它完全没有展示乡村生活的场景。没错，它以象征方式，仅仅通过一些椭圆形、点和圈的图案，反映了自然元素：水，气，土。还有原始的色彩。纯粹而浓烈。这是极简主义——基本的形状，通过多种组合重复再三。

教与学——真是叫人激动，令人兴奋。我哪儿都不想去，只想在此地。

这一晚的记忆交织着诸如此类的内容，充斥于其中的谈话至今犹在我耳边。谈话中"革命"这个词依然承载着发生深刻变化的希望。不光是俄国，我们相信，而是整个世界。

这是大胆无畏的时代，是宣告时不我待的时代。

我们最爱问的问题是：假如？

假如我们的布景不是用来装饰舞台而是用于构建舞台？创造出演员们和静止不动的道具之间的有机连接，运用灯光加入其中？

假如我们在街上呈现规模盛大的场景？装扮整座建筑物？以巨型阵势移动人群？

假如我们上演尼金斯基的《牧神》，让牧神和仙女们都栖息在木头金字塔顶上？

假如我们把舞蹈演员带出剧院，到公园、到草地上去，在倒下的树木环绕下？拍摄他们跳舞的情形，然后把这些活动的影像投射在舞台上，而这时候别的舞蹈演员和他们的影子形成互动？

假如舞蹈演员们包裹在变幻莫测的灯光中，他们赤裸的身体作为极致的戏服展现每一块肌肉的运转？

假如我们改变既有的创作顺序？假如我们要求音乐在编舞完成之后才开始创作，而不是在编舞之前？拒绝硬把动作塞进不合适的音乐当中？

假如我们把艺术变成通行宇宙的语言，变成灵性转变的媒介？

假如——在艺术中，我们构建生活，而不是模仿生活？

至于战争？白军？红军？乌克兰人？德国人？波兰人？攻击的一方？退守的一方？胜利游行的一方？

如果你正在打球——当前的笑话这么说——这时你得知世界将在半小时之内终结，你会怎么做？

我们会继续打球。

十月初的一个晚上，萨沙气鼓鼓地从剧院回家。帕维尔，临时的芭蕾舞团教练，当着众人纠正他。叫他不要在排演时光注意动作。"你，科切托夫斯基，缺乏全身心投入。"他说。当着群舞队一群人的面！好像他在对一个农民说话！

最让萨沙耿耿于怀的是帕维尔话音当中那种高人一等的腔调。"他根本不配。"萨沙一拳猛打着一只手掌心，加了一句。

萨沙三十岁了。我觉得他变得更加结实强壮了，但他抱怨说他的肌肉需要更长的热身时间。在歌剧院他们上演了出自《天鹅湖》《睡美人》和《小矮驼马》当中的舞蹈选段。不是帕维尔的选择，而是编排委员会的选择——萨沙对此表示认可。当我翻起白眼时，他坚称，周遭的一切都在变化，人民想要恢复传统，这样做有那么叫人吃惊吗？

"给我吧。"我伸出手去拿他的外套。妈妈前一天刚洗过他那件外套，但衣服的翻领已经沾染了脸部的化妆品。我拿出一块手帕细细擦拭边缘。我忍住没问萨沙为什么不能小心点儿。"帕维尔就是那样。"我反而这样说。

萨沙的嗓音一沉，简直发颤了。"我受不了他。"

"妮娜也抱怨。"我说。几天前帕维尔批评她"一门心思只想着个人生活"，而她只不过是晚饭后叫他把脏盘子拿到厨房去罢了。"他从哪儿听来的这样的话呢，勃洛尼娅？"她问。

萨沙卷起袖口，像困在笼中的老虎似的在房间里打转。他到窗口停下，向外张望，看着黑暗的院子，我们的柴草间就在那里。用一个巨大的挂锁锁上了，门还用钢条加固好。

玛露霞的信已经有好一阵子没来了，但那些逃离革命到南方去的人告诉我们，在彼得格勒，面包配给已经减少到一天只有两片了。一磅茶要花费一千两百卢布，所以人们只能煮晒干的胡萝卜和甜菜切片。每个人都惧怕即将到来的冬天。没有煤，没有柴火。虽说死刑倒是多得很，我们听说。投机倒把的人，黑市商人，反革命分子。最后这一类包括还拥有值得夺取的任何东西的任何人。

"帕维尔在装腔作势，跟孩子一样。"我告诉萨沙，"试试看他能在多大程度上取闹。你站稳自己的立场就好。"

我不想谈论帕维尔。我想谈论即将制作的《俄狄浦斯王》，我为合唱队编排了动作。青年剧院的演员们成了我手中的泥巴。我教他们完美和谐地移动，走半步就停一停，随着他们在阴影中出现，看上去像在漂浮。

"这就是为什么你总不在家的原因？"萨沙问。

我没有计较。

萨沙已经不在在房间里打转了，他拿起一份报纸。净是谣言和谎话,他断言道,但这并没有妨碍他铁了心埋头猛读。

厨房里,伊琳娜哇哇叫疼。"别那么用力拽呀,外婆。疼死了。"

"你要是想要漂漂亮亮的,就得疼一下。"妈妈笑着说。

"不,才不是呢。"伊琳娜抗议。自从她开始在亚历山德拉的工作室上艺术课程以来,她的话音听起来有一种新近习得的信心。"绿色不再是我最喜欢的颜色了,"她有一天宣布,"现在我最喜欢蓝色。"

我起身到厨房去。伊琳娜坐在凳子上,她厚实的长头发——和我大不相同——披散在肩头。妈妈用手指头将她的头发分成几缕,逐一梳理。轻轻松松,然后稍微一拉,直到所有打结都没了,直到伊琳娜的头发都光滑平整,分成平均的三股。我坐在桌边,两手交叉撑住下巴,看着她的辫子逐渐变长,编得紧实,完全匀称。妈妈用一根蓝色缎带给她编辫子,编完之后,将末梢打了个完美的蝴蝶结。

伊琳娜耐心等着。她没有坐立不安,也没有来回扭动。她不时拿手指头摸摸辫子,感受辫子有多么厚实。

"你喜欢吗,妈妈?"她问。

"你的头发吗?"

"我蓝色的缎带!"

"很漂亮。"我告诉她,但她微微蹙眉。颜色,我女儿告诉我,没有漂亮一说。它们或许浓烈或者淡薄,艳丽或者素净。这是亚历山德拉·亚历山德罗芙娜说的。

我举起双手表示投降。蓝色,伊琳娜告诉我,是浓烈而素净的颜色。这就是她喜欢蓝色的原因。

"好了,大功告成,"妈妈说着把缎带拉拉紧,"你可以跑了。"

伊琳娜跑到她的房间去了,一路蹦蹦跳跳,妈妈转过身来看我。"累了?想躺一会儿吗?"

我摇摇头。"你想让我打下手一起准备晚饭吗?"

"跟我聊聊就行。"

我坐在厨房凳子上歇着,看她搅拌热气腾腾的锅。她在做酸模汤,浇蘑菇酱的比特奇,白菜卷配麦糊。当她觉得某项任务对我来说简单到不会搞砸时,便放手让我去做。切洋葱,切蘑菇;削完土豆皮,丢到一锅水里去。就这样,按照正确的顺序来,没有捷径,没有例外。

伊琳娜,妈妈告诉我,又需要把裙子改一改了:下摆必须放低了。安纽塔,我们雇用的女仆,还是没有扫床底下。不过她人倒是干干净净的,对伊琳娜很好。

市场上所有东西都越来越贵。不是因为供应短缺,而是因为亲王、大公和银行家都在这里,逃离革命到了这里。基辅被钱淹没了。没有一间旅馆房间是空的。根本找不到闲置的公寓。一个个家庭都挤住在一起,把房间租出去好发一笔财。一家家新的夜总会一夜之间都开了。我知道切片鲟鱼或者阿伯劳香槟他们开价多少吗?

妈妈忧心忡忡。那些已经逃离革命范围的人不信任斯科罗帕茨基。哥萨克首领会倒台的,他们说,一旦支持他的德国军队撤离之后。乌克兰反叛军迅速来临。他们最常重复的名字现在是彼得留拉同志。布尔什维克连同他们的红军就在他身后。而在布尔什维克身后,又还有白军。

候鸟,我心想,骚动不定,翅膀拍个不停。他们的俄国不是我的俄国。那些拥有一切的人不想有任何改变。

"中国有句老话是这样诅咒的,勃洛尼娅,"妈妈的声音打断了我的思绪,"愿你活在乱世。"

妈妈的补救办法简单又直截了当。

厨房里闻得到醋、卤水和煮熟的水果的味道。我们备餐室的搁板上放满了盒子、袋子和瓶瓶罐罐。我们有蜡烛和火柴。有盐、面粉、糖、榛子面包干和干果。一罐罐的腌制食品是她的军团,她的防御工事。肉先风干,然后浇上一层热猪油保存起来。腌制白菜、蘑菇、黄瓜、胡萝卜、扁豆还有大块的南瓜。果酱、蜜饯、糖浆。不同口味的伏特加：梅子，胡桃和椴桦。

"我们得尽我们所能，勃洛尼娅。弥补曾经失去的东西。保存我们大量拥有的东西。为物质短缺的时期做好准备。"

伊琳娜的脸蛋已经圆润了，头发也恢复了光泽；但我依然是妈妈未完成的工程。"吃吧，勃洛尼娅，吃吧。再喝一勺汤。再吃个鸡蛋。再吃点撒了茴芹粉的泡菜。多喝点加蜂蜜的牛奶。"她想让我补上在莫斯科失去的一切，为接下来的艰难时光积蓄力量。

爱泼斯坦，我们在基辅的医生，和妈妈意见一致。"如果你不给孩子需要的东西，"他曾说过，"它会从你的血肉和骨骼中离开的。"

14.

我写个不停。吃早饭的时候在饭桌上写，停下来喝杯茶时在咖啡馆里写，排演过程中我那些演员学生练习我设计的动作时我也写。夜里我在床上写，萨沙在我身边鼾声如雷。

这些笔记还没有什么连贯性。然而在备忘提示、预备探讨和思索的想法当中，概念开始逐渐成型。记事本已经有了标题——我的舞蹈动作学校。

我希望我的舞蹈演员们可以全面发展、各项全能，对各种可能性持开放的心态。艺术家，而不是表演者。

就像在帝国芭蕾学校一样，下午时间要留作其他科目之用。莱斯教表演和戏剧。本内迪克特带学生阅读和写诗。亚历山德拉教绘画和舞台设计。

我不想悉数摒弃帝国芭蕾学校的一切。我受到的训练并非毫无用处。虽说有所束缚，但也给予我力量和柔韧性。我想保留精华部分，再加上缺失的成分。外开，没错，但不仅仅是外开。舞蹈动作还有其他的路径需要开拓。

原本的舞厅有着大幅窗户和平坦的木地板，完全适合进行排演，场地之大足够演出。

我的记事本满是草图，排练厅的布局陈设，镜子的位置，把杆的位置。

越发让我崇拜的莱斯说："戏剧应该展现看不见的东西。戏剧应该创造属于它自己的现实。"这句话当即就让我为之一振，分毫不差，正是我希望我的学生做到的。在这个世界里，我教给他们的一切开启了他们的眼睛，看见不为肉眼所见的东西。

不曾有过俄罗斯芭蕾舞团学校，也没有针对新进团的艺员的育苗班。瓦斯拉夫不得不与那些从来都不理解他在做什么的不情不愿的舞蹈演员合作共事。

我的学生们开始为未来做好准备。不仅是为了瓦斯拉夫的新芭蕾，也为了我的新芭蕾。

"我从来没有感受过这样真实地活着的滋味。我唱着歌醒来。"在她家客厅里我跟亚历山德拉说，约瑟夫给我们端上了茶和蛋白酥饼。"你会不会觉得我疯了？"

"还真有可能啊。"她大笑着说，"我们走吧。"

"上哪儿去？"

"我想去看看你的学校。"

"现在？"我问道，却已经站起身来，准备奔出门了。

"等一下！"她摇铃叫约瑟夫来。"我们拿上外套。你可不是在蒙特卡洛，勃洛尼娅。眼下是十月中旬！"

去学校的路上，我先跟她打了预防针说我心仪的那个地方可谓一团乱，但直到我从松动的地板下拿到钥匙、打开了门以后，我才看到破坏得有多严重。一个破烂不堪的旧浴缸就么丢在门厅，里面堆了破砖头、金属条和烧了一半的报纸。原先的舞厅因为窗户被木板封闭而暗无天日，残破的家具扔得到处都是。满地都是白色的石膏粉尘。

炮火声从大教堂的方向传来。一切皆有可能。一些喝醉了酒的士兵射杀鸽子，这是政权更迭的最初迹象。德国人——每个人都这么说——正准备收拾打包撤退。塞满了能搬走的任何东西的密封车厢每天都驶离基辅火车站，直奔柏林而去。德国兵营空空荡荡。一旦士兵都走了，哥萨克领导人斯科罗帕茨基领导的乌克兰将成为历史。

我疯了吗？

"姑且称之为我们的'基辅法则'吧。"亚历山德拉说，"我们可以告诉彼此心里所惧怕的，就讲这么一次。或者更好一点，写下来，写进一封信里。所有这些丑陋的、糟糕的、让人气馁的事实。不过从此以后我们就不要再提起了。"

我点点头。这就是基辅法则。

我掏出一块手帕，吐一口唾沫沾沾湿，擦净舞厅地板上一小块地方。在那层墁灰粉尘底下，我看见精美的浅色和深色方形橡木。

没错，清理干净将要花费大量工作，但地板本身没有毁坏。多数窗户依然完好无损。墙壁已经撕开了，但也可以修葺，重新粉刷油漆即可。与此同时，把杆和镜子都可以安装上去。角落里躺着的两把椅子可以作为学校最早的一批家具。

我的舞蹈动作学校就这样起步了。

"你不是当真的吧？"萨沙问。

那是一天将结束的时候，我们在卧室里，我们唯一得以独处的时间。萨沙坐在床边，拉伸右脚然后再换左脚。我站在我用来存放笔记和草图的那张小桌旁边。小桌有个暗藏的抽屉，伊琳娜对此着迷得很，我让她把画好的彩笔图画都收在里面。

"你想回到俄罗斯芭蕾舞团,"我讲起道理,"凭什么呢？我们要确保经过四年之后能给得出佳吉列夫一点什么东西来。我不想欠他人情。"

"为什么不想？"萨沙问着，从外套口袋里摸索出一包香烟。他从中掏出一支烟还用手指头捏捏软，那包科列姆烟几乎已经空了。

烟飘到我跟前时，我尽量忍住不咳嗽。我的论点想得很充分，有备而来，已经在我与朋友们的探讨中经受住了考验。

如果我们回到佳吉列夫麾下，我希望到那里时能带上准备充分可以马上跳瓦斯拉夫新创作的芭蕾的学生们。我指的可不是《牧神》或是《春之祭》，而是之后的芭蕾，是瓦斯拉夫从维也纳寄来的那封信中提到的芭蕾舞剧，还有他已经在规划的其他作品。我们可以期待有所准备的芭蕾。

"在我们自己的舞蹈工作室,"我告诉萨沙，"在我们自己的舞台上。"

我把画的图样和规划在桌上摊开，向他展示我已经完成了多少内容。亚历山德拉已经帮我画好了楼层平面图，答应届时可以用她艺术学校的木作工作室。莱斯和本内迪克特提交了他们想在课上讨论的一系列话题。

"你和我可以教授所有的舞蹈课程。"我接着说，"性格舞。哑剧。自由动作。"

我抬高了嗓音。脸颊一片热烘烘。体内的婴儿在动。

萨沙站起来，掐灭了香烟，但没有走到桌边。他开始脱衣服，解开衬衫，脱掉后折叠整齐。这很不像他一贯的做派，我心想，但就当是他在侧耳倾听的迹象吧。他把皮带挂到椅背上的时候，皮带的铜扣银铛作响。他弯腰脱掉裤子，先退出一条腿然后换另一条腿，沿着褶缝线叠好裤子。他的袜子挂在黑色的吊袜带上。两只袜子在脚趾头处都磨薄了，很快就得缝缝补补。

直到萨沙换上他蓝色条纹的睡衣——战前我在伦敦送给他的礼物——这时候他总算走近桌子，拿起一张纸页，浏览我写在上面的字句，大声念出来：

"我要让舞蹈艺术再度焕发生机。"

"我要让木知木觉的杂技演员再次成为创造者。"

"创作者应该只透过他的创作而活，而不是沉迷在人群之中。"

我为这些字句倍感自豪。我想把这些话抄到大块薄纸板上，钉到学校的墙上去。

萨沙把纸页放下。他的手指头轻轻叩着桌子台面。"我们离开这里吧，勃洛尼娅。"他说，两眼紧紧盯着我的眼睛，"我受够了俄国。受够了哇啦哇啦一直叫嚣说一切都必须改变。我们一开始就不应该离开俄罗斯芭蕾舞团。"

有好一会儿，我不明白他在说什么。仿佛他说的是外语，那些字眼或许连在一起形成了词组短句，但完全不知道是什么意思。

萨沙复述了一遍他的恳请。他想离开俄国。我们能打包的打包，剩下的东西都卖掉。他认识也信任的某个人提出来看看我们都还有些什么。

这下我总算明白每一个字了。

"离开？现在？"我指着我的肚子问，唯独这一个理由我还没用上。

"现在。"萨沙说，他呼吸吐纳之间还有着香烟的气息。在基辅还处于德国保护之下的这一会儿。还没受到布尔什维克的染指。我们到敖德萨去，贿赂个什么人好让我们上船。就像许多人已经做的那样。

"我们不出一个星期就能到布达佩斯，勃洛尼娅。我们再从那里去维也纳。宝宝会在条件不错的私人诊所里出生。瓦斯拉夫会确保你得到最好的照料。你可以在那里建立你的学校。"

你的学校。萨沙念出这些字眼仿佛他在说什么异想天开的事。一种折磨人的消遣,让人沉溺其中,不过就是个消遣。

"我们必须在还能走的时候就赶紧离开。"

我瞪着丈夫。隐隐让人恶心的疼痛感填满了我的脑袋。

我想起曾在日记中写下的一个句子:只有在全神贯注忘怀自己的时候我才真正活着。

"我不能。"我说,"现在不行。"

我生平第一次置身于志同道合的艺术家之中。我哪儿都不想去。我想成为这里发展变化的一部分。我不能去其他地方。我从来没有像在基辅这般如鱼得水。

这些都是响当当的话语,我承认,煞有介事,但我不知道别的词了。

"所以你是当真的。"我讲完后萨沙问。

我等着他再说点什么,然而他并没有。他走出房间,过了一会儿隔壁浴室里水在哗哗流。他在漱口,吐出唾沫。

泪水涌上我的双眼。我拿起萨沙的烟灰缸带到厨房里去,在那里清空烟灰缸,把烟灰都倒进泔水桶,盯着烟头就那样漂浮在咸臭的水上。

我听见萨沙从公寓另一头回到卧室,关上了门。我等着他来找我,然而他并没有这样做。

厨房全无白天的凌乱嘈杂。妈妈最后一批罐子都晾在桌上。伊琳娜的一件艺术作业——一些蓝色的三角形贴满在一个红色圆圈的周围,像花瓣一样——躺在桌上。我肚子里的婴儿踢了一脚。

要是萨沙是对的呢?要是我们离开对伊琳娜和婴儿而言都更好呢?

我在厨房桌子上和自己争辩了很久。留下来不安全,但离开也不安全。整个世界都处于战争之中,不光是俄国。

在其他地方我能做像在这里可以做的这么多事吗？还有其他什么地方更需要我呢？

为了止住翻腾不断的思绪，我起身走到伊琳娜和妈妈睡的房间去。我女儿的小床在窗边。她蜷成一个球睡着。

我亲吻她暖呼呼的脸颊，抚平她的头发。我向自己许下诺言，明天去剧院之前，我要夸奖她的花朵拼贴图，并且请求她专门为我再做一个。

15.

一九一八年十一月，经过三个月的排演，青年剧院上演了《俄狄浦斯王》。萨沙和我一起去看首演。我们去剧院路上，四轮马车经过一座烧焦了的房子，火还在闷燃着。房子周围有一大圈被踩过的雪，满是灰烬和油烟，脏兮兮的。

人人都来观看首演——其他剧院的演员们，舞蹈演员们，歌唱家和画家。"只要一枚炸弹，"萨沙在我耳畔悄声说，"基辅的艺术之花就灰飞烟灭。"

面临大难时的幽默，我心想，是我们俄国人的专长。

萨沙和我坐在绝佳的座位，在第三排，但走进去颇为难堪，经过一个大块头男人，他不站起来，而是把他膝盖往边上一挪让我们挤过去。

我有六个月身孕了，满怀感激沉沉地坐进座位，我尽量伸直腿。边上是亚历山德拉，她裹着一件织有白色花朵的漂亮黑披肩，张开双臂拥抱我。她看起来更瘦削了，几乎是形销骨立。她告诉我她在疯狂作画，但还不能给我展示什么来。"处在这样的阶段，我看不清自己该往哪儿走。"她说，"我必须看看经过这样艰辛工作之后能出来什么成果。得自己来。"

妮娜和帕维尔就跟我们隔着两个位子。妮娜正朝着本内迪克特做手势，他终于把他神秘的"新朋友"带来了，我们已经听说这位新朋友好几个星期了。她看起来很有女孩子的味道，厚重的辫子垂落在右肩。我喜欢她的姿态，挺得笔直但并不显得僵硬。我还喜欢她有点老派的长相。仿佛是从陀思妥耶夫斯基的小说中走出来似的。索尼娅，我认为，出自《罪与罚》。

对于莱斯·库尔巴斯而言，这是个意义重大的夜晚。他就是青年剧院本身，既是导演又是演员。他亲自扮演俄狄浦斯王。过去三天我都被拦着不让看排演。"我可不想让你把我的眼睛给挖出来，如果我改变了你设计的任何动作的话，勃洛尼娅。"他跟我说过，"我需要让你把这部剧作为一个整体来看待。"

亚历山德拉的丈夫从他坐的位置上伸出手来握萨沙的手。有那么一个片刻我在考虑要不要问萨沙是否想换个位子，这样他们俩就可以坐在一起，不过我想还是不要了。"你们俩聚少离多。"妈妈已经警告过我了。

"你的头发非常有光泽，勃洛尼娅。"亚历山德拉说，"你是怎么做到的？"

我指了指我的大肚皮。我们都笑了。

灯光暗了下来。萨沙在我身边动了动。我握住他的手，轻轻捏了捏。他朝我倾过来，但还没来得及开口，幕布就升起来了。

布景由黑白两种颜色的长方形排列而成。在布景之中，希腊合唱队翩翩起舞，看着俄狄浦斯与素不相识的人争吵，杀害了对方，迎娶一位王后，她为他生下子女。在国王命运每一次悲剧转折之处，合唱队以类似于古希腊雕塑的姿态定住不动。

莱斯做得对，不让我到场看最后几场排演。因为现在，即便我认出了我所编排的舞蹈动作，我也不再觉得那些是属于我的动作了。它们已经成为古老传说的一部分。凡夫俗子的一举一动多么微不足道，它们在说。它们带来的影响多么不可预期。我们如此努力地想要逃离让我们恐惧的一切，却恰恰在最不愿意的地方终结。

演出结束后，在剧场门厅有一场盛大的庆功会。墙上挂饰着一幅幅白色的平纹细布。舞蹈演员一动不动地沿着墙站立，还穿着他们希腊合唱队的宽袍。我喜欢他们的身体和整个群体缠绕在一起的样子。有位涂了黑眼圈粉的女演员像高举一把火炬过头似的，举着一束纸做的康乃馨，白色花朵长在墨绿色的枝干上。我注意到她的手腕多么优雅，为她创作一出独舞该有多么轻而易举。

一个拿着一堆传单的年轻人在房间里转悠。他看着很眼熟，但他并不是莱斯手下的演员。我从眼角瞥见，他先是接近莱斯然后又接近本内迪克特，然而并没有递给他们任何传单。

等到他靠近我喃喃说出"晚上好，尼金斯卡夫人"，这时候我认出他是城市剧院的演员，我依然在那里授课。他名叫谢尔盖·里法尔[①]，我觉得他志大才疏。"这都是什么？"我指着他手里的那些传单问，他脸一红递给我一张传单。结果一看是一场歌舞餐厅演出广告：《吉普赛人的眼泪》。

我正想问他"你在里面表演吗？"，这时候亚历山德拉请大家安静一下。她想为我们刚才见证的一切干杯：表演、舞蹈和绘画的汇集。证明我们，运用不同媒介的艺术家们，如何殊途同归。

"这个夜晚，在场的我们没有一个人会忘却，莱斯。"亚历山德拉在结尾说道，"俄狄浦斯或许刺瞎了他的双眼，但我们都大开眼界。谢谢你。"

莱斯深深鞠了一个躬接受这些赞美，指着他那些这下离开他们沿着墙壁的位置站到他身边的演员们。都那么年轻，那么优雅敏捷。

[①] Sergey Lifar（1905～1986），芭蕾编导、舞者和舞蹈理论家。

我们都热烈鼓掌。

夜晚继续下去，热火朝天，振奋人心。本内迪克特上前来介绍他的"新朋友"塔塔·斯卡奇科娃。说到她让我想起陀斯妥耶夫斯基笔下的女主人公时，她开心得脸红了。本内迪克特志满意得地看着他，她也满心喜悦地看着他。

结果，塔塔已经从她一个演员朋友那里听说了我的舞蹈学校，想成为我的学生。"课程会在什么时候开始呢？"她问。

"我已经受到过警告不要预告未来。"我微笑着指指我的大肚皮，"二月吧，或许？"

这时候我瞥见萨沙独自在餐点桌前，手里拿着一小杯伏特加。他迅速干掉，又给自己倒了一杯。

"失陪了。"我对本内迪克特和塔塔说。

我走向丈夫，打算告诉他我准备回家了，但亚历山德拉先我一步到他身边。

"你觉得这出剧怎么样，萨沙？"她问。

他左手微微挥了挥。然后小心翼翼地把空杯子放在桌上，仿佛是下象棋时走了重要一步。

"我只不过是陪我妻子来这儿而已，"他说，嗓门太大了点，"你得问她才是。"

16.

在我们周围，城市随着一轮轮齐发的步枪、机关枪和加农炮开火的声音不断转手易主。到了十二月中旬，哥萨克领导人斯科罗帕茨基已经消失不见。德国人将他乔装打扮穿上他们的制服，用绷带蒙住他的脸，偷偷把他送往柏林。他那些没有逃走的士兵都藏好了枪，撕掉了肩章、勋章和徽章，烧掉了文件。现在，基辅属于彼得留拉和他的乌克兰人民共和国，得到了波兰人的支持。

萨沙在街上总被拦下。舞蹈演员的体态很容易给误认为是军人的姿势。他有一张宣称自己是基辅歌剧院艺员的身份证，但这层保护微不足道。为了以防万一，他步履艰难地穿行后巷夹道和雪堆。所幸许多篱笆都已经拆掉拿去当柴火烧了，否则更难走。

我把手搁在大肚子上时，感觉到了一块小小的突出之物——一只脚跟或者手肘——在里面动来动去。这一回可就没有诊所了。爱泼斯坦医生建议不要去诊所。医院随时都可能被伤员占据。最好让他过来检查一下，然后请个助产士就够了。最好别去想什么臀位分娩或者脐带缠绕到宝宝脖子的事情。

当彼得留拉的部队进城后，我们雇的女仆安纽塔失踪了。是她已经找到更好的雇主了吗？我们不由好奇。被召唤回家去了？和情人私奔了？加入新的统治者阵营了？如果是这样，我们可能很快就会看见她在某个办公室分发配给卡或者带领巡查队来，恐怕她看到我们藏了什么东西。

和所有人一样，我们把眼下看起来很危险但又颇为有用的东西藏了起来。沙皇时代的卢布和帝国证件都放在台面下。装有德国马克的马口铁盒子埋在卧室墙里头，覆盖在墙纸下。还有一个装着珠宝和金币的马口铁盒子藏在厨房一块松动的地板底下。

萨沙在彼得留拉受到迎接的大教堂里看见乌泱泱的人群，看见圣索菲亚广场上的游行。"步兵团、骑兵队，成车拉的枪炮，"他扳着手指头说，"迫击炮、曲射炮。"

我们已经精于使用那些可以杀死我们的东西。

白雪覆盖了院子，覆盖了街道，覆盖了上次战斗的踪迹。假如炮击变得密集起来，我们将到地窖去躲藏，但眼下来看厨房是最安全的地方。位于房屋后部，可以躲开射偏了的子弹。

这是基辅的智慧，我如此想道。

在厨房桌上，我为舞蹈动作学校画起了海报、布告和课程计划。三个等级层次，我决定，区分初学者和那些已经受过一定训练、能够更快进步的人。我在想该怎么称呼早上的课程。动作技巧？

桌子另一端，萨沙在读他的报纸。他已经放弃离开的念头了。斯科罗帕茨基一走，机会就丧失了，他的眼睛说道。你占上风了，勃洛尼娅。

他喝得更厉害了。每天夜里上床睡觉前喝掉好几杯伏特加。"我最好是在还能喝的时候把它都喝光。"他指着瓶子上写的皇家标签笑起来。

自从布尔什维克把政府从圣彼得堡迁到莫斯科以来，玛露霞写信不再说什么物资短缺或者拦路抢劫："演《天鹅湖》时，观众席上有个士兵朝卡尔萨文娜同志大喊，'你什么时候才唱歌？'旧时的芭蕾一直以来是多么脱离群众呀！"

我体内的婴儿比伊琳娜当初要来得好动。"时机差不多了。"爱泼斯坦医生一声叹息说道。他推荐的助产士马特廖娜·巴甫洛娃已经在这里做好准备了。我们遵照指令，总是保证有一大桶白开水。我们不想得斑疹伤寒，对吧？或者痢疾。

我面前这张纸罗列了给第一年学生的各门课程。我递给萨沙，他把报纸搁到一边了。

"没有脚尖练习？没有搭档结对？"他问，声音绷得紧紧的，"没有的话，他们怎么成为职业舞蹈演员？"

"他们不会成为职业舞蹈演员。他们会是艺术家。"

"什么艺术家？"

"能把学到的一切转换成他们从事的任何内容的艺术家。新芭蕾，没错，但也可以是绘画、写作、戏剧。"

我丈夫长吁短叹。"为什么不办个像样的舞蹈学校，勃洛尼娅？那样不好吗？"

我在基辅上舞蹈课的时间够久的了,消息比我预期传播得还要快。新年头几天,在我所到之处,有望来学舞蹈的学生纷纷接近我。

"每个人都在说,勃洛尼斯拉娃·福米尼奇娜……新芭蕾培训……为尼金斯基舞团培养的舞蹈演员……这可能吗?在基辅?"

最有进取心的人出现在我们家门口,我请他们进来,给他们热越橘茶喝,我们还能买到的茶就只有这一种了。

如此多急切的脸庞,闪烁着才华,满怀希望。有些人已经是舞蹈演员了,在寻求不同的发展道路。有些人只是抱希望而来,听到谣传说我不限制报名人数,说我——如果这能是真的话——甚至更青睐没有受过古典舞训练的人,他们都被吸引过来了。

我们现在能做什么,在学校开班之前,他们急切地问,眼睛滑过我的大肚皮,敦促婴儿快点出来让我获得自由。清理楼下的房间?打扫地板?劈柴?

我们的公寓堆满了艺术书籍和杂志、活页乐谱、戏服织物和折叠椅。我刚收进初学者班级的科利亚·辛加耶夫斯基,带来了绿色和黑色卷册的《布罗克豪斯-埃夫隆百科全书》[①]:"现在请收下吧,勃洛尼娅夫人,在我母亲用光了木柴要烧掉它们之前。"

"女将和她的部队。"妈妈说着大笑起来。

"要是遭到袭击,"萨沙警告道,"我们都要毁于大火了。"

一月那些日子里,在我记忆中我就是这样看待他。他穿着羊毛套衫和厚袜子,坐在厨房地上,做他的拉伸动作。两腿分开,他向前弯曲,逐个锻炼大腿内侧的肌肉。

"像样的舞蹈学校。"他的声音依然在我们之间的沉默中回响。"像样"这个词如此古怪。陈旧,僵硬。仿佛我们依然是皇家芭蕾学

[①] *Brockhouse and Ephron's Encyclopedic Dictionary*,一部俄语社交的百科辞典,由德国出版家布罗克豪斯和俄国人埃夫隆合作编纂。

校的舞蹈演员。仿佛我们不曾和瓦斯拉夫一起跳舞。仿佛我们从未看过《春之祭》。

萨沙再次向前弯曲，把躯干平贴在地上。有那么一刻，他看起来好像牵线木偶，还没调节好，手脚都扭曲成直角。我很想向他俯下身子，按摩他的肩颈，但我体内有什么东西在警告我，我的触碰并不受待见。

他慢慢直起身子，伸直手臂支撑躯干，两脚放松。他和我视线相遇。

"你会教性格舞吗，萨沙？"我问。

"哦。你会教一些像样的舞蹈了？"

他脸上有点犹豫之色，但我看得出他动心了，有那么一刻，我希望一切都能成。

17.

我们在基辅公寓的炉灶上贴台面的蓝色代尔夫特陶砖讲述了一个无声的故事。一个男孩前往外面的世界去碰碰运气。他经过满是劳动者的田野、风车和矮树林。当他来到城里时，他遇见了一班杂耍艺术家——一个小丑，一个芭蕾女伶，一个魔术师和一个吞火表演者。伊琳娜现在会自己编故事了，她告诉我小丑不是真正的小丑，而是乔装改扮的皇太子。

"为什么他们要杀了沙皇？"伊琳娜问。

他们是一个笼统的概念。语义模糊。难以辨认。不是我们。

"因为他们不愿被沙皇统治。"

"我们也不愿被沙皇统治吗？"

"是啊。但我们可不想杀他。"

伊琳娜点点头，仿佛这一切都说得通了，不过我知道这些问题还会再被问起来。赫雷夏蒂克街上有一架机关枪，目前悄无声息，但没人相信它能一直这样下去，人们成群结队路过它，指望抱团能安全点。不管我怎么想方设法，都无法保护女儿，让她免受很快就要到来的战事影响。

那是一月初的一个周六下午。外面零下四十度，婴儿随时可能出生。这一次妈妈很确定是个男孩。"你的皮肤非常光洁，勃洛尼娅。"她说，"那么平滑。"

在客厅沙发上，我把肿胀的两脚搁在垫子上，在大肚皮上搁起记事本。舞蹈动作学校招收了三十三个学生，每个层级十一个人。

我们的窗户用油灰密封得完全不透风，还用宽幅纸条固定以免破碎。木柴和煤炭更贵了，公寓从来都不够暖和。伊琳娜穿着一件妈妈用她能弄到的随便一团毛线给她织成的五颜六色的彩条羊毛连衫裤。我穿着两件毛衣，脚上盖着萨沙的羊皮外套。我想到外面的街道，弯弯曲曲，狭窄陡峭。怪里怪气的，我夏天时就这么觉得。很难走到，我现在想，哪怕是坐雪橇。几天前我从前面窗户向外张望，看见雪地里一件沾血的外套。

雪堆高得足以把门都挡住封死了。通往柴草间的狭窄走道撒上了灰，免得太滑没法走。安纽塔的失踪迫使我们改变值钱细软的隐藏处。萨沙已经钉牢了公寓松动的木地板。装着沙皇时代的卢布、德国马克和珠宝的饼干罐现在被埋在柴草间日渐缩减的柴火堆下面。柴草间同时也是萨沙藏起我们旧日沙皇时代身份证件和受洗证明的地方，如果白军果真到这里来了，我们就需要这些证件。证件都别在一根橡木上，用木板盖住。在那里我们也放了一些食物、换洗衣服、蜡烛和火柴。假如我们被切断道路进不了公寓被迫逃亡的话，这些足够我们撑一个星期。

萨沙发誓说没有人看到他做这事儿，我希望他是对的。我们听闻，小偷装扮成巡逻队士兵的模样，闯进民宅公寓，声称要搜查藏起来的枪支,尽他们所能偷走东西。受害人被迫签署文件,声明他们为当权者进贡,不论当权的是谁。

萨沙做好准备要出门了,擦亮皮鞋,擦拭之前他不时吐唾沫上去。他最好的外套刷洗好了,挂在椅背上。他要在一个私人聚会上跳舞,这样就可以赚到五包香烟和一包钉子。比他此前一周获得的报酬都来得高,那是一幅油画,画的是岩石嶙峋的峡谷上的一棵树,从画框里切割下来卷了起来。他很晚才回到家,满身香烟、劣等酒和炸洋葱圈的味道。伊琳娜称之为"爸爸的味道",一边还像小兔子似的皱起鼻子。

婴儿压在上面时,我的骨盆变得很疼,疼得我的脸都扭曲了。

"又是宝宝在踢吗?"伊琳娜把我的记事本推到一边,摸了摸我的肚皮问道。想到她也曾经小到在我身体里待着这一点让她很着迷。"那里面乌漆墨黑吗?"她很想知道,"我能回里面去吗?"

"你五岁了,亲爱的。太大了。你进不去。"

她下巴一抖,嘴唇向下一撇。"我们来看看你的娃娃们都在做什么。"我旋即说。

娃娃们,我得知,都在睡觉。

"连奥廖娜也是?"

奥廖娜,妈妈一缝再缝补了又补的布娃娃,不再从窗帘后面跳出来了,情愿和塔季扬娜——萨沙在莫斯科时送给伊琳娜的那个瓷娃娃——一起喝茶。

妈妈在厨房烧菜。到现在腌制食品基本都没了,尽管农民依然在后巷夹道卖食物。萨沙陪她去讨价还价。有时候用钱买,但大多数时候都是以物换物,所以公寓越来越空。红木床头桌换来一只咬都咬不动的老母鸡,一把半冻坏了的胡萝卜,腐烂得颜色发暗的土豆,不得不削掉厚厚一层才露出白色能吃的部分。瓦斯拉夫出生时父亲中彩赢得的那只银杯换来的一袋面粉,也必须得筛掉蛆虫、谷蛾和指甲。妈妈前去商谈工钱的那个奶妈甚至都不给她报出价格。"我们届时再说。"那个女人说。

她会要什么呢？我心想。我还拥有的几枚戒指中的一枚吗？瓦斯拉夫的银枝大烛台？还是什么更俗气但更实用的东西？柴火？皮毛大衣？

过去一个星期我们一直都在吃鲱鱼，突然之间供应非常充足。油炸，或者和小米一起烧，或者煮鱼汤。此前大都是泡菜，在饺子里或者汤里，加些肉末或者只撒上一点植物油。甜菜糖浆已经取代了糖。用沉重的铜研钵臼碎的燕麦粉和亚麻籽取代了面粉。苹果沙司替代了鸡蛋。橘子酱可能是用甜菜和苹果皮做的。

妈妈坚持要我多吃一点，我不把盘子舔干净她不罢休。"你得替两个人吃呢。"她提醒我，同时又额外倒了满满一勺植物油到我的汤盘里。

我听见前门响起敲门声，妈妈开门时问了些什么。过了一会儿她走进房间，手里拿着一封拆开的信，面如死灰。

新兹纳耶姆斯卡亚邸宅的精神治疗院告知其家人，病人斯坦尼斯拉夫·尼金斯基于一九一七年十一月去世。一位医生签署了死因："肝部感染。"

"十四个月前。"妈妈喃喃低语，整个人摇摇晃晃的，两手交叉在胸前，"事情发生的时候我怎么能毫无知觉？"

我抱住她时，她还站不稳，我带她到她房间里去，我们一起为斯塔西克的灵魂祷告。我们为他点亮的蜡烛一开始噼噼啪啪点不着，后来火苗总算点上了。我们凝视着蜡烛沉默不语，直到融化的蜡油丝丝缕缕从边缘流淌而下。

妈妈待在她房间里饮泣时，我极力转移伊琳娜的注意力，免得她想去妈妈那里。"你记得斯塔西克舅舅吗？"我问，她向我保证她记得，但她记得的都是故事。他和瓦斯拉夫一起跳的哥萨克舞，我们三个一起跳的水手舞。"我长大时会有个哥哥吗？"她问。

那一晚我在请罗莫拉母亲转寄的信中，向瓦斯拉夫描述了这些事。令人悲伤的消息，妈妈的抽泣，我女儿的话。"这封信到你手中时请告诉我们一声。"我在信的结尾说，"你最近的明信片寄自圣莫里茨。你在那里度假吗？"

我舔了舔信封边缘将它封好，想着当初瓦斯拉夫和我相信斯塔西克的奇迹——从鬼门关回来——那是最好的时光，即便他不记得在天堂都做了什么。

我儿子出生在周一，一九一九年一月二十日。

列夫·瓦斯拉夫·斯坦尼斯拉夫·亚历山德罗维奇·科切托夫斯基。

列夫什卡。

我是不是当时就已经用这一长串名字让他背负了太沉重的过去呢？

18.

列夫什卡满月了。经过两周频频交火，此时布尔什维克进了基辅城。我们多数时候都待在厨房，睡在那里的折叠床上。枪炮声逼近时，我们在桌子底下挤作一团。听得霹雳一声响，紧接着是头顶上重重压下来的劈啪爆裂声，而这时候我就在这里，怀里抱着列夫什卡。石膏从天花板上掉落下来。前面的房间传来了玻璃粉碎的声音。爆炸声浪之响，使得我以为我们家遭到袭击了，但其实是隔壁人家。

三个月后，列夫什卡即使听到最轻微的声音也依然哭个不停。不管用什么办法都没能让他从狂躁中平静下来——不管抱多久，摇晃多久。只有他完全疲倦了才能迫使他入睡。我们都蹑手蹑脚地走路，悄声低语，我发觉越来越难听见声音了。爆炸以后我开始出现的耳鸣一直就没停过。

这天早上，奶妈刚喂完他，列夫什卡所幸安静下来了，她已经是第二个奶妈，用佳吉列夫送给我作为结婚礼物的那枚戒指请来的。第一个奶妈拿上妈妈的皮毛外套就不知所踪了。

伊琳娜还在睡觉。萨沙和我在浴室洗漱准备开始新的一天，萨沙正把他的刮胡刷蘸到热水里，在肥皂上打发泡沫，涂到皮肤上去。他对着下巴扫动剃刀时，手突然一滑。

"去他的。"他咒骂一句，只见细细的一道血痕变得厚重起来。

"让我来……"

"不要！"

我们已经很久没有触碰彼此了。我想念黑暗中那样亲近，一切都混合在一起，皮肤、头、呼吸。身体一同低吟的时刻。

"怎么回事，萨沙？"

他咕哝着什么我并不明白的话，在抽屉里翻找东西。翻出来一块叠好的手帕，伊琳娜一张皱巴巴的画，一盒稀奇古怪的纽扣。

我考虑着涌到脑子里的话语，权衡说出来是否能安然无恙。我们还能谈什么话题而不唇枪舌剑呢？不能谈孩子，萨沙一碰上孩子就神经紧张，不耐烦得很。他或许终于得到了他一直想要的儿子，但他在伊琳娜小时候态度可好多了。

"是塔塔吗？"我终于问，"学校里发生了什么事吗？"

舞蹈动作学校正好在布尔什维克宣称胜利后开张。萨沙为第三层级的学生教授性格舞，塔塔是他班上唯一一个没有受过正式训练的学生，应本内迪克特的要求而插班进来的。"是她拖了大家后腿吗？"

"塔塔挺好的。"萨沙厉声说。他敷在下巴刀痕处的那片纱布已经染红了。不过出血已经止住了，现在他快手快脚地洗澡，洗腋下，洗胸口,洒得地上到处都是肥皂水。他不会擦干净地板,他从来不擦。

我们不再雇女仆了,我本可以提醒他。

但是我没有。地上的水只不过是鸡毛蒜皮的小事,不值得一谈。然而没等我还能说点别的什么,萨沙一把抓起他的衬衫冲出了浴室。过了一会儿我听见他在厅里抬高了声音:"不,我不要三明治。我只想一个人待着。在这个家里提这个要求就那么过分吗?"

"晴天霹雳。"妈妈说,没把他的暴脾气发作放心上,这时候列夫什卡——他睡眠很浅受惊了——在她怀里扭动着,焦躁不安。一道闪电划破蓝天。无可预料但所幸很快就过去了。

在学校,刚刚重新抹上灰泥刷好的主排练厅墙上装饰着铭文:"舞蹈艺术将重获新生……创作者应该只透过他的创作而活,而不是沉迷在人群之中。"在一块大黑板上,本内迪克特的字迹一丝不苟,是下一堂诗歌课的提示:

> 假如你们愿意——
> 我可以变成因肉欲而发狂的人,
> 变换着自己的情调,像天空时晴时阴,
> 假如你们愿意——
> 我可以变成无可指摘的温情之人,
> 不是男人,而是穿裤子的云!①

学生们全都骨瘦如柴,几乎形销骨立。为了我的技巧课,女生们穿着手织的连裤袜和短罩衫,努力显现出一点临时权充的优雅感。手套的手指头部分被剪掉了。用旧披巾做成护腿。披肩变成裹身裙。男生们通过扎紧膝盖周边来让裤子变成紧身裤。我直接喊他们的名字,不用他们的父系姓名。帕蒂、安雅、科利亚。他们称我为"勃洛尼斯

---

① "穿裤子的云"出自马雅可夫斯基的诗。

拉娃·福米尼奇娜"或"尼金斯卡夫人",还有简单叫我"夫人"的。

课程从早上持续到下午很晚的时候,总是以自由讨论结束。所有老师轮流带领他们讨论。话题各不相同,但总体的主题就是艺术:在俄国作为艺术家意味着什么?艺术能毁灭思想的旧习,扫除一切往昔的、过时的、繁复的事物吗?假如能的话,它会带领我们去往何处?

我的学生们都还在和局促感作斗争。他们还不习惯在别人面前谈论观点,不过他们逐渐丢掉了羞怯心,房间里闪烁着兴奋的光彩。

直到回家的时间到了,讨论都还没结束。一天终了,我停留在通往公寓的楼梯上不愿离去,我听着他们谈话喧闹,从大厅一直到街上去。

这些天我围着萨沙转,察言观色,拿捏不定。他在早晨的惯常训练上又增加了一系列不间断的俯卧撑。他脸上有一种新的表情:以皱眉蹙额开始,以抱着十指交叉的双手干瞪着终结。在我的视线逗留于楼梯那斑驳脱落的清漆、木头的裂痕和扶手栏杆的缝隙之际,我回想起我们在蒙特卡洛时散步到港口,想起在莫斯科时他一看到我就落下欣喜的眼泪。然而随我每迈上一级台阶,我的思绪就开始忐忑不安越发沉重,因为我知道一句刺耳的话,身体一个不留神的动作能造成多大破坏。

"列夫什卡会成为音乐家吗,勃洛尼娅?独奏音乐会上的钢琴家?尼金斯基家的雄心无穷无尽没个完吗?"

我打开公寓门,伊琳娜朝我奔来,拉住我的手。她的脸颊常有污渍,被眼泪流下的痕迹划成一道一道。"晚饭时你会坐我旁边吗?"她问。妈妈告诉我,我不在的时候,我女儿不肯从前门挪动一步。每次列夫什卡一哭喊,她就捂住耳朵摇摇头。

六月一日是个星期天。我们都已经起来了。我刚给列夫什卡换好尿布,把他放回婴儿床,然后到浴室去,把脏尿布丢进一桶肥皂水里。萨沙的衬衫躺在地上,我捡起来,注意到领口有一块红印。起初我以为是他剃须时划破流的血,但接着我就意识到这是口红留下的污迹。我两腿一软。

"她是谁,萨沙?"我手里拿着衬衫,走进厨房间,他在那里吃早饭。伊琳娜举着满满一叉子炒蛋,朝我投来惊恐的神色。

"别给我开始闹,勃洛尼娅,"萨沙咆哮道,"这是你自己的错。"

"现在跟我来,亲爱的。"妈妈拉上伊琳娜的手说,把她的早餐放到一边。伊琳娜说了句什么表示抗议,但我没听见是什么话。

"这怎么能是我的错,萨沙?"

萨沙的头发依然厚实乌黑。想必他不久前刚修剪过,然而——随着这一想法而来的是一阵愧疚——我不记得是什么时候。

"她是谁,萨沙?是我们哪个学生吗?"

我的心扑通扑通跳得很快;脑袋天旋地转。我把衣服抓得紧紧的,压在胸口,感受那般柔软。他不可能这样做,我心想。他不会的。

萨沙以一种故作超脱的冷静姿态就那么看着我。"你知道我在想什么吗,勃洛尼娅?"他慢条斯理地问,"我觉得你们疯了。"

"你觉得?"我问,话音一响便意识到萨沙话里有话,有一种机锋在里头。

"是的,勃洛尼娅。我也能思考。"

他站起身朝我走来。一下子贴得那么近,我都能看见他鼻孔里面的鼻毛,还有他下巴上的须茬。我渴望有点什么冰冷的东西可以敷到我火辣辣的脸颊上。

"你和你们一家子。你们全都疯了。"

一把椅子重重地一摔,然后传来脚步渐行渐远的声音。我的脊背上划过一道黑色怒火的霹雳。关于父亲的记忆。

晚些时分,到了夜晚,我止住哭泣,看见萨沙在院子里,抬头看着卧室窗户。

他回来了,我心想,舒了一口气。我正准备拉开窗帘呼喊他,这时萨沙却转身往柴草间去。

我看着他打开门锁走进去。过了一会儿烛火亮了。柴草间现在几乎空荡荡。我们已经用到最后那一堆桦木柴棍了,没有经过干燥处理,熏得厨房里都是烟。

接下来发生的一系列举动我现在只剩模模糊糊的印象了。我想必是奔下了楼梯。打开后门,跑进院子。我是想阻止他吗?

柴草间里都是霉菌和老鼠的味道。火光摇曳的蜡烛栖息在石头窗台上。萨沙正在扎紧他背包的线绳。

"你在干什么?"

他没有回答。他拿起时背包满满当当。

"你都拿什么了!"

血都冲到我脸颊上来。我双手发抖。这不是在问问题,是在尖叫。你给我们留下什么了?

在烛光下,萨沙的脸蒙上了一层模模糊糊的苍白的光泽。

"你这下是在指责我偷东西吗?"他问,"我们的底线已经低到这个分上了吗?"

他打开背包,把东西都倒到地上。"你自个儿看吧。"他咆哮着挥舞起他沙皇时代的护照。"我可没有拿任何不属于我的东西。"

他指着换洗衣服、步行鞋、一纸袋面包干、一听牛奶和一瓶伏特加。他自己的银质香烟盒,他自己的手表。每一件东西都是物证,证明他的无辜和我的过错。

"你竟敢说我是小偷,勃洛尼娅。"

我怒火中烧。"不,你不是小偷。你是个懦夫。你在逃跑。"

他到底听见我的话了没有?似乎没有,因为他把东西都放回背包里。衣服、食物、香烟盒。他的一举一动都有板有眼,有条不紊。他直起身子,专注于他准备做的事情。背包一装好系紧,萨沙就背起来走出柴草间。他甚至都没有抬头看一眼我们的窗户。父亲,我想起来,在他离开前可是到我的房间来告诉我他要离开妈妈了,不是离开我们。

那一晚我没有上床睡觉。我默默流了一会儿泪,等眼泪干了,我去看看孩子们都怎么样了。伊琳娜在她床上翻来翻去,还磨牙;列夫什卡包在襁褓之中,像个布娃娃似的一动不动。我久久地看着他们,悄无声息。我不想吵醒他们或者妈妈,她就睡在同一个房间里。

黎明时分我在厨房餐桌前。窗户开着,空气中是盛开的丁香花的香气。远处传来一阵枪响,惊起了一群麻雀。

"我还剩下什么?"我在日记中写道,"我的孩子们。我的母亲。我的艺术。"

19.

接下去那几个月,彼得留拉的军队驱逐了布尔什维克,结果当红军再次进城时又仓皇撤退。我们已经不再扳着手指头数那些胜利游行,数那些贴到墙上或者撕下来的公告。每一次政权更迭,我们已经得知,会创造出真空时刻,这时候什么都有可能发生。边界会开放,让难民进出;从前以为早就丢失的信件就会寄回。

萨沙杳无音信,但来了一大捆瓦斯拉夫的信件,最近的几封和几个月前的那些悉数混在一起。有些是他一九一七年还在美国的时候寄出来的。最新的几封都是用法语写的,全都出自罗莫拉之手:"我亲爱的勃洛尼娅,我亲爱的妈妈,你们都平安健康吗?请关闭学校,到维也纳来。我们家很大,够你们住。挚爱你们的儿子和哥哥,瓦斯拉夫。"

"为什么她总是以瓦斯拉夫的名义写信呢?"妈妈问。"他连在给他自己母亲的信上签个名都不成吗?"她听上去因为满腹疑虑而心神不宁。自从萨沙离开以来,她在我们——她的子女和孙辈——和他们——萨沙和罗莫拉之间划下的界限越发深重。"不值得你掉眼泪。"那天早上在我告诉她丈夫离我而去时她说道。她提到他就说是一个"眼睛乱看、空口许诺的萨沙"。对着伊琳娜,她的措辞要来得温和一些。"你爸爸在跳舞。有一天他会回来的。"

我自己的想法也更加坚定了。萨沙的离去让我的朋友们可以畅所欲言。本内迪克特见过萨沙和歌剧院一个漂亮的舞蹈演员在一起,他的手臂搂着她的肩膀。亚历山德拉坦陈她一直都不太喜欢萨沙。"太肤浅。"她说,要是几个月前我肯定对这些话表示忿恨,如今的我对此则一概收下。

只是有些时候我的内心还是有所动摇。我读到瓦斯拉夫劝我关掉学校上他那里去的时候,心想是不是萨沙到了维也纳。或许这是丈夫在请求让我跟随他而去?有些早上我的手还会伸过去,或多或少期待着发现他就躺在我身边,这时候我摸摸枕头,发现都被眼泪沾湿了。

我没有多少时间沉湎于过去,剖析究竟发生了什么事。我的一天始于清晨,终于午夜过后。早上我离开前,会帮妈妈照管一下孩子们。然后我教课,排演我创作的新芭蕾舞。晚上,我披好伊琳娜的被子,陪列夫什卡玩到他睡意来了,然后又着手备课,绘图记录每个学生的进步情况,设计有助于他们提高的练习动作。

我也没有时间忧虑,直到我肚脐眼周围开始那一阵痛。

疼痛向正走在楼梯上的我袭来,就在我下楼要去排练厅的时候。疼痛如此剧烈,我不由弯下腰抓紧了栏杆。肚子上下起伏。感觉周围暗无天日,天旋地转,我坐下来深呼吸几口气。最终疼痛消减为一阵抽痛,我勉强站起身来。不过感觉始终都还在,每次我深呼吸或者咳嗽疼痛都会加剧。

我一逮着机会，就赶紧告诉爱泼斯坦医生这一情况。"让我看看。"他坚持道。等他检查完了，看起来忧心忡忡。我的阑尾发炎了。"换了别的时候，我肯定主张马上做手术，"他告诉我，"但在现在的状况下不行。至少，我们还有选择的时候先不要做手术。"

选择意味着我的阑尾还没有破裂，因此可能自行愈合。现在的状况意味着基辅仍然是战斗区域。在他的医院里，伤得最严重的病人甚至也得三个人挤一张病床。紧缺的不仅是绷带，还有消毒剂。手术室——即便他能把我弄进去——比起等着病痛过去，也已经变得更加危险。

"如果疼痛难以忍受，就滴两滴鸦片。"他说，"我们姑且期盼最好的情况吧。"

我点点头。

一九二〇年的整个春天，希望和绝望此起彼伏。白天我尽力教课，向妈妈保证我的情况好多了，但夜里疼痛剧烈到我只好在床上蜷缩成一团，咬紧牙关。我被自己的胡思乱想折磨得不行。我要是死了可怎么办？妈妈一个人怎么带两个孩子啊？而且战争还在继续？离瓦斯拉夫那么遥远？

我摇摇头，但种种念头又打转着卷土重来，恐惧与愧疚的感觉纠缠在一起，编了又拆拆了又编，直到我终于沉入不得安宁的浅浅睡眠中去。

是帕蒂承认了"秘密会议"的存在及其使命必达的解决方案。帕蒂双臂交叉在胸前，抵挡住了我的抗议。"这是集体的决定。"她顽皮一笑，小声说道，"我们谁都没得选。"

"秘密会议"把所有学生分成几个小团队。每天早上男生们把三桶水从院子提到公寓来，因为自打去年冬天水管冻住了以后我们就没有自来水了。他们还劈柴火，扔垃圾，倒泔水桶，替妈妈干所有重体力活儿。科利亚·辛加耶夫斯基已经拿来了学校最新一期的办学经费：面粉、小米、荞麦、豆子、盐、糖、烟草和火柴。

女生们打扫楼下的工作室，整理更衣室，缝补演出服，洗干净晾干。等晚上最后一节课结束时，总有一个女生留下来"值日"陪我。

"我不需要保姆。"我向帕蒂求情，就像我已经向安雅，向塔塔，向她们之前的其他人求情一样。"求你们了，回家去吧。"

"不。"

她不愿丢下我一个人。她告诉我，我不必向她掩饰我的痛苦。她知道该做什么。在我有需要的时候，她会给我药。一旦看到我病情恶化的迹象，她就会带我去爱泼斯坦医生那里。

我瘫倒在床上，任由帕蒂手忙脚乱地照料我——给我的脚盖上毯子，从厨房拿来一杯水，量好鸦片滴剂，把玻璃杯端到我嘴边——尽管经过九个小时的教学和排演之后，我多么渴望独处。

我听见列夫什卡在另一个房间里抽抽搭搭，然后妈妈低声抚慰他，唱着一首波兰语的摇篮曲，我自己童年时就记得了："啊，两只小猫，两只小灰猫。"两只小灰猫会把我的宝宝儿子唱进梦乡。摇篮曲循环往复，从头开始，需要多久就唱多久。

帕蒂在我床脚的一张椅子上坐下，像个农妇坐在她粉刷过的木屋前一般。我透过泪水看着她备感自豪地坐得笔直，随着她自己思绪的节奏轻轻摇摆。每一个动作都对应着旋律，我用眼睛听见了。

我全身涌动的暖流混合了感激和振奋之情，随之而来感觉到的是巨大的力量。

一个月后，六月里，疼痛消失了。"我们都很健康。"我写信给瓦斯拉夫，"伊琳娜和列夫什卡长得很快。妈妈很担心，我们都没有你的消息。你在哪里跳舞呢？你又为佳吉列夫编舞了吗？"

"舞蹈动作学校，"我继续写道，"不光是一所学校，同时也是我的舞团。学生进步很大,我们现在正为我创作的一部新的芭蕾舞而苦练。我已经教导他们忘记姿态、姿势和架势。我们不讲故事。我们启迪,而非娱乐,专注于动作的精髓,舞蹈的真正素材……"

我并没有告诉瓦斯拉夫我现在不能离开基辅。他不是萨沙,我舔舔信封口封上时心想,他会理解的。

20.

一九二〇年十一月,舞蹈动作学校在舍甫琴科剧院上演了《梅菲斯特圆舞曲》《十二号狂想曲》和《武士》。我称它们为"作品","在舞蹈动作上进行探索。"《梅菲斯特》整出舞蹈的角度、曲线和椭圆弧线条分明,是光与暗的相互作用。

我和我最出色的学生同台献演:帕蒂、安雅和娜迪亚。

我们在连裤袜之上所穿的长罩衫出自亚历山德拉的设计。由不同材质的布条做成,我们转过身来的时候,宛若束之于基辅高阁的珍宝以多彩面貌展露于众。深红布条取材自亚历山德拉的丝绸晚礼服;毛茛黄布条来自妈妈在市场上作为一套茶巾而买下的亚麻桌布;蓝色布条裁自塔塔的裙子。跳舞的时候,我为舞蹈串联起的一切而高兴不已。绘画,音乐,动作。

我的学生们作为我的影子而跳舞。这是我们一起的第二个年头。他们表现很好。不算完美,但已经很好了。值得付出的每一分努力。一切都反映在其中。旷日持久的努力。他们不停发生变化的身体。我们在晚课上讨论的问题:旧艺术死亡了吗?新艺术是答案吗?权力会不会毁灭美?

看啊,瓦斯拉夫,越过我们之间相隔的万里,我暗自低语。我并没有挥霍我的天分。没错,我没有跳被选中的少女那个角色,但我经历的一切都没有丢掉。

"公开的侮辱。"幕布落下时有人叫喊道,"挑衅。"

我转向学生们。帕蒂眼里噙着泪水。安雅蹙眉咬着指甲。舞台侧幕男生们说着什么我没听见,但听起来像是咒骂。

我的心扑通扑通狂跳;满身都是汗。观众席上有人吹了一记响亮而又刺耳的口哨。

"我们不是谈论过了吗?"大家回到化妆间时,我提醒学生们。"这就像是在巴黎那样。这就是旧事物都如何回应艺术上的革命。"

他们到来时,我正在我狭小的化妆间里:一支官方代表团,代表深受他们刚看过的舞蹈侮辱的工人们。

"尼金斯卡同志。为什么您觉得我们不配像样的芭蕾演出?"

他们站在敞开的门口。五个年轻人,胡子刮得干干净净。都体格强壮,但只有个子最高的那一个落落大方。其余人都紧张而笨拙。

带他们过来的舞台监督在溜走之前朝我投以不安的神色。布尔什维克迄今已经当权五个月了。工人和红军士兵充斥于剧院和音乐厅当中。如果艺术是为人民服务,人民有权对艺术表示赞许或者反对。

"请进来吧。"我说。我还穿着长罩衫没换,脸上还涂着灰不溜秋的油彩。

他们走进来,拽着不合适的上衣,闻上去有一股香烟混杂了什么别的东西的味道。焦油?还是油脂?他们的穿着打扮也可以是去教堂的装束,我心想,这要么是褒奖,要么是指摘。

最高的那个人是他们的发言人,把头抬得高高的。他的头发剪得很短。"为什么,尼金斯卡同志?"他用严肃、苛求的语气重复了一遍他的问题。他那双手很大,手指头因为尼古丁而发黄。

"不配?"我问,"是什么让你们认为我觉得你们不配了?"

我语气中的困惑听起来非常真实,让他们颇为吃惊。他们马上说了起来。"为什么您不像之前为沙皇跳的那样为我们跳舞?如同像样的芭蕾女伶一样。穿漂亮的裙子。穿那样的鞋子。"这下他们聚拢手指头弯起手腕,模仿足尖舞的样子。"还有舞台呢?这么空荡荡的!为什么没有布景,没有树木,没有湖,没有山?对于你们艺术家来说,我们工人不够上档次吗?不值得你们努力表演吗?"

这些是指责,没错,但也是实实在在的问题。

"为什么我就该用为沙皇跳舞的方式来为你们跳舞呢?"我反问,同时迅速抬起手止住他们的抗议,在他们听我说完之前。我称呼他们为同志。我选择他们理解的词汇。"你们的生活和沙皇的生活一样吗?你们在宫殿里长大吗?有他那些财富吗?那为什么你们想让我按照我过去为他跳舞的方式来为你们跳舞呢?"

他们闭口不言了。他们都看着我。不,他们还没有完全信服,但他们也不反对我说的那些话。于是我继续说下去。

沙皇的世界,我告诉他们,灿烂夺目,充满各种仪式。沙皇的芭蕾——《天鹅湖》《睡美人》——也是如此。美丽绝伦?是的。像晚礼服,像昂贵的珠宝。然而这个世界现在已经不复存在。所以为什么要照着老样子跳舞?

我顿了顿。我知道他们都在听着。我从他们的眼睛、他们挑起的眉毛、他们微微向前倾的架势看得出来。他们依然没有完全信服,但也不再感觉受到冒犯了。

到了这时候,就是我需要的效果了。

"你们见过瓷娃娃吗?"我问,"美丽至极但容易摔碎。价格贵到你们挣一个月钱都还买不起。你们的姐妹们玩那样的瓷娃娃吗?你们的女儿们玩那样的瓷娃娃吗?"

我又停住。他们脸上的微笑显得怪难为情的。他们的姐妹们或者女儿们玩瓷娃娃的这一想法或许很诱人,但也太轻浮了。说不定甚至是可耻。

"我不想成为穿着借来的衣服的玩偶。和你们一样,我并不是在宫殿中长大。我并不是为沙皇跳舞。我为你们跳舞。旧世界已经消亡了。我们所有人不该获准创造一个新的世界吗?"

我再次停下,等了等。中场休息很短暂。我依然得变换妆容,穿上新的戏服,我的学生们想必也焦急万分。我已经答应他们,我一准备好就到他们化妆室去,让他们心里有底。

"尼金斯卡同志说得对,"个子最高的工人充满权威地宣布,"我们之前都瞎了。"

他们逐一向我表示感谢并且握手。他们说了各自的名字。托瓦洛夫同志,库兹明同志,瓦尔加斯同志。"我们很高兴过来和您聊了聊,尼金斯卡同志……您打开了我们的眼睛……现在我们会告诉其他人去。"

等他们都走了,我换上我的武士戏服。亚历山德拉在这件戏服上织进了宽幅的深红色、黄色和紫色箭杆。我往脸上补画了幽暗的线条,使整张脸显得更凶猛无情。在这场刀光剑影的舞蹈中,我是战士,是一名武士;因为被困而怒不可遏,大家都以为武士已经死了。

舞台监督敲敲门。他想了解发生了什么事情。

我微笑了。

"我们有了追随现代舞的新拥趸。"我说。

21.

新年过后,课程再度开始,安雅缺席了早上的课程。我还没来得及问怎么回事,住在同一栋楼、就在安雅家楼下一层的科利亚·辛加耶夫斯基站了起来。他颤抖着声音,讲述了很能说明情况的前一晚吵醒他的声音:砰砰作响,沉重的脚步声,东西掉落地上。搜查持续了至少两个小时。结束后他往窗外探看,但天太黑了什么都看不见。他听到只不过是发动机启动和军队吉普车开走的声音。

我示意他大点声说。我不想错过任何一个字。

他跑上楼去安雅家的公寓。她的母亲在哭泣。整个地方看起来糟透了。书落了一地，报纸四处散落，厨房里是碎玻璃，几袋面粉和小米在台面上都给倒空了。

安雅的母亲告诉他，他们没收了几封信。一些书。命令安雅穿上大衣。他们把她带走之前，她的母亲甚至来不及悄悄递给她一把牙刷。

他们？契卡。全俄肃清反革命及怠工特设委员会。

我留下帕蒂来负责上午的练习课之后，就奔往契卡的总部。门口的卫兵拒绝让我进去。

这时候我想起了艺术政委。几个月前他表扬过我学校堪称楷模的办学情况，还给予我学术拨款。或许他更能顺利查清发生了什么事情。

我向秘书——穿绿色制服的瘦削女子——解释我的请求，安雅·沃罗比耶娃，我的学生，在夜里被捕。

秘书以非难的目光瞪了我一眼。"政委同志很忙，没空见任何人。"她说完就转身不理我了。

"我可以等。"我对着那一通噼里啪啦的打字声说。

我在靠近窗边的那把摇摇晃晃的椅子上坐下。房间里一股酸臭味，到处都是灰尘。秘书桌上那个圆形的马口铁盘上堆满了烟头。人们进进出出，有些人留下来跟我一起等着。没有人说话。士兵们搬运来包裹。晚于我片刻到来的一位神甫被告知请回去。他照办了。

我等啊等，眼看等待时间从几分钟变成了几小时，这时我在苦苦思索究竟是什么事情导致安雅被捕。一个心怀妒忌、想把她家公寓据为己有的邻居告发了她？一个被拒了的追求者？家里原先的用人怀恨在心？不管是什么情况，我都要弄清楚可以贿赂谁，找谁帮忙。亚历山德拉？本内迪克特？刚被任命为基辅歌剧院总监的帕维尔？莱斯看到过他和艺术政委一起喝伏特加。

三个小时后,艺术政委的办公室门开了,秘书示意我进去。我脚下的地板吱吱呀呀响。政委看着我,仿佛我们初次见面。"什么事情?"他问,一边用手摩挲着他的平头。

"沃罗比耶娃,"我说,"是我的一个学生。她被捕了。我想知道怎么回事。"

政委眉毛一扬。"沃罗比耶娃是国家罪犯。"他指着他面前厚厚一大叠文件说。

"她都做什么了?"

"她发表了不当的言论。"

"什么言论?什么时候?跟谁说的?"

我的一连串问题像鱼儿被拉出水面一样不停跳动。我给使了个眼色,意思很清楚:在这个房间,我不是来提问的,是来答话的。

"你同意沃罗比耶娃的言论吗,尼金斯卡同志?"

"我没有注意到她有任何不当的言论。"

"或许你没有注意到的还有别的许多事情。或许你应该多留意你的学生们都说了什么话。"

这整个儿就是一场噩梦。我两条腿灌了铅似的,浑身起了鸡皮疙瘩。我有个很可怕的想法,就是我在这屋里可能会让情况变得更糟糕。我可能说些什么话被用作不利于安雅的证词。

"你的孩子们多大了,尼金斯卡同志?你有个女儿,还有个儿子,我没说错吧?他们的父亲回来了吗?"

我心口一紧。视野里滑过若干黑点。隔壁房间响起了电话铃声,但没有人拿起话筒接听。

"回家去吧,尼金斯卡同志。等我们想和你谈谈了,我们会去找你的。"

此时是正午,然而街上空无一人。我路过原先是咖啡馆的地方,如今这里钉上木板给封起来了，还贴了海报。其中一幅海报上画的是一只绑住的靴子踩碎一只法贝热彩蛋①。还有一幅海报画着一位头盔上缀有红星的士兵伸手去抱一个只身处于瓦砾中的惊恐万状的小孩。

我拐进我们家所在的街道。雪都倚靠着建筑物堆成雪堆，留下一条窄窄的通道给行人走。上面已经撒了灰，免得太滑。我的脸颊都冻僵了。

妈妈在楼下大厅里等着我，列夫什卡拉着她的裙角。当我儿子看见我时，他朝我张开双手。再过三个星期他就满两岁了。他没有伊琳娜在这个年龄时那么能说会道，不过他能说爸爸、妈妈、丽娜，懂得如何要更多食物吃。我抱起他，亲吻他光滑的脸颊，但我的嘴唇想必太冷了，因为他在我怀里扭来扭去。

妈妈强忍住眼泪。她抓着我的手臂低声说："你想过没有，如果你回不来我们会怎样？"

搜查始于凌晨一点，就在我们关灯后一个小时，仿佛有人监视着我们这座房子。妈妈抱着伊琳娜。我抱起尖叫着不肯安静下来的列夫什卡。其中一个士兵把他小床上的东西都倒在地上了。被子，床垫，毯子。

他们办事铁面无情，检查那些必然是最受青睐的藏物之地。松动的木板。暗藏的衣柜底部。桌子内侧。他们其中一人还命令我脱光儿子的衣服。他要看看我是不是可能在他尿布里藏了什么东西。

他们拿走了我的编舞记事本和学校的所有记录，不过他们并没有去柴草间。

是疏忽，还是这只是个警告的信号？

---

① 俄国著名珠宝首饰工匠彼得·卡尔·法贝热所制作的蛋型工艺品，其作坊精制的复活节彩蛋被俄国和各国王室视为珍品。

22.

安雅获释了，但她没有回学校。科利亚也没有看到她。她的母亲，他课前过来帮妈妈搬重物时告诉我，在他上她们家公寓的时候甚至都没有开门。只是跟他说不要再来了。

这也是个信号吗？

我确实收到传唤，到契卡总部去。审问我的人看起来还不到二十岁。我不知道他是什么人，也不知道怎么称呼他。我的工作，他告知我，已经被调查过了。我太过沉迷于中产阶级的试验。我忘记了在这里斗争还在进行之中。

我的卷宗在桌上。三包厚厚的材料，其中一包打开了，露出我的编舞记事本和一本薄薄的马雅可夫斯基的诗集，那是本内迪克特送我的礼物，我都没注意到书不见了。

审问官坐在桌子后面，穿着他的红军上衣，上面没有徽章。他拿起书，翻了翻又放回去。他手上的皮肤红通通的，是以前长过冻疮的痕迹。

"苏维埃政府，"他说，"支持艺术家，但艺术家也有义务。他们必须支持政府。"

"我——"

他没让我说下去。

"什么都不一样了，尼金斯卡同志。你们所有人都应该知道，今天新颖的，到了明天就变成陈旧的。"

他从我的笔记里面取出几页松动的纸张，并且念出来："'勃洛尼斯拉娃·尼金斯卡告诉我们，我们应该踌躇满志，尽我们所能做到最好。'"

他停下来看着我。"这是你教导你那些学生们的话吗，尼金斯卡同志？"

我点点头，心想这是不是安雅说的，她的审讯记录。这就是我在这里的真正原因吗？

他摇摇头,仿佛我令他深感失望。"这是危险的精英主义,"他宣称道,"故意切断工人阶级和你的艺术之间的关联而耍的诡计。"

接下来是一通有备而来的演讲。"艺术——"他说起这个词用的是一种不自然的声调,"——和个人的抱负毫无关系。艺术必须为人民服务。艺术要像面包一样——富于营养,每个人都能获得,而不是少数被选中的人。那些紧抓过去老路、紧抓他们旧日特权不放的人,都是懦夫,害怕未来。你想想吧,尼金斯卡同志。你是个聪明的女人。"

他说这句话的时候从椅子上起身了。我也站起来,心想是不是我可以走了。"在你走之前还有一件事。"他说,"你知道你丈夫如今在哪儿吗?或许,你打算去和他会合?"

我没有径直回家。我不想让妈妈看到我惶然不安。我希望能坦然地告诉她这完全是个误会,说我回答了几个问题,现在一切都没事了。

距离我们家几条街的小公园在去年冬天树都给砍光了。花圃里有人种了大白菜和芜菁。

我坐在树墩边的长凳上,拿出我的日记本:

> 你们不谈论艺术。你们谈论其他。你们把我关在笼子里,却要求唱出自由的鸟儿的歌曲。很快就将再也不剩什么歌曲了。我们怎能成为某人的财产?不管你们以多美味的食物喂养我,忍饥挨饿的自由生活依然更好。

我的手在发抖;写出来的字母都歪歪扭扭的,奇形怪状。

> 我们是创作者。我们通过艺术改变世界。为什么不让我们这么做?我们都没剩几个人了。

我写了很久,等写完以后,我从记事本上撕下写好的几张纸,点燃一根火柴,把它们都烧掉了。

一个星期后,学生们和我正在排演一出新的舞蹈小品的时候,两个赤卫队成员来了。两个身穿制服的年轻女子,决意要让自己显得成熟一点。她们一个人因为感冒而吸着鼻子,另一个人审视着墙上的铭文。

"这就是舞蹈动作学校吗?"感冒的赤卫队员问,声音里透着一股失望,仿佛她预期的是我们分组随着军乐节拍行进或者是练习上街示威游行的景象。

"是的。"

"你是老师吗,同志?那你得到外面来。"

在走廊里,赤卫队员打开她的皮包,拿出一份文件。我还没来得及查看文件,她的伙伴就从她那里拿了一把锤子,把由艺术政委签章的命令钉到了学校门上。

舞蹈动作学校被关闭了。

邻居家的一只猫悄悄钻了过来,开始在我膝盖边上弯来绕去。我很好奇它怎么进来的。

"为什么?"

这个问题毫无用处。赤卫队员指指命令就走了。我嘘声把猫赶出去,关上门回到舞厅。

我的学生们聚集在我身边。这是真的吗?他们的眼睛在问。我们现在去哪儿?我们会怎么样呢?

我清清嗓子。

一字一顿地说话,因为痛苦不堪而语不成声。我感谢他们为我而成就的一切。我告诉他们,说他们已经通过跳舞呈现出了我所期许的景象,使得我的想象成真。说我们共同成为了艺术家。说我永远都不会忘记这一切。

我停下来拭去脸颊上的泪水。帕蒂跪在地上,蜷缩着身子,脸紧贴在膝盖上。她身后的某个人在抽泣。男生们一动不动地呆呆站立,干瞪着地板。我说完以后，科利亚用拳头猛捶墙壁。我没有听见捶打声，但我看到他的手是多么快就染上了鲜血。

23.

在我的逃亡梦中，一支契卡巡逻队在基辅火车站把我们拦下，就在火车到来之前。身穿长款黑色皮大衣的那些人扣着枪的扳机。伊琳娜和列夫什卡躲在我身后。我能感觉到他们的手都紧抓着我的裙子。妈妈凝视着我，嘴唇嗫动默念着祷词。

"证件。"其中一个人咆哮道。

我拿出证件。我的身份证，旅行许可证。我把证件都递给他。

"这是什么？"他问。

他在我眼前抖了抖证件。纸页上全都一片空白。

如果我没有惊醒尖叫起来，梦就接着往下做。我看见妈妈被推到一边。我看见伊琳娜和列夫什卡抽泣着，被押送离开我们身边，他们满是泪痕的脸转过来看我。

我也被押送到一个小屋子里，另一个契卡的人已经等着我了。他命令我脱掉鞋子，而后进行一番检查。"你把钻石藏在鞋跟里要偷带出去吗？"他问。

我摇摇头。

"坦白吧，"他叫喊道。"如果你还想再见到你的孩子们的话。"

我被押送到车站后面。一个士兵吹了口哨。他牙齿发黑，嘴角还挂着一小团褐色的唾沫。他的枪尖在阳光下闪烁。我如饥似渴，又懊丧万分地注意到了所有这些细节。

然后将会有一场爆炸，一阵雷鸣，然后什么都没有了。我的身体将成为被丢进泥泞壕沟里的一具腐烂尸体。

我的孩子们会被遗弃，像饿狗一般在俄国游荡，在垃圾堆里翻拣一点食物残渣以求果腹。或者被杀害了，因为岁数够大、被认定已经受到我的不良影响而惨遭处决。或者有可能，被恩准送进某家孤儿院。被告知要忘掉他们曾经是什么人，从此以后苏维埃政府将是他们的父母。

然后一阵黑暗降临，再也没有什么可想的了。

"我们去和瓦斯拉夫会合。"我告诉妈妈。

她不知道在最近一批来信中有一封罗莫拉母亲写的信，落款日期是一年之前。"瓦斯拉夫病得很重。他需要他的家人在他身边。来吧。"她写道，"我让你们住在我家。"

我没有给妈妈看这封信，不想让她为时过境迁的消息而担心。我自己写信给罗莫拉的母亲，跟她解释说她的来信在边界被扣留了，这才到我们手中。"想来瓦斯拉夫现在应该已经康复了，"我回信中写，"所以请把我们的情况转告给他吧。"

我也没有给妈妈看另外一封信，这封信是三月的头一个星期降落在基辅的一位奥地利飞行员带来的。罗莫拉写给我的信，而且出乎我的意料——从头到尾都是用俄语写的：

> 你哥哥，勃洛尼娅，得了精神方面的疾病。医生认为你们一家很有必要到这里来陪他，以利于他的康复。我郑重请求你立刻和你母亲还有孩子们来到瓦斯拉夫身边。

我反反复复读这封信，当时看得忧心忡忡，但现在也依然不解到底是什么意思。信为什么用俄语写？为什么罗莫拉没有像她一贯的做法那样用法语写信呢？她是不是试图给我申请出境护照的办法？

捎来信件的飞行员对瓦斯拉夫·尼金斯基一无所知。他只是来为基辅医院投递红十字会的补给品，不过，在他回去时，他提出可以把我和孩子们偷运到维也纳去。

"还有我的母亲一起？"我问。

他的飞机很小,他说,只有一个发动机。他可以带上我和孩子们。我的母亲必须留下。

我拒绝了。

"我们现在该怎么走?"妈妈问。

我知道她在想什么。在布尔什维克掌权的基辅,我们需要书面许可证才能购买火车票或者住旅馆。不是所有东西都能伪造的。契卡的巡逻队,据传言说,并不收受贿赂。走私犯和投机倒把的奸商以及被怀疑是人民敌人的任何人都会被当场射杀。

逃跑也有诀窍。你从你最要好、最可靠的朋友开始。你只能跟他们讲你的打算。他们会帮你与值得信任的人牵线搭桥。他们会帮你卖掉你力所能及的东西来支付逃亡所需的费用。他们会保持沉默。

打包至关重要。最好是柔软的包裹,小到可以扎在你的肩头。最容易够得到的地方应该塞上一些小件物什,可以用来行贿或者交换食品。银项链。绣花桌布。一卷缎带。镶纽扣的腰带。钱要分开放,缝到衣服里去。各种钱,以防万一。沙皇时代的卢布,德国马克,波兰马克。

"我们怎么到维也纳去?"妈妈问。

我们一起坐在沙发上,促膝相谈。我能感觉到她身子在颤抖。我让自己的声音听起来漫不经心而又颇有自信。我已经联络好了。我找了个向导,他已经做过许多回这样的生意了。

沃洛特契斯克是最靠近波兰边境的一个城镇。一位可以信赖的朋友已经伪造了一份文件,证明国家剧院派我到沃洛特契斯克去执行"公务",视察预定的友情出演的设施情况。向导会把妈妈和孩子们也偷运上同一辆火车。然后把我们交给另外一个向导,后者会带我们穿越边境到波兰去。

这是五月。我们不需要带冬天的衣服。

妈妈点点头。

那一晚她没睡觉。我能听见她在厨房里,把一片片面包、肉和苹果都烤干。香气抚慰人心,几乎像过节一样。我也醒着,躺在黑暗中。时钟滴滴答答走个不停。我感觉到一股冲动,奔跑,马上行动,不要等待。

孩子们肯定也注意到发生了什么事,他们都睡得不熟。列夫什卡在睡梦中叫喊。两点半的时候,他就像瓦斯拉夫:静不下来了。什么都可以往上爬。沙发。桌子。伊琳娜八岁了,我告诉她我们要出行一趟。"去爸爸那里吗?"她问。我捧起她的脸,看着她的眼睛。"我们到时候看吧。"

在最后的这些日子里,我总是以在我们离开后将要进入这里的那些人的视角来看待我们的公寓。这里必须了无痕迹,可能危及任何帮助过我们的人的所有迹象都必须清除干净。我已经烧掉了无法随身带走的一切文件。账单,收据,信件,明信片,写有朋友们的题词的书籍。有名字或地址在上面的任何东西。

我过去五年的日记最为割舍不下。七本记录了我的思考、计划和梦想的记事本。它们不得不被撕开,慢慢烧掉,每次烧几页,这样我不会呛到烟,也不会让厨房弥漫着令人窒息的烟雾。

从基辅到沃洛特契斯克没有客运火车。我们搭乘的货运火车站站都停。

火车里灰尘弥漫,幽暗不堪,只有透过木板条的一点点光线闪烁可见。我们坐在一路运送的成捆的报纸上。每次火车一停门一开,就有人进来拿走几捆。契卡哨兵进来检查证件。

因为我是唯一一个有旅行许可证的人,火车一接近车站,妈妈和孩子们就得躲起来。他们的藏身之处在车厢最阴暗的角落,就在一大堆报纸后面。我没有问我母亲怎么让孩子们保持安静。我知道爱泼斯坦医生给了她一些药水。在站与站之间，我查看一下孩子们的情况，他们都睡着了，身体软软的，任人摆布。列夫什卡都没醒过。伊琳娜有时候睁开眼睛，给我一副空洞的眼神。

我们就这样到了沃洛特契斯克，距离边境大约十七公里，一个人们相互认识的小城，陌生人在这里无法藏身太久。

"走吧，"向导说，"三个小时之内回来。"

我抱起列夫什卡，他开始醒了，哭哭啼啼说要喝水。我给他抿了一口甜茶。伊琳娜自己走，一声不吭拉着妈妈的手，啃着一片干面包。我们到了剧院，我出示信件，完成视察工作，他们在门厅等我，待在谁都看不见的地方。

等我回到车站，向导把我们送上另一辆火车，前往普罗斯库罗夫，与波兰交界的小城。另一个向导会在那里找到我们。

怎么找？

"站在电影院前面。看着海报。"

这就是逃亡的诀窍。信赖一连串朋友和陌生人。用尽你所拥有的一切。

边界是夹在两面陡峭的山坡之间的溪流。有一条小径穿越森林，把我们带到了那里。

光天化日之下。

"卫兵能不看见我们吗？"我指着躺在绿草茵茵的斜坡上的两名士兵。他们把枪放在边上。其中一个正吹着一支曲调简单的口哨，另一个开始放声唱歌。

我的心扑通扑通狂跳。伊琳娜就走在我身后。我已经告诉她我们在进行一场漫长的远足。她想知道要去哪儿，但并没有再多问哪怕一句。在向导冲她吼要她保持安静之后。

"我们离得远着呢。"向导说着打发了我的恐惧。他个子比我高，但不比我强壮。我很注意把我舞蹈演员的力量都收敛藏起,让他背着列夫什卡和我们的三个包裹。信任要视情况而定。贪婪与背叛也同样。在这个边境小城,我们是没有证件而又财产不少的陌生来客。

我把三个包裹捆在背上。妈妈也是。她走在伊琳娜后面。我能听见她气喘吁吁。

这是我们的第二次尝试了。昨晚我们来到同一地点,坐下来等待。"我们在等什么呢?"我问,然而向导在唇上竖起一根手指头。约摸一个小时以后,他站起身说我们必须回去了。"出了什么问题吗?"我问道。他没有回答。

我为自己在向导问题上所做的选择而深感懊恼。过去四个晚上我们寄居其家的农夫也提出说可以带我们过去。"我认识指挥官。"他说,"你付给我钱,他们会让你过边境。用不着趟河。"

我没有选择农夫。我走在这个人后面,他在我盯着电影海报看的时候走向我。付了他要的钱。预先付清。

"要走很长很长而且不好走的路。"在我们出发之前我告诉伊琳娜,就像我昨晚告诉她那样,"但你不能抱怨,也不能哭鼻子。太危险了。"

我看得出她脸色沉了下来,表情僵硬,但她默默走着,下定决心不成为负担。她穿着她的皮凉鞋、袜子和一条蓝色的棉布裙。蓝色依然是她最喜欢的颜色。

我们走的小径引着我们穿过茂密的灌木丛。溪流就在我们下方。

"待在这里。"向导说着把列夫什卡交给我。

向导走到哨兵的临时营房。如果他出来挥舞一块白手帕,我们就往下走进溪流,和孩子们开始穿行而过。"动作尽可能快。"他说,"把你们的行李留在这里。等你们到河对岸了我会带过来。"

"如果你没有挥舞呢?"我问。

"那你们得回去了。"

从我们此时坐的这一小块藏匿于茂密的忍冬丛中的草地上,我能看见向导消失其中的哨兵营房。假如这一次又不成功,我已经打定主意,那就接受农夫承诺的办法。不过这时候门开了,向导出现了,挥舞着一块白色的手帕。

妈妈在胸前划了十字。

我们留下半数包裹,开始向下走到溪边。

二十步?三十步。有时候非常陡峭。伊琳娜走得跌跌撞撞。妈妈侧着身子走,尽量不摔倒在草地上。她动作迟缓,小心谨慎。"向前走,勃洛尼娅,走吧。"当我停下时她咕哝着。

我很好奇什么反应会先出现。一声喊叫?子弹嗖的飞过?然而现在肯定看见了我们的士兵们却毫不留意。一个人在卷香烟。另一个在他背包里摸索着掏东西。

列夫什卡在我怀里沉甸甸的。他不再睡着了。我心想他是不是能察觉到周围的恐惧。如果他察觉到了,对他会有什么影响。会危及哪里?

等我们到了溪边,向导已经在那里等着了。"我们走吧。"他说着便抱起伊琳娜。我看得出她紧张得浑身僵硬。

"没事的。"我告诉我女儿。我抱起列夫什卡。妈妈现在在我身后,她的呼吸更加沉重了。

向导背着伊琳娜,踏进了溪水。我跟上。

"这里溪水很浅。"向导让我放心,但走几步以后水就及腰了。我能感觉到列夫什卡的手指头深深地抓紧我的脖子。

不过我们还是在几分钟之内到溪流对面了。

我步出溪水,放下列夫什卡。我的凉鞋里满是沙子。我湿透了,但天气晴暖,我感到一阵释然。

然后我身后传来尖锐的哨声,随后是阵阵喧闹的充满嘲弄的笑声。我回头看到妈妈还在河岸那一边。她已经踏入水里,提起了她的裙子,但没有动。

"来吧,"我喊道,"快点!"

她没听见我的话,或者她听到了,但她的腿不听使唤,因为她站在那个地方,水淹没到她膝盖了。

"快一点。"我叫喊着,但她一动不动。

向导骂骂咧咧,咒骂我们所有人。如果我们现在陷入麻烦,那我们只能怪我们自己了。

我没有多少时间考虑自己折返回去、把孩子们独自留在波兰边境这一侧的危险。我把列夫什卡放在伊琳娜怀里,告诉她别让他乱跑。"你明白吗?"我问。

她点点头。

我奔回到溪流里,涉水到俄国的那一边。我到妈妈身边时,她依然生了根似的站在那里。"我走不动。"她含糊说道,"我的腿动不了。"

我说什么都无济于事。不管我拍胸脯说水浅得很,说孩子们在等着我们,说什么都没用。她的牙齿在打战。当我抓住她的手时,她把我往回拉得那么用力,我差点摔倒。

"走起来,女人。"向导咆哮道。他就在我边上,高出了我们一大截,他抓起妈妈的另一只手。我们一起拉她跟着我们走,一步又一步走得艰难痛苦。士兵们像看好戏一般。"你不想打湿屁股是吗,老妈妈?"他们其中一个人叫喊着。

那或许只不过是几分钟时间,感觉却绵延至无穷无尽。孩子们独自在波兰那一侧的岸上,两个人都在哭。一步,又一步,再走一步,我们终于都到了对岸。

浑身湿透,也只有一半行李在身边——但还活着。

一九三九年十月十五日

昨天晚饭时，一位船员到我们这一桌来。他名叫迈克·里特，是一位工程师。我看得出他对我女儿抱有好感，被她文静的优雅气息和声音所吸引，她说英语时带有一点点可爱的法语口音。从他们交谈之中，我能听懂的并不多，里特先生主要都在谈活塞、气阀、发动机汽缸和电流。有一次他甚至还在一张纸上画起了什么东西，某一项复杂的构造，伊琳娜竟然听得全神贯注并且赞叹不已，我完全始料未及。这样一来，今天晚些时分女儿可以到船内部去参观游览了。

我替她操心，想知道为什么都二十六岁了她还孑然一身。我给我的孩子们施加了太多负担吗？因为我的梦想使他们感觉相形见绌了吗？让他们误以为我失望了？

伊琳娜在她参加的舞团里有过的那几段转瞬即逝的罗曼司都没有发展为认真长久的交往。即便妈妈知道个中缘由，她也不会出卖伊琳娜的秘密。尽管我很确信她警告过她不要嫁给舞蹈演员。

随她去吧，我告诉自己。她会找到自己的路。

在船上的吸烟室，我今天就在那里躲避早晨那愈发刺骨的寒冷，我打开随身带着的一盒照相馆拍摄的肖像照片。澳大利亚巡演活动的宣传工作人员问我要几张合适的照片。我很快选择了两张新近拍的先放到一边。然后我又加了一张拍摄时间较早的，那照片迄今依然是我心头的最爱。是曼·雷于一九二一年秋天在巴黎为我拍的。

对于这张照片的记忆之中还弥漫着一股香烟的气息，香烟的感觉充满了我的两肺，当时我还没有完全适应吸烟这一新习惯，只感到一阵晕乎乎的能量汹涌而来。我作为俄罗斯芭蕾舞团的新任编导，置身于佳吉列夫带我去的某场聚会中。一个身穿耀眼的紧身裙的年轻女子在唱着一支街头歌谣，讲述一个水手发现他的女朋友躺在了小丑怀里。我往外溜到阳台去。

脚下整座城市沉浸在万千灯火之中。经历过基辅那厚重黏稠的黑暗夜晚后，如此的光辉璀璨总让我叹为观止。还有这丰富的食物。堆成金字塔的奶酪、熟肉、商店橱窗里堆积的肉条。一罐罐果酱。堆积如山的苹果。

我转过身时，看见佳吉列夫站在阳台门边，房间柔和的灯光勾勒出了他的身影。他的西服太紧了，肩头落着头屑。他的黑眼睛直盯着我。"曼·雷想给你拍照，勃洛尼娅。"他说。这可相当有面子，他的眼神言之凿凿，是他为我争取来的礼遇。他，伟大的佳吉列夫，保证他新的舞蹈编导，他"归来的勃洛尼娅"同所有值得结交的人打交道。

伊曼纽尔·雷汀斯基把名字中的字母削减到只剩下曼·雷。和我一样，他相信必须摒弃不再需要的东西。

两天后，在他位于初阵街的蒙巴纳斯工作室里——一间着实狭小拥挤的公寓，卫生间被改造为暗室——曼·雷往一只木头碟子上摊放了若干物品，请我挑选一样觉得能引发联想的。我选了一把巨大的梳子，看起来像是俄国农民在田里用的木头耧耙。他给我一顶黑色假发，上面有几缕乱发散落下来，他把这大梳子像战利品似的插了进去。然后他把我脸庞两边涂黑，留下中间一道白。他在我嘴唇周围画上张开的嘴巴，还嵌着两颗尖牙，一支箭头从我右眼一直伸到了我鼻子下面。最后，他给我的肩头披上一件黑色披肩。

"别动。"他反复说着这句话，时而点亮灯时而关掉灯，靠近我，然后又马上后退几步。我独自站在那不断变换的光照下，开始注意到从他暗室悄悄飘来的一阵腐烂气味，一阵香水味，煤烟浸在水里的味道。我一动不动地站了很久。久到我脸上的肌肉都僵硬了。

几天后到来的照片是一个龇牙咧嘴、两眼圆睁的女人的肖像。她看到了别人幸免于目睹的东西。

"这照片上没多少你的样子嘛，勃洛尼娅。"妈妈说。

她错了。

第五部：一九二二年～一九三二年

1.

"跟我来。"斯泰因霍夫精神病院的护士说着,把她原本一直拿手上的一叠床单放到一张边桌上。她娇小精瘦,手臂结实,动作有板有眼。

我眼角一瞥,看得见妈妈紧闭双唇。她紧张地望了一眼圣利奥波德教堂闪耀的穹顶,教堂纪念的是一位把荣耀盛誉置之度外的圣人。

通往瓦斯拉夫病房的由黑白瓷砖贴面的那条长长的走道上,氨水的臭味盖过了其他一切气味。我们路过时,病人们拦住我们,试图要抓住我们的手。一位骨瘦如柴的男人整个脸颊都陷下去了,本该是右手从中伸出来的那只袖子空空荡荡,别在他的宽松衣服上,他不断喃喃自语道:"且让植物默不作声吧。集中注意。集中注意。集中注意。"

妈妈走得很快,我几乎要小跑着才能跟上她。罗莫拉到维也纳火车站接我们时,妈妈拥抱并且亲吻了她。谈话间抱着希望。谈起要把瓦斯拉夫从"他的紧张性木僵"中拉扯出来。谈起时隔七年看见他母亲和妹妹难免要引发激动情绪。在提取行李把孩子们塞进车子的一片混乱中,我甚至还看到妈妈伸手挽住罗莫拉的臂弯。听说她有了第三个孙女——满周岁的塔玛拉,以卡尔萨文娜的名字命名——的时候她拭去泪水。然而后来,等罗莫拉回她自己的酒店之后,在布里斯托尔酒店,妈妈显得大惑不解,转过来对我说:"没有个像样的家?就住酒店套房?带着两个年幼的女儿?那都是什么生活呀?什么样的家庭啊?"

护士让我们等一下。"为了安全起见。"在踏进他房间之前,她说道。我没有问她怕什么。我不想知道。再说,门马上就开了。

"进来吧。"她说。

妈妈走在我前面先进去,强颜欢笑,呼唤着瓦斯拉夫的名字。责怪他把我们给吓的。"他们都骗我什么了,瓦斯拉夫?你没有病得那么重,是不是?没必要再躲在这里了。做好准备吧。勃洛尼娅和我都在，我们来带你回家了！"

然后我看见了他。

瓦斯拉夫，脊背挺得笔直，正坐在他的床上；穿着一件简单的白衬衫和黑裤子，仿佛是排练之后正在休息。不过他原本可以从床上跳下过来拥抱我们的那一时刻已经过去。他甚至没有朝我们的方向回个头来看一看。只有他的手指头显示出生命的迹象。他拉扯着虎口的皮肤。我膝下一软。

房间空落落的，只有一架白口铁床和锁在地上的一张小金属桌。四面墙粉刷成白色，墙体之薄，走廊的声音都传了进来。厚实的金属栅栏保护着窗户。

"瓦萨，瓦祖什卡，看看我！"妈妈喊着我哥哥儿时的名字。她拥抱他，亲吻他的脸，抚平他的头发。

"瓦斯拉夫！"我轻声应和，希望他转过头来看我。紧张性木僵？罗莫拉的妹妹，坐出租车带我们到这里来的特莎更加直言不讳。"事先警告一下哦，"在我打开车门时，她对我说，"简直就像对着一具尸体讲话。"

"我们从俄国远道而来，"妈妈哀求道，并且朝我招手让我帮她一起劝劝他，"看到我们难道你不高兴吗？"

"他们都送来了他们的问候，"我告诉我哥哥，"俄国最伟大的艺术家们。卡尔萨文娜，巴甫洛娃，斯特拉文斯基，巴克斯特。还有佳吉列夫。谢尔盖·帕夫洛维奇需要你回来。没有你，瓦斯拉夫，就没有俄罗斯芭蕾舞团。"

几分钟过去了，五分钟，十分钟，二十分钟；我们的声音越发嘶哑，带着哭腔。每吸一口气都比之前的呼吸更艰辛，而吐气更是难上加难。直到现在哥哥的手甚至都没动一下。

"记得吗，瓦斯拉夫？水手舞……我们在基辅时堆雪人……普塔什克……它多乖啊。"

妈妈起身按铃叫来护士。她太阳穴上一根青筋在颤动。她要求见主治医生。她想知道都对她儿子进行了哪些治疗。她的声音变成了刺耳的尖叫。

"您得冷静下来。"护士坚持道。

"这就是你们对他做的吗?"妈妈问,"让他保持冷静?你们都给我儿子服什么药了?"

她说个不停,仿佛沉默必须给打倒直至投降为止。神经失常?是的。她能明白为什么。工作太卖力,没有好好吃饭。他身边的每个人都净提出要求。瓦斯拉夫不是日复一日往身上涂有毒的化妆油彩吗?有人替他考虑过吗?这里有哪个人说俄语吗?或者波兰语?没有?那他们怎么能明白她儿子可能想告诉他们什么呢!

我的母亲,几个星期前站在溪流中惊恐万状,无法趟过河去,而现在冲锋在前。

至于我呢?我正在抵抗着关于圣彼得堡冬日市场的儿时记忆。冻住的动物尸首落在雪堆上。

这漫长的一天中,有一个令人困惑的时刻,让我年复一年总是不停回想起来。妈妈还在医院大楼的某个地方,要求见另一个医生,我和瓦斯拉夫在外面。我推着他的轮椅到了一处树荫底下,那里有一张长凳没人坐,我们可以单独待着。

我或许对于他听见我说的话已经不抱任何希望了,但我同样无法缄默不语。于是我告诉哥哥基辅的事情。说起我自己创作的没有剧情、没有故事的芭蕾。一群演员动作整齐划一的芭蕾,舞蹈演员的身体形成结构、将他们自身变成新的样式的芭蕾,只留下舞蹈精髓的芭蕾。

"战士,瓦斯拉夫。齐步前进的人群。游行。纠缠活人的魔鬼……我构思的芭蕾。为了我自己。为了我的学生们。"

接下来发生的一幕简直就像奇迹。

我哥哥站了起来,伸出双手,仿佛他准备引领我开始跳起我们的下一支双人舞。"芭蕾从来都不是编造出来的,勃洛尼娅。"他用他那耳熟能详的责备语气纠正我,"芭蕾必须是创造出来的。"

"瓦斯拉夫。"我叫喊着,两手向他伸去。

然而他又跌坐回轮椅上了,身体颓唐松垮,两眼视而不见。我永远都困惑于展现在我眼前的这幅景象。是告别,还是希望?

2.

以下是那年五月罗莫拉告诉我的情况。

之前有一段时间就出现过让人不安的奇怪时刻。在美国巡演期间,瓦斯拉夫曾跳入酒店的泳池,在水下待了很久,时间长到她差点以为他溺水了。浮出水面后,他喘着粗气大口呼吸,脸色都青了,呕吐个不停,他不肯告诉她为什么要让她担惊受怕那么长时间。

"这个人,"几天后他指着一个身穿黑色西服的壮硕男子说,"我之前就见过他。"他紧张狂乱地低语道,坚称他被跟踪了。在每一座他要去演出的剧院,"他们"都埋伏在舞台侧幕,在舞台上留下钉子,设下圈套,试图杀了他。他告诉她,说他想要回俄国。像个农夫那样过日子,耕田种地。就像托尔斯泰教他的那样。说他相信公道。有一阵子这意味着放弃他自己的角色,让不那么大牌的舞蹈演员来演出,而他反过来跳他们的角色。这让观众怒不可遏。

"跟我说说战争的情况,'妇蒙卡'。"他请求道,他就这样称呼罗莫拉,法语"妻子"这个词给他说得听上去像俄语。

她照办了。她给他读报纸上的报道,关于战壕里老鼠出没,关于机关枪扫射击倒向前推进的士兵,关于士兵被困在铁丝网中,尸首丢在泥泞的战场上听任腐烂。她读给他听死者的姓名和年龄。二十岁……二十二岁……二十三岁……十七岁。十六岁。"年纪小到甚至不该入伍,"她说,"这些人都还是孩子。有什么人哪怕对此重视一下吗?"

她想到几个星期后的那个时刻,当时他们在圣莫里茨度假,瓦斯拉夫在脖子上挂了一个巨大的十字架。仆人们忐忑不安跑来找她,告诉她说主人在街上逢人就拦不放。"到教堂去,"他叫喊着,"为人们自相残杀还忤逆上主的罪行祈求祷告吧。"当她问起他为什么要这样做时,他大惑不解地看着她:"你不是说没人重视这些吗?"

瓦斯拉夫是艺术家,她提醒自己。是个天才。比常人要敏感得多。她嫁给他的时候就知道这一点了,不是吗?

她力图忽略他的暴怒,他全力展现的狂热冲动,他对于她作为他的妻子不理解他的感受、只用脑子不用心去思考的种种指控。她无视他在看到基拉吃牛排后拒绝和他们坐下来一起吃饭的举动。她不介意他把自己锁在房间里不出来。"我在工作。"当她敲门时他吼道。等他来开门时,只见他厌恶地撅起嘴唇。

"你想让我再说下去吗,勃洛尼娅?"罗莫拉激动地站起身,紧握着她的双手,走上几步到窗边,然后又离开窗口。

"对。"我说。我想知道一切。

一九一九年一月有一个晚上,在苏维塔之家宾馆。那是瓦斯拉夫从美国回来后第一场公开演出。罗莫拉称之为"个人专场"。社会名流都翘首期待。

"群英荟萃。"她说。有来自纽约的奥托·卡恩[①]。有来自科文特花园剧院和巴黎歌剧院的人。还有她母亲在维也纳的朋友。

他们租下了舞厅。瓦斯拉夫订购了戏服。他在自己的房间里暗自

[①] Otto Khan(1867~1934),生于德国犹太家族的美国富翁和艺术赞助商。他是著名游戏"大富翁"中的大富翁原型,也是作家菲茨杰拉德的小说《了不起的盖茨比》中的人物原型。

练习。他没有告诉罗莫拉他要跳什么舞,甚至连他想要钢琴师弹奏什么音乐都没说。演出那天,他从早到晚都紧张兮兮,她非常担心,但当时也只是想着他在演出前向来如此,不是吗?他需要转变自己,和他的舞蹈合二为一。所以她没有多问,过了一阵子瓦斯拉夫也确实冷静下来了。甚至还告诉她,他的舞蹈将是以创造为主题。关于艺术家在创作芭蕾时,脑海里发生的一切。"这将是我与上主紧密结合的一天。"他还说。她对此感到很迷惑,但再一想瓦斯拉夫的法语往往古怪得很,难以理解。她已经习惯于去猜测他到底想说什么。

苏维塔之家的舞厅座无虚席。观众不光来自圣莫里茨,还有周围的村庄。滑雪的游客,度假的人,朋友们。她的母亲,继父都来了。那些此前还没看过瓦斯拉夫舞蹈表演的人都听看过的人一五一十细细道来。伟大的尼金斯基,天才,舞蹈界活生生的奇迹,为沙皇、德国皇帝、欧洲的男女君主们跳过舞的人,现在将为他们跳舞。

巨型枝状吊灯的光暗了下来。谈话声变得轻微直至鸦雀无声。钢琴师在潮水般的掌声中坐定在大钢琴前。舞台有好一会儿空落落的,但也没有久到让人不安。这时瓦斯拉夫上台了,身穿黑色滚边的白色丝绸戏服,脚上是白色凉鞋。

如此美丽,罗莫拉心想,强健又纤细。脖子长长的,眼睛猫似的。如同黑豹?可以温顺,又可以狂野。稍一惊动就会信步遁入黑暗之中。抑或露出尖牙搏斗一场。她心醉神迷,看着他走向钢琴师,低声耳语道出他的指令。音乐响起,原来是肖邦的一首前奏曲,他拿起一把椅子坐下,面对着观众。

一动不动。

音乐继续演奏,直到结束。她身后有张椅子嘎吱嘎吱作响,接着又有一张椅子作响。她前面有个人清了清嗓子。有人咳嗽。有人窃窃私语。罗莫拉的母亲看着她,仿佛这一切都是她的错。做了她那派头十足的手势,仿佛她可以呼风唤雨。

一动不动。

那就是艺术家脑海里发生的一切吗？罗莫拉自问。绝对的沉寂？持续如此之久？

他继续坐着，瞪着台下的观众，对那一阵阵不满的情绪浑然不觉。仿佛前来观看尼金斯基跳舞的那些人才是台上的人，为他而表演。钢琴师等了等，然后又开始重弹前奏曲。

一动不动。

"我试图猜测这到底是什么情况。"罗莫拉说。这是他阴郁情绪中的一种表现吗？还是一种新的大胆编舞，我们还无法理解欣赏？就像他展现《春之祭》时人们嘘声一片吵作一团。瓦斯拉夫把那样的人称作是"愚蠢的公众"。当时他们不就是嚷嚷着"叫医生来"还有"叫牙医来"吗？他们不是认为他们被耍了吗？而他，瓦斯拉夫·尼金斯基，正向他们展现关于未来最为真实、最有先见之明的景象？

在创作过程中，有谁懂得艺术家灵魂中的迂回曲折呢？静止不动是不是至关重要？没有动作是不是同样也是舞蹈的一部分？

他们是谁，竟要打断他？

然而，她最终也无法忍受了。如果他是惊吓得动弹不了呢？如果他需要她帮忙呢？她鼓起全部勇气站起身来。向他走去。"你不跳点什么吗，瓦斯拉夫？"她悄声说，"或许是《仙女们》的选段？"

他看着她，眼里带着如此强烈的憎恶，还有怒火。他嘴唇一挑，露出牙齿。一只野兽，蓄势待发要把她撕成碎片。"你竟敢打断我？"他大喊大叫，"我不是行尸走肉。我准备好了以后自然会跳舞。"

她回到自己的座位，一边擦去脸上的泪水。就这样了，她下定决心。要带瓦斯拉夫回家。

但就在这个时候，仿佛他对这些念头等待已久，瓦斯拉夫动了起来。他张开双臂，举起了手，好像在保护自己免受打击。他向上伸展，然后又双手合十进行祷告，一切都和音乐完美契合。

这是纯粹无瑕的美，她心想。简单，直接。经历过长久的等待之后倍显力量。时间太久了，她过后要告诉他，等他们俩单独在一起的时候再说。有必要，没错，但或许他下次应该缩短等待的时间。或许她什么都不跟他说。他是艺术家。她只不过是他的妻子。她的职责在于赞美他，鼓励他，支持他。不，她不做评判。

她专注观看，视线无法从他身上移开。他们都看得全神贯注。

这时候瓦斯拉夫开始跳起一支欢快的舞，疯癫可笑的消遣舞蹈引得观众大笑连连。等那支舞也跳完了，他把脸转向他们，那是一张彼得鲁什卡悲伤的脸。他的身体变得僵硬。他跟跟跄跄，几乎要跌倒。没错，她想，是彼得鲁什卡，被他的魔法师抛弃了。在积蓄力量，逐渐变得有力气。等他重新站稳脚跟，他展示一条条长长的黑色和白色的布，形成波浪起伏的海洋，然后又归复平静，形成一个巨大的十字架造型。瓦斯拉夫张开双臂，站在这个十字架顶端，宛如被钉在十字架的耶稣。

然后瓦斯拉夫开口说起话来。他说的句子都短促而简单。发生了战争。可怕，鲜血淋漓。数百万人，年轻人，死去了。有些还是孩子，太年轻了还不到入伍的年龄。他们的尸首还在泥泞的战场上腐烂。这些人再也不会有孩子了。他们不会写下新的音乐，创作新的芭蕾，绘出新的图画。"现在我为你们跳那场战争，"他说。"你们没有防范也没有阻止的战争。你们要对此负责的战争。"

他跳起来，快如闪电，往空中跳起，升腾于整个舞台之上，一如既往绚烂，但也透着破碎和残缺。舞台或许空落落的，但只要他跳舞时，他们就都能看见壕沟和战场。残缺僵死的尸体在泥土之下隐约可见。他翱翔其上，把他们吓得魂不附体。他就是他们的良知。他跳出了他们不可饶恕自己的罪之雕像。

这，罗莫拉想道，令人心服口服，正是艺术家脑海里发生的一切。

等瓦斯拉夫停下以后，起初寂静无声紧接着爆发出掌声。越来越热烈的掌声。还有人喊着"再来一个!"，欢呼不断。

瓦斯拉夫鞠了个躬，直起身子，满脸都是汗水，脸还红着。谁都能听见他的喘息。他白色的丝绸戏服有些地方已被撕破，沾染了黑色条痕的污渍。

他摇摇头。没有返场演出。

明智的决定，她想。

演出后有一场招待会。瓦斯拉夫那时候已经换上他的深蓝色西服，和她一道出席。她确保他喝了足够的水。为他带上了几片苹果和一片橙子吃。还有几块黑巧克力。

瓦斯拉夫一开始显得很高兴。因为演出结束了而一身轻松。当她告诉他，他们全都深深被他打动时，瓦斯拉夫微笑了。甚至还鞠了个躬，一只手按在胸口，仿佛他还在舞台上。然而奇怪的时刻又继续了。一个女人走上前来对他说非常喜欢他的舞蹈。"您，女士，走动的样子让我兴奋不已。"他说，然后还在唇上竖起一根手指头，好像是刚告诉了她一个要她保守的秘密。"请看。"他还说，一边抬起他一只脚。而她，罗莫拉，不无惊恐地注意到他竟然还穿着白色凉鞋。他那只脚在流血，血正是他希望每个人看见的东西。站在周围的人们都后退了一步。

"我也不喜欢血。"瓦斯拉夫告诉他们，"这就是为什么我不喜欢战争。"

在他们回家的车上，瓦斯拉夫对自己不再有把握。"我想让他们看看他们都做了什么。"他告诉她。"要等多少人不得不死去以后他们才会看到？你觉得他们会理解吗？"

"是的，"罗莫拉说，"他们懂了。"

接下去的几个星期他都情绪紧张，不可捉摸。瓦斯拉夫早上会到早餐桌来，和基拉打趣，唱一首关于一座绿色小桥的歌逗得她哈哈大笑。歌是用波兰语唱的，但他会解释说人们走在桥上时桥会怎么弯曲，还会呵基拉的痒痒让她笑得扭来扭去。然后，突然之间，他又会一脸严肃，跑进他的房间锁上房门。

她，罗莫拉，知道他在写作，因为她从钥匙孔里偷看了一眼，看见他埋头在书桌前。然后他在房间里打转，她又联想到了黑豹，困在笼子里，不再能自由漫步。有时候他弹奏钢琴，弹得砰砰响，彻夜不停。斯特拉文斯基的《春之祭》《彼得鲁什卡》和《火鸟》。还有理查·施特劳斯的音乐。同样的曲目弹奏了一遍又一遍。

她找来一个医生给他做检查。格莱伯医生每天都跟瓦斯拉夫谈话。让他进行自由联想，希望找到线索解析病因。瓦斯拉夫那时候在写诗，用俄语写，罗莫拉让他翻译给医生听。"与其说是诗歌，不如说是絮絮叨叨。"格莱伯医生告诉她，"关于上主和大地母亲，或者是同样一个词翻来覆去地写。"瓦斯拉夫还向医生展示了他画的一些图画。画的是大大小小的眼睛看着他，或者是小一些的圆圈。有些图画描绘的是他称之为"发明"的东西：一座可以连接欧洲和美洲的桥梁，一支永远不会用光墨水的钢笔。

"神经失常。"医生说。瓦斯拉夫是位艺术家；他容易激动、高度敏感这一点没什么好大惊小怪的。他需要一个人静一静。罗莫拉应该把他送进疗养院，让他待上一阵子。让他度过这次危机。

可是她怎么能这样做呢？离开他？夜里瓦斯拉夫在她怀里哭喊。说没有人能理解他。说他很孤独，因为每个人都背叛了他。"是我的灵魂病了，"他说，"而不是我的身体。我想跳舞。想弹奏音乐。编排芭蕾。爱每一个人。"

这是最最难以忍受的。看见瓦斯拉夫那样子，一个受到惊吓的小男孩，想要被抱住，想被安抚，听别人告诉他最终一切都没事。

"我会杀了自己。"他说。

"我不想让我的心跳停止。"他说。

他大笑。

他哭泣。

他告诉她,她是他至爱的妻子。

他将她一把推开,说她是荡妇,是叛徒,是背着他和医生勾结在一起耍诡计的妓女。像其他所有人一样背叛他。

他想和她生个儿子。他想教他的儿子跳舞。

"我不想离开他,勃洛尼娅,"罗莫拉说,"我错了吗?"

救护车来带他去医院的那一天,瓦斯拉夫把自己锁在房间里,不肯开门长达五个小时之久。他冲着仆人们大喊大叫,大肆发火。他身上带着一把尺寸不小的刀。"削铅笔用的,"当她问他为什么需要刀的时候,他透过锁紧的门喊道,"这样我才能写作。"

他们最终破门而入,把他带走了。

他看起来吓坏了,她说,当他们押送他走下楼梯时。不再是黑豹,而是被围追堵截到墙角受尽折磨的猫。

从那时起就都是医院病房、医生和护士了。有时候他看似好一些了。谈天、画画、弹钢琴、打台球。有时候他提出要看艺术书,看丢勒的画能一连看上好几个钟头。他拒说法语,反倒说起了德语。一些简单的句子,因为他的德语从来都不怎么好。然后他告诉她,他想用施特劳斯的音乐创作芭蕾。

不过有时候他只是待在床上一动不动。或者重复念到任何人对他说的每一个字。又或者砸烂他房间里的家具。用蜡笔或者食物或者粪便在墙上乱涂一气。他还做噩梦,看到他是正被带去钉十字架的耶稣的种种幻象。他开始看见并不在这里的人。他听见音乐,或者是前后弹来弹去的网球。他哭泣。呼喊他的母亲。屏住呼吸直到满脸通红。要么吃得太多,要么什么都不吃。称自己是"疲劳的小马驹",是"被遗弃的可怜猴子"。攻击别的病人,推倒他们,试图做鬼脸乱蹦乱跳吓唬他们。掐住罗莫拉继父的喉咙要让他窒息。

"我请你们过来，勃洛尼娅。你没有收到我的信吗？"

3. "致我归来的勃洛尼娅"，佳吉列夫的电报开头这样说。他给我汇来钱，让我买票去巴黎。"立刻来。我需要你为伦敦演出季编舞。"白色兰花送到了布里斯托尔酒店。它们实际不像不识花的人所以为的那样娇气。

那是一九二一年七月底。谢尔盖·帕夫洛维奇到里昂车站来接我，我觉得他变了，老了，憔悴不堪。他的脸肿着，因为劳累和夏天高温而汗水淋漓；一缕缕银发用油腻的发胶紧贴在前额上。我曾经觉得他像只斗牛犬。现在他更像是海狮。他的动作愈发迟缓而勉强，与重力作用格格不入。一看见我在站台上，他张开怀抱。我跌跌撞撞投入他的怀抱，抱得紧紧的，几乎喘不过气来。他的长礼服闻得到花香味古龙水和汗水的味道。

"他怎么样，勃洛尼娅？"我听见他闷着声音的喘息。当我抬起头看时，发现他两颊都是泪痕。

在斯泰因霍夫，瓦格纳医生向我展示了哥哥的几页手迹，我现在还记得：

> 佳吉列夫用手杖打了我，因为我想离开他……我在巴黎街上将他一把推开，我想向他表明我不怕他……佳吉列夫把他两颗假门牙拿掉后，让我想起恶毒的老太婆。

"他们争吵什么呢？"瓦格纳医生曾问过。"艺术，"我回答，"佳吉列夫并不总能看见我哥哥的天赋。"

"医生们都说什么了，勃洛尼娅？"

当我讲起瓦格纳医生那些话时，我的眼睛里也蓄满了泪水。紧张性木僵的病情发展可以预料到。先是情绪波动和不可预料的行为举止，然后是消沉抑郁和肌肉僵硬。木僵可能持续几个小时，几天或者几个星期。等这都结束了，正如终将结束的那样，瓦斯拉夫可能发怒，尖叫，疯狂地乱跑。砸烂家具，用他能拿到的任何尖锐物品戳伤自己，攻击别人。然后往复循环。

谢尔盖·帕夫洛维奇把他的手帕递给我擦擦眼睛。然后他拿回手帕擦干自己的脸。"我一听到消息就想去看瓦斯拉夫。"他说，"但她不让我去。说我要是敢去她会把我给抓起来。说所有医生都给警告过了。"

一个挂在丝绳上的单片眼镜悬荡在他胸口。他漫不经心地拿起眼镜，用手指头摩挲着镜片。

她。罗莫拉。"像一大块冰似的，勃洛尼娅，这个女人。想的都是钱和律师。瓦斯拉夫从来都没像那样过。对他来说只有艺术。对她来说就是我欠他钱。我还没有为他做的事情。我挪为己用的钱。她跟你说过我没有付他最后一场演出的报酬吗？她说了吗？"

他说话的时候我紧盯着他的嘴唇，新养成的习惯，变得越来越有必要，弥补我听不见的内容。干巴巴的，我注意到，嘴角泛红。当他用舌头触碰他前面两颗假牙时，牙齿确实摇摇晃晃的。

"难怪瓦斯拉夫精神失常！一个艺术家和这样愚蠢的贵族锁在一起……脱离了文明社会。"

我们周围站台已经空空荡荡。一个搬运工在几步开外转悠，以充满期待的一抹微笑看着我那两只磨损的手提箱。谢尔盖·帕夫洛维奇朝他招手示意他过来。

"你告诉过医生瓦斯拉夫是天才吗？"我们走向等待着我们的出租车时，他问我，搬运工熟练地跟上我们的步伐。

"他知道的。"

"他问你什么了吗？"

"问了。"

"关于什么呢?"

"母亲。父亲。你。"

"我?问我什么了?医生知道我是谁吗?"

"艺术沙皇。"

"他那样叫我吗?"

"没有。那是我自己说的。"

艺术沙皇哼哧哼哧的喘着,我们走路时他停下几次,倚着他的手杖。搬运工把我的手提箱放在等待的出租车边上,微笑着收下谢尔盖·帕夫洛维奇放到他摊开的手上的硬币,转身走开之前还向我们敬了个礼。

出租车司机想必知道他要带我们上哪儿去,因为佳吉列夫一上车,车子就开动了。我看着我已经七年未见的那些街道,大战留下的疤痕还显而易见。展示在外的一门俘获的德国加农炮,沿着林荫大道边上的那些树木被砍掉当柴火烧留下的豁口。缺胳膊少腿的乞丐,穿着破破烂烂的军装,站在街角。一个人半张脸覆盖着一副金属面具。两个穿丧服的年轻女子,其中一人牵着一个小男孩的手。

"你也责怪我,勃洛尼娅,是不是?"佳吉列夫问。

我脑海里称之为"忍不住的责怪"。谁先背叛了谁……谁转身离去……谁拉着谁陷入婚姻……谁花谁的钱……谁炒了谁鱿鱼……说了什么狠心话……

我离开维也纳时,指责的话都已经忍不住满天横飞。罗莫拉指责妈妈在瓦斯拉夫孩提时逼迫他逼得太狠,"害得他每次躺下来休息都感到内疚!"妈妈说罗莫拉只图瓦斯拉夫的名声和钱财。妈妈管她叫"小偷"。或"强盗"。我的孩子们挤作一团,试图把这些难以理解的片刻编排组合到他们已经不可理解的世界中去。"罗莫拉舅妈是女沙皇吗?"伊琳娜问起来了,"布尔什维克会把我们都杀了吗?"

我一个人收拾打包，这时候罗莫拉冲进我旅馆房间，一手拉着基拉。她要知道我上哪儿去，什么时候回来。

"去巴黎，然后直接去伦敦，"我说，一边着看我的侄女，她把手从她母亲手里抽了出来，抱怨说她捏得太用力了。"等演出季结束我就回来。"

"去佳吉列夫那里，勃洛尼娅？那头野兽？那头怪物？在他对瓦斯拉夫做了这一切之后？"

"伊琳娜在哪里呀，妈妈？"基拉插嘴道。她的手不受束缚了，这会儿捶打着她母亲的大腿。"你答应说我可以和她一起玩儿的。"

我朝基拉弯下腰来，很高兴有她在场可以挡一挡。我解释说伊琳娜和列夫什卡跟外婆散步去了。说他们很快就回来了。基拉皱皱眉头，伸直右腿，活动起两脚。她的深色头发剪的发型就是我们小时候妈妈给我们剪的样子。齐刷刷到眉毛。她有着瓦斯拉夫的眼睛，杏仁状，炯炯有神。也像他那样歪着脑袋。"塔塔卡波伊会飞。"我初次见到她时，她告诉我。她管她父亲叫"塔塔卡波伊"。

"舞蹈比你亲哥哥还来得重要吗，勃洛尼娅？"罗莫拉用冷冰冰的语气问道。她穿着紧身挡板裙，戴卡地亚耳环和网眼手套，看起来像是准备参加盛大终场演出的女演员。她从手提包里拿出整个巴黎一度盛传的那封发给瓦斯拉夫的电报，她认定佳吉列夫有罪的终极证据：

佳吉列夫先生认为你在里约错过一场表演且拒不出演芭蕾舞《狂欢节》故而违约。因此他不再要求你的后续服务。

血都涌上我的脑袋。我抓住床框好稳住身子，这时候我说出了内心的控诉之词。她竟敢为她自己从中干涉的过错而怪罪于我？为什么她不阻止瓦斯拉夫匆匆忙忙结婚免得伤了妈妈还有佳吉列夫的感情？为什么她让瓦斯拉夫在里约拒不演出？她是不是忘了佳吉列夫又把瓦斯拉夫聘用回去了？所以为什么我不能为他工作呢？她不是跟妈妈说过她不会为我们付账单吗？

"所以这就是为什么你从俄国过来的原因，勃洛尼娅？"罗莫拉怒火中烧，"为了瓦斯拉夫的钱？"

情况变得更糟糕。随之而来的是实实在在或者设想之中的轻慢，全都脱口而出，胜利一般地挥舞起来：我们，瓦斯拉夫的母亲和妹妹，都是怎么因为她不是波兰人或俄国人而不接纳她。我们都想占有瓦斯拉夫。他的钱。他的社会关系。他的声名。

罗莫拉听得懂我们的窃窃私语。罗莫拉并不蠢。

他们都想让她和瓦斯拉夫离婚。她母亲，她继父。战争开始以后的匈牙利当局。离开他，他们说。他是敌人——他是疯子——他完蛋了——他对你而言除了负担之外什么都不是。没错，她原本可以抛弃他。带上女儿们一走了之。她原本可以再婚。

这时候我看到基拉耷拉着脑袋，盯着她凉鞋的鞋尖。罗莫拉说个没完，但我不再听着了。

"我们去找伊琳娜好吗？"我问我的侄女，用掌根擦干我的眼睛，"她不会离这儿太远的。"

基拉点点头，但依然盯着她的鞋子。我还没来得及把她带出房间，罗莫拉就从我手中一把抢过她女儿的手牢牢抓住。"我原本就该知道！你一直都嫉妒他。"

"求你了，别在孩子面前吵。"我说着，竭力保持声音镇定。

"为什么不？让我女儿听听，她的天才父亲出自什么样的家庭。"

门上响起了一记敲门声，总算终止了这一出长篇大论。基拉的保姆怀里抱着塔玛拉，把头伸进房间，问是不是需要她帮什么忙。罗莫拉宣布说她们这就走了。"因为没什么好说的了，是吧？"

我看着她们离去。罗莫拉走得很慢，藐视一切。基拉跑出去了，头也不回。一阵恶心的感觉涌到我嗓子眼。我眼前出现了黑色斑点。

等门一关上，我跌坐到地上。基拉原先站着的地毯上那块区域湿了。我用手擦了擦，把手指头举到鼻子前。闻起来是尿的味道。

为了在妈妈带着孩子们回家前冷静下来，我从地上爬了起来，在水槽洗好手，打开窗户。那天下午天气暖和，虽说风很大。我发现他们在街角，妈妈拉着列夫什卡的手，伊琳娜穿着蓝裙子白袜子，在他们前面连蹦带跳。她抬头看见了窗口的我，挥挥手指着她手里的什么东西——后来发现是一个孔雀木雕，尾巴已经断了。

"看呐，妈妈！看看我们都找到什么了！"

不，我，佳吉列夫"归来的勃洛尼娅"，并不想在回到巴黎的第一晚谈论要责怪谁。

我想谈论的是依然至关重要的事情。谈论在斯泰因霍夫精神病院里说出正确的话成功唤回我哥哥那奇迹般的一刻。谈论基辅，我在那里创作的新芭蕾，去除了所有浮华虚饰、去除了一切有碍于动作的零碎，只留下舞蹈的精髓。

"回首过去从来都没什么好处，勃洛尼娅。"佳吉列夫说，"你知道俄耳甫斯的遭遇。"

我没有听他的话。第一次没有听他的。

4. 我住在伦敦莱斯特广场附近一家舒适的小旅馆。每天早上起来先进行拉伸练习，身体从头到脚检查一遍，找出目前薄弱点在什么地方，摸准了哪里僵硬或者疼痛就调整一番。我两脚都是血污、红印、从来没消退过的老茧和抽痛不已的拇囊炎，不过我的肚子和生孩子之前一样紧致。在衣橱镜前面，我做了一些简单动作，一次缓慢的皮鲁埃特旋转，一个下蹲。一面客气的镜子，我觉得，反射回来呈现给我的是一具伤痕累累但是强壮的躯体。一件乐器。调试得音很准。可靠。坚实。

旅馆的餐厅装饰着红衣人骑在马背上和猎狐狗蓄势待发的狩猎场景，我在餐厅吃一小份早餐。鸡蛋，烤番茄，没有吐司面包，也没有黄油。一杯热乎乎的甜茶。服务员现在已经知道用不着给我牛奶了，用单独的甜品碟给我端上切片柠檬。还有满满三勺果酱。草莓酱、黑加仑酱和楹桲酱。没有橘子酱。

这是我一天之中唯一清净的时刻。我总是带上记事本和香烟。吃完最后一口果酱以后，记录前一天发生的事情，点起第一支香烟。这依然算是一种新的乐趣，但已经难以抵御。手指头间夹着一支香烟，把里面的烟草揉软了，像我孩提时在市场上看到的妇人抚摸小鸡仔儿那样抚摸着香烟。点燃香烟，然后等待着烟纸燃烧时的窸窣作响，等待吸入第一口烟的轻抚触感。

在阿尔罕布拉剧院，我为舞团上课，面试新的舞蹈演员，开展每天的排练。由于我还要跳丁香仙子的角色，我得找时间自个儿练习。妈妈和孩子们在维也纳，住在中央旅馆，房东为人宽厚，同意等我拿到报酬再付他房租。妈妈的信息是从孩子们的最新情况说起。他们夜里都哭着醒来。伊琳娜问我什么时候回去。列夫什卡喜欢追鸽子玩。每次妈妈给他面包屑去喂鸟，他都直接自己吃掉。我的儿子在用俄语说起他自己时还用阴性的词尾。这没什么好奇怪的。他在一群女人中长大。

所有信都以讲罗莫拉收尾：

> 她已经找到了人生目标，那就是以瓦斯拉夫的名义发声。她拿走了属于他的一切……她毁了他……她切断了他和过去所有人的联系……她把自己置于他和我之间……她让医生们都和我对着干。我在儿子身边都不受欢迎了。

母亲的怒气，依我看，是她对抗绝望的一层脆弱盾牌。

为了转移她的注意力，我在回信中写满舞团里的各种消息。佳吉列夫的继母在俄国去世了。他的两个侄子也死了。我们在蒙特卡洛的老朋友奥尔加·霍赫洛娃现在是风头正劲的毕加索夫人了，生了小保罗，家里有司机、两个女仆和一个保姆，她请我代为转达她最热烈的问候。卡尔萨文娜在伦敦，是外交官夫人，但她不再为佳吉列夫跳舞了。巴甫洛娃成立了自己的舞团，在世界巡回演出。福金离开了俄国，如今在瑞典。我写道，这就是新俄罗斯芭蕾舞团。

在这新俄罗斯芭蕾舞团里，我是那个尼金斯卡，那一位的妹妹。是能记得住她看过的每一场芭蕾舞的人，包括彼季帕编舞的每一个舞步。我合作共事的舞蹈演员，不论新人还是旧人，都是我的同事而非我的朋友。场间休息时我并不和他们站在一起。我借故离开，傍晚到酒吧去喝几杯。我害怕被问及瓦斯拉夫和俄国，我总是不得不用一套陈词滥调作答。

在这样的时刻，我尤为思念在基辅的学生们。那种因为简单纯粹的欢乐而产生的轻松随意的亲近感。乐于承担值日表上的任务安排。砍柴。扫雪。为布景找油漆，为戏服找面料，或者就那么几块被丢掉的木板都能让我们连着好几个钟头都感觉暖呼呼的。

自从到巴黎的第一晚起，佳吉列夫和我就一直争论不休。"归来的勃洛尼娅"依然耿耿于她作为西方世界最现代、最具试验精神的俄罗斯芭蕾舞团的编导第一项任务竟然是编导更名为《睡公主》的《睡美人》。因为佳吉列夫不无讽刺地说，美人一抓一大把，但多亏了革命，公主的数量可是大幅减少。

"那不正是我们在马林斯基剧院所反对的吗？"我争辩道，"彼季帕陈腐的老把戏？"

"我们所反对的俄国，勃洛尼娅，"佳吉列夫说，"已经被谋杀了。它并非一无是处！我们需要提醒世界这一点！"

"那新的俄国怎么样，布尔什维克们正在杀害的俄国！"我没有放弃，"为什么我们不上演新的俄国芭蕾？"

既然艺术沙皇一向认为他判断英明,我也就在伦敦为重绽帝国的璀璨光彩出把力吧。"只要最好的,勃洛尼娅。"佳吉列夫向我保证。最棒的独舞演员,最美的戏服,最好的布景。奥尔加·斯佩西夫采娃!薇拉·特雷菲洛娃!露波芙·叶戈罗娃!斯特拉文斯基在重新为柴可夫斯基的音乐配器。列夫·巴克斯特在着手设计布景和服装。

"勃洛尼斯拉娃·尼金斯卡编舞",佳吉列夫在最开始的广告中这样说,但我表示反对。我不想让任何人觉得这是我的一己之力。最终,我们达成一致,用"彼季帕编舞,勃洛尼斯拉娃·尼金斯卡增补"。

过去几个星期以来,在佳吉列夫敦促下,报纸刊登了关于帝国芭蕾学校训练的多篇文章。俄国舞蹈演员,我在文中读到,深受沙皇宠溺,坐镀金的马车在护送下往返于演出剧场,享用的是帝国特供的巧克力。如今佳吉列夫要给英格兰看一眼那已经永远失落的昔日俄罗斯。

"怀旧是卖点,勃洛尼娅。"这是佳吉列夫最重要的论点。他眨眨眼睛说出这句话,随后又保证他并没有放弃真正的芭蕾和现代音乐。他只是需要钱来将它们搬上舞台。

至于我呢?我有一家子人要养活。

我们正在进行第三周的排演,这时候佳吉列夫给我带来了萨沙的信;用两个手指头捏着递给我,故意逗我。"恕我冒昧,字里行间满满都是夫妻间的良心谴责?"他说。我害怕跟他说多了。"或者只不过是一例俄国的通病?要我说,这信封实在太不像样。"他还嗅了嗅,加了一句,"亲爱的萨沙吸的是便宜烟。"

我撕开封口,想起他在丰都克雷耶夫斯卡街我们的柴草间装起他的背包、离我而去,心里一阵退缩。

信封里就一张信纸,写满了萨沙整洁的字迹。几乎可以说得上是俊秀，我心想，如蕾丝一般。他在报纸上一篇谈论万众期待的俄罗斯芭蕾舞团伦敦演出季的文章中看到了我的名字："尼金斯卡夫人，从俄国初抵伦敦，再度加入舞团。"就这样，他知道了怎么找到我。

> 我很抱歉一切都错得离谱。我想见你，勃洛尼娅。我想见孩子们。我们一起幸福地生活了那么多年。每次我想到我们在基辅的争吵，现在看来简直无法理解。在那乱世之中，我们真的是在为列夫什卡将来是否会成为独奏音乐会上的钢琴家而争吵吗？

"好消息？"佳吉列夫问，"一切都考虑周全了？"

我很感激他话音里没有任何讽刺意味。感激他轻轻拍了拍我的肩膀以示安慰。

"是的，"我说，语速很慢，"一切都考虑周全了。"

我来到克兰伯恩街上的旅馆，吃不准自己到底是什么感觉。他离你而去，我提醒自己。他没有写信来。甚至都不知道他之前在哪里。然而当我一看见大堂里的他，又高又瘦，紧张地来回踱步，手里捧着一束鲜花，我感到旧日的怒气消散了大半。战争中信件往往弄丢。说不定他确实写信了，还以为是我没有回信。我们一起生了两个孩子。我没有权利不让他接近他们。

萨沙看见我时停下了脚步；他的面孔顿时一亮，那份喜悦毋庸置疑。他很快向我走来，亲吻我的手，把鲜花递给我。长柄的红玫瑰，捧在手里并不方便。

我真希望孩子们和我在一起。想象列夫什卡满身是汗紧紧的拥抱，伊琳娜咬着上唇。这是你们的父亲，我会说。他来看你们了。

"他们问起我了吗？"

"是的。"

萨沙的视线始终停留在我身上。这是十月雾气朦胧的夜晚，伦敦的湿冷直钻入骨。我的灰色大衣不成样子，而且太宽松，那是罗莫拉丢掉不穿转送给我的衣服中的一件，我还没钱买新的大衣来替换掉它。

"你没变，勃洛尼娅。头发还是短的。"

在我身后，旅馆的门开着，冷空气趁虚而入。

我走了一步离开门边。萨沙上前一步，但当我停下时，他没有停下，撞进了我捧着的那束花。

"我们吃点什么吧？"萨沙问，"你肯定饿了。一整天在剧院排练下来。"

"饿死了。"

"我觉得你是该饿了。"萨沙说着指了指旅馆的餐厅。我跟在他后面走。他在木头台架边停下脚步。他已经预订好了，他告诉服务员，预订的名字是科切托夫斯基。

萨沙的英语向来很好，但如今更加流利，更有自信。他这些年来都在伦敦这里吗？和伊琳娜一样，他对语言的听力敏锐，能够轻轻松松模仿出口音。我会告诉她这一点。

服务员指了指大衣挂架。看见我手里的鲜花，她弯腰到桌下变出一个玻璃花瓶来，让我如释重负。萨沙帮我脱掉大衣。离开剧院之前，我穿上了放在那里的一件材质上佳的衬衫来搭配我的宽松长裤——衬衫是佳吉列夫送给我的礼物，用于他需要我出席的与芭蕾舞迷或者赞助者共进晚餐的某些场合。衬衫非常好看，领口是闪闪发光的材质。佳吉列夫和妈妈一样，相信艺术家穿着打扮的作用。

而我呢？我不想让萨沙觉得没有了他我就放任自己不修边幅。

旅馆的餐厅暗沉沉的，只用灯光微弱的顶灯来照明。桌上盖着猩红色的桌布。一位女服务员含糊咕哝着什么我听不见的话，一边递给我们厚厚的两本菜单。她穿着白色围裙，戴着像是老派的圣彼得堡女仆用的蕾丝头巾。

"她问我们是不是喝点什么。"萨沙说。

"葡萄酒,"我说,"白葡萄酒。"

"法国的,"萨沙告诉女服务员,"干白。"

椅子非常柔软,衬垫装得很舒服。经过一整天的排演,我觉得这样抚慰人的舒适感很是受用。

萨沙往后一靠,我看见他嘴唇嚅动。"你得大点声。"我说着指指自己的右耳,提醒他在基辅炮击期间一颗迫击炮弹打中了我们隔壁家。我耳朵里的嗡嗡声始终没有离去,尽管只是降低了一些频率,仿佛有人切断了一部分声音,使之模糊不清。我不得不猜测听不见的内容。在我感到劳累或者周围有噪声时尤其严重。

萨沙记得炮击一事,但不记得炮击造成的影响了。"你的听力当时没么差,对吧?"他问。

"我们别再谈这事了,"我说,"我们全都伤痕累累。"

他点点头。

关于伦敦我们有着许多美好的回忆,萨沙提醒我。我们曾避开其他人而去的餐馆,抱怨英国的食物。胡萝卜和豆子都煮得全无味道,厚厚的咸酱汁淋在薄薄的牛肉片上。面包感觉像棉花似的。

尽管啤酒倒是不错,我承认。葡萄酒也很像样。就像我们现在正喝着的这瓶酒。冰镇得恰到好处,口感清冽,带有吸足了阳光的葡萄的余味。

"你有孩子们的照片吗?"萨沙问。

我伸进手提包里去拿那本我总是随身携带的袖珍相册。萨沙翻看相册的时候,我就解释起他正看着的照片都是怎么回事,补充照片之外的细节:伊琳娜在我们刚到维也纳不久的时候。她头发上的大蝴蝶结是蓝色的,裙子是白色的。妈妈用我的旧裙子改小了给她穿。这张上面伊琳娜穿着她的舞蹈服,搭在把杆上。妈妈在教她。要是在昔日俄国,她现在应该在准备帝国芭蕾学校的入学考试了。上高级班的课程。为她的缺点不足而苦恼发愁。

"这是我儿子吗?"萨沙看着身穿水手服的列夫什卡问。"但他已经是个男子汉了!"

我告诉他,伊琳娜想知道她是像爸爸还是像我。

"你怎么说?"

"说她笑起来像她父亲。"

列夫什卡的问题就更简单了。"爸爸吗?"他指着街上的男人问。特别是当路人穿着带有锃亮纽扣的军大衣,挥舞着枪,看上去很有影响的时候。

"我可以拿这张照片吗?"萨沙选了一张他们俩前往维也纳之前在华沙公园里玩耍的照片问。

我点点头又抿了一口葡萄酒,想着我应该吃点什么,但是菜上得很慢。

我们在基辅的最后几个星期,我告诉萨沙,为了逗列夫什卡开心,伊琳娜为他们俩"编排"了好些芭蕾舞,在妈妈用碎纸片为她充数做成的记事本上画出场景,用线把它们从中间装订在一起。在列夫什卡最喜欢的那出芭蕾中,"白军"和"红军"正在进行一场混战。不过由于列夫什卡就是三分钟热度,伊琳娜让他跳起来,展开她为自己制作的一些横幅。

那一晚我们吃了肉馅马铃薯饼。喝了太多葡萄酒。我们还分吃了一碗屈莱弗[①]——萨沙说这是伦敦唯一一款值得一吃的甜品。

我们对过往的故事改头换面。我重塑的是逃离的故事,他重塑的是离开的故事。

"我从敖德萨给你写信了,勃洛尼娅。求你来与我会和。我等了两个星期,差不多就住在火车站了。我在站台四下搜寻,看每一辆从

[①] 英国一种在蛋糕和水果上浇葡萄酒或果冻,再覆盖蛋奶冻等的甜品。

基辅开来的火车。追在每一个和你相像的女人后面。我有个熟人许诺说带上你们三个——如果你母亲也愿意去的话那就是四个——坐船到君士坦丁堡。我白等了。"

萨沙的腿在桌子底下摸索到了我的腿。一开始只是轻轻一碰，但后来就慢慢不断摩挲着。

"我很好奇他想怎么样，勃洛尼娅。"在我离开剧院上这里来之前，佳吉列夫说。"是要回到俄罗斯芭蕾舞团呢，还只是回到你的床上？"

"我没有收到你的信。"我告诉萨沙，但我并没有指出说在一九一九年他离开的时候，前线正穿过基辅，说狂乱的人群都黑压压等在车站，蜂拥上火车，说列夫什卡虚弱不堪而且得了急腹痛，说我需要找奶妈喂他才能让他活下来，说伊琳娜总做噩梦。我也没有提起我的学校，我的学生们，我的芭蕾。我觉得来日方长，以后再一一道来。

"我真的写信了，勃洛尼娅。我真等了。你必须相信我。只是，当我以为你不会来了的时候我走了。到了塞瓦斯托波尔，然后经由君士坦丁堡到了巴黎。"

萨沙把话说得很响，好让我听清楚，全然不顾其他桌子的顾客投来不以为然的眼神。"别管他们。"他说，"我们是外国人。料准了我们会有所冒犯。哪怕是小小的冒犯。"

在桌子底下，他的手在抚摸着我的膝盖。

我又抿了一口葡萄酒。我闭上双眼。他依然是我的丈夫，我心想。我的孩子们依然有父亲。

第二天萨沙到剧院来了，这时候我正在给舞团上课，给一位新聘用的舞蹈演员纠正动作。我宣布暂停稍事休息，向萨沙走去。"我现在不能见你。"我说，做了个手势将把杆上的舞蹈演员、忙碌的舞台工作人员和服装管理员都包括在内。

"我知道。"他咧嘴一笑，"我这就走。只是想来看看大名鼎鼎的那个尼金斯卡光彩照人的样子。"

我摆摆手让他走了。

周日这天我休息不上班，萨沙和我到海德公园散步。和巴黎一样，伦敦也没逃脱大战的疤痕。装着义肢的人跛行而过。街上摆的摊头老兵们出售用铜弹壳做的珠宝首饰。挂坠，项链，时间囊。"制造于战壕。"上面手写的标识这样说。

"给你的。"萨沙说着，挑了一件锁在铜管中的水晶。

萨沙看上去忧郁而克制感情。他告诉我前一天他试着要买些玩具和衣服给孩子们送去，但他意识到他并不知道他们喜欢什么。他回答不上商店售货员那些最简单的问题。列夫什卡个子多高。伊琳娜最喜欢什么颜色。

蓝色，我告诉他。列夫什卡一米高——对于他的年龄而言个子挺高的。

我们向蛇形湖走去，鸭子在岸边游水。我真希望随身带一些早餐的吐司面包好喂那些鸭子。

舞蹈生涯是那么捉摸不定，萨沙说，太多运气成分了。他犯了许多错。在巴黎他从杂耍表演中几乎都没赚到钱。每天晚上手脚都有受伤的危险。"昨天我在阿尔罕布拉剧院看到你的时候，勃洛尼娅，"他陡然神往道，"那些年轻的舞蹈演员们都仰视着你！这就是我想要的。"

"让年轻的舞蹈演员都仰视着你？"我故意逗他。

"你知道我指的是什么。"他笑着说，还捏了捏我的手。

如果在欧洲做别的什么尝试都不成气候的话，萨沙继续说，他将不得不到美国去。纽约或者芝加哥。或许去好莱坞。他听说了，那里亟需性格舞演员。至于现在，他得回巴黎去，去参加他答应好了的演出。他在阿帕奇舞蹈巡回演出团很受欢迎。围巾帽子，他说起他的演出服，紧身汗衫，合身的裤子。向后空翻需要谨慎处理。模仿拍掌和拳击。他得把搭档摔到地上。

"还记得我们在圣彼得堡跳的散拍舞吗？"他问。

"一百卢布一晚？我怎么忘得了？"

我们停下脚步。鸭子们已经对我们不抱希望了，看见了更有奔头的对象：穿着灰色大衣的两兄弟，拿着鼓鼓的纸袋子，他们的家庭女教师或者可能是保姆停在走道上，摇晃着一辆大大的手推童车。两个男孩中小一点的那个俯身到水面上，把整个袋子一倒而空。"你在干嘛？笨蛋！"他哥哥叫喊道。

我们坐在长凳上，我从手提包里掏出装着最后两支寿百年香烟的烟盒，沙俄帝国的古老香烟品牌。我一直留着这两支烟就是为了特别的时刻。

萨沙大为赞赏地吹起了口哨。"你从哪儿弄来的？"他问。

"奥尔加·毕加索的欢迎礼。"我咯咯笑了，手里拿着烟，看他俯过身子给我点上。他上唇和下巴上有一片须茬的阴影。

我觉得我们须得从某个方面开始修复我们的关系，而从身体开始是最保险的方式。

那天下午我们做爱了。在萨沙的旅馆房间，狭小简陋，毯子因为常洗而粗糙不堪，角落里有个小小的洗手盆，一个龙头出滚烫的热水，另一个龙头出冰凉的冷水。

我们搜寻着还留存的记忆。他肚子上光滑如天鹅绒一般的皮肤，我肋骨下怕痒的敏感区域。外科医生曾切开皮肤正骨复位的泛白疤痕：我的伤口在胫部，他的则在膝盖上。我们估量着过去两年的影响，什么增强了，什么减弱了，什么变了，什么没变。

一阵阵抚慰人心的温暖的愉悦感。

过后，我们紧紧靠在一起躺在床上，盖着床单和毯子，相互取暖。他呵我下巴痒痒，就像他曾经经常做的那样，逗我笑。

"他叫什么名字？"他问。

"谁的名字？"

"你纠正动作的那个舞蹈演员。"

"帕特里克。他算不上好，但他渴望出类拔萃。他能在舞台上展现出热情。他让我想起了在基辅的一个学生。"

"啊哈。我问了，然后得到了答案。"

"什么答案。"

"没什么。你说得没错。他还算不上好。"

"你不是吃醋吧，吃醋了吗？"

"吃醋？就那个小男孩？"萨沙笑了，双拳砰砰捶着他的胸口，"我？人猿泰山？"

我也笑了。

萨沙翻身到床边去摸索他的香烟。我们都坐了起来，一起吸烟，手撑在枕头上。然后他说："我想和你在一起，就像我们以前那样。我想让我们再次并肩跳舞。我在巴黎的这段时间你愿意考虑一下吗？问问佳吉列夫他会不会让我回来？"

我告诉他我会的。

5. 《睡公主》在十一月的首演意外不断。布景掉落，机关坏了。然后是评论："缺乏独创性……怀旧……伦敦期待的俄罗斯芭蕾舞团和佳吉列夫先生曾经那么富于创新的视野可不止于此。"赞誉之词都给了舞蹈演员们——特雷菲洛娃，斯佩西夫采娃——尽管我对于三个伊万之舞的编导也被称为"赋有创造力，异常大胆"。

佳吉列夫鼓励我们所有人不要丧失信心。我们曾经深陷于更为糟糕的境况，也都熬过来了。忘记评论家，想想观众。芭蕾并不总是必须开疆拓土。就给人们带来真正愉悦的一个晚上有什么错呢？向伦敦展现我们成长其中的俄国有什么错呢？

比负面评论更糟糕的是演出票房一败涂地的事实。佳吉列夫进出阿尔罕布拉剧院都偷偷摸摸的，要躲开债主。舞蹈演员们窃窃私语说我们可能拿不到报酬。

在最近的那封信中，萨沙承诺一旦有几天空闲就会回来。他也写信给孩子们，给他们寄去玩具。他告诉我他还没收到他们的回信，不过才过了两个星期，所以他会耐心等待。

十二月第一个星期的一天，我在排演当中休息的间歇站在剧院休息室，吸着从早上开始就一直心心念念的香烟。我在想着去哪儿弄钱来付维也纳的账单，是不是该跟萨沙就此事略谈一二。

一个年轻女子走进了休息室，她看起来像个来求职或者求学的舞蹈演员。尽管作为舞蹈演员而言她其实有点笨手笨脚，我心想，因为她动作稍显迟疑，手臂上搭着一件叠起来的雨衣。

她径直朝我走来。

"尼金斯卡夫人？"她问，我把那红唇膏、敏锐的黑眼睛和浓密的卷发都看在眼里。我们在俄国称之为"吉普赛人的样子"。

"是的。"我说。

她是英国人。俄语非常糟糕。法语要好一些。她名叫西莉亚·古德曼。是一位舞蹈演员。一家小舞团里的群舞演员，那舞团的名字在我听来什么都算不上。

"我不知道该怎么办。"她说着，垂下拿着叠起来的雨衣的那只手臂，露出她微凸的肚子。五个月身孕了，我想，还不太确定这和我有什么干系。她又说了几句，但我没怎么听懂她的话。说什么必须来见我之类的。她在道歉吗？为什么道歉？

"萨沙没告诉你吗？"她最终发问了，眯起眼睛仿佛说出他的名字让她难以忍受。"我想他不会说的。我想最好还是我自己来见你。"

她昨天从巴黎坐火车再坐渡船以及又一趟火车。她从车站直接过来了。

"他的孩子？"我低头看着她的肚子说，脸还一红，好像我是对此负责的人。

她点点头。

西莉亚·古德曼没有提出对于萨沙的任何要求。她遇见他的时候就知道他已经结婚了。但是他告诉她，他的妻子离开了他，留在俄国，所以她觉得没有关系。

我的手开始颤抖。

萨沙，她继续说下去，在纽约有奔头。有人已经向他许以百老汇的聘约。还有在芝加哥和克利夫兰教课和跳舞的机会。他让她跟他一起去。她的孩子——他们的孩子——会出生在美国。不过最近萨沙一直都说要留在欧洲，说获邀重新加入俄罗斯芭蕾舞团。他没有跟她说起到伦敦来看我。但她猜到了。她母亲看见我跳丁香仙子一角。她母亲就住在伦敦。

西莉亚·古德曼说话时紧张而小心翼翼地观察我的反应。萨沙跟她说到我的时候都说什么了？我心想。说我是泼妇？很有可能是要把她的眼珠子挖出来的醋意大发的妻子？

"你想让我做什么？"我问。

她把头侧到一边。"你和萨沙又在一起了吗？"

"他说什么了？"

他是萨沙。他没告诉她多少：说船到桥头自然直。说他不会抛弃她。

排演厅的门开了，探出一个脑袋。里面需要我了。

"是会船到桥头自然直。"我说，"我得走了。"

"是——是，"她磕磕巴巴道，"当然。"

我很想发一封电报结束我的婚姻，就像佳吉列夫的做法：申请离婚。娶你的女朋友。带她去美国。勃洛尼娅。寥寥几句，不算上地址的话。不过最终我还是给萨沙写了一封信。简短，直截了当，实际上就是同样的内容。

两天后他给我的旅馆打来电话，声音里夹杂着惊愕和痛苦。仿佛一切都是我的错。

"你本来打算什么时候才告诉我？"我问。

一声叹息之后是种种托辞，种种解释和理由。他犯了错。他很孤独。他以为我永远不会离开基辅。他以为再也见不到孩子们了。

马利筋的种子，我想，小小的白色降落伞，飞到哪里就落地生根在哪里。

"你为什么不告诉我，萨沙？"

"我是想说的。"

"什么时候？"

"等我确定你会听我解释的时候就说。"

他还说个不停，这时候我把电话听筒放下，点起了一支烟，把烟圈吐到空中。

什么感觉？受伤。吃醋。生气。还有别的感受。如释重负。对边境上那一刻的回响。水依然在我小腿胫部周围汩汩流动，我的凉鞋沉入满是沙子的河滩。妈妈的手依然紧紧抓住我的手。那一刻我知道我们四个人成功到了波兰这一边。还好好活着。

6.

到了一九二二年二月，俄罗斯芭蕾舞团看来快要成为历史了。一百一十五场演出后，阿尔罕布拉剧院将佳吉列夫告上了法庭，理由是欠债不还。

佳吉列夫好几天都没有来看排练，所以当我在一家廉价餐馆里发现他时，我下定决心要弄清我们身陷的麻烦有多深重。我向他走去。我做好心理准备，他可能对于我的出现而火冒三丈，但他一看见我就向我招手。"来，来，勃洛尼娅。"他嚷嚷着，把其他那些顾客吓了一跳，还白了我们几眼。

"欠了多少钱？"我问，心里想着我自己还没支付的维也纳的账单，孩子们长大了穿不下的鞋子。

"几千块，"他说，"英镑。"这要是德国马克他就该乐坏了。一美元现在值三百二十马克，而仅仅一年以前才值八十四马克。

"可惜了，我们在英国，谢尔盖·帕夫洛维奇。"我说着一边在他这张桌子边坐下。他闻上去依然是杏花和汗水干了的味道。他黑色长礼服的肩头依然散落着白色头屑。

就这么简单一句话却引发了一通长篇大论。英国人冷静得出奇。约翰牛①欣赏不来他在他们面前弹的如诉琴声。说起话来叽里咕噜的，仿佛嘴里塞满了薄煎饼。鬼才听得懂。

"他们可是彻夜排队买票看了《玫瑰花魂》。他们多爱《彼得鲁什卡》。"我说。

他狠狠瞪了我一眼。我毫不躲避，只管和他对视。他叹了口气。

"总是顶撞我，勃洛尼娅。"他说。

"也没有总是。只在我觉得你有需要的时候才这样。"

佳吉列夫点了菜单上最便宜的菜，肉馅马铃薯饼。没有葡萄酒。没有啤酒。盘子端上来时，只见大团土豆泥覆盖着底下黏糊糊的碎肉，他看着菜一脸恶心嫌弃。"再加点水。"他向拿着水壶来去匆匆的服务员叫道。

---

① John Bull，英国的拟人化形象。源于一七二七年由苏格兰作家约翰·阿布斯诺特出版的讽刺小说《约翰牛的生平》，主人公约翰牛是一个头戴高帽、足蹬长靴、手持雨伞的矮胖绅士，为人粗暴冷酷。

386　被选中的少女

我点了一小份色拉，也要了水喝。

"你很快会听到许多关于我的坏话。"佳吉列夫说。

"是真话吗？"

"有些是。"

他把叉子戳进肉馅马铃薯饼。他的双手颤抖着。"肉豆蔻没放够。"他说。

"你都还没吃吃看呢。"

"相信我准没错。"

"我最后总是会相信你的。"

"这一次可漂亮不成了。"

"我从来都不在乎漂不漂亮。记得我们怎么吵的吗，当你想让我把头发染成红色的时候？你说我'太实在。太真实。'"

"这个尼金斯卡什么时候让我忘得了？"

他笑了。我没料到他会这么纵声大笑。不是现在。不是在他大致讲了即将出现的灾难有多严重之后。官司悬而未决。戏服和布景将在最后一场演出结束后被扣押起来，将导致无法在巴黎演出《睡公主》。将会有至少三年在伦敦演出的禁令。

"我们别再谈这事儿了。"佳吉列夫说，"等这一切都完蛋了以后你打算做什么呢？"

"回维也纳去。我母亲需要我。"

妈妈的信写到对斯泰因霍夫精神病院的探访越发苦不堪言："我就是忍不住要想象瓦斯拉夫头上都发生了多少错事……医生不见我，勃洛尼娅……瓦斯拉夫已经朝我扔椅子了……摔在墙上摔得粉碎。"

"这下我又做什么了？"佳吉列夫一边递给我一块手帕擦擦眼睛一边问。

"并不总是因为你，谢尔盖·帕夫洛维奇。"

"真叫人失望！你不会是在为你那不中用的丈夫流泪吧？"

"不是。"

"你知道的,我仍然觉得自己对那场婚姻负有责任。毕竟,是我把你交给了他。我该恭喜你们俩破镜重圆吗?"

"我们也不要谈这事了。"

他眼神犀利地看我一眼。"那么让我们点上最便宜的葡萄酒来庆祝我们光荣的以及不光彩的失败吧。"

一瓶葡萄酒送上来,佳吉列夫故作声势地品起了酒,声称这酒糟糕得足以符合我们的本意。良药向来苦口,不是吗?

我们谈到了佳吉列夫发现的舞蹈新苗艾丽西娅·马克斯,她具备伟大芭蕾女伶的素质,他想让我见见她。我们谈到了柯切辛斯卡,她终于在戛纳嫁给了拜倒她裙下的大公中的一个。她在托洛茨基广场上的那座豪华府邸或许成了布尔什维克的总部,但伟大的玛蒂尔达现在可是货真价实的罗曼诺夫皇族王妃,依然举办她鼎鼎有名的聚会,迷倒她新近结了亲、虽然皇族光彩已变得暗淡了的那些人。

"我最后要不要问她,她家和冬宫是不是真有一条秘密通道相连呢,勃洛尼娅?"

"问呗。"

"在我跟她借钱之前就问呢还是之后再问?"

"之前就该问!"

在阿尔罕布拉剧院,《睡公主》还将再演一个星期。我还要再穿上四次我的丁香仙子戏服:笨重的裙子,色彩浓艳的外套,满是金色发卷的假发和一顶小小的发冠。我会在脸颊上涂抹化妆油彩,眼睛周围画上黑眼线使得眼睛显得更大。"但也不要太大。"还记得佳吉列夫的声音提醒我注意,那些话我也已经反反复复向我的舞蹈演员们说起。"只有前几排观众会看见你们的脸,勃洛尼娅。对于其余观众而言,全都是一团模糊。你必须凭你的舞蹈牢牢抓住他们的注意力,而不是你的妆容。"

他的盘子空了,我的色拉吃完了,佳吉列夫伸手到口袋掏钱付账。"我陪你走到你的旅馆。"他说着费力站了起来,重重地叹了一口气,乜斜着眼一瞥。

在这个雾霭弥漫的寒冷夜晚,我们慢慢穿过半是空荡荡的街道。一辆汽车缓缓驶过,穿过浓雾摸索着行进。其他行人在雾气中出现了片刻又消失其间。

佳吉列夫的话音时不时被他的手杖敲在人行道上的声响打断。

"记得瓦西里总喜欢说的话吗,勃洛尼娅?佳吉列夫老爷一毛钱也没有,但是他的才识可值钱了呢。

"我在巴黎还有朋友。

"你依然是我的舞蹈编导,勃洛尼娅。眼光看得长远点。大胆想。

"我们要把《牧神》重新搬上舞台。提醒这些身着爬满虫蛾的华美袍子的庸人我们是什么人物。然后或许再上演《春之祭》?不——不,我们需要点新的东西。"

这时候,我们站在了我住的旅馆门前,佳吉列夫向我伸出手,抚摸了一下我的脸颊。我让他想起了瓦斯拉夫吗?如果是这样,那他是感到心痛还是感到高兴?

"到最后一刻化险为夷向来是我的拿手好戏,勃洛尼娅。"他说完转身离开消失在茫茫雾霭中。

几天以后我想起了他的话,此时曝出新闻说佳吉列夫像小偷一样跑路了,在最后一场演出之前,没有付他的旅馆账单。他从一位英国舞蹈演员的母亲那里借了钱才走得成。他现在在巴黎,在蜜西娅·塞尔特的公寓里躲避债主。再没有薪酬可付了。

最后一场演出结束后,阿尔罕布拉剧院舞台工作人员把守着化妆间的门,这样我们就没法偷走戏服或者任何值钱东西,我收好我的练功服、鞋子和化妆膏管。

我回到维也纳,也是借钱付的路费,回到了妈妈和孩子们身边。

回到夜总会的舞蹈曲目,再看看有没有希望教点舞蹈课。

佳吉列夫发来的电报就在这里找到了我。

奇迹发生。我们得救了。马上到蒙特卡洛来。

7.

和蒙特卡洛剧院定下的奇迹般的协议意味着俄罗斯芭蕾舞团有了永久的基地和补贴。"一切都由赌场的收益包了。"佳吉列夫在他每天下午受到众星捧月对待的巴黎咖啡馆告诉我。有制作新芭蕾舞剧的经费。有创作研讨的经费。差旅经费。偿还旧债的经费。

我把妈妈和孩子们从维也纳带过来了。不久我们都安顿好了。我们租住了博索莱别墅中一套宽敞的套房,距离剧院仅仅十五分钟的步行距离。伊琳娜已经上学了,还继续跟着妈妈上舞蹈课。列夫什卡不再尖叫着醒来。我全身心投入到工作中去。

我正在排演一出配以斯特拉文斯基音乐的新芭蕾舞,这时候科利亚·辛加耶夫斯基,我在基辅的一个学生,来到了歌剧院,手里拿着一只破破烂烂的手提箱。一开始我几乎没认出他来。我在基辅时觉得他像只沼泽地上的小鸟,略显笨拙,长长的两腿晃晃悠悠。他现在看起来稍微稳一点了。

"我不知道去哪儿好……我——我也不认识别人……"科利亚结结巴巴。

在我们离开之后七个月他也离开了基辅。上了前往敖德萨的火车,然后偷偷溜进一艘西行的船,他躲在一卷卷绳子当中,直到船开到海上才出来。为了付路费,他在船上的厨房里剖鱼的内脏处理干净。随着他结交的一家俄国人在瓦尔纳①下了船,他们带他到了巴黎。

---

① 保加利亚东北部港口城市。

他从那里又得知我和俄罗斯芭蕾舞团在蒙特卡洛。

"是爸爸告诉你我们现在住在哪儿的吗?"那天我把科利亚带回家时,列夫什卡问他。在我拒绝和他谈话之后,萨沙现身维也纳,希望妈妈会帮他说服我回心转意。她不肯那样做,不过他确实和孩子们待了一整天,在列夫什卡记忆中这一天闪亮的光彩丝毫未减。去看了《吹牛大王》,一出木偶戏,还坐了摩天轮。

当科利亚告诉他说他是在报纸上读到他妈妈的消息,说不,报纸上没有他或者伊琳娜的任何内容,甚至都没有关于他鼎鼎有名的贝壳收藏的报道的时候,列夫什卡皱起了眉头。

"嘘,"伊琳娜说,"让科利亚说就好。"她九岁了,就这个年龄来说个子算高的,而且优雅大方,比我当年漂亮多了。

"要以'尼古拉·尼古拉耶维奇'来称呼人家。"我坚持道,但科利亚表示抗议。对于我的孩子们来说,他不是什么尼古拉·尼古拉耶维奇。除非我想让他感觉像个陌生人。

那么就"科利亚"。基辅的种种故事压得我喘不过气来,那不再是我逃离时的基辅了。青年剧院已经被关闭。亚历山德拉·埃克斯特在莫斯科,教色彩和创作。安雅在圣彼得堡,一直问起我的情况。

"你已经把我们宠坏了,过不了其他任何生活。"科利亚狼吞虎咽吃下妈妈做的罗宋汤和我懒得再去数的比特奇之后告诉我。

我依然收到来自基辅的信。那些通得过当局审查的信僵硬干瘪,读起来都仿佛是用密码写的一样,而那些写得更为开诚布公的信则是通过防备尚属松懈的边境给偷运出来的。"没有人能取代你。没有人能教给我们那些我们真正想学的东西。"帕蒂这样写。她在基辅歌剧院跳舞,没有一天不觉得讨厌。本内迪克特和塔塔请求我的原谅:"要是我们有些人不再写信的话。如果你在这儿,你就会明白的。"

略去了太多,我从字里行间读出意思来。太多事情都已成往事了。

我说服佳吉列夫看看科利亚跳舞。

"你还需要多少其他的理由?"他列举了辛加耶夫斯基的种种不足之后问道。举手投足不够轻盈。跳舞时没有火花闪现。外开很糟。话又说回来,或许多少还算得上优美流畅。调教一番的话,科利亚可能略胜群舞演员一筹,但也只是好上那么一点而已。"你是心存愧疚才想收下他吗,勃洛尼娅?"

我摇摇头。"不是心存愧疚。"

"那是什么?"

"科利亚是我的学生,谢尔盖·帕夫洛维奇。他需要立足下来。我是他唯一认识的人。"

"我能建议他去当会计吗?或者你走路的时候在你前面扫扫地?"

"你迁就我一下嘛。"

"帅气的辛加耶夫斯基。"佳吉列夫咯咯笑着说,嘴上念叨着这几个字。"爱你爱得神魂颠倒,当然了。挺好的,知道了哪怕是大名鼎鼎的尼金斯卡对于红尘的诱惑也不是无动于衷的。"

一派胡言,我这样说道。

"拜托,勃洛尼娅。你可没瞎了眼到这分上!"

这些日子我们经常你一来我一往地过招,我的看法,我的直觉和他的相互角力。我想给科利亚一个机会。佳吉列夫则想聘用谢尔盖·里法尔,我在基辅教过的另一个学生,他也来了,我觉得他完全没有天分。

一项交易。

"哦,就收下你的科利亚吧!只是,别让他平白吸附你了。"他两手摩挲着,仿佛刚商定完一桩交易。我知道接下来会是什么。又一则俄国笑话。这迹象表明没有什么革命会破坏俄罗斯精神。

"在克里姆林宫要怎么对付老鼠?"

我陪着他玩，佯装出好奇期待的样子，等包袱一抖就大笑起来。

"竖起一块告示牌说是集体农场。然后一半老鼠会饿死，剩下的老鼠则会逃走。"

8.

星期天是我一周之中唯一在家的日子。吃早餐时我们谈论这一周都发生了什么事。我大多是讲讲出过什么纰漏和怎么不走运的滑稽故事，孩子们都很喜欢听：布景都怎么不见了，结果发现是放到另一出芭蕾舞里去了；一位芭蕾女伶是怎么在她本该跳独舞的时候却误给她心不在焉的搭档扛下了台。

然后也轮到孩子们了。伊琳娜表演了她在一周中进行过的例行练习。妈妈设计安排的内容，既简单明快同时又丰富多样，这样一来所有肌肉群都得到锻炼生长。

列夫什卡在一旁观看，但总是不肯试试。

瓦斯拉夫三岁时在儿童演出中跳了戈帕克舞。列夫什卡差不多四岁了。他想要一辆自行车，想要玩足球，而不是上舞蹈课。"所有这些粗鲁的游戏，"妈妈一脸嫌恶地说，"它们会破坏身体的协调性。"曾有个男孩在沙滩上逗他玩。"跳啊，尼金斯基。"那男孩说，列夫什卡挥舞着拳头向他扑去。

伊琳娜跳舞时，我从来都不纠正她。等她完成例行练习以后，我抚摸她的双腿，她的关节和她的后背。我摸索着日渐强壮的肌肉，那证明她有进步。我表扬我所欣赏的方方面面。她动作精准，仪态优雅。

她微笑着，显然感到了释然。

列夫什卡嫉妒我们俩之间的那种亲密。他把身体贴到我边上，要求我们看看他画的贝壳。他还太小，不能上学，所以妈妈带他到海滩去；到海洋博物馆，她还在那儿为他想了一些好玩的小游戏。"你能在这艘船上找到一面红旗吗？"她在一幅油画前问他。我的儿子大多数时候都顺着妈妈的意思玩，不过有一次他告诉她说她年纪够大了完全可以自己找到各种东西，用不着他帮忙。

"你怎么不坐下呢，"我跟妈妈说，"休息休息。"

她那么瘦小，动作敏捷，总是静不下来。太过于辛苦操劳。我们有个女仆，每周过来做一次大扫除，但其余的家务都是妈妈一手操持。"我得一直忙不停。"她说，打消我的忧虑。她想让自己到了晚上就累得无暇思考而入睡。"不要给兀鹫一丁点机会。"她说，意思是那些胡思乱想盘旋不去，如同兀鹫一样牙尖嘴利。

我知道那些思虑在什么时候紧随不舍，因为在那样的时刻我总发现她在厨房桌边等我回家，不管已经有多晚了。我知道她心底的悲痛之情：斯塔西克孤零零一个人死去了，以为他自己遭到遗弃和背叛；众神的宠儿瓦斯拉夫被攫取了灵魂，变成他自己心智的囚徒，怒气冲冲地将她推开；她的两个姐姐都与世长辞，她们的墓穴在她无法探访的某个地方。曾经沧海，物是人非。如此重负之下可怎么活呢，勃洛尼娅？

我抱住她，捋顺她的灰发，编成辫子盘起一个发髻，这发髻是一年比一年小了。

我等着她止住啜泣。我给她小小的享乐，试下来还是有效的：巧克力、玛德琳蛋糕、草莓酥点。我就喜欢看着她吃。叉得满满的一只精巧的小叉，深感罪过地舔舔叉子的齿尖。我蜻蜓点水地提起她渴望的那些回忆。瓦斯拉夫的舞蹈多么赏心悦目美轮美奂。受他感动和启迪的那些人说过的感激之辞。

"没有你我可怎么办？"我问。

9. "想想结婚,勃洛尼娅,"佳吉列夫告诉我,"想想婚礼。"俄罗斯的婚礼。欢快动人,色彩斑斓。让观众简直想从座位上一跃而起的舞蹈。经过"那场帝国狗屎,'沉睡婊子'之后",我们需要一场漂亮的胜仗。"你是对的,勃洛尼娅。贵族已是明日黄花了。闪闪发光的空壳而已。俄罗斯的灵魂——正如托尔斯泰教我们的那样——是农民。"

蒙特卡洛的合约令佳吉列夫情绪高涨。"那些庸常之辈以为我完蛋了。"他暗笑道,左右都是追随他的金童,他们模仿他的一举一动。帕特里克已经给自己改名叫安东·多林了。佳吉列夫的新秘书鲍里斯·科奇诺,以及谢尔盖·里法尔——或者就像他现在自称的"谢尔热"——还是新人,因而和我记忆中他在基辅时那般自信十足的印象不太一样。他们三人都张牙舞爪,以嫉恨得要弄个你死我活的眼神瞟来瞟去,显摆佳吉列夫青睐自己的种种迹象。一只雅致的小山羊皮钱夹,一本翻旧了的《威尼斯之死》,一份去喝茶的邀约,一趟参观博物馆的行程。还有些人则是过眼云烟。出现了,不知所措,为他倾倒不过一两天,然后就消失得无影无踪。

男孩,而不是男人。温顺而感激不尽。如同瓦斯拉夫的苍白影子,令人失望。

其他那些舞蹈演员称他们"佳吉列夫的后宫"。确实是后宫,种种阴谋诡计,种种小肚鸡肠的仇视。谢尔盖·帕夫洛维奇,集所有大权于一身的皇帝,让他们一个个都服服帖帖。没有哪个金童真正知道自己身处什么地位又将向何处去。究竟是扶摇直上还是一落千丈,究竟是入场还是出局。

我是舞蹈编导,我告诉自己。我把舞蹈演员排布到舞台上。调度他们于音乐内外。对我而言唯一值得紧张的是我的艺术。我不会被拖入那些阴谋诡计当中。

以斯特拉文斯基的《婚礼》为配乐的芭蕾舞已经着手策划了将近十年。瓦斯拉夫曾要为其编舞，但斯特拉文斯基一直在改动乐谱，加入更多乐器或者在副歌中加入更多声部。

现在，佳吉列夫宣布，乐曲总谱大功告成。

伊戈尔·斯特拉文斯基在蒙特卡洛亲自为我演奏乐曲，佳吉列夫给他发了一封电报并寄去一张头等座火车票把他召唤到了这里。"只有钢琴哦。"斯特拉文斯基警告说，没有合唱队，没有交响乐团。有时候他提到这部作品说是康塔塔，有时候又说是清唱剧。歌唱部分将完全用俄语演绎。

为了确保能一个音符不落悉数倾听入耳，我坐在钢琴边上，闭上双眼。即便是最朴实无华的简单钢琴曲，这部作品本身就以其强烈的悲怆让我不能自已。毫不留情，我心想，这时候音乐将我裹挟卷入了它的激流之中。

最后一个音符落定后，斯特拉文斯基站起身倚靠在钢琴上。他的双眼透过厚厚的玻璃镜片死死盯着我，那是询问的眼神。我们算不上朋友。"伊戈尔·费奥多罗维奇……勃洛尼斯拉娃·福米尼奇娜。"我们这样称呼彼此。我认为他是一位伟大的艺术家，但也是个狡猾的家伙，随时准备根据情形改变主意以使自己获利。对他而言，我是瓦斯拉夫的妹妹，具有尼金斯基家的某些特点但没什么女人味，毫无魅力。

"您能再弹奏一遍吗，伊戈尔·费奥多罗维奇？"我问。

我想确认向我源源流淌而来的那些形象。因为我已经知道我争辩的对象将不是斯特拉文斯基，而是佳吉列夫。

"我是这么看的，勃洛尼娅。姑娘们拿着梳子进来，在婚礼上给新娘梳头。"

"不。我们不需要梳子。我们需要的只不过是梳子这一概念。"

"婚礼马车？"

"没有马车。手臂上举打转就够了。"

"我看见石灰粉刷过的小屋,勃洛尼娅。柳条篱笆,上面晾着陶罐。向日葵,西瓜。妇人们头发上包着方头巾,刺绣纷繁厚重,闪闪发亮。这是一场美丽的俄罗斯婚礼。色彩的盛宴。"

"我们可不是在民俗节上,谢尔盖·帕夫洛维奇。我们是在实打实的村庄里。对于农夫来说色彩太昂贵了。一天下来没多少时间摆花架子。更别提钱了。"

"那么,喜悦之情咯?"

"什么喜悦之情?新娘离开她的父母要跟着一个男人走了,这男人是别人替她挑选的。对于她未来的家庭而言她是多出来的一双帮手。她不得不向她的母亲和她的青春道别。而新郎呢?他怎么高兴得起来?见第一面的这个姑娘将要成为他的妻子?都不确定他是不是会喜欢她?"

"看看这些我委托定制的戏服,勃洛尼娅。看看这些布景。漂亮得跟复活节的装饰品一样。就像装点着粉刷一白的墙上的那些油画一样。"

"这些厚重的长袍?鞋跟沉重的靴子?没错,它们确实都非常华丽,谢尔盖·帕夫洛维奇。或许适合于盛大的俄罗斯歌剧,但对于芭蕾而言完全不可能。和斯特拉文斯基的音乐不相符。和我在《婚礼》中看见的路数没有任何共同之处。"

"斯特拉文斯基喜欢它们呀。我已经告诉娜塔莉亚·冈察诺娃说我已经认可它们了。"

"你不是把毕加索为《游行》[①] 画的最初那些草图都撕掉了嘛?还告诉他拿出更合适的作品来?你难道不能请冈察诺娃重新设计她的作

[①] 一九一七年,芭蕾舞剧《游行》(Parade) 在沙特莱剧院公演。服装和布景都是毕加索设计的。《游行》首次把绘画、舞蹈和立体派艺术融为一炉,产生了一种超现实主义的精神。

品吗？"

一声叹息。一个耸肩。一声咕哝。闪过寒飕飕的一股怒气。我不光是对着干，不撞南墙不回头。我需要给约束控制好。提醒一下我是谁。

"我不该让你执导《婚礼》，勃洛尼娅。"

"行啊。"

然后，经过几个月这样的争吵："你那天说什么来着，勃洛尼娅？我们需要的只不过是片段？抽象概念？那你怎么讲故事呢？"

"用纯粹的编舞来取而代之。丢掉一切炫耀卖弄，通过留存的简单方式来呈现复杂内容。"

"像尼金斯基在《春之祭》里那样？"

这些话里潜藏着太多信息了。缺席于我们中间的那般剧烈的疼痛。回忆起这位一飞冲天的舞蹈之神，而他已经把我们俩都抛弃了。留下我们渴望那原本可以成就的一切。

"不，谢尔盖·帕夫洛维奇。"我悄声说，"像《春之祭》之后的尼金斯卡那样。"

胜利出乎我的意料。

没有干涉。没有妥协。没有限制。冈察诺娃会根据我的详细说明来设计新戏服。我可以选择我自己的舞蹈演员。我可以根据需要进行尽可能多的排演。佳吉列夫会在边上看着，但他不会反对任何内容。

《婚礼》属于我。

五月，在《婚礼》首演前两个星期，俄罗斯芭蕾舞团抵达巴黎，在快活歌剧院进行最后一轮排演。

罗莫拉就是在这里找到了我。

我离开排练大厅，心里害怕得感觉自己快晕倒了。我最后一次给斯泰因霍夫医院打电话时，秘书唐突无礼地告知我瓦格纳医生没时间和我说话。

"瓦斯拉夫……"我问道，没能问完我的问题。

"瓦斯拉夫在这里，"罗莫拉说着紧紧抓住我的手，仿佛我们从未争吵过一般，"在巴黎。"

我瘫坐在距离我最近的一把椅子上，希望我的心可以平息下来，这时候我听着罗莫拉一一道来。斯泰因霍夫医院的医生们都不可靠。他们故意把瓦斯拉夫孤立起来，让他的病情毫无好转。瓦斯拉夫是他们最知名的病人，他们不想失去他。

"事情就是这样，勃洛尼娅。就这么决定了。我母亲带着小姑娘们去和她一起生活，我自己来照顾瓦斯拉夫。"

她从钱包里掏出一叠名片，递给我一张："罗莫拉和瓦斯拉夫·尼金斯基。巴黎科利尼翁参事街十号。"公寓不算大，但足够他们俩和她雇用的护工以及一位能干的护士住。现在她想有多一些的访客。不过不是随便什么人都行。瓦斯拉夫必须和其他艺术家共度时光。

"他得到这儿来。"她说着指了指排练大厅，和佳吉列夫谈谈，听听音乐，看看其他舞蹈演员。"我想让他看看《婚礼》。"

科利尼翁参事街是一条安静的马路，靠近布洛涅森林。十号前面的栗子树花开正盛。或许罗莫拉是对的，我揿响门铃时心想。或许这就是瓦斯拉夫需要的。我不是曾经见过我哥哥突然从木僵中跳脱出来吗？听见他告诉我芭蕾必须是创造出来的吗？

罗莫拉亲自来开门，接过我带来的草莓酥点礼盒，并且拥抱了我。我随她走了进去。

我哥哥站在窗边。

"瓦斯拉夫！"我叫道，奔到他身边，伸出我的双臂。

"别碰我。"他用法语说，眼神滑落看着我的脚。

我没有碰他。

"你千万别介意。"罗莫拉告诉我。瓦斯拉夫对所有人都说这话。她是他允许靠近他身边的唯一一个人。不过他终究还是会又熟悉起我的。"是不是啊,瓦斯拉夫,亲爱的?我说得对吧?"

罗莫拉说个不停。指着墙上成排的照片,仿佛她在对着一个小孩说话。"看呐,这是你呢,瓦斯拉夫,你在跳《彼得鲁什卡》。这是勃洛尼娅。她是你妹妹。她也是个舞蹈演员哦。同时还是舞蹈编导。她效力于俄罗斯芭蕾舞团。现在她来看你啦。"

罗莫拉在房间里走动时,瓦斯拉夫紧跟着她,回应她的动作,仿佛都是在戏仿。仿佛他随时都有可能冲我眨眼。用俄语或波兰语说出点什么只有我们俩能明白的话来。

"你能让我和我哥哥单独待一会儿吗?"我问。

我嫂子犹豫了。

"求你了!"

罗莫拉离开后——尽管我知道她在隔壁房间听着——我开始说了。我感觉我的声音在颤抖——或许是凄楚——但没有语不成声。

"妈妈很好,瓦斯拉夫。她很快会来看你,"我说了起来,"她一直都在想你,也总是说起你。"

瓦斯拉夫这下微笑了,但那抹微笑颇为古怪。每过一会儿他就用舌尖舔舔嘴唇,这个动作他做起来可是全神贯注。他就那样看着我,既没有认出我是谁,也不感到好奇。我完全可以不在他眼前。

我加快了语速,话音也更响了。我告诉他《婚礼》是怎么逐渐成形的,描述舞台上的舞蹈演员都怎么分组,一起舞动。舞蹈演员的身体,我说,变得难分难解,像装饰品一样交织在一起。有时候我将他们列成一条笔直的直线,有时候又形成金字塔状。男男女女都跳着同样的舞步。没有人举起谁。在我的芭蕾当中,脚尖着地舞步引发的是艰难困苦,是遭到命运戳穿的生活。

我说话时,我哥哥前前后后晃个不停。有时候他会微笑或蹙额,有时候他的手会抽搐。我原本抱有的把他唤醒的希望渐渐打消了。

我一开始啜泣，罗莫拉就冲入房间来，我挺直腰板准备面对她的非难。我怎么能忘记他需要保持冷静需要保持情绪振奋？

不过并没有任何责备之词。只是匆匆退到了隔壁房间，护士端上一杯凉水，点燃罗莫拉递给我的一支烟——我急不可耐贪婪地吸食起来。

不，我们之间没有真正的平和。我们俩都有各自的"怨念"，我常想起这个波兰语词汇，因为没有别的词能完全反映出这一系列摇摇欲坠又层出不穷的断言和嫌隙、指责和悔恨。

然而我们都同样身陷其中。

佳吉列夫，曾经所谓的搞阴谋诡计的充内行的骗子，现在已经变成罗莫拉最热切等待的客人。他不但领着舞蹈演员们来看望瓦斯拉夫，还带瓦斯拉夫去听音乐会、看演出，安排乐队用《玫瑰花魂》《彼得鲁什卡》《春之祭》和《游戏》的乐曲向我哥哥致以问候。他担心他就如同人担心一颗犯疼的牙齿，稍有一点风吹草动看似有所反应，肌肉微微一抽搐，肩膀稍稍一耸或者喃喃几个字，就能传遍巴黎。

"来吧，瓦斯拉夫，振作起来。别犯懒了。我需要你为我跳舞！"

"我不能跳舞，因为我疯了。"

然而出现更为频繁的是同情惋惜之声。

你见过尼金斯基了吗？矮个儿……形容枯槁……穿着这破破烂烂的大衣……

你看见过他的脸吗？苍白……皮肤松弛……空荡荡的没有表情……

他走下楼梯时，佳吉列夫不得不搀扶他，因为他，尼金斯基，会摔倒。

我一只耳朵听不见，我安慰自己。用不着听那些话，哪怕一句也

第五部：一九二一年～一九三二年　401

不用听。

一九二三年六月十三日,《婚礼》在快活歌剧院进行首演。《婚礼》之后接下来上演的是《彼得鲁什卡》,我在剧中跳芭蕾女伶玩偶一角。

我依然不忘自己作为舞蹈编导的职责,在上台前最后一分钟,我把舞蹈演员们都召集在一起。

"忘掉轻盈,"我告诉他们,"忘掉优雅。"

"你们关掉了曾经展现于众人眼前的事物。你们让跳跃屈服于重力。大地把你们拉扯住……你们用脚趾戳向大地。这部芭蕾讲述的是关于沉重,关于拉住你们向下的力量。在劳作的重负下压弯了身体。命运。比你们自己更庞大的力量。"

他们紧紧站在我周围,挤挤挨挨得肩膀都触碰到了彼此。过去几个月以来与我一起刻苦练习的舞蹈演员们。对于他们,我要求的是绝对的完美,不光是舞步要精准无误,每个细节都必须完美无瑕。眼神,手肘,排成一列的膝盖。环绕游走移动的手臂必须完全对称。

我们的舞蹈在信念和疑惑、在希望和恐惧之间达成了微妙的平衡。戏剧完全关乎于幻象。舞蹈演员们必须相信我的想象,而我必须更加相信。一旦怀疑潜入,整个结构就崩塌了。

到了现在我清楚自己的力量。我已经经受过了考验,而我并没有崩溃。然而他们清楚他们的力量吗?

讲完这番话,我让他们解散各自去做准备,这时科利亚向我走来。瓦斯拉夫和罗莫拉——他称她为"尼金斯基夫人",还短促地抽了一口气,仿佛犯下了无法宽恕的亵渎罪——在佳吉列夫的包厢里等着我。我现在有没有空去见见他们?

科利亚没有在《婚礼》中跳舞,尽管他在《彼得鲁什卡》的演出名单里。就像佳吉列夫预言的那样,他只不过略胜群舞演员一等,无论我多么悉心调教，无论他多么孜孜不倦地刻苦练习。如果让他相信他还能做得更好，那就实在是太残酷了。我已经提议尝试别的机会，结果反而使得他更加下定决心。我发现他在舞团课程开始前就到排演厅，看到他在其他所有人离开后留下来继续练习。

踏入佳吉列夫的包厢时，我心口一紧。瓦斯拉夫背对包厢门坐着，凝视着幕布。我注意到他颇为时髦的西服，白色小羊皮手套，皮鞋擦得锃亮。罗莫拉起身和我打招呼，然而瓦斯拉夫甚至都没有朝我转过头来。

我喊了他的名字。我问他最近怎么样。告诉他我多想知道他怎么看待我的新芭蕾舞剧。

"创造出来的，瓦斯拉夫，"我说，"而不是编造出来的。"

他似乎没有听见。

等我最终起身离开，罗莫拉随我到了走廊。"不要再带访客来了，勃洛尼娅。"她凑近我听得见的那只耳朵说道。她已经受够了所有那些来到瓦斯拉夫面前昂首踏步的二流舞蹈演员。他们搜寻他表示赞许的迹象。就为了能够说："尼金斯基见过我。我跳舞时尼金斯基微笑了。"

"人们很坏。"罗莫拉说着，伸出一只手紧紧抓住我的手。瓦斯拉夫对于一切负面想法都敏感得很。他能察觉到不满、闲言碎语和恶意。难怪他已经开始把手举过头顶，仿佛要保护自己以免挨打。

我闭上双眼，深深地呼吸，让眼泪不要再流了。

我是否听说过白板栗和甜栗都能治疗精神痛苦？罗莫拉问。沙果也可以，如果每天服用的话。她会给瓦斯拉夫试试这些方子。倘若不见效，她夏天会带他去卢尔德①。

"溺水的人哪怕是剃刀都会抓住不放。"妈妈会说。

---

① 法国西南部小城，因十九世纪有一名少女见到圣母显灵而成为宗教胜地，每年吸引大量身患绝症的人来此求拜。

看见科利亚朝我们跑来时我如释重负。"勃洛尼娅夫人，"他上气不接下气，"后台需要你。就现在！"

我赶紧跟他走了，想象最糟糕的状况。上台前最后一分钟有人受伤了？受伤的人是谁？一块布景给弄坏了？不过我们一离开罗莫拉的视线，科利亚就停下脚步转过来对我微笑道："我们用不着紧赶慢赶。"

我看着他，他一脸男孩子气地咧开嘴笑。洋洋自得。

"我觉得你需要救兵没错吧？"他问。

"没错。"我说，整个人涌起一股暖流。已经好久都没有任何人对我这样关注有加了。

我在侧幕看了整场《婚礼》，看着我的舞蹈演员们变化成我最初在脑海里的那些形象——他们经过不懈努力将那些形象变成了现实。蹲着的女人们把脑袋都排成一条直线，准备做出牺牲。男人们跺脚闷声踩着地板。

他们的表演非常动人。如果有谁在排演期间质疑过我，那些质疑眼下都化解在舞蹈和音乐之中了。他们是我，我是他们。我们的心情交织在一起，直到掌声肯定我们，直到谢幕。

随着最后的掌声逐渐平息，我匆匆赶往化妆间，经过所有那些来到后台向我道贺的人们；我穿上芭蕾女伶玩偶的戏服，滑入福金编导的旧日舞步。

等到那晚结束，等我最终能够锁上化妆间的门，我已经累得无法思考。房间里挤满了来自朋友和陌生人的鲜花、贺卡、短笺和电报。

一束小小的紫罗兰放在我的化妆膏管边上。花束上搁着一张由笔记本上撕下来的横线纸碎片充当的短笺，上面用铅笔写着："我把我神圣的爱献给你。如果你不想要，就丢一边去吧。"落款署名为科利亚·辛加耶夫斯基。

我想到小狗。松弛的皮肤层层叠叠，乳牙纤细如针，腿脚摇摇晃晃的。

不过又浮现出另一幅景象。基辅的冬天。贴着荷兰瓷砖的灶台。小路两边白雪皑皑。科利亚拉着一辆雪橇，上面堆满学校的后勤供应：面粉、荞麦、小米、猪油。一卷卷灰棉花布料，那用剩下的边角料足够给列夫什卡做他出生以来的第一条裤子。

庆祝《婚礼》大获成功的最为隆重的聚会在塞纳河上的游船"霞飞元帅"号上举办。我们时髦的巴黎东道主杰拉德和莎拉·墨菲夫妇订制了一个巨大的桂冠，从船舱的天花板上垂挂下来，上面用烫金大字写着"致敬《婚礼》"。我——这出芭蕾舞剧的编导——勉为其难地去了庆功宴，在吧台喝了香槟，晚宴还没上菜就离开了。

"你应该留下来的，勃洛尼娅。"奥尔加·毕加索后来声情并茂地对我说，"宴会棒极了。几年来最好的一场聚会了。"

我的老朋友指的是宴席桌上摆放着淡蓝色的瓷器，在烛光映衬下温婉动人。用玩具而非鲜花堆成金字塔状，装点每张桌子的正中央。

她指的是斯特拉文斯基在日暮时分，喝香槟喝得醉醺醺的，又飘飘然于成功，竟全力奔过整个宴会厅，跳跃着穿过桂冠，撞上了墙壁。她指的是蜜西娅·塞尔特坐在钢琴前弹奏起《牧神午后》；谢尔盖·里法尔跳着牧神的角色并从她肩头抢走了披巾。

牧神已死——或者已疯？牧神万岁？

没错，或许我应该留下来。不过我实在厌烦我们艺术家又变成凡夫俗子的时候啊。

10.

一年半以后，一九二四年十月，科利亚和我在柏林结婚，这里一美元值四百多万德国马克。"提醒我从今往后把所有债务都留在德国。"佳吉列夫说。

我依然是他的舞蹈编导。我已经证明了我自己，不光是用《婚礼》这部作品，还有《母鹿》和《蓝火车》，尽管我没能说服他让我重新上演基辅时期编排的那些芭蕾舞。太过抽象了，佳吉列夫告诉我，即便对他而言都太过陌生。"为什么你总要坚持把芭蕾舞变成交响乐呢，勃洛尼娅？谁会想看呢？"

科利亚不管妈妈怎么使劲给他塞饱肚子也没能胖上一丁点，他身穿黑色礼服。我挑选了一条款式简单的淡紫色裙子和与之配套的帽子。佳吉列夫把我托付给新郎，就像我嫁给萨沙时那样，不过现在我长了年岁也增添了智慧，我时年三十三岁，科利亚二十九岁。

"你父亲岁数比我小。"妈妈说。

"这是在警告我吗？"我问。

她摇摇头。"不是。科利亚不一样。"她说的不一样是指他为人实在，可靠而且坚定执着。拒绝一切浮夸。科利亚的眼睛并不瞄着自己，也不瞄着别的女人。

"我那时候就已经爱你了。"科利亚跟我说起基辅的那些岁月。他看见我在基辅歌剧院里，当时我还在那儿和萨沙搭档跳舞。他回忆起他获准在现场观看的一场排练，我穿着简单的黑色练功服，站在强烈的光束之下，他觉得我就像那道光一样，超凡缥缈，构成这一切的微小颗粒随时可能重新变化，让我消失不见。

他头一次说起来的时候我不由笑了。我又不是幽灵，我告诉他。我有血有肉，活在这个世界上。我是厚重的陶土做的，不是玻璃做的。"我现在知道了。"科利亚回答，脸上的微笑说明他还是相信他自己的所见所感。

伊琳娜和列夫什卡穿着水手服。伊琳娜穿的是白色，列夫什卡穿藏青色。她下身搭配百褶裙，他搭配的则是短裤。我看着他们在房间里跑来跑去，无忧无虑，沉浸在他们的某个游戏中兴奋不已。捉迷藏？还是捉人玩？当伊琳娜把红醋栗果汁打翻在白裙子上时，妈妈在果汁污渍上撒了盐。"这下就隐形了。"她颇有把握地说。

"我能变得隐形吗？"列夫什卡问了起来，然后就哭鼻子了，直到科利亚告诉他这可不是什么好主意，即便他真的可能隐身看不见。为什么呢？"因为大家就会完全把你给忘了！"

发自巴黎的电报中，有两封格外引起我重视。第一封来自亚历山德拉·埃克斯特，她刚同她丈夫一起离开俄罗斯，期待再延续我们基辅时期的那些对谈。她送给我们的礼物已经在家等着我们了，是一幅画。第二封电报则来自罗莫拉。言简意赅，祝福我们百年好合，署名是瓦萨和罗慕什卡。

"我无法理解你的选择。"她说，"瓦斯拉夫也无法理解。"

没错，真是让人意想不到，你可以转瞬之间就习惯于被爱。

我认为接下去那些年都很美好，硕果累累。

我离开了俄罗斯芭蕾舞团，成立了自己的舞团：尼金斯卡编舞剧团，科利亚担任我的总经理和助手。后来舞团关闭了，不过在此之前我们到英国和法国演出了我们的抽象芭蕾，演出场所是巴黎歌剧院和大展览馆。我重新加入俄罗斯芭蕾舞团编导了一出现代版的《罗密欧与朱丽叶》——这出芭蕾舞造成一场超现实主义者的抗议，让佳吉列夫欣喜不已。然后我还为布宜诺斯艾利斯的科隆大剧院，为伊达·鲁宾斯坦、安娜·巴甫洛娃和巴黎歌剧院编导。

科利亚以孜孜不倦的热情制作的剪贴簿里满是赞誉：

> 她喜欢剧烈的动作，喜欢把舞蹈演绎得大气磅礴……一位出类拔萃的现代舞蹈编导……卓越非凡，凌厉而简约，别开生面，摄人魂魄。

11.

就在科利亚和我从阿根廷回到巴黎以后，我注意到妈妈穿上两双厚厚的长筒袜。

"你觉得冷吗？"我问，"大夏天的？"

"是我的风湿病。"她说，"医生要我做好腿部保暖。"

"给我看看。"

"没什么好看的，勃洛尼娅。"

我让她脱掉长筒袜。那刺鼻的气味，她告诉我，是因为涂了蛇毒药膏。可以帮助血液循环。

她足底的红色脓包并不疼。她不知道是什么造成的。或许是鞋子里一粒小石子。很快就好了。不，她不需要休息。我想让她干坐着成天无所事事吗？不，她不需要额外的帮手。洗衣女工已经够难搞了。再说，我不是总跟她保证说她是家里真正的主心骨嘛，家主婆？说我来挣钱，而她依照她觉得妥当的法子来运作整个家？

"我们来谈谈更重要的事情吧，勃洛尼娅。谈谈孩子们的情况。"

阿根廷聘约期间，我只见过孩子们一次，那是在圣诞节假期，科利亚和我回到巴黎。除此之外，我只收到他们的来信。妈妈和伊琳娜事无巨细都写得洋洋洒洒，从学校课本的花费到客厅家具依照新的方式进行摆放不一而足。列夫什卡大多数都是问我问题：我见过鳄鱼了吗？科利亚在海里游泳吗？我们什么时候回来呢？

我眼下正在和伊达·鲁宾斯坦洽谈受聘一九二八年到一九二九年演出季的细节。妈妈很满意鲁宾斯坦提出的待遇。我不仅可以再度在巴黎工作，而且获得的酬劳将比在阿根廷的收入还高出一倍，终于能够偿还我业已关停的舞团还欠着的债务。不过妈妈反对鲁宾斯坦提出的聘用伊琳娜为群舞演员的提议。"她才十五岁。让她先读完书吧，勃洛尼娅。"她告诉我。当我答应后，她又向我袒露心声，表达对列夫什卡的担忧。他是个好孩子，但靠不住。总是丢东西。科利亚圣诞节送给他的自来水笔已经丢了。为什么他要带去学校呢？

408　被选中的少女

在诸如此类的时刻，确实很容易就不把脚底鼓起的脓包、袜子上几滴脓液和总也愈合不了的伤口放在心上了。

妈妈的话音与仍萦绕在我心头挥之不去的担忧摆道理讲事实，毕竟她都七十二岁了。有什么好奇怪的呢，一天下来她觉得很累或者口渴？或者在她脚上，她舞蹈演员的可怜双脚，脚趾甲发黑而且越长越厚，越来越难修剪？舞蹈演员的命不就是这样嘛？曾经无情过度使用的器具最终都饶不了始作俑者。

"总得有点什么不舒服，勃洛尼娅……如果你睡一觉爬起来哪儿都不疼，这意味着你死掉喽。"

我依然在责怪自己。我让妈妈操劳过度了。我相信了她让我放心的话。我没有猜到她有多疼痛，直到那可怕的一天，医生告诉我糖尿病人长的坏疽好不了。告诉我说我母亲别无选择，只能截肢或者等死。

妈妈手术完几个星期，佳吉列夫前来探望，带着大包小包的礼物，说是送给尼金斯卡夫人和"孩子们"。如果他还能管他们叫"孩子们"的话。

在门厅里，他把围巾和高顶礼帽递给我，然后脱下手套。他看起来比我上次见到他时更显疲惫消沉，不过他的手依然保养得很美，指甲擦得亮亮的，锉成完美的圆弧形。

"她情况怎么样？"佳吉列夫问。

手术很成功。截肢后的伤口愈合得很好。不过，她还觉得疼，担心她以后怎么才能和假肢磨合。医生希望新出的药物能防止其他类似的不幸。

"伊达·鲁宾斯坦的舞团呢，勃洛尼娅？"我们踏入客厅前他总算不失时机说了起来。"经过你在阿根廷取得的所有胜利之后？你为什么要为一个自恋的外行效力？"

我已经忘记他能多么迅速就让我发飙。

要么原谅他算了——片刻之后，见他急忙走到斜倚在我们特意为她买的躺椅上的妈妈身边时，我不由心想。

"我亲爱的尼金斯卡夫人，您看起来就像大卫油画里的雷卡米埃夫人！"

他给她送上一篮粉玫瑰，转达巴黎所有人的祝福，然后在妈妈边上坐下。过了一会儿，我就看他们俩滔滔不绝地聊起了受到疏忽的初期症状和死里逃生的话题。

在妈妈指导下，伊琳娜烤了个戚风蛋糕。列夫什卡穿上他最好的衣服。他才十岁就长得比姐姐高了，也有着萨沙那抹狡黠的微笑。昨天我进他房间说晚安时，他两手搂住我，脑袋紧紧贴着我胸口。"出什么事了吗？"我问。"没有，"他喃喃低语，"一切都很好。"

科利亚开了一瓶白葡萄酒。妈妈——不顾医生的命令——提出要喝一杯。我点头批准。只此一次。我们并不常有客人来访。

趁着妈妈还虚弱得无力表示抗议，我重新安排家务，把她从最劳累的家务活中解放了出来。一位女管家每天上门来。同样还有一位护士。每当我必须下午或晚上待在剧院的时候，科利亚就回家去陪她，同时看着点孩子们。"逗她笑一笑。"我总是在他离开剧院前提醒他一句。

"上主的旨意，谢尔盖·帕夫洛维奇……我们全都有各自的十字架要背负。"

"您的力量总是鼓舞着我，尼金斯卡夫人。"

妈妈两颊绯红，或许是因为酒劲上来了，又或许是因为回忆起往事，也可能二者兼而有之。佳吉列夫扶了扶他的单片眼镜。他们不约而同地叹了口气。他们都认为那句诅咒人的中国老话"愿你活在乱世"实在是充满智慧。玛丽·拉斯普廷在巴黎法庭控告费利克斯·尤苏波夫亲王，理由是他谋杀了她的父亲。我们在基辅见证过其胜利游行的西蒙·

彼得留拉在巴黎遇刺，就发生在拉辛街上。在柏林，一个从运河中活生生搜出来的女人依然声称自己是沙皇奇迹般获救的女儿。

我心想：所有人都多么擅长只字不提那些最让我们伤心的事情！

经历过哥哥新任治疗医生所说的"巴黎那场灾难"后，瓦斯拉夫到了瑞士，在拜洛沃疗养院，那里在他情况稳定下来之前不允许任何人探望。在拜洛沃疗养院的医务人员过来护送他上那儿之前，我看见他捶打一面墙，直到他血淋淋的拳头在墙上都凿出了一个洞。然后就是那一晚科利亚和我赶到科利尼翁参事街，去安抚那个扬言要叫警察来的门卫。我们被告知说瓦斯拉夫之前硬生生把一扇窗户从窗框上扯了下来。

科利亚的话音和我的种种思绪交织在一起。他打算跟我们说个他听来的笑话。一个俄国商人来到柏林做生意，在车站的酒吧喝醉了，又上了回莫斯科的火车。"不值得去德国，"他告诉朋友们，"那里都是醉鬼。"

我丈夫算不上特别会讲故事。他把包袱重新又抖了一遍，仿佛我们没听懂似的。不过他还是让我们所有人都笑了。

佳吉列夫掏出香烟盒，问了一圈大家要不要。

"我能也要一支吗，谢尔盖·帕夫洛维奇。"列夫什卡问，一边还咯咯笑着。

"列夫什卡，拜托。"妈妈求他。伊琳娜翻了个白眼。我警告我儿子不许放肆。

佳吉列夫久久地看了列夫什卡一眼，好像他这才注意到他的存在似的。"你长大想当什么呢，年轻人？舞蹈演员吗？"他问。

"不要！"

"哦。"佳吉列夫说。他给吓了一跳，倒不是因为回答本身，而是没想到这话说得如此果决。"你晓得吗，勃洛尼娅？"他转过头问我。

"是的。"我说。

"而你并不介意?"

"不介意。"我说了谎。

到了该离开的时候,佳吉列夫亲吻妈妈的手,跟她说像她这样的母亲才使得这个世界总算能够忍受下去。她称他是"无可救药的马屁精"。"您的意思是无可抗拒吧,对不对?"他问。

在门厅,我交还他帽子、围巾和手套,他问我是否会考虑再度为他担任编导。

"这要取决于你开出什么条件来。"我说。

他佯装恼火地翻翻白眼。抬起我的手放到他唇边。这时我注意到他手腕上有些许红色针眼。他在给他自己注射什么?我心想。吗啡?还是可卡因?

他手里拿着帽子走向电梯时我站在门口。铁门一开,他就消失其中。

八个月后他去世了。

12.

手术之后,妈妈的身体状况逐步好转。她的主治医生对于胰岛素抱有的信心证明确实是行之有效。我依然坚持要她夏天里好生休息,什么事情都不要做。起初她去拜访了住在海滨的朋友们,不过等到我还清最后一笔债务,我就让她去接受了像样的温泉水疗。伊琳娜已经完成学业,在我经营的芭蕾舞团里跳舞,在巴黎登台,也巡回演出。有那么一段时间,列夫什卡在暑假期间别无选择,只能跟着我们参加排演,进行夏季巡回演出。

列夫什卡十二岁时,科利亚建议送他去拉夫雷[①]参加勇士俄罗斯

[①] 法国东南部小城。

夏令营。整整一个月时间，他每一天都会过得很充实。有山间游览和游泳，有历史讲座和篝火歌咏会。他的俄语会得到提高。

"你会喜欢的。"我向我皱起眉头的儿子保证，他在学校称自己是"莱昂"，不喜欢说俄语。"要是你不喜欢，我们就来接你回家。"

列夫什卡在八月底一个大风天的下午从夏令营回家。垃圾被风吹得沿着路边直跑，阵阵强风险些吹落路人的帽子。当他看见我在巴黎里昂车站等候的时候，他从火车上一跃而下，动作轻盈敏捷，先是站住调整好他蓝色制服上的肩饰，然后用一只手在眼睛上一搭挡住阳光，尽管天气其实也未必那么晴朗。就像瓦斯拉夫在入学考试时的样子。

"妈妈！妈妈！"列夫什卡大喊着，仿佛我会错过他似的。他飞奔到我张开的怀抱中，闻上去一股油烟和刺鼻的肥皂味。我们手挽手走路时，他故意往边上歪斜，让他的髋部和我的髋部碰到一起这样子跟我玩闹。他个头已经比我高了，晒得黝黑，身上添了几分强健之气，闪着离家过不一样生活的光泽。

街上的风吹起他的话语，又把他说的话都掷到我脚下。"太棒了。"列夫什卡一再说，一边向从旁走过的他那些在父母和兄弟姐妹陪伴下的朋友们挥手告别。"你说我会喜欢的那句话说得还真是对了。"在回家的出租车上，他谈起了漫长的山间徒步，他赶在其他所有人之前到达山顶。"你真该看看那一幕啊，妈妈。山顶的景色。"我想象在巨石嶙峋的山顶，他和他的朋友们拉起手臂围成一圈，他们一边喘着气一边高声歌唱。

后来在家里，我们吃过妈妈在伊琳娜的协助下准备好的晚餐之后，列夫什卡告诉我们勇士夏令营高年级的男孩子们如何照料遭到处决的沙皇的照片。照片摆放在主礼堂的一张墙边桌上，处于鲜花簇拥之中，所有男生轮流供放那些鲜花。"为什么你都没告诉我呢，妈妈?"我儿子问。"为什么我不知道?"

我正在切核桃蛋糕——列夫什卡最喜欢的美味。"你知道他们都死了。"我说着在盘子上放了厚厚一大块蛋糕递给他。蛋糕涂满了樱桃酱,撒着糖粉,用掼奶油挤成小球装点。我的手想必是一抖,因为蛋糕侧翻到一边,奶油碰到了盘子边缘。

列夫什卡摇摇头。"不是死了,是遇害了。"他纠正我。是的,他知道。还有伊琳娜跟他说过公主们都把金银珠宝缝进连衣裙里。钻石和蓝宝石挡掉了最开始的那些子弹。然而,其他人——勇士夏令营那些男子汉们——知道的事情还要多:羁押沙皇的房子被称作"特殊用途楼"。杀害沙皇的布尔什维克名叫雅科夫·尤罗夫斯基,他终生不得安宁。阿列克塞皇储如同圣人一般逆来顺受,忍受一切对他的侮辱、他的痛苦和他的苦难,全然接受他的命运。

就像他之前的季米特里皇储一样……

我看着儿子的脸庞,充满一股我简直认不出来的热情,显得神采飞扬,他为这一切的不公不义而咬紧牙关。我想警告列夫什卡不要有这些情绪。告诉他说一切看起来过于简单的事情必然是被歪曲了。告诉他必须小心警惕。告诉他想要有归属感这件事可能具有危险性。

不过那时候我想起了妈妈对我、对瓦斯拉夫的种种警告最终都无济于事,所以我只是伸出手把那盘倒塌的蛋糕给他。列夫什卡接过我递上的盘子,用手指头擦了擦碰倒在边上的掼奶油并舔得一干二净。这时候我头一次注意到他手腕上有个圆圆的粉红色伤疤,当中略白一点。

后来是科利亚把话题转移开了,讲起没那么随时可能陷入尴尬的事情。香肠在火上烤过是什么滋味,徒步过后用哪种办法来治愈水泡最好,列夫什卡都学了哪些歌曲。

夜渐渐深了,气氛越发轻松。我们敦促妈妈去休息,别白费了她做水疗的成效。伊琳娜帮我一起收拾。餐桌清理干净,盘子都收掉以后，伊琳娜拿出他们小时候最喜欢的玩具：阿基米德十四巧板。

"还记得我们以前拼出过多少形状吗？"她问，一边从破旧的盒子里拿出那些三角形板块。

"我们来比赛吧。"列夫什卡说。

"哦，好啊。"伊琳娜欣然答应。"比赛吧。"

我们有好一会儿都默不作声埋头拼图案。妈妈拼出了一个蘑菇，伊琳娜和列夫什卡都嗤之以鼻，觉得太简单了。我拼出一棵树，科利亚拼出一只我觉得挺巧妙的青蛙。不过这时候我看见伊琳娜塑造出了一个打伞的老妇人形象，列夫什卡拼的则是一个倒立的小丑。

"看看这个！"科利亚惊叹道，"我举手投降。"

"我也已经尽力了。"我说，"孩子们赢了。"

伊琳娜和列夫什卡彼此心照不宣地看看对方，差点没忍住一阵笑。妈妈认为他们显然使了什么坏，但他们笑得更厉害了，宣称他们绝对没有捣什么蛋。

"你觉得呢？"他们问科利亚。

科利亚举起双手作势投降。他不会站队。他才不会。特别是不能和他们的外婆作对。

"拜托，科利亚。"列夫什卡故意逗他，"你作为俄国人的勇气呢？"

"我有那么凶神恶煞吗？"妈妈问。

我往后靠着椅子。答应嫁给科利亚之前，我警告过他说我不想再生孩子了。他说一旦我们成为他的家人，他别无他求。

我丈夫宣布得庆祝一下列夫什卡回家，他跑到厨房，拿着一瓶樱桃白兰地和四个玻璃杯出来了。

"那我呢？"列夫什卡问。

科利亚看看我，我点头同意，用手指头做了个手势示意只能一点点。"我去拿他的玻璃杯。"我说，心里高兴可以起来动一动。

我们干杯庆祝列夫什卡回来,为将来做种种规划。列夫什卡今年必须比去年更加勤奋学习,不管是在学校还是在音乐学堂。他的钢琴老师要求他进行更为频繁的练习。我有来自维也纳和柏林的邀约,科利亚和伊琳娜都包括在内。

樱桃白兰地在我胃里散发出了热度。妈妈宣称说这比卡尔斯巴德矿泉水好喝多了。列夫什卡一口干掉他杯里的酒。科利亚告诉他白兰地可不是柠檬水,说他本来应该先捧在手里温一温。"所以我能再来一杯吗?"列夫什卡问,"为了练习一下?"

"你还真是聪明哦?"伊琳娜问。

列夫什卡做了个鬼脸。"别坏了我的兴致。"他抱怨道,"来吧,妈妈,再来一杯就好。"

"抱歉。"我摇摇头说,"下次你就知道了。"

妈妈做的核桃蛋糕被吃光了,只剩下一些碎渣。科利亚逐一拈起那些碎渣,悄悄塞进嘴里。

这时候风已经差不多消停了。八月温暖的空气从窗口涌进来,空气中还混杂着驶过的汽车的尾气。街上孩子们开心得直尖叫。我拉上窗帘,不过窗户倒还开着。窗帘时不时波涛一般升腾翻滚,像船上的帆或者白旗似的。

科利亚喜欢记录我们做的一切事情,他在一张纸上画了我们用十四巧板创作出来的所有图案,在每个图案下面标上我们的名字,注明一九三一年八月二十八日这场十四巧板竞赛的一等奖由伊琳娜和列夫什卡获得。其他所有人都输得心悦诚服。

列夫什卡上床以后,我敲敲他的房门。"进来吧,妈妈。"他说,尽管他照理不可能知道敲门的是我。

他躺在床上,手放在身子两侧。几乎是年轻男子的手了,我心想,看着他长得比以前粗壮的手指头。不久他就坚持要我也叫他"莱昂",而不是列夫什卡。

我在他床边靠着他坐下,闻着刚上浆的亚麻床单的味道。他穿着蓝色条纹睡衣,那是妈妈圣诞节送给他的礼物。我抚摸着他的头发,棕褐色,长得密密实实,怎么梳也不服帖,在上夏令营之前剪短过了,但现在几乎又长回到他头发惯常的长度。我碰了碰他依然光滑的脸颊,皮肤晒黑了但完全没有青春痘。然后我抬起他的右手,想把那个粉红色的圆形伤疤看个仔细。

"那是什么?"我问。

"没什么。"

"烟头烫的?"

他点点头。

"出了意外烧的?"

列夫什卡把手挣脱开,拉上袖子盖住烫伤的疤痕。"别太担心我了,妈妈。"他说,"我挺好的。"

13.

几个月后,一九三二年春天,我和科利亚在柏林,和马克斯·莱恩哈特共事,为他的戏剧制作编导一些片段。应我的要求,除伊琳娜之外,马克斯也聘用了瓦斯拉夫刚刚年满十八岁的长女基拉。只有列夫什卡留在巴黎陪妈妈。

经过辛苦工作的漫长一天,在我们旅馆房间里,科利亚打开了一瓶葡萄酒,斟满两只玻璃酒杯,躺在地毯上,手肘撑住,敞着睡衣外面的长袍。岁月把他的脸庞轮廓刻画得更加分明,平添了一种贵气。"你看起来像个电影明星。"我有时候会逗他玩,这时候他就用手掌摸一番头发,或者伸过来抓住我的手把我拉向他。来亲吻一下,摩挲抚摸,缱绻温存。看我愿意给他什么就是什么。

等待酒醒的时候，我一边吸烟，一边回顾这一天工作的情况。

排演进行得很顺利，但我和基拉又发生了一次不愉快。我告诉她要更努力尝试，结果她整个人往地上一摔，开始尖叫："为什么你总是挑我的刺？"

我依然记得她在维也纳时的样子，门牙之间有道缝的小女孩，一脸怀疑地看着我们这些新冒出来的亲戚。她有着瓦斯拉夫的眼睛，我当时心下觉得，同样是杏仁形状，同样都炯炯有神呈棕褐色。"要她是男孩子就好了。"当时罗莫拉说，话音里又是舍不得又是生气。

"基拉这么介意什么呢？"我问科利亚，他从地上起来了，递给我一只玻璃杯。"作为一个舞蹈演员接受不了纠正建议？她真应该听听她父亲在认为我有所松懈的时候都是怎么对我大喊大叫的。"

葡萄酒醒过之后口感醇厚，让人心旷神怡。我的思绪又回到排演中去，分析记忆中基拉舞蹈的样子以及她控诉的影响。

"这不是你的错，勃洛尼娅。"科利亚说。

他错了。

我是挑她的刺。我实在是忍不住。她有着瓦斯拉夫的姿态；一样的脖子线条；一样厚实有力的大腿。甚至连站在边上做准备动作时她唇边那抹心不在焉的微笑也都一样。然而当她跳起舞来，能达成的全部效果却只不过是模仿而已。

我觉得她是灵巧的仿造者，她也知道这一点。

抿下的最后一口葡萄酒已经没了滋味。我的胃感觉空落落的，脑袋一阵天旋地转。我把玻璃杯放到一边，抽最后几口香烟。敞开的窗户那边飘来什么东西烧着了的味道。是橡胶？还是垃圾？

妈妈从巴黎写来的一封信刚到。她的字迹整洁匀称，每个字母都形状优美。她感觉身体挺好的。护士每天都来，哪怕根本没必要来。鸡蛋的价格又上涨了。列夫什卡的勇士营小伙伴总来附近玩，有一次她还同意他跟他们出去了。虽说她不打算再这么做了，因为他练习钢琴的时间远远不够。柳德米拉·舍勒来过，带了一个佩什曼出品的特色馅饼，黄油足得滴滴答答，就像我们在圣彼得堡吃过的那些馅饼一样。

而我，当老师的人的眼睛本会发现一切错误的动作，发现一切掩盖之下的不完美之处，却漏掉了信里本该给予我警告的那最后一句话：

等你稍微有空的时候，勃洛尼娅，你能不能给我买点治心脏的双心口服液？

等我们从柏林回到家，妈妈看起来瘦瘦小小，形容枯槁。她嘴唇干燥，嗓子沙哑。护士告诉我，她已经好一阵子都没什么食欲了。

"你早饭吃什么了？"我问她。

她不想谈她自己。她担心列夫什卡。他有张老师写的纸条不肯给她看。

列夫什卡不耐烦地翻翻白眼。他爱外婆，但在十三岁的年纪，爱并不等于接受。她为什么总闻上去像个药铺呢？为什么她不让他和朋友们出去？她老在怕什么呢？

我朝我儿子使了个警告的眼神。

老师的那张纸条最终看下来是讲他打的一场架，我做好思想准备，这个下午气氛要紧张了。"我讨厌学校。"列夫什卡告诉过科利亚。而对我，他则抱怨说老师们挑他的刺，因为他是俄国人。

"发生什么事了？"我问。

连打架都算不上。一个男生推了他，骂他"孬种"，所以他把他也推了回去。不，他不会告诉我那男生叫什么名字，他才不告密。他守口如瓶。审问到此结束。

"你得给这张纸条签字。"他告诉我。

我打发他进他房间去。"两个钟头之内我要看到你的作业。如果一切都进展得好，我会在纸条上签字的。"

"你指望什么呢，勃洛尼娅？"列夫什卡离开后，科利亚说道。"他是个孩子。"他还指出，我儿子上一次写的作文，他的法语老师在一张纸条上这样评价道："莱昂有着敏锐而极为独到的想象力，对文字非常敏感，应该好好培养。"

"科利亚说得对。"妈妈喃喃自语。

"你们全都一样。"伊琳娜宣布。"你们总是宠着他。"

"等你有了孩子看你怎么说。"妈妈说。

过了几天，夜里我帮妈妈洗她截过肢那条腿的根部，用凉水擦拭她红通通的皮肤，这时候她把我称作是"我的小棉袄"。对于失去的那条腿的无端渴望让她犯迷糊了。需要挠挠的发痒处，刺痛的脚趾头，都没了。"这怎么可能呢，勃洛尼娅？"她问。然后她用指头关节敲敲自己的脑门说："脑袋瓜里都怎么回事呢？"

"你们俩总是同时说话。"科利亚说。

"那样效率更高嘛。"我说着捍卫起只属于我们俩的语言，波兰语和俄语各半的滔滔不绝的话语。适合讲述每天的麻烦事，我讲剧院，她说家里。一个乖戾的舞蹈演员，太过自以为是。不扫床底的新女仆。撕坏了的戏服。需要改改尺寸的大衣。旅馆里的床虱。厨房里的老鼠。又出现了？又出现了！

"像个吉普赛人似的。"妈妈悄声低语。不再是警告，只是陈述情况，重复说得都没了效力。她对我不再有任何告诫了。当我点燃又一支香烟时她鼻子都不带皱一下的。我试图哄她，把她从她沉浸其中的平静中唤醒。那种平静太浓稠，太化不开，太像裹尸布了。

我们一如既往聊起了瓦斯拉夫。他依然强壮，需要两名医务人员给他穿衣或者喂饭。他又摔烂了一把椅子。他就用这样的方式让我们知道他仍然感到痛苦。

罗莫拉目前在好莱坞，成了雄心勃勃的女演员，在访谈中说起她是怎样在圣彼得堡和瓦斯拉夫一起为她丈夫的密友帝俄沙皇跳舞。季米特里大公又是如何把她当作沙皇家人一样热切地欢迎她。她是怎么不光给沙皇而且还给全世界其他君主都跳舞。然而那一切都是过眼云烟,因为她只在乎艺术家们:音乐家、雕塑家、画家和舞蹈演员。

"他们相信这一派胡言了?在好莱坞?"妈妈咯咯笑了,我听见她的笑声心里深感宽慰。

一个星期后,周五上午,她的眼睛感觉不太舒服,于是我把窗帘拉上。尽管由于两片窗帘的边缘不太合缝,还是有一道光从窗帘间投射了进来。空气中尘埃飞扬。

一天就那样静悄悄过去。科利亚在起居室里计算我们的账目。列夫什卡在学校。等他回来,谢天谢地没有哪位老师的纸条,我们一起吃尼斯色拉,色拉里面没放凤尾鱼,但多加了刺山柑。伊琳娜帮我清理收拾好以后才和朋友们出去,在夜色中散散步,然后再去看电影。我头脑清醒的女儿。这孩子我用不着操心。

列夫什卡进了他房间。我最后一次查看他的时候他正在写着什么——我靠近时,他故意用手肘挡着,确保他盖住了页面。他现在肯定已经写完了,因为他弹起了吉他。和弦都支离破碎,弹了一遍又一遍,最后戛然而止。

"列夫什卡就像瓦斯拉夫。"妈妈告诉我,"他需要非常大的耐心。"

我坐在她床边。床嘎吱嘎吱作响。

她伸出一根颤抖的手指头指着水壶。"我渴了。"她说。我撑住她的头,把杯子举到她唇边。她脖子后面汗津津的,滚烫得像个发烧的孩子。

她抿了几口水,然后躺下来,贴着枕头,脸色蜡黄,整个人无精打采。

伊琳娜走进房间，她身穿蓝裙子，头发剪成波波头而且微卷。肩膀太僵，腿脚太弱。虽然技巧良好，外开极佳。让我烦恼的是她的台风。在根本上缺了点什么，我正试着替她把缺失的东西敲碎了变成她能够对付的小小碎片。

在家里我禁止这类念头。

在家里我只是她的母亲。

"你今天腿脚怎么样，外婆？"伊琳娜问着一边朝妈妈俯下身亲吻她的脸颊。"疼吗？"你确定你想让我出门吗？我女儿的眼睛在问。

"不疼。"妈妈咕哝道，我们都挥挥手让伊琳娜出去玩，让她答应我们玩得开心。"吃点好吃的。"我说着塞了几张钞票进她口袋。

我极力让这一天过得稀松平常。从头到尾。消失在我们视线中之前，伊琳娜给了我一个飞吻。科利亚敲敲列夫什卡房门，提醒他别把作业拖到最后一分钟才做。

我们晚饭吃的是剩下的炖兔子配芥末酱。科利亚开了一瓶红酒。我很快吃完，给妈妈端去一小碟。

她不想吃。她不饿。不，哪怕一点点也不想吃。

我让步了，把盘子放到一边。

"想当初，我还不愿意你出生。"妈妈气若游丝。

我不得不俯身靠近她才能听见。

她得知怀上我的那一天——从刺鼻的汗水味和早晨恶心呕吐的感觉中得知——她吓坏了。斯塔西克和瓦斯拉夫还小；家里那么拮据。"我觉得我没有足够的体力再生个孩子，勃洛尼娅。"她耳语道。她告诉我她都怎么用拳头捶打肚子。当这一招不见效时，她又是怎样爬上厨房桌子再跳下来。使劲跳到地上。不像舞蹈演员那样落地，而是像一袋煤球似的砰砰着地，心脏都跳到嗓子眼了。她是怎么等待着子宫痉挛，涌出血来。她多想在出生前就把我给摇出来。

这一幕没有发生，她打算再跳一回，但那时候瓦斯拉夫尖叫了起来，她跑去安抚他。他当时正出牙，发着烧。她把他从婴儿床上抱起来，直到他睡着才放下。"他救了你。"她喃喃说，眼泪从脸颊滑落。"为了我。这样我就不会孤零零。仿佛他知道你会是剩下的唯一那个孩子。"

她脸上的皱纹形成了线路错综复杂的迷宫。她泪水汪汪，红了眼眶。她舔舔干燥的嘴唇。没有了假牙，她的脸看起来凹陷而空洞。我轻轻擦去她红红的嘴角边的脓。她整个人都是汗味，在头发上、嘴上都萦绕不散。

我把两手放到她肩膀下，将她拉向我，在我怀里她显得那么瘦小，那么脆弱。我抱了她好一会儿，直到我察觉到她不耐烦地扭动起来，这才把她放回枕上。

她一入睡，我便到起居室去。科利亚停下他一直在计算的账目抬头看看我。我伸手拿了一支烟，塞到烟嘴里，他为我点火。

我深深地吸了一口，吐出烟圈。

我能感觉到脸颊火辣辣的。我已经知道妈妈不久就要撒手人寰了吗？还是她讲的事情震撼到了我？我像呼吸空气一样汲取她的爱，想到她曾经一度不想要我，就像我在蒙特卡洛时不想要伊琳娜那样？

我吸尽了一整支烟，从烟嘴上取下烟蒂，在科利亚推给我的烟灰缸里把烟蒂掐灭。

"让你自己变得不可或缺。"佳吉列夫告诉鲍里斯·科奇诺，在他收下鲍里斯作为秘书兼情人之时。科利亚，我的经理和助手，掌管我们的收入、开支和损失。他拣选每月到来的新闻剪报，决定挑出哪些用于宣传。他整理相册照片：归档资料手册、剧目介绍、图画、便条和我收到的信件。

他工作时我就那样观察着他，估量着他的耐心程度。看来是无穷无尽。有时候我发现他看着我，幸福得晕头转向，和我答应嫁给他那一天时一模一样，而当时的我并无法预料我们一起生活或者是科利亚的作为是不是会真正伤害到我。

周六早上妈妈上气不接下气地醒来。"斯塔西克回家了吗,"她问,"他还生我的气吗?"

"没有。"我告诉她。

"我在哪儿,勃洛尼娅?"

"你和我在一起。"我说。

"在圣彼得堡!"

她满脸热切地微笑,试图要撑住手肘从床上坐起来。"打开窗户吧,勃洛尼娅,"她嘱咐我,"我想看看夏园的猴子,我们能上那儿去吗?"

我想把她抱在怀里带她出去,可怜她遍体鳞伤而又残缺不全的舞蹈演员的身体,如此瘦小,因为生病而如此枯槁。想带她穿过街道到小公园去,在那儿她可以躺在树下,闻到土地和青草的气息。

"乖女儿,勃洛尼娅,"她说,"你已经按照我教你的办法洗干净窗户了。"

我们叫了医生,医生马上带她到医院。她的心脏停止跳动时我在她身边。一九三二年七月二十三日——下午六点半。这就是那一天我在日记里写出来的全部了。

一九三九年十月十六日

　　眼见纽约渐行渐近，引发了一波波紧张的情绪。乘客们无时无刻不三五成群交流那些道听途说的消息。塞进我们舱门底下的一张小传单说要办个告别晚宴。还有一张传单则是提醒到达时"乘客在北河①的切尔西码头上岸（第十八街街脚）"。

　　我无法入眠。在我身边，科利亚哆哆嗦嗦呻吟着；他的嘴巴在无言的尖叫中僵住了。他颤抖的时候，我把手放在他肩头，轻轻摇晃他。力道足以敲碎他的噩梦，但又不至于把他摇醒。

　　我们闹钟的荧光指针指明是凌晨一点。距离黎明五个小时。我的手提箱搁在架子上敞开着，我的手知道上哪儿寻找我想要的东西。

　　吸烟室距离我们房舱只有几步路，里面几乎空空荡荡，除了两个聊得忘乎所以的男人，反正他们对我不以为意。我坐在最尽头的角落，希冀自己打开那个吕宋纸信封。

　　列夫什卡的字迹一如我记忆中那样整洁。他肯定是抄了好多遍这些纸，直到对此感到满意：

　　　　我姐姐知道如何让她自己隐身。她编好小枝条，夹进辫子，把自己包裹在里面。然后她走进一个房间，没有人看得见她，而她却能听见也能看见每个人。

　　　　她年纪比我大，懂得许多事情，不光是像怎么让肥皂泡泡飘这类好玩的把戏，还知道吓人恐怖的事情。她知道他们在听着，因为他们发出响亮的噼啪声，我耳朵都竖起来了。她还知道他们什么时候派间谍来，伪装成我还以为是朋友的人。

---

① 即哈德逊河。

"你必须让你自己也消失才行。"她跟我说完就走开了。

我试着编小枝条塞进头发里,但我的头发太短,不管我怎么塞都会掉到地上。"这完全不对。"我告诉自己,"我必须找到属于我自己的魔法。"

谈何容易。我用井水把自己打湿,结果衣服都紧贴着我的身体,像第二层皮肤似的。于是我往脸上涂灰涂煤烟。然而这样一来人们只会更容易注意到我,外婆可生气了。"换身衣服,你这个淘气鬼,把脸和手都洗洗干净!"她告诉我。然后我又试着把自己裹进一件披风,像马戏团的魔术师那样,但大家也只不过问我是不是觉得冷。我还试了念各种各样的魔法咒语——阿布拉卡达布拉……霍克斯波克思……萨利马力……弥尼提客勒乌法珥新①——然而一切都无济于事,哪怕是我把拳头贴着眼睛使劲压得眼睛都疼了也不行。

到最后,我放弃尝试了,还哭了起来,姐姐回来了。我看不见她,因为她已经让自己隐身了,但她对我说话,因此我知道她就在旁边。"我会帮你的。"她说着伸出手臂抱住我。

"现在我隐身了吗?"我问。

"你看看地上。"她说。

我看着姐姐指的地方,发现我们俩都没有留下一点影子。

---

① 《圣经·但以理书》中伯沙撒王举行宴会时王宫墙上出现"弥尼、弥尼、提客勒、乌法珥新",但以理向国王解释说意思是"数过、数过、称过、分掉",是王国即将灭亡的预言。

第六部：一九三八年～一九三九年

1.

费多尔在巴蒂诺尔公墓的墓穴由棕褐色花岗岩砌成，上面竖着一个东正教十字架。"夏里亚宾，俄罗斯大地之子，"铭文这样写道，"一八七三年二月十三日出生于喀山。一九三八年四月十二日于巴黎去世。"

墓穴上依然遍覆鲜花。伫立在墓前的三名年轻女子飞快瞟了我一眼，给我腾出空间。她们看起来像是姐妹，身材苗条，穿着合身的毛领大衣，金发烫成时髦的波浪卷。其中一个捧着一束红玫瑰，另一个漫不经心地调整着鲜花，因为她手指头给刺破了，她向上举起手指头，然后吮吸着伤口。她的同伴们咯咯直笑。

在墓穴上的满地鲜花之中，我还看到了剧院节目单和乐谱。歌迷们留下观剧镜、钥匙、帝俄时代的戈比硬币以及悉心书写的便条："感谢您带来的美好回忆……请替我的灵魂向我们天堂的上主献唱一首祷歌。"

我视线上移，看着制成十字架的那斑驳的深色花岗岩上的图案。

当他的死讯传到华沙时，我正在华沙大剧院排演《克拉科夫传奇》。我知道他病了，但他之前就已经病了一段时间。一九三四年我在好莱坞为《仲夏夜之梦》编舞时，费多尔的儿子鲍里斯告诉我他在伦敦意外晕倒。后来同样的情况在柏林又发生过一次。不过他最终都康复了。

在华沙，四月那天，科利亚冲进厅里，手里拿着一份报纸，我从排演中停了下来。

夏里亚宾的去世甚至都不是头版新闻。简短的讣告听起来很生硬，公事公办的口吻："世上最杰出的男低音歌唱家之一……几年前华沙有幸聆听过他扮演鲍里斯·戈东诺夫一角的拿手歌唱。"

科利亚走到钢琴师身边，朝她俯身耳语了几句。不一会儿她开始弹奏《伏尔加河船夫之歌》。

那天我让舞蹈演员们早早离去。我从剧院门口的一位老妇人那里买了鲜花,她让我想起基辅市场上的小贩。"今天采摘的。"她指着脚下的铅桶说道。水仙、郁金香、风信子。四月的鲜花,蓝红黄各色五彩缤纷。

每一朵花我都亲自精挑细选,拒绝哪怕是最细小的瑕疵、最轻微的凋零迹象。老妇人颇为赏识地咂咂嘴,用一根白色缎带小心翼翼扎好花束。

"为了特别的场合?"她问。

我点点头。

假如当时我在巴黎,我肯定会带着这束鲜花到达吕路上的东正教堂,那里费多尔的棺木放在灵柩台上,周围摆满燃烧的蜡烛,悲痛的友人们聚集在一起悼念他。在华沙,我把我孤零零的这束花放在华沙大剧院门口,这里是费多尔曾经歌唱演出过的地方。我想不出还有别的什么地方。

2.

我的波兰合约遭解除后,我们搬进这套位于岱纳大街的街角公寓。按照巴黎公寓的标准来看,这套公寓相当宽敞舒适,起居室和卧室够大。窗户都很高,有白色的百叶窗。我们没有阳台,但公寓自带一个阁楼作为女仆的房间,是储藏的理想之所。科利亚答应在那上头搭装置物架。

伊琳娜坐在窗边,眼睛盯着底下的街道。她伸展过右腿,正将右脚收回。她没有和我一起做早晨的练功操。

我问她睡得怎么样。

"我睡着了。"她答道。她的脸庞是完美的椭圆形,皮肤像陈年瓷器一样几乎半透明。当我还小的时候,妈妈告诉我,她靠喝醋来达到这样苍白的效果。

"科利亚在哪儿?"我问女儿。我起床时,他这一侧床已经空了。

"出去了。"

"他吃早饭了吗?"

"两只煎蛋。"

我坐在散落着各种报纸的餐桌前,法语、英语和俄语报纸都有,因为流亡者的报纸,我丈夫常提醒我,会转载各种来源的消息。"好像没人记得上一场大战一样,"科利亚说,"好像我们都疯了要再打一场大战。"

新闻标题都证实了我丈夫的担忧。一些国家被另一些国家吞并。难民如潮水般涌入巴黎。德国犹太人、西班牙人、奥地利人、捷克人。纳粹叫嚣要根除一切堕落分子、社会寄生虫、爱同性男子的变态和那些发疯了的人。

像已死去的斯塔西克,像还活着的瓦斯拉夫。

我把报纸挪到一边,推开一只空玻璃杯。"只不过是红酒。"当我抱怨他喝得太多时,科利亚说。酒精让他更强硬,更一丝不苟地分拣那些可以收录进他称之为"尼金斯卡档案"的评论、文稿、节目单等等。

他想确保万无一失。

还有一天我见他耐心十足地把碎茶杯粘合起来,那是伊琳娜之前掉落在厨房地上摔坏的。"在日本,"他告诉我,"艺术家修复茶杯,是拿黄金填充进裂缝里。破碎的部分才使它们显得特别美。"

"你想喝点茶吗?"我问。

科利亚开着茶炊,在餐具柜上呼呼冒着热气。茶杯也都放在外面,配套的托杯银盘几乎和我们当初在基辅用的一模一样。

伊琳娜不想喝,于是我把茶料倒进一只玻璃杯,用茶炊倒出来的热水稀释冲泡,再加上满满两勺糖和一片柠檬。和妈妈一样,我相信茶在玻璃杯里泡出来更好喝。

端着茶盘,我走到窗边去,去看看究竟是什么吸引了我女儿的注意力。天气凉爽,但这是巴黎的冬天,因此人们穿着薄大衣。一个小男孩正挥舞着铁锹把煤铲进一只镀锡铁皮桶,而另一个稍微大一些的男孩正提着另一桶到地窖去。他们脸上都沾满了煤烟。他们手脚麻利,动作就好像两兄弟早已排练得轻车熟路了,不用去想谁先开始谁来结束一样。那一堆煤很快就缩小到那么一点点了。

我闭上眼睛。再睁开的时候,外面的男孩们已经停下了手中的活儿。大一点的那个男孩在他弟弟耳边低语了什么。大概是笑话吧,因为小男孩哈哈大笑起来。

伊琳娜起身离开窗口。在软垫凳边上,她从地上捡起什么我看不见的微粒。她从胯部起俯身向下,两腿绷直,姿态很美。虽然今天她略微一瘸一拐。稍微有点蹒跚,但我已经很担心了。里面还有什么损伤还没发现呢?

"别哭得太厉害,勃洛尼娅。"科利亚依然在请求我,但我扭过头哭得更厉害了。

我喝下最后几口茶,观察着我的女儿如何拉伸她那曾断作五截的手臂。恢复得很好,不过我女儿担心受过伤的身体会一直有负于她。在最重要的时刻肌肉会弃她不顾。在动作应该如行云流水一般的时候,整个人会变得僵硬。我想提醒她,说身体的局限性可以转变成舞蹈演员的力量,但我还是忍住没说安娜·巴甫洛娃是怎么以她瘦削的膝盖而显得纤弱飘逸的,艾丽西娅·马科娃是怎么克服她虚弱发软的弯曲膝盖的。相反,我默默注意到伊琳娜正按照我教给她的方法在按摩手臂,不紧不慢地打圈揉搓。

"科利亚说起过今天会去工作室吗?"我问。

"就说他会在第一节课开始前就回来。"

我们租用的工作室走几步路就到了。我每天早上十点教一个完全由专业舞蹈演员组成的小班,然后指导经过挑选的舞蹈演员,大多数都是美国人，她们到这里来提升舞蹈技巧。科利亚是我的助手。在经历过基辅的教学之后，我不指望教课能带来多少欢乐，但想到打磨塑造年轻人的身体又让我心动了。我喜欢见证那精神真正独立的瞬间，做好向技巧之外的广阔天地探索的准备。

在巴黎，我以动作夸张紧绷而著称，和柯切辛斯卡截然不同，她在工作室里强调的是芭蕾女伶的优雅和皇家芭蕾学校的老一派技巧。我不缺学生，但一个星期前我又少了一个美国舞蹈演员，她决定回美国去。这一个特别的学生——玛格丽特·欧文——走了尤为可惜，她大有潜力，而且全无傲慢，不会毁了她的潜力。

美国姑娘们叫科利亚为"辛先生"。她们发现辛加耶夫斯基实在是太难记也太难念了。有时候她们会笑他的举手投足，我承认他确实非常有俄国人的特点。"夫人希望你在把杆上站好位置……夫人希望你更集中精力。"在美国人听来客客气气只不过意味着迂腐僵硬。

"要是他回来晚了，你愿意陪我去工作室吗？"我问女儿，一边拿起我的手提包，检查一下是不是所有东西都放好了：钥匙、香烟和打火机。

伊琳娜摇摇头。"科利亚不会晚的。"

我下楼在门房那里停下来收取今天的信。一封来自银行的信，我放到一边，准备给科利亚，还有一张明信片。艾丽西娅·马科娃在纽约，她在我指导下跳的《吉赛尔》大获成功，轰动一时。她很快将到巴黎来跳舞，希望我们能见见面——如果我们还在法国的话。

我基辅的那些朋友和学生早就不敢写信了。我们这些离开俄国的人已经变成"祖国的叛徒"。和我们的一切联系都被严令禁止。现代艺术也是一样。在最新一波清洗中，本内迪克特·利夫希茨和莱斯·库尔巴斯被捕，遭到行刑队枪决。

在我们楼房外，两个男孩完成他们的杂活走了。煤都进了地窖；

人行道已经打扫过了。只有一片沾染了煤烟的黑色阴影表明他们在这个地方干过活。

我加快了步伐。

在工作室门前，科利亚在等着我了，看起来仿佛突然来一阵风可能会把他吹倒。他指甲尖黑黑的。我知道他希望我问他一整个早上都上哪儿去了，但我无法让"列夫什卡的墓地"这几个字从我喉咙口冒出来。

3. 几个星期后，贴着美国邮票的一个包裹到了；上面写着伊琳娜收。她迅速打开，拿出一份薄薄的小册子和一封信。小册子宣传的是位于休斯敦米拉姆街 3407 号的科切托夫斯基芭蕾学校。

萨沙的美国梦。

一整页的个人介绍列举了亚历山大·科切托夫斯基十七岁在莫斯科初次登台亮相，二十二岁离开帝国剧院，作为独舞演员加入佳吉列夫的芭蕾舞团，后来又先后受聘于维也纳歌剧院，纽约的派拉蒙剧院和芝加哥的麦克维克剧院。介绍还因金·凯利[①]为"教我跳舞"表示感谢而格外生辉。只字不提在伦敦的尼金斯基一九一四年演出季。是糟糕的市场嗅觉？还是有意而为之，要完全把他自己同他的观众显然不会喜欢的尼金斯基试验割离开来？

"作为芭蕾及性格舞教师和编导，科切托夫斯基先生在全世界首屈一指。"

伊琳娜把信拿在手里，朝我看了一眼。"我请爸爸为我寄来的。"她说。

[①] Gene Kelly（1912～1996），美国电影演员、舞者、导演与歌手，《雨中曲》的导演和主演。

我在想为什么她觉得有必要作此解释。我不是向来鼓励孩子们写信给他们的父亲吗？萨沙——这一点值得表扬——一直都回信，大都是讲述他在美国的英勇事迹。起初伟大的休斯敦城一想到穿紧身裤的男子"在台上昂首阔步欢腾跳跃"就不喜欢。他们试图要吓跑他，指责他带坏美国的少年人，但他锲而不舍。现在他可以说他已经在得克萨斯州重新创造了俄罗斯的精华，舞蹈艺术在这里备受爱护。"美国了不起的地方在于，"他有一次在信中写道，"这里不需要一场革命来作出改变。"

从印在小册子上的工作室照片看，萨沙的头发剪短了，用发油弄得服服帖帖，一点灰头发都没有。他唇边一抹似笑非笑的表情。看起来依然英俊，自信满满，无忧无虑。我想到，他跳了一辈子舞，拿到最合适的角色，等跳完了就丢掉。

他并没有娶古德曼小姐。他孑然一身去的美国。

离开前他喝醉了酒过来看我。我们都在巴黎，他必然是刚完成一场演出，因为他还穿着戏服，脖子上系一条方巾，紧巴巴的外套腋下给跳完舞以后的狐汗都弄脏了。

我对于他最后的记忆就是这样子：萨沙腿脚摇摇晃晃，一张口一股伏特加味儿，历数着他的悔恨之处。娶了我害得他丧失了在芭蕾史上的一席之地。俄罗斯芭蕾舞团的年鉴上挖掉了他的名字，要不是我他现在准在里头成了明星。

已经在算术对决中赢了的科利亚——他和我在一起的时间超过我和萨沙在一起的时间了——却依然嫉妒他。"他会名垂青史的，"他说，"在休斯敦的历史上。"

"你想让我读读爸爸都写了什么吗？"伊琳娜问。

我不喜欢她声音里的颤抖，不过我点点头。

"最亲爱的女儿，"她慢慢读起来，力图稳住声音，"谢谢你上一封来信。给了我许多欢乐。"

我听到科切托夫斯基芭蕾学校都有等候名单了。学生们造成了轰动效应。萨沙依然在跳舞：他的玛祖卡舞和戈帕克舞都无与伦比。休斯敦对于俄罗斯精神还没感受够。金·凯利的担保仍然带来奇迹。他真是个大人物，好演员，名声在外。

伊琳娜的嘴唇开始颤抖；她的眼睛眨了眨。红了眼眶，眼白上满是血丝，又经历了一个不眠之夜。信的最后是萨沙对我和科利亚的热情问候，随后是告诫说要多写信。仿佛什么都没发生过一样。

"为什么他写来写去总是一样的内容？"我女儿问，把信扔到一边。随后丢一边去的是信封和小册子。列夫什卡要是还在，肯定早就要求看看邮票，找点稀奇的品种。一张错票，一张赝品。

"透过字里行间读一读，"我告诉伊琳娜，"按照我们读俄国报纸的办法来。你父亲希望你为他感到自豪。我父亲也是这么做，我也为此哭了。"

然而我女儿并不想要我的安慰。"信来的时候，"她擦着眼睛说，"我总是希望这次爸爸至少能提到列夫什卡。"

她啜泣时，我抚摸着她的背，然后伸出双臂抱住她，把她抱得紧紧的。我回想起在基辅时有一天，那是冬天里，我给妈妈搭把手，帮孩子们穿上衣服出去散步。毛毡鞋太紧，使得走路非常困难，由纽扣扣住衣领的大衣还有我系的围巾都太过结实了。我的指甲抓伤了伊琳娜的下巴，抓出了血。我舔舔手指头把她下巴擦干净。

"疼吗？"我问，对于我的笨手笨脚感到十分窘迫。

"不疼。"她说。

你怎么来告诉你的孩子不要太听话？不要太温顺？

"你知道我刚想起了什么吗？"我喃喃道。

她默不作声地看着我，这时我讲起列夫什卡四岁时在蒙特卡洛的事。佳吉列夫向他俯下身子，用手指头抬起他的下巴。"你知道我是谁吗，小朋友？"我儿子点点头，聪明伶俐，表情坚定，然后脆生生的声音响了起来,"你是大块头大胖子佳吉列夫!"艺术沙皇转身看我,他的声音突然变得毫无信心,压低成了耳语:"我真有那么胖吗,勃洛尼娅?说实话!告诉我!"

哈哈大笑。神奇的头脑把戏。

4. 若不是遭到波兰芭蕾界的驱逐,我就会在纽约了,为《克拉科夫传奇》四月的首演出现在世界博览会上。

报纸称之为"世界规模最大的展览",是"明日奇迹,现代电子纪元的开端。"埋入博览会场址地下的西屋电气公司时间囊将于六九三九年开启。列夫什卡会觉得这个做法太吸引人了。"光想一想吧,妈妈。"他准会倒抽一口气,尽管我猜不出埋到地下的那些物品中他会最赞赏哪一个。米老鼠手表?丘比特娃娃?《生活》杂志?

科利亚关于《克拉科夫传奇》的存档资料已经汇集成了一个厚厚的文件夹。在巴黎博览会上,这出芭蕾舞轰动一时,我作为编导获得了一枚金质奖章。

然而最终这也不足以保护我免受阴谋的算计。

我想象我华沙那些舞蹈演员们在纽约,准备好回到波兰。我好奇他们在九月会跳什么舞。

科利亚告诉我,我们还是应该去华沙待几天,收拾我的证件、编舞笔记和留下的无数东西,无非就当作是去度个假好了。我们在那里有还好友,他们都被所发生的事情弄得伤心不已。我的舞蹈演员们也是,他们向我保证说是我把他们培养成真正的艺术家。但一想到要跑这样一趟旅途我就反感得很。不仅是因为要经过德国——哪怕是过境都让我充满恐惧,而且因为我对遭到暗地解雇始终无法释怀。华沙大剧院的管理部门没有大大方方地通知我解除聘约,更别提告知我解聘的理由了。

正当这些念头在我脑海里翻滚时,电话铃声突然大作。通常科利亚会接电话,但这时他正在读杂志,所以我接起了听筒。

"瓦斯拉夫的疗效进展简直难以置信,勃洛尼娅。"罗莫拉的声音振聋发聩,我只好把听筒拿得离耳朵远一点,即便是我听不见的那只耳朵,"他的手彻底治好了。他不再乱扯乱抠他的手指头了。"

"你们还在明辛根①吗?"

"没有,我们在圣莫里茨。接受最后一轮治疗前,我们先过来度个短假。瓦斯拉夫很喜欢这里。明天我们要徒步去看瀑布。"

去年六月以来,在明辛根的精神病院,穆勒医生一直给瓦斯拉夫做胰岛素休克治疗。这是所有不可思议的疗法中最新的一种,"保证"能把我哥哥带回到我们当中。

在休克疗法之前,罗莫拉曾保证说埃米尔·库埃②和他的自我暗示疗法能见效,只须醒来时不断重复"每一天,我在各个方面都变得越来越好"。很简单,我嫂子承认,但能够扭转任何身体或者心理的疾病。再之前,还用过"那些医生不想让你知道个中奥秘的神奇草药";让一个僧人把手按在瓦斯拉夫头上作治疗;到卢尔德去祷拜;在巴黎参加一次的降神会上,佳吉列夫的鬼魂告诉罗莫拉说她很快就能看到瓦斯拉夫再次登台表演。

"您嫂子在犯严重的错误。"在罗莫拉把瓦斯拉夫转到明辛根之前负责诊治瓦斯拉夫的宾斯万格医生在七月时告诉我,那时休克治疗还没开始。"这就好比是企图用一把榔头来修好瑞士手表。"

当时我还尽量抱着希望。胰岛素帮了妈妈,让她在世最后几年能捱得过去——我为此找了理由。新出的药物比医生原先预期的作用还

---

① 瑞士城镇。
② Émile Coué (1857~1926),法国药剂师和心理学家,倡导自我暗示的心理疗法。

要多。但我看到经历过第一场休克疗法的瓦斯拉夫，他咕哝着胡话，怎么也止不住颤抖。他认不出我，也认不出罗莫拉。

此后发生的情况证实了宾斯万格医生的担忧。从罗莫拉快人快语的简单描述中，我大致了解了穆勒医生的治疗方法。如果经过第一次休克后没有昏迷，他就要两倍甚至三倍地加大剂量。迄今为止，头七个月的治疗依然没有什么起色，无非就是爆发过几次无法控制的怒火罢了。

"我就跟你说，"罗莫拉咬住不放，"你对他康复没信心。你不相信尼金斯基会再跳舞。你问了太多问题……背着我跟医生联系……寻求别的方法……破坏了信念的魔力……不让你哥哥有这最后一次机会来过完整的人生。你，勃洛尼娅，抱着你见不得人的想法，总是期待最糟糕的境地。"

我握紧双手，听凭自己的手指头深深掐进掌心；狠狠咬着嘴唇，直到尝到了血的腥味。得知罗莫拉·尼金斯基夫人是我哥哥唯一的监护人这一点真是让人痛心。

"科利亚在屋里吗，勃洛尼娅？"

"是的。"

"发生过那些事之后，还看见他，你怎么就受得了啊？"

这不是我想讨论的问题。尤其是不想和罗莫拉讨论。

"你还在吗，勃洛尼娅？"

我们巴黎公寓里的电话线很长。我可以拿着电话到沙发去，把电话放地上。再盖上个枕头，如果我不想看见的话。

"对，我在的。"

"我们走了很远的路，勃洛尼娅。拜访朋友们。基拉来和我们住几天。"

我仿佛能看见罗莫拉穿着她的黑色丝绸晨衣，上面带有中国刺绣，敞开着露出她的胸脯。拿电话贴着耳朵，恼火地翻着白眼。极力把她自己同她母亲划清界线的基拉也是一模一样的姿态。动作把家人联系到了一起，在彼此身上反弹来反弹去。假如我们能看见一部讲述父母先辈传承的影片，在快速播放之下，我们会看见什么奇怪的舞蹈呢？

"基拉只会让瓦斯拉夫厌烦。"罗莫拉喋喋不休。"他受不了她坐立不安的样子。还有她宠坏了的儿子老是尖叫。瓦斯拉夫没法像他现在这样好好休息。我们刚散步回来。"

我应该就在这当口结束对话。打住罗莫拉那些只关注自己的连篇废话，但我总是怀抱希望，说不定她可能透露出一丁半点我应该了解的事情。

"挂掉。"科利亚作口型默念，模仿把听筒放下的动作，"你用不着跟她多说。"

他从来都不知道真正的瓦斯拉夫。他无法理解哪怕这样的交流——虽说痛苦不堪，而且几乎可以料到有多么荒唐可笑——却也是通往我哥哥的一扇门，而他已经再也无法以其他方式向我伸出手来了。

从听筒里我听见罗莫拉喊喊喳喳的话语："瓦斯拉夫刚进来，在叫我了，勃洛尼娅。我们得走了。今天真是晴朗又和煦的一天呐。"

我听任我的手无力垂下。想起一句话，那是瓦斯拉夫日记里的片段——罗莫拉又一次进行出版的冒险尝试，她自命是瓦斯拉夫回忆的保管人：我讨厌群山。它们挡住了景色。我想远眺。我不想被封闭在内。

"她这一次又想干嘛？"科利亚问，一边把听筒从我紧紧抓着的手指头下拿开。

"他们要开始一场新治疗，"我边朝卧室走去边说，"在五月底的时候。"

5. 自谢尔盖·帕夫洛维奇·佳吉列夫在威尼斯去世以来,已经过去了整整十年,他生前痴迷的最后一位金童谢尔热·里法尔在卢浮宫举办佳吉列夫俄罗斯芭蕾舞团展,以表纪念。

"我想一个人去就好。"我告诉科利亚,他点头同意,或许答应得太快了一点。

我对展出的那些凝住的芭蕾颇不以为然。我不喜欢他们把松松垮垮、毫无生气的幕布和从仓库里给拉出来的布景放到过于狭小而又太过明亮的空间里,全都用玻璃罩起来,不能触碰。就像舞蹈演员的照片——只不过有助于唤起回忆——只是他们原先魅力星光的苍白影像。我更愿意把旧戏服捧在手里,因为它们至少承载着舞蹈演员身体的回忆,我情愿沉浸在那些褶皱、那些给撑大了的衣服之中。舞蹈早已结束而沾染的汗水依然留在衣物纤维中,使衣服变得松弛,颜色褪变。

里法尔称这场展览是他"知恩图报"而努力进行的尝试。讲完这句话,不管多么微乎其微无关紧要,他都细究周围每个人脸上是否有赞许的迹象。他想记录下他对佳吉列夫的感激之情,佳吉列夫曾对他说过:"你,谢尔热,长大后,将成为第二个尼金斯基。"

作为巴黎歌剧院芭蕾舞团的艺术总监,里法尔在众人看来完全配得上这样的说法。没有人会指出他触目惊心的疏漏或者质疑他的判断。为什么关于《春之祭》和《牧神》的内容少之又少?只字不提《游戏》?更别说我的《婚礼》和《母鹿》了。

我们就这样回忆过去吗?除了我们自己之外全都如此淡薄?

别纠结于此,勃洛尼娅,我命令自己。这无关乎艺术。

展览介绍单细细长长,平淡无奇得出人意料,上面印着试图再现佳吉列夫力量的一些回忆:"戏剧王子,艺术沙皇……为创造奇迹而生的卓越不凡的俄罗斯灵魂……在他身上充满了心灵的震颤。"

要是他,谢尔盖·佳吉列夫,现在还在世的话,又会怎样看待我们呢？他这些失去了靠山、彼此疏远的孩子，依然满怀嫉妒，依然你争我斗。谁更鼎鼎有名？谁对于他的继承权限更大？谁拿走了超出他或她应有的份额？我心想，已经不再上演的剧目中的那些角色纷纷在寻找另一个魔法师，希望魔法师能赋予他们以新的生命。这正是来访的一众记者以其敏锐嗅觉寻猎的报道素材。

新的俄罗斯芭蕾舞团——在佳吉列夫去世后再度重生了——如今分裂成两家相互竞争的舞团，针锋相对，为了争夺芭蕾舞、布景和音乐的种种所有权对簿公堂。

在展示出自《春之祭》的部分戏服的玻璃橱窗边上，伊戈尔·斯特拉文斯基身着悼念亡妻的肃穆黑西装，在记者们的簇拥下，讲述起关于"巴黎嘲笑艺术那一夜"的回忆。从他的话语中，我听出些许他自以为是的恶意语调，仿佛他不曾贬损瓦斯拉夫的编舞，在每次他认为瓦斯拉夫的编舞可能危害他的音乐的时候。

"记得那些嘲笑的喊叫声吗——'叫医生来……叫牙医来'？佳吉列夫曾经说过，创造的奇迹从未消亡，他那时候还真是说对了。"现在他告诉记者们，一边佝偻着肩膀对着手帕咳嗽了几下，"我，伊戈尔·斯特拉文斯基，有幸同最了不起、最才华横溢的人并肩共事。"

我注意到了这个细节，打算在这场混乱过去后，去问问他的健康状况。

我也被问及我在俄罗斯芭蕾舞团时期的情形。"不仅是舞蹈演员，尼金斯卡夫人，而且是舞团中唯一一位女性编导……请谈谈回忆，谈谈思考。"

"佳吉列夫是要求极为严格的老师。"我说，"对于他想象中的艺术形象深信不疑。随时准备为他所坚信的一切战斗。"

有位记者问我是否同意这样的说法，即认为俄罗斯芭蕾舞团那头几年是"文明开化、无拘无束的岁月，那时候我们依然相信永久和平的时代"。

"我同意。"我保留自己的观点,不足为外人道。

还有个记者问我是否有什么遗憾。

是的。

遗憾佳吉列夫和我没能共事更长的时间。不过我想试试我自己的运道。阐释我的理念。编排更抽象的舞蹈,一如我的实验性芭蕾协奏曲。

佳吉列夫准会阻止我:别回头,勃洛尼娅。想想俄耳甫斯。

一众记者、芭蕾批评家和摄影师或许争先恐后挤上来想听得更清楚一点,但他们真正希望听到的是没那么宽宏大量、狗血淋漓、洒着怨恨和痛苦的故事。他们想听嫉恨犹在、失望惨痛的故事。佳吉列夫的旧情人们那些滑稽逸闻总成为街头巷尾的消遣。里法尔和科奇诺曾为了争抢由谁来护送佳吉列夫的遗体而大打出手,掐住彼此的喉咙。里法尔向马辛下战书在中央公园决斗。尼金斯基发了疯。

"是不太好。"当片刻之后我问起他的健康状况时,伊戈尔·斯特拉文斯基告诉我。这一年坏事连连。"上主有他难以捉摸的安排。"

他也失去了一个孩子,然后又失去了妻子。个中痛苦他无需跟我多言,是吧?

不必多说。我们都记下了发生在我们身上的一切。不管是好是坏。

他认为上主在考验他,让他变得更坚强。

我觉得人生是一场被操纵的交易,我不得不战斗到底,直到我咽下最后一口气。

他之前住了好一阵子疗养院,现在依然身体虚弱。医生们都很担心,他只能告诉我这么多。还说他受邀到哈佛大学讲学,很快就要启程去美国。"换换环境气候,"他说,"行之有效的老办法。"

"你都怎么熬过来的,勃洛尼斯拉娃·福米尼奇娜?"他问道。

"就这么熬过来。"

"伊琳娜呢?"

"她害怕再跳舞。"

"随她去吧。她会缓过来的。她还年轻。"

"是的。"

顿了一顿,一声叹息。"我得告诉你些事情。"他说。

有那么一刻,我以为他打算讲点佳吉列夫的陈年旧怨。这个或那个背叛,狂发一通电报说谁欠了谁什么,谁向谁承诺了什么而又没有兑现。

然而斯特拉文斯基要说的是关于瓦斯拉夫的事情。

一九一六年,瓦斯拉夫当时即将要去美国跳舞了,请斯特拉文斯基和他的妻子卡佳照顾基拉。说他不想在战争期间拖着个三岁小孩航行穿过大西洋。"求你了,伊戈尔·费奥多罗维奇。"瓦斯拉夫请求他,但他拒绝了。他觉得基拉是个被宠坏了的孩子。他不想承担这份责任。卡佳已经病了。"我以为瓦斯拉夫会理解的。"他说,"然而当我告诉他,我帮不了他这个忙时,他只是站在那儿,然后放声哭了起来。"

我赶紧摸摸他的手安慰他。除此之外,还能指望什么,还能给予他什么呢。

有个我不认得的女人走近我们。年纪轻轻,黑发剪成时髦的波波头,纤弱的肩头披着一条色彩缤纷的披肩。"大师!"她神采飞扬地微笑着喊了一声,伸出手来,"我就想着会不会在这里见到您。"

大师挺直腰背,他那张夜猫子般的脸上堆满了笑容。

我们都有我们的慰藉。

我正要离开卢浮宫,这时候谢尔热·里法尔拦住了我。

"明辛根传来的消息真好,尼金斯卡夫人。"

他身子微微向前倾，陶醉在他的名望和他喜欢散布的流言蜚语之中。说什么佳吉列夫对我的芭蕾作品多么不以为然，我就是因为这个原因而离开了俄罗斯芭蕾舞团。我听说他在蜜西娅·塞尔特家的聚会上模仿瓦斯拉夫以博取宾客们一笑。

　　我身子一僵，后退一步。"什么消息？"

　　"胰岛素治疗。不可思议的康复！"

　　我想必是瞪着他，仿佛他已经疯了，因为他赶紧直起腰板。

　　"我前几天和罗莫拉夫人聊过。你是说她错了？你有别的消息吗？"

　　我喃喃说了点什么我嫂子出发点是好的，有权坚持她的观点，又说对于造成没有事实根据的希望的种种故事要脑子清醒小心对待。

　　我听起来说话太刺耳吗？疑心太重吗？

　　在我还去忏悔的时候，神父曾告诫我不要沉浸在痛苦中不能自拔。那会挡住上主的话语，他说。就像酸一样，会腐蚀为灵魂挡住绝望原罪的坚盾。

　　"告诉我，神父，"我问，"痛苦到哪里才是个尽头，见识又是从哪里开始。"

6.

　　到一九三九年六月，巴黎气氛骤然紧张，不知何去何从。"太多陌生人了，"人们抱怨道，"全世界的流浪者都涌到这里来了。就好像我们都能收容得了似的。"

　　在动荡年代，同情心只留给自己。

　　"我们离开法国吧，勃洛尼娅。"科利亚告诉我。我们在工作室，他经过一整个下午考察诡秘的"可能性"刚刚回到这里。

"到哪儿去呢?"我问。

"伦敦。"

在我收拾教学笔记、拿起舞蹈包之际,科利亚跟我说起了《芭蕾舞团射出的子弹》——一部带有喜剧色彩的恐怖推理小说,讲述的是一家虚构的俄罗斯芭蕾舞团的故事,我们俩前一阵子都读过而且挺喜欢的——这部小说将改编成电影。一位英国制片人眼下正在巴黎,为片中所有芭蕾舞的场景片段物色一些舞蹈演员和一位编导。九月中旬将在伦敦开拍,因此他们急需人手。

"竞争并不激烈。"科利亚继续说下去,语气急切了起来。马辛有纽约演出的聘约。福金已经在那里了。再说了,有谁能比尼金斯卡更合适呢?他们找我是他们有幸。还有伊琳娜。她可以跳芭蕾女伶玩偶一角,不是吗?这并不是登台演出。镜头可以重拍。她对此肯定不会反对!

"我已经看了剧本。"科利亚说着递给我一本封面上画着彼得鲁什卡、芭蕾女伶玩偶和摩尔人的小册子。"是部轻喜剧。"

聘约定下来后还会预先支付少量津贴,不管怎么说还是挺好的。科利亚无需跟我多言。随着政治局势日渐紧张,我们的南森护照显得越来越站不住脚。我们不属于任何国家,没有任何保护。看一眼地图不难确认,一旦战争爆发,英国要比法国来得安全。

我叹了口气拿起剧本。"挺有趣的。"科利亚恳求道。

他不必担心。我从来不反对欢笑。

科利亚已经读了足够多的内容,他告诉我,和小说一样,故事围绕着一位侦探展开,侦探被请过来办案,因为在伦敦演出的一家俄罗斯芭蕾舞团发生了一系列凶杀案。这家舞团就像我们当初的俄罗斯芭蕾舞团一样,每个人都回忆起那无与伦比的帝国气派。英国的舞蹈演员纷纷改了名字以便听起来像俄国人。受害者总是跳彼得鲁什卡一角的舞蹈演员。

科利亚说着的时候，我已经能看见自己编排的舞蹈场景了：有关彼得鲁什卡在音乐响起前就早早死去的景象；摩尔人和乐队争吵不休；舞蹈演员和乐师们弄错了提示音，要么太早要么太晚。

这其实并不难。

我会和制片人见个面，我告诉科利亚。

在眼前这个紧锣密鼓准备发动战争的世界，最新的限令禁止打电话到酒店去同时也禁止从酒店打电话到外面，所以科利亚不得不充当起信使来。他马上到斯克里布酒店去，约定明天会面。一点时间都耽搁不得。一旦消息传出去了，会有其他人出来竞争，没那么合适但或许更加残酷无情。

只是到了那天晚些时候，当科利亚带回消息说午餐会面安排好了就定在周日，这时我才真正被可能离开巴黎这个现实击倒。那比离开俄国还要难过，我心想。这里发生了太多故事。太多人被埋在了地下。

周日早上我告诉科利亚我会在一点钟和他在斯克里布酒店门口碰头。我需要一些时间一个人待着，我说。我想要全身心沉浸在巴黎中，把巴黎藏到我的身体里。

我丈夫点点头，俯身亲吻我的嘴唇。

我别过了脸。

"我期待今天就能拿到邀约。"科利亚欢欣鼓舞地说着，掩饰着他绷紧的两腮。"还有谁能比你更棒呢？等到了八月底，我们就都在伦敦了。"

我先到达吕街，到东正教堂，在那里的小庭院里，在通往前门的台阶上，俄国乞丐们喃喃求着："赏点钱给原来的知识分子吧……可怜可怜新劳动法下失业的受害者吧。"喝了太多伏特加而鼻子发红。到处可见撕破了的制服外套用安全别针别住。有个乞丐提出可以为我回忆涅瓦大街上的招牌:"街道两边,按照顺序逐一列举。"

我口袋里只要还有硬币就尽量施舍给他们,但我怀疑所谓的乡愁困境。听说这个或那个原来的大公夫人做亚麻布刺绣还是做帽子或是被迫打扫自家地板,我完全不觉得有什么好生气的。

他们都活得好好的。

门厅基本都还空荡荡的,因为礼拜仪式还要过一个小时才开始,我买了七支蜡烛,走进门去,经过顶端镀金的大红廊柱。这里总让我惊讶,小小的教堂布满密密麻麻的彩绘马赛克和圣像,静谧且肃穆。

我走到中间,列夫什卡的灵柩曾经就摆放在那里。我按照波兰天主教的方式在胸口划十字。不是出于挑衅,而是习惯使然。我对着自己喃喃低语的昔日祷词也都是用波兰语说的。这是我所知道的唯一的方式,聊以安慰故去的那些灵魂:列夫什卡、妈妈、斯塔西克、父亲、费多尔、谢尔盖·帕夫洛维奇。还有瓦斯拉夫,尽管他还活着。我感觉仿佛有个恶魔紧随我的脚步,吞噬我所在乎的一切。一开始吞噬的是地点和物品,还不够,然后吞噬起了人。

念完祷词,我点燃七支蜡烛,放在圣母像前。我请求原谅,原谅我对科利亚生硬冷漠,原谅我夜里转过身背对他。原谅我不愿在他哭泣时把手放到肩头安慰他。我恳求再多假我以时日。

教堂对过是一家小小的街角咖啡馆——彼得格勒城咖啡馆。我不常上那儿,因为总是太过拥挤,装饰太过俗艳,不过今天我破了个例。

唯一的一张空桌位于沙皇尼古拉的印刷画像下,画上的他骑着马,三驾马车拼命奔腾着穿过白雪皑皑的原野。桌布是红色的,餐巾则是明黄色。我身边的置物架上放着一个小不点瓷质茶炊,和瓷鸭子摆件以及描花漆盒挤挨在一起。

女服务员年纪轻轻,客人们此起彼伏招呼她做这做那的,几乎让她手足无措。她披在肩上的头巾磨出毛边了，色彩依然鲜艳，蓝色和绿色相间，是孔雀的颜色。

我要了一杯茶炊茶和瓦特鲁什卡，也就是俄罗斯乳酪蛋糕。

"我推荐榅桲蜜饯。"女服务员说道。她的俄语已经是在这里学的了；念起俄语 r 这个音，她像说法语一样发的是小舌音。

"你叫什么名字？"我问。

"坦妮娅……坦妮娅·彼得罗夫娜。"她很快加了一句。

她有份工作，这情况在法国现在——每个月劳动法都不断推出新规定，限制雇用外国人——无可耻笑。是她的父母获准成为法国公民了？倘若她有个兄弟的话就更有可能。对法国当局而言女孩子派不上用场。而小男孩毕竟将来有可能成为法国士兵。有那么一瞬间，我想象她也在勇士夏令营。和列夫什卡在一起。她同他年龄相仿；现在他应该已经二十岁了。

"谢谢你，坦妮娅。"我微笑着看她进了厨房，消失在我的视线中，那儿飘来干蘑菇和熏鱼的味道。

我点燃一支香烟。第一口烟直冲脑门。我闭上双眼，感觉自己有点摇摇晃晃。当我再吸一口以后，眩晕的感觉就过去了。

坦妮娅送上了我点的那杯茶，边上还放了一片柠檬和一些方糖块。瓦特鲁什卡端上来的时候热乎乎的，还点缀着一团掼奶油。赶在甜点冷掉之前，我吸完最后一口烟，向下轻轻掸掸烟灰，在沉甸甸的烟灰缸里掐灭烟头。

随着我搅动茶水，方糖渐渐融化。柠檬使得茶水颜色变浅了一些，在其中增添了些许微妙的酸味。我双手捧住热气腾腾的茶水，捧了好一会儿。这是个老习惯，源自在基辅度过的那些冬日，当时每一份温热都得紧紧抓住不放。

"斯大林在做什么呢？"我听见旁边桌上的两个人在说，"他杀戮了又杀戮。那希特勒在做什么呢？他在斯大林的学校里学他这一套。

差不多已经拿到结业文凭了。"

科利亚在斯克里布酒店门口等着我,沿着人行道走来走去。从这个视角看,他更显纤瘦修长,占据的空间微乎其微。像是安徒生童话中那个被自己影子取而代之的人。科利亚一看见我,他拉长了的憔悴脸庞顿时一亮,他挥挥手,仿佛我没注意到他。

"我没迟到吧,科利亚,没有吧?"

这句话可以当作是个问题——甚至有点道歉的意味。

"没……你没迟到。我们有时间的。"

他的眼睛迅速一瞟,估摸着大致情况;那是一向小心警惕之人的眼神。他悄然把手放到我手臂下,扶着我的手肘,我们一起走进铺着地毯的大堂。夫唱妇随。

娄德先生身材矮胖,但穿着考究。我注意到他的西服非常合身,戴着金袖扣。他两颗门牙之间有道缝。我们握了握手。他手掌很温暖,因为带着汗水而潮乎乎的。他已经为我们挑选好了靠窗的位置。他推荐点兔肉。还有维希冷汤。

"我没那么饿。"我说,"我用不着点汤。兔肉就好。"

我一屁股坐进椅子,走了太远的路,两腿都疼了。右脚——我在阿根廷受过伤的那只脚——更是疼得厉害。疼痛颤动着向上蔓延,直抵胫部。

我们聊了一会儿。聊伦敦,聊巴黎,聊气候上的不同,习惯上的差异。

娄德先生身边有一只黑色公文皮包,但他并没有要打开来的意思。他有些问题想问我,如果我不介意的话。

我当自由职业者已经有相当长一段时间了。我知道不要显得太过急切。没错,我已经读过小说也读过剧本了。剧本保留住了小说原著的幽默感，给我留下颇为深刻的印象。舞蹈编导内瓦伊诺给人感觉特别好。他的象征主义芭蕾只用汗衫来表现舞蹈这一点构思尤其巧妙。红汗衫代表生气，棕汗衫代表正在说话。群舞演员嘴上绑着绷带。一切都处于构成派布景之下，楼上是大飞机，楼下是监狱。

在电影中，我们可以在内瓦伊诺向导演陈述他想象的景象时，将整个舞蹈场景闪现出来。

娄德先生点点头，显然很满意。"不出我所料，尼金斯卡夫人的聪明点子是一个接着一个。"

我穿插了可能用到电影中的更多细节和逸闻。我不是见过表演《彼得鲁什卡》最好的舞蹈演员吗？尼金斯基，马辛。我不是在瓦斯拉夫身边跳过芭蕾女伶玩偶的角色吗？"佳吉列夫最青睐的舞蹈演员们，"我告诉娄德先生，这时他字迹潦草地匆匆记下来，"穿白色帆布衣服，夹克，戴平顶硬草帽。"

科利亚碰碰我的手肘，示意我做得有点过头了，暗示该让他来接手，不要显得太强势。他的眼睛在警告我：你不想显得太固执、太雄心勃勃，过于坚持你自己的想象吧。

我深吸一口气，渴望吸支烟，可还得等到我们吃完饭才行。两位服务员端上我们的午饭。兔肉给我和娄德先生，鸭肉给科利亚。

我四下张望。和达吕街上的咖啡馆不同，这里大都是女客，头戴时髦小帽，前额上披挂着黑面纱。她们的香水飘荡在空气中。可可·香奈儿再度征服了巴黎。

我是不是本该戴上帽了？

我吃了几口兔肉，对他建议点的兔肉赞不绝口，确实美味，粗颗粒的芥末酱弥补了清淡的肉味。

娄德先生举起叉子，宣布的时刻到了。我的名字，他说，出现在他与纳希莫夫先生对谈之际，他是电影导演的头号人选。

我微微一笑。纳希莫夫是俄国人。他已经拍了一部巴甫洛娃的电影，我挺喜欢的。他作为受到优先考虑的导演，预示着项目被人看好。

"深感荣幸。"我说。

"纳希莫夫是对的。"娄德先生往下说，在小口吃下他悉心用柔滑的酱料涂抹过的兔肉的间歇。"您，夫人，将是芭蕾舞场景舞蹈编导的不二人选。指导演员们学会正宗的俄罗斯风格。或许您还可以亲自上场跳舞？"

"我不再跳舞了。只是编导，老师……年轻一代得接手了……要让他们有机会脱颖而出。"

我不失时机地提起了伊琳娜。让娄德先生想象片尾字幕：伊琳娜·尼金斯卡扮演芭蕾女伶玩偶。

"是的。"娄德先生喃喃道。纳希莫夫先生会很开心。"那么，达成一致意见了，对吗？"

科利亚在我身边，往后靠进椅子，长舒一口气。我很高兴可以借故离开，不用参与商讨细节。聘约——从娄德先生那尴尬的咧嘴一笑不难看出——不会有多慷慨。他知道我们没底气介意。我们知道他对此心知肚明。

我们选了各自的甜点：炖梨，焦糖奶冻。咖啡端上来，可以吸烟了。烟头点上燃起来，我吸入带着烟味的希望，眼巴巴期待因我遭受过损伤的听力而过于微弱却在记忆中依旧清楚的声音：枝叶燃烧的噼啪声。

"您想必非常开心吧，瑞士传来的最新消息。瓦斯拉夫·尼金斯基奇迹般的治疗！他的归来大有希望！"娄德先生是在尼金斯基基金会每个月发布的公告上读来的这则消息。

我们那么容易上当吗？还是我们太渴望得到好消息了？

科利亚在我旁边不由绷紧了身体，准备跳出来帮我挡一挡，我反应更快，已经给出了种种警告。瓦斯拉夫差不多五十岁了。他已经二十多年没跳过舞了。即便他现在完全康复……

娄德先生点点头，勉勉强强，没有掩饰他的失望之情。瓦斯拉夫·尼金斯基——登峰造极、空前绝后的彼得鲁什卡——他奇迹般的归来本可以作为电影宣传的一记漂亮大招。

我从椅子上起身，借故说还有约谈在即，尽管娄德先生已经打开了公文包，拿出合同来。"我丈夫会负责商业合作上的细节。"我匆匆说道，"我可以保证很快给您答复。"

科利亚用恳求的眼神看着我：别做什么事情把这出合作搞砸了。去吧，但什么都别说了。

我微笑着把手伸向娄德先生，他也起身——动作笨拙，想必观察过却练习颇少——亲吻了我的手背。

"剧本很好。"我说，"纳希莫夫先生的参与也是好兆头。"

我头也不回地离开了，飞快伸进手提包里去掏早上买的吉普赛女郎香烟。我拿出一支烟来，用大拇指和食指一卷，深感失望，因为感觉干巴巴的，已经走味不新鲜。街头小贩塞给我的想必是他最旧的那包烟。

7.

这段对话花费了尼金斯基基金会一小笔钱，尽管比起专家问诊、胰岛素治疗、私人护士和头等住房以及伙食来说算不了什么——但我推测花了至少有七千法郎。穆勒医生的"专业水准"可不便宜。

"你读过报纸了吗，勃洛尼娅？"罗莫拉说起话来总是声调高亢，现在简直高到天上去了，不知道在什么刺激之下，比她平常喝的杜松子酒劲道还猛，吗啡还是可卡因？注射的还是吸入的？还是又一番爱意？

"伟大的尼金斯基在瑞士一家精神病院里再度起舞。现代医学的一场胜利。"标题弹眼落睛。《巴黎竞赛》画报刊登的照片显示我那位曾经英俊潇洒、柔韧又强壮的哥哥已经变成了一个矮胖子;他不合身的西装——我不可能不注意到——在罗莫拉丝滑的香奈儿裙子对比之下显得更不像样了。

"对,勃洛尼娅,瓦斯拉夫完全康复了。"

报纸记述了一家挤满记者和摄影师的医院大堂。罗莫拉和瓦斯拉夫走了进来,她的手牢牢撑住他的手臂。谢尔热·里法尔——"亲密的友人和尼金斯基的学生"——就在他们身后。"期待已久的时刻到了。"援引里法尔的话,他说着指指把杆。

配以报道出现的照片讲述的则是完全不同的故事。跳舞的是里法尔,瓦斯拉夫凝视着他,撇嘴露出一抹哀伤的微笑,然后向他鞠躬,跪下来摸里法尔的小腿。这时突然出现了奇迹般的一幕:瓦斯拉夫跳了起来,虽处于一个笨拙的跳跃之中,但图片形容是"迄今为止无可匹敌的尼金斯基著名的击腿跳"。

"里法尔先生声称这是他生命中最美妙的时刻。'能够将舞蹈之神从沉睡中唤醒,在其他许多人——无疑比我更优秀——都失败了的情况下。'"

我心想,名望就像腐肉,总是引来鬣狗。

"你能听见我说话吗,勃洛尼娅?你还在吸烟吗?瓦斯拉夫受不了有人吸烟。"

这就是罗莫拉坚持要我看到的景象:瓦斯拉夫在酒店餐厅里吃午饭;在看得见山景的阳台上打个盹休息。瓦斯拉夫穿着米色羊毛衫听收音机广播。听到希特勒的演讲时浑身打战,马上转调动旋钮换台,去寻找听上去慢悠悠从容不迫的声音。BBC是他最喜欢听的广播频道。

放下听筒,我肯定看起来焦躁不安,因为伊琳娜正眯起眼睛观察我。她身上有妈妈的许多影子。样貌优雅，动作轻快。

"罗莫拉舅妈，舞蹈女神？"她问。

我点点头，闭上双眼。免得眼泪落下。

8.

我们很幸运。我们前来英国大使馆申请办理英国签证，能从办事员的眼里看出这一点。他三十出头，长得干干净净，文质彬彬，很清楚自己有多重要。

"您在伦敦要做什么呢，尼金斯卡夫人？"他问。

科利亚在我身边，随时准备为我重复一遍我可能没听清的问题。他无视六月的温暖天气，穿上了双排扣灰羊毛条纹西装。他身上有股亮发油的气息，杏花香味，和佳吉列夫喜欢的味道一样。

在办事厅里，我们被带到一张办公桌前，除了便笺本和一本用缎带系着的厚厚的卷宗之外，桌上几乎空无一物。我心生好奇，是不是卷宗里面囊括了英国人对于我们所了解的一切情况。抑或那只是摆在那里吓唬我们的而已。

我的聘约在办事员手里。我完全按照合同里具体说明的条款复述了一遍，注意没有一点差池："为电影编导芭蕾舞的场景片段。根据场景片段需要雇用获得导演和制片人认可的舞蹈演员。指挥排演。"不出我所料，条款非常严苛，有一系列的限制要求。我必须依照导演想象的场景进行编导。我不能违反合同，否则有相应的惩罚，但制片人可以随时取消合同，不限理由，没有赔偿。

伊琳娜在我们之后接受面试，单独问询，因为她二十六岁了，不再是我的被监护人。多亏科利亚的坚持要求，合同条款包括了她，作为电影中的舞蹈演员之一。在我们来大使馆路上，我让她复述了一遍资历：初次亮相是在伦敦，与奥尔加·斯佩西夫采娃同台演出；曾先后担任过伊达·鲁宾斯坦舞团、尼金斯卡编舞剧团和波兰芭蕾舞团的芭蕾女伶。伊琳娜跟着我全都复述了一遍，但从她嘴里说出来的这些词听起来并不像什么了不起的成就。

"请出示您的护照。"

科利亚的腿上放着浅顶软呢帽，他把手伸到胸前口袋里掏出我们的南森护照递给办事员。在法国，南森护照总是招致说三道四。我们备受批评，因为对于南森护照"抓着不放"，不肯成为法国人——仿佛我们所有人都可能成为法国人似的——执着于我们已经失去的俄罗斯帝国之梦。而拿苏维埃护照的俄国人认为我们再也不回去了因而也看不起我们。

在英国大使馆，我们的无国籍状态并非不利条件。在英国人眼中，法国日渐赤化，和苏联越发亲近。拒绝成为法国人被视作是谨慎明智的标志。

科利亚和我都被问到在基辅的岁月。我们是怎么离开俄国的？有家人在那里吗？还和谁有联系吗？

我们是逃出来的。科利亚有两个姐姐住在那里。这六年来没有联系过任何人。

办事员有个讨人厌的习惯，就是在他提问的时候，总是埋头在写便笺上写字，都不抬起头看看，然后又像个小学生做白日梦被抓个正着似的，猛地抬起头直勾勾地看着我们。我抬眼遇上他的目光，很好奇我们脸上有没有透露出什么来。绝望？恐惧？

大使馆门口排的队一天比一天长。巴黎火车站的"游客"成群结队，他们到最便宜的旅馆去，试图随便找到什么人，只要能把他们弄出法国就好。英国在最吸引人的目的地名单上排行第二，仅次于美国。英吉利海峡在地图上看起来或许微不足道，却是能够赢得时间的屏障。

"请回等候室去吧。"办事员说道，"我们会叫你们的。"

等候室人头攒动但并不喧闹。我大致看了看人们的脸，寻找是不是有谁我可能认识。男人们都穿着西服，手里拿着帽子；女人们穿着夏天的裙子，轻便的外套披在肩头或者叠起来搭在臂弯上。一对父母带着两个小孩待在角落。孩子们都坐在父母腿上，大一点的那个孩子安安静静，但他弟弟在抽抽搭搭地哭。做父亲的逗坐在膝上的孩子，把他的腿抬起来又放下。显然小男孩没有被这个对于快步跑的马匹的拙劣模仿所吸引。一位上了年纪的老妇人——说不定是祖母——在她包里一掏，变出一只广受欢迎的泰迪熊。男孩摇摇头把脸埋到父亲的胸口。

半个小时后伊琳娜也到我们这里来了，朝我微微一笑，我放心了。她穿着黄色的双绉纱裙子，看起来气色很好，几乎像个小女孩一样。想必是白领口映衬得好，还有就是没有涂口红。站在门边的一个年轻人看着她。她肯定注意到了他对自己感兴趣，但不动声色。她在波兰芭蕾舞团跳舞时，我经常看见她和群舞队的一个舞蹈演员聊天——尤里克。我尽量不在看到这些情形时抱以什么希望。我以为要是真的谈起恋爱了她会自己来告诉我。然而她并没有。

"他问起了我的父亲。"伊琳娜说，"我告诉他，他在美国。"

科利亚在房间里踱来踱去，手里拿着帽子。我和伊琳娜一起站在窗边。

时不时就有个名字被喊到。所有眼睛都跟随着这些匆匆跑出等候室消失在走廊中的人。没有人折返，所以不好说结论是什么。从我们听到的情况看，大多数签证申请都被拒了，但这都是小道消息，没有官方确认。我们认识的许多舞蹈演员已经受聘于马辛，参加九月大都会歌剧院的制作演出，他们正在申请美国签证。其他人坚称葡萄牙签证是最容易搞到的。

"罗森伯格先生！"

窗边一阵骚动。孩子们被放到了地上，一家人跟随父亲走出了等候室。没有拿上泰迪熊,我注意到,因为玩具正躺在椅子底下。我过去想捡起来,但没等我伸手,那位祖母回来拿走了。我们相互看了一眼。她表示释然,我表示理解。

"尼金斯卡夫人!"

这时候我明白又要开始一场逃难。我们得知,我们的英国签证将在两周后签发下来。有效期为六个星期。

六个星期就是一个半月。如果这不是最终的救赎,那至少也可以说是解了燃眉之急。电影可能要拍上不止六个星期,或者这过程当中也可能出现其他的编导聘约。玛丽·兰伯特在伦敦经营一家芭蕾舞团,塔玛拉·卡尔萨文娜也在那里。我们比许多人都幸运。尼金斯基这个名字依然能敲开许多扇门。

现在我们必须清空巴黎的公寓了,结束我们在这里的各项事务。把这次离开当作是暂时离开固然在心理上可以轻松很多,但那未免也太天真了。

我们搭乘出租车回家。

出租车司机一直说个不停,长篇大论的独白,丝毫不受我们默不作声的影响。他知道我们是外国人——我们的口音总是出卖我们——知道我们不会跟他争论他关于世界的麻烦问题从何而起的判断。他宣称德国的侵略必须被遏制住。德国贪得无厌,对弱者永远不会有一丝怜悯。法国本应该适时帮佛朗哥一把,阻止他和希特勒以及墨索里尼结成联盟。虽说他喜欢墨索里尼。"法西斯不是纳粹。再说,墨索里尼让火车都要准点运行。"

我听着,时不时含糊其辞地嗯啊几声,好让出租车司机说下去。知道别人怎么想很重要。就跟保留我们的想法不讲出来一样重要。说出去的话就像泼出去的水,不知道最终会飘到哪里。

9.

伊琳娜坐在地上，周围都是空箱子，箱子上标记着"我们带走""烧掉"或者"扔掉"。多数大一点的盒子上标有朋友们的名字。里法尔主动表示巴黎歌剧院的更衣间有空间可以放东西。这一提议边上打了个大大的问号，这就是科利亚或者伊琳娜对于我的担心所作的让步。

妮娜·尤申科维奇是一位住在巴黎郊外的老朋友，我这些年在俄罗斯芭蕾舞团、科隆大剧院、伊达·鲁宾斯坦舞团和华沙大剧院工作而积攒下来的所有剪贴簿、文件夹和戏服存放到她那里。她有座大房子，不介意长久地保管我这些档案资料。"我不知道要多久。"我在电话里事先给她打了预防针。她反问："我们从来也都没有知道过吧，勃洛尼娅？"

科利亚说服了我们的门房，让我们在搬出去之后还能保留阁楼那个女仆的房间。我原创的芭蕾舞剧《木偶》和《在路上》剧中的戏服都放到阁楼去。我丈夫已经在戏服上撒了胡椒粉，用丝网眼纱都包好了。这些戏服并不是演出中使用过的戏服。是亚历山德拉·埃克斯特，我在基辅的老朋友逃到巴黎后，为我重新制做出来的，此前那些原来的戏服都因为欠了别人的债给没收了。

尼金斯卡编舞剧团并没有佳吉列夫运作资金的铁腕，也没有伊达·鲁宾斯坦用之不尽的遗产。我们不知道在股灾中如何安然度过，不知道如何保护自己不受骗子欺骗。妈妈要是还在肯定会提醒我，这一命运是我罔顾她的告诫自己选的。而我也会不耐烦地叹一口气，向她指出她所珍视的安全也有其束缚，只不过没有紧得发疼罢了。

"不是那边。"伊琳娜告诉我，我想帮忙收拾，结果把关于我上演《哈姆雷特》的新闻剪报错放到那一堆里去。

伊琳娜还提醒我，我们得去购物。英国有灯火管制。我们需要电池、蜡烛、火柴、真空包装的咖啡和黑色卷纸。还有长筒袜，上好的皮鞋。系带拷花皮鞋。"他们在造另一个防空洞。"我问起街上响起的风钻噪音怎么回事时，我们的门房说。汽车纷纷驶离巴黎到乡下去。卢浮宫正忙着把珍宝都打包装箱。

"我的冬大衣还挺好的。"我说着手掌一拍打死了扑着翅膀的一只飞蛾，"但我们得给你买一件。这里买比英国好。"

我女儿点点头。饭厅里旅行箱和手提箱排成一排，都敞开着，散一散霉味。有飞蛾表明应该检查一下毛料衣物，估摸已经造成了多大程度的破坏。妈妈曾经在储藏箱里丢了一把丁香。我从来没问过她这个办法是否有用。

"还有樟脑丸。"伊琳娜说，"我来列个清单。"

伊琳娜胖了一点，不算多，但也足以让她的五官都圆润了一些，更显可爱。她的身体不再是演奏的乐器，而是一处港湾。她不再进行早晨的例行练习了。如果我提醒她的话——我尽量不那么做——她会低眉顺眼地来一遍那些姿势，但仅此而已。如果我在她完成之前离开，她也就停下不练了。"求你了，勃洛尼娅。别把她逼得太狠了。"科利亚求情。

不过，当我们谈论起切实直接而又办得到的事情，我们之间就有点对换过来了。伊琳娜占了上风，我则缩小了一些。她立场坚定，而我开始摇摆。

"看呐，妈妈。"伊琳娜咯咯发笑让我回到现实中来。

我走到她身边，她递给我一张昔日的图画。那是科利亚尝试保存下来孩子们拼出来的十四巧板的图案，我回忆起当时对于他们的灵巧本领惊讶不已。"你当时没猜到吧？"她问。

"猜到什么？"

伊琳娜没有回答，而是递给我一份杂志，其中有几页折角以示标记。我打开看见两个熟悉的图形：一个打伞的老妇人，一个倒立的人。我的孩子们用一场比赛中的两个获胜的拼法耍了我们。

"那是我的主意，不是列夫什卡的。"伊琳娜承认，"虽然我马上就想承认了，但他不肯。"

10.

大家一直在跟门房克拉韦特夫人打听消息。她说有个女人看起来矮胖有威严。还有一个女人年轻一些，红头发，外国口音。俄国人？我问，但克拉韦特夫人不太确定。

科利亚读的俄国侨报已经报道了在巴黎又暴露了一个契卡间谍，一个白军军官遭到绑架。有个笑话在流传——"基督复活了！"复活节那个周日早上，苏联大使听到这消息。"我知道，"他回答，"我早就已经收到报告了。"

我的不安显而易见，因为克拉韦特夫人气呼呼地说："不过，夫人，她只是听说你要离开法国了，在问租约的事情。"那股恼火劲儿意思是：这些俄国人真是敏感得不得了，穷究细节不放。仿佛整个世界都是间谍和叛徒似的。

"他们也早晚要学到教训的。"妈妈曾说过。

我的听力越来越差，嗅觉倒是灵敏起来。在我们站着聊天的门厅，有一股焦油和克拉韦特先生用来磨刀的磨刀石味道。还有克拉韦特夫人没洗掉的猫尿的味道。

隔壁的鞋匠正在敲敲打打。我喜欢他，这个人很了解脚的情况。知道脚都是怎么老化，长出茧来，使得原先合脚的鞋变了形。修平破损的鞋跟，换鞋底，量脚做鞋。好的鞋匠向来都是舞蹈演员的朋友。

"米龙先生怎么样？"

克拉韦特夫人一向随时都能聊八卦。"严重咳嗽到第二个星期了……他儿子在军队，原本说来看他的，结果探亲假给取消了……战争肯定比他们说的要来得更早……你都怎么撑下来的呀，尼金斯卡夫人？"

我忘了在脸颊上打腮红。用一点舞台表演的技巧来挡掉不想回答的问题。每次用一个小动作就可以驱散思想的阴暗。如果跳掉一步，省略一步，整个结构就坍塌了。

我心头一紧，喃喃说了句我有急事得赶紧走了，然后走上街道。

通往圣旺门的小路两边都是殡葬用品店。鲜花、花圈、墓碑、石碑。我买了两只玻璃杯装的祭典蜡烛，绿色的给妈妈，琥珀色的给列夫什卡。这次我不留鲜花，因为在夏天的热气下鲜花马上就枯萎了，我付钱给看管人，我们不在巴黎期间，让他每年春天种水仙，秋天种菊花。

我一个人到这里来，不顾科利亚恳求的眼神。

墓地办公室就在大门后，"安息"这个词刻在石头两面。我先上那儿去，在悲痛之情还能控制得住的时候。

办公室里只有女人。男人，特别是年轻小伙子，变得越来越稀缺。其中三个女人在一张摊开的报纸前面悄声低语，一边还指着下面一角的什么东西。第四个女人年纪最轻，看见我进来，便离开她们，问能帮我做点什么。她按照法国审美标准来看很漂亮，身材苗条，黑头发，举手投足十分自信。她手指头上有一枚订婚戒指。并非特别昂贵的，但很有品位。

我要办的事情很简单。支付两小块地和看管人的费用。"要多久呢，夫人？"办事员问。她吐气间带有薄荷的味道。

这是个很简单的问题，我原本应该预料到的，但我只能说我不知道我什么时候回来。战争和革命让这样的安排尤如明日黄花。在俄国，斯塔西克的坟墓肯定早就没了，他的尸体被迫要给后来去世的人腾出空间。

"我带了七千五百法郎。"我说。

柜台这头的年轻女子看起来并不吃惊。显然我不是第一个提出这样模糊的要求的人。

她不是芭蕾舞迷。她问了我两遍尼金斯基怎么拼写。"这是俄国名字吗？"她问了起来，我点点头。俄国，波兰——对她来说都一样，我不想回答太多问题。

手续很快办完了。地块直到一九四七年都属于我，日子感觉很抽象，但遥远得足以有所保障。看到收据就是张小纸条时我松了一口气。我会交给伊琳娜，和我们随身带去伦敦的文件放在一起：出生证和死亡证，学校的成绩报告单，受聘记录，证明我们曾是什么人的过期护照和身份证。

妈妈和列夫什卡长眠的墓地留有科利亚祭扫过的痕迹。墓碑边上生长的那丛玫瑰近期刚修剪过，通往玫瑰丛的砾石小路搂耙得干干净净。祭典蜡烛都聚集在一起，准备被点燃。

墓碑很简单，没有任何雕饰，按照我想要的方式做的：

埃莉诺拉·尼金斯卡 1856—1932

列夫·尼金斯基·科切托夫斯基 1919—1935

"你在怪我，不是吗？"科利亚在葬礼后垂下头说。"每一天我都希望死去的是我而不是他。"

墓地边上的木头长凳陈旧不堪，多年岁月下来破破烂烂。我坐下来，眨眨眼睛，擦去眼里的泪水。

我用波兰语祷告：哦，上主，请赐他们永远的安宁。

我已经用控制策略让自己在这次探望中坚强起来。悲痛伤心的时刻。宣泄出来然后就到此为止。事情却没有那么简单。

我身体里承载着我儿子的记忆。他细长的胳膊就在我身体里。他剪得短短的头发毛扎扎的。我用手擦他脸上的煤烟污渍时轻轻松松就擦掉了。

沉甸甸的时刻挥之不去。眼前出现了黑色斑点。

到了该离开的时候，我沿着两旁栽着树的小路走回到大门。在很长一段时间，有一种生活即使没有我日子也能继续过的清晰感觉，仿佛一片玻璃把我同现实隔离开了。

　　我并不怨恨它的防护。至少比过去四年以来强烈的痛苦要好。

一九三九年十月十七日

突如其来的死亡将一切隐藏的显明出来，尽显残酷。留在身后的东西，不管多么细枝末节，都逃不掉窥探的眼睛。在我死之前，希望有时间检查一遍我还拥有的东西，把真正重要的与无甚价值乃至让人误解的那些都区分开来。毁灭我不想让人尾随而至的种种踪迹。

接下来这黎明前的几个小时是我得以独处的全部时间了。

除了那些文笔流畅的纸页之外，吕宋纸信封里还装有大量没写完的笔记，抄写的片段，同一段话各有变化。有一张纸上写满了我儿子名字的各种不同版本：列夫·瓦斯拉夫·斯坦尼斯拉夫·亚历山德罗维奇……莱昂……尼金斯基……科切托夫斯基。

在二〇〇〇年，远程的全息视野机器能让旅行者看见家里发生的情形。无线电能让我们听见全世界一切声音，无论是在陆地上还是在海洋上。对于这些远距离的可视电话将有特殊的处理中心。空中传输照片和影片在瞬息之间就能实现。

瞧，二〇〇〇年的生活真值得一过。

为什么我必须学音乐？为什么我都懂得怎么弹琴了还不够？

我不想当音乐家。现在已经没有人喜欢艺术了。如果没有人需要，那为什么我们还要从事艺术呢？就这个问题，我问过了妈妈，但她也只是说所有艺术家都有困惑。她拒绝接受我不是艺术家这一说法。

"你个白痴，"沃瓦冲着我和 J-P 喊。"还有你们胡里花哨的男孩子。"

我转过身向他走去，抓住他的衣领。他喘着气，对我怒目而视。他脸上有淤青，有抓痕。一摊口水积在他嘴角。

"你说什么？"我问。

"白痴。"

我又揍了他一顿，把他鼻子打断了。

我不怕死。那无非就是一个瞬间。一眨眼的工夫。

我今天没去上学，坐在一家小餐馆，点了杯咖啡。

我点起烟，这时候注意到有个女人盯着我看，好像她认出在哪里见过我。她从前肯定很美，大胆的眼神肯定源自过去的样子而非她现在的样子。我挺喜欢的，因此我报以微笑，她向我走来，问我借个火。

我划了一根火柴，她拿着香烟俯身靠下来。"我叫琪琪。"她说。

"琪琪。"我傻乎乎地重复念了一遍。

"你叫什么名字？"她问。

"莱昂。"我说。

"我想聊聊。"她跟我提了个醒，"所以如果你不想聊的话，大可以起身走开。我会替你付咖啡钱。"

"没问题。"

"你想听听我在战争期间都做什么吗？"

"好呀。"

"我在一家工厂工作，那里给士兵们修补鞋子。"

她告诉我，鞋子都是从死去的士兵脚上扒拉下来的。在工厂，鞋子给浸到油里，这样才能软化下来，然后放到木头鞋楦上敲敲打打，这样才能恢复原状。

"我就做这个。"她说。

"敲鞋子?"我问。

"不是啦,小傻瓜。我当时还是个孩子,比你现在还小。我把鞋子都放到鞋楦上面去。"

"你那时候多大?"我问,但她说问女人年龄就太不像话了。然后她拿起我的手,举起来看看伤疤和香烟烫伤的痕迹。

"那是什么?"她问。

"没什么。"我说。

"你觉得自己可怜吗?"

"不觉得。"

她根本没有那么话多,但正当我要离开时,她告诉我她去过美国。"别上那儿去。"她说。"和电影里完全不一样。"

没有多少时间了。我又点燃一支香烟,开始写下最难以面对的那些字句……

那是一九三五年九月四日。星期三。我们在多维尔,这是我伦敦演出季结束后我们在诺曼底度假的最后一天。诺曼底是列夫什卡的选择。

过去一个星期以来,我们一直都在乡村兜风,穿过古老的村庄,那里有石头搭建的教堂,有茅草屋顶小屋,上面一排排野花美丽极了。我们在小客栈吃饭——鱼汤、贻贝、在盐沼泽地上放养的羔羊,用苹果白兰地和苹果冰激凌清一清我们的味觉。

退潮的时候,我们沿着海滩一路从滨海维莱尔到了乌尔加特,沿着那支离破碎的石灰岩峭壁,路过了黑牛崖——大块大块的石灰岩落下,滚向了大海。

我们坐在海滩上晒太阳,观察一只鸬鹚怎么把翅膀晾干,看着海鸥饱餐贻贝。我们把海草从大块石灰岩上清理掉,寻找化石，希望能找到恐龙的牙齿。

这天早上，在多维尔旅馆，我们早早地吃了一顿早餐，羊角面包涂苹果酱和牛奶咖啡，旅馆供应的茶实在难以入口。

列夫什卡和我们一起坐在桌前。伊琳娜在楼上还没下来。"为什么你姐姐要磨叽这么久？"我问他。

"我哪知道？"

"有时候你们俩比一整个芭蕾舞团还要难搞。"我说。

前一天，伊琳娜和列夫什卡吵架了。他把湿漉漉的游泳裤往地上一丢就不管了，结果底下的地板明显褪了颜色。伊琳娜说他是个"邋遢鬼"，不光对自己的东西马马虎虎，对她的东西也是如此。列夫什卡说她"爱指挥人"，总是叫他做这个做那个的。"就是因为你只考虑你自己。"她回敬。

这太不像伊琳娜的风格了，我心想，她总是磨平棱角，待人圆融。

列夫什卡肯定也是这样想，因为他问："谁招你惹你了？"

"是的。就是你！"

我打断了这场争吵，提醒他们说明天我们就回巴黎了。为什么要毁了这个假期最后一晚？

"你为什么总是站在他那一边？"伊琳娜问。

最后是科利亚出面总算平息了这场荒唐的争吵。他首先宣称说地板都还好好的。我们毕竟是在海滨旅馆，这里的地板应该能够经受得了一条湿泳裤。没等伊琳娜抗议他也站在弟弟这一边，科利亚又想起了一则俄国笑话，说的是一只宠物鹦鹉：

鹦鹉失踪了。它的主人跑去找契卡。"为什么你要来找我们？"他们问，"我们够忙的，没工夫处理跑掉的鹦鹉。"

"很快会有人把它送过来的，长官同志，"那人说道，"我只是想来声明一下，我不赞同它的观点。"

只有我笑出来了。

"这有什么好笑的?"列夫什卡问，他歪着脑袋，看样子科利亚是落进了他戏弄的圈套。

"是契卡。"科利亚一本正经地解释起来，直到他意识到列夫什卡是在捉弄他，便满屋子追着他跑。

我们等着老半天都不下来的伊琳娜，这时科利亚在浏览当天的报纸。"在德国，不满情绪日益增长，"他读给我们听，"大规模的示威游行。比利时刚刚承认了苏联，为斯大林敲下认可的印章。在法国，火十字团①号召民族复兴和示威活动，提升法兰西价值观。军事训练就是其中的一项。"

"这就是我们的唯一选择吗?"科利亚叹了口气，折起报纸，"要么这样，要么共产主义?"

我的儿子在他的羊角面包上又涂了厚厚一层苹果酱，咬了一大口。在他面前的桌布上，棕褐色的酥皮碎屑掉得到处都是。

伊琳娜终于出现了，穿着她最喜欢的蓝裙子，还有配套的外衣。我想告诉她说坐进车里这裙子会皱得一塌糊涂，但最后还是忍住没说。

"给我留点什么了吗?"伊琳娜问。

科利亚挥手招呼服务员给我们再端来些咖啡。我们又点了很多的羊角面包，每人半个葡萄柚。

"你看到我的黄衬衫了吗，妈妈?"伊琳娜问，一边扫了列夫什卡一眼，他正在捡起那些羊角面包碎屑，把它们扫成

---

① 一九二七年至一九三六年法国的政治运动，原本是一战退伍军人组织，信奉极端民族主义，曾组织群众发动示威希望推翻政府，后来融入人民阵线政府之中。

一小堆一小堆，然后又用手指头轻轻拂掉。

"有可能在我手提箱里。"我说，抢在她说出些什么关于她永远长不大的邋遢弟弟之类的话。

科利亚拿起另一份报纸，但我把报纸从他手里拿开了。

"我们就不要谈论政治了，"我说，"不管事大事小。"

出发前，科利亚和列夫什卡摊开地图，标明一路上壳牌加油站的位置，计算好距离：离巴黎两百公里。我们驶经图尔讷多，然后埃夫勒。我们的车是一辆别克小轿车，用我在好莱坞得到的酬金买下的。每小时能跑九十公里，但我们开得不快。

"这样自行车都能超过科利亚咯？"列夫什卡做了个鬼脸问。

"没错。"我说。

收拾行李很简单。两只手提箱，一个我和科利亚用，另一个孩子们用。列夫什卡还有个背包。牛皮做的，盖在表层的棕色皮毛乱蓬蓬的。

等手提箱都放进后备箱以后，科利亚让我们摆好姿势拍照。我站在车子前面，穿着出游的衣服：一条深棕色长裤，一件绿色衬衫。伊琳娜和列夫什卡靠在发动机罩上，做着鬼脸，他们的手抓得紧紧的。"你想坐我边上吗？"科利亚问列夫什卡，这孩子想一到十八岁就拿到粉卡[①]。

"再说吧，等我们接近巴黎。"列夫什卡说，"这会儿我和伊琳娜坐后面去。"

争吵显然已经结束了。他们又是朋友了。

[①] 法国驾驶证为粉红色，俗称粉卡。

科利亚正要叫我们上车，列夫什卡宣称说他得回一下旅馆房间。他落了什么东西。"什么东西？"我问，但他走开了，他毛茸茸的背包拎在手上。

"我该跟他去吗？"我问科利亚，"他需要去拿钥匙。"

科利亚摇摇头，意思是我小题大作了。"他十七岁了。他可以自个儿拿到房间钥匙。"

"好吧。"我说，点了一支烟。我们不赶时间，伊琳娜不喜欢我在车里吸烟。她说会让她恶心晕车。

科利亚又在研究地图了。回去的道路笔笔直，但他想规划一下停哪几个地方。我们过来的路上是在埃夫勒吃的午饭。那餐馆从外面看起来不错，但吃下来发现我们点的菜也就只有苹果挞还算像样。这一次科利亚决定我们得更小心选择。听取《米其林指南》的推荐。

我的思绪飘到了即将到来的聘约。我在伦敦和艾丽西娅·马科娃见过面，我是从她在俄罗斯芭蕾舞团的时候就看着她一步一步成长的。在我的编导笔记上，她的名字标着三颗星——迅速、灵巧、轻盈。"我真想和您合作啊，"艾丽西娅说，"您考虑一下吗？"

"一切都挺好的。"科利亚说。他装模作样地打开发动机罩，摸摸部件，尽管我们都知道车子不用修。这部车子不用。

蓝灰色的云彩压得低低的。

"会下雨吗？"我问科利亚。

他指了指地平线上延伸的一长条浅浅的光线。宛如缎带一般。早上天气预报说今天晴天，云不算多。虽然从那时候起，在广播里他已经听到我们可能会碰到点雨。

科利亚关注天气预报就跟他关注政治局势一样，评价还处于发展进程的报道中的每一次转变。随着预报发生变化，自相矛盾，他让我注意到他称之为"极端"的情况。今年夏天难道不是我们印象中最热的一年吗？今年冬天最暖和？我以前听说过这么严重的洪水吗？或者这样不稳定的气压变化，毫无征兆地就大起大落？

"就算下雨了，我们反正又不是糖做的。"我告诉他，"我们不会化掉。"

当列夫什卡回到车上——完全没有问题；他拿到他要拿上的东西了；不，他不告诉我们到底是什么——我们在各自位子上坐好。车上散发着塑料和汽油的味道。这才是让伊琳娜恶心想吐的原因，我心想，和香烟的味道不相干。

我们离开多维尔，大家兴致都很高。道路引导着我们行经苹果园，路过堆积着木柴准备过冬的半木结构的房屋，路过在草地上悠然吃草的牛群。最开始落下的雨滴落到了挡风玻璃上。

"别开这么快，科利亚。"我说。

他放慢了速度。

在车子后排，伊琳娜和列夫什卡悄声低语说个不停。我听不见他们说什么，但我也欣赏着他们轻松自然的对话和时不时爆发的笑声。

"布列塔尼小客栈。"科利亚说。这是我们应该停车吃饭的地方。经过埃夫勒再开十公里。是《米其林指南》推荐的。

有反对意见吗？

没有。

"记得我在基辅的《梅菲斯特》吗？"我问科利亚，"我在考虑重新搬上舞台。"

"很好，"科利亚说，"那是你最出色的作品。"

"佳吉列夫说太深奥了。"

"佳吉列夫只喜欢能让他归到自己名下的理念。"

"我不想直接这么照搬重演。"我告诉科利亚,"我想对回忆进行改样。"

他点点头,我逐渐进入梦境般的状态,创作之前总是如此,这时候周围的一切都滋养着我的想象。道路两旁的杨树在我们经过时忽隐忽现,就像我想让舞蹈演员在观众视野中忽隐忽现那样。我们开车经过的那些杂乱蔓延的房屋提醒我,要开发舞台的所有边边角角,而不仅仅只在舞台中央。

就在这时候我感觉到车子突然一个急转。听见它戛然刹住,然后是科利亚刺耳的尖叫。

在那一刻世界突然变暗了。

我不太记得接下去发生的事。有那么一瞬间的寂静,什么都还没有最终落定。剩下的我都不太确定了。再也不确定了。肯定有那么一刻我爬出了车子,看见车头给树干撞成了废品。有那么一刻我打开后座车门,看见我的孩子们。他们的身体都歪七扭八。

我记得尖叫声,肯定是我的尖叫。科利亚的手臂围住我,令人窒息。我的手臂把他推开。"你开得太快了。"我吼道,"为什么?"

我记得听见伊琳娜刺耳的呼吸。我记得俯身查看列夫什卡,求他睁开眼睛看看我。

我记得鲜血,沉默,那不再抱有希望的静寂。

在救护车送我们去接受救治的埃夫勒医院,护士给我打了一针,咕咕哝哝说了些话,但我听不见。等我能站起来不摇摇晃晃了,我请他们带我到伊琳娜的病床边。我坐在那里,看着她缠满绷带的脑袋,她的手臂打了石膏固定;她呼吸吃力，很不稳定。

她前额的红印子越来越大。她眼皮抽搐。

"看着我。"我哀求道。

我祷告。我跟上主，跟圣母，跟天地讨价还价。我胸口隐隐的痛越来越严重。我口干舌燥，喉咙干得冒烟。我满腔怒火。不——不是怒火。是狂怒。

为什么？

一小时，一天，一星期。

慰问卡。电报。报纸标题。鲜花。花篮，花圈，花束。

话语。千言万语。

我回忆起那种空虚。那些难熬的日子，我什么都不做，只是呆呆望着窗外，或者走几步路就腿一软跪倒哭泣。我回忆起那天的每时每刻，想象我们早一点或者晚一点出发，到图尔讷多停下来吃个午饭，走另外一条路。想象我自己没有闭上眼睛去想《梅菲斯特》，而是叮嘱科利亚放慢速度，多观望，多加小心。直到我们经过了弯道，经过了那棵树；直到我们驶离埃夫勒。直到我们全都平安抵达巴黎。

在那些日子，我深深地躲藏在自己身体里，不肯说话，不肯动弹，不肯吃饭。平静是对于我而言唯一的诱惑，麻木不仁的吸引力。我可以凝视着墙壁，直到我死去。我可以躲藏在我脑海的角落里。那样就简单了。我不会受伤。

"求你了，看着我，勃洛尼娅。"科利亚苦苦哀求。"别跟着他走了。"

我记得感到迷惑不解，不知道他说的是谁。我哥哥，还是我儿子？疯狂，还是死亡？

然后我记得医生向我俯下身子，告诉我说女儿已经从昏迷中苏醒过来了。"她需要你。"他说，不再可能静寂了。我拿起她无力的手，亲个不停。做好准备回答她干裂的嘴唇低声问出来的问题。

"列夫什卡呢？"

许多报纸报道了这场事故。在法国、英国、德国、蒙特卡洛。葬礼过后，科利亚整理剪报，贴进一本黑色的剪贴簿，扉页是列夫什卡的照片。然后他用红墨水把所有错误都划线标出来。

列夫什卡十七岁，不是"十六岁"。列夫什卡并没有"在他母亲的工作室跳舞"。列夫什卡的父母并非如一家法国报纸声称的"罗莫拉·尼金斯基夫人和她的丈夫莱昂·科切托夫斯基"。

科利亚煞费苦心地纠正所有这些错误。不过对于我来说，那些错误有种不可思议的慰藉。每一个都像是羊毛披肩上的洞，一开始小小的，但如果我把手指头塞进去，洞就会变大，变宽。如果洞多到一定分上，披肩就不复存在了。

我从来未曾指望写作会缓解悲痛。写得满满的记事本都是献给那些我挚爱而又离开的人的祭品。我在心里为他们留出了空间。我会时常到这里触摸他们，轻抚他们，讲故事安慰他们。这样他们会让我继续活下去。

放下笔，合上记事本，我向甲板走去。

曙光照亮了灰色的天空。空气冷飕飕的，海鸥盘旋于轮船上空，这迹象表明陆地已经不远了。海鸥在我头顶上低飞着转个不停，俯冲下来叼走鱼或者食物碎屑。

伊琳娜不跟我们去澳大利亚。如果科利亚和我果真坐船随德·巴西尔去悉尼的话，伊琳娜将去休斯敦投奔萨沙。在他的芭蕾舞学校教书，等我们回来。"并不是因为那场意外，"她已经跟我说了，"我从来都不够优秀。你一直都知道的。"

"世上只有一个尼金斯卡。"她又加了一句。

都是陈年旧梦了。无尽的悔恨。

当时我坐在埃夫勒她的病床边，由于悲伤和害怕而方寸大乱，我发誓假如她也死了，那我就要爬上病床，像我的外祖母曾经做的那样，转身面壁等着自己的死期到来，我以此赌誓好让自己镇定下来。

我吞下堵在喉咙口的哽噎，呼吸着大海的咸味。我想起佳吉列夫，想起他对任何开阔的水域都是怕得不行。想起他看着瓦斯拉夫在威尼斯的利多海滩浴场游泳时脸上紧张的僵笑。想起他看到我哥哥穿着条纹泳衣向我们跑来，冷冰冰的，身上水滴滴答答，还窝起双手舀了水来泼我们，那时候他整个人才如释重负。"来吧，谢尔热，你这个胆小鬼。跟我来吧。"

我会有力量进行又一场斗争吗？在丧失了这一切之后？

科利亚在我旁边不过几步的距离，他的面色因为等待而显得呆滞沉重。我看他胸口上下起伏，注意到他喉咙处脉搏砰砰跳动。别怪我，勃洛尼娅，他的眼神哀求道。如果我可以拿命换回列夫什卡的命，我会那么做的。

寒冬让树木长得更茁壮。形成于严寒岁月的年轮比形成于和煦岁月的年轮更加紧实。被选中的少女，我哥哥有一次告诉我，应该是个战士，而不是垂死的天鹅。她跳起舞来才能重获生机。

这是久远的回忆了，但瓦斯拉夫的声音依然急切地响在耳畔：你准备好了吗，勃洛尼娅？

我点点头。

踏步上前，举起手来。

致谢

我偶然读到了勃洛尼斯拉娃（勃洛尼娅）·尼金斯卡的《早年回忆录》，当即就被她叙事的声音给迷住了。《早年回忆录》熠熠生辉，记载了她年轻时的舞蹈生活，她与她那才华横溢的哥哥瓦斯拉夫之间错综难言而又影响至深的关系，以及她作为一位艺术家、作为一位女性在芭蕾世界中奋勇前行的历历往事。《回忆录》止于一九一四年八月，其计划中的续篇未能完成，只留下一份大纲和若干片段，这令我深感遗憾。

受这一迷人声音的启发，我仔细查阅了华盛顿特区美国国会图书馆中有关勃洛尼斯拉娃·尼金斯卡的馆藏，那是一座宝库，收藏有日记、编舞笔记、往来信件、照片以及贴满评论、采访和演出节目单的剪贴簿。《被选中的少女》就脱胎于这些文献，我愿意把它看作是一部有迹可循、融事实和想象于一体的幻想小说。

我要感谢许多人予以我的帮助。

我由衷感谢国会图书馆的工作人员和朋友。兹比格涅夫·坎托罗辛斯基、凯文·拉文、娜塔莎·尼基廷娜、阿加塔·塔伊赫特、埃丽卡·卡尔瓦伊提内、玛丽娜·梅尔尼科娃和卢巴·陶布乌尔泽尔，他们协助我检索馆藏并辨认手写的俄语文献。

许多人与我慷慨分享了他们对于现代芭蕾的热爱和渊博的知识。我特别感谢卡罗尔·毕晓普·格温、凯瑟琳·巴伯和马乔里·菲尔丁。我也万分感激许多让我观摩他们如何工作、如何体验舞蹈世界的舞者和编舞者，尤其是维罗妮卡·坦南特、彼得·斯坦奇克、卡罗琳娜·尼克拉斯－戈登和波兰的克日什托夫·帕斯托和多米尼卡·克日什托夫斯卡。

每当我有所需时，杰夫·普林斯、安娜·玛利亚·雅罗辛斯卡、安娜·费什松、伊丽莎白·布恩、莫妮卡·卡普塔、维多利亚·拉钦斯卡、皮娅·克勒贝尔、安娜·罗森、保罗·布雷勒和克里斯托弗·雷诺兹都给予我专业的帮助、热情款待和悉心指导。奥菲丽·拉舒堪称香榭丽舍剧院的完美向导。丽莎·库雷西莫与我分享了她对于夏里亚宾传奇歌喉之影响的专业见解。

谢恩娜·兰伯特、兹比谢克·斯塔赫涅克和卡罗尔·毕晓普·格温阅读了《被选中的少女》的前面几稿，恰如其分地鼓励我继续努力。拉拉·辛奇博格，我无可挑剔的编辑，帮助我塑造了小说的最终稿。海伦·海勒一直以来都是最出色的经纪人。

谢谢你们！

• • •

以下是我在创作《被选中的少女》过程中发现的宝贵书籍。对于那些希望在勃洛尼斯拉娃·尼金斯卡的世界里再稍事逗留的人而言，这些书都是极佳的读物：

勃洛尼斯拉娃·尼金斯卡，《早年回忆录》。瓦斯拉夫·尼金斯基，《瓦斯拉夫·尼金斯基日记》。罗莫拉·尼金斯基，《尼金斯基》和《尼金斯基的最后岁月》。费多尔·夏里亚宾，《向马克西姆·高尔基诉说的自传》。塔玛拉·卡尔萨文娜，《剧院街：塔玛拉·卡尔萨文娜的回忆》。米哈伊尔·福金，《芭蕾舞大师回忆录》。莉迪亚·索科洛娃，《为佳吉列夫舞蹈》。罗曼诺夫斯基－克拉辛基亲王夫人殿下，

《彼得堡之舞：玛蒂尔达·柯切辛斯卡回忆录》。林恩·加拉福拉的《佳吉列夫的俄罗斯芭蕾舞团》，以及她关于勃洛尼斯拉娃·尼金斯卡的文章，特别是发表于《舞蹈研究》的《前卫艺术的女战士：身处革命俄国的勃洛尼斯拉娃·尼金斯卡》。由理查德·巴克尔、丽莎·摩尔、维拉·克拉索夫斯卡娅和彼得·奥斯特瓦尔德撰写的瓦斯拉夫·尼金斯基的多本传记。申·施海恩的传记：《佳吉列夫传》。凯文·科普尔森的《瓦斯拉夫·尼金斯基精神失常的后半生》。

图书在版编目（CIP）数据

被选中的少女/(加) 伊娃·斯塔赫涅克著；赖小婵译. -- 上海：上海文艺出版社, 2020
ISBN 978-7-5321-7626-7

Ⅰ.①被… Ⅱ.①伊…②赖… Ⅲ.①长篇小说－加拿大－现代 Ⅳ.①I711.45

中国版本图书馆CIP数据核字(2020)第153685号

THE CHOSEN MAIDEN by EVA STACHNIAK

Copyright © 2017 by Eva Stachniak

This edition arranged with THE MARSH AGENCY LTD & THE HELEN HELLER AGENCY

Through BIG APPLE AGENCY, INC., LABUAN, MALAYSIA

Simplified Chinese edition copyright © 2020 by SHANGHAI LITERATURE AND ART PUBLISHING HOUSE

All rights reserved.

著作权合同登记图字：09-2017-867号

发 行 人：毕　胜
责任编辑：赵一凡
封面设计：朱云雁

书　　名：被选中的少女
作　　者：(加) 伊娃·斯塔赫涅克
译　　者：赖小婵
出　　版：上海世纪出版集团　上海文艺出版社
地　　址：上海市绍兴路7号　200020
发　　行：上海文艺出版社发行中心
　　　　　上海市绍兴路50号　200020　www.ewen.co
印　　刷：崇明裕安印刷厂
开　　本：890×1240　1/32
印　　张：15.125
字　　数：284,000
印　　次：2020年9月第1版　2020年9月第1次印刷
I S B N：978-7-5321-7626-7/I·6070
定　　价：68.00元
告 读 者：如发现本书有质量问题请与印刷厂质量科联系　T: 021-59404766